KB152323

경세황비

倾世皇妃

1

경세황비

倾世皇妃

1

오정옥 吳静玉 장편소설 · 문은주 옮김

새파란상상

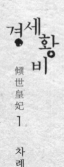

경세황비
倾世皇妃
1

차
례

깊은 밤, 세상을 하얗게 물들인 춤추는 매화

깊은 밤,
세상을 하얗게 물들인
춤추는 매화

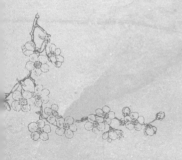

어두운 밤, 심히 놀란 마음

기齊나라 금릉성金陵城[1].

봄비가 그치자 싸늘한 한기가 맴돌았다. 웅장한 황제의 정원에는 신무루神武樓가 높이 솟아 있고, 정원을 둘러싼 성벽은 옥 난간으로 에워싸여 있었다. 웅장하고 아름다운 궁궐은 끝이 보이지 않았다. 붉고 장엄한 궐문 양쪽에는 황금 검을 지닌 금위군들이 서 있었고, 수많은 금위군들이 휘황찬란한 궁궐을 둘러싼 담을 따라 반 시진時辰[2]마다 순찰을 돌았다. 궁 안의 경비는 매서울 정도로 삼엄했다. 궁 안의 길에는 푸른 벽돌이 깔려 있었고 계단은 꽃돌로 장식되어 있었으며 난간은 백옥으로 조각되어 있었다. 이것이 바로 내가 본 기나라 동궁의 모습이

---

1 현재의 강소성(江蘇省) 남경(南京).
2 옛날의 시간 단위. 한 시진은 지금의 두 시간과 같다.

었다. 생각했던 것보다 더 아름다웠고 더 웅장했으며 더 엄숙했다.

황혼 무렵, 석양이 서쪽으로 떨어지고 노을이 하늘을 붉게 물들이고 있었다. 그 새빨간 노을이 본디 처량맞고 적막한 황궁에 한 겹 따스함을 덧씌우고 있었다. 오늘 정오에 나는 소주성蘇州城에서 시작된 보름간의 고된 여정을 마치고, 소위 '지상천국'이라는 기나라 황궁에 도착했다.

삼 개월 전, 세종황제 납란헌운納蘭憲雲은 각 현과 군에 '황태자비 및 제후비 간택령'을 반포하여 모든 관원들에게 그들의 열 살 이상의 장녀, 차녀, 조카, 손녀 등을 황태자와 왕야들의 비로 추천하라고 명하였다. 그리하여 관원 수백 명의 금지옥엽 딸들이 나와 함께 이곳에 오게 된 것이다. 형형색색으로 아름답게 꾸민 규수들은 내시총관 이수李壽 태감에게 이끌려 동궁의 채미궁采薇宮에 머무르게 되었다. 나는 규수 일곱 명과 함께 채미궁 난림원蘭林苑에 배정되어, 서로 마주하고 있는 동서 여덟 채의 별채 중 한 곳에 기거하게 되었다.

앞으로 열흘간 궁정 예절을 익힌 후 규수들은 다 함께 태자 전하를 알현하게 될 것이다. 이때 태자 전하가 한 명의 태자비와 두 명의 후궁을 선택할 것이고, 선택받지 못한 이들은 창심전暢心殿으로 자리를 옮겨 다시 황자들 중 이미 왕으로 봉해진 세 왕야의 선택을 기다릴 것이다. 그들에게도 선택받지 못한 이들은 궁녀가 된다. 이것이 기나라의 법규였다. 그리고 이것이 바로 수많은 관원들이 황태자비 간택을 위해 자신의 딸을 입궁시키지 않으려는 이유였다.

그럼에도 나는 꿈꿔 왔던 자유로운 삶을 포기하고 황태자비 간택의 길을 걷기로 결심했다. 하지만 찬란하고 아름다운 궁에 들어선 오늘, 나는 그리 즐겁지 않았다.

나는 함께 기거하게 된 일곱 명의 규수들을 바라보았다. 기대감으로 눈을 반짝이고 있는 그들은 희망으로 가득 차 있었다. 황태자비로 간택되어 언젠가는 봉황이 수 놓인 옷을 입고 천하의 어머니인 황후가 되어 후궁을 통치하는 꿈에 부풀어 있었다. 하지만 나는 그들과 달리 이 모든 상황에 냉담했다.

현재 태자 전하의 모친은 막강한 권력을 쥐고 있는 두 황후杜皇后로, 이번 태자비 간택 역시 그녀가 황제에게 제의한 것이었다. 조정 대신들은 이번 태자비 간택이 그저 허울 좋은 구실이라는 걸 잘 알고 있었다. 두 황후는 집안 좋은 아가씨를 골라 자신의 권력과 황태자의 지위를 더욱 견고히 하여 한 소의韓昭儀와의 치열한 경쟁에서 이기려는 속셈이었다.

구빈九嬪 중 으뜸인 한 소의는 참으로 대단한 인물이었다. 그녀는 십 년 전 입궁하여 구빈의 으뜸이 된 이후 지금까지 다른 후궁들이 미모와 총애를 모두 잃어 가는 중에도 황제의 총애를 조금도 잃지 않았다.

아마도……, 황제는 그녀를 사랑하고 있으리라.

안타깝게도 그녀는 불임으로 아이를 낳지 못했다. 그러나 그녀를 향한 황제의 총애는 조금도 줄어들지 않았을뿐더러 오히려 날이 갈수록 깊어지는 듯했다. 그만큼 그녀의 권력 역시 나날이 커져 두 황후와 다툴 정도가 되었다. 막강한 권력을 손 아귀에 쥔 두 황후와 넘치는 총애를 받고 있는 한 소의. 이것이 바로 바깥세상에 알려진 '두한 각축'이다.

황제 납란헌운에게는 열네 명의 황자가 있는데, 성년이 된 황자 여덟 명 중 왕으로 봉해진 이는 오직 세 명뿐이었다.

출생과 동시에 황태자로 봉해진 장자 납란기호納蘭祈皓.

진남왕晉南王으로 봉해진 삼황자 납란기성納蘭祈星.

초청왕楚淸王으로 봉해진 오황자 납란기운納蘭祈殞.

한성왕漢成王으로 봉해진 칠황자 납란기우納蘭祈佑.

본래는 자신들의 봉토에 거주하고 있는 황자들은 이번 간 택을 위해 입궁해야 했는데, 오황자와 칠황자는 이미 궁에 들 어와 있다 했고, 삼황자는 변경에서 변卞나라와 교전 중이어 서 열흘 내에 돌아오지 못할 수도 있다고 하였다. 그렇게 되면 그의 혼사는 그의 모친인 명 귀인明貴人이 도맡아 처리하게 될 것이다.

창가에 선 채 얼마나 오랫동안 생각에 빠져 있었는지 알 수 없었다. 어둠이 깔릴 무렵, 내 시중을 들도록 배치된 궁녀 운주雲珠가 초를 밝히자 어두웠던 방 안이 빛으로 가득 찼다. 나는 고개를 돌려 여리고 작은 그림자가 방 안을 이리저리 분주하 게 움직이는 것을 바라보았다. 나보다 어려 보이는 그녀는 좁 은 어깨와 가냘픈 허리, 부드러운 피부, 석류같이 가지런한 치 아, 연약한 몸매, 맑고 순수해 보이지만 슬픔을 숨기고 있는 듯 한 반짝이는 두 눈을 가지고 있었다. 그녀는 어째서 저런 눈빛을 하고 있는 걸까?

생각이 여기에 미쳤을 때 나는 자조 섞인 미소를 지었다. 비통한 과거 없이 여기까지 흘러 들어온 궁녀가 몇이나 되겠는가? 어쩔 수 없는 상황이 아니라면 그 누가 황궁에 들어와 궁녀가 되기를 바란단 말인가?

"아씨, 저녁 드실 시간입니다. 이수 태감께서 오늘은 다른 아씨들과 함께 드시랍니다. 서로 안면을 익히고 우의를 다지시라고요."

운주가 공손히 내 옆에 서서 부드럽고 낮은 목소리로 말했다. 내가 가볍게 고개를 끄덕이며 화장대 앞에 앉자 운주가 솜씨 좋게 내 머리를 올려 주고, 정교하고 진귀한 장신구들로 나를 치장해 주었다. 거울에 비친 내 모습을 바라보며 나는 다시 생각에 빠져들었다.

저녁을 함께 먹으며 우의를 다지라고? 우스운 말이구나. 간택을 위해 입궁한 우리들은 어떤 의미에서는 연적이 아닌가? 도대체 어떻게 마음을 열고 서로 우의를 다진단 말인가? 그나저나 나는 이 약육강식의 황궁 안에서 살아남을 수나 있을까?

"정말 아름다우세요!"

나를 꾸며 주는 동안 운주가 유일하게 한 말이었다. 사람들은 언제나 나의 미모에 감탄했다. 그러나 나는 그것이 자신들의 이익을 위한 거짓인지 진심에서 우러나온 것인지 구별할 수가 없었다. 조금 전 운주의 말에도 다른 뜻이 숨어 있는 것 같아 자세히 묻고 싶었지만 나는 결국 입을 열지 않았다. 그녀는 나의 시중을 드는 궁녀일 뿐이니 그녀와 불필요한 문제를 일으키고 싶지 않았다.

반 시진이 채 지나지 않아 운주는 내 머리를 올려 주고 세심하게 화장을 해 주었으며 내게 자줏빛 마름꽃 문양의 황금빛 비단옷을 걸쳐 주었다. 나는 구리거울 앞에 서서 내 모습을 위아래로 몇 번이나 훑어보다가 적절치 않다는 생각이 들어 비취 귀고리를 빼고 진주와 비취로 만든 머리 장식도 내려놓았다. 그리고 마지막으로 봉황이 수 놓인 강렬한 색채의 옷을 벗었다.

운주가 영문을 알 수 없다는 눈빛으로 나의 행동 하나하나를 바라보며 물었다.

"아씨, 왜 그러세요?"

그녀는 내가 바닥에 벗어 놓은 옷을 조심스레 줍고는 화장대 위에 흩어져 있는 장신구와 옥비녀를 패물함에 넣었다.

"너무 이목을 끌어서……."

나는 옷장으로 걸어가 주름이 살짝 잡힌 연붉은색 옷을 꺼내 입고, 여러 마리의 나비가 모여 있는 모양의 작고 정교한 머리 장식 하나만을 옆머리에 꽂았다. 나는 다시 한 번 거울 속의 모습을 바라보고 나서야 안심하고 화장대를 떠났다. 나는 그저 소주 소금 관리의 딸일 뿐이니 수많은 대신들의 금쪽같은 딸들 앞에서 분수를 지켜야 한다.

몸을 돌리던 내 눈과 감탄한 듯한 운주의 눈이 마주쳤다. 그 순간, 나는 운주가 기회만 된다면 필히 크게 될 인물이라는 생

각이 들었다. 내가 옅은 미소를 짓자 처음에는 조금 놀라는 듯
하던 그녀 역시 내게 미소로 답했다. 그제야 나는 미소 짓는 그
녀가 얼마나 아리따운지 깨달았다. 그녀에게는 사람의 심금을
울리는 아름다움이 있었다.

달빛 아래 투명한 호수는 얼음같이 차가웠고 흩날리는 꽃잎
은 향기로웠다. 차가운 대나무 난간 사이로 희미한 바람이 맴
돌고 있었다.

나는 운주와 함께 난림원의 편원 내당에 도착했다. 일찍 왔
다고 생각했는데 도착하고 보니 내가 마지막이었다. 자단 홍목
으로 만든 커다란 식탁에는 화려한 옷차림을 한 일곱 명의 태
자비 간택 후보들이 조용히 앉아 있었는데, 진귀한 비녀 하나
꽂지 않은 나의 모습은 그녀들에 비해 유난히 초라해 보였다.

늦게 도착한 탓에 나에게 집중되었던 그녀들의 시선은 찰나
의 탐색을 마치자 곧 거두어졌다. 나는 그녀들 앞에서 내가 해
야 할 역할을 성공적으로 해냈다는 걸 알 수 있었다. 나는 가볍
게 이마 아래로 늘어뜨려진 술 장식을 만지며 천천히 빈자리로
가서 앉았다.

웅장한 내당은 의외로 고요했다. 모든 이들은 침묵을 지키
며 식탁 앞에 앉아 있을 뿐 젓가락조차 들지 않았다. 분위기가
너무 썰렁해 난처할 지경이었다. 그때, 누군가 질식할 듯한 분
위기를 깨고 자신의 출신을 밝히자 약간의 인사말들이 오가기
시작했다. 팽팽하던 긴장감이 풀리자 다들 옅은 미소를 지으며

쉴새 없이 자신을 소개하기 시작했다.

"저는 정의림程依琳이라고 해요. 금릉 사람이고, 올해 스물일곱 살, 아버님은 병부상서세요."

"저는 설약薛若입니다. 양주 사람이고, 올해 스물여섯 살입니다. 부친은 양주 태수……."

"저는 소요蘇姚, 막북대장군 소경굉蘇景宏께서 제 아버지이십니다!"

말이 끝나자마자 모든 이들의 이목이 그녀에게 집중되었다. 나 역시 내 왼쪽에 앉아 있는 여인을 곁눈질로 찬찬히 훑어보았다. '경국지색'이라는 말이 조금도 지나침이 없을 정도로 그녀는 단정하고 아름다웠다. 그녀의 아름다움은 마치 깊은 산골짜기의 따뜻한 햇살같이 그저 바라보는 것만으로도 행복감을 느끼게 만들었다.

그녀의 아버지인 막북대장군 소경굉은 막강한 병권을 손아귀에 쥐고 있는 사람이었다. 소경굉 장군은 아마도 현재 조정에 유일하게 남아 있는 청렴결백한 대신일 것이다. 그는 황후의 곁에서 권력을 탐하거나 한 소의에게 빌붙어 황제의 총애를 탐하는 벼슬아치들과 달리, 어느 한쪽에도 치우치지 않고 조정에서 중립을 지키고 있었다. 그 때문에 동서 양쪽 궁에서 가하는 압력에도 굴하지 않고 자신의 입장을 견지하는, 참으로 대단한 사람이었다.

소요를 바라보던 시선을 채 거두지도 않았는데, 나의 정면에 앉아 있는 이가 입을 열었다.

"제 성은 두……."

이 짧은 몇 마디에 모든 사람의 시선이 순식간에 소요에게서 그녀에게로 옮겨졌다.

"저는 두완杜莞이라고 해요. 제 아버지는 승상이신 두문림杜文林이시고, 천하의 어머니인 황후마마께서 제 고모이시죠."

얼굴에 분칠을 열심히 하고도 결코 아름답다고 할 수 없는 외모지만 그녀의 어조에는 그 누구도 범접할 수 없는 오만함과 자부심이 넘쳐흘렀고, 일거일동에 명문 귀족의 격조가 넘쳤다.

그녀는 이 몇 마디만으로 나를 제외한 모든 이들의 부러움 섞인 시선을 받았다.

그녀의 출신이 아무리 고귀하다 한들 무슨 상관이란 말인가. 황태자비는 두 황후의 한마디로 결정되는 것, 아무리 황후의 친조카라 할지라도 황태자비 자리가 반드시 그녀의 것이 되리라는 보장은 없었다.

"아가씨, 그쪽은요?"

내 오른쪽에 앉은 설약이라는 규수가 시종일관 입을 열지 않고 있는 나에게 물었다.

"반옥潘玉, 열다섯 살이고 소주 사람입니다. 부친은 양강兩江[3]의 소금 관리인 반인潘仁이십니다."

그녀들의 혁혁한 출신에 비하면 보잘것없는 배경 탓에 나는 그들의 주목을 받지 못했다.

---

3 강남성[江南省: 현재의 강소성(江蘇省)과 안휘성(安徽省) 지역]과 강서성(江西省)을 통합하여 일컫는 말.

소위 첫 번째 저녁 모임은 화기애애한 분위기 속에서 끝이 났다. 그곳을 떠나기 전, 이 태감이 보낸 어린 내시 한 명이 우리를 불러 세우더니 내일은 궁에서 보내온 여인의 궁중 예의 훈육이 있으니 내일 묘시卯時[4]에 내당으로 모이라 말하였다. 우리는 각자의 처소로 돌아가 침소에 들었다.

자시子時[5] 무렵, 어찌 된 일인지 나는 낯선 침대에 누운 채 잠을 이루지 못하고 있었다. 나는 여러 번 몸을 뒤척이다가 결국 얇은 천으로 만든 휘장을 젖히고 일어나 담황색의 외투를 몸에 걸치고 방을 나섰다. 조심스레 문을 열었는데도 육중한 대문은 고요한 어둠이 깔린 정원에 끼익거리는 소리를 울렸다.

초봄의 냉기가 곧바로 전해져 와 나는 오들오들 떨며 걸치고 나온 외투로 몸을 단단히 둘러 감쌌다.

깊은 밤, 저 멀리 서서히 떠오르는 초승달을 바라보니 달빛이 꽃나무 사이를 비추어 물 위에 누각 아래 꽃나무 그림자를 그리고 있었다.

홀로 깊은 밤의 달을 바라보는 것은 몇 해 전부터 생긴 습관이었다. 때때로 나는 시인 소식蘇軾의 '모두 아무 탈 없이 지내어, 비록 먼 곳에 떨어져 있어도 그저 함께 달을 바라볼 수 있기를'[6]이라는 시구를 떠올리며 자조 섞인 웃음을 짓고는 했다.

---

4 오전 5시에서 7시.
5 밤 11시에서 새벽 1시.
6 송나라 소식(蘇軾)의 〈수조가두(水調歌頭)〉의 한구절로 아우 소철을 그리워하는 마음을 담았다. 소식은 소동파라는 이름으로 더 유명하다.

도대체 천 리 밖에 누가 있어 나와 함께 이 넘실거리는 새벽달을 보겠는가.

깊은 탄식과 함께 긴 치맛자락을 살짝 잡아 들고 문밖의 긴 회랑 난간에 옆으로 앉자 얼음장 같은 한기가 둔부에서부터 온몸으로 전해졌다. 황궁 안 봄의 한기가 이렇게나 매서울 줄이야…….

잠시 앉아 있었을 뿐인데 온몸이 굳어져서 이제 그만 처소로 돌아가 따뜻한 이불 속으로 들어갈까를 고민하던 바로 그때, 회랑에 드리워진 검은 그림자가 점점 길어졌다. 나는 깜짝 놀라 그 검은 그림자가 시작된 곳으로 시선을 옮겼다.

상대방이 누구인지 똑똑히 보지도 못하였는데 어느새 장검의 끝이 흔들림 없이 내 목을 겨누고 있었다. 얼굴의 반을 가린 채 차갑게 나를 바라보는 그의 눈 속에는 매서운 살기가 서려 있었다. 설마 나를 죽이러 온 것인가?

그럴 리 없다. 궁 안에서 조용히 숨어 지내고 있는 내가 어디서 원한을 샀겠는가? 그렇다면 남은 가능성은 오직 하나뿐이었다. 그는 자객이고, 그저 내가 운이 나빠 그와 마주친 것이다! 그런데 이 남자는 어떻게 동궁에 침입할 수 있었을까? 분명히 궁 안의 지리에 익숙한 사람일 것이다. 그리고 그의 뒤에는 틀림없이 엄청난 이가 있으리라.

"태자 전하, 그 자객은 여기에서부터……."

정신 없는 와중에 누군가 태자를 부르는 소리가 들려왔다. 도대체 이자가 누구이기에 태자가 친히 병사를 이끌고 그를 쫓는단 말인가? 분명 보통 사람은 아닐 것이다.

나는 놀라움을 뒤로하고 다시 검은 옷을 입은 남자를 훑어보았다. 차가운 눈에서는 온기라고는 찾아볼 수 없었고, 오른팔에 화살을 맞아 심각한 부상을 입은 상태였다.

순간, 참으로 위험한 생각이 내 머릿속을 스쳐 지나갔다. 바로 이 자객을 살려야겠다는 생각이었다.

"방으로 들어가세요."

나의 말에 그의 눈빛이 흔들렸다. 그는 나를 믿지 못해 주저하고 있었다.

"내가 당신을 해하고자 한다면 무엇하러 이런 불필요한 행동을 하겠어요?"

바로 근처까지 다가온 불빛을 보고서도 그는 여전히 망설이고 있었다. 더 이상은 날카로운 칼날이 내 목을 두 동강 낼 수 있다는 것에만 신경 쓰고 있을 수 없었기에 나는 손을 내밀어 부상당한 그의 오른팔을 잡아끌고 방으로 달리기 시작했다. 그는 거부하지 않았다. 그저 신음소리를 흘렸을 뿐이다. 그제야 나는 내가 그의 부상당한 팔을 잡아당겼다는 것을 깨닫고 그 팔을 놓고 방문을 굳게 걸어 잠갔다.

우리는 문을 등지고 웅크려 앉아 숨소리를 죽인 채 문밖의 기척을 살폈다. 수많은 발소리가 난림원 쪽에서 들려왔고, 작은 등불들이 새하얀 문창지에 비쳐 들어와 나의 옆얼굴을 밝혔다. 운이 좋아 이 고비를 넘긴다면 다행이지만, 만약 태자가 이곳을 수색하면 어쩐단 말인가? 자객을 숨겨 준 것을 들켰다가는 나 또한 죽음을 면치 못할 것이다.

갑자기 나의 충동적인 결정이 죽도록 후회되었다. 그를 구하려고 한 것이 과연 옳은 선택이었을까?

일이 이렇게 된 이상 반드시 그를 구해 내는 수밖에 없었다. 그래야만 나 자신을 지키고 이 혹독한 황궁에서 오랫동안 살아남을 수 있을 것이다.

힘을 내어 불안감을 가라앉히려 노력하자 조금씩 마음이 평안해지기 시작했다. 나는 심호흡을 한 번 크게 한 후 그를 향해 말했다.

"침대 밑으로 숨어요. 나머지는 내가 알아서 할게요."

그러자 그의 눈에 의혹과 혼란스러움이 스쳐 지나갔다. 내가 왜 자신을 구하려고 하는지 알 수 없으니 당연했다.

나는 그가 몸을 굴려 침대 쪽으로 가서, 다시 몸을 몇 번 뒤척여 침대 아래로 들어가는 모습을 바라보았다. 부상당한 사람의 움직임이라고는 도저히 생각할 수 없는 민첩한 동작을 보니 그가 보통 사람이 아니라는 걸 알 수 있었다.

"안에 있는 이들은 어서 나오시오!"

양쪽에서 힘껏 문을 두드리며 고함 치는 소리가 들려왔다. 문을 두드리는 소리가 점점 다가오자 나는 몸에 걸치고 있던 외투를 내려놓고 앞머리 한 움큼을 헝클어트려 갓 잠에서 깨어 비몽사몽한 상태로 보이도록 했다.

문을 열고 나가니 밖에는 은색 투구와 갑옷을 입고 손에 검과 창을 든 호위병들이 줄을 지어 정원에 서 있었고, 양옆으로 이십여 명의 시위들이 횃불을 높이 들어 사방을 밝히고 있었다. 수백 명이 빽빽이 서 있는 걸 보니 상당한 크기의 정원이 유난히 작게 느껴졌다.

동서 양쪽 별채의 아가씨들이 잇달아 방에서 나오기 시작했다. 모두의 얼굴에는 잠에서 갓 깬 듯 피곤한 기색이 역력했고 입으로는 중얼중얼 원망 섞인 말들을 내뱉고 있었다.

이때 네모난 얼굴에 귀가 크고 쇄골이 튀어나왔으며, 곧은 코에 큼지막한 입과 붉은 피부를 가진 사나워 보이는 인상의 남자가 시위들 가운데에서 걸어 나오더니 우리를 향해 무시무시한 목소리로 고함을 질렀다.

"모두들 똑바로 서시오. 검은 옷을 입고 얼굴을 가린 자객을 본 사람이 있소?"

조금 전 방에서 나온 두완은 노기가 치솟는지 귀청이 찢어질 만큼 날카롭고 앙칼진 목소리로 그의 말을 덮어 버렸다.

"이놈! 네놈이 무슨 자격으로 나에게 고함을 지르는 것이냐?"

두완의 기세에 깜짝 놀랐는지 그가 제자리에서 멍하니 그녀를 바라보았다.

"자객은 이미 시위의 활에 부상을 입었다. 난림원 앞까지 뒤를 쫓았으나 종적도 없이 사라져 이렇게 너를 방해하게 되었으니 양해하여라."

입을 연 이는 시위들의 전방에 선 채 시종 입을 다물고 있던 남자로, 두 손을 허리 뒤로 두르고 냉담한 시선으로 우리를 둘러보았다. 두완은 넋이 나간 듯 그 남자를 바라보며 잠시 망설이더니 입을 열었다.

"당신은……."

조금 전, 두완의 기세에 눌려 얼이 빠져 있던 남자가 정신을 차렸는지 목청을 가다듬고 우렁차게 말했다.

"이분은 태자 전하이시오."

그의 말이 끝나자마자 놀라움의 숨소리가 이곳저곳에서 들려오기 시작했고, 아가씨들은 졸음이 싹 가신 듯 일제히 얼음장같이 차가운 땅바닥에 엎드렸다. 그 와중에도 아가씨들은 자신의 흐트러진 모습이 태자의 눈에 기억될까 두려운 듯 몰래 자신의 용모를 정리하기에 바빴다.

"일어나라!"

태자가 온화한 목소리로 손을 가볍게 내저으며 말했다. 나는 그를 몰래 살펴보았다. 뚜렷한 얼굴선, 반짝이는 두 눈, 가지런한 눈썹과 더불어 곧은 자세와 기품 있고 품위 있는 태도가 범상치 않았다. 그의 눈빛은 날카롭고 강렬하면서도 따뜻한 분위기를 자아내어 좀처럼 그 속을 헤아릴 수 없었다.

이 사람이 바로 태어난 순간부터 만인의 총애와 떠받듦을 받고, 보배와 같이 사랑받고 있다는 태자인가?

일어서라는 윤허가 떨어졌어도 아무도 똑바로 서지 못하고 있는데, 갑자기 그림자 하나가 내 곁을 스쳐 지나가더니 태자의 품에 문어처럼 찰싹 달라붙었다.

"기호 오라버니, 완이는 오라버니가 정말 보고 싶었어요!"

그녀는 감정이 격해진 나머지 여자라면 반드시 갖추어야 할

조신함을 잃고 있었다.

태자는 그런 그녀를 매우 낯설어했다.

"저 두완이에요. 어렸을 때 고모님과 저희 집에 오시면 같이 놀았었는데⋯⋯, 설마 기억 못하세요?"

그녀는 태자가 자신을 낯설어하는 것을 깨닫고는 그의 기억을 불러일으킬 만한 이야기를 늘어놓기 시작했다.

자객 수색의 현장이 사촌 확인의 촌극으로 변해 버리자 주변의 아가씨들은 부러움과 질투가 뒤섞인 시선으로 이 '부둥켜안고 있는' 두 사람을 지켜보았다. 상황은 이미 뒤죽박죽이 되기 시작한 듯했다.

태자는 난처한 듯 그녀를 자신의 품에서 밀어내고, 무심한 눈빛 속에 반감을 내보이며 말했다

"너로구나."

"기억나셨어요? 기호 오라버니, 오라버니를 다시 만나서 정말 기뻐요."

두완은 태자의 무관심한 태도는 조금도 신경 쓰지 않고, 혼자 신이 나서 자신이 그의 팔짱을 끼고 있는 것도 깨닫지 못한 듯했다. 그녀의 행동은 태자의 주목을 끌기 위한 것임이 분명했다. 하지만 그녀는 너무나 태자비가 되고 싶은 나머지 자신의 이런 치근거림이 태자를 넌더리나게 할 뿐이라는 걸 깨닫지 못하고 있었다.

태자는 다시금 두완에게서 자신의 팔을 빼내고는 그녀를 지나쳐 우리에게 다가와 물었다.

"자객을 본 사람이 있느냐?"

모두들 가볍게 고개를 저었다. 순간 정원은 침묵 속에 빠져들었다. 태자는 먼저 오른쪽 끝에 서 있는 정의림의 앞에 서서 잠시 그녀를 훑어보고는 소요를 향해 걸어갔다. 이번에도 잠시 그녀를 훑어보고는 마침내 내 앞에 섰다. 내가 다른 여자들처럼 시선을 아래로 고정시켜 그의 눈을 바라보지 않고 수줍은 모습을 보이자, 그는 나 역시 지나쳐 다른 아가씨를 향해 걸어갔다. 나는 그제야 안도의 숨을 내쉬었다.

"태자 전하, 굳이 이리 귀찮게 심문하실 필요가 있습니까? 그냥 저 여자들의 규방을 수색하시지요."

조금 전의 그 시위가 다시 기세등등하게 말했다. 그의 말에 몇몇 아가씨들의 안색이 굳었으나 아무도 입을 열지는 않았다. 태자가 있는 자리에서 어찌 감히 방자하게 굴 수 있겠는가. 오직 소요만이 눈썹을 찡그리며 차가운 목소리로 입을 열었다.

"자네도 이곳이 규방이라는 걸 알진대 규방이 자네 따위가 수색하겠다고 하면 할 수 있는 곳이던가?"

"우리가 규방에 들어가는 걸 막을 셈이오? 혹시 아가씨의 방에 자객이 숨어 있는 건 아니오?"

그는 소요의 면전에서 그녀를 추궁하고는 그녀의 방으로 난입하려고 하였다.

소요는 소리 내어 그를 저지할 틈이 없자 급한 대로 두 팔로 그의 가슴을 막아 그의 발걸음을 멈추게 했다.

"태자 전하께서도 아무 말씀이 없으신데 어찌하여 이리 경솔하게 행동한단 말인가?"

나는 말 속에 짙은 경고의 의미를 담아 말했다.

"진붕陳鵬, 물러나라."

태자가 발걸음을 멈추고 몸을 돌려 나와 소요를 향해 걸어왔다. 나는 깊이를 헤아릴 수 없는 태자의 눈동자를 바라보며 조금도 두려운 기색 없이 모든 아가씨들의 마음속에 담겨 있는 말을 대신했다.

"태자 전하께서는 앞으로 천하의 제왕이 되실 분이시고, 저희는 그런 태자 전하의 총애를 얻기 위해 입궁한 이들이온데 어찌 자객을 숨겨 주어 자신의 앞날을 그르치겠습니까? 태자 전하께서는 정녕 그 정도의 믿음도 없으십니까?"

내 말이 끝나기도 전에 태자는 이미 내 앞에 멈춰 서 있었고 단 한 마디도 하지 않은 채 알 수 없다는 듯 나를 바라보고 있었다. 나는 두려워졌다.

"태자 전하께서 친히 많은 관병들을 데리고 자객을 수색하시는 걸 보니 그 자객은 필시 보통 사람은 아닌 듯합니다. 저희에게 시간을 낭비하시는 것보다 어서 빨리 자객을 잡으러 떠나심이 나을 것 같사옵니다."

갑자기 들려온 소요의 말에 나에게 머물러 있던 태자의 시선이 그녀에게로 향했고, 그는 다시 소요를 세심히 관찰하기 시작했다.

태자가 느닷없이 웃으며 물었다.

"너희는 어느 집안의 여식들이냐?"

"소주의 소금 관리인 반인의 여식, 반옥이옵니다."

"막북대장군 소경꾕의 딸, 소요이옵니다."

나는 그가 무슨 연유로 우리의 신분을 묻는지 의아해하며 대답했다.

결국 태자는 병마를 이끌고 떠나갔다.

"너희에게 자객을 숨겨 줄 만한 담력은 없을 것 같구나."

떠나기 전, 태자가 남긴 말이었다. 그의 말에는 진정한 제왕의 기세가 담겨 있었다. 태어나자마자 체득해 온 태자의 거만함과 자신감이리라. 그러나 그것은 지나친 자신감이었다. 만약 그가 자신의 오만함을 버리고 부하들을 시켜 규방을 수색하게 했다면 나와 자객은 감옥에 갇힌 채 단죄만을 기다리게 되었을 것이다. 그러나 그는 그렇게 하지 않았다.

처소로 돌아와 보니 자객은 이미 침대 아래에서 나와 있었다. 초에 불을 밝히자 희미한 불빛을 통해 그의 오른쪽 소매에 피가 스며 들어 있는 것이 보였다. 그는 휘청거리며 내 앞으로 걸어왔다. 그의 눈에는 처음에 서려 있던 살기 대신 난처함이 담겨 있었다.

"그대는 누구요?"

"나를 살린 목적이 무엇이오?"

"내가 그대에게 은혜를 보답하리란 헛된 생각은 하지 마시오. 만약 언젠가 그대가 내 손안에 들어온다면 나는 절대 온정을 베풀지 않을 것이오."

연달아 쏟아내는 그의 말을 듣고 있자니 감당이 되지 않았다. 이 정도의 상처를 입고도 이렇게나 위세를 부리다니 그에게 탄복할 수밖에 없었다.

"쓸데없는 말을 참 많이도 하는군요."

나는 향이 좋은 녹차 한 잔을 따르고는 귀찮다는 듯 한마디를 덧붙였다.

"태자가 다시 돌아오지 않으리란 보장은 없어요."

그는 다시 한 번 나를 노려보더니 창문을 통해 방을 빠져나갔다. 나는 손에 들고 있던 찻잔을 내려놓고 창가로 걸어가 칠흑같이 어두운 창밖을 바라보았다. 밤바람이 불어와 뺨을 스쳤고 뼈를 에는 듯한 추위가 느껴졌다. 나는 조용히 읊조리듯 말했다.

"당신과 내가 다시 만날 때는 당신이 나에게 은혜를 갚아야 할 거예요."

향설해를 그리며

크게 놀란 탓인지 나는 늦은 시간이 되어서야 겨우 잠을 이룰 수 있었다. 운주가 급히 방으로 들어와 여전히 꿈속을 헤매고 있는 나를 깨웠다. 매우 지친 얼굴로 나를 바라보는 그녀의 눈빛에는 초조함이 배어 있었다.

"아씨, 어젯밤 태감 나리가 묘시에 궁중예절을 가르칠 여인이 온다고 말씀하신 걸 잊으셨어요? 묘시가 다 되어 가는데, 어서 준비하셔야지요."

운주의 말이 떨어지자마자 나는 서둘러 일어나 몸단장을 시작했고 운주는 조심스레 내 이불을 정리했다.

운주가 작은 목소리로 물었다.

"어젯밤 난림원에 자객이 출몰했다면서요?"

나는 손이 멈칫했지만 이내 태연히 대답하였다.

"그래, 어젯밤에 갑자기 많은 사람들과 말들이 몰려와서 깜짝 놀랐단다. 결국 밤새 한숨도 제대로 자지 못했어."

뒤쪽에서 운주의 낮은 웃음소리가 들려왔다.

"제가 듣기로는 어젯밤 아씨께서 진붕 부장군을 추궁하셔서 태자 전하께서 아씨를 눈여겨 보셨다던데, 어찌 놀라셨다고만 하셔요?"

그녀의 말 속에 뼈가 있는 듯하였으나 나는 굳이 해명하지 않았다. 나는 그저 조용히 옷을 입으며 물었다.

"진붕은 태자 전하의 수하에 있는 사람이냐?"

운주는 바로 고개를 끄덕이며 말했다.

"태자 전하께 가장 총애받는 사람이랍니다. 그런데 아씨께서 어젯밤 그렇게 다그치셨으니 앞으로……."

운주가 말을 끝맺지 않았지만 나는 더 이상 묻지 않았다.

진붕은 태자 앞에서 하찮은 것이나 중시 여기는, 기껏해야 거칠고 경솔한 사내이니 그리 신경 쓸 필요가 없었다. 문제는 태자였다. 그 기백이나 위엄으로 보아 그는 앞으로도 충분히 태자 자리를 지켜 나갈 수 있을 듯했다.

나는 운주의 수행을 받으며 난림원 정당으로 발걸음을 향했다. 이번에도 내가 가장 마지막이었다. 다른 규수들은 이미 모두 모여 단정하고 가지런하게 한 줄로 서 있었다.

내가 들어서자 적의가 가득한 시선들이 나에게로 향했다. 그녀들이 왜 그런 눈빛을 보내는지는 분명했다. 어젯밤 주제넘게 태자 앞에 나선 나의 행동 때문일 것이다. 그러나 어제는 나 자신과 자객의 목숨이 걸려 있는 상황이라 그런 것을 생각할 겨를이 없었다.

수많은 아가씨들의 눈빛이 스쳐 가는 중에 나의 눈이 부드러운 아름다움이 담겨 있는 소요의 눈동자와 마주쳤다. 그녀가 나를 향해 옅은 미소를 지으며 고개를 끄덕였고 나 역시 고개를 끄덕이며 미소로 답했다. 인사를 나눈 셈이다.

"반옥 아가씨, 여기에 서세요."

어디에 서야 할지 고심하고 있는데 배려를 담은 소요의 담담한 목소리가 들려왔다. 그녀는 나를 위해 이 불편한 분위기를 해소해 보려고 노력하고 있었다.

나는 빙긋 웃으며 걸어가 소요의 옆에 섰다. 그 누구도 입을 열지 않고 궁중예절을 가르칠 여인이 오기만을 기다렸다. 그리고 그 여인이 도착하자 정적이 다소 누그러졌다.

그녀는 마흔 남짓으로 보였는데 벌써 양쪽 귀밑머리가 희끗희끗했으며 눈가에는 선명한 주름이 잡혀 있었다. 하얀 피부 위에는 그동안 겪은 세상 풍파가 드러나 있었고, 날카로운 눈빛은 무엇이든 꿰뚫어볼 것 같았다. 그녀는 빠르지도 느리지도 않은 걸음으로 우리 앞을 지나며 낮고 냉랭한 목소리로 말했다.

"저는 지금부터 여러분께 궁정예절을 가르칠 근謹 상궁입니다. 저는 여러분이 어느 댁의 귀한 따님인지, 그 집안이 얼마나 대단한지 신경 쓰지 않을 것입니다. 앞으로 열흘간, 여러분은 무조건 제 말에 따르셔야 합니다. 저는 매우 엄격하게 궁궐의 규칙을 가르쳐 여러분을 단정하고 현숙한 모습으로 황후마마 앞에 내보일 것입니다."

우리는 얌전히 서서 그녀가 우리 앞에서 끝없이 늘어놓는 경고를 들어야 했다. 약 반 시진이 지나고 나서야 드디어 그녀가 심호흡을 하며 말을 마쳤다.

"자, 그럼 지금부터 신분 서열에 대해 가르치도록 하겠습니다. 후궁에서 가장 높으신 분은 황후마마이십니다. 금인자수金印紫綬[7]를 받으신 분으로서 황제 폐하의 정실이시며 지극히 존귀한 신분이십니다. 그분 앞에서는 특히 언행에 주의하셔야 합니다. 조금의 실수라도 있으면 아니 될 것입니다. 다음은 정일품正一品인 삼부인三夫人으로 후궁들의 예禮를 관장하시는 분입니다. 황후마마 다음으로 높은 지위로서, 그 어떤 관직보다도 높은 신분입니다. 그러나 삼부인의 자리는 이미 스무 해가 넘도록 비어 있지요. 그 아래로 구빈九嬪은 사덕四德[8]의 가르침을 맡고 있습니다. 구빈 중 소의昭儀, 소용昭容, 소원昭媛은 승상과 비슷한 지위로 제후와 견줄 수 있는 신분이며, 귀인貴人, 귀빈貴嬪, 귀희貴姬는 어사대부御史大夫와 비슷한 지위로서 현공縣公과 견줄 수 있는 신분입니다. 또한 미인美人, 재인才人, 양인良人은 현후縣侯와 견줄 수 있는 신분입니다. 그 뒤를 이어서 첩여

---

7 황제가 황후에게 하사하는 금색 도장으로 후궁을 관장하는 수장의 자격을 상징하며 자색 띠가 둘러져 있다 하여 금인자수라고 한다. 시대에 따라 황후뿐만 아니라 승상 등 높은 지위의 관리들에게도 높은 권세를 상징하는 의미에서 하사하기도 했다.

8 여자가 반드시 갖추어야 할 네 가지 덕을 뜻하는 유교의 가르침으로, 마음씨[婦德], 말씨[婦言], 맵시[婦容], 솜씨[婦功]의 덕목을 담고 있다.

婕妤, 용화容華, 보림寶林, 어녀御女, 채녀采女, 충의充儀, 충용充容이 있는데 모두 총 백여덟 명이지요."

나는 멍해졌다. 황제의 아름다운 후궁이 그 수를 헤아릴 수 없을 만큼 많다는 건 익히 들어 알고 있었지만 막상 근 상궁의 말을 듣고 있자니 받아들이기가 쉽지 않았다.

나는 나와 함께 앉아 있는, 태자비가 되기 위해 이곳에 모인 여자들을 바라보았다. 그녀들에게는 그저 눈앞의 찬란함만이 보일 뿐 그 뒤에 숨어 있는 재앙은 보이지 않는 듯했다. 만약 태자가 폐위라도 되면 자신들의 앞날이 어찌 될 것인지 정녕 모른단 말인가? 그녀들은 정말 삶과 죽음이 늘 함께인 생활을 감당할 준비가 되어 있는 것일까? 태자가 순조롭게 황제의 자리에 오른다 한들 그는 수많은 여인들의 남편이다. 본처로서 수많은 후궁들과의 총애를 받기 위한 치열한 경쟁을 또 어찌 감당한단 말인가?

"근 상궁, 어찌 삼부인의 자리가 스무 해 동안이나 비어 있게 되었는지요?"

질문을 던진 이는 설약이었다. 근 상궁은 누군가 이 문제를 언급할 것을 예측이라도 한 듯 가벼운 탄식을 내뱉었다. 그녀의 시선은 마치 우리를 바라보는 것 같기도 하고 먼 허공을 바라보고 있는 것 같기도 했다.

"원 부인 때문이지요."

우리는 정당에서 세 시진이나 서 있은 후에야 처소로 돌아갈 수 있었다. 지체 높은 아가씨들의 얼굴에는 피곤함이 역력했고, 불평은 끝없이 이어졌다. 하지만 나는 바로 처소로 돌아가지 않고 홀로 채미궁을 거닐었다.

왠지 봄기운이 완연한 아름다운 경치가 눈에 들어오지 않았다. 기분이 좋지 않았고, 온갖 감정이 뒤섞인 마음은 복잡하기이를 데 없었다.

근 상궁이 말한 원 부인 때문일까, 원 부인을 향한 황제의 변치 않는 그리움과 사랑 때문일까?

원 부인와 두 황후는 지금의 황제가 특별히 눈에 띄지 않던 황자였던 시절, 그의 아내가 되었다. 비범한 그녀들은 손을 맞잡고 당시의 태자를 제거하고 황자였던 남편을 황위에 올렸다. 하지만 원 부인을 향한 황제의 감정은 황후를 향한 그것과는 달랐다. 황후를 향한 감정은 존중, 원 부인을 향한 감정은 사랑이었다.

'아무리 아름다운 삼천 명의 후궁이 있다 하여도 사랑하는 마음은 오직 한 사람에게만 머문다.'

이 구절로 원 부인을 표현함에 조금도 지나침이 없을 정도로 그녀는 황제의 사랑을 독차지했다. 비빈들은 봉황루鳳凰樓를 응시하며 혹여 황제가 자신의 처소에 들지 않을까 기대하였으나 황제는 언제나 '장생전長生殿'으로만 향했고 오직 원 부인만을 총애했다. 그러나 박복한 원 부인은 입궁한 지 두 해 만에 난산으로 세상을 떠났고, 큰 충격을 받은 황제는 목이 메도록 통곡하며 오열하였다고 한다. 그뿐만 아니라 한 달간 조정에 나오지도 않고 궁을 떠나 장막에 거하며 밤낮을 가리지 않고 비탄에 빠져 있었다고 한다.

그렇게 삼부인의 자리가 비게 된 이래 지금까지 스무 해가 넘도록 그 누구도 부인의 자리에 오르지 못하였다. 황제의 마음 안에서 원 부인은 지금까지도 여전히 그 누구와도 비교할 수 없는 자리를 차지하고 있는 것이다. 어쩌면 이것이야말로 진정한 사랑일 것이다. 황제의 주변에 아무리 많은 여인이 있다 해도 황제의 마음에는 오직 단 한 사람만이 자리하고 있는 것이다. 천하의 제왕인 황제의 온전한 마음을 다 가질 수 있었던 원 부인은 도대체 얼마나 복이 많은 사람인가.

깊은 생각에서 깨어나 보니 나는 어느새 채미궁을 벗어나 있었다. 짙푸른 수목을 휘감고 아래로 드리워져 있는 청록의 등나무 넝쿨이 요동치며 바람결에 나부끼고 있었다. 이 낯선 곳에는 가시덤불이 가득했고 사람이라고는 그림자도 보이지 않았다. 그저 진녹색의 봄 호수가 햇빛에 반사되어 반짝반짝 빛나고 있었다.

나는 바람결에 나부껴 천천히 춤을 추고 있는 버드나무 가지를 한 손으로 어루만지며 어젯밤의 자객을 떠올렸다. 도대체 그는 누구이고, 무엇을 위해 그 늦은 밤 혼자서 감히 동궁에 침입한 걸까?

"어젯밤, 그 자객은 그대가 구해 준 것이오?"

고요함이 순식간에 깨어졌다. 나는 불쾌감을 느끼며 몇 발짝 떨어지지 않은 곳에 서 있는 남자를 곁눈질로 바라보았다. 깨끗한 자색 비단옷에 푸른 옥반지를 낀 그는 늠름하고 위엄 있는 모습이었고, 한눈에도 황실의 자제라는 것을 알 수 있었다.

"그래요."

솔직하게 고개를 끄덕이는 나의 목소리는 무겁게 가라앉아 있었다.

"만약 어젯밤 태자가 기필코 방 수색을 해야겠다고 했다면, 지금쯤 그대는 옥에 갇혀 그의 처결만을 기다리고 있었을 것이오. 어찌 그리도 조심성이 없단 말이오?"

비록 말에는 걱정을 담고 있었으나 그의 얼굴에서는 한 가닥의 걱정도 찾을 수 없었다. 그의 변함없는 온화한 미소는 언제나 나를 혼란스럽게 만들었다. 그의 눈에서는 단 한 가닥의 웃음기도 찾아볼 수 없었기 때문이다.

나는 아무 말 없이 다시 호수로 눈길을 돌렸고, 어루만지고 있던 버드나무 가지를 꺾어 호수에 던졌다. 평화롭던 수면에 잔잔한 물결이 일었다. 하나, 또 하나, 그 물결은 점점 더 멀리, 더 깊게 퍼져 갔다.

그는 나를 향해 몇 발짝 걸어와, 나와 어깨를 나란히 하고 물가에 서서 흩날리는 버들개지를 바라보았다. 버들개지는 눈처럼 우리의 머리 위에서 흩날리더니 맑고 반짝이는 호수 위로 떨어졌다. 물 위에 비친 우리 두 사람의 그림자가 놀랍도록 다정하고 잘 어울려서 나는 참지 못하고 웃음을 터뜨리고 말았다.

"아직도 웃을 여유가 있소?"

그의 말투에서 마치 어쩔 수 없다는 듯한 느낌이 묻어났다.

"일 년 전의 그대와 지금의 그대는 놀라울 정도로 변한 게 없군. 아직도 그렇게 순진하다니."

멍해진 나는 미소를 거두고 옆에 서 있는 그를 바라보며 한 걸음 뒤로 물러섰다. 그리고 여전히 부드러움을 잃지 않고 있는 그를 바라보며 오랫동안 침묵을 지키다가 입을 열었다.

"왜 저를 입궁시켜 간택을 받게 하신 거죠? 설마 제가 태자비 자리에 오르길 바라고 계신 건 아니겠죠?"

나는 그의 마음을 알 수 없어 혼란스러웠다. 그는 아무 말도 하지 않고 시선을 멀리 옮겨 아릿한 하늘의 끝만을 바라보고 있었다. 마치 깊은 생각에 잠긴 듯했다.

"납란기우!"

나는 참지 못하고 그를 향해 소리를 질렀다. 내가 세상에서 가장 싫어하는 일은 다른 사람에게 조종당하는 것이다. 특히 그에게…….

"적당한 시기가 되면 그대도 자연스레 그 이유를 알게 될 거요. 앞으로 열흘 동안은 경거망동하지 마시오."

그의 얼굴에 떠오른 웃음기가 더욱 깊어졌다. 그가 손을 들어 내 이마 앞에서 바람에 흩날리고 있는 술 장식을 가볍게 쓰다듬었다.

나는 온몸이 빳빳하게 굳고 덜컥 겁이 났으나 곧 정신을 차리고 다시 몇 걸음을 물러섰다. 그의 행동에 놀라기도 했지만, 더욱 의아한 것은 나를 바라보는 그의 눈빛이었다. 그는 마치 사냥감을 바라보는 듯이 악의를 띤 옅은 미소를 짓고 있었다.

부정할 수 없는 것은 내가 그를 두려워한다는 것이다. 나는 그를 매우 두려워하고 있다. 그는 내가 지금껏 만난 사람들 가운데 가장 자신의 마음을 잘 숨기는, 참으로 알 수 없는 사람인데다가 세상이 놀랄 만한 총명함까지 갖추고 있기 때문이다. 그렇기에 그는 스무 살이 되기도 전에 자신이 원하는 것을 모두 손에 넣을 수 있었을 것이다. 만약 그가 정말 황제의 자리에 오르게 된다면 기나라는 분명 크게 번창할 것이라고 나는 줄곧 생각해 오고 있었다.

"돌아갈게요."

나는 황급히 말을 하고 그곳을 떠났다.

납란기우, 그는 황후의 소생이지만 황자들 중 가장 과묵하고 사람들과도 깊이 사귀지 않았다. 사람들은 그가 세상을 피하고 조정에 관심이 없다고 여겼지만 나는 알고 있다. 사실, 이 모든 것은 그가 만들어 낸 거짓 모습이었다. 납란기우는 그 누구보다 조정에 관심이 많았다.

난림원으로 돌아오자 운주가 조심스레 나를 방 안으로 이끌더니 작은 목소리로 도대체 어디에 다녀온 것이냐고 물었다. 두 시진 전에 황후가 사람을 보내어 나와 소요를 태자전으로 불렀다는 것이다.

순간 가슴이 떨려 오기 시작했다. 태자가 어젯밤 일을 황후에게 이야기한 것이 분명했다.

"아씨, 아무리 찾아 보아도 아씨를 찾을 수가 없어서 제가 주제넘게도 황후마마께 사람을 보내어 아씨의 몸 상태가 좋지 않으셔서 가실 수 없으시다고 전했습니다."

작은 목소리로 말하는 운주는 내가 화를 낼까 걱정하는 듯했다.

"잘했다."

나는 일단 곤란한 상황을 잘 처리해 준 운주를 칭찬했다. 황후를 만나지 못한 것이 화를 피한 것인지 좋은 기회를 놓친 것인지는 알 수 없지만, 황후의 성품으로 보아 이번에 우리를 불러들인 것에는 분명 깊은 뜻이 있을 터였다. 막강한 권력을 쥐고 있는 황후가 작은 일에 마음을 쓰지는 않을 것이니 말이다.

어쩌면……, 그녀가 만나고자 한 이는 애초부터 내가 아닐 수도 있었다.

그때 바깥에서 소란한 소리가 들려왔다. 문을 열고 나가 보니 소요가 황후가 하사한 선물을 든 채 다섯 명의 규수들에게 둘러싸여 있었다. 그녀들은 황후가 무슨 말을 했는지 쉴 새 없이 질문을 퍼붓고 있었으나 소요는 명쾌하게 대답하지 않고 그저 간단한 몇 마디 말로 답하고 있었다.

두완만이 나처럼 문 앞에 서서 즐겁게 이야기를 나누고 있는 그녀들을 바라보고 있었다. 그녀는 불꽃이 튈 만큼 분노로 이글거리는 눈을 하고는 나무 문에 몸을 비스듬히 기대고 서서 누구라도 들을 수 있을 만큼 큰 목소리로 말했다.

"겨우 한 번 황후마마를 알현한 것 가지고 그렇게 득의양양할 필요가 있는지, 원."

순간 쥐 죽은 듯한 침묵과 함께 모두의 시선이 오만하기 짝이 없는 두완에게로 향했다. 그녀는 고운 손을 치켜들어 나를 가리키며 말했다.

　"반옥 아가씨는 안타까워서 어쩌나! 그런 중요한 순간에 몸이 좋지 않다니. 그렇지만 않았어도 황후마마의 상을 받았을 텐데 말이야."

　나는 조용히 한숨을 내쉬었다. 어째서 또 화살이 내게 돌아온단 말인가? 두완은 나와 소요를 눈엣가시로 여기고 있는 게 분명했다.

　그때, 소요가 도전이라도 하듯 두완을 향해 웃어 보이며 황후가 하사한 옥을 일부러 가볍게 들어올렸다.

　"조금 전, 황후마마께서 뭐라고 말씀하셨더라⋯⋯?"

　그녀는 깊은 생각에라도 잠긴 듯한 표정으로 자신의 시녀를 바라보았다.

　"황후마마께서는 아씨께서 대범하고 본분을 지킬 줄 알며 아름다운 외모에 지혜까지 겸비하셨다고 칭찬하셨습니다. 또한⋯⋯, 만약 태자 전하께서 이렇게 영리한 태자비를 맞이하시게 된다면 그것은 태자 전하의 복이라고도 하셨지요."

　시녀의 득의양양한 말에 두완은 안색이 납빛으로 변하더니 한걸음에 그 시녀에게 달려가서는 뺨을 갈기었다. 새빨간 손바닥 자국이 시녀의 새하얀 얼굴에 놀랄 만큼 선명하게 새겨졌다.

　"천한 계집 같으니라고! 어느 안전이라고 너 같은 천한 것이 입을 놀리는 게냐!"

낯빛이 순식간에 변한 소요가 억지를 부리고 있는 두완을 무서운 눈빛으로 쏘아보았다.

"두완 아가씨, 개를 때리더라도 주인을 봐 가면서 때려야 지요!"

"뭐? 지금 저 계집을 대신해서 나서는 게냐?"

두완이 자신의 앞에 서 있던 몇몇 규수들을 밀쳐 냈다. 일촉 즉발의 상황이 아닐 수 없었다. 그러나 화가 머리끝까지 났던 소요가 일순간 화를 누르더니 자신의 시녀를 부축하여 자리를 떴다.

"경아敬兒, 나와 함께 방으로 돌아가자. 내가 얼굴을 문질러 주마."

두완의 얼굴에는 만족스러운 웃음이 가득 찼으나 나는 그녀의 어리석음을 비웃었다. 그녀는 자신이 이겼다고 생각하겠지만 사실 어젯밤 태자의 가슴에 안긴 순간 그녀는 이미 진 것이나 다름없었다. 게다가 오늘은 시기와 질투에 못 이겨 소요와 언쟁을 벌였으니 이는 그녀의 완전한 패배를 의미했다. 매력, 이성, 지혜, 단정함, 어느 것 하나 그녀는 소요와 비교조차 되지 않았다.

소요는 선녀와 같은 미모를 가지고 있는 데다 인내심, 재능, 지혜, 그 모두를 갖추고 있었다. 마치 열흘 후의 태자비를 미리 보고 있는 듯했다.

나는 말없이 멀리서 이 모든 것을 지켜본 운주에게 물었다.

"넌 어찌 보느냐?"

운주가 가볍게 웃으며 말했다.

"궁에서 네 해를 지냈는데 저리도 제멋대로인 간택 후보는 처음 보았습니다."

"평평하지 않은 곳에 놓인 것은 소리를 낼 수밖에 없다는 말을 들어보았느냐? 황궁이란 곳 자체가 조용할 날이 없는 곳인데 어찌 얌전하게만 지낼 수 있겠니?"

하루 종일 아무것도 먹지 못한 탓에 배가 고파 와서 나는 그녀에게 식사를 준비하라 명했다. 내게 온전히 순종하는 운주를 보며, 나는 그녀가 내 말뜻을 잘 이해했으리라고 확신했다. 그녀는 결코 어리석지 않기 때문이다.

"전쟁이란 속이는 것이다. 적을 물리칠 수 있으나 물리칠 수 없을 것같이, 공격할 것이지만 공격하지 않을 것같이, 가까우면 먼 듯이, 멀면 가까운 듯이 해야 한다. 작은 이익으로 적을 유혹하고, 적을 어지럽혀 이득을 취하며……."

황혼 무렵, 나는 책상 앞에 앉아 《손자병법》을 읽고 있었고, 운주는 내 눈이 상할까 봐 초를 들고 서 있었다. 운주가 나를 위해 정성스레 끓여 준 맑은 탕을 마시자 목 안이 시원해지며 하루 동안의 피로와 걱정이 모두 씻겨 내려가는 듯했다. 참으로 배려가 깊은 아이였다.

"아씨, 《손자병법》을 보고 계신 거예요?"

탕 그릇을 정리하던 운주가 내가 읽는 책의 제목을 보고 깜짝 놀란 듯 물었다.

"그래, 왜 그러니?"

나는 책에서 고개를 들지 않고 대답했다.

"저는 여자가 《손자병법》을 읽는 것은 처음 봐요."

말 속에 또 다른 깊은 의미가 있는 듯이 그녀는 잠시 말을 멈추었다가 곧 말을 이었다.

"아씨께서는 확실히 평범한 분은 아니신 것 같아요."

나는 고개를 들어 옅은 미소를 짓고 있는 그녀를 한참 동안 바라보다가 피로해진 두 눈을 문질렀다.

"운주야, 너는 어쩌다 입궁하게 된 게냐?"

"집이 가난했어요. 그래서 궁에 팔려 들어왔지요."

그녀의 얼굴에는 여전히 미소가 드리워져 있어 슬픔이라고는 조금도 찾아볼 수 없었다. 나는 그것이 계속 의심스러웠다. 그녀와 함께 지낸 지 이틀, 그녀를 향한 호기심은 날로 커져 갔다. 나는 그녀의 참모습이 알고 싶었다.

내가 막 지금껏 궁금했던 것을 물어보려는데, 환관이 와서 근 상궁이 매우 중요한 일을 분부할 터이니 정당으로 모이라고 전했다. 곧바로 모든 규수들이 정당에 모여 근 상궁이 '중요한 일'을 분부하기를 기다렸다.

근 상궁은 여전히 얼음장같이 차가운 얼굴을 하고 있었다.

"조금 전, 앞으로 나흘 후 태자전에 자수 작품을 내놓으라는 명이 있었습니다. 만약 완성을 못 하거나 솜씨가 변변치 못하면 황후마마의 눈에 들 수 없을 것입니다. 즉, 태자비 선발 자격이 박탈된다는 뜻입니다."

이곳에 모인 이들은 모두 빼어난 용모를 갖추었을 뿐 아니라 뛰어난 자수 솜씨와 꽃꽂이 솜씨를 겸비하고 있었기에 모두들 근 상궁의 말을 듣자마자 마음속으로 기뻐 어쩔 줄 몰랐다.

근 상궁이 열 척尺[9] 너비의 하얀 비단을 꺼내 보이며 말했다.

"여기에다 수를 놓아야 합니다. 황후마마께서 내리신 주제는 '길 끝까지 감춰져 있던 그윽한 향기, 설경에서 춤추고 있는 매화 꽃잎이었구나. 춤추기를 그만둔 매화 꽃잎 자리를 지켰으나, 설해의 정경은 사라지고 말았구나.'입니다."

근 상궁은 우리에게 열 척의 천을 한 장씩 나누어 주며, 문제를 잘 풀라는 말을 덧붙였다. 돌아오는 길에 규수들은 황후마마가 낸 주제로 고심하며 속삭이듯 이야기를 나누었다.

"황후마마께서는 우리더러 설경을 수놓으라는 걸까, 아니면 매화를 수놓으라는 걸까?"

설약이 혼잣말로 중얼거렸다.

"아니면 눈 속의 매화인가?"

정의림의 말에 규수들이 맞장구를 쳤다.

"모두 틀렸어요. 그 두 마디는 〈향설해香雪海〉[10]라는 시에 나오는 부분이니 마마께서는 분명 향설해의 정경을 말씀하신 거예요."

---

9 길이의 단위. 한 척은 약 33.3센티미터.
10 여기에서 말하는 향설해(香雪海)란 매화 꽃잎이 떨어지며 흩날리는 모습이 마치 흰 눈이 내리는 것 같은 정경을 뜻한다.

소요가 고개를 숙이고 조용히 시를 읊조리기 시작했다.

길 끝까지 감춰져 있던 그윽한 향기,

설경에서 춤추고 있는 매화 꽃잎이었구나.

춤추기를 그만둔 매화 꽃잎 자리를 지켰으나,

설경의 정경은 사라지고 말았구나.

이슬은 꽃잎을 적시었고,

고운 꽃송이 다른 꽃 틈에서 우월함을 뽐낸다.

얼음같이 맑고 투명한 자태,

만물에 숨을 불어넣는 그 기품 옥같이 정결하여라.

아름다움과 애잔함 동시에 드러내니,

그 낭만과 고운 빛깔 보는 이를 취하게 한다.

새벽의 평온함과 부드러움 담아내며,

차가운 눈 속에서도 꼿꼿이 피어 있으니 감탄할 수밖에.

모든 이들이 소요의 재기에 감탄하였다. 단 한마디 말로 사람들을 일깨워 주었을 뿐만 아니라 모두를 고심에 빠뜨렸던 문제까지 풀었으니 참으로 재기가 넘치는 여인이었다.

방으로 돌아온 나는 한 손으로 머리를 받치고 멍하니 새하얀 비단을 바라보았다.

황후는 어째서 이런 주제를 낸 걸까?

향설해! 황후가 매화를 특별히 좋아하는 것일까? 하지만 그런 말은 들어 본 적이 없었다.

운주가 매우 기이하다는 눈빛으로 꼼짝도 하지 않는 나를 바라보며 물었다.

"아씨, 왜 아직까지 근심에 잠겨 계세요? 방금 소요 아씨께서 이미 문제의 해답을 내놓으셨는데 뭐가 잘못되기라도 한 건가요?"

나는 비단을 내려놓으며 물었다.

"운주야, 황궁 어디에 향설해가 있지?"

"스무 해 전에 세상을 떠나신 원 부인께서 지내시던 장생전에 있어요. 그곳의 경관은 세상에 둘도 없을 정도로 아름답지요."

"원 부인께서 매화를 좋아하셨느냐?"

운주가 고개를 끄덕이며 말했다.

"원 부인께서 매화를 몹시 아끼셨지요. 그래서 폐하께서 원 부인을 기쁘게 해 드리기 위해 온 나라의 각 군현에서 수천 그루의 아름다운 매화를 옮겨 심으셨어요. 매년 겨울이 되면 그 매화들이 만개하는데, 그 경관이 정말 아름답답니다."

그녀의 말이 끝나자마자 나는 운주가 뒤에서 큰 소리로 부르는 것도 개의치 않고 정신없이 밖으로 뛰어나왔다. 그러나 동궁을 벗어난 지 얼마 되지 않아 발걸음을 멈출 수밖에 없었다. 이 넓디넓은 황궁 어느 곳에 장생전이 있는지 알 수 없었기 때문이다.

"주인님, 어디 가시는 길이신지요?"

기척도 없이 등장한 그림자 하나가 내 앞에 서 있었다. 나는 금위복을 입고 은검을 손에 든 채 나에게 예를 갖추는 그를 바라보았다. 비록 목소리는 언제나처럼 차가웠으나 태도에는 공손함이 묻어났다.

나는 깜짝 놀라 그를 가리켰다. 납란기우의 처소에 있어야 할 그가 어떻게 황궁의 금위군이 되어 있단 말인가? 도대체 이게 어찌 된 일이란 말인가? 납란기우, 그는 도대체 무슨 짓을 꾸미고 있는 것인가?

"장생전에 가는 길이다."

나는 자초지종을 묻고 싶은 충동을 꾹 눌러 참으며 말했다. 황궁 안에는 보는 눈도, 듣는 귀도 많을뿐더러 소문도 많았다. 지금은 이야기를 나눌 적절한 때가 아니었다.

"제가 모시고 가겠습니다."

그 또한 나의 마음을 꿰뚫어 보았다. 나는 고개를 끄덕여 그를 따라가겠다는 뜻을 표했다.

달빛이 창가의 주렴을 비추고 날씨는 점점 차가워졌다.

황궁을 도대체 몇 바퀴나 돌았는지 발바닥에서 고통이 느껴진 지 한참이었다. 시종 입을 열지 않던 나도 더 이상은 참을 수 없어 한마디를 던졌다.

"혁빙奕冰, 도대체 얼마나 더 가야 하는 거냐?"

몇 걸음을 더 가서야 그가 앞을 가리키며 말했다.

"도착했습니다."

나는 그가 가리키는 방향을 바라보았다.

색이 바랜 검붉은 궁문에는 '장생전'이라는 세 글자가 선명하게 쓰여 있었는데, 암흑이 짙게 깔린 밤에도 여전히 금빛으로 밝게 빛나고 있었다. 문의 양옆에는 네 명의 호위병들이 꼿꼿한 자세로 보초를 서고 있었다.

어떤 이유를 대야 저 안으로 들어갈 수 있을까 고민하고 있던 그때, 나는 발끝이 가벼워지고 내 양쪽 팔이 단단히 에둘러져 있는 것을 느꼈다. 어느새 나는 빼어난 경공 실력을 지닌 혁빙의 품에 안겨 높은 담장을 넘어와 있었다.

나는 불필요한 소동이 벌어지는 것을 피하기 위해 혁빙에게 담장 밖을 지키고 있다가 잠시 후 내가 높고 검붉은 담장을 가볍게 몇 번 두드리면 나를 다시 데리고 나가도록 했다.

고개를 들어 매화 숲을 바라보니 매화는 이미 다 말라 떨어지고 가련한 나뭇가지만이 남아 있었다. 얼마 남지 않은 매화향은 온데간데없이 흩어져 버렸고, 텅 빈 정원에는 고독함과 처량함만이 그 자리를 지키고 있었다. 정원에는 수천 그루의 매화나무가 빽빽이 자리하고 있었는데, 안타깝게도 꽃이 피는 시기가 지나 버려 만개한 매화를 볼 수는 없었지만 분명 빼어난 경치이자 천하의 아름다움을 초월하는 비경일 것이 분명했다.

이미 메말라 버린 매화나무를 바라보고 있자니 마음이 복잡해졌다. 눈앞이 아른거리고 코끝이 시려 와 견딜 수가 없었다. 사실 내가 이곳에 온 진짜 이유는 난제를 풀기 위함이 아니었다. 바로……, 추억을 되새기기 위함이었다.

한때는 나를 사랑하여 그저 나를 기쁘게 하기 위해 세상의 모든 매화를 모으던 이가 있었다. 한때는 온 식구가 매화 숲에 모여 술을 마시며 시를 짓던 때도 있었다. 안타깝게도 지금은 모든 것이 변해 버렸다.

나는 비탄에 잠긴 마음을 금할 수 없어 조용히 시를 읊조리기 시작했다.

홀로 고독히 보내는 타향에서의 나날,

아름다운 봄 풍경에 떠날 수가 없구나.

엄동설한에 피었던 매화가 떠오르니,

가장 이르게 핀 꽃 잊혀지고 말았구나.[11]

"거기 누구냐?"

차가운 목소리가 고요하고 처량한 매화 숲의 정적을 깨뜨렸다. 나는 달빛을 빌려 나를 향해 천천히 걸어오고 있는 그림자를 바라보았다.

이런 시간에 처량한 매화 정원에 도대체 누구일까? 설마 황제? 아니다. 의복과 행동으로 보아 스물 남짓의 청년이었다. 그가 나에게 더 가까이 다가오자 달빛에 비쳐 어렴풋이나마 그의 용모가 드러났다.

흑단같이 새까만 머리의 그는 늠름한 기상, 범상치 않은 기개와 더불어 속세에 물들지 않은 듯한 분위기를 가지고 있었다. 어쩌면 그의 반짝이는 두 눈 속에 감추고 있는 듯한 비통함

---

11 만당시인(晚唐詩人) 이상은(李商隱)의 〈억매(憶梅)〉.

이 전해졌기 때문일까? 그를 바라보며 나는 넋을 잃고 말았다.

그는……, 누구인가?

"본 왕이 너에게 묻고 있지 않느냐!"

비록 여전히 냉정함을 유지하고 있었지만 그의 목소리에는 노기가 서려 있었다.

그가 자신을 왕이라 칭하는 것을 듣고 나는 그의 신분을 추측할 수 있었다. 매화 숲에 나타날 만한 왕이라면 오황자 초청 왕뿐이었다.

그의 모비母妃는 황제에게 가장 총애를 받았던 원 부인이다. 박복하게도 원 부인은 이십 년 전 그를 낳은 후 세상을 떠나, 갓 태어난 그만이 이 세상에 홀로 남겨지게 되었다. 비통에 잠긴 황제는 만 십육 세가 되기 전에는 왕으로 봉하지 않는다는 선조들의 예를 따르지 않고, 갓난아기였던 그를 왕으로 봉하였다. 이것만으로도 그를 향한 황제의 사랑을 알 수 있었다.

나는 바로 무릎을 꿇고 예를 갖춰 인사를 올렸다.

"왕야께 아룁니다. 소인은 이번에 태자비 간택을 위해 입궁하였사온데 황후마마께서 내신 자수의 주제가 향설해인지라 겁 없이 장생전에 들어와 영감을 찾고 있었사옵니다."

차갑게 얼어붙었던 그의 눈빛이 조금 부드러워졌다. 그는 나를 꾸짖지 않고 내게 일어나라는 손짓을 하였다. 그리고 내가 완전히 일어서기도 전에 몸을 돌려 이미 다 말라 버린 향설해를 바라보다가 마치 혼잣말을 하듯 나에게 말했다.

"매화는 벌써 시들어 버렸는데 이곳에서 무슨 영감을 찾는

단 말이냐?"

"그렇지 않습니다. 마음속에 핀 매화는 영원히 시들지 않습니다. 저는 왕야의 마음속에도 매화가 아로새겨져 있다고 믿습니다."

넓디넓은 향설해가 그의 마음속을 차지하고 있는 것같이 내마음속에도 큰 자리를 차지하고 있었다.

그의 뒷모습이 경직되는가 싶더니 그가 갑자기 맹렬한 기세로 몸을 돌려 내게 무슨 말인가를 하려고 했다. 그러나 그는 아무런 말도 하지 않고 멍하니 나를 바라보기만 했다. 그의 얼굴이 처음에는 행복과 기쁨으로 가득하더니 이내 매우 놀란 듯하다가 마지막에는 침울한 표정으로 바뀌었다. 나는 의아해하며 그의 뜨거운 눈빛을 피하였고, 마음속으로 그의 알 수 없는 표정 변화에 놀라고 있었다.

설마 내 미모가 경국지색이라 첫눈에 나에게 미혹되었단 말인가? 결코 아니었다. 그의 눈빛에는 남녀간의 애정이 아닌 깊은 그리움이 서려 있었다. 도대체 그는 왜 나에게 그리움의 감정을 느끼는 걸까?

"왕야……."

나는 어색하게 목을 가다듬으며 지금 이 순간 체통을 잃은 그의 주의를 환기시켰다.

"이름이 무엇이냐?"

그의 목소리는 긴장되어 있었으나 깊이 있는 낮은 목소리가 아주 듣기 좋았다.

"반옥이라 하옵니다."

그의 쓸쓸한 미소는 비통하고 처량했으며 실망한 기색을 애써 숨기려는 듯했다. 그는 나를 다시 바라보지 않고 뻣뻣하게 몸을 돌리고는 하늘 위의 밝은 달을 바라보며 옛 이야기를 꺼냈다.

"이 매화 숲은 어마마마께서 생전에 가장 사랑하는 곳이었을 뿐만 아니라 어마마마와 아바마마의 가장 진실하고 순수한 사랑이 남아 있는 곳이다. 그분들의 사랑은 〈봉구황鳳求凰〉[12]이라는 곡에 담겨 있지. 매화가 만개했던 어느 날 어마마마는 회임을 하셨고, 아바마마는 기쁨에 넘쳐 어마마마의 손을 이끌고 이곳에 오셔서 어마마마께 약속하셨지. 만약 황자를 낳으면 그를 황태자로 삼을 것이라고……. 그러나 어마마마는 '정실이 있으면 정실의 자손을 세우고, 정실이 없으면 장자를 세워야 한다.'며 거절하셨다. 이를 거스르면 온 나라가 요동한다는 선조들의 말씀에 따라 나라와 사직을 걱정하셨기 때문이지. 부황은 지극히 감동하셨고, 어마마마를 위해 직접 가야금 연주를 하셨지. 〈봉구황〉은 어마마마를 향한 아바마마의 약속이야. 아바마마는 결코 사마상여와 같은 매정한 사랑[13]을 모르며 그의

---

12 한대(漢代)의 문학가(文學家) 사마상여(司馬相如)의 칠현금 곡으로 전해지고 있으며, 사마상여와 탁문군(卓文君)의 사랑 이야기를 담고 있다.

13 고귀한 신분의 아름다운 탁문군(卓文君)에게 반한 가난한 사마상여(司馬相如)는 구애 끝에 탁문군의 마음을 얻은 후, 궁핍하지만 부부로서의 삶을 시작한다. 탁문군은 헌신적으로 사마상여를 내조하였으나 그녀 덕분에 부와 명예를 얻은 사마상여가 변심한 내용을 일컫고 있다.

사랑은 일생에 단 한 번, 오직 원설의袁雪儀에게만 줄 것이라고
하셨어."

그는 왜 갑자기 내게 원설의의 이야기를 들려준 것일까? 이
곳을 보니 마음이 약해진 것일까? 그의 목소리가 잠기고 목이
메는 것이 억지로 눈물을 참고 있는 것 같았다.

나는 그를 위로해 주고 싶었다. 하지만 나의 손이 그의 팔에
닿자마자 그의 품에 안기게 되는 상황을 원한 것은 아니었다.
깜짝 놀라 그를 밀어내려는 순간, 나는 그의 두 팔이 미세하게
떨리고 있는 것을 깨달았다. 결국 나는 그를 밀어내려던 마음
을 접었다. 차마 어린 나이에 어머니를 잃은 아이를 모질게 대
할 수 없어서였다.

"왕야, 저……."

"앞으로는 날 기운이라 불러 다오."

그가 나의 말을 막았다. 그의 갑작스러운 행동에 의아해하
면서도 나는 그가 시키는 대로 그를 '기운'이라 불러 보았다. 어
쩌면 바로 이 순간 나는 진정한 나 자신으로 돌아온 것일지도
모른다. 가면으로 자신을 꽁꽁 숨긴 채 다른 사람을 대하지 않
아도 되는 바로 그런 순간……. 필경 그에게도 나처럼 가슴속
깊이 새겨진 상처가 있을 것이다. 그 낙인과도 같은 상처, 어떻
게 해서든지 이곳에서 살아남아야만 한다는 것을 시시각각 일
깨워 주는 목적…….

결국 나를 난림원까지 데려다 준 이는 기운이었다. 돌아오
는 길 내내, 그는 나의 옆에서 단 한 마디도 하지 않았고, 나는

그가 무슨 생각을 하고 있는지 알 수 없었다. 분위기는 어색했지만 불편하거나 난처하다는 생각은 들지 않았다. 나는 오히려 이 순간의 평온함을 즐기고 있었다.

장생전에서 나올 때 호위병들이 마치 귀신이라도 본 듯 질겁하던 모습을 생각하니 웃음이 나왔다. 그들은 내가 언제 장생전에 들어갔는지 지금도 의아하게 여기고 있을 것이다. 그러나 기운이 옆에 있어 감히 길을 막고 심문을 하지는 못했다.

여전히 담장 아래에서 나를 기다리고 있던 혁빙을 보았을 때는 매우 미안한 마음이 들었다. 어처구니없게도 나는 그가 그곳에서 나를 기다리고 있다는 사실을 까맣게 잊고 있었다. 그가 나를 탓하지는 않을까? 그의 새카맣고 깊은 두 눈에 근심이 가득 서려 있는 것을 보고, 나는 그를 향해 고개를 살짝 끄덕여 별일이 없음을 알렸다.

난림원 정문 밖에서 내가 돌아오기를 기다리고 있던 운주는 나를 보자 아무 말 없이 긴 한숨을 내쉬었다. 그녀는 나에게 몇 마디 잔소리를 하고 싶었던 듯했지만 내 옆에 있는 기운을 보고는 곧바로 무릎을 꿇고 예를 갖추어 인사를 올렸다.

"일어나라."

그의 목소리는 여전히 고상하고 품위가 넘쳤다. 그는 운주에게 나를 잘 보살피라는 분부를 남기고 떠났다.

운주는 알 수 없다는 표정으로 나를 바라보며 말했다.

"역시 아씨께는 대단한 매력이 있으신 것 같아요. 궁 안의 모든 사람들이 초청왕께서는 콧대 높고 마음을 열지 않아 어릴 적부터 그 누구와도 깊은 교제를 나누지 않으신다고 하던데, 그런 분이 이렇게 직접 아씨를 바래다주시다니! 게다가 아씨를 바라보시던 눈길은 얼마나 따스하시던지요."

"쓸데없는 소리!"

나는 괜스레 화가 난 척하며 그녀를 방 밖으로 내보내고 힘껏 문을 닫았다.

내 몸에서 여전히 그의 향기가 나는 것 같았다. 단언할 수는 없지만 그는 나와 많이 닮았고, 그래서인지 그와 함께 있으니 마음이 편안했다. 그는 늘 나를 숨 막히게 하고 어쩔 줄 모르게 만드는 기우와는 달랐다.

요 며칠 동안 규수들은 매일 묘시에 난림원 정당에서 궁중 예절을 배우는 시간을 제외하고는 줄곧 방 안에서 열심히 자수를 놓았다. 그럴 때면 커다란 난림원 전체가 고요함과 평온함으로 가득 찼다. 모두들 최고의 기량을 뽐낸 자수 작품으로 황후의 환심을 사서 태자비의 자리에 등극할 희망에 가득 차 있었다.

열흘 중 나흘이 지나는 동안 나는 운주의 쉼 없는 잔소리를 들어야만 했다. 지금도 그녀는 내 뒤에서 방 안을 오가며 다시 잔소리를 하기 시작했다.

"아씨, 이제 겨우 닷새밖에 남지 않았으니, 이제 앉아서 넋 놓고 계시는 건 그만두셔야 해요! 이러다가 자수 작품을 내지 못하기라도 하면 기회는 영영 사라지게 된다고요."

하지만 여전히 수틀에 그대로 걸려 있는 흰 천을 보자 복잡한 감정이 내 마음속을 가득 채웠고, 나는 도대체 어찌해야 할지 알 수가 없었다. 나흘이라는 시간 동안 나는 단 한 땀의 수도 놓지 못했다. 그러니 이런 나를 보며 다급한 마음에 잔소리를 하는 운주의 마음도 이해할 수 있었다.

"운주야, 네 생각에는 향설해를 수놓아야 할 것 같니, 정답을 수놓아야 할 것 같니?"

"당연히 정답을……. 설마 향설해가 정답이 아니라는 말씀이세요?"

당연하다는 듯 고개를 끄덕이던 운주가 뒤늦게 나의 말뜻을 깨닫고는 계속해서 정답이 무엇인지 물어왔다. 하지만 나는 화제를 돌려 대답을 회피했다.

오랜 시간을 깊이 고심한 후 나는 한숨을 내쉬며 물었다.

"운주야, 초청왕이 어떤 사람이라고 했지?"

또다시 며칠 전 매화 숲에서의 일이 떠올랐다. 지금까지도 그 두근거림이 남아 있었다. 특히 나를 바라보던 그의 눈빛, 그것은 마치……. 여기까지 생각이 미치자 나는 그에 관해 좀 더 알고 싶어 견딜 수가 없었다.

뒤편에 있던 운주는 대답이 없었다. 목소리가 너무 작아 못 들은 거라 생각한 나는 소리를 조금 높여 다시 물었다.

"초청왕은 대체 어떤 사람이지?"

이번에도 대답은 돌아오지 않았다. 나는 이상하게 여기며 혹시 그녀가 넋이라도 놓고 있는 게 아닌가 싶어 몸을 돌렸다.

하지만 그곳에는 운주 대신 푸른 옷의 남자가 서 있었다. 곤란함에 어찌할 바 모르는 나를 웃음을 가득 머금은 채 바라보면서 말이다. 잔뜩 긴장한 나는 그를 향해 예를 갖추어 인사를 올리며, 마음속으로 초청왕이 찾아온 것을 암시조차 해 주지 않아 그의 앞에서 부끄러운 질문을 하게 만든 운주를 책망했다.

초청왕이 여전히 아무것도 수 놓이지 않은 부드러운 비단을 어루만지며 물었다.

"내가 어떤 사람인지 그토록 알고 싶으냐?"

나는 어떻게 대답해야 할지 몰라 고개를 떨군 채 그저 그의 은회색 신발의 움직임을 따라 시선을 옮겼다.

그가 난림원으로 나를 찾아오다니 꿈에도 생각지 못한 일이었다. 황제가 죄를 물을 수도 있는데 그는 두렵지 않은 걸까? 비록 여기에 있는 규수들이 후궁의 비빈은 아니지만 그래도 간택 후보이지 않은가. 그의 예고 없는 등장은 확실히 규범에 어긋나는 일이었다.

"고개를 들어라."

그의 목소리가 내 머리 위에서 울렸다. 그 말은 명령이었기에 나는 고개를 들어 꿰뚫어보는 듯한 그의 눈빛을 바라볼 수밖에 없었다. 그의 두 눈은 깊고 그윽하였으며 여전히 우수에 젖어 슬퍼 보였다.

"왕야……, 이제 떠나셔야 합니다!"

점점 뜨거워지는 그의 눈빛을 어색하게 피하는데, 그가 어느새 나의 손을 붙잡았다. 황급히 손을 잡아 뺀 나는 차가운 감촉을 느끼고 아래를 내려다보았다. 새빨간 옥이 손바닥 위에 놓여 있었다. 자세히 살펴보니 암수 봉황이 서로 머리를 맞대고 있는 형상이었다. 이것을 나에게 주는 것인가?

"봉혈옥鳳血玉이다. 어마마마의 물건이지. 그대가 나를 위해 이것을 잘 보관해 주었으면 한다."

의혹이 담긴 눈으로 한참 동안 봉혈옥을 바라보던 나는 결국 말없이 그것을 받았다. 어쩌면 결코 거절을 받아들이지 않겠다는 의지가 담겨 있는 그의 눈빛 때문이었을지도, 혹은 그의 말 속에 담겨 있는 그의 진심 때문이었을지도, 그것도 아니면 그의 손이 나의 마음을 녹였기 때문이었을지도 모른다. 어떤 이유이건 나는 그 옥을 받았고, 아주 조심스럽게 소매 안에 집어넣었다.

다정한 한 쌍의 봉황, 드넓은 푸른 하늘을 날다

　나는 비밀리에 한성왕 기우를 찾았다. 예전 궁궐 밖에 있을 때, 그는 동궁 전체의 지형도를 나에게 주었었다. 그것은 일 처리의 편리함을 위해서이기도 했으나 그보다는 내가 다른 사람들에게 발각되지 않고 비밀리에 그를 만나러 갈 수 있도록 하기 위함이었다. 그는 자신이 동궁의 미천궁未泉宮에서 지내고 있고, 그곳의 호위병들은 모두 자신의 심복들이니 내가 궁 안 사람들의 이목을 피해 무사히 미천궁까지만 도착하면 그 뒤에는 아무 문제 없을 것이라고 했었다. 그의 말대로 내가 조심스럽게 지도상의 빨간 표시를 따라 미천궁에 도착하자, 그의 부하들이 나를 그의 침소로 안내해 주었다.

　나는 그를 만나고 싶지 않았지만 지금의 내게는 선택의 여지가 없었다. 그의 계획을 망칠 수 있는 건 둘째 치고, 어쩌면 지금까지의 나의 노력 역시 수포로 돌아갈 수도 있는 상황이었다. 나 혼자 결정할 수는 없었다.

"왕야!"

방 안에는 촛불이 켜져 있지 않았는데, 하필 오늘 밤에는 달빛 역시 비추지 않아 한 치 앞도 보이지 않을 정도로 어두웠다. 결국 나는 제자리에서 조금도 움직이지 않은 채 조심스레 그를 불렀다. 뜻밖에도 전혀 반응이 없었다. 그는 어찌 이리도 경계심이 없단 말인가?

나는 다시 조금 더 큰 목소리로 그를 불렀다.

"한성왕!"

여전히 그 어떤 반응도 없었다. 그의 놀라운 무공 실력으로 미루어 볼 때 내가 연이어 두 번이나 불렀음에도 그가 듣지 못했다는 건 불가능했다. 분명 고의였다!

순간 머리끝까지 화가 나서 나는 느낌에 의지해 침대로 짐작되는 곳을 향해 곧장 나아갔다. 겨우 몇 발짝을 떼었을 뿐인데 나는 비틀거리며 바닥에 넘어졌고, 손바닥에 날카로운 아픔이 느껴졌다.

잠시 후, 낮은 웃음소리가 들려왔다. 처음에는 흐릿한 빛이 새까맣게 어두운 방을 밝혔고, 곧 눈부시게 밝은 빛이 온 방 안을 가득 채웠다. 바닥에 넘어진 채로 나는 갑자기 밝은 빛에 적응이 되지 않은 두 눈을 한동안 감고 있었다. 잠시 후, 겨우 눈을 뜨니 얼굴 가득 기분 나쁜 미소를 짓고 있는 그가 낭패한 나의 모습을 내려다보고 있었다. 나는 한참 동안이나 발버둥쳤으나 여전히 일어날 수가 없었다. 그저 나를 넘어뜨린 나무 의자를 매섭게 노려볼 수밖에 없었다.

"정말 넘어진 거요?"

내가 한참 동안 일어서지 못하고 있자 그가 선심이라도 쓰듯 물었지만, 나는 고개조차 돌리지 않았다.

그가 몸을 구부려 나를 일으켜 세우려 했으나 나는 손을 들어 그의 손을 치워 버렸다. 그러나 내 손목은 이미 그에게 붙잡혀 있었다. 조금 전 넘어질 때 손바닥에 생긴 상처에서 피가 나는 걸 보더니 그가 한참 후 한마디를 내뱉었다.

"어찌 이리도 조심성이 없는 것이오!"

지금 내게 조심성이 없다고 말하는 것인가? 일부러 나를 골탕 먹이려 했으면서 내가 조심성이 없다고 탓하다니! 그는 나를 장난감 삼아 가지고 노는 것을 좋아하는 것일까, 아니면 내가 그에게 화를 내지 못할 것이라고 생각해서 이러는 것일까?

"어서 일어나시오, 약을 발라 줄 테니."

그가 다시 나를 일으키려 했지만 나는 죽기 살기로 버텼고, 끝내 바닥을 붙잡고 꼼짝도 하지 않았다. 그는 감히 힘으로 나를 일으켜 세우지 못했다. 내 상처가 더 깊어질까 염려스러웠기 때문이다.

"됐어요."

나는 시종 그의 눈을 바라보지 않았다.

"일어나시오, 복아馥雅!"

그가 갑자기 따스함이 배어 있는 목소리로 말하자 눈가가

시큰해졌다. 한동안 그 누구도 불러주지 않았던 그 이름을 듣자 지금까지의 모든 서러움이 순식간에 밀려왔다. 나는 애써 입술을 깨물어 솟구치는 눈물을 참았다.

"신경 쓰지 않으셔도 됩니다."

목멘 목소리가 새어 나왔다.

"내 잘못이오."

그는 긴 한숨을 내쉬고는 바닥에 앉아 나를 안아 일으켰다. 이번에는 나도 발버둥치지 않고 그가 이끄는 대로 침대 위에 가만히 앉았다.

지금의 상황은 일 년 전의 그때와 꼭 닮아 있었다. 그때, 그는 수십 명의 자객에게 둘러싸여 있던 나를 구해 주고는 부드럽게 나를 안아 말 위로 올려 주었다. 그 당시 그의 몸에서 풍기던 청아한 향기, 나는 그것을 지금까지 희미하게나마 기억하고 있다.

그가 깨끗한 물과 붕대 그리고 금창약金創藥[14]을 찾아서 열심히 나의 상처를 닦는 모습을 가만히 바라보고 있자니 조금 전의 노기는 흔적도 없이 사라져 버렸다. 언제나 나를 못살게 굴며 즐거워하던 오만하기 짝이 없던 그가 나에게 사과를 한 것만으로도 대단한 일이 아닐 수 없었다. 그러니 나도 더 이상 그에게 화를 낼 이유가 없었다.

"도대체 왜 혁빙을 궁으로 부르신 거죠?"

---

14 옛날 약의 한 종류로서. 보통 검이나 금속 등으로 입은 상처에 많이 사용되었다. 지혈, 소염의 효과와 더불어 진통을 멈추게 해 주는 효능 역시 있다고 알려져 있다.

나는 예고 없이 계속해서 찾아오는 손바닥의 아픔을 꾹 참으려고 바들바들 떨며 물었다.

"당연히 이유가 있소."

그는 시선으로는 여전히 나의 손을 좇으며, 지금까지 수백 번은 들어온 말로 대답을 대신했다. 매번 내가 무엇인가 물어볼 때면 그는 늘 '이미 준비가 다 되어 있소.', '다 계획이 있소.', '거기에는 이유가 있소.'라고 대답하였고 나는 바보처럼 결국 아무것도 알아낼 수 없었다.

"오늘은 무슨 이유로 나를 찾아온 것이오?"

그는 나의 한쪽 손을 붕대로 감아 주고, 곧이어 나머지 손을 치료할 준비를 하며 물었다.

"두 황후께서 자수 문제를 내셨어요. 향설해에 관한 건데, 왕야께서는 제가 재기를 드러내야 한다고 생각하세요, 아니면 계속……?"

내가 잠시 말을 멈추자 그가 곧 말을 가로챘다.

"어마마마께서 '향설해'를 자수의 주제로 내셨을 리 없소."

그의 단호한 한마디가 나의 추측을 더 견고히 해 주었다. 그가 드디어 고개를 들었다.

"그대의 마음속에는 이미 확실한 답이 준비되어 있을 테지. 그렇지 않소? 그렇다면 그대가 찾은 그 답안대로 하시오."

나는 가볍게 한숨을 내쉬었다. 기우는 두 황후의 친아들임에도 불구하고 그녀에게 사랑받지 못했다. 그들 사이의 감정은 흡사 낯선 이의 그것과 다를 것이 없었다. 두 황후의 사랑은 모두 태자에게 향해 있었고, 두 황후는 인색하게도 그 사랑을 조금도 기우에게 나누어 주지 않았다. 그러니 두 황후를 향한 그의 원망이 깊을 수밖에 없었다.

그는 늘 외롭고 고독했을 것이다. 그러나 그는 그것을 절대 겉으로 내비치지 않았고, 홀로 묵묵히 그것을 견뎌 내고 있었다.

"사실, 어쩌면 황제라는 그 자리……, 당신이 생각하는 것만큼 그리 중요하지 않을지도 몰라요."

나도 모르게 내뱉은 말에 그는 놀란 얼굴이었고, 거기에는 복잡한 감정이 뒤섞여 있었다.

"만일 그대가 나의 고통을 직접 겪어 봤다면 그대도 이해했을 거요. 나에게는 그 자리가 아주 중요하오."

그가 나에게 자신의 진실된 마음을 이야기한 것은 처음이었다. 어쩌면 나는 그의 고독을 결코 이해하지 못할지도 모른다. 그날, 내가 위험을 무릅쓰고 자객을 살려 낸 것은 그를 돕기 위해서였다. 나는 그 자객이 앞으로 우리에게 많은 도움을 줄 것이라 믿고 있다.

미천궁을 떠난 지 얼마 되지 않았을 무렵, 회랑의 그림자가 갑자기 넓게 드리워지고 무시무시한 바람이 불어 옷을 나부끼게 하더니 예고 없이 비가 내리기 시작했다. 나는 회랑에서 오도 가도 못하는 신세가 되었다. 비에 젖은 흙냄새가 풍겨 왔고, 요염한 색을 뽐내던 모란과 장미꽃이 썩어 가며 풀 비린내를 옅게 풍겼다. 쓸쓸한 계단 위로 빗방울이 쉼 없이 떨어졌고, 나는 회랑 끝에 서서 두 손을 내밀어 빗방울을 느껴 보았다. 떨어지는 빗방울에 내 손의 붕대가 젖고 손에 발린 금창약이 씻겨 나갔다.

실같이 가는 비가 분분히 떨어져 내렸다. 천둥, 번개를 품은 바람이 하늘을 때렸고, 정원에 떨어진 낙엽은 그 수를 헤아릴 수 없었다. 나는 천둥, 번개가 조금도 두렵지 않았다. 나는 두 눈을 꼭 감고 가는 비가 나의 손을 때리는 느낌을 즐겼다.

"조용히 피고 지는 꽃에 마음 쓰는 이는 없으나, 버들개지는 바람결에 나부껴 홀로 춤을 추는구나."[15]

내 읊조림이 끝나자 또 다른 목소리가 그 뒤를 이었다.

"아름다운 눈썹과 발그레한 뺨 어우러지니, 그 곱고 어여쁜 자태 더욱 빛을 발하는구나."[16]

두 손을 거두고 소리가 나는 쪽을 바라보니, 그는 이미 내 옆에 서 있었다. 내가 예를 갖춰 인사를 올리는 것도 기다리지 않고, 무릎을 꿇으려던 나를 붙잡아 일으켜 세운 그가 물었다.

"그날, 어찌 태자전에 오지 않았느냐?"

"그날은 몸이 좋지 않았사옵니다."

이곳에서 태자를 만나게 될 줄은 꿈에도 생각지 못했다. 그는 입가를 가볍게 올리며 따뜻한 웃음을 지어 보였고, 놀랍게도 두 손을 바깥으로 내밀어 떨어지는 빗방울을 맞았다.

나와 그는 긴 회랑에서 어깨를 나란히 한 채 부슬부슬 내리

---

15 송나라 섭몽득(葉夢得)의 사(詞) 〈하신랑(賀新郞)〉의 한 구절.
16 북송 때 곽무천(郭茂倩)이 편찬한 악부시집《樂府詩集》에 전하는 잡곡 (雜曲)의 하나.

는 빗소리를 귀 기울여 듣고 서 있었다. 그는 아무런 말도 하지 않았고 나 역시 감히 입을 열지 못했다. 우리는 그렇게 반 시진을 조용히 서 있었다.

그가 갑자기 입을 열어 나를 놀라게 했다.

"내가 너를 태자비로 맞으면 어떻겠느냐?"

마치 농담과도 같은 말이 그의 입에서 흘러나왔다.

"소인은 지극히 평범한 집안의 여식으로, 감히 엄두도 못 낼 지체 높으신 분과는 함께할 수 없사옵니다. 태자 전하의 호의에는 깊이 감사하오나 부족한 저는 감히 받아들일 수 없사옵니다."

나는 분명하게 그의 오만한 호의를 거절하고는 나를 향해 떨어질 불호령을 기다렸다. 그러나 놀랍게도 그는 여전히 미소 지으며 나를 바라보고만 있었고, 그 눈빛에는 원망이 조금도 섞여 있지 않았다.

"너와 그녀는 참으로 닮았구나."

그가 천천히 한숨을 내쉬었다.

"그날, 나는 소요에게도 똑같은 질문을 했었지. 그녀 역시 조금 전 그대와 같이 날카로운 말로 단칼에 거절하더군. '모든 이들이 태자 전하께서 생각하시는 것처럼 부귀영화를 탐하지는 않습니다. 그러나 만약 제가 깊이 사랑하는 이가 바로 태자 전하이시라면 함께하는 날들이 아무리 고되다 한들 그것이 어찌 문제가 되겠습니까?'라고 하더구나. 참으로 특별하였지!"

그는 왔을 때처럼 아무 기척도, 흔적도 없이 떠나갔다.

그의 뒷모습에서 나는 그의 낙담한 기색을 읽어 낼 수 있었다. 아마도 나와 소요에게 모두 거절당했기 때문일 것이다. 어쩌면 이것이 그가 처음으로 맛본 실패의 쓴맛일지도 모른다. 세상의 모든 관심과 사랑을 독차지하고 있는 태자에게는 확실히 낙심할 만한 일일 것이다.

확실한 것은 소요를 향한 그의 특별한 감정이었다. 소요처럼 지혜와 아름다움을 겸비한 여인에게 마음이 흔들리지 않을 이가 어디 있겠는가?

소나기는 곧 그쳤고, 나는 재빨리 난림원으로 돌아왔다. 예상했던 것과 달리 운주는 아무런 잔소리를 하지 않고 진흙으로 뒤덮여 더러워진 나의 꽃신을 갈아 신겨 주었다. 상처 입은 내 두 손을 본 순간에는 마치 무슨 말을 하려는 것 같았으나, 결국 입을 꾹 다물고 아무 말 없이 다시 약을 발라 주었다.

그날 밤, 나는 흐릿한 촛불에 의지해 열심히 수를 놓았다. 밤을 꼬박 새워 가면서…….

열흘의 기한이 지나 드디어 태자비 간택일이 되었다. 우리는 이수 태감에게 이끌려 태자전으로 들어갔고, 나는 다섯 번째 줄의 다섯 번째 자리에 배정되었다.

태자전은 황금 사자 형상의 정鼎에서 피어오른 사향이 주위를 가득 채우고 있었는데, 바닷물처럼 맑고 깨끗한 황금 거울, 전후 사방에 높이 서 있는 황금과 보석으로 정교하게 조각된 용무늬 기둥, 옥과 황금으로 만든 잔, 우아하게 휘날리는 송화빛 얇은 휘장으로 장식되어 있었다.

나는 조심스레 봉황이 새겨진 의자에 앉아 있는 두 황후를 곁눈질로 살폈다. 곱게 그린 눈썹, 윤기 있고 풍성한 머리카락, 봉황이 수 놓인 옷을 입고 있는 것이 단정함과 대범함을 겸비한 품격 있는 귀부인의 모습이었다. 마흔이 다 되어 가는 나이에도 그녀의 미모는 전혀 쇠하지 않았을뿐더러 그녀의 매력은 좌중을 압도했다.

우리가 태자전에 들어섰을 때부터 그녀는 일관되게 부드러운 미소를 띠고 있었지만 그렇다고 해서 그녀의 신중하고 노련한 눈빛이 감춰지지는 않았다. 그녀의 정치적 야망이 크다는 것은 나 역시 예전부터 들어 알고 있었다. 조정 대소사에 모두 관여한다는 그녀는 마치 또 한 명의 무주성신황제武周聖神皇帝[17]가 되려는 듯했다.

그녀와 나란히 앉아 있는 태자의 얼굴에는 조금도 기쁜 기색이 없었다. 마치 오늘이 자신의 태자비를 선택하는 날인 것을 모른다는 듯, 그는 방관자처럼 냉담하기 그지없었다.

이수 태감이 황금빛 족자를 들고 신중하게 이름을 부르자, 이름이 불린 이가 한 발짝 앞으로 나아가 앞에 앉아 있는 황후

17 측천무후(則天武后)라고도 불리며, 중국 유일의 여황제이다. 서기 624년에 출생하여 705년에 사망한 인물로, 당(唐) 고종(高宗)의 황후였다. 고종이 죽고 자신의 아들인 중종(中宗, 재위 684, 705~710)이 황위에 올랐으나, 그를 폐위시키고 자신의 다른 아들인 예종(睿宗, 재위 684~690, 710~712)을 황좌에 앉힌다. 그러나 그 역시 폐위시킨 후, 자신이 직접 황제의 자리에 올라 나라 이름을 '대주(大周)'라고 하고, 15년간 나라를 다스리며 공포정치를 펼쳤다.

와 태자에게 자신의 자수 작품을 바쳤다. 작품이 훌륭하든 그렇지 않든 간에 황후는 모두에게 똑같이 부드러운 미소를 보냈다.

이윽고 우아한 연붉은색 옷을 입고 머리에 푸른색 비녀를 꽂은 소요가 앞으로 걸어 나가 자신의 자수 작품을 펼쳐 보였다. 그 순간 모든 이들이 놀라움에 숨을 멈췄고, 심지어 무표정으로 일관하던 태자조차 놀란 기색을 보였다. 그리고 그 놀라움은 곧 칭찬으로 이어졌다. 오직 황후만이 변함없이 엷은 미소를 띠고 고개를 끄덕일 뿐이었다.

규수들의 작품은 대부분 훌륭했으나 하나같이 눈 내리는 한겨울의 매화를 주제로 수를 놓아 천편일률적인 작품을 연속해서 보고 있자니 지루해지기 시작하던 차였다.

소요의 작품 속에는 '홀로 새하얀 눈 위에서 눈물 흘리고 있는 외로운 매화'가 매우 잘 담겨 있었다. 그 안에는 비애가, 그 비애 안에는 또 다른 깊은 정감이 잘 숨겨져 있었고, 모든 것이 생동감 있게 묘사되어 있었다. 그중 가장 독특한 점은 그녀가 수놓은 매화가 시들어 말라 가고 있다는 것이었다. 작품 속의 끝없는 애절함과 비통함이 비극적인 이야기 속으로 우리를 이끌어, 알 수 없는 슬픔에 잠기게 했다.

'길 끝까지 감춰져 있던 그윽한 향기'에서 소요는 '감춰져 있던 향기' 부분을 특별히 강조했다. 청록빛의 구름 기둥이 차가운 바람에 흩어지고 붉은 석양이 낙엽을 물들이며 붉은 단풍이 적막한 가을 하늘 아래 휘날리는 모습, 그 정경은 한창때의 아름다운 모습이 사라지고 이제는 시들어 말라 버린 매화를 떠올리게 했다. 남은 향기만을 감추고 낙엽이 되어 버린 그 모습을…….

또한 '설경에서 춤추고 있는 매화 꽃잎이었구나'에서 그녀는 '설경' 부분을 강조했다. 봄의 끝자락, 곧 녹아 버릴 눈이 앙상한 나뭇가지 위에 쌓여 있는 모습은 마치 백옥으로 만든 나무 같았고, 산 위의 바위에 내려앉은 눈송이는 바위를 눈 쌓인 산등성이로 보이게 했다.

실제 같기도, 꿈 같기도 한 그녀의 자수 작품은 어디 하나 흠 잡을 데가 없는 최고의 작품이었다.

이수 태감이 내 이름을 부르는 소리를 듣고 나는 조금 전에야 완성한 작품을 조심스레 사람들 앞에 내놓았다. 나의 작품을 본 아가씨들이 수군거리기 시작했고, 그 수군거림은 곧 비웃음으로 바뀌었다.

나는 침착하게 고개를 들어 황후를 바라보며 말했다.

"제 자수의 작품명은 '다정한 한 쌍의 봉황, 드넓은 푸른 하늘을 날다'입니다."

한순간 황후의 얼굴에서 온화한 미소가 사라지고 얼굴에서 핏기가 사라졌다. 황후가 힘없이 한 손으로 머리를 괴고 황금 봉황 의자의 팔걸이에 몸을 기대었다. 태자는 먼저 나를 바라보고 이어 다정하게 황후에게 상태를 물었다. 그녀는 고개를 가볍게 가로저어 괜찮다는 뜻을 비추었다. 그러고는 어두운 표정을 급히 거두고 자신이 아름답다고 여기는 그 미소를 다시 지어 보였다. 하지만 그녀의 표정 속에 섞여 있는 어두움을 완전히 감출 수는 없었다.

황후의 표정이 순식간에 변한 것은 나의 자수 작품 때문이었다. 깜짝 놀랄 만큼 대단한 자수 실력 때문이 아니라 드넓은 파란 하늘을 자유롭게 날고 있는 한 쌍의 봉황을 담고 있기 때문이었다.

"너는 주제가 향설해인 것을 몰랐느냐?"

황후가 물었다.

"진정한 주제는 향설해가 아닌 '사랑하는 이를 향한 구애'입니다!"

나의 목소리가 조용한 대전에 혼령처럼 울려 퍼졌다가 메아리 쳐 돌아왔다.

"궁궐 안에는 오직 장생전에만 향설해가 있고, 그 향설해는 사랑하는 이를 향한 구애의 약속이었습니다. 사랑, 그것은 일생에 단 한 번, 오직 원설의만을 위한 것이었고, 그렇기 때문에 소인은 하늘을 나는 한 쌍의 붉은 봉황을 수놓았습니다."

황후의 낯빛이 점점 더 굳어지더니 이를 악물고 말했다.

"겁 없는 계집 같으니라고! 네가 나를 얼마나 우습게 보았으면 내 앞에서 감히 원 부인과 폐하의 일을 꺼내는 것이냐!"

그러고는 한걸음에 앞으로 달려와, 가차없이 내 자수 작품을 두 쪽으로 찢어 버렸다.

"답안은 오직 하나, 향설해뿐이다!"

그녀의 얼음장같이 차가운 눈빛이 나를 노려보는 동안 나는 아무 말 없이 고개를 숙이고 있었다. 자수의 주제를 낸 이가 황후가 아닌 황제였다는 건 일찌감치 추측할 수 있었고, 나 역시 굳이 봉황을 수놓아 황후를 노엽게 하고 싶지는 않았다. 하지만 기우는 내가 봉황을 수놓아 황후를 노하게 하고 그녀의 고통을 들추길 원했다. 정말 그들이 친모자지간이 맞는지 의심이 일 지경이었다. 게다가 소문에 의하면 두 황후와 원 부인은 친자매 같은 사이였다고 하는데 이 또한 잘못된 소문이 틀림없었다. 두 황후에게서 원 부인에 대한 자매의 정이라고는 조금도 찾아볼 수 없으니 말이다.

"나의 의지懿旨[18]를 전하라. 막북대장군의 딸 소요는 예를 알고, 단정하며, 재기가 충만하고, 온화함과 슬기로움을 겸비한 고로 소요를 기나라의 태자비로 봉하노니 택일하여 국혼을 치를 것이다."

의지가 떨어지자 두완의 얼굴이 순식간에 창백해졌고 눈가에는 금방이라도 흘러내릴 것처럼 눈물이 맺혔다. 그러나 소요가 태자비로 책봉될 것은 이미 예견된 일이었다. 병권兵權을 장악하고 있는 소경굉이 다름 아닌 그녀의 아버지이기 때문이다.

현재 병권을 쥐고 있는 세 명의 실세 중 첫 번째가 소경굉이다. 오랫동안 회북淮北[19] 일대의 전장에서 끝없이 난립하던 수많은 소국들을 멸하고 '막북대장군'이라는 칭호를 얻은 그는 조

---

18 황태후나 황후의 명령.
19 하남성(河南省)에서 발원하여 안휘성(安徽省)을 거쳐 강소성(江蘇省)으로 유입되는 강인 회강(淮河) 이북 지역.

정 내에서의 지위, 명망, 위신 등이 으뜸이었다.

두 번째는 명 귀인의 아들인 진남왕으로, 열여섯 살에 제후로 책봉되던 날, 황제가 그에게 강남 일대의 병권을 하사하였다. 그는 기대를 저버리지 않고 그 후 오 년간 크고 작은 전투에서 모두 승리를 거두어 새로운 전쟁의 신으로 여겨지고 있었다.

세 번째는 한 소의의 친동생인 한명韓冥으로, 스무 살에 하夏나라와의 전쟁에서 승리하여 이후 스무 해 동안 하나라가 기나라에 귀속되는 조약을 맺었다. 황제는 크게 기뻐하며 그를 '명의후冥衣侯'로 봉하고, 삼십만 대군의 금위부 최고 지휘관으로 명하였다. 황족이 아닌 그에게 황제가 안심하고 병권을 넘겨준 것만 봐도 그에 대한 황제의 신뢰가 얼마나 깊은지 헤아릴 수 있었다.

비록 황후의 친동생 두 승상이 조정 내의 실세이기는 하나, 이러한 상황은 황후와 태자에게 큰 위협이 될 수밖에 없었다. 막강한 병권을 쥐지 못한 상황은 그녀의 마음을 병들게 할 지경이었고 그 때문에 그녀는 이번 태자비 간택에 묘수를 낸 것이다. 친동생의 딸을 희생시키면서까지 그녀는 소경굉의 딸을 태자비 자리에 앉혔다. 이렇게 되면 소경굉과 동궁은 자연스레 한편이 될 터였다.

"그리고 반옥은……."

그녀가 잠시 더 생각하더니 말했다.

"간택 후보 자격을 박탈하고, 지금 당장 황궁을 떠나도록 해라."

나는 난림원으로 돌아와 물건을 챙기기 시작했다. 그러나
의혹은 점점 더 깊어만 갔다. 분명 기나라의 비빈 간택 규정에
따르면 간택되지 않은 규수들은 모두 궁에 남아 궁녀가 되어
야 할 텐데, 어째서 황후는 이렇게 급하게 나를 궁에서 내쫓으
려고 하는 것일까? 뭔가 다른 이유가 숨겨져 있는 것일까? 설
마 저 자수 작품 하나가 그녀의 마음을 이만큼이나 어지럽힌
것일까?

"아씨……."

운주가 가만히 내 옆에 서서 정신 없이 짐을 싸는 나를 바라
보고 있다가 무슨 말을 하려는 듯하더니 이내 입을 다물었다.

"왜 그러니, 너답지 않게 우물쭈물하고?"

나는 다시 물건을 정리하며 생각에 빠져들었다.

"한성왕께서……, 장생전에서 보자고 하십니다."

기어 들어가는 운주의 목소리가 바들바들 떨리고 있었다.
나는 몸이 빳빳이 굳은 채 그녀의 눈을 응시했다. 순간 모든 것
이 이해되었다.

내가 아무 말 없이 장생전을 향해 발걸음을 내딛으려는데,
얼음장같이 차가운 두 손이 내 손을 감싸 쥐었다.

"아씨, 일부러 아씨를 속이려던 건 아니었어요."

그녀가 죄책감에 뒤덮인 얼굴로 말을 이었다.

"한성왕은 저의 은인이십니다."

"나와는 상관없는 일이다."

나는 이어지려는 그녀의 말을 잘라 버렸다. 운주가 평범한 사람은 아닐 거라고 생각하고 있었지만 설마 기우가 날 감시하기 위해 심어 놓은 사람일 거라고는 상상조차 하지 못했다. 진작에 알았어야 했다. 납란기우, 그는 원래 그런 사람이지 않은가.

지난번의 기억을 되새겨 나는 장생전의 궁문 앞에 도착했다. 화려하게 조각된 층계, 어여쁜 연못과 연못을 에두르고 있는 고운 곡선의 난간, 풀꽃이 산뜻한 향기를 풍기고 있는 장생전의 정경은 놀랄 만큼 아름다웠다. 나는 조심스레 작은 다리 앞의 버드나무 뒤에 몸을 숨기고 장생전을 바라보았다. 지난번에는 네 명의 호위병이 궁 밖을 지키고 있었는데 어찌 된 일인지 오늘은 수십 명이 지키고 서 있었다.

혹시 누군가 대단한 사람이 와서 이곳의 경계를 강화한 것일까? 기우는 도대체 왜 나에게 여기서 만나자고 한 것일까? 이런 대낮에 만나자니, 다른 이들이 발견하고 우리의 관계를 의심하게 될 것이 두렵지 않단 말인가?

"누가 감히 장생전 밖에서 얼쩡거리는 것이냐?"

농염한 사향과 난향이 강하게 풍겨 오는가 싶더니 옥 장신구가 부딪히는 낭랑한 소리가 들려왔다. 비록 엄한 어조였지만 마음을 울릴 만큼 아름다운 목소리였다. 나는 고개를 들어 목소리의 주인공을 바라보았다.

스물여섯 정도로 보이는 여인은 곱고 윤기 나는 피부에 아름답고 단정한 용모를 뽐내고 있었으나 아첨에 능통한 이의 미소를 띠고 있었고, 곱고 맑은 눈과 우아한 자태를 드러내고 있었으나 넘치는 교태를 숨기지 못했다.

"무엄하구나! 한 소의마마를 뵈고도 예를 갖추지 않다니!"

그녀 뒤에 서 있던 통통한 체구의 귀여운 소녀가 나를 향해 소리쳤다. 바로 그녀가 명성이 자자한 한 소의였다. 가는 허리, 가지런한 치아에 절세의 미모를 가진 그녀를 보니 십일 년이란 긴 시간 동안 황제의 총애를 한 몸에 받고 있는 이유를 알 수 있었다.

나는 무릎을 꿇어 예를 갖추었다. 그런데 한참이 지나도 일어서라는 말이 들려오지 않아 아픔을 참으며 계속 무릎을 꿇고 있을 수밖에 없었다.

"너는 어느 집안의 여식이냐?"

그녀가 드디어 입을 열었다. 내가 여전히 바닥에 무릎을 꿇고 앉아 있는 것에는 전혀 신경 쓰지 않는 듯했다.

"마마께 아뢰옵니다. 저는 소주의 소금 관리인 반인의 여식, 반옥이라고 합니다."

내 대답을 들은 한 소의는 더 이상 나를 추궁하지 않았고, 심지어 친히 나를 부축해 일으켜 주고는 인어 형상의 보석을 하사하였다. 나는 몇 번이고 그 선물을 거절하였으나 결국에는 받을 수밖에 없었다.

내가 장생전을 떠날 때까지 기우는 그림자조차 비추지 않았다. 나는 또다시 그의 손에 놀아난 것이다. 내 추측이 틀리지 않았다면 그가 약속 장소를 장생전으로 정한 것은 나와 한 소의가 우연히 마주치게 하기 위해서였을 것이다.

납란기우, 모든 것이 네 손안에 있구나. 도대체 너의 목적은 무엇이냐? 나는 그저 기다릴 수밖에 없다. 모든 일의 진상이 조만간 수면 위로 떠오를 것이다.

내가 탄 마차는 궁 안의 수많은 문을 순식간에 지나고 있었다.

나는 기운이 내게 잘 보관해 달라며 준 옥패를 손안에 꼭 쥐었다. 그를 보고 있으면 마치 또 다른 나를 바라보고 있는 것만 같았다. 누구에게도 말할 수 없는, 끝나지 않을 아픔을 영원히 간직하고 있는 또 다른 나……

이제는 정말 떠나야 할 때가 되었다.

기우도 자신의 왕비를 고르게 될 것이다. 누가 그의 비가 될까? 도대체 누가 그 뛰어난 왕야에게 부족하지 않은 아내가 될 수 있을까?

마차를 덮은 고운 천의 한쪽 끝을 살짝 들어 바깥을 바라보니 마차는 태극전太極殿을 지나가고 있었다. 길디긴 궁궐의 길은 승천문承天門으로 이어졌고, 마지막으로 봉궐문鳳闕門에 도착했다. 이 문만 지나면 정말 황궁을 떠나게 되겠지?

달리는 마차를 따라 일어난 흙먼지 사이로 백마 네 필이 눈에 들어왔다. 푸른 옷을 입은 남자가 말 고삐를 단단히 잡고 옷깃을 나부끼며 달려오고 있었다. 마차와 말의 거리가 점점 가까워졌고, 마침내 그의 복잡한 마음이 그대로 드러난 눈과 나의 눈이 마주쳤다. 알싸하게 씁쓸한 마음이 밀려왔다.

손에 힘을 빼어 쥐고 있던 천을 내려놓자 마차 안의 나와 바깥의 그는 더 이상 서로를 바라볼 수 없게 되었다. 봉혈옥을 움켜쥔 손바닥이 아프고 피부가 하얗게 변했다. 그를 대신해 이 옥을 영원히 잘 보관하리라.

금릉성을 떠나 소주성으로 향하는 길에 반드시 거쳐야 하는 길목에서 운주가 짐 보따리를 메고 나를 기다리고 있었다. 그녀는 한성왕에게 내가 소주로 돌아가는 내내 나를 잘 보살피고 보호하라는 명을 받았다고 했다. 그리고 그의 말을 전해주었다.

"정후가음靜候佳音!"[20]

나는 그를 믿었다. 그가 나의 은인이기 때문만은 아니다. 그가 언제나 자신의 말을 지켜 왔고, 확신이 없는 일은 시작조차 하지 않는 사람이기 때문이다. 다음번에 다시 금릉으로 돌아오게 된다면 그때는 모든 일의 진상을 알게 될 것이다. 그때까지 나는 그가 나를 감시하기 위해 보낸 운주와 함께 소주성에서 조용히 좋은 소식을 기다릴 것이다.

---

20 조용히 좋은 소식을 기다린다.

서글픈 마음으로 뒤돌아보다

소주로 돌아가는 길에는 물길을 이용하기로 했다. 운주의 말에 의하면 열흘이면 소주에 도착할 수 있을 것이라 했다. 심하게 요동치며 덜컹거리는 마차를 타고 가는 것보다 훨씬 나은 데다가 물길을 이용하면 닷새나 빨리 소주에 도착할 수 있었다.

우리는 소주까지 바로 가는 호화로운 배를 하나 골랐다. 배는 용의 머리와 봉황의 꼬리로 장식되어 있었고 비늘이 선체에 박혀 있었는데 황금빛이 반짝거려 마치 한 마리 용이 드넓은 물에서 노닐고 있는 것처럼 보였다. 두 층으로 이루어진 배의 아래층은 우리의 허기를 채워 주는 곳이었고, 위층에는 편히 잠을 잘 수 있는 방들이 있었다.

오늘은 배를 탄 지 나흘째 되는 날로, 지난 사흘간 나는 편안히 숙면을 취했다. 침대에 누우면 튼튼한 침대의 목판 사이로 호수에 떠 있는 배의 미세한 소리가 희미하게 들려왔고, 넘실거리기도 완만하기도 했다가 출렁거리다가 또 잔잔해지기도 하는 느낌이 마치 최면을 거는 곡조 같아서 더욱 깊은 잠에 빠질 수 있었다. 그렇게 해가 중천에 뜰 때까지 정신 없이 자고 있으면 운주가 와서 점심식사를 하라며 깨우곤 했다. 오늘도 마찬가지로 해가 중천에 뜰 때까지 잠을 자고 일어났는데 같은 방을 쓰는 운주가 보이지 않았다.

나와 운주는 사람들의 이목을 끌지 않기 위해 가난한 일반 백성과 같은 옷차림을 하고 있었는데 이 배 위에서는 오히려 그것이 사람들의 시선을 잡아 끌었다. 그들의 눈에 우리는 매우 별나 보였던 것 같다. 이 배에 탄 사람들은 혁혁한 집안의 규수가 아니면 부유한 집안의 도령들이었다. 그런데 가난해 빠진 계집 둘이 이런 배에 타고 있으니, 이 배의 귀하신 승객들께서 우리를 주목하지 않기도 힘들었을 것이다.

계단 입구에 서니 말다툼하는 소리가 들려왔다. 소리 나는 쪽으로 시선을 돌려 보니 한 아가씨가 얼굴이 시뻘게져서 몇몇 직원들과 언쟁을 벌이고 있었는데, 모두 구경만 할 뿐 아무도 앞으로 나서지 않고 있었다. 그 아가씨는 다름 아닌 운주였다. 나는 재빨리 계단을 내려와 운주를 에워싸고 있는 이들을 밀어 제치고 운주에게 작은 목소리로 도대체 어찌 된 일인지 물었다.

화가 머리끝까지 난 운주가 몇몇 이들을 가리켰다. 입술을 꼭 깨물고 있는 그녀의 모습이 귀엽기도 하고 안쓰럽기도 했다.

"아씨, 이 사람들이 요리를 내오지 않겠답니다!"

일하는 사내들이 깔보는 듯한 시선으로 우리를 훑어보았다.

"가난한 계집들이 자리에 앉아 식사를 하고 싶다니, 여기가 만석인 게 보이지 않는 게냐?"

나는 차갑게 코웃음을 쳤다.

"가난한 계집?"

나의 목소리가 좌중의 모든 소리를 덮었고 장내에 무거운 침묵이 깔렸다. 나는 며칠 전 한 소의가 하사한 인어 보석을 소매에서 꺼내어 손바닥에 올려놓고 그들의 면전에 들이댔다. 보석은 맑은 봄날의 대낮에도 여전히 아름다운 푸른빛을 발하고 있었다. 보석을 본 사내들은 눈이 거의 튀어나올 지경이었고, 장내에 있던 규수들과 도령들 역시 모두 일순간 멍해졌다. 나는 보석에도 다소 조예가 있어서 한 소의가 나에게 하사한 이 보석이 도시 하나 정도는 거뜬히 살 수 있는 값어치가 있다는 것을 알고 있었다.

몇몇 사내들이 곧바로 나를 향해 과도하게 예를 차리며 굽실거리더니 곧 우리가 앉을 수 있도록 식탁을 정리했다. 조금 전의 태도와는 하늘과 땅 차이였다. 그에 그치지 않고 가장 훌륭한 음식을 쉬지 않고 내어 왔다. 연꽃과 닭고기로 만든 요리, 뱅어 요리, 제비집 요리, 상어지느러미탕…….

나와 운주는 정교하게 장식된 맛 좋은 음식을 즐기며, 정면의 주렴 뒤에서 여인이 연주하는 〈양춘백설陽春白雪〉[21]을 감상

---

21 중국 전국시대 초(楚)나라의 곡 중 가장 고상하다고 알려진 곡조.

했다. 그녀의 연주는 한없이 부드럽고 여유롭다가 바위라도 깰 듯이 우렁찬 소리를 담아냈으며 봉황처럼 힘차게 솟아올라 하늘까지 닿을 듯한 놀라운 기세를 그려내기도 했다. 따사로운 무곡 같기도, 다양하고 풍부한 변화를 담은 신나는 관현악곡 같기도, 사랑을 속삭이는 연인들의 밀어 같기도 하였다. 이루 말할 수 없이 훌륭한 연주에 나는 그녀의 용모가 궁금해졌지만 안타깝게도 얇은 비단천에 가려 잘 보이지 않았다. 그저 고운 몸매 정도만 보일 뿐이었다.

"아름다운 정경이 있고, 악기를 연주하는 여인이 있다. 음악 소리가 구슬피 내 마음을 울리니, 아름다운 그 모습을 그리워하노라."

이 당치도 않은, 잠시 이것을 시라고 일컫기로 한다면, 말도 안 되는 시가 아름다운 음악 소리에 섞여 들려왔다. 옷차림만 봐도 방탕한 도령이 분명한 이가 자리에서 일어나 큰 소리로 시를 읊고 있는 것이 보였다. 잠시 후 그가 자신만만한 얼굴로 음악 소리에 맞춰 시 읊기를 멈추었다.

"이 도령께서는 역시 박학다식하시고 재기가 넘치십니다. 절세의 명문이 아닐 수 없습니다. 정말 뛰어나십니다."

어처구니없게도 그와 같은 자리에 앉아 있던 다른 도령이 그 시에 감동이라도 받은 듯 칭찬을 하고 나섰다. 마치 그 시가 진짜 대단하기라도 한 것처럼 말이다.

"정말 훌륭하오. 정말 대단하오."

더욱 가관인 것은 그의 좌우에 앉은 다른 도령들 역시 박수를 치며 계속 훌륭하다고 외쳐 대는 것이었다. 그 모습을 보니 그저 웃음밖에 나오지 않았다. 이렇게 우스울 수가! 마치 저 도령이 세상 최고인 듯 칭찬하다니.

내 웃음소리가 너무 컸던 것인지 아니면 주변이 너무 조용했던 것인지 그들이 내 웃음소리를 듣고 말았다. 시를 읊은 도령이 노기등등하여 나를 노려보았다.

"도대체 왜 웃는 것이오! 내 시가 부족하기라도 하다는 것이오?"

"그 시의 당치도 않음은 당대 최고가 아닐 수 없군요. 제가 지은 시도 그것보다는 훨씬 낫겠어요."

내가 받아치자 그는 순식간에 얼굴이 붉어지더니 입을 다물지도 못한 채 뒷말을 잇지 못했다.

"도련님, 노기를 거두십시오. 이 자횡子橫이 건너가서 제대로 혼을 내겠습니다."

가장 먼저 그의 시를 칭찬했던 이가 그를 위로하고는 몸을 돌려 나를 향해 걸어왔다. 마치 좋은 볼거리라도 생긴 듯 얼굴 가득 거짓 미소를 띠고 걸어오는 그의 모습을 보자 며칠 전 보았던 두 황후의 미소가 떠올랐다. 덕분에 나는 입맛이 제대로 떨어져서 상 위에 가득 놓인 산해진미에도 흥미를 잃어버렸다.

"그리 말씀하시는 걸 보니 아가씨의 재기 역시 놀라울 것 같군요. 괜찮으시다면 저희에게 시 한 수 지어 듣게 해 주시는 게 어떠신지요?"

그가 눈썹을 치켜세우며 가볍게 웃어 보였다. 마치 내가 망신당할 것을 확신이라도 하는 듯했다. 나는 청록빛의 대나무 젓가락으로 새우를 집어 입에 넣고는 천천히 씹어 삼켰다. 확실히 조금 전의 맛과는 전혀 달라져 있었다.

"대전을 가득 채운 깊고 그윽한 향기, 산골짜기 난화가 아니면 무엇이랴. 오랜 여운의 오묘하고 아름다운 노랫소리, 이는 거문고가 밤낮으로 그리는 소리. 애환을 그리는 듯 그리움을 담아내는 듯, 눈물을 훔치는 듯 하소연을 내뱉는 듯. 연주는 끝이 났으나 소리는 울림을 이어간다, 끝없이 이어지는 가느다란 명주실처럼."

자신을 자횡이라 일컬었던 남자의 얼굴에서 미소가 사라졌고, 주렴 뒤에서 악기를 연주하던 여인이 갑자기 천천히 걸어 나왔다. 아름다운 몸매와 청아하고 수려한 외모를 지닌 그녀가 사뿐사뿐 걸음을 옮길 때마다 뾰족하고 독특한 봉황 머리 모양으로 장식된 신발 코가 치마 아래로 드러났다. 그녀가 내게 감탄과 탄복의 시선을 보내며 말했다.

"아가씨의 재기가 이토록 뛰어날 줄은 생각지도 못했습니다!"

체면을 구긴 자횡이 온화한 목소리로 장내의 도령들과 규수들 앞에서 시 겨루기를 해 보자고 요구해 왔다. 말하는 그의 웃음소리가 유난히 경쾌했다.

"'가벼운 미소 입술 위로 번지고, 아름다운 두 눈 바라보니 넋이 나갈 듯하다. 세찬 바람 부니 구름도 덩달아 춤추고 그녀 옷자락도 함께 흩날리는구나.' 이 시의 주제는 절세의 미모와 재기요."

"버들 같은 눈썹과 백옥 같은 치아, 남방 여인의 가냘픈 허리와 북방 여인의 고운 용모. 검푸른빛 눈썹먹과 붉은 입술연지, 두 귀 윤곽 사이로 드러난 그 청아한 얼굴.' 이 시의 주제는 절대가인絶代佳人입니다."

깊은 생각을 하지 않고도 시가 입에서 절로 흘러나왔다.

"'복숭아꽃이 물들인 고운 얼굴, 농염한 교태와 요염 그 맵시를 더한다. 길고 부드러운 머릿결 흐르는 물 같고, 봄 죽순 닮은 달콤한 자태의 절세가인.' 이 시의 주제는 갓 피어난 연꽃이오."

그가 다시 시를 읊었다. 나의 얼굴에 미소가 절로 번졌다. 나는 이어서 시를 읊기 시작했다.

"'순결한 마음 고결한 품격, 맑고 투명한 눈빛 숭고한 기개. 복숭아와 자두같이 고운 얼굴, 그녀의 옷 위로 노을이 물들고, 속세 떠난 하늘의 선인 같은 그녀, 수양버들의 우아함을 지녔구나.' 이 시의 주제는 고결한 품격과 숭고한 기개입니다."

그가 얼굴을 찡그리며 무슨 말을 하려는데 조금 전의 여인이 그의 말을 막았다.

"더 이상 대결할 필요 없습니다. 이 아가씨께서 이기셨습니다."

많은 이들은 나와 그의 시가 모두 뛰어나 우열을 가리기 힘들다고 생각하고 있다가 여인이 내가 이겼다고 단언하자 어찌된 영문인지 모르겠다는 모습이었다. 그녀는 서두르지 않고 천천히 말을 이었다.

"도령께서는 저의 미모를 가지고 시를 지으셨습니다. 그런데 첫 번째 행에서 경박하게도 '넋이 나갈 것만 같다'고 하셨지요. 또한 '교태', '요염'이라는 표현을 사용하셨습니다. 감히 묻겠사온데 도령은 저와 적이 되시려는 것입니까?"

꾀꼬리처럼 아름다운 그녀의 목소리에 좌중의 모든 이들은 정신이 번뜩 든 모양이었다. 자횡은 몸을 숙여 나에게 예를 갖추고는 자신의 패배를 인정하며 조용히 자리를 떠났다.

자횡의 시문에서 흠을 찾아낸 것이 놀라워 나는 감탄하며 그 여인을 바라보았다. 그녀의 아름다움은 속되지도 않았고 과하지도 않았다. 그 고상하고 우아한 매력이 그 누구도 그녀를 얕볼 수 없게 하였다. 그런데 그런 그녀를 묘사하면서 넋이 나간다느니 교태가 넘친다느니 요염하다는 등의 수식어를 사용했으니, 그가 나에게 졌다고 한 그녀의 말이 납득이 되었다.

그 순간, 내가 말을 시작했을 때부터 시종일관 나를 노려보던 무거운 눈빛이 느껴졌다. 그러나 주변을 둘러봐도 의심할 만한 사람을 찾을 수 없었다. 내가 너무 예민해진 걸까?

여인은 나와 친해지고 싶은지 이 점심 식사는 자신이 대접하겠다며 자신의 방에서 함께 시화를 감상하자고 제안했다. 그녀와 이야기를 나누며, 나는 그녀의 이름이 온정야溫靜若이며 선주의 딸로 어릴 적부터 백가와 시문을 공부하였고 시화와 음악에 조예가 깊고 가무에도 능하다는 것을 알게 되었다. 지금껏 지기知己를 만나지 못하고 있던 터에 오늘 나를 만나고는 마치 또 다른 자신을 만난 듯 기쁘다고 하였다.

그녀와 즐겁게 이야기를 나누다 보니 해시亥時[22] 삼각三刻[23]이 되어 있었다. 내가 일어서자 그녀는 내일 다시 만나 시와 그림을 감상하며 이야기를 나누자고 했고 나 역시 흔쾌히 승낙하였다.

방으로 돌아와 문을 열자 코끝을 찌르는 향기가 풍겨 왔다. 방에 꽃을 가져다 둔 적이 없는데 무슨 향기일까? 순간, 시선이 흐려지고 정신이 몽롱해졌다. 나는 정신을 차리기 위해 점점 무거워지는 머리를 힘껏 흔들었다.

방 안을 살펴보니 운주가 미동도 하지 않은 채 바닥에 쓰러져 있었고, 한 남자가 조용히 나의 침대 위에 앉아 있었다. 갑자기 그가 여러 명으로 보이기 시작했다. 한 명, 두 명, 세 명…….

"오랜만이오, 복아 공주!"

침착한 어조에는 웃음기가 가득 서려 있었다. 그가 나를 향해 천천히 다가왔다. 나는 다리가 풀려 쓰러지며 딱딱한 바닥에 부딪힐 거라 생각했는데 예상했던 아픔 대신 차가운 품이 느껴졌다. 의식을 완전히 잃어 가는 내 귓가에 중얼거리는 말소리가 아득히 들려왔다. 나는 끝을 알 수 없는 어두운 심연에 빠져들었다.

죽음의 냄새가 진동하는 두려움 속에서 날카로운 검이 떠올랐다. 바닥은 새빨간 피로 얼룩져 있었고 나는 아바마마의 손

---

22 지금의 오후 9시부터 11시까지의 시간.
23 현재 중국에서는 1각을 15분으로 계산하지만 고대에는 30분으로 계산하였다. 3각은 90분을 의미하므로, 위의 해시 삼각은 밤 10시 30분경이다.

을 힘껏 잡아당겼다. 하지만 그는 나의 손을 무정하게 뿌리치고 장검을 힘껏 움켜쥔 채 앞으로 달려나갔다. 다른 이의 칼이 그의 전신을 난도질했고, 피와 살로 범벅이 된 그의 몸은 만신창이가 되어 갔다.

"아바마마, 아바마마……."

나는 낮은 목소리로 되뇌며 경련이 일어난 듯 바들바들 몸을 떨었다.

"아씨, 아씨!"

초조함이 묻어나는 목소리가 점점 크고 또렷하게 들려왔다.

누가 나를 부르는 걸까? 운주인가?

천천히 눈을 뜨니 소박하지만 우아한 방이 보였고, 마음이 편안해지는 향기가 느껴졌다. 눈썹을 찌푸리며, 나는 어젯밤 온정야와 늦은 시간까지 이야기를 나누고 방으로 돌아와 문을 연 순간 향기가 코끝을 찌르던 것을 기억해 냈다. 그러나 그 이후의 일은 전혀 기억이 나지 않았다. 그것은 분명 미향迷香이었다!

갓 깨어난 나는 침대에서 급히 일어나 앉아 경계를 늦추지 않은 채 침대 옆에 서서 걱정스러운 눈빛으로 나를 바라보고 있는 이들을 노려보며 잠긴 목소리로 물었다.

"여기는 어디냐? 그리고 너희는 누구냐?"

"아씨, 두려워하지 마세요. 이곳은 변나라의 승상부입니다."

"승상께서 아씨를 돌보라고 저희를 보내셨습니다. 저는 난란蘭蘭이라 하고, 저 아이는 유초幽草라고 합니다."

달콤한 미소와 맑고 투명한 눈을 가진 그녀들은 나쁜 궁리가 있는 것처럼은 보이지 않았기에 나는 경계심을 조금 풀었다. 하지만 그 순간 무언가를 떠올리고 온몸이 굳어졌다. 쓰러지기 직전 분명 누군가 나를 복아 공주라고 불렀었다.

이곳이 변나라 승상부라면…….

"나를 이곳에 데리고 온 이가 변나라 승상이냐?"

나는 긴장한 채 그녀들을 바라보며 물었다. 그녀들의 눈빛에서 한 가닥 거짓이라도 찾기를 바라는 마음이었다. 그러나 그녀들은 어떤 주저함도 없는 눈빛으로 분명하게 대답하였다.

"그렇습니다."

마지막 희망도 사라져 버렸다. 입술이 부르르 떨려 왔고 그 어떤 소리도 나오지 않았다. 변나라의 승상은 바로 나의 옛 약혼자, 연성連城이었다.

천하는 크게 기나라, 변나라, 하나라 등 강성한 세 나라를 중심으로 이루어져 있었고, 끝없이 난립하는 그 외의 소국들은 금세 이 세 나라에 의해 멸망당하고는 했다.

현재의 형세는 기나라가 삼국 가운데 가장 큰 세력을 잡고 있었다. 기나라는 병력, 재력, 영토, 민심 등 모든 방면에서 하나라와 변나라보다 훨씬 우세하였다. 변나라는 비록 영토가 기나라나 하나라만큼 광활하지는 않으나 군사력이 삼국 가운데 가장 강력하였고, 전술 때문이든 지형적 열세 때문이든 다른 두 나라는 변나라의 빈틈없는 탄탄한 수비를 뚫을 수 없었다. 강성한 기나라가 수차례에 걸쳐 공격하였지만 결국 변나라를 굴복시킬 수는 없었다. 반면 하나라는……, 이미 오 년 전 기나라에 굴복하여 스무 해 동안 전쟁을 하지 않기로 조약을 맺은 상태였다. 비록 세 나라 가운데 가장 약하기는 했으나 하나라는 민생이 안정되고 백성들의 의복과 식량만큼은 풍족했었다. 그러나 지난 해 하나라에서 변란이 일어난 후 하나라의 백성들은 극심한 고통 속에서 살아가고 있었다.

하나라가 기나라에 굴복한 지 다섯 해가 지났을 무렵, 자신을 변나라의 승상이라고 소개한 연성이 비밀리에 하나라를 찾아왔다. 그는 변나라와 하나라가 연합하여 함께 기나라를 공격하여 멸하자고, 그리고 천하를 나누어 갖자고 제안했다. 하나라의 황제도 기나라에 매년 조공을 바치고 영토를 빼앗긴 채 압력을 행사당하던 것이 분했던 터라 그 자리에서 제의를 흔쾌히 수락하고 혼약을 약속했다. 곧바로 하나라 황제의 가장 소중한 딸 복아 공주와 변나라의 승상 연성의 혼약으로 두 나라 간의 연합이 이루어졌다.

그것이 바로 나, 하나라의 복아 공주이다.

모든 것은 철저히 비밀리에 진행되었다. 하지만 어찌 된 일인지 비밀이 새어 나갔고 이 소식을 들은 기나라의 황제는 크게 노했다. 부황은 백성들의 지탄을 받았고 민심은 순식간에 등을 돌렸으며 그에게 손가락질을 하기 시작했다. 기나라 황제는 군사를 보내어 하나라를 치려고 하였으나 할 수 없었다. 하나라에서 이미 내란이 시작되었던 것이다. 하나라 황제의 친동생, 나의 둘째 숙부 순왕淳王이 자신의 부하와 이십만 명의 군사를 이끌고 소양문昭陽門 앞까지 쳐들어왔다. '주색에 빠져 사람의 도리를 하지 않고, 간사한 이들의 말에 귀 기울이고, 권세 있는 이들만 총애한다'는 말도 안 되는 죄목으로 부황을 폐위 시키려는 것이었다. 부황은 갑작스러운 공격에 속수무책이었 다. 하지만 그는 마지막 순간까지 온 힘을 다해 저항하였고, 감 천전甘泉殿에서 수많은 칼에 맞고 그 생을 마쳤다. 그리고 나의 모후도 부황의 뒤를 따라 목숨을 끊었다.

하나라는 이렇게 하루 아침에 주인을 잃었다.

본래대로라면 나 역시 재앙을 피할 수 없었을 테지만 다행 히도 하나라 최고의 무장인 혁빙이 나를 황궁에서 탈출시켜 주 었다. 순왕은 화근을 제거하려고 계속해서 자객을 보내어 우리 를 죽이려 하였고, 아무리 하 최고의 무장이라도 무공이라고는 조금도 할 줄 모르는 나를 데리고 죽음을 불사하는 많은 자객 들에게 쫓기다 보니 혁빙 역시 몇 번이나 목숨을 잃을 뻔하였 다. 나는 여러 차례 그에게 나를 신경 쓰지 말고 떠나라고, 그 라도 살라고 애원했지만 그때마다 그는 모후께 입은 은혜가 있 으니 절대 나를 그냥 둘 수 없다고 하였다.

결국, 우리를 죽이기 위해 뒤쫓아 온 자객들과 여섯 번째로 마주했을 때 혁빙도 더 이상은 버틸 수 없는 듯했고, 나는 우리 가 그 자리에서 죽을 운명임을 직감했다. 그런데 그때, 기나라 의 황자가 나타나 우리의 목숨을 구해 주었다. 그는 나를 보자 마자 말하였다.

"그대가 복아 공주인가? 우리, 거래를 하는 게 어떻겠소?"

그의 말투는 단호했다. 그의 자신감에 끌렸던 걸까, 아니면

경세황비 | 91

그가 내 생명의 은인이어서였을까? 나는 그의 제안을 승낙했다.

그는 반년이라는 시간을 들여 나를 기나라 소금 관리의 딸 반옥으로 변신시켰다. 나는 아무것도 묻지 않고 그저 그가 시키는 대로 따랐다. 그리고 한 달 전, 금릉성에서 소식이 전해져 왔다. 바로 태자비와 왕비 간택 소식이었다.

나는 지금쯤 소주에서 그의 소식을 기다리고 있어야 했다. 그런데 변나라 승상부에 와 있는 것이다. 정신을 차린 운주는 내가 사라진 걸 알고 또 얼마나 초조한 마음으로 나를 찾고 있을까? 내가 실종된 것을 알게 된 기우는? 그의 계획에 차질이 생기는 것은 아닐지…….

변나라의 유월은 하나라와 기나라보다 훨씬 더 더웠다. 난란과 유초가 매일 쉬지 않고 나에게 부채질을 해 주었지만 얼굴은 땀에 젖고 온몸에서 열이 나는 것 같았다. 성격 역시 날이 갈수록 나빠지는 것 같았다. 그러나 나의 성격이 나빠지는 것은 결코 더운 날씨 때문만은 아니었다.

승상부에서의 생활은 새장 속에 갇힌 새와 다를 바가 없었다. 지난 닷새 동안 나는 난란과 유초 이외의 사람과는 이야기를 나눌 수도 없었고, 청우각聽雨閣에서 한 발짝도 벗어날 수 없었다. 나는 연성에게 나를 승상부에 가둬 두고 있는 목적이 무엇인지 직접 묻고 싶었다. 나는 이제 하나라 공주가 아니니 그와의 혼약 역시 없었던 일이 되었는데 도대체 왜 그는 나를 변나라로 데려온 것일까? 설마 나를 하나라 황제에게 넘기고 자신의 이득이라도 챙길 계획일까?

언제나 나를 그림자처럼 따라다니는 난란과 유초에게 승상이 어디에 있는지 물어도 매번 바쁘다는 대답만 돌아왔다. 그러나 그가 자신의 처소로 돌아와 잠을 잘 시간도 없을 만큼 바쁘다고는 생각할 수 없었다.

나는 책상에 앉아 붓을 들고는 갑자기 떠오른 생각을 글로 써내려 가기 시작했다. 나를 위해 부채질을 하며 내가 쓰고 있는 시를 바라보던 유초가 목을 빼꼼히 내밀고 낮은 목소리로 읊기 시작했다.

> 붉은 종이 가득 그대 향한 사모의 마음을 남기나,
> 내 사랑하는 임의 행방조차 알 수 없구나.
> 하늘의 기러기와 바다의 물고기 같은 우리,
> 마음을 전할 수 없는 비애 짙어만 가는구나.
>
> 누각에 올라 먼 곳 바라보는 이의 그림자 석양에 비추고,
> 저 산봉우리 내 앞을 막고 떠난 이의 소식도 감추었다.
> 내 사랑하는 임의 행방조차 알 수 없으니,
> 그대 그리는 마음 흐르는 물에 실어 보낼 수밖에.

"글씨체가 정말 아름다워요. 넋이 나갈 만큼 명필이세요. 기교가……."

나는 검은 담비와 화려목으로 만든 붓을 내려놓으며, 난란

이 끝없이 주절대는 칭찬의 말을 자르고 물었다.

"과장하지 마라. 오늘로 벌써 닷새째인데 너희 주인은 어찌 여전히 얼굴을 보이지 않는 것이냐?"

"도대체 왜 청우각 근처에 가지 못하게 하나 했더니, 알고 보니 미녀를 감춰 두고 있었군!"

살짝 닫혀 있던 남목문이 갑자기 열리자 조금 전 내가 글을 쓴 종이가 바람에 날아가 허공에서 몇 바퀴를 돌다가 결국 바닥에 떨어지고 말았다.

스물 안팎의 여자가 눈썹을 치켜세우고 나를 노려보고 있었다. 나는 어찌 된 영문인지 알 수가 없어 이상하게 여기며 노기등등한 그녀의 모습을 바라보았다. 난란과 유초는 잔뜩 겁에 질려서 꼼짝도 하지 않고 바닥에 꿇어앉아 바들바들 떨고 있었다.

"마님!"

연성의 부인이로구나. 그래서 그녀의 눈빛 속에 분노와 더불어 서글픔이 서려 있는 것이구나.

그녀가 힘겹게 분노를 누르며 천천히 나에게 다가오더니 머리부터 발끝까지 나를 구석구석 훑어보았다.

"너는 누구냐? 도대체 왜 청우각에 있는 게냐?"

"연성에게 물어보시지요, 그가 나를 끌고 온 것이니."

그녀가 나를 훑어볼 때, 나 역시 그녀를 살펴보았다. 눈처럼 흰 피부는 분칠이 필요 없을 정도였고, 붉은 입술은 더 이상 색을 더할 필요가 없어 보였다. 그녀는 아름다운 용모에 우아함과 단아함까지 겸비하고 있었다.

순간, 그녀의 눈빛이 흔들렸고 양미간이 심하게 찌푸려졌다. 그녀가 입술을 움직여 무슨 말을 하려는데 다른 목소리가 그보다 먼저 울려퍼졌다.

"누가 당신에게 이곳에 와도 된다고 했소?"

말투는 담담했으나 그 안에는 살벌한 기운이 도사리고 있었다. 잘생긴 오관, 붉은 입술, 맵시 있게 위로 향한 눈꼬리, 짙고 긴 눈썹에 자연스레 풍겨 나오는 우아한 분위기까지 겸비한 사람, '절세미남'이란 말에 부족하지 않은 사람이 있다면 오직 그밖에 없을 듯했다. 그의 아름다운 외모는 심지어 여자들조차 부끄럽게 할 정도였다. 일 년 전, 멀리 떨어진 곳에서 살짝 보았을 뿐이지만 나는 그를 아주 선명하게 기억하고 있었다. 바로 변나라의 승상, 연성이었다.

"숨길 배짱은 있고, 알릴 배짱은 없으셨나 보군요?"

그녀가 차갑게 코웃음을 쳤다.

"영수의靈水依!"

그가 위협적으로 세 글자를 내뱉었다. 나는 이것이 곧 이어질 폭풍우의 전조라는 걸 알 수 있었다.

나는 나 때문에 그들의 관계가 틀어지는 것을 원치 않았다. 하지만 이미 나는 그들 사이에 끼어 있는 형국이었다. 나는 그들이 계속 싸우지 않도록 말리고 싶은 마음뿐이었지만, 영수의는 무정히 나를 밀쳤고 나는 비틀거리며 넘어지고 말았다. 다행히도 여전히 꿇어앉아 있던 유초가 나를 붙잡아 주었다.

"방자하게 굴지 마시오!"

연성의 말투가 거칠어졌고 상황은 더욱 심각해졌다.

"감히 내게 소리를 치다니……. 지금 바로 오라버니에게 당신을 승상직에서 해임하라고 하겠어요!"

얌전히 서서 그들의 다툼을 바라보고 있자니 웃음이 났다. 일 년 전, 부황이 나와 그의 혼인을 윤허하였을 당시 그는 아내가 없는 몸이었다. 그런데 이 짧은 시간 동안 그는 이리도 포악한 아내를 얻은 것이다. 이 영수의라는 여인의 말로 미루어 짐작건대 그녀는 변나라 황제의 여동생인 듯했다.

다툼은 그녀가 눈물을 가득 머금은 채 청우각을 떠나는 것으로 끝이 났다.

연성은 난란과 유초를 물러가게 한 후 무거운 한숨을 내쉬었다. 나는 조금 전의 다툼으로 지쳤을 그가 마음을 추스를 시간도 주지 않고 도대체 왜 나를 이곳에 데려와 가둬 두고 있는 것인지 낮은 목소리로 질책했다.

"그대가 내 약혼녀이기 때문이오."

그의 표정은 평소와 다를 바가 없어서 나는 그의 속마음을 읽어 낼 수 없었다. 단지 그의 따스한 미소를 보고 나도 모르게 일순간 정신이 멍해졌을 뿐이다. 경국지색이란 말은 아름다운 여자를 묘사할 때 사용하는 말이지만, 내 눈앞에 있는 이 남자야말로 경국지색의 아름다운 외모를 지니고 있었다.

"일 년 전의 그날 이후, 더 이상은 아닙니다."

나는 그의 말을 정정해 주었다.

"그대의 부황과 나의 약조가 담긴 혼약서가 아직도 있는데 어찌 약혼녀가 아니라고 하시오?"

나는 아무 말도 못 하고 그를 바라보았다. 손바닥에는 식은 땀이 맺히기 시작했고 혼란스러움에 어찌해야 할지 알 수가 없었다. 나는 그저 조용히 그를 마주볼 수밖에 없었다. 만약 그가 순간의 분노를 참지 못하고 나의 정체를 폭로하기라도 한다면 당장에 둘째 숙부가 자객을 보낼 것이 틀림없었다. 기나라에서의 나의 임무는 아직 끝나지 않았고 게다가 그곳에는 여전히 그리운 사람이 있었다.

"그렇게 원한에 가득 찬 눈빛으로 보지 마시오."

그는 나의 매서운 눈빛에 어쩔 줄 몰라 하며 나의 시선을 급히 피했다.

"저를 돌려보내 주세요!"

"만약 내가 싫다고 한다면?"

"부탁이에요……."

거의 애걸복걸하다시피 한 나의 간구는 그의 한 가닥 동정도 얻지 못하였다. 그는 여전히 나를 청우각에 가둬 두었고, 두 시녀는 나를 그림자처럼 따라다녔다. 나는 그녀들 때문에 병이 날 지경이었다. 마음은 점차 우울해졌고, 결국에는 며칠 동안 그녀들과 단 한 마디도 하지 않고 아는 척조차 하지 않았다.

마치 반경盤磬[24]과 같은 초승달은 밝고 아름다웠다. 나는 치

---

24 고대의 타악기로 초승달 모양이나 원반형 모양 등이 있다.

마를 살짝 들고 청우각의 후원과 구름다리로 연결되어 있는 못에 웅크리고 앉았다. 푸른 물 위로 깨끗한 달이 비치고 있었고, 안개가 자욱하게 낀 못이 일렁이는 모습이 마치 꿈속에나 나올 법한 선경 같았다. 밝은 빛이 비치자 내 뒤에 서 있던 두 시녀의 그림자가 드리워져 그 그림자 아래로 나의 그림자가 자취를 감추었다. 손을 내밀어 푸른빛 물을 튕기자 잔잔한 물결이 멀리 퍼져 나가 우리 셋의 그림자가 흐려졌다. 두 사람도 나처럼 물결을 만들기 시작했다. 너무나도 무료했기 때문에 나는 이런 방법으로나마 이 밤을 보낼 수밖에 없었다.

지난번 영수의가 찾아와 소동을 피웠던 날로부터 한 달이 흘렀으나 나는 그동안 연성을 단 두 번밖에 볼 수 없었다.

첫 번째는 더 이상 갇혀 지내는 생활을 견디지 못하고 시녀들의 신경이 다른 데 쏠려 있는 틈을 타 담장과 가장 가까이 있는 높은 오동나무를 타고 도망치려 했을 때였다. 나는 발을 헛디뎌 높은 오동나무에서 떨어졌고, 너무나 아파 소리를 지를 수조차 없었다. 그때가 되어서야 그는 큰 자비라도 베푸는 양 나를 만나러 왔다. 다행히 풀더미 위로 떨어져 심각한 부상을 입지는 않았지만 허리를 삐어 침대에서 꼬박 닷새를 누워 있은 후에야 나는 겨우 침대에서 내려올 수 있었다. 생각해 보면 참으로 바보 같은 행동이었다. 청우각을 벗어난다 한들 승상부의 수많은 호위병들을 피해 어떻게 나갈 수 있겠는가?

상처도 다 낫고 아픔도 느끼지 않게 되었으나 연성에 대한 불만을 드러내기 위해 며칠 후 나는 단식을 시작하였다. 난란과 유초가 아무리 설득해도 나는 엿새 동안 아무것도 먹지도 마시지도 않았고, 결국 정신을 잃고 쓰러졌다. 정신이 들어 깨어났을 때, 나는 그의 상심과 안타까움이 가득 담긴 두 눈과 마주했다.

그가 말했다.

"정말 그리도 죽고 싶은 것이오? 정녕 하나라를 되찾고 싶지 않소? 그렇게 타협해 버릴 생각이오?"

그의 말을 듣고 나서야 나는 쌀밥을 가득 담은 숟가락을 입 안으로 밀어 넣기 시작했다.

"아씨, 저희에게 말씀을 해 주셔요!"

난란이 적절한 시기를 틈타 입을 열었다. 이미 꽤 오랜 시간 동안 나는 그녀들에게 단 한 마디의 말도 하지 않고 있었다.

"저희는 명에 의해서 어쩔 수 없이 아가씨를 지키고 있는 것이니 제발 노여움을 거둬 주셔요!"

유초가 울음기가 배어 있는 목소리로 말하였다. 예전의 나라면 분명 그런 그녀를 보며 마음이 아팠을 테지만 지금의 내게는 그런 여유조차 없었다.

내가 여전히 아무 말도 하지 않는 것을 보고 유초가 말을 이었다.

"아씨께서 모르시는 것 같으니 말씀드릴게요. 하나라의 황제 폐하가 바뀐 이후, 저희 주인님께서는 한시도 쉬지 않고 방방곡곡을 다니시며 아씨를 찾으셨어요. 그리고 드디어 아씨를 찾고 나시니 아씨가 주인님을 떠나실까 봐 너무 두려우신 거예요. 그러니 제발 너무 노여워하지 말아 주셔요!"

나는 그녀가 나의 정체에 대해 알고 있는 것에 깜짝 놀랐다. 그녀들에 대한 연성의 신뢰가 남다른 듯했다.

"그래서, 그가 나를 이렇게 가두어도 된다는 것이냐?"

순식간에 원망의 감정이 머리끝까지 치고 올라왔다. 원망의 감정이란 어찌 이리도 갑자기 찾아오는 것인지…….

부황과 모후의 죽음은 그의 책임이다. 만약 그가 부황을 꾀어 기나라에 반기를 들게 하지 않았다면 둘째 숙부가 어찌 반란을 일으킬 수 있었겠는가? 민심이 어찌 그리 쉽게 등을 돌릴 수 있었겠는가? 평생 동안 영민하게 나라를 다스렸던 부황이 어찌 만인의 질타를 받으며 숨을 거두셨겠는가?

"내일은 그대를 데리고 밖으로 나가 변경汴京[25]을 보여 주겠소."

즐거운 미소를 머금은 연성이 기척도 없이 나타나 내 뒤에 서 있었다. 그가 나를 일으키자 오랫동안 같은 자세로 못가에 웅크리고 앉아 있던 탓에 나는 두 무릎이 저려 와 나도 모르게 신음 소리를 내고 말았다.

나는 연성이 내 옆으로 다가와 무릎을 꿇고 몸을 숙이는 것을 바라보았다. 도대체 그가 무엇을 하려는 것인지 알 수 없어 이상하게 여기고 있는데, 그가 단단하고 흰 손으로 내 양쪽 다리를 부드럽게 안마하기 시작했다. 다리의 아픔이 조금씩 사라

---

25 현재의 하남성(河南省)의 도시 개봉(開封)의 남쪽에 위치하던 지역이었으나 지금은 황하에 잠겨 사라졌다.

지는 것을 느끼며 나는 당황한 눈빛으로 그를 바라볼 뿐 아무런 말도 할 수 없었다.

변나라의 승상이 내 다리를 안마해 주다니!

"도망을 가도 좋고 단식을 해도 좋으나 다시는 자신을 다치게 하지 마시오."

그의 목소리에는 따스함이 배어 있었고, 그의 말에서는 다정함이 느껴졌다.

"저를 보내 주세요."

부드러운 어조로 결국 나는 또다시 같은 말을 반복했다. 내 다리를 풀어 주던 그의 양손이 굳은 듯 움직임을 멈추었다.

"만약 내가……, 그대의 나라를 되찾아 줄 수 있다면?"

화장대의 구리거울 앞에 앉아 머리를 빗으면서도 내 머릿속에는 연성의 말이 맴돌고 있었다. 그는 나라를 되찾아 주는 대신 내게 평생 그의 곁에 머물러 달라고 하였다. 어처구니없게도 나는 그 자리에서 그의 제안을 수락하기는커녕 한 마디 말도 하지 못한 채 방으로 돌아왔다. 예전의 나였다면 바로 그 자리에서 그 제안을 수락했을 터였다. 그러나 지금의 나는 갈등하고 있었다.

"복아, 네가 이렇게 버티고 살아 있는 것은 마음속에 응어리져 있는 그 깊은 원한 때문이 아니냐?"

나는 스스로에게 조용히 읊조렸다. 그런데 어찌 된 일인지 마음이 너무나 아파 왔다. 아파서 숨조차 쉬지 못할 정도로 고통스러웠다.

연성의 말은 빈말이 아니었다. 아침 일찍 청우각에 도착한 그는 나를 데리고 승상부를 나섰다. 그 누구도 우리의 뒤를 따르지 않았고 오직 나와 그뿐이었다. 물론 보이지 않을 뿐 수많은 이들이 우리 주변에 숨어 있을 거라는 건 알고 있었다. 첫째로는 승상의 안전을 위한 것일 테고, 둘째로는 내가 도망치지 못하게 하기 위해서일 것이다. 그럼에도 불구하고 연성이 그들을 숨어 있도록 한 것은 내가 즐겁지 않을까 염려해서일 것이다. 그의 마음씀씀이가 느껴졌다.

보이지 않는다 하여 그들이 없는 것은 아닌지라 나는 그와 나란히, 빠른 걸음으로 왁자지껄하고 수많은 인파로 복작거리는 번화가를 향해 발걸음을 옮겼다.

우리를 지나쳐 가는 사람들은 하나같이 고개를 돌려 몇 번씩이나 우리를 돌아보았다. 분명히 그의 아름다운 외모 때문일 것이다. 나 역시 매번 그의 얼굴을 볼 때마다 남몰래 질투심을 느낄 정도이니……. 어찌 남자의 얼굴이 저리도 아름다울 수 있을까?

"결정하였소?"

그가 진지하게 물었다. 나는 바로 대답하지 않고 작은 노점 앞에 멈춰 서서 진흙으로 만든 인형 하나를 집어 들었다.

기우와 참 닮았구나.

내가 인형을 내려놓지 못하는 것을 본 연성이 그 인형을 내게 사 주려 했으나, 나는 거절하였다. 그리고 원래 있던 곳에 인형을 내려놓으며 조용히 그에게 물었다.

"정말 자신 있으세요?"

"나는 지키지 못할 약속은 절대 하지 않는 사람이오."

"좋아요. 제안을 받아들일게요!"

"사 년이오! 기다릴 수 있겠소?"

그는 나에게 불가능한 약속을 하고 있었다.

사 년! 기나라에서 나를 그리도 힘들게 했던 기우가 나에게 약속한 시간은 팔 년이었다. 그런데 연성은 사 년이라는 시간을 약속하고 있었다. 원래의 계획보다 절반이 줄어든 시간이었다. 비록 믿을 수는 없었지만 나는 고개를 힘껏 끄덕였다. 그를 믿어야만 했다.

몇 걸음을 더 걷는데 갑자기 아랫배가 아파 오기 시작하더니 결국에는 견딜 수 없을 정도로 고통스러워졌다. 연성은 나를 안고 가장 가까운 곳에 있는 약방을 향해 달리기 시작했다. 의사는 나의 맥을 짚어 보더니 체질이 너무 허약해서 그런 것이니 약을 달여 마시고 몸조리를 잘하면 괜찮을 것이라 하였다. 그제야 긴장감으로 가득 찼던 연성의 얼굴이 안색을 되찾았고 나 역시 안도의 한숨을 내쉴 수 있었다.

몸이 좋지 않기 때문에 승상부로 돌아오는 내내 나는 연성의 등에 업혀 있었다. 모든 이들이 깜짝 놀랐고, 부러워하였으며, 질투가 담긴 시선으로 나를 바라보았다. 나는 그런 그들의 시선을 뒤로하고 연성의 등에 업힌 채 청우각으로 돌아왔다.

연성은 나를 천천히 침대에 눕혀 주었다. 깊고 그윽하며 사람의 넋을 빼앗을 듯한 그의 눈빛을 바라보자 마음이 또다시 살짝 흔들렸다.

내 시야를 가리고 있는 술 장식을 치워 주며 그가 한숨을 쉬며 말하였다.

"복아, 이 생을 그대와 함께 보낼 수만 있다면, 나는 여한이 없을 것이오."

나는 아무 말 없이 그저 미소를 지을 뿐이었다. 연성의 오른손이 나의 뺨을 어루만졌고, 이내 고개를 숙이고는 살짝 열려 있는 나의 입술에 부드럽고 조심스럽게 입을 맞추었다. 그는 나에게 거절당할까 두려워하는 듯했다. 꼭 쥐고 있던 나의 두 주먹이 힘없이 풀리고 내가 그의 허리를 살짝 끌어안으며 살며시 그의 입맞춤에 응하자 그의 신중함은 곧 격정으로 변하였다. 그러면서도 그는 다정함과 부드러움을 잃지 않았다.

그의 입맞춤에 숨을 쉴 수가 없어 내가 힘껏 숨을 들이쉬자 그가 그 기회를 틈타 자신의 뜨거운 혀를 나의 입속으로 밀어 넣었고 나의 혀를 휘감으며 빨아들였다. 나의 목소리와 농염한 입맞춤 소리가 하나가 되어 낮게 터져 나왔다. 곧 질식할 것만 같던 그때, 그가 나를 놓아주었다. 그는 깊은 숨을 들이마시며 자신의 눈 아래 보이는 깊은 욕망을 누른 채 잔뜩 잠긴 목소리로 말하였다.

"일찍 쉬시오. 내일 다시 보러 오겠소."

방을 나서는 그의 뒷모습을 바라보니 옅은 미소가 지어졌고, 그 미소는 난란과 유초가 풍성한 저녁 식사를 들고 올 때까지 이어졌다. 그녀들의 장난기 넘치는 미소를 보자 내 두 뺨은 붉어지고 말았다. 어이없게도 나는 그녀들의 얼굴을 볼 때까지 나의 곁을 그림자처럼 지키는 그녀들의 존재를 잊고 있었다. 난란과 유초가 조금 전의 일을 모두 보았겠지?

향긋한 요리 몇 가지가 식탁 위에 올려졌고, 나는 유리구슬처럼 보이지만 그 빛깔은 다른, 그러나 여전히 반짝반짝 빛이 나는 무언가가 들어 있는 탕을 집게손가락으로 가리키며 물었다.

"이것은 무엇이냐?"

"삼색어환三色魚丸이라고 합니다."

말을 마치고 난란이 숟가락으로 어환 한 알을 떠서 자신의 입에 집어넣었다. 승상부의 규율에 따라 주인의 음식에 혹시 독이 들어 있는지 확인하기 위해 시녀들이 먼저 음식을 맛보는 것이었다. 승상부와 황궁의 규율은 다른 듯 비슷한 부분들이 많았다.

나는 이번에는 암홍색의 조금 느끼해 보이지만 장식이 정교한 음식을 가리키며 물었다.

"이것은?"

"당초고로육糖醋咕噜肉이라고 합니다."

유초 역시 그것을 한 젓가락 집어 자신의 입속으로 쏙 넣고는 아주 맛깔스럽게 먹었다. 무척 맛있어 보였다. 나는 고개를 끄덕이며 앞에 있는 모든 요리의 이름을 물었고, 그녀들은 나의 질문에 하나씩 답을 하고는 어김없이 한 입씩 요리를 시식하였다.

"아씨, 어서 드셔요. 식으면 맛이 없어져요."

난란이 나를 재촉하며 말을 이었다.

"주인님께서 아씨의 몸조리를 위해 특별히 분부하신 요리들이에요."

그녀는 연성이 나에게 얼마나 마음을 쓰고 있는지 알아 달라는 듯이 말했다.

"주인님께서 누구에게 이리도 마음을 주시는 건 처음 보았답니다."

부러움이 담긴 유초의 눈빛 속에 찰나의 슬픔이 스쳤다. 그녀와 한 달이 넘는 시간을 함께 보내는 동안 나는 연성을 향한 존경과 사모가 뒤섞인 그녀의 마음을 읽어 낼 수 있었다. 하지만 안타깝게도 연성은 그녀에게 단 한 번도 눈길을 주지 않았다.

"그건 나도 알아……."

나의 말이 채 반도 끝나지 않았을 때, 난란이 두 눈을 감은 채 힘없이 바닥에 쓰러지는 것이 보였다. 깜짝 놀란 유초가 그녀를 일으켜 세우려 했으나 곧이어 그녀 역시 어지러움을 이기지 못하고 바닥에 쓰러졌다.

"하지만 나는 반드시 이곳을 떠나야만 해!"

나는 의식을 잃은 그녀들을 바라보며 조금 전 끝내지 못한 말을 나지막이 읊조렸다.

어젯밤, 나는 이곳에서 도망칠 계획을 세웠다.

오늘 나는 계획대로 길거리에서 일부러 복통을 호소하여 연성이 아무런 의심 없이 나를 약방으로 데리고 가도록 하고, 그가 의사에게 약을 받는 동안 혼합하면 사람을 기절시킬 수 있는 약재 두 가지를 숨겼다. 그리고 조금 전 연성이 떠난 후 약을 가루로 만들어 손가락에 묻힌 뒤 난란과 유초에게 음식 이름을 물으면서 그 가루를 음식 위에 조금씩 뿌렸던 것이다.

그녀들을 처리하고 나니 승상부를 벗어나기는 어렵지 않았다. 청우각 밖의 호위병들은 연성이 나에게 입을 맞추는 틈에 그의 허리춤에서 몰래 빼낸 영패令牌로 쉽게 통과할 수 있었다. 드디어 나를 한 달이나 가둬 놓은 이 지긋지긋한 곳을 떠나는 것이다.

나는 긴장되었지만 허둥대지 않고 침착하게 승상부의 대문을 향해 걸어갔다. 서두르는 것처럼 보여서는 안 되었다. 작은 실수로도 모든 것이 허사가 될 수 있었다.

"아씨, 아씨는 밖으로 나가실 수 없사옵니다."

순조롭게 승상부를 벗어났다고 생각한 순간, 승상부 밖을 지키고 있던 집사가 앞을 가로막았다. 연성의 영패도 소용없었다. 나는 낙담하며 두 눈을 감았다.

연성, 정말 나를 이곳에 가둬 둘 생각인가요?

"이 씨, 그녀를 보내 주어라."

이상하게 여기며 눈을 뜨자 도도한 표정의 승상 부인 영수의의 모습이 눈에 들어왔다.

"마님, 승상께서 분부하시길……."

그가 난처한 듯 눈썹을 찌푸렸다.

"영패를 지녔는데도 너희가 그녀를 보내 주지 않을 것을 염려해 승상께서 이렇게 나를 보내신 것이다."

그녀가 나의 손을 잡으며 침착하게 말했다. 그녀의 차가운 손은 가볍게 떨리고 있었다. 그녀 역시 강한 척하고 있는 것뿐이었다.

"그럼 승상께 여쭈어 본 후에……."

영수의가 차가운 눈빛으로 그를 노려보자 깜짝 놀란 그는 감히 아무 말도 하지 못하였다.

"나는 변나라의 공주이며 이 승상부의 안주인이다! 네가 감히 내 말을 믿지 못하겠다는 것이냐?"

그녀의 말에도 집사의 눈에는 여전히 주저함이 남아 있었다.

"무슨 일이 생기면 내가 모두 책임질 것이다!"

그녀의 말에 집사는 그제야 나를 보내 주었다.

영수의는 나를 승상부에서 떠나 보내며 노잣돈이라며 몇십 냥의 은전을 억지로 쥐여 주었다. 자기 자신을 위한 것이니 감사해 하지 말라고도 했다. 그녀는 연성의 마음이 나로 인해 흔들리는 것을 원치 않았고, 내가 그의 마음을 완전히 점령하는 것도 바라지 않았다.

그녀는 또 말했다. 나를 매우 미워한다고…….

용감무쌍한 전사들의 기백

변경성의 성문은 이미 굳게 닫혀 있었지만 반짝이는 승상 영패를 들어 보이자 경비병들은 바로 성문을 열어 주었다. 승상의 영패는 마치 황제의 성지처럼 큰 힘을 발휘해 내 길을 막는 장애물을 모두 사라지게 해 주었다.

잠시라도 쉬면 승상부의 사람에게 붙잡힐 것 같아 나는 단 한 순간도 멈추지 못하고 말을 몰았다. 변경을 떠난 지도 이미 한 시진, 지금쯤이면 난란과 유초도 정신을 되찾았을 것이다. 그들은 나를 탓할까? 연성, 그는 내가 그를 속이고 도망친 걸 알고 얼마나 분노하고 실망할까? 그에게는 그저 미안하다는 말밖에 할 말이 없다. 하지만 기나라에는 나의 은인이 있고, 마음이 쓰이는 사람이 있다. 무슨 일이 있어도 나는 반드시 돌아가야 한다.

하늘에는 구름이 떠다니고, 산 아래에는 노을빛이 비추어 하늘과 물이 맞닿아 있었다. 비취색 버드나무 아래로는 그림자가 드리워져 있었다. 밤새도록 쉬지 않고 빠른 속도로 달려온 탓에 나도 말도 너무나 지쳐 있는데 여름의 뜨거운 열기가 덮쳐 오자 더 이상 견딜 수가 없었다. 나는 비교적 안전하다고 생각되는 곳에서 잠시 쉬어가기로 마음 먹고 하늘을 찌를 듯이 높이 솟아 있는 소나무에 기대어 휴식을 취했다.

아주 잠시만 눈을 붙인다는 것이 눈을 떠 보니 이미 석양빛이 가까워져 있었다. 맙소사! 정오에 눈을 붙였는데 태양이 산을 넘어간 황혼 무렵까지 자고 만 것이다.

나는 자신을 탓하며 풀과 개울물로 체력을 보충하라고 개울가 바위에 고삐를 묶어 둔 말이 있는 곳을 바라보았다. 그런데 언제 사라졌는지 말이 보이지 않았다. 참을 수 없이 화가 나서 나는 멍하니 그곳을 바라보았다. 곧이어 걱정이 밀려왔다.

연성이 쫓아오면 어쩌지? 힘겹게 되찾은 자유를 또다시 그에게 뺏기고 싶지 않았다.

그러나 다시 생각해 보니 걱정하지 않아도 될 것 같았다. 내가 기나라로 돌아가기 위해 선택한 길은 사람들이 생각지 못할 만한 길이었다. 그러니 여자 하나 쫓는 것쯤 간단하게 생각하고 있을 병사들을 충분히 따돌릴 수 있을 것이다.

간단했다. 나는 원래의 노선에서 개봉을 지난 후 곧바로 한단으로 들어가 다시 양주를 지나 소주로 가는 길로 바꾸었다. 사람들이 이 길을 생각지 못할 만한 데에는 두 가지 이유가 있었다. 첫째는 원래의 노선대로 가는 것보다 약 절반의 시간이 더 소요된다는 것, 둘째는 개봉과 한단이 바로 기나라와 변나라의 교전 지역이라는 것이었다. 바보가 아닌 이상 전쟁이 벌어지고 있는 곳을 지나다니지는 않을 테니 말이다.

그러니 말이 없어도 안전하게 개봉까지 도착할 수 있을 것이고, 개봉에서 마차를 빌려 곧바로 소주로 가면 될 것이다.

이레를 걸어서 이동하고 나서야 나는 아무도 쫓지 않음을 확신할 수 있었다. 걷고 쉬고를 반복하다 작은 마을이 보이면 갖고 있는 돈으로 먹을거리를 사서 요기를 하고, 먹고 쉴 만한 곳을 찾지 못하면 야생 과일로 허기를 달래고 길가에 불을 피우고 눈을 붙였다.

나는 이마에 흐르는 땀방울을 닦으며 눈조차 제대로 뜨지 못할 정도로 뜨겁게 타오르는 태양을 바라보았다. 내가 있는 곳은 개봉의 남쪽 외곽으로, 몇 리만 더 걸으면 개봉에 도착할 수 있었다. 그곳에 도착하면 먹을거리도 제대로 챙겨 먹고 잠도 푹 자고 며칠간 쌓인 먼지도 깨끗하게 털어 낼 수 있을 것이다.

나는 남쪽 외곽에서, 그리 깊지도 얕지도 않고 사면이 나무로 둘러싸인 맑은 시내를 발견했다. 자세히 관찰하지 않으면 발견하기 어려운 개울이었다. 개울가에 웅크려 앉아 깨끗한 물로 얼굴을 닦자 온몸을 뒤덮고 있던 열기가 씻겨 나가는 것 같아 나도 모르게 얼굴에 미소가 지어졌다.

"승상께서도 참 이상하시지. 벌써 절반이나 쫓았는데 갑자기 개봉 쪽으로 방향을 돌리라시니."

"정말이지 승상께서 무슨 생각을 하고 계신지 알 수가 없구 먼. 개봉에 기나라 병사들이 얼마나 많은데 젊은 처자 혼자 이쪽을 향해 온다는 건지 말이야."

멀지 않은 곳에서 갑자기 중얼거리는 푸념 소리가 들려왔다. 인적이라고는 없는 슬프도록 고요한 곳이라 그들의 목소리는 유난히 크게 울려 퍼졌다.

그들이 말하고 있는 승상이 설마 연성을 말하는 건가?

나는 이것저것 생각할 겨를도 없이 개울의 가장 깊은 곳까지 헤엄쳐 들어가 숨을 참고 개울 바닥으로 가라앉았고, 그저 그들을 피할 수 있기만을 바랐다.

참으로 놀라웠다. 연성은 절반이나 쫓은 길을 개봉으로 되돌려 나를 쫓아온 것이다. 대단한 사람이었다. 절대로 들키지 않을 만한 길이었는데 그에게는 들키고 만 것이다.

개울 밑바닥에서 얼마나 있었는지는 알 수 없으나 그들의 말소리가 점점 작아지고 마침내 완전히 들리지 않게 되자 나는 천천히 수면 위로 헤엄쳐 올라와서 깊은 숨을 들이쉬었다. 그때, 이상한 소리가 들려왔다.

"거기! 무엇을 하고 있는 게냐?"

노기를 담고 있는 목소리가 한 겹 한 겹 사방을 에워싸며 울려 퍼졌다. 나는 눈을 동그랗게 뜨고 물속에 서 있는 남자를 바라보았다. 그가 입을 열어 무슨 말을 하려는 것을 보고 나는 다급히 손으로 그의 입을 막았다.

"도련님, 저 좀 구해 주십시오. 악독한 호족이 저를 붙잡아

첩으로 삼으려고 해서 이렇게 도망쳐 나왔습니다. 그런데 그들이 지금 저를 뒤쫓고 있습니다."

당황하여 어찌할 바를 모르는 모습으로 그에게 거짓말을 한 것은 그가 또다시 큰 소리를 내서 조금 전 떠난 승상부 사람들의 이목을 집중시킬까 두려웠기 때문이었다. 쥐어짜 낸 몇 방울의 눈물로 그의 동정을 얻어 보려 했으나 그의 눈에는 웃음기만 가득했다. 나는 도저히 불쌍한 연기를 계속할 수가 없었다.

그는 자신의 입을 막고 있는 내 손을 힘껏 뿌리치더니 우습다는 듯 나를 위아래로 한참을 훑어보고는 말했다.

"계속해 보지 그러느냐?"

"믿지 못하시겠으면 믿지 마십시오."

지금쯤이면 그들도 이미 멀어졌을 것이다. 나는 안심하고 개울 기슭을 향해 헤엄치기 시작했다.

"네 이년! 사람을 다 이용했으니 이제 그만 가겠다는 것이냐?"

그가 뒤쪽에서 나를 향해 고함을 질렀다.

"네 이놈! 내가 너를 이용한 것만으로도 내 너를 매우 높이 산 것이다."

나는 그가 경박한 사람이라고 생각하며 개울 밖으로 나왔다. 저런 이와는 얽히고 싶지 않았다. 나는 물기가 뚝뚝 떨어지는 머리를 정리한 후, 분노로 이글거리고 있는 그의 눈을 바라보며 말했다.

"젊은이, 나이도 어린데 집에서 얌전히 농사나 지을 것이지 이런 데서 신나게 놀기만 하다니……. 쯧쯧, 너 같은 사람은 가르쳐 봐야 소용도 없겠다만……."

나는 고개를 절레절레 흔들며 그를 놀렸다. 한걸음에 달려 나와 나를 죽이고 싶어 하면서도 벌거벗은 통에 나오려야 나올 수 없는 그의 모습이 우습기 짝이 없었다. 나는 그가 화를 터뜨릴 때까지 기다리지 않고 몸을 돌려 도망치기 시작했다. 뒤에서 분노에 찬 그의 목소리가 끝도 없이 반복해 들려왔다.

"너……, 당장, 서지, 못할까!"

화가 나서 얼굴색이 변해 있을 그의 모습이 상상이 되어 나는 달리면서도 웃음을 멈출 수가 없었다. 혹여 옷을 다 입은 그가 쫓아오지는 않을까 싶어서, 나는 달리는 내내 계속 뒤를 돌아보았다. 한참을 달려 지친 나는 잠시 서서 숨을 골랐다. 이렇게 신나게 웃어 본 것도 정말 오랜만이었다. 어쩌면 나는 높은 담장 안이 아닌 이런 산과 물이 있는 곳이 더 어울리는 사람인지도 모른다. 그러나 잠시 후, 나는 얼굴에서 웃음을 거둘 수밖에 없었다. 차갑게 굳은 얼굴로 아름다운 갈색 말 위에 앉아 나를 바라보고 있는 절세 미남과 마주쳤기 때문이다.

순간의 망설임 후 나는 다시 몸을 돌려 왔던 길로 도망치기 시작했다. 그는 놀랍게도 겨우 몇 명의 수행원만을 데리고 이 위험천만한 개봉까지 온 듯했다.

그는 이곳에 얼마나 큰 위험이 도사리고 있는지 모른단 말인가? 그의 신분이라면 이곳에 주둔하고 있는 수많은 기나라 병사들이 목숨을 걸고 잡으려 들 것이 분명한데 자신을 배반한 여자를 잡기 위해 그 모든 위험을 무릅쓰고 여기까지 오다니,

나에게 정말 그만한 가치가 있단 말인가?

말굽 소리가 점점 가까워졌다. 말과 사람은 겨룰 수 없다는 걸 알면서도 나는 한 가닥 희망을 끝까지 포기할 수 없었다. 그러나 내 마지막 희망은, 조금 전 개울가에서 나에게 조롱당한 남자가 내 손목을 붙잡고 끝내 놓아주지 않음으로써, 완전히 사라지고 말았다. 만약 눈빛으로도 사람을 죽일 수 있다면 그는 내 눈빛에 수천 번은 난도질당했을 것이다.

"이 못된 계집, 돌아올 배짱이 남아 있더냐!"

그는 이미 투구와 갑옷을 챙겨 입고 손에는 금검을 쥐고 있었다. 바람결에 흩날리는 젖은 머리카락이 그를 더욱 여유로워 보이게 했다. 지금의 그는 늠름하고 씩씩해 보였다.

연성이 말고삐를 세게 잡아당기자 말이 울부짖으며 우리에게서 멀지 않은 곳에 멈추어 섰다. 그는 내 옆에 서 있는 남자를 한참 동안 바라보더니 입을 열었다.

"진남왕?"

그 역시 연성을 바라보더니 큰 소리로 웃기 시작했다.

"난 또 누군가 했소. 이제 보니 변나라 승상 연성이로군."

진남왕? 기나라의 삼황자 납란기성? 맙소사, 방금 내가 누구를 조롱한 거지?

"그녀를 놓아주시오!"

연성의 눈빛이 우리 둘 사이를 계속 헤매고 있었다. 그의 차갑다 못해 냉혹한 표정은 내가 단 한 번도 본 적이 없는 것이었다. 이것이 그의 진정한 모습인가?

그와 눈이 마주치자 나는 감히 그를 바라보지 못하고 시선을 피해 버렸다.

"만약 내가 놓아주기 싫다면?"

진남왕은 연성의 눈빛을 조금도 두려워하지 않고 거만한 웃음소리를 점차 높여 갔다.

"돌아가세요. 저는 당신과 함께 돌아갈 수 없습니다!"

낮은 목소리로 말하는 나의 고개는 점점 낮아져만 갔다.

"들었는가? 어서 이곳을 떠나시게나. 곧 나의 군사들이 도착할 텐데, 그러면 자네는 아주 처참한 죽음을 맞이하게 될 걸세."

진남왕이 차갑게 경고하였다.

결국 연성은 떠날 수밖에 없었다. 나는 그가 떠날 때까지 끝내 그의 눈을 마주볼 수 없었다. 아마도 그의 눈빛에 책망, 실망, 슬픔 등의 감정이 뒤섞여 있었기 때문일 것이다.

나는 원래 개봉성에서 휴식을 취할 생각이었으나, 기성을 통해 개봉성의 성문이 이미 사흘째 굳게 닫혀 있으며 그 때문에 성 안의 백성도 밖으로 나오지 못하고 성 밖의 군대도 안으로 들어가지 못하는 상황이라는 것을 알게 되었다. 또한 그의 군대가 개봉성 밖 오 리까지 모두 점령하고, 공격을 준비하고 있다는 것 역시 알게 되었다. 이렇게 된 이상 나는 그를 따라가는 수밖에 없었다. 그는 나에게 떠나라고도 남으라고도 하지 않았지만 나는 그가 나를 데려가기로 마음먹었다고 여기기로 했다.

나는 그가 변나라 승상을 잡을 수 있는 좋은 기회를 어찌하여 포기한 것인지 궁금해 몇 번이나 물었지만 그는 내게 아무 말도 해 주지 않았다. 그가 말해 주지 않은 답은 그와 함께 기나라 군대의 주둔지에 도착하자 바로 알 수 있었다.

그의 병사들은 그가 몰래 군영을 빠져나갔다는 사실조차 모르고 있었는지 우리가 군영으로 걸어 들어가자 우리를 멍한 표정으로 바라보았다. 나는 그에게 매우 탄복하였다. 조금 전, 그가 연성에게 조금이라도 당황한 기색을 보였다면 포로로 잡히는 건 우리 둘이 되었을 터였다. 그의 기백을 보니 '전쟁의 신'이라는 칭호가 괜한 것이 아님을 알 수 있었다.

기나라의 십이만 정예 군사들은 성 밖 오 리에 주둔하고 있었는데, 적군의 매복이 훤히 보이는 지역을 차지하고 있어 지형적으로 상당한 우위를 점하고 있었고, 주변이 부드러운 야생초로 덮여 있어 말들의 체력도 충분히 보충할 수 있었다. 이런 요지를 주둔지로 선택한 것을 보니 그는 꽤나 총명한 사람인 듯했다.

내가 그와 함께 군영으로 함께 들어서자 병사들이 웅성거리기 시작했다. 규율상 여자는 군영에 들어올 수 없는데, 내가 이리도 당당하게 군영에 들어섰으니 그들이 받아들이지 못할 법도 했다.

"왕야, 왕야께서 군영을 무단 이탈하셨던 일은 지금 당장 논하지 않겠습니다. 그러나 함부로 여자를 데려오시다니요. 왕야께서는 군심이 동요되는 것이 두렵지 않으십니까?"

이 말을 한 이는 위풍당당하고 기세 좋은 중년의 장군이었다.

"소 대장군! 내 이리 돌아오지 않았소. 그리고 이 규수는……."

갑자기 그가 슬픔이 담긴 눈으로 나를 바라보았다. 그 눈빛의 의미를 알 수 없던 나는 그의 긴 한숨 뒤에 들려온 놀라운 이야기에 멍해지고 말았다.

"이 규수는 소주 소금 관리의 딸로 봄놀이를 나갔다가 인신 매매를 일삼던 두 사람에게 납치되어 변나라의 늙은 부자에게 첩으로 팔려 갔었다오. 그대는 그 늙은이가 얼마나 미치광이 같은지 모를 것이오. 하루도 빠짐없이 온몸이 상처투성이가 되도록 이 규수에게 폭력을 가하였다오. 그 고통을 어찌 말로 표현할 수 있겠소. 그대들이 말해 보시오. 이런 여린 규수가 어찌 그런 고통을 견딜 수 있었겠소? 숲에서 목을 매려던 것을 내가 발견하였고, 나는 당연히 구해야만 했소. 부처께서도 '한 생명 구하는 것이 칠층 불탑을 쌓는 것보다 낫다'고 말씀하시지 않았소?"

흥미롭게 우리를 바라보고 있던 병사들이 모두 동정과 연민이 가득한 눈으로 나를 바라보았다. 나는 고개를 숙이고 양어깨를 들썩거리며 크게 웃고 싶은 충동을 힘겹게 참아 냈다. 진남왕은 나보다 이야기를 더 잘 꾸며 냈다. 통속적이기 그지없는 이야기였으나 그가 그런 이야기라도 생각해 낸 것만도 다행이었다.

그가 '소 대장군'이라고 일컬은 이는 소요의 부친인 소경찡

장군이 틀림없었다. 내가 어깨를 들썩거리는 것을 본 그는 내가 울고 있다고 여겼는지 강경하던 말투가 조금 부드러워져 있었다.

"낭자, 내가 무정해서가 아니라 군대에는 정말로 여자를 들일 수가 없네!"

"장군님, 저는 이미 돌아갈 곳이 없습니다. 그저 기나라가 빠른 시일 내에 개봉을 함락하여 기나라로 돌아갈 수 있기를 바랄 뿐입니다. 저는 아버지와 어머니 그리고 언니가 정말 그립습니다."

나는 온 힘을 다해 눈물을 짜내며 기성의 연극에 동참하였다. 소경굉은 한참 동안 깊은 생각에 잠겨 있다가 결국 나를 거두는 데 동의하였다. 그러나 조건 하나를 달았다. 바로 남장을 해야 한다는 것이었다.

나는 두껍고 무거운 갑옷을 입은 채 군영에서 하루를 보내고, 평생 먹어 본 것 중에서 가장 먹기 힘든 저녁을 먹었다. 그것은 아주 커다란 솥에 쌀과 야채를 함께 집어 넣고 끓인 것이었는데, 이것이 모든 병사들의 식사였다. 병사들이 먹는 밥이 이리도 엉망일 줄은 나는 지금껏 전혀 생각지 못했었다. 병사들에게 소 장군과 왕야가 무엇을 먹는지 슬쩍 물어보자 놀랍게도 일반 병사들과 같은 걸 먹는다고 했다. 나는 소 장군과 기성에게 더욱 탄복할 수밖에 없었다. 높은 지위에도 불구하고 일반 병사들과 똑같이 먹고 잔다는 것은 참으로 어렵고 보기 드문 모습이었다. 그래서 나는 그들의 아침 식사를 내가 직접 준비하기로 마음먹었다.

나는 방금 만든, 맛있는 냄새가 나는 쌀죽과 구운 전병을 들고 장막 안으로 들어가 어떻게 적군을 공격해야 할지 밤새도록 쉬지 않고 논의 중인 소 장군과 진남왕에게 건네주었다. 그런데 내가 만든 아침 식사를 본 소 장군의 안색이 순식간에 변하더니 내가 여자인 것도 개의치 않고 면전에서 나를 힐책하며 엄히 꾸짖었다.

"그대가 우리를 위해 만든 이 한 끼로 열두 명의 병사가 배부르게 먹을 수 있는 아침 식사를 만들 수 있다는 걸 모르는가!"

"소 장군……."

진남왕이 그의 노기를 가라앉히려 하였으나 그에 의해 말이 끊기고 말았다.

"일군의 통수統帥로서 나는 반드시 병사들과 환난과 고통, 그리고 즐거움을 함께 나누어야 하네. 대장군이라는 신분이 다른 이들보다 고귀하기라도 하단 말인가? 이곳에 있는 병사 중에 그들의 아비, 어미의 보배가 아닌 이가 어디 있겠는가? 그런 그들이 나라를 위해 자신의 힘을 보태기를 원하는데, 내가 그들을 똑같이 대하지 않는다면 나는 이 대장군이라는 지위를 가질 자격이 없네."

나는 안색이 창백해져서 한참 동안 소 장군의 얼굴을 바라보다가 결국 장막을 떠날 수밖에 없었다. 진남왕이 쫓아 나오며 말했다.

"소 장군은 원래 생각하는 것을 거침없이 말씀하시는 분이니 마음에 두지 마라."

나는 힘껏 고개를 저으며 억지 웃음을 지어 보였다.

"어째서 기나라가 삼국 가운데 가장 강성한지 오늘에서야 알았습니다. 병사들과 희로애락을 함께하시는 소 대장군 덕분이었어요."

내가 희미한 미소를 지어 보이며 말하자 진남왕의 눈에 놀라움이 가득 찼다. 그가 무엇에 놀랐는지에는 관심을 두지 않고 나는 유유히 장막을 나섰다.

밖에는 먼지가 자욱이 깔려 있고 모래바람이 거세게 일고 있었으며 창공에서는 독수리가 울부짖고 있었다. 천천히 춤이라도 추는 듯한 모래바람이 주변을 에워싸며 휘몰아치는 것을 보니 금방이라도 큰비가 쏟아질 것 같았다.

나의 마음은 복잡하기 이를 데 없었다. 만약 부황에게도 소 장군처럼 오직 나라만을 생각하는 장군이 있었다면, 어쩌면 하나라가 그리 쉽게 군주를 잃지는 않았을지도 모른다.

나는 다시 주방으로 가서 어젯밤에 먹은, 쌀과 온갖 재료를 한꺼번에 솥에 넣고 끓인 잡탕밥 만드는 법을 배우기 시작했다. 음식 종류를 바꿀 수는 없지만 음식을 조금이라도 더 맛있게 만들어 볼 수는 있었다. 내가 다시 음식을 들고 장막으로 들어서는 것을 보고 의아한 눈빛으로 나를 바라보는 소 장군과 기성에게 나는 살짝 미소를 지어 보였다.

"장군님, 왕야, 안심하십시오. 이것은 병사들이 먹는 것과 똑같은 것입니다. 두 분 모두 밤새도록 한숨도 주무시지 못하셨으니 우선 배부터 채우셔야죠. 그래야 기운을 내셔서 개봉을 함락할 묘안도 짜내실 수 있지요."

나는 음식을 가득 담은 그릇을 소 장군 앞에 내려놓았다. 그는 나를 한참 바라본 후에야 그것을 받아 들었고, 한숨을 내쉬며 말했다.

"조금 전에는 내가 너무 모질게 굴었던 것 같네. 젊은 처자가 군대의 일을 얼마나 이해하겠나!"

나는 곧바로 고개를 가로저었다.

"장군님의 말씀은 틀리셨습니다. 세상 모든 여인들이 오직 부귀영화만을 좇고, 하찮은 일만 하는 것은 아닙니다. 만약 장군님께서 저 반옥을 우습게 생각하지 않으신다면 저의 말을 한마디만 들어 주십시오."

소 장군은 의미심장하게 나를 바라보더니 고개를 끄덕였다. 반면 기성은 정신없이 밥을 먹으며 내가 무슨 말을 할지 꽤나 기대된다는 듯 여유로운 눈빛으로 나를 바라보았다.

"왕야께 듣기로 십이만 대군이 성 밖에서 닷새 동안이나 주둔하고 있었는데도 여전히 개봉을 함락하지 못하고 있는 상황이라더군요."

소 장군이 진지하게 고개를 끄덕이며 말했다.

"개봉의 수비가 워낙 철통같아서 우리 군이 몇 차례나 공격했지만 수많은 사상자만 발생할 뿐이었지."

"저는 장군님과 왕야께서 이미 문제의 원인을 알고 계시리라 생각합니다. 첫째로는 개봉의 병력이 매우 강력하고 그들이

유리한 고지에 위치하고 있어 지형적인 우위를 점하고 있다는 점입니다. 둘째로는 민심입니다. 개봉 백성들은 성과 생사를 함께하겠다고 굳게 마음먹고 있는 터입니다."

나의 말에 소 장군과 기성의 표정이 조금씩 변하기 시작했다. 그들의 표정을 보고 나는 나의 분석이 옳았음을 확신하며 말을 이었다.

"계속 성문을 굳게 닫아 놓고 있으니 개봉에는 식량 조달이 불가능할 것이고, 그들이 저장해 놓은 식량으로는 앞으로 얼마 버티지 못할 것입니다. 그러나 우리 군대의 식량 역시 이곳에 주둔해 있는 동안 점점 줄어들고 있으니 바로 공격해야 합니다. 그러니……, 현재로서는 개봉을 함락시킬 방법은 하나뿐입니다!"

"도대체 무슨 방법이냐?"

기성이 갑자기 의자에서 튀어 오르듯 일어서며 물었다. 밥그릇을 든 채 벌떡 일어난 그의 우스꽝스러운 모습에서 존귀한 왕야의 모습은 눈을 씻고 봐도 찾을 수 없었다.

"수원水源입니다. 오늘 아침, 물을 길러 갔을 때 반 리 밖에 있는 강이 개봉으로 곧바로 이어지는 것을 알게 되었습니다. 만약 우리가 그 제방만 무너뜨린다면 개봉 함락은 머지않아 실현될 것입니다."

"그 방법은 우리도 일찌감치 생각해 봤던 것이야. 그러나 그 강줄기는 개봉으로 이어지는 유일한 수원이기도 하지만 우리 군의 유일한 수원이기도 하지. 그래서……."

소 장군이 수염을 쓰다듬으며 고개를 가로저었다. '그래서'라는 그의 말이 떨어지기가 무섭게 내가 그의 말을 이었다.

"그래서 어제 왕야께서 군영을 잠시 떠나셨던 거죠."

나의 눈길이 기성에게로 옮겨졌다. 처음에는 영문을 몰라 움찔거리던 기성이 곧 나를 향해 감탄이 담긴 옅은 미소를 보내 왔고 나 역시 미소로 답하였다. 갑자기 실오라기 하나 걸치지 않은 채 물속에 있던 그의 모습이 떠올라 양 볼이 살짝 붉어졌다. 나는 어수선해진 마음을 추스르기 위해 계속하여 말을 이었다.

"왕야께서는 또 다른 수원을 찾기 위해 길을 나서셨던 것이고, 다행히도 찾으셨습니다. 이곳으로부터 일 리 밖 남쪽 외곽에 맑고 깨끗하며 전군의 수원이 되기에 충분한 개울이 있지요."

내가 말을 마친 후에도 소 장군과 기성은 그 어떤 반응도 보이지 않았고 고요함 가운데 한 줄기 기이한 분위기가 흘렀다. 내가 무슨 말을 잘못하기라도 한 걸까? 아니면 내가 하지 말아야 할 말이라도 한 것일까?

소 장군이 갑자기 큰 소리로 웃기 시작하더니 내 앞으로 걸어와서, 안 그래도 무거운 갑옷 때문에 아픈 내 어깨를 툭툭 쳤다. 그의 힘이 어찌나 센지 만약 힘을 주고 서 있지 않았다면 다리가 후들거려 제대로 서 있지도 못했을 것이다.

"반옥, 참으로 총명한 여인이로군. 군영에서 겨우 하루를 보냈을 뿐인데 모든 형세를 꿰뚫고, 심지어 어떤 방법으로 적군을 물리칠 수 있는지까지 생각해 내다니 참으로 대단해!"

마치 하늘에서 내려온 사람이라도 만난 듯 그의 얼굴 위로 미소가 번져 나갔다. 그런 그를 바라보고 있자니 마치 부황을 보고 있는 것만 같았다. 아바마마께서도 저리 따뜻하고 다정한 미소를 지니고 계셨고, 즐거운 일이 있을 때면 조금 전의 소 장군처럼 나의 어깨를 툭툭 쳐 주시곤 하셨었다.

기성이 나의 가녀린 어깨를 감싸 안으며 물었다.

"그 계획대로 하려면 어찌해야겠느냐?"

"모든 것은 준비되었으니 동풍만 불어 주면 됩니다."

나의 말이 떨어지자마자 우르릉거리는 천둥 소리가 머리 위에서 들려왔고, 나와 기성은 동시에 서로를 바라보며 이구동성으로 말했다.

"동풍이다!"

소 장군은 장막 밖으로 뛰쳐나가 수천 명의 병사들을 집합시키더니 기백이 넘치는 목소리로 말하였다.

"모든 병사들은 들어라! 다 함께 반 리 밖에 있는 제방으로 향할 것이다. 우리는 가장 짧은 시간 안에 가장 빠른 속도로 그 제방을 무너뜨릴 것이다."

수천 명의 군사가 소 장군의 드높은 기세에 맞춰 차례대로 전진하는 모습을 바라보고 있자니 절로 기쁨과 안도의 미소가 흘러나왔다. 나 역시 그들과 함께 가려 했으나 기성이 나를 막아 세웠다.

"큰비가 내릴 텐데 어디를 가려는 게냐?"

"저들과 함께 제방을 무너뜨리러 가야지요! 제방만 무너지면 큰비에 진흙과 모래가 모두 강으로 흘러내려 강물이 순식간에 혼탁해질 것이고, 자연스레 개봉 백성들은 마실 물을 잃게 될 것입니다. 그렇게 개봉이 함락되면 저도 소주로 돌아갈 수 있습니다."

"덩달아 신이라도 난 것이냐? 갈 수 없다!"

나를 세게 잡아 끌어 의자에 앉힌 그는 또 다른 의자를 가져와 내 옆에 놓고는 나란히 앉으며 말했다.

"내 옆에 잠시만 앉아 있어라!"

함께 앉아만 있을 뿐 그는 아무 말도 하지 않았다. 그의 울적한 표정과 잔뜩 찌푸려진 미간의 연유를 알 수 없어서, 결국 내가 먼저 입을 열었다.

"곧 개봉을 함락하게 될 텐데 즐겁지 않으세요?"

"어마마마께서 양 태수의 조카딸을 나의 왕비로 고르셨다!"

그는 비꼬듯이 웃음을 머금었다.

"왕야께서는 이미 성인이시니 가정을 이루시는 것은 당연한 일이 아닙니까!"

나는 당연하다는 듯 웃으며 그의 눈빛에 깊게 드러난 마음을 애써 모른 척했다. 그의 어머니인 명 귀인은 명문 귀족 집안 출신으로 자부심과 자만함이 넘쳐 다른 이들과는 말조차 섞지 않는 사람이었다. 게다가 아들은 나라의 군권을 손아귀에 쥔 기성이고, 황제의 첫째 공주까지 낳았기에 황궁에서의 그녀의 지위는 더욱 높아진 터였다. 그런 그녀가 며느리를 고르는 것이니 당연히 선택권은 그녀에게 있었을 것이고, 이런 상황에서 기성은 자신의 혼인에 관여할 수 없었을 것이다.

기성이 코웃음을 치며 말했다.

"위풍당당한 왕야가 자신의 혼인조차 스스로 결정할 수 없다니, 이 얼마나 한심한 일이냐!"

그러지 말아야 했지만, 나는 참을 수가 없어 소리 내어 웃고 말았다.

"왕야, 한 가지 묻고 싶은 게 있는데 사실대로 대답해 주실 수 있으세요?"

그가 고개를 끄덕이는 것을 보고 나는 낭랑한 목소리로 물었다.

"황위, 그 자리를 원하세요?"

닷새 후, 어떤 공격도 없이 개봉성은 자멸하고 말았다. 배고픈 병사들과 백성들이 무기를 버리고 성문을 열어 항복하였고, 개봉은 정식으로 기나라에 귀속되었다. 동시에 한단 지역에서도 소식이 전해졌다. 대승이었고, 나라 전체가 흥분으로 들썩거렸다. 모두가 함께 기쁨을 나누었다.

한편, 기성이 한사코 나를 직접 소주성까지 데려다 주겠다고 고집을 부리는 바람에 군사는 두 무리로 나뉘었다. 소 장군이 이끄는 무리는 금릉으로 향했고, 기성은 수천 명의 병사를 이끌고 나를 소주성까지 데려다 주기로 하였다.

사실 기성이 나를 소주까지 바래다 주겠다는 것이 혼인을 피하기 위한 핑계라는 것을 우리 모두 알고 있었다. 그는 조정으로 돌아가 명 귀인이 그를 위해 선택한 왕비를 만나고 싶지 않은 것이다.

내가 황제의 자리를 원하는지 물었던 그날, 놀랍게도 그는 매우 단호하고 확실하게 원한다고 대답하였다. 그리고 말했다.

"어릴 적부터 어마마마는 '황위는 결코 태자의 것이 아니며 그만한 능력이 있는 자의 것이다.'라고 말씀하셨지. 어렸을 때는 어마마마께서 하신 말씀의 의미를 이해할 수 없었다. 열여섯 살이 되던 날, 나는 제후로 봉해졌고 아바마마께서는 병권을 주시며 나를 전장으로 보내셨다. 나는 모든 전장에서 목숨을 걸고 용맹하게 싸웠는데, 납란기호는 도대체 무엇을 했다고 태자 자리에 앉아서 모두의 떠받듦을 받는단 말이냐? 오직 그가 장자라는 이유만으로?"

나를 믿고 그가 마음속 깊은 곳에 담고 있던 이야기를 숨김없이 말해 준 것에 기뻐해야 하는 걸까, 아니면 자신의 아들을 벼랑 끝으로 몰아넣고 있는 모진 어미를 갖고 있는 그를 위해 가슴 아파해야 하는 걸까? 대대로 혈육간의 피비린내 나는 혈투 없이 황위를 차지한 황제가 있었던가? 얼마나 많은 영웅호한들이 그 자리를 차지하기 위해 아까운 목숨을 잃었던가? 지금도 여전히 그 자리를 향한 미련과 집착을 버리지 못한 이들은 그 끝없는 싸움을 이어가고 있었다.

그때, 나는 그에게 하나의 질문을 남겼다.

"정말 천세에 이름을 남길 훌륭한 황제가 될 자신이 있는 건가요, 아니면 그저 넘치는 혈기에 욕심 섞인 용기를 내는 것뿐인 건가요?"

하늘은 높고 구름은 넓게 펼쳐져 있었으며, 밝은 달밤은 한없이 고요한데 시든 버들개지가 천천히 흩날리고 있었다. 한적한 정원에는 가을꽃이 채 만개하지 않았는데 낙엽만 가득했다. 앙상한 오동나무에서 쉼없이 잎이 떨어졌다. 어느덧 가을이었다.

중추절이 가까워져 있었다. 그렇게 변나라로 끌려가서 두 달이 넘도록 그곳에서 지내게 될 줄은 꿈에도 생각지 못했다.

나는 소주성의 반씨 집 앞에서 한참을 배회하기만 할 뿐 집안으로 발을 들여놓지 못하고 있었다. 기성은 나와 연성의 관계를 묻지 않았던 것처럼 나에게 그 이유를 묻지 않았다. 그는 그저 조용히 내 옆에 서 있었고, 그의 뒤로 수천 명의 병사들 역시 조용히 자신의 자리를 지키고 있었다. 소주의 번화가는 이렇게 조금의 빈틈도 없이 우리에게 둘러싸여 있었다.

그사이 기성이 소주에 왔다는 소식을 들은 주변 고을의 관원, 지현知縣, 총병總兵, 통판通判, 천총千總 등 크고 작은 관아의 수십 명의 관리들이 선물을 들고 기성을 알현하기 위해 몰려들었다가 그에게 꾸짖음을 듣고 물러가고는 했다.

"계집애야, 벌써 한 시진이나 지났는데 왜 들어가지 않는 것이냐? 가족들이 보고 싶지 않으냐?"

기성이 결국 참지 못하고 조급하게 물어 왔다.

"보고 싶어요."

진심이었다. 어마마마, 아바마마가……, 너무나도 그리웠다. 그러나, 나에게 반씨 집안 사람들은 있으나 없으나 다를 바 없는 이들이었다. 나를 향한 그들의 호의는 단지 기우의 마음을 얻기 위한 것이었다. 나는 그들의 거짓되고 위선적인 모습에 진저리가 나 있었다.

"아씨?"

흥분과 의심, 그리고 기쁨이 뒤섞인 소리가 뒤에서 들려왔다. 몸을 돌려 바라보자 가냘픈 그림자가 내 품속으로 달려 들어왔고, 가슴이 막혀 오는 고통이 느껴졌다. 그러나 지금은 가슴의 고통을 돌아볼 겨를이 없었다. 그저 안타까운 마음으로, 눈물범벅이 된 운주를 어루만져 줄 뿐이었다.

"아씨께서 사라지신 후, 제가 얼마나 초조해하고 걱정했는지 아세요? 주인님께서는 아씨께서 사라지신 걸 아시고 정신없이 아씨를 찾으러 다니셨답니다. 심지어 태자 전하의 혼례에도 참석하지 않으시고 지금까지 애타게 아씨만 찾고 계셔요. 저는 아씨가 그만……, 그만……."

나의 허리를 꼭 붙잡고 있는 운주는 눈물범벅이 되어서 소리조차 내기 힘든 듯했고 힘겹게 잇고 있는 말은 횡설수설이었다. 나는 어찌할 바를 몰라 미소만 띠고 있었다.

운주가 나를 이리도 걱정하고 있었구나. 그리고 기우……, 정신없이 나를 찾은 것은 내가 사라지면 포기해야만 하는 자신의 계획 때문이었을까?

나는 소리를 내어 그녀를 위로하려다가 기성이 바로 앞에서 우리를 지켜보고 있는 것을 깨닫고 가슴이 덜컥 내려앉았다. 운주와의 만남이 반가운 나머지 계속 내 옆에 서 있던 기성을 완전히 잊고 있었던 것이다. 그는 '심지어 태자 전하의 혼례에도 참석하지 않으셨다'는 운주의 말도 똑똑히 들었을 것이다. 나는 운주가 말을 계속하다가 기우의 신분이 폭로되지 않도록 품에서 그녀를 살짝 밀어내고 기성을 가리키며 말했다.

"운주야, 어서 진남왕께 인사 올려라!"

운주의 울음소리가 순식간에 멈추었고 그녀는 동그랗게 뜬 눈으로 기성을 바라보았다. 얼굴 가득 당황한 기색이 역력한 그녀는 예를 갖추는 것조차 잊고 있었다. 나는 그녀가 정신을 차리도록 그녀를 살짝 밀었다.

"운주, 진남왕께 인사 올리옵니다."

그녀가 정신을 차리고 황급히 바닥에 엎드렸다. 기성은 속을 알 수 없는 미소를 띤 채 운주에게 일어나라고 말했다. 하지만 그의 시선은 시종 나의 얼굴 위를 배회하였고, 그의 얼굴에는 쉽게 드러나 보이지 않는 위엄이 더해져 있었다.

머릿속이 복잡해졌다. 그가 무엇이라도 눈치챈 것일까?

"왕야께서 이리 왕림하셨는데 멀리 마중 나가지 못하였습니다. 용서하여 주시옵소서!"

반인, 내 부친이라는 자가 신바람이 나서 모친 장우란張憂蘭과 언니 반림潘琳을 데리고 나와 무릎을 꿇고 우리를 맞이했다.

"일어나라. 처자가 집에 무사히 도착하였으니 나도 이제 궁으로 돌아가 봐야겠다."

그의 얼굴에 가득 담긴 온화하고 진지한 미소를 보자 나는 이상한 느낌이 들었다. 그러나 어디가 어떻게 이상한지는 알 수가 없었다.

기성을 배웅한 후, 나는 단 한 마디도 하지 않고 반씨 집 안으로 들어섰다. 이 집 안에서 나는 곁방살이하는 아이와 다를 바가 없었다. 나를 향한 그들의 미소는 오직 더 크고 더 많은 이익만을 위한 것이었다.

내가 돌아온 지 사흘째 되던 날, 환관이 반인을 호부시랑戶部侍郎[26]으로 임명한다는 성지를 들고 와 반인에게 당장 상경하여 황제를 알현하라 명하였다. 그는 순식간에 삼품三品인 소금 관리에서 정이품正二品인 시랑侍郎으로 승격되었다. 오늘 이후로 그는 궁에서 관원 노릇을 할 수 있게 된 것이다.

나는 반인과 함께 상경하기 위해 짐을 챙겼다. 이해가 되지 않았다. 어찌하여 성지에 '반드시 두 딸과 함께 상경하라'는 구절이 더해져 있었을까?

내가 꽤 많은 은냥을 환관에게 쥐여 주며 어찌 된 일이지 묻자, 그는 교태 넘치는 웃음을 띠고 난꽃을 가리키며 말했다.

"한 소의마마께서 폐하와의 베갯머리에서 언급하셨으니, 반인은 앞으로 조정에서 더 이상 오르지 못할 위치에까지 오르게 될 것입니다. 소의마마가 뒤를 봐주시니 반가의 번영은 보장된 것이나 다름없습니다."

---

26 중국 전근대의 벼슬로서 호부(戶部)의 차장직이다. 호부는 현재의 재무부와 비슷한 역할을 하는 부서다.

진실로 사랑을 구하는 봉황

금릉성에 도착한 날, 부친 반인은 입궁하여 황제를 알현하였고 나는 성지를 전한 유 환관을 따라 한 소의가 거하는 서궁으로 향했다.

서궁은 진귀하고 아름다운 꽃과 진하게 풍겨 오는 장미 향, 풀과 꽃 사이를 바쁘게 날아다니는 나비들이 가득한 곳이었다. 그러나 구불구불한 산꼭대기에서 불어오는 바람이 구슬픈 소리를 내고 있었고, 처량한 나뭇가지는 앙상함을 드러내고 있으며, 한기를 더해 가는 미풍이 마른 버들가지를 스치고 있다. 비록 동궁만큼 격조 있고 웅장하지는 않지만 화려하고 섬세하며 그윽한 아름다움이 있는, 마치 선경에 들어선 것 같은 착각을 불러일으키는 궁이었다. 동궁, 서궁 모두 세상 사람들이 흔히 황궁을 일컬을 때 말하는 '지상천국'이라는 말에 조금도 부족함이 없었다.

하지만 황궁은 결코 지상천국이 아니다. 이곳은 자신의 소중한 딸을 이용해 더 높은 지위에 오르려는 조정의 문무백관들과 혼신의 힘을 다해 자신의 위치를 견고히 다지려는 후궁의 비빈들이 가득한 곳이다. 그들의 욕심으로 인해 또 얼마나 많은 무고한 백성들이 권력 투쟁의 희생양으로 전락하였는가.

피향궁披香宮의 별원 한가운데에 위치한 망월정望月亭에 도착하자 봉황이 새겨진 자색 주실로 만든 옷을 입은 요염한 자태의 아름다운 여인이 보였다. 새까만 머리카락과 반짝이는 눈을 가졌다는 한조의 비연飛燕[27] 같기도 하고 서주의 포사褒姒[28] 같기도 한 그녀가 바로 황제의 총애를 독차지하고 있는 한 소의가 아니면 또 누구겠는가?

내가 그녀를 향해 예를 갖추어 인사를 올리자 그녀가 내게 자신의 옆자리를 권했다. 그녀가 가리키는 대로 탁자를 둘러싼 돌의자에 앉자 그제야 내 눈에 그녀의 오른쪽, 나의 정면에 앉아 있는 또 다른 이가 보였다. 준수한 외모, 늠름하고 용맹스러운 기상, 모든 것을 꿰뚫어 볼 듯한 날카로운 눈빛을 지닌 그는 미간을 잔뜩 찌푸린 채 깊은 생각에 빠진 듯한 모습으로 나를 바라보고 있었다.

"이 사람은 나의 아우인 명의후란다."

---

27 서한(西漢) 성제(成帝)의 황후로, 고대 중국을 대표하는 미녀 중 한 명.
28 서주(西周) 말기 주유왕(周幽王)의 총애를 독차지하여 후궁의 위치에서 원래의 왕비를 폐위시키고 왕비의 지위까지 오른 인물.

넋을 놓고 그를 바라보는 나를 보았기 때문인지, 한 소의가 그를 소개해 주었다.

저 사람이 바로 삼십만 금위군의 수장인 한명? 내가 곧바로 몸을 일으켜 인사를 올리려는데 그보다 먼저 "괜찮소!"라는 소리가 들려왔다. 오싹할 정도로 무뚝뚝하고 얼음장같이 차가운 그 목소리는, 분명 어디선가 들어본 것이었다. 하지만 도무지 어디에서였는지 기억이 나지 않았다.

"수개월 전, 반씨 집안의 둘째 딸이 집으로 돌아가던 길에 납치되었다고 들었는데 이렇게 아무 탈 없이 돌아왔으니 천만다행이구나."

한 소의가 곱게 웃으며 의자 위에 올려놓은 나의 손을 가볍게 쓸었다. 이 깊고 깊은 궁 안에 있는 그녀가 내가 납치되었던 일을 어떻게 알고 있단 말인가? 설마 사람을 보내어 나를 미행했던 것인가? 그렇다면 도대체 무슨 목적으로?

"내가 무슨 생각인지 궁금하겠지. 내 솔직하게 말해 주마."

한 소의의 아름다운 목소리가 순식간에 진지하고 엄숙하게 변했다.

"나는 너를 폐하께 바칠 것이다!"

지독한 농담을 들은 듯하여 나는 돌의자에서 벌떡 일어나 버렸다. 나는 도저히 믿을 수 없다는 눈으로 여전히 태연한 모습의 한 소의를 바라보며 말했다.

"마마, 지금 무슨 말씀을 하시는 겁니까?"

"이미 사람을 보내어 너에 대해 알아보았다. 집안도 깨끗하고 부친도 당파와 관련이 없더구나. 무엇보다 황후가 너를 궁에서 내쫓았지."

그녀는 목 주변에 늘어뜨려진 금빛 술을 꼬며 우아하게 일어나더니 한참 동안 나를 바라보았다.

"왜 저입니까?"

사건의 핵심은 바로 여기에 있었다. 만약 이 질문의 답을 얻게 된다면 다른 모든 의문 역시 저절로 풀릴 것이다.

"이상하게 생각할 만도 하지. 온 황궁을 통틀어 가장 먼저 궁에 들어온 간택 후보들만이 원 부인을 본 적이 있으니……."

그녀는 알 듯 모를 듯 확실한 설명을 해 주지 않았지만 내 심장은 이미 제멋대로 뛰고 있었다.

"무슨 뜻……이옵니까?"

"반인의 둘째 딸과 원 부인의 외모가 똑 닮았다는 말이다."

처음 만났을 때의 기우, 그가 자신의 안위는 안중에도 없다는 듯 자객의 검으로부터 나를 구한 후 그 사악한 말투로 나와 거래했던 일…….

매화 꽃밭에서 나를 처음 보았을 때 기운이 보였던 복잡하고 변화무쌍했던 눈빛, 그리고 돌연 나를 다정하게 대해 주었던 일…….

황후 앞에 자수 작품을 내려놓았을 때 깜짝 놀라 어쩔 줄 모르며 흔들리던 황후의 눈빛, 그리고 대로하며 나를 황급히 출궁시켰던 일…….

한 소의가 처음 보는 나에게 이상하리만큼 따뜻하게 대해 주었던 일…….

모든 조각들이 하나하나 맞춰졌다. 어처구니없게도 그 모든 의문의 답은 나의 외모였다. 나와 원 부인의 외모가 너무나도 흡사하기 때문이었다. 나는 미세하게 떨려 오기 시작하는 입술로 힘겹게 몇 마디를 뱉어 냈다.

"마마께서는 어떻게 원 부인의 용모를 알고 계시는지요?"

"장생전에 가면 원 부인의 침궁 안에 초상화가 걸려 있다. 그것이 네게 답을 줄 것이다."

나는 방자하게도 한 소의와 명의후에게 인사조차 올리지 않고 급히 그 자리를 떠났다. 내 머릿속에는 단 한 가지 생각밖에 없었다.

장생전으로 가야 한다. 한 소의가 일부러 내가 장생전으로 가도록 유인한 것이 분명하지만, 지금 장생전으로 가면 다시는 그곳에서 나올 수 없게 될지도 모르지만 그래도 나는 반드시 가야 한다. 그곳에 가서 이 두 눈으로 똑똑히 확인해 봐야 한다. 그 전까지는 절대 한 소의의 말을 믿지 않을 테다.

장생전의 궁문이 점점 가까워질수록 나의 발걸음도 점점 빨라졌다. 그때, 흰옷을 입은 누군가가 나의 길을 막아섰다.

"들어가지 마시오."

지금 그가 나에게 경고를 하는 것인가? 이것이야말로 그가 원하던 것이 아니었던가? 그는 나를 처음 본 그 순간부터 나를 황제에게 바치려 했던 것이 분명했다.

어깨를 스치며 그를 지나치는데 그가 나의 팔을 힘껏 잡아당겼다. 얼마나 세게 잡았는지 뼈가 부러질 것만 같았다. 팔의 고통이 온몸으로 퍼져 갔고, 그것이 나의 정신을 더욱 또렷하게 만들었다.

"이리 당당하게 저를 막아서다니, 다른 이들이 우리의 관계를 의심할까 두렵지 않으세요?"

"들어가지 마시오!"

차가운 경고에 위엄이 한층 더해졌다. 나는 더욱 혼란스러워졌다. 나를 장생전으로 불렀던 그날, 그는 분명 나와 황제를 만나게 하려는 계획이었을 것이다. 공교롭게도 황제가 아닌 한 소의와 만나게 되었지만, 그때 그는 분명 나를 황제의 품으로 밀어 넣으려 했었다.

"계획이 물거품이 되는 게 두렵지 않으세요?"

나는 목소리에 그 어떤 감정도 싣지 않은 채 차갑게 웃었다.

"내가 들어가지 말라고 했소!"

그가 같은 말을 되풀이했다. 그는 도대체 무엇을 기다리고 있는 것인가? 나는 이미 들어가겠다고 결심을 한 터였다. 황제의 여자가 되어 나의 목숨을 살려 준 그의 은혜에 보답하고, 나의 복수를 담은 그의 계획을 완성하면 되는 것이다. 그런데 그가 나를 막아서고 있었다. 설마 그는 망설이고 있는 것인가?

우리가 서로 한 치의 양보도 하지 않고 있을 때, 운주가 달려왔다. 그녀는 근심이 가득한 얼굴로 우리를 바라보며 말했다.

"주인님, 아무에게도 발견되지 않은 지금 어서 떠나셔야 합니다. 아씨는 제가 잘 보살피겠습니다!"

그가 손에서 힘을 풀자 나의 팔이 그로부터 자유로워졌다. 그러나 팔에는 여전히 아픔이 맴돌고 있었다. 그가 깊은 눈으로 나를 바라본 후, 운주를 향해 내 귓가에서 세 번이나 반복했던 그 말을 되풀이했다.

"잊지 말아라. 무슨 일이 있어도 들어가게 해서는 안 된다."

나는 한 소의가 준비해 준 서궁의 남월루攬月樓에서 지내기 시작했다. 그녀는 내가 그녀에게 협조하기만 하면 나는 황제가 가장 총애하는 여인이 될 것이고, 후궁에서의 모든 것이 나의 뜻대로 이루어질 것이며, 반씨 집안 또한 조정에서 막강한 권력을 얻게 될 것이라고 말하였다. 내가 황제의 총애를 앗아 가는 게 두렵지 않느냐고 묻자 그녀는 황후를 제거할 수만 있다면 어떤 대가가 따르더라도 상관없다고 답하였다. 황후를 향한 한 소의의 증오에 나는 깜짝 놀랐다. 도대체 원한이 얼마나 깊기에 그 어떤 대가도 두려워하지 않는 것일까?

장미꽃이 가득 뿌려져 있는 목욕통 안에 기대어 앉자 운주가 부드러운 손으로 나의 피부에 따뜻한 물을 조심스레 뿌려 주고 이어서 천천히 안마를 해 주었다. 편안한 육체와 달리 나의 머릿속에는 나와 원 부인의 외모가 똑 닮았다던 한 소의의 말이 끝없이 반복되는 주문처럼 맴돌고 있었다. 너무 고통스러워 정신이 분열될 지경이었다.

나를 향한 기운의 다정함, 그것이 나와 그의 어머니가 닮았기 때문이었다니 이 얼마나 우스운 이유란 말인가! 나를 향한 그의 감정은 어머니를 향한 사무치는 그리움과 미련이었던 것이다.

"운주야, 왕야들은 여전히 궁 안에서 지내고 계시느냐?"

"아직 혼례를 치르지 않으셨으니 그럴 겁니다. 며칠 후 혼례를 치르신 후에야 황궁을 떠나 저택으로 돌아가실 거예요."

나는 머리가 아파 와 두 눈을 감고 기운이 나에게 준 옥패를 떠올렸다.

옥패를 그에게 돌려주어야 한다. 나에게는 그 옥패를 가지고 있을 자격도, 이유도 없지 않은가.

운주가 기우의 이야기를 꺼내려 하자 나는 곧바로 그녀의 말을 자르고 더 이상 그의 이야기를 하지 못하도록 하였다. 지금은 그의 이름조차 듣고 싶지 않았다.

"아씨, 사실 주인님께서는 아씨를 많이 걱정하고 계셔요. 아씨께서 실종되신 그날, 주인님께서 얼마나 초조해하셨는데요. 저는 주인님을 네 해나 모셨지만 그렇게 당황하시고 걱정하시는 모습은 처음 뵈었어요."

운주가 나의 저지를 무시하고 기우에 대한 이야기를 계속했다. 순간 나의 마음속에 찬바람이 일었다. 그가 그토록 초조해했던 것은 계획이 실패할까 봐 두려웠기 때문이었다. 그는 정녕 내가 그걸 모르고 있다고 생각하는 것인가?

"주인님께서는 직접 군대를 이끌고 저희가 타고 있던 그 배를 쫓으셨습니다. 배의 운항을 막고 아씨와 조금이라도 다툼이 있던 자들, 혹은 가까웠던 이들을 추궁하고 심문하셨어요. 심지어 아씨와 한마디라도 나눈 적이 있는 사람들은 하나도 빠짐없이 모두 가두셨어요."

나는 몸이 빳빳하게 굳었다. 그녀의 말을 도저히 믿을 수 없었기 때문이다. 나는 그녀를 매섭게 노려보았다. 아니, 운주를 기우로 여기고 노려보았다고 하는 게 더 적절할지도 모른다.

"그래서 누구누구를 잡아들였느냐?"

"일단은 당연히 그 바보 같은 이 도령이지요. 그리고 자황과 온씨 아가씨, 몇몇 일꾼들……."

그녀가 한 명 한 명 열거하는 것을 듣다가 나는 급히 그녀의 손을 잡으며 물었다.

"온씨 아가씨라면 온정야 말이냐?"

"선주가 그렇게 부르는 것 같았어요."

확신할 수는 없는 듯했으나 운주가 고개를 끄덕였다.

납란기우, 그는 대체……, 대체…….

갑자기 머리가 무거워지며 더 이상 아무 생각도 할 수가 없었다. 결국 나는 깊은 심연 속으로 빠져들었다. 이대로 영원히 깨어나지 않을 수 있다면 어지럽고 추악한 세월과 마주하지 않아도 될 것이다. '나라 수복'이라는 이 엄청난 무게의 짐을 홀로 짊어지지 않아도 될 것이다. 나는 고작 열여섯이 아닌가.

내가 다시 깨어난 것은 이틀이 지난 후였다. 운주는 내가 감기에 걸려 이틀 동안 고열에 시달렸으며 계속 알 수 없는 잠꼬대를 했다고 말했다. 또한, 그동안 한 소의가 여러 차례 찾아왔으며 탁자에 있는 강장제 역시 그녀가 가져온 것이라고 했다.

나는 손을 뻗어 소매 안을 더듬었다. 옥패는?

내가 힘겹게 침대에서 일어나자 나의 예상치 못한 움직임에 깜짝 놀란 운주가 중심을 잃고는 바로 조금 전에 달인 탕약을 내 몸 위에 쏟고 말았다.

"아씨, 괜찮으세요?"

겁에 질린 운주가 명주천을 꺼내 들고 내 몸 위로 쏟아진 탕약을 닦아 냈다. 뜨거운 탕약이 몸 위에 쏟아졌지만 나는 고통조차 느끼지 못했다. 나는 정신없이 탕약을 닦아 내고 있는 운주의 손을 움켜 잡고 물었다.

"내 옥패는?"

손을 멈춘 운주가 잠시 생각하더니 화장대로 달려가 보석함에 들어 있는 옥패를 꺼내 들며 물었다.

"이것 말씀이세요?"

나는 떨리는 손으로 새빨갛고 차가운 옥패를 받아 들고 손에 꼭 쥐었다가 힘을 풀었다.

힘없이 침대에서 기어 일어나자 그제야 화상의 아픔이 느껴졌다. 나는 도저히 참을 수가 없어 미간을 잔뜩 찌푸리며 운주에게 말했다.

"운주야, 잠시 나가 봐야겠으니 옷을 갈아입혀 주렴."

최대한 약한 모습을 보이지 않으려고 안간힘을 썼으나 목소리조차 제대로 나오지 않았다.

"몸이 이 지경이신데 어디를 가시려고요?"

운주는 혹여 손이 풀려 나를 놓칠까 봐 몹시 걱정하며 나를 부축해 주었다.

"매우 중요한……, 일이 있다!"

나는 화장대 앞에 앉아 나의 창백한 두 뺨과 핏기 없이 건조하고 갈라진 보랏빛 입술, 초췌하고 초점 잃은 두 눈을 바라보았다. 이런 나를 보고도 과연 여전히 아름답다고 할까?

운주가 조심스레 내 뒤에 서서 내 머리를 매만져 주었고, 나는 양쪽 뺨에 연지를 살짝 발랐다. 손이 떨리고 있었다.

"아씨, 머리를 다 하고 나면 제가 화장해 드릴 테니 조금만 기다리세요!"

떨리는 내 손을 본 운주가 내 머리를 만져 주며 어쩔 줄 몰라 했다. 나는 연지를 내려놓고 이번에는 눈썹먹으로 버들같이 가늘고 둥글게 눈썹을 그렸다.

초췌하던 나의 모습은 운주의 놀라운 솜씨에 의해 다시 고운 자태를 되찾았다. 오히려 전보다 더 아름다워진 것 같았다. 말만 하지 않는다면 아무도 내가 아픈 것을 알아채지 못할 것 같았다.

운주의 말에 따르면, 어려서 어머니를 잃은 기운은 상궁의 보살핌으로 성장했다고 한다. 그러다가 열 살이 되던 해, 한 소의가 구빈 가운데 으뜸으로 봉해지고 황제가 그녀에게 기운의 양육을 맡긴 후 두 사람은 그 누구보다 각별해졌다고 한다. 비록 기운이 그녀를 어마마마라고 부르지는 않지만 매일 조정으로 가기 전에 서궁에 들러 그녀에게 문안을 올린다고 했다. 그러나 기운이 그녀를 모비母妃로 여긴다고 보기에는 그들의 관계가 친모자지간처럼 허물이나 격의가 전혀 없는 사이는 아니었다. 아마도 한 소의와 기운의 나이 차이가 얼마 나지 않기 때문에 현재와 같은 관계가 만들어진 것일 게다.

남월루를 나선 나는 기운이 머물고 있는 경인전景仁殿으로 향했다. 그곳으로 향하는 내내 나는 그에게 무슨 말을 해야 할지를 고민했지만, 그에게 하려고 했던 길고 긴 이야기는 어쩐지 적절하지 않다는 생각이 들었다. 결국 경인전에 도착할 때까지도 나는 그에게 할 적당한 말이 떠오르지 않았다. 그런데 그가 어느새 내 앞에 나타나 있었다.

그는 여전히 온화하고 침착한 표정이었으나 나를 보자 굉장히 놀란 듯했다. 내가 그를 찾아올 것이라고는 생각하지 못했기 때문일 것이다.

나는 억지 웃음을 지으며 그에게 예를 갖춰 인사를 올렸다. 그가 앉으라고 하는데도 나는 미동조차 하지 않았다.

"무슨 일이 있느냐? 오늘은 평소와 달라 보이는구나."

그가 관심을 갖고 물었다. 그는 정말 듣기 좋은 목소리를 가지고 있었다.

"왕야, 이것을 돌려 드리러 왔습니다."

나는 꼭 쥐고 있던 손을 펴 그의 앞으로 내밀었다. 나의 손 위에는 그의 옥패가 얌전히 놓여 있었다.

"내 너에게 보관하라 하지 않았느냐?"

그는 그것을 받을 생각이 전혀 없어 보였다.

"저는 부덕하여 이렇게 귀중한 옥을 지닐 수 없습니다."

내 손바닥은 여전히 그의 앞에 펼쳐져 있었다. 마음이 조금씩 쓰라려 왔다.

"내가 자격이 있다고 하면 자격이 있는 것이다."

"그러나, 저는 그 자격을 원치 않습니다."

갑자기 매섭고 차가운 기운이 공기를 가득 채웠고 그의 눈빛이 변했다. 더 이상 부드럽고 온화한 눈빛이 아닌, 분노를 감추고 있는 냉담한 눈빛이었다. 나는 그의 다리 언저리에 있는 그의 손을 당겨 그의 손안에 옥패를 쥐여 주었다. 그는 거절하지 않고 옥패를 받아 쥐었다.

"이만 물러가겠습니다."

나는 예를 갖춰 인사를 올리고는 천천히 몸을 돌려 한 줌의 미련도 없이 그곳을 떠났다.

연꽃은 떨어졌고, 버들은 성글었다. 비와 바람이 어지러이 날리는 황혼에는 차가운 공기가 내려앉아 있었다. 나는 가랑비 내리는 쌀쌀한 서궁을 멍하니 홀로 걸었다. 나와 기운의 관계는 끝이 났다. 그러니 이제 걱정 없이 내가 해야 할 일을 할 수 있을 것이다.

그렇겠지?

어질어질한 머리는 점점 더 무거워졌고 가늘게 내리는 가랑비는 시야를 어렴풋하게 만들었다. 서궁을 정신없이 돌아다니다가 나는 돌아가는 길을 잃어버렸다. 나는 아예 길고 긴 회랑에 앉아 깊은 생각에 빠져들었다.

참으로 우습다. 천하의 복아 공주가 이렇게 낭패스러운 날을 맞이하다니……. 예전의 나라면 지금의 내가 이렇게 소극적인 태도로 나의 감정과 대면할 것이라는 걸 믿지 않았을 것이다.

저 멀리, 누군가 이곳을 향해 걸어오고 있었다. 드높은 기세와 황금빛 그림자에 눈이 부셨다. 나는 빙그레 웃으며 소리를 높여 누구나 알 법한 노래를 부르기 시작했다.

마주침이 인연이듯, 임을 그리는 마음 접을 수 없으나, 만날 수 없는 나의 임.

산은 높고 길은 멀기만 하니, 천 리나 떨어진 내 임께 밝은 달로 그리움 전하노라.

인연이 있으나 연분이 없으니, 그림자 같은 사랑 희미해질까 두려워, 마음을 그린 서신, 새에게 날려 보내니, 그대 어서 받으시오.

기쁨으로 서신 열어, 임의 그림 조심스레 살펴보니, 앵두 같은 임의 입술만이 보이는구나. 아름다운 눈썹 버들가지 같고, 촉촉한 두 눈 별님의 빛을 발하니, 임을 향한 깊은 사랑 형용할 수 없어라.

멀리 떨어진 임에게 어찌 사랑을 전할꼬? 가만히 동남쪽을 바라보며, 봉구황을 부를 수밖에…….

마치 살아 있는 것 같은 작은 용들이 휘감겨 있는 정교한 수가 놓인, 한 쌍의 금빛 신발이 눈에 들어왔다. 고개를 들어 신발의 주인을 바라보았다. 그는 양쪽 귀밑머리가 희끗희끗해지기 시작한 것이 불혹不惑[29]의 나이 정도로 보였으며, 영명한 눈빛과 사람을 끌어들이는 위엄을 지니고 있었다.

"당신은……?"

내가 의아해하며 묻자 그가 갑자기 몸을 숙이고는 나와 눈높이를 맞추었다. 그는 나의 차가운 두 손을 움켜쥐고 나의 말을 가로채며 물었다.

"너는 누구냐?"

"당신은 누구신지요?"

옅은 미소를 지은 채 내가 그에게 물었다. 그러는 동안에도 그의 시선은 내 얼굴에서 잠시도 떠나지 않았다. 그리고 다음 순간, 그가 눈을 깜빡이자 눈언저리에 반짝이는 눈물이 흐르기 시작했다. 바로 그때, 노기가 가득 담긴 목소리가 들려왔다.

"무엄하다! 황제 폐하를 뵙고도 감히 앉아 있다니!"

황제?

나는 그제야 몸을 일으켜 예를 갖춰야 한다는 걸 생각해 냈으나, 그가 강한 힘으로 나를 앉히며 물었다.

"짐에게 말해 다오, 너의 이름을!"

"폐하께 아룁니다. 소인 반옥이라 하옵니다."

"그대와의 이별, 탄식과 눈물로 그대를 그리워하오. 다음 세상, 그대와의 재회만을 기다리오."

황제가 나지막이 읊조렸다. 그는 이미 자신만의 생각 속에

---

29 《논어(論語)》〈위정편(爲政篇)〉에 나온 말로 마흔 살을 뜻함.

깊이 빠진 듯했고, 그 눈빛 속에 비친 슬픔은 어느새 그의 가장 깊숙한 곳까지 퍼져 나간 듯했다.

나는 그제야 한 소의가 말했던, 내가 원하기만 하면 온 황궁을 내 손안에 넣을 수 있으리라던 말의 뜻을 이해할 수 있었다. 조정을 손아귀에 쥐고 흔드는 황후도 나를 어찌하지 못할 것이다. 황후가 왜 그리도 급히 나를 출궁시켰는지, 기우가 황제의 자리에 오르기 위해 필요했던 사람이 왜 하필이면 나였는지 이제 모두 이해되었다. 나는 이토록 이용할 만한 가치가 있는 여자였던 것이다.

수많은 꽃의 시샘을 모르는 체하다

　비취빛 누각과 붉은 울타리, 높은 성벽 위로 황혼이 걸려 있고, 잎사귀에는 빗방울이 맺혀 있었다. 비스듬히 불던 바람과 가랑비는 어느새 자취를 감추었다.

　그림자처럼 뒤를 따르던 시녀들을 모두 물러가게 하고 황제는 오직 나만을 데리고 동궁을 떠나 내가 그리도 궁금해했던 장생전으로 향하였다. 그는 말없이 앞장서서 걸었고 나는 조용히 그 뒤를 따랐다. 황제가 지금 무슨 생각을 하는지 나로서는 짐작조차 할 수 없었다.

　가을바람이 불어와 머리카락이 헝클어지고 옷자락이 바람결에 나부꼈다. 차가운 기운이 쇠약해진 몸속으로 파고들자 나는 온기를 느끼기 위해 두 손을 비볐다. 그때 황제가 걸음을 멈추고 나를 바라보더니 황금빛으로 수 놓인 용포를 벗어 나의 몸에 걸쳐 주었다. 덕분에 황제는 홑옷 차림이 되었다. 나는 내가 과분한 총애를 받고 있음을 느끼고 그를 바라보았다. 그러나 나는 그의 눈빛 속에 비친 것이 내가 아닌 원 부인이라는 것 역시 분명히 알고 있었다.

"너와 내가 매화꽃이 만발한 풍경을 함께 감상할 수 있다면 얼마나 좋겠느냐? 안타깝게도⋯⋯."

우리는 매화 숲에 서 있었다. 두 번째 찾은 이곳은 여전히 매화나무가 끝없이 빽빽하게 펼쳐져 있었다. 그것만으로도 보는 이를 감동시키기에 충분했다.

"삼 개월 후면 매화가 만개할 것입니다. 그때가 되면 소인이 폐하를 모시고 이곳을 다시 찾아 그 절경을 함께 나누겠사옵니다."

황제의 눈에 비친 지독한 슬픔에 마음이 흔들리기라도 한 걸까? 나는 내가 무슨 약속을 하고 있는지도 알지 못했다. 황제가 감격한 듯 호탕하게 웃으며 말했다.

"반옥아, 오늘부터 장생전의 주인은 바로 너다."

"그럴 수는 없사옵니다. 소인은 그저 일개 백성일 뿐이온데 제가 어찌⋯⋯."

너무 놀라 곧바로 거절하였으나 황제가 나의 말을 단칼에 잘라 버렸다.

"짐이 너에게 장생전에 거해도 될 만한 신분을 줄 것이다."

그가 주변을 한 바퀴 돌아보며 말했다.

"아득히 펼쳐진 흰 눈 위에서 춤을 추는 여인, 내 너를 설해 부인雪海夫人으로 봉할 것이다!"

설해 부인, 이 얼마나 고귀한 단어인가! 십여 년이나 황제를 곁에서 모신 한 소의도 부인으로 봉해지지 못하였는데, 용모가 원 부인과 흡사하다는 이유만으로 이렇게도 쉽게 얻게 되다니. 결국 나는 원 부인의 대용품인 것이다. 나는 슬퍼해야 할까 아니면 행복해해야 할까?

"폐하께 아뢰옵니다. 황후마마께서 뵙기를 청하시옵니다."

냉정하지만 한 가닥 노여움을 품고 있는 목소리가 들려왔다. 나는 우리 앞에 무릎을 꿇고 앉아 있는 남자를 도저히 믿을 수 없다는 눈빛으로 바라보았다.

놀랍게도 그는 혁빙이었다. 그가 어째서 황제의 곁에 있는 걸까? 이것 역시 기우가 준비한 계획의 일부인 걸까?

황제는 황후가 만나기를 청한다는 말을 듣자마자 원치 않는 기색을 고스란히 드러냈다. 그는 나에게 기다리라는 말을 남기고 발걸음을 내디뎠다.

혁빙은 매우 복잡한 눈빛으로 나를 바라보며 그저 길고 긴 침묵만을 지키고 있었고, 나는 걸치고 있던 용포를 천천히 벗어 품에 끌어안았다.

"몸을 이용해서 나라를 되찾으시려는 겁니까?"

이것은 나를 향한 혁빙의 첫 번째 추궁이었다. 내가 어떤 말을 하건 무슨 일을 하건 그는 절대로 나를 추궁한 적이 없었다. 이제, 그도 나를 추궁하기 시작하는 것인가?

"만약 그렇다고 한다면?"

"그렇다면 공주님을 경멸할 겁니다."

목멘 목소리와 서글픈 눈빛이 가슴을 아프게 했다. 내가 그에게 뭐라고 해명을 하기도 전에 그는 뒤도 돌아보지 않고 그 자리를 떠나 버렸다. 한 줌의 미련도 남기지 않은 채……

천천히 발걸음을 옮기며 나는 점차 흐릿해져 가는 그의 뒷모습을 바라보며 나지막이 속삭였다.

"정녕 내가 바라서 하는 일이라고 생각하는 것이냐?"

나의 말에 답한 것은 처량한 가을바람과 요동치는 나뭇가지뿐이었다.

꽤 오랜 시간을 기다렸지만 황제는 돌아오지 않았다. 나는 점차 황후가 이런 시간에 황제를 뵙길 청한 이유가 무엇인지 궁금해지기 시작했다.

설마 황제가 나를 데리고 장생전으로 온 일을 황후가 알았던 걸까? 나와 황제가 만난 지 한 시진도 채 되지 않았는데 그녀가 이미 모든 걸 알고 있었다고?

황후의 시선이 황제의 일거수일투족에 집중돼 있다고 생각하니 웃음이 났다. 나의 등장으로 그녀의 마음은 매우 어지러워져 있을 것이다.

느린 걸음으로 매화 숲을 빠져나왔을 때는 어둠이 천천히 내려앉고 있었고, 차가운 바람이 점점 그 기세를 더해 가고 있었다. 하지만 나는 고집스럽게 용포를 몸에 걸치지 않았다. 천천히 걸어 침궁에 도착했을 때, 몇몇 그림자가 이쪽을 향해 급히 다가오고 있는 것이 보였다. 거리가 점차 좁혀지자 그제야 나는 그들이 누구인지 알아볼 수 있었다.

태자와 기운, 기우가 침궁을 향해 급히 다가오고 있었다. 내가 그 자리에서 꼼짝도 하지 않고 서 있으니 그들 역시 아무 말 없이 나를 바라보았다. 어쩌면 그들이 바라보고 있는 건 내가 아니라 내 품에 안겨 있는 용포라고 하는 게 더 정확할 것이다. 날카로운 눈빛으로 나를 바라보는 그들의 시선을 피해 고개를 돌린 그때, 침궁 안에서 사나운 목소리가 들려왔다.

"짐이 그대를 정녕 폐하지 못할 것이라 생각하는 거요!"

조급한 기색을 숨기지 못하던 태자가 안으로 들어가 대체 어찌 된 일인지 직접 알아보려 하는 것을 기우가 막아섰다.

"형님, 부황의 허락 없이는 그 누구도 원 부인의 침소에 들어갈 수 없다는 부황의 어명을 잊으셨습니까?"

태자는 기우의 말을 듣고는 침소로 들어가려던 발걸음을 돌렸고, 나는 원 부인의 용모와 관련된 문제를 떠올렸다. 이리도 긴 세월 동안 황제가 심지어 황자들까지도 그의 윤허 없이 원 부인의 처소에 들지 못하게 하였으니 태자와 기성이 나를 만나고도 전혀 놀라지 않았던 건 당연했다. 원 부인의 아들인 기운은 당연히 어머니의 용모를 알고 있었을 것이다. 그렇다면 기우는? 그는 어떻게 나와 원 부인의 용모가 닮았다는 걸 알고 있었던 걸까? 그는 원 부인의 침전에 들어가 본 적이 있는 것일까?

침궁 안에서 또다시 도자기 깨지는 소리가 들려왔고, 우리는 긴장한 눈빛으로 살짝 열려 있는 붉은 문을 바라보며 그 안의 동정을 조심스레 살폈다. 그중 가장 초조해하는 이는 단연 태자였다. 그는 곁눈질을 하며 내게 무슨 말을 하려는 듯 몇 번이나 입을 열고 닫기를 반복하였으나 끝내 입을 열지 않았다.

침궁 안이 고요해졌다. 이제 소동이 끝났으리라고 여기고 있던 그때, 분노로 이글거리는 매섭고 음험한 표정의 황제가 침궁에서 걸어 나왔다.

"아바마마!"

태자가 가장 먼저 황제를 향해 뛰어 올라갔다. 하지만 그의 손이 황제의 옷에 닿자마자 황제는 그것을 세차게 내치며 말했다.

"짐은 지금 당장 황후의 폐위를 알리는 어명을 내릴 것이다!"

차가운 기운을 뿜어내는 그의 표정은 더할 수 없이 진지했다. 절대 말로만 끝날 것 같지 않았다. 침착함과 냉정함으로 이름 높던 황후가 도대체 무슨 말을 했기에 황제가 폐위를 언급할 정도로 분노하게 되었는지 나는 몹시 궁금해졌다.

"아바마마, 아니 되옵니다!"

태자는 급히 무릎을 꿇었고 자신의 몸으로 황제의 걸음을 막아섰다. 그리고 황후를 위해 초조한 얼굴로 애절하게 간청했다. 황제가 화를 거두기를 바라면서……

나는 이 순간 기우의 표정이 궁금해 마음을 가다듬고 그를 힐끗 바라보았고, 마침 수많은 감정을 숨기고 있는 그의 두 눈과 마주쳤다. 나는 깊은 숨을 들이쉬었다. 그의 눈빛 속에는 지금껏 단 한 번도 보지 못한, 가슴을 아리게 하는 그 무엇이 담겨 있었다. 나는 내 눈을 믿을 수가 없었다. 혹여 잘못 본 것이 아닐까 싶어 다시 한 번 바라보니 그의 눈은 언제나 그렇듯 얼음장같이 차가웠다. 역시 내가 잘못 본 것이 틀림없었다.

"아바마마, 심사숙고하여 주시옵소서!"

기운과 기우 역시 무릎을 꿇고 태자의 뒤에서 황후를 위해 함께 간청을 올렸다. 비록 진심이든 아니든 현명한 행동이었다.

그때, 세상의 모든 권력과 미모를 두 손에 움켜쥐었던 여인이 침궁에서 걸어 나왔다. 창백하고 비탄에 잠긴 얼굴빛의 그녀는 난간을 잡고 먼 곳을 바라보았다. 그러던 그녀가 나를 발견하고 주먹을 불끈 쥐자 홍목으로 만든 난간에 분노가 고스란히 배어 있는 손톱 자국이 깊이 새겨졌다. 그녀는 나를 죽일 듯이 노려보았다.

황제는 그의 다리를 단단히 붙잡고 놓지 않는 태자를 걷어차 버렸다. 노여움을 억제할 수 없는 듯 그의 행동은 거칠었고, 자신의 발을 붙잡고 있는 이가 자신의 친아들이라는 것조차 전혀 신경 쓰지 않는 듯했다. 태자가 바닥에 쓰러져 피를 토하는 것을 본 황후는 얼굴이 새하얗게 질려서 한걸음에 태자에게 달려가 부상을 입은 그를 가슴에 안았다.

도대체 침궁 안에서 무슨 일이 있었던 것일까? 도대체 무엇이 황제를 저리도 노엽게 만들고, 황후를 폐하겠다는 굳은 결심을 하게 만든 것일까? 심지어 친아들조차 막지 못할 정도로……

"폐하!"

나는 미간을 살짝 찌푸리며 그를 응시했고, 붉은 입술을 열어 그를 불렀다. 그제야 나의 존재를 깨달은 듯한 황제가 눈빛에 서려 있던 괴팍함을 다소 누그러뜨렸다.

"네가 어찌 이곳에 있느냐?"

"이 밤의 추위가 유난히 매섭고 습하기에 혹여 폐하께서 감기에 걸리실까 걱정이 되어 이렇게 용포를 가지고 왔사옵니다."

나는 품에 꼭 안고 있던 용포를 펼쳐 직접 황제의 어깨에 걸쳐 주었다. 황제의 눈빛이 침착함을 되찾았고 결국 마지막 한올의 분노마저 사라졌다. 나는 적절한 때라 생각하고 입을 열었다.

"폐하, 심사숙고하시옵소서."

"너까지 내게 간청하는 것이냐? 너는 황후가 짐에게 너를 어찌 처리하라 했는지 아느냐?"

황제는 태자를 품에 단단히 부둥켜안고 있는 황후를 털끝만큼의 온정도 없이 바라보았다.

"황후마마께서는 후궁의 주인으로서 모든 아랫사람들을 단속하고 벌하실 권리를 가지고 계시오니 폐하께서 그러한 작은 일로 황후마마를 폐위하시면 아니 되옵니다. 만약 폐하께서 만인의 충언을 뒤로하신 채 황후마마를 폐위하신다면 세상 모든 이들이 소인을 손가락질하며 경시할 것은 둘째치고, 그 무엇보다 온 나라와 조정이 이로 인해 요동치게 될 것이옵니다. 폐하께서는 제발 다시 생각하여 주시옵소서."

내가 말을 마치자 다섯 명의 눈이 각기 다른 감정을 담고 나를 바라보았다. 태자의 눈에는 감격이, 기운의 눈에는 냉담이, 기우의 눈에는 복잡함이, 황제의 눈에는 감동이, 그리고 황후의 눈에는 경멸이 담겨 있었다.

"짐은 결정하였다. 세 왕의 혼인을 마친 뒤 반옥을 설해 부인으로 봉할 것이다."

황제는 옅은 미소를 띤 채 부드럽고 그윽한 눈빛으로 나를 바라보았다. 그 말이 끝나자마자 기우, 기운, 태자 그리고 황후가 이구동성으로 외쳤다.

"폐하!"

그들의 목소리가 유난히도 크게 울려 퍼졌다.

"때가 되면 동궁으로 성지를 보낼 터이니 황후는 금인자수를 찍도록 하시오."

불복을 결코 용납하지 않겠다는 듯한 그의 어조와 기세에 나를 포함한 모든 이들의 안색이 변했다. 나는 황제가 이토록 서두르리라고는 생각지 못했다. 또한 내가 이토록 기쁘지 않을 것이라는 것 역시 예상치 못했다. 나는 순식간에 황제가 가장 사랑하는 여인이 될 것이며, 모든 권세가 내 손안에 쥐어질 것이다. 베갯머리에서 그에게 한마디만 하면 그는 기꺼이 하나라를 수복하기 위해 군대를 보낼 것이 틀림없었다. 그런데 나는 왜 조금도 기쁘지 않은 것일까?

"신첩은 결코 금인자수를 찍지 않을 것이옵니다. 그리하고 싶으시다면 신첩을 폐하시는 수밖에 없을 것입니다."

황후의 말투는 강경하였으나 떨림까지 감출 수는 없었다.

"짐은 이미 결정하였소."

황제는 이 말을 내뱉고는 더 이상 우리를 쳐다보지 않고 유유히 떠나갔다. 떠나가는 그의 뒷모습이 쓸쓸해 보였다. 어쩌면 그것은 어쩔 수 없는 제왕의 고독이리라. 그럼에도 불구하고 왜 그리 많은 이들이 저 자리에 오르기 위해 그렇게 애를 쓰는 것일까? 그들은 고독이 두렵지 않은 것일까?

황제의 모습이 완전히 사라지고 나서야 정신을 차린 나는 몸을 돌려 황후에게 인사를 올린 후 돌아가려 했다. 그러나 바로 그때, 짧은 바람이 부는 것이라 생각했는데 새하얀 손이 나를 향해 날아왔다.

"마마, 체통을 지키시지요."

재빨리 몸을 일으킨 기운이 그녀의 손을 막으며 낮은 경고를 발했다. 나는 멍해졌다. 어찌 감히 황후에게 저런 말을 할 수 있단 말인가?

분을 참지 못한 황후가 온몸을 부들부들 떨며 기운에게 붙잡힌 손을 빼내었다. 한기가 서린 매서운 눈빛으로 기운과 나를 연이어 바라보던 그녀가 갑자기 알 수 없는 미소를 짓더니 다친 태자를 부축하여 조용히 떠나갔다.

처음부터 이 모든 일이 끝날 때까지 황후는 기우에게 단 한 번의 눈길조차 주지 않았고 그를 철저히 홀로 남겨 두었다. 마치 그는 자신의 아들이 아니라는 듯이……. 나는 그제야 황후를 향한 기우의 원한이 왜 그리도 깊은지 알 수 있었다.

기우도 우아하게 몸을 일으켰다. 마치 자신을 향한 황후의 냉담한 태도와 무시 따위는 익숙하다는 듯, 그다지 큰 감정의 파동이 없는 듯한 모습이었다. 기운이 떠나는 것을 바라보며 자신 역시 떠나려는 그를 내가 붙잡았다.

"배에서 잡아들인 사람들을 풀어 주세요. 그들은 무고한 이들입니다!"

"무고?"

그가 비웃듯 차갑게 웃었다.

"그대는 자신의 몸도 지키기 어려워진 이 판국에 자신과 전혀 관계없는 사람들을 걱정하는 것이오?"

"무슨 뜻이지요?"

심장이 제멋대로 뛰기 시작하고 불안감이 엄습해 왔다. 나는 숨을 죽이고 그를 바라보았다.

"내일이 되면 자연스레 알게 될 것이오."

순식간에 지나간 그의 낮은 탄식 소리가 들려왔다.

가을바람이 난간을 스치며 향기를 풍기고, 차가운 기운이 온 세상을 아스라이 덮었다.

남월루로 들어서자마자 나의 병세가 더 악화될까 걱정되었는지 운주가 나를 방 안으로 급히 이끌고 들어가 비단옷을 걸쳐 주고 뜨끈뜨끈한 탕약을 건네주었다. 내가 돌아오면 바로 마실 수 있도록 내가 돌아오기를 기다리며 여러 차례 데우기를 반복한 탕약이었다.

뜨거운 탕약의 열기가 내 뺨을 덮어 오는 것을 느끼며 나는 한 모금씩 탕약을 마시기 시작했다. 얼음장같이 차갑게 얼어붙어 있던 몸이 따뜻한 탕약 한 그릇으로 온기를 되찾아갔다.

비록 작은 일들이지만 그런 것들이 나의 마음을 흔들어 놓았다. 자신을 진심으로 대하는지 아닌지는 자신을 향해 얼마나 달콤하게 웃는지, 얼마나 많은 이익을 주는지가 아니라 마음속에서 우러나는 관심과 배려로 알 수 있다. 바로 운주가 그랬다. 그녀가 나를 위해 하는 일이 아무리 하잘것없는 일이어도 그녀의 진심은 언제나 내 마음에 전해졌고 새겨졌다.

"운주야, 내게 네 이야기를 해 줄 수 있겠니?"

마지막 한 모금의 탕약을 다 마신 뒤 내가 물었다. 그러나 운주는 길고 긴 침묵만을 지킨 채 나의 물음에 답하지 않았다. 나는 가볍게 한숨을 내쉬었다. 그녀는 아직 내게 스스럼없이 모든 일을 털어놓을 수는 없는 것 같았다.

"말하고 싶지 않으면 안 해도 된다. 너를 곤란하게 하지는 않으마."

"아니에요, 아씨!"

그녀가 급하게 외치더니 마치 중대한 결심이라도 한 듯 숨을 깊이 들이쉬고는 입을 열었다.

"제 본명은 심수주沈綉珠입니다. 아버님은 수많은 공을 세워 명성이 자자하셨던 심순沈詢 대장군이시지요. 육 년 전, 반역을 꾀했다는 이유로 황제 폐하께서 집안의 재산을 몰수하고 온 집안 식구들을 참형에 처하셨지요. 그 당시 집사가 자신의 친자식 하나를 저로 위장시킨 덕분에, 그 아이가 저 대신 참형을 당하고 저는 겨우 목숨을 부지하고 몰래 도망칠 수 있었습니다. 다른 사람은 몰라도 저는 알아요. 아버님께서는 태자를 무조건적으로 지지하라는 황후와 결탁하지 않으셨기 때문에 모함을 당하신 거예요. 황후가 아버지께 반역이라는 죄명을 덮어씌운 겁니다."

가는 목소리로 나지막이 말하던 그녀의 얼굴 위로 비통함이 고스란히 떠오르더니 온몸에서 짙은 원한의 기운이 뿜어져 나왔다.

"생각해 보면 참 신기한 일이지요. 그 후, 저는 유랑하며 남의 것을 훔쳐 생계를 이어갔는데, 어느 날 주인님의 돈주머니를 훔치다 들키게 되었어요. 주인님께서는 저를 관아에 넘기지 않으시고 두 가지 중 하나를 선택하라고 하셨어요. 하나는 앞으로도 계속 남의 것을 훔치며 살아가는 것, 다른 하나는 주인님을 따르는 것이었지요. 저는 두 번째를 선택하였습니다. 그러나 주인님이 황후의 친아들이라는 것을 알고는 주인님을 암살하려고 했고 실패하여 옥에 갇히게 되었습니다. 주인님이 물으셨어요. 도대체 왜 그랬냐고. 어쩌면 너무 어렸기 때문일 거예요. 저는 순진하게 진상을 모두 이야기하고 말았지요."

나는 탄식한 후 운주를 품에 안으며 조용히 물었다.

"그러자 그가 자신을 도와주면 너희 심가의 억울한 누명을 벗겨 주겠다고 하더냐?"

그녀가 나의 품에서 고개를 끄덕이는 게 느껴졌다. 머릿속이 아득해져 왔다.

납란기우, 그는 황제의 자리에 오르기 위해 도움이 되는 것이라면 그 어떤 것이든 이용하는 것인가? 나를 처음 본 순간 지었던 옅은 미소가 떠올랐다.

"앞으로는 너를 수주라고 부르마."

고개를 들어 나를 바라보는 그녀의 얼굴 가득 눈물이 흘러내렸다.

"정말 오랫동안, 그 누구도 저를 수주라고 불러 주지 않았어요."

다시 긴 침묵이 이어졌고, 그녀가 다시 말을 이었다.

"수개월 전, 주인님께서 저희 집안의 원한을 갚을 날이 다가왔다고 말씀하시며 그 복수를 해 줄 사람이 바로 아씨라고 하셨어요. 아씨를 처음 뵈었을 때 아씨의 빼어난 미모에 놀라긴했지만 사실 저는 아씨가 황후와 대적하기는 힘들 거라고 생각했어요. 그렇지만 아씨와 함께 며칠을 지내는 동안 아씨께서 보통 분이 아니라는 걸 깨달았답니다."

나는 쓴웃음을 지었다. 나 역시 다른 여자들과 다를 바 없었다. 그저 운 좋게 원 부인과 비슷한 얼굴을 갖고 있는 것뿐이었다.

"말해 보렴. 이번 간택에서 기우는 어느 댁 규수를 선택했지?"

나는 갑자기 떠오른 생각에 매우 긴장하며 물었다.

"두 승상의 딸 두완이라 들었습니다."

이튿날, 남월루로 수많은 손님들이 찾아왔다. 짙은 화장과 요염한 차림으로 자신의 아름다움을 뽐내는, 나긋나긋한 자태의 여인들이 끝도 없이 몰려왔다. 이러다가는 남월루가 무너져 내릴 것만 같았다. 쉬지 않고 몰려드는 여인들로 인해 운주도 인내심을 잃기 시작했다. 겨우 회복한 내가 찾아오는 이들을 한 명 한 명 모두 만나다가 피로로 다시 쇠약해질까 봐 걱정이 된 것이다.

오늘 남월루가 이렇게 북적이는 이유는 단 하나였다. 어젯밤, 장생전에서의 일이 밤새 소문이 난 것이 틀림없었다. '반옥'이라는 이름 역시 궁 안 구석구석에서 화제가 되었을 테니 궁 안의 비빈들은 도대체 반옥이라는 아이가 어찌 생겼기에 황제가 부인이라는 지위까지 주려 하는지 궁금해 찾아온 것이었다. 대부분의 비빈들은 내게 큰절을 올리며 나의 마음을 사려 애썼으나 몇몇 비빈들은 내가 자신을 우습게볼까 두려운 듯 거만하고 오만한 태도로 나를 대했다.

눈이 시려 올 때까지 각양각색으로 아름다운 후궁들을 맞이하고 있자니 마음이 무거워졌다. 그때, 어젯밤 기우가 내게 자신의 몸도 지키기 힘들 것이라고 한 말이 떠올랐다. 그것은 수많은 비빈들의 시기와 모략으로 인해 혹여 내가 다치기라도 할까 봐 걱정하는 말이었을까?

"아씨, 또 누가 오셨습니다!"

문을 지키고 있던 소요자小幺子가 정신없이 달려와 내게 아뢰자 운주가 더 이상은 참을 수 없었는지 노기를 가득 담아 고함을 질렀다.

"아무도 만나지 않는다고 전하게. 아씨는 이미 피곤하시다고!"

"이것 봐라! 배짱 한번 좋구나."

사람은 보이지 않는데 소리가 먼저 전해져 왔다. 어조의 기세로 보건대 말하는 이는 매우 고귀한 신분임이 틀림없었다. 그렇지 않고서야 며칠 후면 설해 부인으로 봉해질 내 앞에서 감히 저렇게 말할 수 있겠는가?

부드러운 곡선을 그리고 있는 얇고 긴 눈썹 아래로 맑고 깊은 눈에 반짝이는 빛과 사악한 달콤함을 감추고 있는 여인이었다. 그녀가 곱게 미소 짓자 옥과 같은 그녀의 두 뺨 아래에 깊은 보조개가 파였다. 달이 숨을 멈추고 꽃이 부끄러워할 고운 미모의 여인이었다. 그녀가 운주의 얼굴에서 거둔 시선을 나에게 옮긴 순간, 그녀의 얼굴이 딱딱하게 굳었고 고운 미소가 자취를 감추었다.

"너⋯⋯, 너는⋯⋯!"

그녀는 초조하게 무슨 말을 하고 싶은 듯했지만 '너'라는 말만 반복하고 있었다.

"누구신지요?"

조금 전과는 전혀 다른, 그녀의 어리둥절해하는 표정을 바라보며 내가 물었다.

설마 저 여인은 원 부인을 만난 적이 있는 걸까? 그래서 저렇게 당황하고 있는 것일까?

그녀는 한참 동안 나를 멍하니 바라본 후에야 겨우 정신을 차렸다. 이윽고 자조 섞인 미소를 지으며 그녀가 높지도 낮지도 않은 아름다운 목소리로 말했다.

"명 귀인!"

그녀가 자신의 신분을 밝히자마자 나와 운주는 곧바로 무릎을 꿇고 예를 갖춰 인사를 올렸다. 그녀가 바로 기성의 어머니인 명 귀인이었다. 역시 대단한 기세의 여인이었다.

"어젯밤 폐하께서 부인을 봉하신다 하여 도대체 어떤 여인이 오랫동안 닫혀 있던 황제의 마음을 뒤흔들었나 궁금하였는데, 오늘 이렇게 직접 만나 보니 그 이유를 알겠구나."

그녀는 여전히 미소 짓고 있었으나 눈빛은 흐려져 있었다. 그 눈빛은 나를 바라보고 있는 것 같기도, 또 다른 이를 바라보고 있는 것 같기도 했다.

그녀는 얼마 머무르지 않고 급히 떠났고 나와 운주는 쓰라린 마음으로 서로를 바라보았다. 명 귀인은 여전히 황제를 사랑하는 듯했다. 내가 그녀를 아프게 한 걸까?

자조 섞인 웃음이 흘러나왔다. 나는 기껏해야 원 부인의 덕을 본 것일 뿐이지만, 나는 그녀의 그림자가 되고 싶지도, 영원히 그녀의 등 뒤에 있고 싶지도 않았다. 얼마 지나지 않아 궁 안의 모든 사람들은 나와 원 부인의 용모가 꼭 닮았다는 것을 알게 될 것이다.

"아씨, 즐거우세요?"

운주가 조용히 물었다.

"당연히 즐겁겠지!"

화가 가득 담긴 쩌렁쩌렁한 목소리가 우리의 대화에 끼어드는 바람에 나와 운주는 깜짝 놀라 이쪽을 향해 걸어오는 이를 바라보았다. 나는 온 황궁을 통틀어 가장 상대하기 어렵다는 영월 공주靈月公主와 마주하고 있었다. 그녀의 명성은 입궁하기 전부터 일찌감치 들어 알고 있었다. 영월 공주는 황제와 명 귀인 사이의 장녀로, 어려서부터 사랑을 독차지하며 응석받이로 자란 탓에 포악하고 제멋대로라고 했다.

한번은 실수로 자신의 몸에 탕약을 쏟은 두 궁녀를 죽을 때까지 채찍질한 적이 있었다. '법 앞에서는 만인이 평등하다'는 건 불변의 진리지만, 그녀를 너무나도 아끼는 황제는 그녀에게 차마 책임을 묻지 못하고 반성하라며 그녀를 궁에서 멀지 않은 청심사로 보냈다가 일 년 후 다시 데려와 여전히 그녀를 애지중지하고 있었다.

"공주님께서 어떤 가르침을 주시기 위해 이리 친히 발걸음을 하셨는지요?"

절대 만만한 상대가 아닌지라 나는 최대한 그녀와의 충돌은 피하고 싶었다.

"가르침? 내 오늘 네가 자신의 분수를 알도록 따끔한 맛을 보여 줄 것이다!"

탁자를 세게 치며 오만한 태도로 자리에 앉은 그녀는 가느다란 손가락을 나를 향해 치켜들고는 말했다.

"가서 이 공주께 대접할 차를 내오너라."

"공주마마, 제가……."

운주의 말은 나의 "알겠사옵니다."라는 대답에 묻히고 말았다. 나는 후당으로 걸어가서 차갑지도, 뜨겁지도 않은 용정차를 우려낸 후 그녀 앞에 내려놓았다.

"공주마마, 차를 드시지요."

공주는 만족한 듯 찻잔을 집어 들었다. 먼저 향을 음미한 그녀는 미간을 찌푸리더니 순식간에 내 얼굴에 차를 뿌렸다. 운주는 비명을 질렀고, 나는 속으로 다행스러워하고 있었다. 펄펄 끓는 물로 차를 끓이지 않은 것이 얼마나 다행인지……. 그랬다면 내 얼굴은 틀림없이 엉망이 되었을 것이다.

"공주마마, 너무 과하시옵니다."

두 눈이 새빨개진 운주가 비단 손수건으로 내 얼굴 가득 흘러내리는 차를 닦아 주었다.

"나는 네 아가씨에게 가르침을 주고 있는 것이다. 가르침!"

그녀가 몸을 일으켜 운주의 왼쪽 뺨을 살짝 때리더니, 마지막으로 '가르침'이라는 말을 내뱉을 때는 유난히 세게 그녀의 뺨을 내리쳤다. 찰싹찰싹, 뺨을 때리는 소리가 울려 퍼졌고 운주의 얼굴에 선홍빛 손자국이 고스란히 남았다. 나는 손을 들어 조금 전 운주의 뺨을 내리친 그 손을 세게 붙잡았다.

나를 욕보이는 건 참을 수 있지만 운주, 그녀를 건드리는 것은 참을 수 없었다.

"무엄하다! 감히 공주에게 이리도 무례하게 굴다니!"

그녀가 힘을 주어 손을 빼내려 하였으나 그럴수록 나는 그녀의 손을 더 강하게 붙잡았다.

"공주와 부인, 둘 중 어느 신분이 더 높더냐?"

나는 크지도 작지도 않은 목소리로 운주에게 물었다.

"당연히 부인이지요!"

운주가 웃으며 곧바로 큰 소리로 대답하였다.

"부인? 황후가 그리 두지 않을 것은 둘째치고, 아직 성지도 내려오지 않았으니 너는 일개 궁녀일 뿐이다."

그녀는 고통으로 말을 잇기도 어려울 텐데 미소를 유지하는 것을 잊지 않았다. 이런 점은 황후와 참으로 닮아 있었다.

"그럼 나는 어떠하냐?"

한 소의가 적절한 시기에 등장하자 운주는 자신을 살려 줄 보살이라도 만난 듯 그녀에게 달려가서 애처로운 눈빛으로 그녀를 바라보았다. 나는 영월 공주의 손목을 놓고 한 소의를 향해 예를 갖춰 인사를 올렸다. 그녀는 얼굴 가득 난처함을 담고 있는 나를 바라본 후 이어 영월을 응시하며 물었다.

"무슨 일이 영월을 이리도 노하게 하였을꼬?"

영월은 붉게 변한 자신의 손목을 문지르고 있었고, 나는 내가 그녀의 손에 남긴 선명하고 붉은 손자국을 바라보았다. 그 걸작품을 바라보니 마음이 통쾌했다.

"조금 전, 저는 어마마마께서 눈물을 훔치시며 궁으로 돌아가시는 걸 보았습니다. 듣자 하니 어마마마께서 조금 전 남월루에 다녀오시는 길이라고 하더군요."

놀랍게도 영월은 한 소의 앞에서는 그저 입술을 삐죽거리기만 할 뿐 조금도 노기를 드러내지 않고 온순한 양 한 마리가 되어 있었다. 안색이 참 순식간에도 바뀌었다.

"그래서 공주는 반 아가씨가 명 귀인을 욕보였다 생각하여 명 귀인을 대신해 복수하려던 것이고?"

한 소의가 아름답게 웃으며 영월의 끝나지 않은 말을 이었다. 영월이 고개를 끄덕이며 여전히 분노를 품은 눈빛으로 나를 바라보았다.

그제야 나는 그녀의 생김새를 꼼꼼히 살펴보았다. 그녀는 새하얗고 맑은 피부, 발그레한 두 뺨, 초승달 같은 눈썹, 날씬한 몸매, 우아한 자태를 가지고 있었다. 그러나 안타깝게도 아름다운 용모만큼 곱고 선한 마음을 갖고 있지는 못한 듯했다.

"어리석은 영월, 명 귀인은 누구에게 그리 쉽게 욕보일 사람이 아니다. 필경 마음 아픈 일이 있었을 테고, 슬픔이 깊어져 눈물을 흘렸을 게다."

한 소의는 그녀의 머리를 매만지며 내가 난처함에서 벗어날 수 있도록 도와주었다. 영월은 한 소의의 말이 옳다고 생각한 듯 깊은 생각에 빠져들었다.

"조금 전, 명의후가 서궁에 찾아왔는데 함께 가서 만나보지 않으련? 공주 역시 오랫동안……."

한 소의의 말이 끝나기도 전에 영월은 "먼저 물러가겠습니다!"라는 말을 남기고는 흔적도 없이 사라져 버렸다. 영월이 왜 한 소의 앞에서 고양이 앞의 쥐같이 고분고분했는지 비로소 이해가 되었다. 그녀는 한 소의의 친동생인 한명을 남몰래 사모하고 있는 것이 분명했다.

나는 우선 젖은 옷을 갈아입고 나와 한 소의를 다시 맞이했다. 시녀들을 모두 내보낸 후 나는 감사의 마음을 표하기 위해 직접 차를 우려 그녀 앞에 내려놓았다. 그녀가 아니었다면 이 난관을 어찌 수습해야 할지 알 수 없었을 것이다.

한 소의는 차를 마시지 않고 찻잔을 만지작거리기만 하더니 곧 나지막한 목소리로 물었다

"어젯밤, 폐하께서 황후를 폐하려고 하셨다던데 왜 막은 것이냐? 이제 네가 폐하 곁에서 하는 한 마디 한 마디가 다 폐하의 결정이 될 터인데?"

나는 가볍게 고개를 젓고는 나도 모르게 흘러나오는 미소를 지으며 말했다.

"황후마마의 죄는 결코 폐위를 당할 만한 것이 아니었을뿐더러 어젯밤 폐하의 결정은 그저 노여움으로 인한 충동적인 것이었습니다. 시간이 지나 마음이 진정된 후에 곰곰이 다시 생각하면 후회하게 되실 것이 분명하니 폐하를 위해 퇴로를 열어드린 것입니다."

잠시 침묵이 흐른 뒤, 한 소의가 차를 한 모금 마시고 물었다.

"그래서 네 뜻은……?"

"마마, 서두르지 마십시오. 아시다시피 황후마마의 세력은

이미 온 조정에 튼튼히 뿌리내려 있습니다. 황후마마를 폐위시키려면 그 세력의 뿌리 역시 모조리 뽑아 버려야 합니다."

"네 말뜻은……, 두 승상?"

그녀의 미소가 옅어졌다.

"아니옵니다. 마마, 곰곰이 생각해 보십시오. 두 승상과 황후마마가 어찌 조정에서 그토록 탄탄히 권세를 쥐고 있을 수 있겠습니까?"

나는 그녀가 좀 더 깊이 생각할 수 있기를 바라며 작은 목소리로 그녀를 일깨웠다. 심각한 표정으로 곰곰이 생각하던 그녀의 머릿속에 불현듯 반짝이는 생각이 스쳐 지나간 듯했다.

"태자를 말하는 것이로구나!"

"그렇습니다!"

나는 고개를 살짝 끄덕였다.

어쩌면 기우를 만나러 가야 할 때가 됐는지도 모른다. 지금쯤 그의 마음속에는 이미 동궁에 대응할 만한 계획이 있을지도 모른다. 그는 내가 지금 어떤 생각을 하고 있는지 알고 있을까?

한 소의를 배웅한 후, 나는 운주를 불러 절대로 누구에게도 들켜서는 안 된다고 신신당부를 하며 기우에게 나의 말을 전하라고 했다. 그녀는 진지하게 고개를 끄덕였다. 운주에게 일을 맡기면 안심할 수 있었다. 게다가 기우가 그녀를 자신의 곁에 사 년이나 데리고 있었다면 분명 이유가 있을 터였다.

한참을 기다려도 운주가 돌아오지 않아 나는 남월루를 나서 한가로이 거닐기로 했다.

이틀 후면 세 왕야의 혼례가 있을 것이고, 그 뒤에는 내가 부인으로 봉해질 것이다. 그러나 모든 것이 생각만큼 순조롭지 않을 것이라는 예감이 들었다. 영월 공주가 말했던 것처럼 황후가 가만히 두고보지만은 않을 터였다. 만약 정말로 이 난관을 넘지 못한다면 나는 실망해야 할까 아니면 다행이라 여겨야 할까?

차가운 웃음이 터져 나왔다. 다행? 변나라에서 모든 걸 무릅쓰고 기나라로 돌아온 것은 도대체 누구를 위한 것이었지? 기운? 어쩌면 기우 때문이라는 게 더 적절할지도 모른다. 그가 나를 살려 준 목적이 무엇이건 간에 어쨌든 그는 나와 혁빙의 은인임에 틀림없지 않은가. 나는 빚지는 것이 싫고, 그가 내게 베푼 은혜 역시 반드시 갚을 것이다.

"복아, 이 생을 그대와 함께 보낼 수만 있다면, 나는 여한이 없을 것이오."

연성의 말이 다시 귓가에 맴돌았다. 만약 그들이 없었다면 나는 기꺼이 변나라에 남아 연성의 곁에 머무르지 않았을까?

"도대체 무슨 생각을 하기에 그리 넋이 나가 있느냐?"

나는 갑자기 들려온 소리에 깜짝 놀라고 말았다. 기성이 도깨비처럼 내 앞에 나타나 있었다. 나는 두 눈을 동그랗게 뜨고, 능청스럽게 웃고 있는 그를 바라보며 한참 동안 입을 열지 못했다.

"너무 놀라 얼이 빠져 버린 것이냐?"

내가 여전히 아무 말도 못하고 있자 그가 웃음을 거두고 나의 어깨를 흔들었다.

"나를 보아라. 내가 누구냐?"

나는 정신을 차리고 큭큭대며 말했다.

"얼이 빠진 건 왕야이신 것 같습니다, 진남왕!"

기성이 안도의 한숨을 내쉬더니 갑자기 진지한 표정을 지었다. 너무나 순식간에 변한 그의 표정에 나는 어안이 벙벙했다. 그는 한참 동안 나를 바라보다가 겨우 입을 열었다.

"너……, 듣자니 세 왕의 혼례가 끝난 후 너를 정일품 부인으로 봉하신다더군."

이것이 그가 나를 찾아온 이유였다. 나는 아무 말도 하지 않고 그의 이어질 말을 기다렸다. 그 역시 명 귀인의 일로 나에게 경고를 하러 온 것이 아닐까 하는 생각에 나의 표정은 어두워졌다.

"네가 보통 여인이 아니라는 건 진작 알고 있었지."

기성이 미소 지었으나 그 미소는 금세 흩어져 버렸다. 침묵이 이어졌고 내 미간의 주름 역시 깊어졌다. 그의 표정은 왜 자꾸 변하는 걸까? 그는 도대체 내게 무슨 말이 하고 싶은 걸까?

"그래서요?"

긴장되고 기묘한 분위기를 더 이상 참을 수 없어서 결국 내가 먼저 입을 열었다.

"아바마마의 연세가 적지 않으신데 아바마마와 혼인을 할 생각이냐?"

그의 말에 나는 순간 멍해졌다가 곧 폭소를 터뜨리고 말았다. 겨우 그런 말을 하려고 이 먼 길을 찾아와 나를 이토록 긴장시켰단 것인가? 결국 그는 내가 황제의 후궁이 되길 원치 않는다는 것이었다.

기성의 분노 어린 눈빛에 억지로 폭소를 멈추기는 했으나 나는 여전한 웃음기를 감추느라 옷자락으로 입을 가렸다.

"제가 혼인을 하지 않겠다고 하면 폐하께서 저를 놔주시리라 생각하세요?"

그는 황제이고 기나라 전체가 그의 것이지 않은가. 그런 그가 나를 원하는데 나에게 거절할 자격이나 있단 말인가?

기성은 허탈한 듯 미소를 짓더니 눈을 가늘게 뜨고 파란 하늘을 올려다보았다.

"황제란 참 좋은 것이로군. 갖고 싶은 건 무엇이든 다 가질 수 있으니!"

속절없는 탄식이 터져 나왔다. 하지만 그는 자신이 탄식을 한 것조차 모르는 듯 깊은 생각 속에 빠져 있었다.

"왕야, 알고 싶은 게 있습니다. 만약 왕야께서 황제가 되신다면 나라를 어떻게 다스리시겠어요?"

"집안에 어진 덕이 있으면 그 나라도 어진 덕으로 넘칠 것이고, 집안에 겸양이 있으면 그 나라도 겸양으로 채워질 것이

며……." [30]

그의 말이 채 끝나기도 전에 내가 얼굴에서 미소를 거두고 그의 말을 막았다.

"왕야, 저는 왕야께 나라를 어찌 다스릴 것인지 여쭈었는데 어찌 사서를 읊고만 계신지요!"

"그러나 책에는 분명히 그리 쓰여 있지 않느냐?"

그는 눈썹을 찌푸리고 난처하다는 듯 나를 바라보았다.

"만약 책만 외우고도 훌륭한 황제가 될 수 있다면 천하의 모든 유생들이 다 황제가 될 자격이 있다는 말씀이신가요?"

그는 너무나 순진했다. 전장에서의 그는 영웅일지 모르나 나라를 다스리는 데 있어서는 백지장과 다를 바가 없었다.

"왕야께서는 조금 전 가정의 어진 덕과 겸양에 대해 말씀하셨지요. 그렇다면 집안에 어진 덕과 겸양이 있으려면 어찌해야 하겠습니까?"

한참을 기다려도 대답을 들을 수 없었기에 나는 차가운 미소를 지을 수밖에 없었다.

"가정의 어진 덕과 겸양이란 가족들끼리 서로 아끼고, 사랑하고, 베풀고, 양보하며, 예의를 갖춰 겸손한 태도로 서로를 대하는 것입니다. 천하를 안정시키려면 혈육을 죽인 자는 목을 치고, 집안을 평안하게 하려면 다투는 처와 첩을 가둬야 하며, 백성의 마음을 위로하려면 황손이라 하여도 죄를 지은 자식은

---

30 一家仁, 一國興仁, 一家讓, 一國興讓 : 중국 유교 경전 중에 하나인 《대학(大學)》의 한 부분.

엄히 처벌해야 합니다. 만약 왕야께서 이렇게 모진 마음을 먹고 계시다면 이미 훌륭한 황제의 자질을 갖추고 계신 것입니다. 왕야께서는 형제를 죽이고, 처첩을 가두고, 자식을 엄히 벌할, 그런 독한 마음을 정녕 가지고 계시지요?"

그는 눈 한 번 깜빡하지 않고 마치 귀신이라도 본 듯 놀란 눈으로 나를 바라보며 오랫동안 아무 말도 하지 못했다. 너무 지나쳤다는 생각이 들어 나는 부드러운 어조로 말을 이었다.

"사실 황제가 된다고 해서 천세에 이름을 날릴 수는 없어요. 역사상 얼마나 많은 망국의 무능한 황제들이 지금까지도 수많은 이들의 손가락질을 받고 있습니까? 그와는 반대로 한漢나라의 위청衛青, 곽거병霍去病 장군은 막북漠北으로 돌진하여 흉노를 소탕하고 혁혁한 공을 세웠지요. 당나라의 이정李靖 장군 역시 군대에 충성하고 주군을 받들어 크고 작은 전쟁에서 단 한 번도 패한 적이 없었습니다. 그들은 그 공으로 역사서에 기록되었고, 대대손손 그 명성을 날리며 온 백성들의 입에서 입으로 끝없이 전해지고 있습니다."

"훌륭하오!"

저 멀리에서 놀라움을 담은 목소리가 들려왔다. 소리가 들려온 곳을 바라보니 명의후가 이쪽을 향해 천천히 걸어오고 있었는데 그 뒤를 영월 공주가 바싹 따르고 있었다. 그의 눈을 바라보면 바라볼수록 어디선가 분명 만났던 듯했다. 그러나……

"반 아가씨는 여느 남자들보다 그 재능이 훨씬 뛰어나군요. 만약 남자로 태어났다면 나라의 대들보가 되었을 텐데 아쉽……."

한명의 칭찬에 나는 오히려 눈살을 찌푸리며 그가 말을 끝내기도 전에 끼어들었다.

"도대체 누가 여자는 나라를 위해 힘을 보태지도 충성하지도 못한다 하였습니까? 세상의 모든 여인이 다 달기姐己[31]처럼 아첨을 일삼고 조정을 어지럽히지는 않습니다. 저라면 당 태종이 매우 존경하여 스승처럼 대하였다던 장손 황후長孫皇后가 될 것입니다!"

자신 있게 말한 나는 한명의 표정 속에 담긴 놀란 기색을 읽어 냈다. 한명과 나를 번갈아 바라보던 영월의 얼굴빛이 일변했다.

---

31 상(商)나라 주왕(紂王)의 비(妃)로, 매우 아름다웠으나 잔인하고 포악하였으며 음란하여 주왕의 폭정을 도왔다.

찢겨 버린 붉은 휘장

대길일, 세 왕의 대혼일, 전례가 없는 태평성세였다. 오가는 이들의 얼굴에는 미소가 흘러 넘쳤다. 기나라에서 세 왕이 동시에 혼인을 치르는 건 처음 있는 일이었다. 혹여 실수라도 할까 봐 특별히 조심하며 혼례에 필요한 물건을 든 시녀들이 경인전으로 향하는 물결이 보였다. 서궁 전체에 붉은색 비단 휘장이 걸려 있었고, 수많은 신하들이 귀한 선물을 들고 축하하러 모여들었다. 그러나 그들은 하나같이 같은 난제에 봉착해 궁 밖에서 서성이고 있었다.

동궁 미천전의 기우, 서궁 경인전의 기운, 측서궁 금승전錦承殿의 기성, 그들 모두 결코 밉보여서는 안 되는 대상이었던 것이다. 어느 한 곳을 선택하면 나머지 두 곳은 갈 수 없으니 모두들 몸이 세 개가 아닌 것을 안타까워할 수밖에 없었다. 결국 이러지도 저러지도 못하고 관원들은 궁문 밖을 배회하며 서로 어찌해야 할지 이야기를 나누고 있었다.

나 역시 누구의 혼례에 참석해야 할지 고심하고 있었다. 한소의의 배려로 서궁에 머물고 있으니 기운의 혼례에 참여하는 것이 옳겠으나, 혼례를 올리는 그의 얼굴에 떠오를 미소를 나는 진심으로 보고 싶지 않았다. 황후와의 관계를 생각하면 동궁으로 가는 것은 더욱 불가능했다. 그렇다면 측서궁은? 그것도 안 된다. 내가 측서궁에 발을 들여놓았다가는 영월 공주가 난리를 치며 나를 쫓아낼지도 모른다.

아무 데도 가지 않고 조용히 남월루에 있는 건 어떨까도 생각했지만 이미 운주가 나의 단장을 마친 후였다. 머리에는 다섯 마리의 봉황이 장식된 관을 쓰고 빨간 비녀를 꽂았으며, 옆머리에는 푸른 비취빛 머리 장식을 높게 걸었다. 전설 속의 새들과 연꽃이 화려하게 수 놓인 산뜻하고 고운 빛깔의 옷을 입고, 치마 위로 자색 비단 끈으로 맨 매듭이 곱게 매여 있었다. 만족한 듯한 표정으로 운주가 내 얼굴 여기저기를 살펴보았고, 나는 부끄러워 어찌할 바를 모르고 있었다.

나는 그녀를 향해 웃으며 말했다.

"내 혼례날도 아닌데 이렇게 곱게 단장시켜서 뭐 하려고?"

"그렇긴 해요. '그녀 미소 짓자 한 쌍의 고운 보조개 드러나니, 십만 정예군 속절없이 항복하는구나.'[32]"

---

32 당나라의 여류시인 어현기(魚玄機)의 시 〈완사묘(浣紗廟)〉의 일부분으로 중국 최고의 미녀로 알려진 서시의 미모를 묘사하고 있다.

그녀가 의기양양하게 시를 읊었다.

"어리석은 수주."

나는 머리에서 빨간 비녀를 빼내어 화장대 앞에 내려놓았다.

"축하를 하러 가는 이가 새신부의 기운을 덮어 버리면 안 되는 법, 그건 불길한 일이야."

"우리 아씨께서는 워낙 아름다우셔서 이런 장신구 몇 개 덜 하셔도 여전히 신부의 광채를 덮어 버리실 수밖에 없을 걸요."

농담을 하는 그녀의 모습이 귀여워서 답답했던 내 마음도 조금 즐거워졌다.

"참, 초청왕의 왕비는……?"

나는 작은 소리로 물었다. 기성과 기우의 비는 누구인지 알고 있으나 기운의 비가 될 여인은 여전히 모르고 있었다. 어쩌면 감히 묻지 못했던 것일지도 모른다.

"아씨, 아직도 모르고 계셨어요? 다라 군주多羅郡主 납란민納蘭敏이에요."

운주는 나의 질문에 매우 놀라워하며 계속해서 탄식했다.

"폐하께서 미복잠행[33]하실 때, 다라 군주를 수양딸로 삼으셨지요. 폐하께서는 다라 군주를 '재능이 뛰어나니 앞으로 반드시 큰일을 할 이로다.'라고 평하셨어요. 군주로 봉해진 이후에

---

33 황제나 지위가 높은 사람이 무엇을 몰래 살피기 위하여 남루한 옷차림을 하고 남모르게 다니는 것.

도 궁에는 거의 발걸음을 하지 않으셔서 모두들 잊고 있었는데 놀랍게도 갑자기 왕비로 간택되셨지요."

황제로부터 그런 평가를 받은 규수라면 분명히 범상치 않은 사람일 것이다. 운주의 말을 들으니 그녀가 어떤 사람인지 직접 만나보고 싶어졌다. 그래서 나는 경인전 기운의 혼례에 참석하기로 마음먹었다.

"아씨, 정말 경인전으로 가시는 거예요?"

혼잣말을 하듯 중얼거리는 운주의 목소리는 모기 소리만큼 작았다. 한참 동안 망설이던 그녀가 말했다.

"만약 괜찮으시면, 저는 주인님의 혼례를 보고 싶어요."

나는 멍해져서 얼굴 가득 실망감이 드러난 운주를 바라보았다.

설마 운주가……?

"기우가 그 대단한 두 승상의 딸과 혼인을 한다니 그가 과연 행복한 혼인 생활을 할 수 있을지 모르겠구나."

나는 급히 화제를 두완에게로 옮겼다. 운주가 큭큭 웃으며 옥 빗으로 내 머리 장식의 술을 빗겼다.

"그러게 말이에요. 저는 그분이 태자비로 간택되실 줄 알았는데 돌고 돌아 주인님의 왕비가 되시다니요."

"두완의 성미는 우리 모두 보아 알고 있지. 그러니……, 기우가 그녀를 좋아할 리 없어!"

나는 의미심장한 말을 뱉어 냈고 운주는 또다시 깊은 생각에 잠겼다. 그녀의 모습을 바라보며 나 역시 깊은 생각에 빠져

들었다.

　황금빛 사자 향로에서 뿜어져 나온 향이 사방에 가득하고, 촛불이 일렁거렸다. 오늘 밤의 신랑은 하객들에게 둘러싸여 있었고, 대신들은 그에게 끝없이 술을 권하고 있었다. 내가 경인전을 찾은 것은 다라 군주의 모습을 보기 위해서였는데 늦게 도착한 탓에 그녀는 이미 침궁으로 보내지고 없었다. 다라 군주가 없으니 거처로 돌아갈까 했지만 다시 생각해 보니 여기까지 와서 그냥 돌아가는 것도 예의가 아닌 듯싶어 나는 경인전의 가장 끝자락에 앉아 오늘따라 유난히 시원하고 환하게 웃고 있는 기운을 뚫어져라 쳐다보았다. 나는 탁자 위의 산해진미는 건드리지도 않고 독한 술만 연이어 들이켜기 시작했다.

　"아씨, 그만 드셔요!"

　운주가 힘을 잔뜩 주어 내 손에 들려 있는 술잔을 뺏으려 했으나 나 역시 힘을 주어 술잔을 뺏기지 않았다.

　"아씨, 가슴에 손을 얹고 자문해 보셔요. 오늘 아씨께서 이렇게 힘들어하시는 게 과연 누구 때문인지. 서궁 경인전의 왕야 때문인가요, 아니면 동궁 미천전의 주인님 때문인가요?"

　운주가 다시 힘을 주자 이번에는 내 손안의 술잔이 쉽게 빠져나갔다. 나는 그녀의 말을 못 들은 척 비틀거리며 탁자에서 일어났다. 내가 넘어질까 봐 곧바로 일어나 나를 붙잡는 운주에게서 몸을 빼내며 내가 조용히 말했다.

　"너무 덥구나. 밖에 나가서 바람 좀 쐬고 오마."

몇 발짝을 내딛은 나는 고개를 돌려 나를 따라오려는 운주를 노려보며 한마디를 덧붙였다.

"절대 따라오지 말아라!"

달빛이 고요한 정자 옆에 내려앉은 눈서리를 비추고, 북풍이 버들솜을 모두 떨어뜨렸다. 늦가을의 운무는 외롭고 쓸쓸하고, 청량한 바람에 옷소매가 나풀거렸다. 길고 가는 대나무는 구불구불한 연못을 에두르고 서 있었다.

나는 연못가에 서서 물속에 어렴풋이 비친 고운 달을 응시했다. 달과 함께 물 위에 비친 나의 그림자를 보자 가벼운 웃음을 참을 수가 없었다.

"술잔을 들어 저 밝은 달을 초대하니, 그림자까지 우리 셋이 되었구나."[34]

나는 조용히 시 한 구절을 읊었다. 아쉽게도 그림자는 있는데 술이 없으니 공연히 이태백의 명시만 허비한 셈이었다.

"떠나는 이는 말이 없고, 달도 빛을 거두었으나, 밝은 달에겐 빛이 있고, 사람에겐 정이 있다."

어쩌면 이 구절이 나의 마음을 더 잘 대변해 주고 있는 것 같았다. 나는 웅크려 앉아 손가락 끝으로 평화로운 수면에 물결을 일으켰다. 물결은 멀리 퍼져 나갔고 바라보기만 해도 한기가 몸속으로 파고드는 것 같았다.

---

34 이백(李白 자는 태백(太白))의 시〈월하독작(月下獨酌)〉의 한 구절.

"여장부인 반옥 아가씨께서 이리도 서글픈 시를 읊으리라고 는 생각지 못했소."

나는 고개를 들어 어둠 속에서 걸어나오는 남자를 바라보았 다. 차가운 눈빛, 희미한 표정, 도도한 말투……. 심장이 떨려 왔다. 거리가 더 가까워지고서야 나는 한명, 그를 알아볼 수 있 었다. 나는 한참을 웃었다. 그를 어디에서 만났었는지 드디어 생각이 난 것이다. 어떻게 더 일찍 알아보지 못했던 것일까? 그는 입궁 첫날, 내가 목숨을 구해 주었던 바로 그 자객이었다.

명의후, 내가 목숨을 구해 준 이는 역시나 대단한 인물이 었다.

그는 나와 어깨를 나란히 하고 연못가에 쭈그리고 앉아 수 면을 뚫어져라 바라보았다. 나는 물 위에 비친 그의 그림자를 바라보며 물었다.

"어찌 밖으로 나오셨는지요?"

"소란스러운 게 싫어서!"

여전히 감정의 기복이 묻어나지 않는 목소리였다. 머리부터 발끝까지 마치 얼음으로 만들어진 것 같은 사람이 시끌벅적한 곳을 좋아할 리 없었다.

"상처는 다 나으셨지요?"

나의 자연스러운 한마디에 그의 눈빛이 일순간 변했다. 팽 팽한 긴장감이 사방을 가득 채웠고 그의 두 눈은 마치 나의 목 이라도 내려칠 듯한 기세였다.

그와 나는 한참을 마주보았으나, 결국 내가 먼저 꼬리를 내렸다. 그의 눈빛은 온몸에 닭살이 돋게 할 만큼 위협적이었다. 내가 몸을 일으켜 자리를 떠나려는데 그가 거칠게 나의 팔을 잡아 쥐었다. 어찌나 강하게 잡았는지 미간에 주름이 깊게 패었다.

"놓으십시오!"

나는 그의 팔을 뿌리치려 했으나 헛수고였다.

"만약 비밀을 누설했다가는 너는 아주 고통스러운 죽음을 맞이하게 될 것이다."

그의 차가운 경고에는 거절을 용납하지 않겠다는 난폭함이 담겨 있었다.

"놓으라고 하지 않았습니까!"

나는 팔의 고통을 더이상 참을 수가 없어 명의후라는 그의 신분도 개의치 않고 그를 향해 고함을 질렀다. 그의 눈빛 속에 미소가 스쳐 지나갔고, 나의 마음은 얼어붙었다. 소름 끼치는 미소였다. 그리고 잠시 후, 팔에서 고통이 사라졌다. 그가 드디어 나의 팔을 놓은 것이다. 하지만 안도의 순간도 잠시, 나는 중심을 잃고 연못에 빠져 연거푸 물을 먹고 있었다.

이렇게 어리석을 수가! 자신이 연못가에 서 있다는 것을 잊다니, 정말 취했었나?

그는 여전히 그 자리에 서서 웃는 듯 마는 듯한 표정으로 물속에 빠져 난처해하는 나를 바라만 보고 있었다. 물속에는 발을 디딜 만한 곳이 전혀 없어 물 밖으로 빠져나오기가 쉽지 않았다. 나는 그에게 나를 잡아 끌어올려 달라고 부탁하고 싶었지만 즐거워하는 그의 표정을 보자 부아가 끓어올라 끝내 입을 열지 않았다.

"이런, 그 대단하신 반옥 아가씨께서 이리 난처한 날을 맞이하실 줄이야."

그의 갑작스러운 탄식을 듣자 치밀어오르던 부아 대신 서글픔이 찾아들었고 눈가가 젖어들었다.

그렇구나. 어찌 나에게 이토록 힘겨운 날이 찾아왔단 말인가.

마음이 차갑게 얼어붙은 나는 물속에서 발버둥치던 것을 멈추고 천천히 물속으로 빠져 들어갔다. 끝없는 암흑 속에서 생각이 표류하고, 숨을 쉬는 것도 제어할 수가 없었다.

기운의 혼례날에 나 반옥이 물에 빠져 죽다니, 이 얼마나 우스운 일인가. 그런데 죽음의 문턱에 선 바로 이 순간, 떠오르는 이는 어찌하여 나를 이용해 황위에 오르고자 하는 그 남자란 말인가?

황금빛 봉황이 수 놓인 비단옷, 고운 눈매, 친근해 보이지만 멀게도 느껴지는 화려하고 고귀한 자태, 두 눈에 깊은 원통함을 담은 그녀가 은빛 갑옷을 입고 서 있는 남자의 손을 움켜쥐며 말했다.

"혁빙, 반드시 복아 공주를 지켜야 한다."

"어마마마……."

나는 작은 소리로 중얼거리며 그녀의 곁으로 달려갔으나 모후는 온힘을 다해 나를 혁빙에게로 밀쳐 냈다. 그 순간, 은백색 빛이 번쩍이며 칠흑 같던 어둠을 갈랐고 한 자루의 비수가 그녀의 배에 깊이 꽂혔다. 피, 천천히 스며 나온 그 피가 진녹빛의 대리석판으로 한 방울 한 방울 떨어지고 있었다.

"복아, 만약 무사히 이곳을 벗어나면……, 너는 반드시 부황과 모후, 그리고 이곳에서 피 흘리며 죽어간 수많은 이들의 망혼을 기억해야 한다."

모후는 혼신의 힘을 다하여 마지막 말을 힘겹게 마치고서야 겨우 안심하고 우리 앞에 쓰러지셨다.

숨을 쉴 수가 없는데, 귓가에서 소란스러운 소리가 들려왔다. 갑자기 거친 기침이 치밀었고 얼음같이 차가운 무언가가 배 속에서 목구멍으로 올라와 입가로 흘러내렸다. 눈을 뜨자 나를 바라보고 있는 이의 모습이 희미하게 보였다.

"서궁에서 사람이 죽지 않아 다행이군."

내 옆에 한쪽 다리를 꿇고 앉아 있던 한명이 내가 깨어나는 걸 바라보며 안도의 한숨을 깊게 몰아쉬었다. 이 얼음장 같은 사람도 긴장을 하는 때가 있구나.

한명의 곁에 서서 평상시와 전혀 다른 표정으로 나를 바라보고 있는 운주의 모습이 보였다. 그녀의 표정에 떠오른 것은 나에 대한 실망이었다.

"여봐라. 어서 반옥 아가씨를 남월루로 모시거라."

한명이 두 시녀에게 나를 부축해 남월루로 데리고 가도록 하는 동안에도 운주는 한마디도 하지 않고 그 뒤를 따랐다.

내가 힘없이 방 안으로 들어섰는데도 운주는 여전히 문턱 언저리에 서 있었다. 나는 참담한 표정으로 그녀를 바라보며 입을 열었으나 단 한 마디도 소리가 되어 나오지 않았다.

운주가 천천히 입을 열었다.

"아씨께 정말 실망했습니다."

온몸이 딱딱하게 굳었다. 그녀의 말을 차마 믿을 수 없어 나는 차갑게 식어 버린 그녀의 눈을 바라보며 쓸쓸한 미소만을 지을 뿐이었다. 나는 그녀를 밖에 세워 둔 채 문을 힘껏 닫았고, 그 문을 등지고 살을 에는 듯한 차가운 바닥에 미끄러지듯 주저앉았다. 그리고 두 팔로 무릎을 감싸 안고 얼굴을 그 사이에 깊이 파묻었다.

운주의 목소리가 밖에서 들려왔다.

"소인은 아씨께서 용감하시고 결단력과 지혜가 넘치시는 분이라 생각했습니다. 그런데 이처럼 세상 여자들과 다를 바가 없으실 줄은 정말 생각지 못했습니다."

나는 한동안 침묵을 지키다가 깊은 한숨을 내쉬었다. 그녀의 말이 그저 우습기만 했다.

"어찌 나는 세상 여자들과 똑같으면 안 된다는 것이냐? 나역시 보통 여자란 말이다."

조용한 목소리가 내 입에서 흘러나왔다. 크지도 작지도 않은 나의 말을 운주가 들을 수 있을지는 중요하지 않았다.

"공주라는 이유만으로 어찌 나라를 되찾는 짐을 나 홀로 지어야 한단 말이냐? 내가 원 부인과 닮았다는 이유만으로 어찌 황제의 후궁이 되어 너희를 도와야 한단 말이냐? 너희는 나를 이용해 너희만으로 해낼 수 없는 일을 완성할 수 있다는 것만 생각하지, 그것이 내가 정녕 원하는 일인지는 생각조차 하지 않지 않느냐?"

몇 해 동안 힘들게 참아 왔던 눈물이 얼굴을 타고 흘러내렸다. 지난 해, 부황과 모후가 내 앞에서 참혹하게 죽음을 맞이하셨을 때조차 나는 단 한 방울의 눈물도 흘리지 않았었다. 절대로 눈물을 흘리지 않겠다고 다짐했기 때문이었다. 그렇게 하지 않으면 나라 수복이라는 사명을 짊어질 수 없었다. 그러나 나는 오늘에서야 비로소 깨달았다. 나는 그 사명을 더 이상 짊어질 수 없었다. 나는 너무 지쳐 있었다.

누군가 다급하게 문을 두드리는 소리가 울려퍼졌으나 나는 개의치 않고 무릎만 더 세게 끌어안았다. 시끄러운 소리는 곧 와해되어 버릴 것 같은 내 정신을 뒤흔들었다. 결국 문을 두드리던 소리는 사라졌지만 곧이어 창문이 깨지고 그림자 하나가 창문을 넘어 방 안으로 들어왔다. 얼굴이 눈물범벅이 된 채 나는 고개를 들어 창문을 넘어온 이를 응시했다. 그리고 그 순간, 나는 너무나 놀라 얼굴빛이 순식간에 변하고 말았다.

"당신……."

나는 입술을 바들바들 떨며 입을 열었다. 눈앞에 서 있는 사람이 실제인지 도저히 믿을 수 없었으나 차츰 서러움과 안도의 감정이 떠오르기 시작했다. 걱정 가득한 얼굴로 복잡한 심경을 고스란히 드러내고 있는 납란기우를 멍하니 바라보고 있으니 마음속의 괴로움이 옅어지는 것 같았다.

그는 무릎을 꿇어 나와 시선을 맞추었고, 나의 눈은 그의 행동 하나하나를 뒤좇았다. 따뜻한 집게손가락으로 나의 뺨 위에 흐르는 눈물을 닦아 주며 그가 그윽한 눈으로 나를 바라보며 조용히 말했다.

"모든 계획을 중지하겠소."

나는 너무나 놀라 그의 눈을 바라보며 그 말의 의미를 이해해 보려고 애썼다.

"지금 이 순간부터 복아, 그대는 자유요."

그는 나의 눈물을 닦아 주던 손을 거두고는 입꼬리를 둥글게 올리며 미소 지었다. 그 미소는 따뜻했지만 쓸쓸했다.

"그대는 나에게 아무것도 빚진 것이 없소, 지금까지 줄곧 그랬던 것처럼."

진중한 그의 말에 나의 마음은 요동치기 시작했다.

그는 포기하려는 것인가?

"황위……."

나는 낮은 목소리로 수많은 이들의 이성을 뒤흔드는 그 두 글자를 내뱉었다.

"필요 없소."

그의 옅은 미소에 가벼운 자조가 배어 나왔다.

"지금까지 나는 황위를 일생을 두고 좇아야 할 목표라고 생각했소. 그런데 오늘에서야 깨달았다오, 그것이 이리도 쉽게 포기할 수 있는 것이라는 걸."

탄식을 금할 길이 없었다. 그가 이리도 쉽게 마음을 접다니…….

나는 어느새 그의 품에 단단히 안겨 있었다. 그의 아래턱이 나의 이마에 닿아 있었고 나는 그의 품에 몸을 맡기고 강하고 힘차게 뛰는 그의 심장 소리를 듣고 있었다. 그런데 뜻밖에도 마음이 아파 왔다. 이 순간이 되어서야 나는 비로소 깨달았다, 이성을 잃은 듯하던 오늘 나의 행동은 기운의 혼인이 아니라 바로 기우의 혼인 때문이었다.

그가 나를 이용하려 했던 것에 생각이 미치자 가슴이 아파 왔다. 오직 그만이 내 마음속 깊은 곳에 꽁꽁 숨겨 놓았던 분노를 발산하게 해 주었었다. 나는 기운을 좋아한다는 핑계로 모든 어려움을 무릅쓰고 기나라로 돌아왔지만, 사실 깨닫지 못했을 뿐 내가 가장 그리워하고 걱정하던 이는 기우였다. 나는 우리 사이의 거래를 잊지 않고 우리가 서로를 이용하고 있음을 끝없이 되새겼다. 그를 돕기 위해 어떤 일도 서슴지 않으면서도 모든 것이 그에게 은혜를 갚기 위함이라고 생각했다. 나는 그에 대한 감정을 인정하지 않으려 했었다. 나는 상처받을 것이 두려웠던 것일까?

"정말 필요 없나요?"

나는 도저히 믿을 수가 없어서 다시 한 번 기우에게 물었다.

"황위를 차지하려면 반드시 그대와 맞바꾸어야 하오. 그런 황위, 나는 필요 없소."

그의 진심이 담긴 말을 듣고 나는 안심하며 두 눈을 감았다.

그는 정말로 나를 위해 황위를 포기하겠다는 것일까? 나는 감히 믿을 수가 없었다. 명철함과 용기, 지혜를 겸비한 이토록 뛰어난 남자가 사랑하는 여인을 위해 자신의 꿈을 이리도 쉽게 포기하다니, 나는 그를 믿을 수 있을까?

나는 황급히 그의 품에서 벗어났다. 오늘이 그의 혼례날임이 불현듯 떠오른 것이다. 원앙이 수 놓인 침대의 붉은 휘장, 첫날밤의 촛불…….

"이제 가셔야 해요!"

그의 눈빛 사이로 심상치 않은 기색이 스쳤다. 엷은 미소를 지은 그가 깊고 그윽한 두 눈으로 나를 바라보며 나지막이 말하였다.

"오늘밤, 나는 어디에도 가지 않을 것이오."

"안 됩니다. 혼례날이에요. 모든 사람들이 주목하고 있어요. 남월루로 찾아오신 것만으로도 이미 후궁의 규범을 어기신 것인데, 만약 오늘밤 돌아가지 않으시면 내일 분명히 엄청난 파장이 있을 거예요."

나는 담담하게 미소 지었으나 목소리에는 쓸쓸함이 묻어 있었다. 기우는 나의 차가운 두 손을 꼭 쥔 채 침묵을 지키고 있었다. 그는 갈등하고 있는 듯했다. 그러던 그가 돌연 무슨 생각이 떠오른 듯, 여전히 바닥에 앉아 있는 나를 일으켜세웠다.

"온몸이 젖었소. 감기에라도 걸리면 어쩌려 하오? 어서 옷부터 갈아입으시오."

고개를 숙여 나의 옷을 바라보고서야 나는 조금 전 한명이 연못에 빠진 나를 구해 준 일이 생각났다. 그리고 조금 전까지 나를 안고 있던 기우가 입고 있는 붉은 비단의 신랑옷에 생긴 물 얼룩을 바라보았다. 미안한 마음에 나는 두 손을 허리 뒤편으로 숨겼다.

기우는 전혀 개의치 않고 밖에 있는 운주를 급히 불러들였다. 운주가 조심스레 방 안으로 들어오는 걸 보고, 기우는 다시 한 번 그 깊은 눈으로 나를 바라본 후 남월루를 떠났다.

운주가 옷장 앞으로 걸어가 가지런히 접혀 있는, 나비가 수놓인 옅은 푸른색의 옷을 꺼내 왔다.

"왜 그랬던 거니?"

"아씨, 어서 옷을 갈아입으셔요."

운주는 나의 질문에 답하지 않았고, 말투에는 어떤 감정도 담겨 있지 않았다. 나는 다시 다그쳐 물었다.

"말해 주렴. 왜지?"

조금 전 기우의 갑작스러운 등장으로, 나는 오늘밤의 모든 일이 그녀가 계획했던 것이라는 걸 깨달았다.

"마음이 아파서요. 아씨가 가여워서요."

이 간단하고도 짧은 대답에 얼마나 많은 인내와 아픔, 그리고 양보가 담겨 있는가. 그녀는 기우에게 남월루로 와 달라고 부탁하고, 일부러 실망했다는 말로 나를 자극하여 내가 기우 앞에서 마음속 깊은 곳에 숨겨 두었던 이야기를 털어놓게 만들었다. 이 모든 것이 그녀가 나를 가엾게 여겼기 때문이란 말인가? 그 마음 아픔과 쓰라림이 집안의 원한을 갚는 것까지 포기하게 할 정도였단 말인가?

"제 생각이 옳았습니다. 주인님은 아씨를 그 무엇보다 소중하게 여기고 계셔요."

운주의 아름다운 눈동자가 나를 바라보며 곱게 웃었다. 흰 눈같이 순결한 미소였다. 나 복아는 도대체 무슨 복으로 그녀를 곁에 두고 있단 말인가?

"그럼 기우를 향한 너의 마음은 어쩌고?"

자신의 사심은 조금도 챙기지 않는 운주가 안타까웠다. 그녀는 겨우 열일곱의 소녀이고, 나와 마찬가지로 어릴 적에 멸문을 당하였다. 나는 이리도 많은 이들이 가엾게 여기고 가슴 아파해 주는데, 그럼 그녀는? 왜 그녀는 자신을 위해서는 가슴 아파하지 않을까?

운주는 마치 사탕을 훔치다 걸린 아이처럼 어쩔 줄 모르며 한참 동안 나를 바라보기만 하더니 결국 처량한 미소를 지으며 말했다.

"아씨와 주인님 같은 분들을 곁에서 모실 수 있는 것만으로 저는 더 이상 바랄 것이 없습니다."

그날 밤 바깥의 거센 바람 소리를 들으며 나는 밤새 잠을 이루지 못했다. 방 안의 수많은 초가 그림자를 덮어 주었다.

마음의 빗장을 걸어 잠그고

푸른 하늘과 흰 구름, 땅 위에는 흩어진 낙엽, 공기 중에는 아련한 향기가 가득했다. 가을 정경이 푸른 물결 위로 드리웠고 석양에 구슬픈 소리가 들려왔다.

나는 남월루 바깥의 회랑에 있는 돌의자에 기대어 앉아, 정원 가득 떨어진 낙엽을 바라보았다. 듣자 하니 세 왕들은 수일 내에 자신들의 아내와 함께 각자의 저택으로 돌아간다고 했다. 나는 며칠이나 기우를 만나지 못하고 있었다.

그는 지금 무엇을 하고 있을까? 혹시 태자를 밀어낼 또 다른 계획을 세우고 있을까? 아니면 이용 가치가 있는 또 다른 사람을 찾고 있는 걸까?

최근 며칠간 황제는 몇 번이나 남월루를 찾아왔지만 나는 그를 냉담하게 대했다. 사흘 전 나를 부인으로 봉하는 일을 언급했을 때도 나는 대담하게도 그 자리에서 거절했고, 황제는 몹시 화를 내며 돌아갔다. 그러나 나는 알고 있었다. '원치 않는다'는 나의 말로는 결코 그의 생각을 바꿀 수 없었다. 그는 황제다. 이 세상에 그가 가질 수 없는 것은 없다.

나는 오후를 꼬박 이곳에서 앉아 보냈다. 석양에 붉게 물든 정원의 단풍이 망망대해 같아 나 자신이 한없이 작게 느껴졌다. 아름다운 황혼에 놀란 새들이 울부짖고 색이 진해진 꽃들은 마치 가을을 영접하는 듯했다. 내 옆에 묵묵히 서 있는 운주는 동쪽 하늘로 눈을 돌려 드넓은 창공을 줄지어 날아가는 기러기가 흔적도 없이 사라져 가는 광경을 하염없이 바라보고 있었다.

이때 소요자가 급히 달려와 다급하게 말했다.

"아씨, 폐하께서 사람을 보내어 말씀을 전하시길, 어서 승, 승……에 오, 오셔서……."

계속 말을 더듬는 그의 얼굴빛이 몹시 좋지 않았다. 이상하게 여기며 내가 물었다.

"폐하께서 나보고 어디로 오라고 하셨다고?"

"승헌전承憲殿이옵니다."

승헌전이라는 말에 운주와 나는 깜짝 놀랐다. 여유롭게 돌의자에 기대앉아 있던 나는 그 자리에서 벌떡 일어나 나도 모르게 '승헌전'이라는 세 글자를 반복했다.

"소요자, 혹시 잘못 들은 게 아닌가? 승헌전은 문무백관이 매일 모여 조회를 하는 곳인데 폐하께서 어찌 아씨를 그곳에서 보자고 하신단 말인가?"

운주가 심각한 얼굴로 물었다.

"저 역시 태감 나리께 그렇게 여쭈었사온데, 폐하께서 분명히 그렇게 말씀하셨다고 하셨습니다."

소요자 역시 혼란스러워하는 기색이 역력했다. 태후나 황후가 아닌 여자가 승헌전에 발을 들이는 것은 중죄를 범하는 것이었다. 황제가 이를 모를 리 없었다. 황제가 나를 그곳으로 불렀다면 무언가 매우 중요한 일 때문일 것이다. 불길한 예감이 순식간에 마음을 가득 채웠다.

말을 전한 태감은 나를 승헌전 앞까지 데려다주고는 총총히 자리를 떴다. 그 누구도 이곳에 가까이 있지 말라는 황제의 분부가 있었던 듯, 주변에는 환관 하나조차 없었다.

차가운 기운이 감도는 대전으로 들어서자 한기가 발끝부터 가슴까지 곧장 전해져 왔다. 가장 먼저 눈에 띈 것은 지금껏 수많은 영웅호걸의 머리를 숙이게 한 황좌였다. 반짝이는 황금과 보석으로 장식된 눈부신 황좌가 살짝 어두운 대전 안에서 화려하고 오색찬란한 빛의 향연을 벌이고 있었다. 안으로 한 발짝 한 발짝 내딛을 때마다 대전 안에 소리가 울려, 나는 최대한 발걸음 소리를 작게 내려고 노력하며 걸었다. 텅 빈 대전 안에는 나밖에 없는 듯했다.

황제는?

어찌할 바를 모르고 있는데 황제가 대전의 우측에서 유유히 걸어나왔다. 어슴푸레한 빛에 둘러싸여 등장한 그의 표정은 읽어 낼 수가 없었다. 하지만 그가 황좌에 앉으려고 마지막 발걸음을 내딛는 순간, 나는 지친 듯한 그의 차가운 눈을 똑똑히 볼 수 있었다. 세상의 온갖 풍파를 견뎌 왔으나 흔들리고 있는 그 눈빛을…….

"황제 폐하를 알현하옵니다!"

나는 불려 온 영문도 모른 채 급히 무릎을 꿇었고, 무릎이 바닥에 부딪치자 큰 소리가 울려퍼졌다. 고통으로 미간이 찌푸려졌으나 나는 여전히 머리를 조아리고 아픔을 참았다. 한참이 흘러도 일어나라는 목소리가 들리지 않아 나는 고개를 들어 침묵을 지키고 있는 황제를 바라보았다. 그의 눈에는 수많은 감정이 담겨 있었다. 깊은 생각에 빠진 것 같기도, 주저하고 있는 것 같기도, 매우 중대한 결정을 내리려 하는 것 같기도 했다. 그의 눈을 바라보며 나는 더욱 불안해졌다. 겁에 질린 나는 다시 고개를 숙이고 그가 입을 열기만을 기다렸다.

양쪽 다리의 감각이 슬슬 사라지기 시작할 무렵, 그가 넓은 소매 안에서 한 장의 상소문을 꺼내 들었고, 그 순간 형용할 수 없을 정도의 분노에 휩싸인 듯 그의 안색이 돌변했다.

"짐이 이 일을 어찌 처리해야 할지 네가 결정해야겠다."

말을 마치자마자 황제가 들고 있던 상소문을 내 발 근처에 떨어뜨렸다. 나는 바들바들 떨며 상소문을 집어 들었고, 순간 나의 안색도 돌변하였다. 상소문에 '납란기우'라는 이름이 쓰여 있었기 때문이다. 나는 급히 그것을 펼쳤다. 그 안에는 힘 있는 필체로 단 몇 글자만이 적혀 있었다. 생이 끝나는 그날까지 결코 잊지 못할 말이…….

반옥은 소자가 마음 깊이 사랑하는 사람입니다.

손의 떨림이 점점 거세지고 눈가가 뜨거워졌다. 뜨거워진 눈가에 눈물이 고이고 그 눈물이 새하얀 상소문 위로 쉴새없이 흘러내렸다.

믿을 수가 없었다. 그는 정녕 나를 위해 황위를 포기하려는 것인가?

"폐하……. 한성왕, 그는……."

나는 그를 위해 변명하고 그를 용서해 달라고 빌고 싶었지만, 단 한마디의 말도 나와 주지 않았다.

"오 년 전, 짐이 기우에게 한 가지 약속을 해 주었다."

황제가 갑자기 화제를 바꾸며 조용히 한숨을 내쉬었다.

"짐은 약속했다, 태자를 그 자리에서 끌어내리고 만인을 설득할 수 있다면 황위를 기우에게 주겠다고."

나는 너무 놀라 입을 굳게 다물고 쓸쓸한 황제의 얼굴을 바라보았다. 목 안에서 맴돌고 있는 말이 한 마디도 밖으로 나와 주지 않았다.

"일이 이렇게 되었으니 너에게 숨김없이 말해 주마. 짐은 마음속으로 황위를 넘겨줄 만한 사람은 기우밖에 없다고 여기고 있었다. 기우는 세상을 놀라게 할 만한 지혜, 뛰어난 병법, 단호함과 잔인함을 지니고 있다. 기우가 황위에 오른다면 분명 자신의 재능과 포부를 한껏 펼쳐 이 기나라를 종전에 없던 태평성대로 이끌 것이다."

그의 입에서 흘러나오는 한 마디 한 마디에 힘이 넘쳤고 그의 말이 나의 마음을 뒤흔들었다. 대전 안에 그의 목소리가 힘 있게 울려퍼졌다. 그의 어조는 평소와 달리 매우 격정적이어서 뛰어나고 대단한 아들을 자랑스러워하고 있음을 느낄 수 있었다.

"태자 역시 크게 모자라지는 않으나, 어찌 됐든 태자는 황후가 키운 꼭두각시다. 만약 태자가 황위를 잇게 된다면 황후는 분명 반대 세력부터 제거할 것이다. 또 한 명의 무측천이 되는 것이지. 그러니 태자는 반드시 폐위되어야 한다. 짐은 결코 후궁의 세력이 그토록 커지는 것을 용인할 수 없고, 결국 천하는 제왕의 것임을 황후에게 알려 주려 했다. 그래서 십여 년 전, 황후처럼 야심이 넘치는 한 소의를 입궁시켜 그녀에게 힘을 실어 주었지. 십 년 동안 나는 그들을 잠자코 지켜보기만 했다. 그사이 나는 기우와 비밀 군대를 조직하고 훈련시켰다. 황후는 꿈에도 생각지 못할 것이다. 자신의 친아들이 자신을 내치려 한다는 것을 말이다."

황제는 아무 말도 하지 못하는 나를 바라보더니 사악한 미소를 지으며 말했다.

"복아 공주, 나의 계획 안에는 공주 역시 포함되어 있었다!"

황제의 말을 듣고 나는 깨달았다. 나도 그의 계획 안에 포함

되어 있었을 뿐 아니라 아주 중요한 역할을 맡고 있다는 것을.

"짐은 태자를 폐위시키기만 하면 황후의 세력이 근본부터 흔들리게 될 것임을 알고 있었다. 그러나 그 도화선이 필요했지. 그래서 짐은 원 부인의 초상화를 기우에게 보여 주고 그녀와 닮은 여인을 찾아오라 명했다. 그리고 그날 서궁에서 너를 처음 본 순간, 네가 바로 기우가 나를 위해 찾아온 미끼라는 걸 곧바로 알아보았다. 그러나 기우는 그동안 나에게 아무 말도 하지 않았지! 내가 추궁하자 그제야 너의 정체를 고하더군. 그때 나는 기우가 너에게 흔들리고 있다는 걸 눈치챘고, 오랜 시간 동안 준비해 온 계획이 무너지는 걸 막기 위해 급히 너를 부인으로 봉하려고 했던 것이다!"

나는 쓸쓸한 미소를 지었다. 그동안 나는 기우가 어떻게 원 부인의 용모를 알고 있었는지 이상하게 여기고 수천 가지 이유를 추측해 보았으나, 그 배후가 황제이리라고는 꿈에도 생각지 못했다.

"안타깝구나. 기우가 '정情'이라는 한 글자를 피하지 못해 이렇게 짐을 버리다니……. 이제 나 홀로 황후의 강대한 세력과 맞서게 되었구나."

그의 눈빛은 비통하고 애처로웠다. 황제의 말을 들으며 나는 자신이 얼마나 어리석었는지 깨달았다. 원 부인을 향한 황제의 감정은 실로 순수하고 진실된 것이라고 믿고 있었는데, 알고 보니 그는 원 부인이라는 이름을 이용해 황권을 견고히 하려는 것뿐이었다. 이것은 제왕의 어쩔 수 없는 비애인가?

제왕은 천하를 위해 깊고 진실된 감정조차 포기해야 하는 것인가?

사랑, 그것은 일생에 단 한 번, 오직 원설의만을 위한 것.

이 말이 다시금 내 머릿속에 떠올랐다. 사랑은 결국 권력을 이길 수 없는 것인가?

"짐은 기우를 잘 알고 있다. 그는 야심이 있지. 만약 이 기회를 포기한다면 그는 장래에 반드시 후회하게 될 것이다. 그리고 죽고 싶을 정도로 고통스러워하겠지."

황제가 황좌에서 몸을 일으켜 나를 향해 걸어오더니 여전히 무릎을 꿇고 있는 나를 내려다보았다. 그가 무슨 말을 하기 전에 내가 먼저 입을 열었다.

"폐하께서는 두 승상의 세력을 끌어들이기 위해 두완, 그녀 역시 일찌감치 기우의 왕비로 선택해 놓으셨겠지요!"

나를 바라보는 황제의 눈에 감탄의 기색이 비치더니 곧이어 그가 큰 소리로 웃기 시작했다. 그 웃음소리에는 놀랄 만큼의 광기가 서려 있었다.

"황후가 태자비와 왕비들의 간택 얘기를 꺼냈을 때 짐은 그녀의 의중을 꿰뚫어 보았다. 황후는 소 대장군을 이용해 자신의 세력을 키우려는 속셈이었지. 그러나 소 대장군을 얻음으로써 친동생인 두 승상을 잃게 되리라고는 생각지 못했겠지. 머지않아 짐은 황후에게 깨닫게 해 줄 것이다. 자신의 결정이 얼마나 어리석었는지를!"

나도 모르게 차가운 웃음이 터져나왔다. 황제 앞에서 용납될 수 없는 무례한 행동이었으나 내게는 더 이상 그런 것에 신경 쓸 여력이 남아 있지 않았다. 나는 득의양양한 황제를 차갑게 바라보며 말했다.

"말씀해 주십시오. 소인을 이곳으로 부르신 연유가 무엇이옵니까?"

"너는 똑똑한 여자이니 짐이 굳이 가르쳐 주지 않아도 알지 않느냐?"

그의 깊은 뜻이 담긴 말에 나는 다시 한 번 조소할 수밖에 없었다. 그는 참으로 보통내기가 아니었다. 그는 주변의 모든 사람들을 손바닥 위에 올려놓고 갖고 놀고 있었다. 이런 황제이기에 기나라가 이토록 강성해진 것일 게다.

나는 마음을 정하고 조금씩 미소를 드러내며 황제를 뚫어질 듯 응시했다. 이 순간, 상대가 황제라고 할지라도 나는 그의 기세에 눌릴 수 없었다.

"소인은 알지 못하겠사오니 폐하께서 가르침을 주시옵소서."

그가 눈썹을 치켜세우고 날카로운 눈빛으로 나를 바라보았다. 그 서슬 퍼런 기세에 두려움이 엄습했다.

"짐은 너에게 두 가지 선택권을 주겠다. 첫 번째는 지금 바로 남월루로 돌아가 아무 일도 없었던 것처럼 짐의 책봉 성지를 기다렸다가 나를 도와 동궁 세력을 제거하는 것이다."

이 말을 하는 그의 어두운 목소리에는 뜻밖의 따스함이 서려 있었으나, 뒷말을 잇는 그의 목소리는 순식간에 차갑게 돌변해 있었다.

"만약 따르지 않는다면 너는 사라지게 될 것이다."

나는 터져 나오는 웃음을 참을 수가 없었다. 수천 가지 생각이 머릿속을 스쳐 갔다.

"감히 폐하께 여쭈옵니다. 사라진다는 것은 무슨 뜻이옵니까?"

가늘게 뜬 황제의 눈은 날카로웠고, 얼굴빛은 어두웠다.

"복아 공주는 두 번째를 선택하겠다는 것인가? 너는 정녕 나라를 되찾고 싶지 않은 것이냐?"

얼굴에서 미소를 거둬들인 그가 놀랍게도 내 앞에 한쪽 다리를 꿇어 나와 눈높이를 맞추었다. 그의 의중을 파악하지 못하고 있는데 그가 다시 입을 열었다.

"네가 고개만 끄덕인다면 짐은 내일이라도 당장 출병하여 하나라를 토벌할 것이다."

나의 얼굴에 더욱 커다란 미소가 떠올랐다.

참으로 매력적인 조건이 아닌가. 연성이 약속한 사 년, 기우가 약속한 팔 년이 황제의 한 마디 '내일'이라는 말 앞에 한없이 초라해졌다. 그러나…….

"폐하의 호의는 마음으로만 받겠습니다!"

"원치 않는 것이냐?"

차갑게 얼어붙은 그의 목소리에는 살기가 서려 있었다.

"기우가 원치 않사옵니다!"

나의 목소리가 더욱 높고 강해졌다. 너무 오랫동안 무릎을 꿇고 앉아 있었던 탓에 두 다리는 이미 감각을 잃은 지 오래였다. 나는 일어나라는 윤허도 받지 않고 자리에서 일어나 바닥에 한쪽 무릎을 꿇고 앉아 있는 황제를 내려다보았다. 그는 내가 갑자기 일어날 것이라고는 생각지 못한 듯 나를 한참 동안 멍하니 바라보았다. 나는 속으로 그를 비웃으며 말을 이었다.

"기우가 직접 저에게 말했습니다. 모든 계획을 중지하겠다고요."

내가 말을 마치자 황제는 그제야 자신이 내 앞에 무릎을 꿇고 앉아 있는 것을 깨달은 듯 찰나의 어색함을 숨기지 못했으나 이윽고 우아하게 자리에서 일어섰다.

"그렇다면, 너는 사라져야겠구나."

유시酉時[35] 말이 되어서야 나는 남월루로 돌아올 수 있었고, 운주는 내가 무사히 돌아온 것을 보고 안도의 한숨을 내쉬었다. 우리는 방으로 들어가지 않고 정원에 서 있었다. 청량한 바람이 사방에서 불어왔고, 잎이 얼마 남지 않은 나무가 울타리에 그림자를 드리웠으며, 꽃향기가 정원을 가득 채우고 있었다.

"아씨, 폐하께서 무슨 일로 아씨를 부르셨어요?"

불안해하며 묻는 운주는 뭔가를 눈치 챈 듯했다.

---

35 오후 5시에서 7시 사이의 시간.

나는 소매 안에 넣은 손에 힘을 주어 승헌전에서 가져온 상소문을 힘껏 움켜쥐었다. 나는 질문에 답하지 않고 그녀에게 되물었다.

"만약 기우가 황위에 오른다면 분명 천고에 빛날 훌륭한 제왕이 되겠지?"

"천고에 빛날 훌륭한 제왕이 되실지는 확언할 수 없지만 분명 이 시대 최고의 군주가 되실 것입니다."

운주가 힘 있게 고개를 끄덕이며 기우를 향한 믿음과 신뢰를 드러냈다.

"그렇다면, 내가 만약 그를 도와……."

나는 칠흑같이 어두워진 밤하늘을 바라보며 말을 이었다. 그러나 말을 채 반도 끝내기 전에 운주가 나의 말을 막으며 말했다.

"주인님께서는, 절대로 아씨를 이용해 황위에 오르시지 않으실 거예요."

그녀의 확신에 찬 말에 나는 쥐고 있던 상소문을 다시 한 번 힘을 주어 움켜쥐었다. 그제야 나는 운주가 내 앞에 무릎을 꿇고 있음을 깨달았다.

"스무 해를 외롭게 지내 오신 주인님께서 어렵게 아씨를 만나 마음을 나눌 짝을 찾으셨습니다. 아씨, 절대 주인님을 버리시면 안 됩니다!"

그녀는 마치 내가 떠날 것이라고 확신한 듯 거의 애걸하다시피 내게 부탁하고 있었다. 나는 한숨을 쉬며 그녀를 일으켰다.

"수주야, 내가 어떻게 그를 떠날 수 있겠니?"

나는 운주의 허리를 안으며 작은 목소리로 그녀를 위로했다.

"내일 그가 조회를 마치고 나오면 말을 좀 전해 주렴. 늘 만나던 곳에서 만나자고."

운주는 안도의 한숨을 내쉬며 기쁘게 고개를 끄덕였다.

"아씨, 안심하셔요. 제가 주인님께 제대로 전하겠습니다."

해가 뜨기도 전에 나는 남월루를 나와 '우리가 늘 만나던 곳', 미천궁으로 향했다. 기우는 더 이상 그곳에서 지내지 않았으므로 시녀들도 병사들도 매우 적었다. 나도 모르게 발걸음이 기우의 침소로 향했다. 한참을 기다려도 그의 모습은 보이지 않았고, 푹신한 침대를 바라보니 돌연 졸음이 몰려왔다. 어젯밤 잠을 제대로 못 잔 데다 아침 일찍 일어났기 때문일 것이다. 일단 생각이 미치자 참을 수가 없어서 나는 신발을 벗고 이불 속으로 파고들어 갔다. 어쨌든 그는 그리 일찍 오지 않을 테니, 한 시진은 푹 자고 일어나서 그를 기다려도 늦지 않을 것이다.

부드러운 비단 이불에 얼굴을 파묻으니 산뜻한 향기가 풍겨 왔다. 기우의 향기였다. 그를 만난 지 두 해, 함께했던 시간도 길지 않고 언제나 급하게 만나고 헤어졌지만 그에게서는 언제나 잊을 수 없는 향기가 풍겨 나의 마음속에 깊이 각인되어 있었다.

나는 눈을 감고 기우와 처음 만났던 때를 떠올렸다. 촉촉하고 따스했던 눈동자, 봄바람 같던 목소리, 부상당한 나를 말 위에서 부드럽게 끌어안고 달리던 그……. 생각이 조금씩 바람결에 날려 흩어졌고, 나는 잠의 유혹을 더 이상 뿌리치지 못하고 고요함에 깊이 빠져들었다.

여전히 몽롱한 정신에 벌레 한 마리가 얼굴 위를 쉴새없이 날아다니는 것이 느껴졌다. 귀찮아서 손으로 얼굴 위를 휘저어 내쫓았지만 괘씸한 벌레는 점점 더 시끄러운 소리를 내며 날아다녔다. 나는 몸을 옆으로 돌리고 다시 잠에 빠져들려고 했다.

벌레? 나는 흐릿한 정신으로 곰곰이 생각을 되짚기 시작했다. 그렇게 한참을 생각한 후에야 나는 두 눈을 번쩍 떴고, 내 정면에서 나를 보며 웃음 짓고 있는 두 눈과 마주쳤다. 나는 침대에서 튕기듯 벌떡 일어나 앉았다. 잠기운은 순식간에 사라지고 없었다.

"자고 있는 모습이 참으로 귀엽소."

기우가 침대 옆자리에 앉아 내 양쪽에 두 손을 짚으니 그가 내 몸을 에워싸고 있는 모양이 되었다. 나는 어색해서 몸을 뒤쪽으로 빼려 했지만 자세가 너무 불편했다. 난처해진 나는 목을 가다듬으며 마음속의 불안함을 숨겨 보려 했다.

"오셨네요."

"내가 보고 싶었소?"

기우가 장난치듯 나의 콧등을 내리그으며 웃음기 가득한 얼굴로 물었다.

"신혼 생활은 즐거우세요?"

말을 뱉은 순간 후회가 밀려왔다. 그의 얼굴에 가득하던 웃음기가 순식간에 사라지고 그 자리에 어둡고 슬픈 표정이 떠올랐다. 긴장되고 어색한 분위기가 주위를 채웠다. 그가 이대로 떠나 버리지 않을까 생각하던 그때, 그가 입을 열었다.

"복아, 나는 오직 그대만을 원하오!"

그의 눈에 결연함과 한 가닥 아련함이 비쳤다. 나는 고개를 끄덕이며 그에게 미소를 지어 보였다. 그의 눈동자에 흰옷을 입은 나의 모습이 비쳤고 나는 그 모습을 넋을 놓고 바라보았다. 기우가 고개를 숙여 나의 입술에 입맞춤하기 전까지…….

나는 눈을 동그랗게 뜨고 그의 눈에 담긴 따스함을 응시했다. 내가 어찌할 바를 모르고 있는데, 따뜻하고 부드러운 느낌이 입안에 가득 퍼졌다. 그와 나는 뜨거운 불꽃과 같은 호흡을 나누고 있었다.

나는 참지 못하고 낮은 신음 소리를 흘렸고, 어느새 내 몸을 덮고 있던 옷들은 모두 사라져 있었다. 이마, 눈, 턱, 목, 그의 입맞춤이 내 얼굴 구석구석으로 번져 갔고, 농염해진 욕망이 우리 둘 사이를 가득 채웠다.

기우가 나를 감싸 안고 침대 위로 쓰러졌다. 단단한 그의 두 손이 쉴새없이 움직이며 나의 몸을 쓰다듬었다. 그의 손놀림이 나를 가볍게 떨게 만들었고, 그 떨림은 조금씩 그리고 천천히 내 욕망을 일깨웠다. 그런데 그때, 그가 갑자기 움직임을 멈추었다. 힘겹게 참아 내고 있는 그의 눈빛을 바라보며 나는 아릿한 슬픔을 드러낼 수밖에 없었다.

"복아! 지금은 아니오."

그가 잠긴 목소리로 말하더니 나의 머리카락에 손을 찔러 넣고 나를 자신의 품으로 끌어당겼다. 벌거벗은 그의 뜨거운 가슴에 얼굴이 닿았고, 나의 마음은 어지러워졌다.

"내 반드시 그대에게, 나 납란기우의 당당한 아내라는 신분을 갖게 하겠소."

마치 나와 한 몸이 되고 싶다는 듯, 그가 나를 으스러뜨릴 듯이 껴안았다.

그의 말을 나를 향한 서약으로 여겨도 되는 것일까?

"기우, 저는……."

나는 주저했고, 결국 아무 말도 하지 못했다.

"왜 그러오?"

그가 긴장하며 물었다. 나는 입꼬리를 올리며 말했다.

"저 배고파요!"

그는 한참 동안 멍하니 나를 바라보더니 곧 나를 따라 웃기 시작했다. 지금 그는 진심으로 웃고 있었다. 마음 없이 얼굴만 웃는, 그런 기이한 웃음이 아니었다. 지금의 그는 나에게 마음의 문을 활짝 열고 있었다.

유시가 되어서야 나는 미천궁에서 기우와 헤어졌다. 떠나기 전 그는 나에게 조만간 나를 자신의 아내로 맞이할 테니 꼭 기다려 달라고 말했다. 나는 옅은 미소만 지을 뿐 아무 말도 하지 않았다. 그저 마음속의 쓸쓸함을 온전히 느끼고 있을 뿐이었다. 황제는 절대로 그가 나와 함께하도록 두지 않을 것이다. 황제에게 동궁 세력을 제거하는 것보다 중요한 일은 없었다.

황제는 나에게 말했었다.

"사흘 안에 네가 기우 앞에서, 이 기나라에서 사라지지 않는다면 그때는 짐이 너를 사라지게 하겠다."

나는 황제가 말한 사라지게 하겠다는 말의 의미를 잘 알고 있었다. 그것은 나를 살려 두지 않겠다는 의미였다! 그런데 그는 나에게 스스로 이곳을 떠날 수 있는 기회를 주었다. 그것이 오히려 나는 이해가 되지 않았다. 그는 어째서 내게 스스로 떠날 수 있는 기회를 준 것일까? 내가 이 일을 기우에게 말해서 기우의 마음이 더욱 돌아서게 될 수도 있는데 그는 그것이 염려되지 않는단 말인가?

서궁으로 돌아오는 길에 나는 바로 남월루로 돌아가지 않고 방향을 돌려 피향궁으로 향했다. 시중드는 이들에게 명의후가 한 소의의 침궁에 들었느냐 물으니 이미 들어간 지 한참이 지났다고 했다. 한 소의와 마주치게 되면 일이 복잡해질 것 같아 나는 피향궁 안으로 들어가지 않고 궁문 밖에서 그가 나오기를 기다렸다. 차가운 바람이 불었지만 웬일인지 춥지는 않았다.

둥근 달의 그림자가 흔들리고 낙엽 소리가 희미하게 들려와 궁 안이 유난히 스산하고 적막하게 느껴졌다. 눈앞에 끝없이 펼쳐져 있는 쓸쓸한 길을 바라보고 있자니 마음이 숙연해졌다.

"여기는 무슨 일이오?"

여전히 얼음장같이 차가운 목소리에 고개를 돌릴 필요도 없이 한명이 피향궁에서 나온 것을 알 수 있었다. 그가 피향궁 안에서 머무른 시간이 어찌나 길었던지 나는 그를 한 시진도 넘게 기다렸다.

"제게 어느 곳이든 통과할 수 있는 영패를 주셔야겠습니다. 당신은 금릉성 금위통령禁衛統領이시니 그 정도는 가능하시지요?"

나는 말을 돌리지 않고 곧바로 하고픈 말을 쏟아 냈다.

"떠나려는 거요?"

침착하던 그의 목소리에 조금이지만 드디어 변화가 나타났다. 그는 나의 앞으로 걸어오더니 마치 질문의 답을 찾으려는 듯 나의 눈을 물끄러미 바라보았다.

"더 이상 묻지 마십시오. 그저 제가 떠날 수 있게만 해 주시면 됩니다."

나는 그의 말에 대답하고 싶지 않았다. 아는 사람이 많아지면 위험만 커질 뿐이다.

"내가 왜 그대를 도와야 하오?"

그의 시선이 우습다는 듯 사방을 둘러보더니 마지막에는 나의 얼굴로 돌아왔다.

"제가 당신의 목숨을 구했으니까요. 지금이 바로 당신이 제게 그 은혜를 갚아야 할 때입니다."

얼굴에는 미소를 짓고 있었지만 나는 마음속으로 혹시 그가 나를 돕지 않으면 어쩌나 걱정하고 있었다. 만약 황궁을 떠나지 못한다면 사흘 후 나는 황제에게 죽임을 당할 것이다. 분명, 그리 될 것이다.

처음에 나는 황제가 나에게 떠나라는 성지를 내릴 것이라고 생각했었다. 하지만 다시 생각해 보니 그럴 리가 없었다. 황제가 나에게 사라지라고 명한 것은 나를 향한 기우의 마음을 깨끗이 단념시키고 그가 다시 황위를 쟁탈하게 하기 위함이었다. 그런데 만약 그가 내게 이 나라를 떠나라는 성지를 내린다면 온 천하에 대고 반옥은 황제가 내보낸 것이라고 떠드는 것과 다를 바가 없지 않은가? 그가 그렇게 어리석은 행동을 할 리 없었다. 그래서 나는 지금 한명을 찾아와 도와 달라고 하는 것이다. 나는 지금 도박을 하고 있었다.

오랜 침묵이 흐른 후, 그가 드디어 한숨을 내쉬며 가슴팍에서 영패를 꺼내어 나에게 건네주었다. 나는 영패에 또렷하게 새겨진 '명옥' 자를 바라보았다. 이것이 바로 나의 통행령이었다. 나는 감사를 담은 눈으로 한명을 바라보았지만 그는 나의 눈길을 피하며 말했다.

"그대가 떠나면 모든 희망을 그대에게 걸고 있는 한 소의는 어쩌나?"

고개를 떨구고 푸른 대리석 바닥만 바라보던 그의 목소리가 흔들렸다.

"한 소의께 만약 정말 황후를 제거하고 싶으시면 기우를 찾아가라고 전해 주십시오."

나는 내 말을 듣고 변해 가는 그의 표정을 주시했다. 그는 몹시 의심스러워하는 눈빛으로 나를 노려보았다. 마치 내 말이 농담이 아니냐는 듯이…….

"오늘밤, 제가 당신에게 한 이야기는 그 누구도 알아서는 안 됩니다. 그렇지 않으면 당신도 큰 위험에 처하게 될 거예요. 그리고 또……, 제가 떠나는 모습을 본 모든 이들의 입을 확실히 막아 주십시오."

나는 한명의 총명함과 지혜를 믿었다. 그는 나의 말을 이해할 것이다. 게다가 그는 명의후이지 않은가. 늦은 밤, 자객으로 분해 동궁에 침입했던 그 대담한 남자가 가슴에 원한만을 담아 두고 있는 어리석은 사람일 리 없었다.

차가운 눈 속에서 쓸쓸히 핀 매화

변나라 형주성.

나는 형주의 가장 호화로운 요릿집에 앉아 있었다. 수고비를 후하게 준 덕에 점원은 나에게 온 성의 정경이 한눈에 내다보이는 이층 창가 자리를 내주었다. 두 손을 탁자 위에 포개 놓고 형주성의 경치를 바라보고 있자니 알 수 없는 슬픔이 점점 그 무게를 더해 갔다.

금릉성을 떠나온 지도 어느새 한 달이 지나 있었다. 아무도 뒤를 쫓지 않는다는 사실을 깨닫고 찾아온 것은 안도감보다는 실망감이었다. 기우가 나의 뒤를 쫓아와 주기를 바라고 있었던 걸까? 그러나, 그는 그러지 않았다. 그가 그러고 싶었다 해도 황제가 결코 허락하지 않았을 것이다. 마음속의 어둠이 점점 더 짙어져 갔다.

황제는 나에게 기나라에서, 기우의 눈앞에서 사라지라고 명했다. 나는 하나라로 갈 수는 없었다. 하나라의 수많은 관원들이 나를 본 적이 있고, 기억하고 있을 테니 말이다. 결국 나는 변나라로 향할 수밖에 없었다. 변나라에 왔다고 연성과 마주치는 일은 없을 것이다. 승상인 그는 수도인 변경에 머물며 황제를 위해 어려움을 해결하고, 국사를 분담하며, 전쟁의 책략을 세우고 있을 것이기 때문이다.

"옛일 떠올리니 지나간 세월에 가슴 저려 오고 슬픔이 밀려온다. 노래를 부르려 하나 미간의 주름만 깊어지니, 억지웃음이라도 지으며 이 끝없는 고통 잊으련다."

나는 한 손으로 머리를 받치고 조용히 시를 읊조렸다.

도대체 어디로 가야 할까? 형주에 머물러야 할까? 여기에 정착하면 소일거리라도 찾아야 하지 않을까?

돈은 넉넉했다. 한 소의가 준 인어 형상의 보석뿐만 아니라 황궁을 떠나기 전에 한명이 한 주머니 가득 돈을 챙겨 주어 펑펑 써도 돈이 부족할 일은 없었다. 그러나 나라 수복을 포기하고 나니 나는 도대체 무엇을 해야 할지 알 수가 없었다.

"아씨, 요리가 준비되었습니다."

얼굴 가득 웃음을 지으며 다가온 점원이 조심스럽게 요리들을 탁자 위에 내려놓으며 요리명을 끝도 없이 읊어 댔다.

"연꽃으로 장식한 붕어와 새우로 만든 요리, 두꺼비 형상의 산호 요리, 홍소로 맛을 낸 사향고양이 요리, 곰발바닥 요리, 볶음채소 요리……."

연달아 상 위로 올라오는 요리들을 바라보며 나는 멍해지고 말았다. 점원에게 분명 이 집에서 잘하는 요리 몇 가지만 가져 오라고 말했는데 이렇게 많은 요리를 준비해 오다니, 나 혼자 이 많은 음식을 어떻게 다 먹는단 말인가?

점원이 여전히 요리명을 읊고 있는데, 내 정면에 앉아 있던 여인이 원형 탁자를 탁 치고는 우리를 향해 고함을 질렀다.

"이봐! 조금 전 내게는 곰발바닥 요리가 없다고 하지 않았느 냐? 그런데 어떻게 그 요리를 낸 것이냐?"

날카롭기 그지없는 목소리가 객잔 안에 크게 울려퍼졌고, 모든 이의 시선이 나와 그녀에게 집중되었다. 점원이 매우 난 처한 듯 그녀의 눈치를 보며 말했다.

"손님께서 여쭤 보셨을 때는 이미 이 아가씨의 곰발바닥 요 리 주문이 들어가 있었습니다. 이 아가씨의 요리가 마지막 접 시입니다요!"

점원이 열심히 미소를 지으며 소란을 정리해 보려고 애썼다.

"나는 괜찮으니 저 아가씨가 원하시면 이 요리를 가져다 드 리게."

어차피 혼자서는 다 먹을 수도 없는 양의 요리가 있었기에 나는 미소를 지으며 곰발바닥 요리를 양보했다.

나는 붉은 옷을 입은 여인을 찬찬히 살펴보았다. 둥글고 고 운 눈썹, 옥으로 빚은 듯한 코와 앵두 같은 입술, 백옥같이 희 고 매끄러운 피부, 그녀는 대단한 미녀였으나 성격이 괴팍한 것이 안타까웠다.

그녀를 보고 있자니 절로 두완이 떠올랐다. 그녀는 기우와 잘 지내고 있을까? 기우는 그녀를 어떻게 대하고 있을까?

나의 양보에도 그녀는 화를 조금도 누그러뜨리지 않았다. 오히려 눈살을 찌푸리며 나를 향해 걸어오더니 내 옆에 서서 나를 내려다보며 말했다.

"지금 나를 우습게보는 것이냐?"

나는 마음속으로 깊은 한숨을 내쉬었다. 요리를 양보했는데도 내가 자신을 우습게본다며 화를 내는 것을 보니, 만약 양보하지 않았다면 분명 내게 안하무인이라며 노발대발했을 것이다.

"아가씨, 오해하지 마세요. 그런 뜻이 아니었습니다."

"내가 보기엔 분명 그런 뜻이었다!"

기세등등하게 나를 가리키는 그녀는 분노에 휩싸여 있었다. 그 괴팍한 성질이 두완과 비교해도 조금도 뒤지지 않을 듯했다.

"말도 안 되는 소리 말아요!"

나는 의자에서 몸을 일으키며 나를 가리키고 있는 그녀의 손을 밀어내고, 밥값으로 금화 하나를 암청색의 나무 탁자에 올려놓았다. 나는 승부욕이 강하지도 않고 언쟁을 즐기지도 않는지라 더이상 그녀와 언성을 높이고 싶지 않았다.

점원이 군침을 흘리며 내가 내려놓은 금화를 신나서 집어들었다. 내가 막 떠나려는데 점원이 "어?" 하는 기이한 소리를 내는 것이 들렸다. 그 소리가 나와 여인의 이목을 동시에 끌었다. 여인이 점원에게서 금화를 빼앗아 몇 번이고 자세히 살피더니 묘한 미소를 지으며 자신의 뒤에 서 있는 네 명의 호위병에게 소리쳤다.

"어서 이 기나라에서 온 첩자를 잡아들여라!"

음습하고 추웠으며 썩은 내가 진동을 하고 쥐와 바퀴벌레가 우글거리고 있었다. 나는 중죄인들을 가둬 놓는 형주의 옥사에 갇혀 있었고, 옥졸들은 나를 중죄인으로 취급했다. 썩어서 고약한 냄새를 풍기는 볏집 위, 얼음장같이 차가운 벽에 기대어 앉은 나는 두 손으로 무릎을 끌어안은 채 끝없이 탄식하고 있었다.

형주에 도착한 첫날, 첩자라는 죄명으로 옥에 갇히게 되다니 생각지도 못한 일이었다. 모두 나의 부주의함 때문이었다. 나는 한명이 준 금화가 매우 값진 것이라고만 생각했지, 금화마다 '기邘' 자가 새겨져 있을 것이라고는 생각지도 못했다. 자세히 보지 않으면 발견하기 어려운 글자였다.

"한명, 네가 나를 죽게 하는구나!"

요릿집에서 잡힌 순간부터 나는 계속 같은 말만 되뇌고 있었다. 그러나 내 자신의 부주의함 역시 탓하지 않을 수 없었다. 내가 조금만 더 조심했더라면 그 오만한 여자, 형주 부윤의 여동생인 학석아邺夕兒에게 붙잡히지는 않았을 것이다.

많은 사람들의 발소리가 다가오고 있었다. 그 소리가 마치 내 명을 재촉하는 신호인 듯해서 나는 가슴이 터질 듯이 떨려

왔다.

"나리, 바로 이 여자입니다!"

옥졸이 누군가에게 허리를 숙여 인사를 하더니 한 손으로 옥 안의 나를 가리켰다. 나는 눈을 들어 옅은 미소를 띠고 있는 남자와 여자를 바라보았다. 새빨간 옷을 입은 학석아와 고아한 자색 옷을 입은 학준비郝俊飛였다.

"오라버니, 저 여자 몸에서 이것을 찾아냈어요."

학석아는 내가 소매에 지니고 있던 상소문을 꺼내어 그의 앞에 내려놓았다. 학준비는 그것을 펼쳐 보고는 그 안에 쓰여 있는 '반옥은 소자가 마음 깊이 사랑하는 사람입니다.'라는 글을 몇 번이고 반복해서 읽었다.

"이것이 무슨 뜻이냐?"

그가 짙은 의혹을 담은 눈빛으로 나를 바라보다가 다시 학석아에게로 시선을 옮겼다.

"이 서명은 기나라의 한성왕 납란기우의 것이니, 이것은 분명 한성왕이 이 여자에게 준 비밀 편지가 틀림없어요. 형주로 가서 기밀을 캐 오라는 것이겠죠. 이 글에는 분명 다른 의미가 숨겨져 있을 거예요."

학석아의 말이 끝나기가 무섭게 나는 미친 듯이 웃기 시작했다. 나의 웃음소리가 감옥 안을 가득 채웠고 그런 나를 바라보는 그들의 안색은 전과 완전히 달라져 있었다.

"그렇고말고, 그 편지는 비밀 임무를 담은 편지가 틀림없지."

나는 여전히 큰 소리로 웃으며 고개를 끄덕였다. 상소문을 보자 죽을 고비를 넘길 수 있는 방법이 떠올랐던 것이다. 나는 도박을 하기로 했다.

"무슨 비밀 임무이냐?"

다급해진 학준비가 옥문을 두 손으로 붙잡고 물었다. 나는 빙그레 웃으며 침착한 목소리로 말했다.

"내 임무는 오직 한 사람에게만 말할 것이다."

내가 소리를 죽여 말하자 옥 안에 있던 모든 사람들이 숨을 죽이고 이어질 나의 말을 기다렸다.

"변나라의 승상, 연성!"

학석아와 학준비가 깊은 의혹을 담은 표정으로 서로를 마주 보았다. 딱히 급할 것도 없었기에 나는 천천히 말을 이었다.

"나는 지금 너희에게 공을 세울 수 있는 절호의 기회를 주고 있는 것이다. 나처럼 중요한 첩자를 변경의 승상부에 보낸다면 조정에서 너희의 공을 높이 사 분명 높은 관직을 내릴 것이다. 세 단계 승격 정도는 가능하겠지."

나는 그들의 표정을 자세히 관찰했다. 그들의 얼굴에서 의혹이 수긍으로, 수긍이 기쁨으로 변해 갔다.

"그래, 왜 그 생각을 못했을까!"

학준비가 큰 소리로 웃으며 나를 곧 변성으로 보낼 준비를 하라고 명했다.

이것은 미끼였다. 사람들은 '명예'와 '부귀'의 유혹을 이기지 못하는 법, 이 남매 역시 그 유혹을 뿌리치지 못했다. 비록 승상부로 보내진 후 연성이 나를 어찌 대할지는 알 수 없지만 적어도 형주의 감옥에 있는 것보다는 나을 터였다.

그들 남매는 말이 떨어지기가 무섭게 행동에 옮겼고, 나는 함거艦車[36]에 갇혀 변경으로 옮겨졌다. 변경으로 가는 동안 나는 어떻게든 상소문을 되돌려 받으려고 별별 핑계를 다 대 보았으나 학석아는 안 된다는 소리만을 반복했다. 그녀의 어조와 눈빛에는 나에 대한 적의가 숨김없이 드러나 있었다. 알 수가 없었다. 설마 내가 보기만 해도 싫은 얼굴을 갖고 있는 걸까?

나는 깊이 숨을 들이쉬고는 내 앞에 펼쳐진 풍경을 바라보았다. 동풍이 불고 이슬이 맺혀 오동잎은 이미 다 떨어졌고, 달리는 마차에서 인 먼지가 바퀴를 덮고 있었다. 차가운 안개비가 그친 십이월의 어느 황혼 무렵, 나는 드디어 사흘간의 여정을 마치고 변경의 승상부에 도착하였다.

장검을 찬 험상궂은 인상의 중년 남자가 승상부 밖에서 우리를 기다리고 있었다. 학준비가 그를 장 부장군이라 부르는 것으로 보아 그는 연성의 수하인 듯했다. 내가 입을 열기도 전에 장 부장군이 사람을 불러 나를 승상부 내의 감옥으로 옮기라고 명하였다. 그곳은 어둡고 음습했으며 오직 사방의 화톳불만이 주위를 밝히고 있었다.

나는 십자목에 단단히 묶여 장 부장군에게 심문을 받고 있었고, 학석아와 학준비는 연극이라도 보듯 뒤편에서 나를 바라보고 있었다. 나는 오직 한마디만을 내뱉었다.

---

36 죄인을 실어 나르던 수레.

"연성을 만나게 해 다오."

"승상께서 네가 만나고 싶다고 하면 만나뵐 수 있는 분인 줄 아느냐?"

장 부장군이 의자를 끌어와 내 앞에 마주하고 앉았다. 마치 대단한 인내심을 갖고 나를 심문하려는 듯했다.

"연성을 만나지 않고서는 아무 말도 하지 않을 것이다."

게다가 사실 나는 할 말도 없었다. 내가 기나라의 첩자가 아니고, 그 편지 역시 평범한 상소문이라고 말한들 그들이 믿어주겠는가?

"장 부장군, 실로 독한 년입니다."

학석아가 여유만만한 모습으로 웃으며 나를 바라보았다.

"독하지 않으면 재미가 없지!"

그가 매정한 미소를 지으며 옥졸에게 말했다.

"가서 내 전용 채찍을 가져오너라!"

옥졸이 길고 가느다란 채찍을 들고 오는 것을 보고 나는 안색이 변하지 않을 수 없었다. 끔찍하게도 채찍에 고춧가루가 뿌려져 있었기 때문이다. 그가 채찍질을 하기도 전에 나는 이미 피부가 벗겨지고 살이 터지는 듯한 느낌에 사로잡혔다.

"나 역시 너처럼 빼어난 미모를 지닌 천하절색에게 이렇게 참혹한 형을 가하고 싶지는 않다. 그러나……."

장 부장군의 얼굴에서 돌연 미소가 사라지더니 악독한 표정이 드러났다. 그리고, 나의 몸에 가차없이 채찍질이 가해지고 채찍질 소리가 텅 빈 감옥 안을 울리며 모두의 귀로 파고들었다.

"말을 하지 않는다면 나 역시 너에게 채찍질을 할 수밖에!"

나는 이를 악물고 신음 소리 한 번 없이 고통을 견뎠다. 채찍이 지나간 자리에 처음에는 뜨거운 고통이 찾아왔고, 그다음에는 수많은 벌레가 살을 뜯는 것 같은 아픔이 느껴졌다. 한 번, 또 한 번, 채찍질이 계속되었다.

"믿을 수가 없군."

나의 무반응에 오히려 화가 난 장 부장군이 두 손을 높이 들어 채찍질을 이어갔다. 끝없이 반복되는 채찍질에 텅 빈 머릿속에 오직 한 마디만이 남았다.

아프다!

"네가 도대체 어디까지 버티는지 한번 보자."

장 부장군이 다시 채찍질을 하려고 손을 든 순간, 누군가의 손이 그의 팔목을 강하게 붙들었다. 살기등등한 기세로 자신의 팔목을 잡은 이를 향해 욕을 퍼부으려고 고개를 돌린 그는 자신의 뒤에 서 있는 이를 보고 아연실색했다.

"승……, 승상!"

그는 당장이라도 자신을 갈기갈기 찢어 죽일 듯한 승상의 얼굴을 보고는 겁에 질려 바닥에 주저앉았다. 나는 지금껏 악물고 있던 이에 힘을 빼고 크게 숨을 한 번 내쉬려 하였으나 이미 고통으로 숨을 쉴 기운조차 남아 있지 않았다. 식은땀이 이마에서 눈가로, 다시 뺨으로 흘러내렸다.

"드디어……, 와 주었군요!"

나는 씁쓸한 미소를 흘리며 분노로 어쩔 줄 몰라 하는 연성과 그의 곁에 서 있는 그의 집사를 바라보았다. 분명 집사가 연성에게 이 사실을 알렸을 것이다.

이제 이 목숨을 부지하겠구나.

눈앞이 천천히 흐릿해지고 모든 것이 암흑으로 변해 갔다.

"아씨, 움직이지 마셔요!"

난란이 들고 있던 약그릇을 내려놓고 한걸음에 달려와서 침대에서 내려오려고 하는 나를 막았다.

"나는 이제 괜찮아!"

보름이나 침대에 누워만 있자니 도저히 참을 수가 없는 데다 조금이라도 움직이지 않으면 온몸이 부서져 버릴 것 같았다.

"승상께서 아씨를 푹 쉬시게 하라고 당부하셨어요."

난란은 결국 나를 다시 침대에 눕히고는 탁자에서 약을 가져와 나에게 한 모금씩 먹여 주었다. 이 약을 보름이 넘도록 하루에 세 번씩 꼬박꼬박 먹었더니, 처음에는 너무 써서 목으로 넘기기조차 힘들던 것이 이제는 익숙해져서 쓴맛조차 느끼지 못하게 되었다.

수차례의 채찍질로 정신을 잃었던 때는 목숨이 경각에 달려 있어서 의원들조차 고개를 저었다는데 나는 기적처럼 깨어났다. 눈을 뜬 내 눈에 가장 먼저 보인 것은 침대 곁에서 나를 지키고 있던 연성이었다. 그는 여전히 수려했지만 초췌해 보였고, 그의 고귀한 기품은 슬픔과 비애에 물들어 있었다. 그 모습을 보니 나는 그의 손을 잡고 미안하다는 말을 하고 싶었지만 당시 나에게는 한 마디 말을 할 힘조차 남아 있지 않았다. 나는 그저 내가 깨어난 것을 보고 급히 의원을 부르러 나가는 그의 모습을 바라볼 뿐이었다.

이후에 난란에게 듣자니 학씨 남매는 변방으로 유배를 갔고, 나를 채찍질했던 장 부장군은 옥에 갇혀서 매일 채찍질을 당하는 고통을 겪고 있다고 했다. 유초는 의원이 내게 더 이상 희망이 없다고 했을 때 연성이 눈물을 흘렸다고 했지만, 나는 그저 웃어넘겼다. 믿을 수가 없었기 때문이다.

이제는 거의 다 나아서 딱지도 대부분 떨어졌고, 중상을 입었던 몇 군데에만 상처가 남아 있었다. 의원이 상처에 무슨 영약을 바른 것인지 회복이 빠를뿐더러 흉터도 남지 않았다.

유초가 문을 열고 들어와서 나를 향해 싱긋 웃으며 말했다.

"아씨, 이제 침대에서 내려오셔도 됩니다."

"정말?"

나는 눈을 반짝이며 곧바로 몸을 뒤집어 뛰어내리다가 하마터면 침대 끄트머리에 서 있던 난란과 부딪칠 뻔했다. 놀란 난란이 몇 발짝 뒷걸음질치다가 손에 들고 있던 빈 약그릇을 떨어뜨리고 말았다. 그녀는 어쩔 수 없다는 듯 한숨을 내쉬고는 몸을 숙여 깨진 그릇 조각을 치우기 시작했다.

유초는 나에게 연노란색의 주름치마 한 벌을 골라 입혀 주고 허리에 녹두색 띠를 매 주었다. 두 팔목에는 장미가 연결된 모양의 팔찌를, 목에는 비취와 진주, 옥돌 등 온갖 보석으로 만든 목걸이를 걸어 준 후 나를 화장대 앞으로 이끌고 가 치장을 시작했다.

유초는 먼저 내 귀밑머리를 하늘을 나는 다섯 마리 봉황 모양으로 돌돌 말아 올려 묶은 후 흰색의 정교한 담비털 비녀를 비스듬히 꽂았다. 귀에는 두 마리 봉황이 구슬을 가지고 노는 모양의 귀고리를 달고 황금빛 술을 달아 목덜미 옆으로 떨어뜨렸다. 그리고 눈썹먹으로 가늘고 길게 눈썹만을 그리고 볼과 입술 연지는 바르지 않아 자연스럽고 순수한 매력이 드러나도록 했다. 마치 낙수의 신[37]과 같았다.

그녀의 솜씨는 어디 하나 나무랄 데가 없었는데, 운주의 솜씨와는 또 다른 뛰어난 기술이었다. 운주가 떠오르자 나는 마음이 무거워졌다.

운주는 잘 지내고 있을까? 평생 곁에 두겠다고 약속했는데, 어쩔 수 없는 상황이기는 했지만 나는 그녀를 홀로 버려두고 온 셈이 아닌가. 나를 잘 지켜보지 않았다고 기우가 나무라지는 않았을까? 기우……, 그는 지금 무엇을 하고 있을까?

"아씨, 제가 아씨를 밖으로 모시겠습니다."

유초가 넋이 나가 있는 나를 부축하여 문을 향해 걸어갔다. 난란이 우리 앞을 막아서더니 옷장에서 은색 담비옷을 꺼내 와 내 어깨에 걸쳐 주며 조용히 말했다.

---

37 낙수(洛水)는 중국 섬서성(陝西省) 북부를 흐르는 황하(黃河)의 지류인 낙하(洛河)를 뜻하는데, 이곳의 신(神)이라 일컬어지는 복비(宓妃)는 중국 전설 속의 절세미인으로 낙하에 빠져 죽은 후, 낙하의 여신이 되었다고 전해진다.

"십이월이라 날씨가 몹시 차갑습니다. 겨우 회복되셨는데 감기에라도 걸리실까 걱정입니다."

손으로 부드럽고 따뜻한 담비옷을 가볍게 쓰다듬으니 마음까지 따뜻해졌다. 그러나 유초가 붉은 박달나무 문을 열자 나의 양 뺨을 베어 버릴 듯이 칼바람이 불어왔다.

"아씨, 가시지요."

유초가 손을 내밀어 나를 밖으로 이끌었다. 그런데 마치 무엇을 숨기고 있는 듯 그녀의 표정이 못내 이상했다. 의혹이 일었으나 나는 깊이 생각하지 않았다. 문지방을 넘어 겨울의 차가운 공기를 깊이 들이마시며 그동안 답답했던 숨을 내뱉었다. 다시 한 번 숨을 들이마시는데 청아한 향기가 코 끝을 찔러 왔다. 이 향기는…….

나는 긴 회랑을 달려 향기가 풍겨 오는 곳을 찾기 시작했다. 모퉁이를 돌자 새하얀 공간이 펼쳐졌고 그것을 보자 가슴이 찢어질 듯 아파 왔다. 그것은……, 향설해였다!

온 정원이 그 진한 향에 도취되어 있었다. 매화는 이 추운 겨울에 오롯이 자신을 피우고 지천에 그 향기를 퍼뜨리고 있었다. 나는 천천히 향설해 안으로 걸어 들어갔다. 지난번, 이곳 청우각에 왔을 때는 그저 쓸쓸하고 황량한 잡초뿐이었는데, 지금은 장생전과 견줄 만한 아름다운 매화 정원이 되어 있었다. 나는 그제야 유초의 눈빛이 이상했던 이유를 알 수 있었다. 그녀는 내게 이런 놀라운 기쁨을 주려고 했던 것이다.

연성은 내게 이렇게나 마음을 쓰고 있었구나. 내가 매화를 좋아한다는 것은 또 어떻게 알았을까?

매화 꽃잎이 춤추듯 흩날리고, 앙상한 매화 가지 위에 하얀 이끼가 옥구슬같이 엮여 있었다. 바람에 흩날리는 매화 꽃잎이 나의 담비옷 위에 뿌려지고 꽃잎들이 얼굴을 때려 눈을 제대로 뜰 수가 없었다. 나는 손을 내밀어 흩날리는 매화 꽃잎을 잡아 그 향기를 맡아 보았다.

그래, 이 향기다. 바로 하나라의 향기다.

"마음에 드오?"

기척도 없이 언제 왔는지 뒤쪽에서 연성의 목소리가 들렸다. 나는 고개도 돌리지 않고 아무 말 없이 하늘 위를 춤추듯 날아다니는 꽃잎만을 바라보았다.

"그대를 처음 보았을 때가 기억나오. 그대는 하나라 황궁의 눈 덮인 매화 숲에서 마치 하늘을 날 듯 춤을 추고 있었지. 춤추는 모습이 온 세상에 울려퍼지는 음악같이, 하늘 아래 흩날리는 눈꽃같이 아름다웠소. 구름을 걷고 있는 듯한 모습이 마치 선녀 같아 가슴이 떨렸다오."

연성이 나지막한 목소리로 말했다. 그중 몇 마디는 차가운 바람에 흩어졌지만 나는 그의 말을 한 마디도 놓치지 않았다. 알고 보니 그가 나를 처음 본 것은 감천전甘泉殿의 연회에서가 아니라 향설해에서였나 보다.

"그것은 망국의 춤입니다."

나는 돌연 고개를 돌려 내 뒤에 서 있는 연성을 바라보았다.

"그날 이후, 저는 다시는 그 춤을 추지 않으리라 맹세했어요."

아무 말 없이 미소 띤 표정으로 그가 내 머리 위에 내려앉은 매화 꽃잎을 털어 주었고, 나는 고개를 숙이며 미소 지었다.

"저에게 그 상소문을 돌려주시겠어요?"

나의 목소리에는 긴장감이 배어 있었다.

"이것 말이오?"

연성이 소매에서 상소문을 꺼내며 물었다.

"반옥, 이것이 기나라에서의 그대의 이름이오?"

그가 상소문을 펼쳐 읽었다. 나는 곧바로 그의 손에서 상소문을 뺏으려 했으나 연성이 나보다 빠른 속도로 자신의 손을 거두어들였다. 나는 노기를 띠고 그를 노려보았고, 눈빛으로 왜 상소문을 돌려주지 않는 것이냐고 추궁하였다. 그가 매력적인 미소를 지으며 말했다.

"이 물건이 그대에게 매우 중요한 듯하니 내가 간직하겠소. 그대가 떠나지 못하도록 말이오."

나는 상소문이 들려 있는 연성의 손을 속절없이 바라보며 어쩔 수 없다는 듯 고개를 끄덕였다.

"저는 이곳에 남을 것입니다. 갈 곳이 없으니까요."

내 말을 듣자마자 그의 얼굴빛이 변했다. 도대체 나에게 무슨 일이 있었던 것인지 묻고 싶으나 어디에서부터 말을 꺼내야 할지 알 수 없는 듯했다.

"이제는 돌려주시겠어요?"

나는 연성을 향해 손바닥을 내밀었으나 여전히 그는 상소문을 돌려주지 않았다.

"만약 내가 이것을 돌려준다면 그대는 또다시 지난번처럼 모든 것을 뒤로하고 떠나 버릴지도 모르오. 나는 두 번 다시 위험한 도박을 하지 않겠소."

연성이 상소문을 자신의 품 안에 넣었다. 비록 그의 어조는 침착하고 따뜻했으나 그가 지난 일을 언급하는 것을 들으니 마음속에 담아 두었던 미안함과 부끄러움이 다시 고개를 들었다.

"다시는 도망치지 않을게요. 그러니 돌려주세요."

"그럴 수 없소!"

단호한 한마디로 나의 희망을 무참히 깨뜨린 연성이 몸을 돌려 눈 덮인 매화 숲을 떠나려 했다. 마치 내가 계속 상소문을 달라고 조를 것이 무섭다는 듯 급히 떠나려는 그의 모습을 보니 난데없이 웃음이 터졌다. 내 웃음소리에 그가 걸음을 멈추고 고개를 돌려 복잡한 시선으로 나를 바라보았다. 당황스러움에 시선을 피하며 양손을 허리 뒤로 돌려 잡는데, 돌연 그에게 '미안해요.'라는 한마디를 빚지고 있다는 사실이 떠올랐다. 급히 고개를 들었지만 이미 그의 뒷모습은 저 멀리 흐려져 있었고 결국에는 사라져 버렸다. 다음번에는 반드시 그에게 빚진 말을 하고 말겠다고, 나는 조용히 마음속으로 되뇌었다.

시간을 잊고 매화 숲에서 한참을 서 있다가 흩날리던 매화 꽃잎이 모두 바닥에 떨어진 후에야 나는 몸이 차가워진 것을 깨달았다. 눈이 내리고 있었다. 이제는 돌아가야 할 때였다. 고개를 돌리니 멀지 않은 회랑에 붉은 옷을 입은 여인이 차가운 십이월의 북풍을 맞으며 서 있었는데, 붉은 옷이 바람에 흩날리는 모습이 형용할 수 없이 우아했다. 그녀의 아름다운 눈이 내 얼굴 위에 오랫동안 머물러 있었다.

"공주마마."

영수의에게 걸어가 미소를 지어 보이자 그녀가 난처한 듯 시선을 거둬들이며 희미하지만 아름다운 미소로 답했다.

"네가 다시 돌아올 줄은 몰랐구나."

그녀가 애써 여유로운 모습으로 회랑을 내려오자 쉼없이 흩날리는 눈이 그녀의 머리 위에 내려앉았다. 그 모습이 마치 짙은 안개 속에 서 있는 것 같았다.

"공주마마, 오해하지 마십시오. 실은……."

나는 그녀에게 연성과 나의 관계를 설명하려고 했다. 어디까지나 나는 이들 부부의 사이에 끼어든 제삼자이기에 그녀에게 상처를 주고 싶지 않았다. 그러나 영수의가 고개를 힘껏 내저어, 내게 더 이상 해명하지 않아도 된다는 뜻을 드러냈다.

"네가 심성이 고운 아이라는 건 나도 알겠다. 그러니 연성이 너를 마음에 담고 있는 거겠지."

그녀의 말에 내 얼굴 위의 미소가 옅어졌다.

"공주마마와 같은 아내를 얻은 것은 연성의 복이옵니다. 언젠가는 그도 공주님의 가치를 깨닫게 될 것입니다."

나의 어조에 안타까움이 묻어났다. 지난번 이곳에서 도망칠 때 그녀가 나를 도와준 일이 떠오르자 감사의 마음이 밀려왔다. 그 일로 혹시 연성이 그녀를 힘들게 하지는 않았는지 묻고 싶었으나, 다시 생각해 보니 그녀는 이 나라의 당당한 공주가 아니던가. 연성이라도 감히 그녀를 어쩌지는 못했을 것이다.

나의 말을 들은 영수의의 눈빛에서 외로움이 배어 나왔다. 온 세상이 숨을 멈추고 오직 은은한 향기만이 코끝을 맴돌았다.

"아씨!"

저 멀리 정원에서 난란이 낭랑한 목소리로 나를 부르는 소리가 들려와 나와 영수의가 동시에 그곳을 바라보았다. 난란이 우산 하나를 받쳐 들고 나를 향해 달려오고 있었다. 잠시 후, 얼굴 가득 싱글벙글 걸려 있던 그녀의 미소가 영수의를 마주한 순간 흔적도 없이 사라져 버리고 말았다.

"마님!"

난란은 마치 그녀를 경계라도 하는 듯 매우 조심스러운 얼굴로 예를 갖춰 인사를 올렸다. 영수의가 그녀를 슬쩍 보더니 말했다.

"어서 아씨를 모시고 청우각으로 돌아가 쉬게 해 드려라. 몸도 회복된 지 얼마 안 되었는데 이리 매서운 겨울바람을 어찌 견디겠느냐?"

"공주마마께서도 건강에 유념하십시오."

나 역시 그녀에게 따뜻한 한마디를 남기고 난란과 함께 그곳을 떠났다. 그렇게 한참을 걸었을 무렵, 내 뒤에서 우산을 받쳐 들고 따라오던 난란이 갑자기 한마디 말을 던졌다.

"아씨, 앞으로는 마님과의 왕래를 자제하시는 게 좋을 듯합니다."

"넌 마치 그녀에게 적의라도 있는 것 같구나?"

슬쩍 떠보려는 질문이었지만 내가 앞서 걷고 있는 탓에 그녀의 표정을 볼 수는 없었다.

"마님은 보통 분이 아니셔요. 방금 마님께서 아씨를 살펴주시던 모습만으로 판단하시면 절대 안 됩니다. 마님은 마음만 먹으면 순식간에 매정하고 가차없는 분이 되십니다. 아씨께만 말씀드릴게요. 저와 유초도 예전에는 마님의 시중을 들었는데…….."

나지막한 말소리와 가벼운 웃음소리가 나무로 가득한 정원 안에 아련하게 울리며 멀리멀리 퍼져 나갔다.

조금씩 흩날리던 눈이 시간이 지나면서 큰눈으로 바뀌더니 승상부 전체를 하얗게 물들였다. 이미 이틀이나 내린 눈은 여전히 멈추지 않고 있었다. 나는 청우각 꼭대기에 있는 서재에서 창문 밖의 설경을 바라보고 있었다. 이곳에서는 매화 숲과 또 다른 별원의 풍경을 모두 감상할 수 있어서 나는 틈틈이 이곳으로 달려와 눈과 매화가 어우러진 바깥풍경을 바라보곤 했다.

나뭇가지 끝에는 이미 져 버린 매화가 쓸쓸히 자리하고, 시들어 떨어진 매화 꽃잎이 작은 길을 가득 메우고 있다. 앙상한 나뭇가지 위에는 새하얀 눈과 서리가 내려앉았고, 끝없이 뻗은 매화 가지가 온 세상을 가득 덮고 있었다.

창밖의 풍경을 넋을 놓고 바라보고 있는데 갑자기 검이 부딪히는 낭랑한 소리가 들려왔다. 소리가 나는 곳을 바라보니 별원에서 검을 부딪치고 있는 두 사람의 그림자가 보였다. 나는 그 모습을 좀 더 자세히 볼 수 있는 창문 쪽으로 재빨리 자리를 옮겼다.

흰색과 회색의 흐릿한 형상이 긴 검을 들고 겨루고 있었고, 그 주변의 앙상한 나뭇가지들이 검의 기세에 너울거리고 있었다. 처음에는 열세이던 흰옷을 입은 남자가 눈 깜짝할 사이에 반격을 시작하는데, 그 기세가 마치 물 만난 물고기 같았다. 그는 학처럼 우아한 동작으로 질풍같이 몰아치는 환상적인 검법을 구사하고 있었다. 이에 회색 옷을 입은 남자는 계속 뒷걸음을 칠 뿐이었다. 결국 흰옷을 입은 남자의 검이 회색 옷을 입은 남자의 목을 겨누었으나 회색 옷을 입은 이가 재빨리 고개를 옆으로 돌려 치명적인 공격을 피했다.

드디어 두 사람이 검을 검집에 집어넣자 나는 그제야 내리는 흰 눈 사이로 그들의 모습을 자세히 확인할 수 있었다.

흰옷을 입은 남자는 연성이었다. 그의 무공은 마치 이 세상의 것이 아닌 듯 빼어났고 보는 이가 넋을 놓게 만들었다. 지금껏 나는 그가 이렇게 뛰어난 무공 실력을 가지고 있을 것이라고는 생각지도 못했었다. 혁빙과 비교해도 우열을 가리기 힘들 듯했다.

그런데 저 회색 옷을 입은 이는 누구일까? 누구이기에 이곳에서 연성과 검을 겨루었을까? 기이하게 생각하며 바라보는데, 회색 옷을 입은 남자가 불현듯 고개를 돌려 나를 보았고,

깜짝 놀란 나는 창문 뒤로 몸을 숨겼다.

내가 왜 숨은 거지? 나는 자신의 불필요한 행동을 자책했다.

저녁 시간에 나는 결국 누르고 있던 호기심을 더 이상 참지 못하고 유초에게 물었다.

"혹시 연성에게 형제가 있니?"

유초가 의혹이 가득 담긴 눈으로 나를 한참 바라보다가 고개를 끄덕였다.

"주인님께는 연윤連胤이라는 두 살 어린 동생 분이 있으셔요. 혹시 만나셨어요?"

그녀가 말도 안 되는 상상을 하고 있는 것이 분명하여 나는 그녀의 말을 자르고 말했다.

"서재 창문으로 본 것뿐이야. 몰래 도망치려는 것도 아니고."

나의 말을 들은 후에야 유초는 안도의 한숨을 내쉬었다. 얼마 후, 시녀 한 명이 청우각으로 찾아와 노부인께서 정당에서 연회를 열어 나를 청한다는 말을 전했다. 나와 유초는 서로를 마주보며 마음속으로 같은 말을 떠올렸다.

'홍문연鴻門宴.'[38]

난란은 내게 가지 말라고 말렸다. 연성은 황제와 출병 문제를 논의하러 황궁에 가서 아직 돌아오지 않았고, 노부인은 성정이 대단하기로 이름 높았기에 내가 괴롭힘이라도 당할까 봐 걱정스러웠던 것이다. 그러나 나는 화장을 하고 머리를 올렸

---

38 초청객을 해할 목적으로 준비한 연회. 항우(項羽)가 유방(劉邦)을 잡기 위해 열었던 연회에서 유래한 말이다.

다. 잘못한 일이 없으니 노부인을 두려워할 이유도 없었다.

나는 유초와 난란의 수행하에 두껍게 쌓여 뽀도독 소리가 나는 눈을 밟으며 정당으로 향했다. 이윽고 도착했을 무렵에는 신발이 거의 젖어 매서운 한기가 발끝을 통해 온몸으로 퍼져 있었다.

정당은 밝고 널찍했는데 기둥과 대들보가 채화로 화려하게 장식되어 있었고 홍목으로 만든 병풍이 에둘러져 있었다. 병풍을 돌아 들어가자 금박으로 장식된 원형 탁자가 놓여 있었는데 그 위에는 유리잔과 호박잔에 가득 담긴, 신선이나 즐길 듯한 미주와 산해진미가 펼쳐져 있었다. '사치'라는 두 글자만으로도 조정에서의 승상의 지위가 얼마나 높은지 짐작할 수 있었다. 황궁의 살림살이와 비교해도 차이가 크게 나지 않을 것 같았다.

상석에 앉은 이는 노부인이었다. 둥근 얼굴에 약간 살집이 있는 체구였고, 흰 담비털로 만든 은백색의 상의와 몸에 걸친 진주와 비취 등 반짝이는 보석이 밝은 등불에 휘황찬란하게 빛을 발하여 그녀의 높은 지위와 기품을 한층 더 돋보이게 했다. 노부인의 왼쪽에는 날카롭게 위로 향한 눈썹과 맑은 눈을 가진 남자가 여유로운 표정과 태도로 앉아 있었다. 오늘 낮에 본 회색 옷을 입은 남자인 것 같았다. 영수의는 노부인의 오른편에 앉아 뛰어난 미모와 고귀한 자태를 뽐내고 있었다.

노부인은 나를 보고도 자리를 청하지도, 심지어 한마디 인사말조차 건네지 않았다. 나는 잠자코 그녀의 건너편에 서서 그녀와 마주보고 있었다.

"네가 바로 내 아들이 숨겨 두고 있다는 그 계집이냐?"

그녀는 경시하는 눈빛으로 나를 훑어보았다. 나는 침묵하였으나 얼굴에는 여전히 미소를 지은 채 그녀의 말을 기다렸다.

"더 이상 우리 연성에게 치근덕거리지 마라. 나는 절대로 내 아들이 너를 곁에 두도록 허락하지 않을 것이다."

그녀의 말투에는 위엄이 서려 있었다. 기세로 나를 제압하려는 듯했다. 그녀의 말을 듣는 순간 나는 그녀가 무언가 오해를 하고 있음을 깨달았다.

"노마님, 사실 저와 연성은 결코 노마님께서 생각하시는……."

"금액을 말해 보아라!"

나의 말이 채 끝나지도 않았는데 노부인이 성급하게 말했고, 그녀의 말이 나를 괴롭혔다. 그녀는 누구든 다 돈으로 매수할 수 있다고 생각하는 것인가?

더욱 용서할 수 없는 것은 노부인이 스스로는 기품 있고 품위 있는 사람이라고 여기면서 나를 천하고 비열한 사람으로 보고 있다는 것이었다.

"남자라면 삼처사첩을 두는 것이 이상한 일이 아닌데, 만인이 우러러보는 승상께서 따로 여자 하나 숨기신 일이 어찌 그리 큰일이겠습니까? 또한 소녀는 출신이 깨끗하고 속세에 물들지도 아니하였으니 승상의 얼굴에 먹칠할 일도 없지 않사옵니까?"

나는 미소를 거두지 않고 변함없는 표정을 짓고 있었으나 노부인의 안색은 일순간에 변해 있었다. 탁자를 치며 일어난 그녀는 결코 용서할 수 없다는 듯이 나를 노려보았다.

"네 아비와 어미는 어른을 어찌 대해야 하는지도 가르치지 않더냐?"

"존경할 만한 어른이라면 제가 먼저 존경할 것이옵니다. 제게 다른 볼일이 없으시면 소녀 이만 물러가겠습니다."

노부인의 대답을 기다리지 않고 나는 몸을 돌려 그곳을 떠났다. 고개를 돌려 보니 유초가 얼굴 가득 만족스러운 미소를 짓고 있었다.

대문을 나서니 밖에는 여전히 많은 눈이 내리고 있었다. 나는 이제야 연성이 왜 나를 청우각에서 나오지 못하게 하였는지 알 수 있었다. 그나마 다행인 것은 내가 연성의 첩이 될 생각이 전혀 없다는 것이었다. 그렇지 않다면 나는 저 시어머니가 될 사람을 견딜 수 없었을 것이다.

"아씨, 정말 대단하세요. 저는 노마님께 그렇게 말하는 분은 처음 뵈었어요. 노마님 얼굴이 파랗게 질리셨다고요!"

난란은 조금 전 일이 통쾌한 듯 길을 걷는 내내 쉬지 않고 떠들어 댔다. 그녀의 천진난만한 말투에 나 역시 미소가 배어 나왔다.

"승상, 이번에 변경의 관문에서 음산陰山[39]을 치실 것이라던

---

39 중국 내몽고자치구에 있는 산으로 황하 북쪽에 위치한다.

데 자신 있으십니까?"

회랑 모퉁이에서 갑자기 들려온 소리에 나는 연성이 돌아온 것을 깨닫고 소리가 나는 곳으로 곧바로 달려갔다.

"연성, 돌아오셨어요?"

나는 유난히 즐거운 모습으로 그의 팔을 붙잡고 싱글벙글 웃으며 말했다.

"그렇소."

그는 자신의 팔을 세게 잡고 있는 나의 손을 바라보며 어색하게 대답했다.

"변경의 관문에서 음산을 칠 생각이세요?"

나의 목소리는 훨씬 높아져 있었고, 평소와 다른 흥분이 섞여 있었다.

"그렇소."

연성이 얼굴 가득 미소를 띠고 나를 바라보았다.

"저도 데려가 주시면 안 돼요?"

"안 되오."

그의 얼굴에서 미소가 점점 사라지더니 한 마디 말로 단호하게 거절해 버렸다. 나의 마음은 순식간에 무거워졌다.

음산은 하나라의 가장 중요한 관문으로, 만약 그곳을 함락할 수만 있다면 하나라를 멸하는 것은 시간문제였다. 조금 전, 그들이 출병하여 음산을 공격할 것이란 이야기를 듣자, 그동안 내 마음속에 숨어 있던 복수심이 순식간에 다시 고개를 들었다. 정말 연성과 함께 가고 싶었다. 가서 내 눈으로 직접 음산이 함락당하는 걸 똑똑히 보고 싶었다.

"당신은 그곳이 얼마나 위험한지 모르오. 이번 전쟁은 나 역시 자신이 없소."

한참 동안 말이 없는 나를 바라보던 그가 다소 부드러워진 말투로 말했다.

"전 두렵지 않아요!"

나는 곧바로 그의 말을 이으며 양손을 들어 맹세했다.

"절대로 마음대로 돌아다니지도 않고, 당신 말만 듣고, 언제나 당신 곁에만 있겠다고 약속할게요!"

나는 그가 안심하고 나를 데려가기만을 바랐다.

연성은 고개를 숙이고 깊은 생각에 빠졌다. 조금씩 변하는 그의 표정만으로는 그가 지금 무슨 생각을 하고 있는지 전혀 알 수가 없었다. 잠시 후, 연성이 다정하고 따스함을 머금은 눈빛으로 나를 그윽하게 바라보며 말했다.

"좋소."

음산의 치욕을 뼈에 새기다

길이가 이천사백 리에 이르고, 남북으로 백오십 리가 넘는 음산은 높고 험준한 산세를 자랑하는 곳으로 빽빽이 들어서 있는 기이한 산봉우리와 몇 겹으로 겹쳐 보이는 산등성이, 지천에 널려 있는 기암괴석, 곳곳에 펼쳐진 낭떠러지로 이루어져 있었다. 하나라의 북부지역으로, 변나라와 하나라의 경계였다.

나흘 전, 나는 연성이 이끄는 대군을 따라 이곳에 도착했다. 전방 이십여 리에 음산이 있었고, 눈앞에 펼쳐진 끝없는 황무지에는 흰 눈이 덮여 있었다. 십만 병사들은 차가운 북풍에 움츠러들고, 매서운 바람에 사지가 얼어붙었으나 눈 깜짝할 사이에 눈앞으로 진격해 올 적군에 대비하여 하늘 가득 흩뿌려지는 눈 속에서 먼 곳을 바라보며 결연히 자신들의 장막을 지키고 있었다.

나는 남장을 하고 틀어올린 머리카락을 모자 안에 집어 넣고 연성의 종으로 변장하고 있었다. 나흘째인 오늘, 나는 주 장막 안에서 한 발짝도 떠나지 못하고 있었다. 연성이 허락하지 않았기 때문이다. 연성과 조홍趙鴻 그리고 몇몇 부장군들은 매일 음산의 지형에 대해 상의하며 단번에 이곳을 함락시킬 수 있는 방법을 찾고 있었다.

나는 지체 높은 승상인 연성이 직접 병사들을 이끌고 전장에 나선 것에 대해 기이하게 여기고 있었다. 그러나 요 며칠 군사를 어떻게 매복시킬 것인가에 대한 그의 생각을 들어보니 그계획이 상당히 훌륭했다. 하지만 한편으로는 그의 계획이 탁상공론에 그쳐 십만 군사들이 음산에서 다시는 돌아오지 못하게 될까 봐 걱정스러웠다. 음산은 하나라의 가장 중요한 방어선으로 하나라의 황제 역시 각별히 이곳을 신경쓰고 있을 테니 연성이 확실한 계획과 단호한 결단력을 발휘하지 못한다면 이곳을 함락하기란 매우 어려울 터였다.

"조 장군, 음산의 하나라 군영으로 보낸 우리 척후병은 아직 돌아오지 않았소?"

이미 모든 계획을 세운 연성이 돌연 무거운 목소리로 물었다. 조홍이 고개를 가로젓자 연성의 눈빛이 흐려지더니 다시 깊은 생각에 빠진 듯했다.

"정탐할 이를 다시 보내시오."

사람들이 하나둘씩 그의 명을 받들고 장막을 떠나자 소란스러웠던 장막 안이 순식간에 고요해졌다. 연성은 피로한 듯 흰 여우털이 덮인 의자에 기대어 두 눈을 감고 짧은 휴식을 취했다. 그는 이미 사흘이나 쉬지 못하고 있었으니 몹시 피곤할 터였다. 군대를 이끌고 전쟁을 진두지휘한다는 것은 정말 힘든 일인데, 그는 어째서 이렇게 고되고 어려운 일을 하겠다고 한 것일까?

'사 년, 기다릴 수 있겠소?'

연성의 약속이 불현듯 떠오르더니 머릿속에서 끝도 없이 맴돌기 시작했다. 나는 도저히 믿기지가 않아서 내 앞에서 두 눈을 감고 쉬고 있는 연성을 바라보았다. 그가 황제에게 간청하여 이번 임무를 자청한 것이 혹시 나를 위해서인가?

"연성……."

나는 감정을 억제하지 못하고 그의 이름을 불렀다. 여전히 두 눈을 감은 채로 그가 조용히 대답했다.

"피곤하지요?"

나는 그의 뒤편으로 걸어가 그의 양쪽 태양혈 위에 손을 올리고 천천히 안마를 시작했다. 작은 감사의 표시였다. 나의 손이 그의 몸에 닿자 그의 몸이 순간 굳었다가 천천히 긴장을 푸는 것이 느껴졌다. 그는 봄바람같이 따스한 미소를 지은 채 나의 안마를 즐겼다.

"이번에 순조롭게 음산을 함락시키기만 하면 얼마 지나지 않아……."

그가 자연스럽게 이야기를 꺼냈.

"자신을 너무 힘들게 하지 말아요."

나는 그의 말에 순간 멈추었던 손을 다시 움직이며 말했다.

한참 동안 아무 말도 하지 않는다 했더니 규칙적으로 오르락내리락하는 가슴과 평온한 숨소리로 보아 연성은 이미 깊이 잠이 든 듯했다. 나는 조심스레 손을 거두고 들릴 듯 말 듯 작은 소리로 한숨을 내쉬며 말했다.

"미안해요!"

다시 이틀이 지났지만 연성이 보낸 척후병들은 단 한 명도 돌아오지 않았다. 이 때문에 군사들의 마음은 점점 더 조급해졌다. 이것은 결코 좋은 징조가 아니었다. 설마 그들에게 무슨 일이 생긴 것일까? 연성은 매우 힘들어했고 그의 표정도 점점 어두워져 갔다. 나는 몇 번이나 이 문제에 대해 그에게 묻고 싶었으나, 그의 걱정만 더하게 될 것 같아 결국 입을 열지 못하고 그저 조용히 그의 곁을 지켰다.

"더 이상은 기다릴 수 없습니다. 매서운 날씨에 군사들의 사기가 조금씩 저하되고 있습니다. 속전속결하지 않는다면 그 뒷일은 상상조차 할 수 없을 것입니다."

부장군 한 명이 급한 마음에 고함치듯 큰 목소리로 외쳤다.

"하지만 하나라의 정황을 제대로 알지 못하는 상황이오. 어찌 무턱대고 공격을 하겠소?"

조홍 장군이 달래듯 말했다.

"그렇다고 언제까지 이렇게 시간만 허비하고 있자는 말씀입니까?"

분을 참지 못하고 또 다른 장군이 소리쳤다. 양측이 팽팽하게 맞서며 자신들의 의견을 고집하는 것을 연성은 한 마디 말도 없이 차갑게 바라보고만 있었다. 아마 그 역시 확신이 없으리라. 병법을 아는 사람이라면 자신없는 전쟁은 하지 않는 법, 그런데 지금은 적군의 정황조차 파악하지 못하고 있으니 어떻게 전투를 시작한단 말인가? 내 생각으로도 지금은 그저 기다리는 수밖에 방법이 없었다. 적이 움직이지 않는다면 우리 역시 움직이지 않으면 된다. 지금은 인내심을 겨루어야 할 때였다. 이 점을 연성도 모르지 않을 것이다.

"장군님께 보고드립니다! 조금 전, 저희 야영지 밖에서 하나라의 척후병을 붙잡았습니다."

병사 하나가 장막 안으로 뛰어 들어와 보고했다.

모든 이들이 기쁨에 넘쳐 바깥을 바라보았다. 더없이 좋은 소식이 아닐 수 없었다. 병사들이 하나라의 척후병을 꽁꽁 묶어 데리고 오자 장수들이 그를 에워싸고 하나라의 내부 상황에 대해 캐묻기 시작했다. 하지만 그는 이를 악물고 단 한 마디도 하지 않았다.

"네가 입을 열기만 한다면 너의 목숨을 살려 줄 뿐 아니라 네가 상상조차 하지 못할 부귀영화를 누리게 해 주마."

연성이 드디어 입을 열었다. 그의 말을 들은 척후병의 눈빛이 흔들렸다.

"정말 목숨을 살려 주시는 겁니까?"

"나는 내가 한 말은 반드시 지킨다."

연성이 매우 진지하게 약속해 주었다. 척후병은 한참을 고민하더니 결국 입을 열었다.

"음산 수비대에는 사만 명, 대청산에는 사천여 명, 오랍산에는 팔천 명의 군사가 주둔 중입니다. 비록 지금은 군사의 수가 많지 않으나 이틀 안에 지원 요청을 받은 군사들이 더 도착할 것입니다. 이런 상황을 들킬까 봐 하나라 장군께서 변나라의 척후병들을 모두 다 잡아들이셨던 겁니다. 장군께서는 지원군이 도착할 때까지 시간을 벌 생각이십니다."

그의 말을 들은 군사들의 눈빛이 잇달아 변하였고, 모든 희망을 연성에게 건 채 그의 결정을 기다렸다. 척후병의 말은 매우 중요했다. 그의 말에 따르면 현재 음산에 주둔하고 있는 하나라 군대는 결코 강력하지 않았다. 하지만 이틀 후 지원군이 도착하면 상황이 달라질 터였다. 그때는 분명히 수많은 병사들이 죽고 백성들이 도탄에 빠지게 될 것이 자명했다. 그렇다면 방법은 오직 하나뿐이었다. 바로 속전속결이었다.

"장병들은 들어라. 지금 바로 음산을 향해 출발한다."

연성의 눈빛이 반짝였다. 상황이 급박함을 알게 된 이상 더 이상 머뭇거릴 수 없었다. 모든 걸 빠르게 결정해야만 했다. 연성의 명령을 들은 장병들은 당장이라도 적을 쳐부술 기세였고, 자신감 넘치는 모습이었다.

거센 바람에 활 소리가 크게 울렸고, 군대의 깃발이 휘날렸으며, 나팔 소리가 끊이지 않고 이어졌다. 최고의 기량을 자랑하는 구만 대군은 선봉군, 우호군, 좌호군, 후위대, 그리고 기병대로 나뉘어 모두 함께 출발하였다. 오직 일만 군사만이 군영을 지키기 위해 남겨졌는데 나 역시 연성의 뜻에 따라 남을 수밖에 없었다. 그는 내가 여기에서 그를 기다리기를 바랐다.

무장한 대군이 북쪽을 향해 전진하는 것을 바라보니 그들의 넘치는 기세를 막을 수 있는 것은 아무것도 없을 듯했다. 하지만 나는 불안한 마음을 떨칠 수 없었다. 아무리 생각해도 모든 것이 너무 순조롭게 진행되고 있었다. 무언가 분명히 잘못된 듯한데 그것이 무엇인지 알 수가 없었다. 어쩌면 괜한 의심을 하는 것일지도 모르지만, 조금 전의 하나라 척후병이 너무나도 눈에 익었다.

북풍이 소리를 내며 불어왔고 촛불이 바람에 깜빡이고 있었다. 장막 안에 누운 나는 도저히 잠을 이룰 수가 없었다. 생각하면 생각할수록 하나라의 척후병이 눈에 익었다. 어디선가 분명히 만났던 이가 틀림없었다. 또한 그가 했던 말 역시 몹시 의심스러웠다.

음산에 주둔하고 있는 군사가 겨우 사만 명? 부황의 재위 시절에도 음산을 최우선 수비 지역으로 설정하여 평소에도 칠만 명이 넘는 군사를 배치해 두고 있었다. 그런데 지금의 하나라 황제는 겨우 사만 명을 배치했다니, 그는 음산을 중시하지 않는 것인가?

나는 침대에서 튕기듯 일어나 재빨리 담비 털옷을 걸치고 장막을 뛰쳐나와 척후병이 감금되어 있는 곳으로 달려갔다. 장막의 천을 걷고 들어가자 그 병사가 온몸이 꽁꽁 묶인 채 눈이 깔린 바닥 위에 누워 있는 것이 보였다. 내가 온 것을 본 그의 눈빛에 한 가닥 놀라움이 드러났다. 나는 몸을 숙여 누워 있는 그를 바라보며 말했다.

"진역지陳易之 교관, 나를 기억하겠느냐?"

나는 드디어 그가 누구인지 기억해 냈다. 그는 하나라 금위군의 훈련을 책임지고 있는 교관이었다. 내가 아는 그는 충성심이 깊어서 절대로 목숨을 구걸하기 위해 하나라의 기밀을 폭로할 사람이 아니었다.

내 말을 들은 진역지는 한참 동안 얼이 빠진 얼굴로 나를 바라보다가 정신을 차리고 바닥을 기어 앉더니 나를 향해 이마를 조아렸다.

"복아 공주마마, 살아 계셨군요."

"나를 공주라 부르지 마라. 나는 너와 같은 신하를 두지 않았다. 부황이 황위를 찬탈당하셨는데 너는 여전히 둘째 숙부에게 붙어 기생하고 있구나. 지금은 목숨을 걸고 변나라 군영에 와서 거짓 정보를 흘리고 있으면서, 네가 무슨 염치로 나를 공주라 부른단 말이냐?"

나는 그의 목덜미를 힘껏 쥐고 분노에 휩싸여 그를 노려보았다.

"나라에 어려움이 있으면 온 백성이 그 책임을 다해야 하는 법이온데, 변나라가 우리 하나라의 강산을 약탈하고 백성을 죽이는 것을 제가 그저 바라만 보고 있어야 했겠사옵니까? 게다가 폐하는 성군이시옵니다!"

진역지의 말은 이치에 맞고 진지했다. 마치, 지금 잘못하고 있는 이는 나인 것 같았다.

"성군? 너는 나를 여전히 공주로 여기고 있기는 한 것이냐?"

나는 차갑게 웃으며 실망한 눈빛으로 그를 바라보았다.

그렇다면 부황은 성군이 아니었단 말인가? 순왕淳王의 황위 찬탈이 하늘의 뜻이었단 말인가?

"마마는 제게 영원토록 공주마마이십니다."

진역지가 고개를 무겁게 떨구었다.

"그렇다면 말해라. 대체 변방에 주둔하고 있는 하나라 군사가 얼마나 되느냐?"

지금 이 순간, 내게는 연성의 목숨이 그 무엇보다 중요했다. 다른 일들은 일단 미뤄 두어야 했다. 진역지가 잠시 머뭇거리다가 이내 입을 열었다.

"사실대로 말씀드리겠습니다. 음산 군영에 주둔하고 있는 하나라 군사는 팔만 명이옵고, 사흘 전 기나라에서 십만 대군을 보내 왔습니다. 이번 전투로 변나라 군사들은 모두 몰살당할 것이옵니다."

손에서 힘이 탁 풀리고 머릿속이 새하얘졌다. 나는 힘없이 얼음장 같은 바닥에 주저앉고 말았다. 무언가 잘못된 것 같던 나의 예감이 맞았다. 함정에 빠져 이 순간 연성의 목숨은 경각에 달려 있었다.

"변나라 군사들은 정오에 음산으로 출발했으니 지금쯤이면 아마 완전히 포위되었을 것입니다. 공주마마, 하나라 대군이 이곳까지 쳐들어오기 전에 남은 일만 군사를 이끌고 어서 피하셔야 합니다."

그가 나를 일깨웠다.

"네가 말한……, 기나라의 십만 원군은 누가 이끌고 있느냐?"

어떤 생각이 불현듯 머리를 스치고 지나갔다.

"기나라의 진남왕과 한성왕입니다."

진역지는 내가 왜 그런 것을 묻는지 알 수 없어 하면서도 나의 질문에 답해 주었다. 그의 말이 떨어지자마자 나는 장막에서 뛰쳐나와 주둔지에 남아 있는 이 부장군에게 달려가서 현재의 상황을 간단하게 설명하고 도움을 청했다.

지금 연성을 구할 수 있는 방법은 하나뿐이었다. 만약 성공하지 못한다면, 나는 그의 묘에 그와 함께 묻히리라 다짐했다. 그가 이런 위험에 처하게 된 것은 나의 간절한 바람을 이루어 주기 위해서가 아닌가. 만약 내가 그와의 사 년의 약속을 흔쾌히 받아들이지 않았다면 그가 이렇게 급히 하나라로 출병하지는 않았을 터, 나는 이 상황에 책임을 져야 했다.

다행히 이 부장군은 일대의 지형을 잘 알고 있었다. 우리는 쉬지 않고 말을 몰아 하나라 진영으로 향하는 작은 길에 접어들었다. 만약 적군이 우리 구만 군사를 포위하려면 어디가 가장 적합한 지역일지 묻자 이 부장군은 지세가 험준하여 매복하기에 적절한 대청산일 것이라고 답했다. 그렇다면 기나라 군사는 대청산에 숨어 우리 군사들이 오기를 기다렸다가 포위망에 들어선 우리 군사들을 눈 깜짝할 새에 처리해 버릴 계획을 갖고 있음이 틀림없었다.

밤새도록 쉬지 않고 달려온 덕에 우리는 다음 날 묘시 무렵에 대청산에 잠복하고 있는 기나라 군대를 발견할 수 있었다. 그저 너무 늦지 않았기만을 바랄 뿐이었다.

이 부장군은 탁월한 무공 실력으로 경비를 서고 있던 병사 둘을 쓰러뜨렸고, 우리는 그들의 군장으로 갈아입은 후 당당하게 군중으로 걸어 들어갔다. 사방에서 순찰을 돌며 오가는 무리들이 우리 곁을 계속해서 스쳐 지나갔다.

"이봐, 너희 둘은 어느 장군님 수하에 있지? 본 적이 없는 것 같은데?"

머리에 붉은 천을 두르고 있는 병사가 우리를 향해 소리치더니, 우리 둘 사이를 오가며 자세히 살피기 시작했다.

"저……, 저희는 진남왕 수하의 병사입니다."

나는 힘이 풀릴 것 같은 다리에 단단히 힘을 주고 침착하게 말하였다.

"나 역시 진남왕 수하에 있는데, 어찌 너희를 본 적이 없는 거지?"

그의 의혹이 더욱 짙어졌다. 그의 날카로운 눈빛이 우리를 꿰뚫어보는 것만 같았다.

"저희는 새로 온 병사들입니다."

나는 더 많은 병사들이 몰려오지 않도록 최대한 작은 목소리로 대답했다. 병사들이 몰려오면 우리의 정체가 더 빨리 폭로될 것이 자명했다.

"무슨 일로 이리 시끄러운 게냐?"

한 남자가 장막을 걷으며 밖으로 걸어나왔다. 기성이었다! 나는 그에게 달려가서 그의 허리를 끌어안고 큰 소리로 외쳤다.

"왕야, 왕야!"

나의 행동에 당황한 그가 나를 힘껏 밀어내려 했으나 나는 오히려 그를 더 세게 붙잡았다.

"바보, 저 반옥이에요!"

날아갈 듯 작은 소리였음에도 불구하고 그는 나의 말을 알아들었다. 기성의 몸이 일순간 딱딱하게 굳어 그 자리에서 얼어 버린 듯 꼼짝도 하지 않았다.

"왕야, 두 분이……, 아는 사이이신지요?"

조금 전의 병사가 의아해 하며 서로 '끌어안고' 있는 우리를 바라보았다. 그는 어찌 된 영문인지 짐작조차 못하고 있었다.

"안다!"

기성은 매우 무뚝뚝하게 한 마디를 던지고는 나를 장막 안으로 끌고 들어갔다. 안에 있던 사람들을 모두 물린 그는 촛불 빛을 빌어 나를 한참 동안 바라보더니 충격적인 한마디를 내뱉었다.

"죽지 않았던 거냐?"

"도대체 무슨 정신 나간 소리를 하시는 거예요?"

나의 얼굴은 어두워졌고, 기나라에서 나와 관련된 큰일이 벌어졌었음을 어렴풋이 눈치챘다.

"그날 밤, 모든 이들이 남월루를 덮친 큰불을 보았지. 남월루 안에 있던 너는 그 불길에 휩싸여 타 죽었는데, 지금 네가……, 이렇게 멀쩡히 내 앞에 서 있다니……. 대체 어찌 된 일이냐?"

영문을 모르는 그는 이 상황을 받아들이기 힘들어했으나 나는 그의 말을 듣고 어찌 된 일인지 곧바로 깨달았다. 그래서였다. 그래서 내가 궁을 떠난 후 아무도 나의 뒤를 쫓지 않았던 것이다.

황제는 세상을 감쪽같이 속일 연극을 준비했던 것이다. 불은 분명 그가 사람을 시켜 질렀을 것이고, 그 목적은 당연히 모든 이들이 반옥이 죽었다고 믿게 하기 위함이었을 것이다. 새카맣게 타 버린 시체가 반옥인지 아닌지 누가 무슨 수로 알아낼 수 있었겠는가? 참으로 대단한 정성이 아닐 수 없었다. 나를 향한 기우의 마음을 단념시키기 위해 이런 일까지 벌이다니 말이다.

"그럼 운주는요?"

나는 떨리는 마음을 최대한 억누르며 나와 남월루에서 동고동락하던 운주에 대해 조용히 물었다.

그녀에게는 어떤 일도 있어서는 안 된다. 절대로 안 된다.

"제일 먼저 불을 발견한 사람이 그녀였다. 널 구하기 위해 불길 속으로 뛰어 들어갔다가 얼굴의 절반이 타 버리고 말았지."

기성의 시선은 줄곧 내 얼굴을 맴돌고 있었다. 아마도 자신의 앞에 서 있는 사람이 진짜 반옥인지 확인하려는 듯했다.

나를 구하려다가 운주의 얼굴이 타 버렸다.

나는 힘없이 기성 앞에 무릎을 꿇고 멍한 눈빛으로 그를 바라보며 말했다.

"왕야에게 두 가지 부탁할 일이 있습니다. 만약 저를 여전히 벗으로 여기신다면 제 부탁을 들어주세요. 첫째, 오늘 저를 만난 일은 그 누구에게도 말하지 마세요. 그러지 않으면 왕야의 목숨이 위험해질 거예요. 둘째, 변나라 승상인 연성을 놓아주세요. 그저 그의 목숨만 살려 주시면 됩니다."

굳은 얼굴로 아무 말 없이 나를 바라보는 그의 얼굴에 복잡한 심정의 기색이 스쳐 지나갔다.

"두 번째 요구는 들어줄 수 없다. 내가 허락한다 해도 일곱째가 허락하지 않을 거야. 아니면 직접 그에게 부탁해 봐. 그가 군의 총사령관이니, 이건 그가 결정할 문제야."

"안 됩니다. 저는 그를 만날 수 없어요."

나는 고개를 힘껏 내저으며 다시 기성을 붙잡고 간절히 부탁하기 시작했다.

"그에게 이 말을 전해 주세요. '패하고 후퇴하는 적은 뒤쫓지 말고, 적을 포위하여 공격할 때에도 도망칠 길을 남겨 두어야 한다.' 그는 분명 이 말의 의미를 이해할 거예요."

"한성왕께 인사 올리옵니다."

장막 밖 병사의 유난히 우렁찬 목소리에 나는 기우가 찾아온 것을 알고 깜짝 놀라 침대 밑에 숨어 숨소리를 죽였다.

그가 나를 보게 해서는 안 된다. 만약 그가 나를 보기라도 하는 날에는 더 많은 사람들이 다치게 될 것이다. 운주도 나로 인해 큰 부상을 입지 않았는가? 그런데 기우, 내가 어떻게 그를 다시 자극할 수 있겠는가? 그는 기나라의 황제가 될 사람이다. 만약 그가 모든 사실을 알게 된다면 복수를 하려 할 것이고, 나는 그가 그런 일을 하도록 두고 보지 않을 것이다. 지금처럼 나는 죽은 사람이어야 한다.

기우, 저를 영원히 마음속에 묻어 주세요. 그것이 옳습니다.

"일곱째, 전장의 상황은 어떠냐?"

침착한 기성의 목소리에는 감정의 기복이 드러나지 않았다.

"변나라의 구만 군사는 이미 우리의 십팔만 대군에 완전히 포위되어 있습니다. 궁지에 몰려서도 여전히 최후의 발악을 하고 있지요."

기우의 목소리였다. 여전히 자부심 넘치고 오만하지만 듣기 좋은 목소리였다. 하지만 그 목소리에는 전보다 세상풍파에 지친 기색이 짙게 배어 있었다. 당장이라도 달려가 그에게 안기고 싶은 충동을 힘겹게 참고 있자니 어찌할 수 없는 눈물이 쉼없이 흘러내렸다. 나는 입술을 힘껏 깨물고 울음소리가 새어 나오는 것을 막았다.

기성이 한참 동안 침묵을 지키더니 탄식하며 말을 이었다.

"《손자병법》의 〈군쟁軍爭〉 편에 이런 말이 있지. '패하고 후퇴하는 적은 뒤쫓지 말고, 적을 포위하여 공격할 때에도 도망칠 길을 남겨 두어야 한다.' 백성들을 도탄에 빠뜨리는 것은 결코 우리의 목적이 아니야."

"그들에게 퇴로를 열어 주자는 말씀이십니까?"

그의 냉소에 분위기가 살벌해졌다.

"아니야. 그들에게 퇴로를 열어 주자는 것이 아니라 우리를 위한 퇴로를 준비해야 한다는 말이다. 그들은 이미 우리 손에 들어왔고, 죽음을 피하기 힘들게 되었어. 그들이 어차피 죽을 목숨이라 여기고 필사적으로 전투에 임한다면 우리 군의 피해 역시 막심할 테고 수많은 이들이 목숨을 잃을 거야. 그런 상황을 맞고 싶으냐? 만약 우리가 그들의 지휘관을 놓아준다면 구만 대군의 단결력과 충성심이 흐트러질 것이 자명해. 그 후에 적을 섬멸하는 것은 손바닥 뒤집기만큼 쉬울 것이야."

기성의 말은 내가 전하려 했던 바로 그 말이었다. 그는 내 말의 의미를 정확하게 이해하고 있었다. 이제 나는 기우가 어찌 받아들일지 기다릴 수밖에 없었다. 만약 그가 끝까지 놓아주지 않는다면, 그러면……, 변나라 군대는 완전히 몰살당하고 말 것이다.

장막 안에 침묵이 내려앉아 조용한 숨소리만이 들려왔다. 기우는 고민하고 있으리라. 그러나 나는 그가 결코 피도 눈물도 없는 사람이 아니라는 걸 알고 있다. 그는 절대로 백성들의 안위를 해하면서까지 적들을 사지로 몰아넣지 않을 것이다.

마침내 나와 이 부장군은 무사히 기나라 군영을 떠날 수 있었고, 기성이 직접 우리를 배웅해 주었다. 길을 가는 동안 그는 대청산 남쪽에 퇴로를 열어 변나라 군대가 도망칠 수 있게 할 것이라고 말하였다. 그러나 연성이 그곳을 벗어나면 곧바로 퇴로를 막을 것이라고도 했다. 그가 우리를 도울 수 있는 것은 여기까지이니 모든 일에 더욱 신중을 기해야 한다는 말도 덧붙였다.

떠나기 전, 나는 기성에게 감사하다고 말했으나 그는 내 인사를 받지 않고 이 말만을 남겼다.

"이번 일이 고맙다는 말 한마디로 끝날 수 있을 것 같아? 나에게 빚을 졌으니 언젠가는 이 빚을 꼭 되돌려 받을 거다."

그의 말이 나를 웃게 했다. 기성은 언제나 나의 가장 깊은 곳에 숨겨져 있는 슬픔과 아픔을 잊게 해 주고, 심지어 큰 소리로 웃게 해 주었다. 마음속으로 나는 그를 벗이라 여기고 있었다. 나의 유일한 벗.

연성을 다시 만났을 때, 나는 그의 태도에 실망하고 말았다. 그는 도망치려 하지 않았다. 그는 도망치는 것을 총사령관의 수치라고 여겼고, 나약한 것이라고 생각했다. 그는 도망치지 않고 병사들과 생사를 함께할 것이라고 말하였다.

나는 있는 힘껏 그의 따귀를 때렸다. 주변에 있던 병사들이 너무 놀라 어안이 벙벙해진 표정으로 우리를 바라보았다. 나는 절망한 표정으로 포위당해 있는 군사들을 가리키며 말했다.

"자기 자신을 지킨 후에야 적을 멸할 수 있다는 것은 전략의 기본입니다. '패배'와 '도망'을 수치스럽다고 하지만 계란으로 바위를 치는 것과 다를 바 없는 자멸을 하는 것보다는 낫습니다!"

연성은 차갑게 웃으며 나를 향해 조소 섞인 미소를 드러냈다.

"전쟁에서 패하고 병사들을 모두 잃은 항우는 오강을 건너기만 하면 목숨을 건질 수 있는데도 검을 뽑아 자결하였소.[40] 그런데 나 연성이 이곳에서 도망친다면 대체 무슨 낯으로 변나라의 황제를 찾아뵙고, 백성들을 마주할 것이며, 병사들의 어머니들에게는 무어라 고한단 말이오?"

"그건 항우가 미련해서 그런 거예요!"

나는 혼신의 힘을 다해 그를 향해 소리쳤다. 갑자기 눈물이 터져 나왔다.

"그는 악착같이 살아남아서 실력을 쌓고 후일을 도모할 수도 있었어요. 그는 뛰어난 병법과 풍부한 지략으로 충분히 재기할 수 있었음에도 사람들과 마주할 자신이 없어서 자결하고 말았지요. 저는 그가 한심하다고 생각해요. 제가 생각하는 남자란 자신의 실패를 받아들이고 재기할 수 있는 대범함과 포부를 갖춘 사람이에요. 한신이 굴욕을 참고 훗날 그 이름을 널리 남긴 것처럼요.[41] 누가 그를 한심하게 여기던가요?"

나의 말에 감동을 받아서인지 모든 장병들이 동시에 무릎을

---

40 초나라가 해하에서 한나라 군대에게 대패하자 항우는 홀로 적진을 뚫고 달려 오강(烏江)이라는 곳에 이르게 되었다. 그는 오강을 건너 강동의 왕이 되어 후일을 도모할 수도 있었으나 패전에 대한 자책감으로 오강을 건너지 않고 자결하였다.

41 큰 꿈을 품고 있었으나 불우한 젊은 시절을 보낸 한신(韓信)은 거리의 건달이 시키는 대로 건달의 가랑이 사이를 기어가는 수모를 겪기도 했으나, 후에 한 유방을 도와 한군을 지휘하여 혁혁한 공을 세웠고 마침내 초왕(楚王)의 자리까지 오르며 그 이름을 높였다.

꿇으며 말했다.

"승상께서는 어서 이곳을 떠나시옵소서. 목숨을 지킬 수 있다면 희망은 있습니다."

감동한 연성은 병사들을 보다가 또 나를 바라보며 차마 아무 말도 하지 못했다.

이 부장군의 눈시울도 일찌감치 붉어져 있었다.

"승상, 이 형제가 목숨을 아끼지 않고 오직 승상을 살릴 기회를 부탁하기 위해 기나라 군영으로 걸어 들어갔음을 헤아려 주십시오. 절대 그것을 헛되이 하셔서는 아니 되옵니다. 어서 이곳을 떠나십시오!"

나의 얼굴 위에서 떠나지 않는 그의 눈빛에는 형언할 수 없는 깊은 슬픔이 담겨 있었다. 나는 내 얼굴 위로 흐르고 있는 눈물을 닦아 내고 그의 품으로 달려가 온 힘을 다해 그를 안으며 말했다.

"연성, 당신이 죽으면 저는 어쩌라고요?"

그의 손이 천천히 나의 머리를 어루만졌다. 그는 떨고 있었고 주저하고 있었다. 나는 더 이상 기다릴 수가 없어 눈짓으로 이 부장군에게 강제로라도 그를 말 위에 앉히라는 신호를 보냈다.

몇몇 병사가 연성의 양손과 양발을 붙잡아 그를 말 위에 태웠고, 결국 그는 이만 명의 군사를 이끌고 기성이 열어 놓은 퇴로를 통해 그곳을 떠났다. 말 위에 올라탄 후에도 계속 뒤를 돌아보며 남아 있는 칠만 군사들을 바라보는 그의 모습은 내 기억 속에 깊이 새겨졌다. 그들을 바라보며 연성이 말했다.

"오늘 이 음산에서 겪은 치욕, 나는 영원토록 기억할 것이다. 그리고 언젠가는 반드시 나의 형제들을 위해 복수할 것이다. 기나라와 하나라가 피로써 이 빚을 갚도록 하겠다."

그는 놀라울 만큼 결연한 모습이었고, 나조차 그의 피비린내 나는 기세에 몸을 떨었다. 그토록 두려움을 자아내는 그의 모습은 일찍이 본 적이 없었다.

변나라의 십만 군사 가운데 겨우 삼만 군사만이 살아 돌아왔다. 온 나라는 비탄에 잠겼고 변경은 마치 죽은 도시 같았으며 그 누구의 얼굴에서도 미소의 흔적조차 찾아볼 수 없었다. 황제는 연성의 과오에 대해 더 이상 질책하지 않았으나, 온 백성들은 그를 언급하며 한없이 긴 탄식을 이어갔다. 그리고 나는 변경에 돌아온 지 닷새가 지나도록 그를 만나지 못했다. 그는 지금 무엇을 하고 있을까? 패전의 그늘에서 빠져나오지 못하고 있는 걸까?

누각의 서재에 서서 나는 아무 생각 없이 손에 들고 있던 《시경》을 펼쳤다.

"풀벌레 울음소리 들으며, 메뚜기 뛰는 걸 바라본다. 낭군님 만나지 못하니 점점 깊어져만 가는 근심. 그를 바라볼 수만 있다면, 그와 만날 수만 있다면, 나의 마음은 기쁨으로 가득할 텐데……."

읽으면 읽을수록 기우가 떠올랐다. 들리는 말에 의하면 하나라는 기나라와 또다시 동맹을 맺고 기나라에 복속되었다고 한다. 그 때문에 기나라가 음산 전투에 십만 대군을 지원했던 것이다. 그렇다면 변나라는 고립무원의 지경이니 두 나라가 연합하여 공격하는 날에는 상상할 수 없는 끔찍한 일이 눈앞에 펼쳐지게 될 것이다.

이 십만 대군의 총사령관은 기우였다. 기나라의 황제는 더 이상 기다릴 수 없는 듯 병권을 천천히 기우에게 넘겨 주고 있었다. 그렇다면 지금의 태자는 어떤 위기에 처해 있는 것일까?

나는 시선을 책에서 거두고 창밖을 바라보았다. 은은한 매화 향을 깊이 들이마시며 창밖을 둘러보던 나는 너무 놀라 손에 들고 있던 《시경》을 떨어뜨렸고, 급히 창문을 닫아 버렸다. 두 눈을 감고 한참 동안 깊이 생각한 나는 밖에 있는 난란과 유초를 향해 큰 소리로 말했다.

"어서 가서 목판 몇 개를 가져오너라."

그녀들이 소리를 듣고 달려와서는 영문을 모르겠다는 듯 서로를 바라보며 물었다.

"목판은 어디에 쓰시게요?"

다시 창문을 바라보자 마음속이 얼어붙는 것만 같았다.

"저 창문을 막아 버려라."

"왜 그러시는지요?"

그녀들은 여전히 알 수 없다는 얼굴로 나를 바라보며 물었다. 나는 보일 듯 말 듯한 미소를 지으며 바닥에 떨어진 《시경》을 주웠다.

"저 창문이 너무 성가시구나. 막아 버려라."

눈치 빠른 그녀들은 내가 자세히 말하고 싶어 하지 않는 것을 깨닫고는 더 이상 캐묻지 않고 즉시 목수 두 명을 불러와서 창문을 단단히 막아 버렸다. 나는 황금빛 사자 모양의 작은 화로를 아랫배 근처에 대고 천천히 자리에 앉았다.

"요 며칠 승상께서는 잘 지내고 계시느냐?"

"좋지 않으셔요."

유초가 내 말을 듣자마자 고개를 저으며 한숨을 내쉬었다. 그녀의 눈에는 슬픈 기색이 가득했다.

"닷새 전 승상부로 돌아오신 후 승상께서는 서재에서 꼼짝도 하지 않으신 채 아무도 만나시지 않고. 아무것도 드시지 않고 계셔요. 주인님께 혹여 무슨 일이라도 생길까 봐 너무나도 걱정스럽습니다."

"뭐라고? 그런데도 왜 내게 아무 말도 하지 않은 것이냐?"

나는 그 말을 듣자마자 일어나서 그녀들을 꾸짖었다.

"아씨께 차마 말씀드릴 수가 없었습니다."

곧바로 내게 해명을 하는 난란의 안색이 어느새 창백해져 있었다. 나는 그들 앞에서 단 한 번도 성을 낸 적이 없었다.

"이번에 주인님께서 위험에서 벗어나실 수 있었던 것은 모두 아씨 덕분이라고 들었습니다. 저희들이 보기에는 요 며칠 아씨께서도 많이 힘들어하시는 것 같아 주인님의 일로 염려가 더 깊어지실까 봐 말씀드리지 못한 것이옵니다. 게다가 저희는 노마님께서 이 일을 잘 해결해 주실 것이라고 생각했는데……."

나는 손에 들고 있던 화로를 내려놓고, 조금 전 내가 좀 과했다는 생각을 하며 마음을 가다듬고 목소리를 낮추어 말했다.

"어찌 그리 생각이 짧은 것이냐? 어서 나를 연성의 서재로 안내하여라."

밝은 달은 서리 같고, 차가운 안개가 온 세상을 감싸고 있었다. 창가의 대나무발 사이로 불빛이 비추고 있었다. 서재 밖에서 반 시진 동안이나 그를 불렀으나 안에서는 그 어떤 반응도 보이지 않았다. 결국 나도 어쩔 수 없이 다른 방법을 택할 수밖에 없었다. 나는 건장한 체격의 머슴 둘을 시켜 서재의 창문을 힘으로라도 열라고 명하고, 난란과 유초의 도움을 받아 열린 창문을 넘어 안으로 들어갔다.

서재 안은 엉망진창으로 어질러져 있었다. 책상과 의자는 바닥에 뒹굴고 있었고 책과 종이가 바닥에 마구 널브러져 있었다. 그리고 연성은 넋이 나간 모습으로 책장에 머리를 기댄 채 바닥에 앉아 있었다. 두 눈은 초점을 잃었고 시선은 한 곳에 멍하니 고정되어 있었다. 나는 바닥에 널브러져 있는 책들을 밟지 않으려 노력하며 그에게 다가갔다.

"연성, 지금 이게 뭐 하시는 거예요?"

나는 그 어떤 반응도 없는 그를 내려다보았다. 그는 나를 신경조차 쓰지 않았고, 여전히 자신의 생각 속에 깊이 잠겨 정신을 차리지 못하고 있었다.

"고작 실패 한 번에 위풍당당하던 승상이 이렇게 된 건가요? 사 년 안에 제게 하나라를 돌려주시겠다더니, 지금 당신의 모습을 보니 사 년이 아니라 사십 년이 흘러도 해내지 못하실 것 같네요."

너무 화가 나서 목소리가 높아졌으나 그는 여전히 나를 거들떠보지도 않았다. 내 목소리는 휑한 서재 안에서 사방으로 흩어졌고, 초가 타들어 가는 소리만이 내 목소리에 장단을 맞추고 있었다. 참으로 처량한 정경이었다.

"제가 괜히 왔군요!"

순간 치솟는 화를 도저히 참을 수가 없었다. 그에게 견딜 수 없을 만큼 실망하여 몸을 돌려 떠나려는데, 그가 나의 손을 단단히 움켜잡으며 비탄에 잠긴 목소리로 말했다.

"가지 마시오."

그 모습을 보자 한없이 슬프고 가엾은 마음이 밀려왔다. 나는 몸을 돌려 그의 앞에 꿇어앉아 온기라고는 전혀 없는 그의 차가운 손을 힘껏 움켜쥐었다.

"저는 가지 않아요. 하지만 당신도 기운을 차리셔야 해요. 반드시 늠름하고 대범하며 품위 있던 연성으로 돌아오셔야 해요."

요 며칠간의 우울함과 어두움을 한꺼번에 뱉어 내기라도 하듯 그가 큰 소리로 웃기 시작했다. 그러나 그의 얼굴에 드리워진 쓸쓸함은 여전히 그곳에 자리하고 있었다.

"복아, 고맙소!"

그가 손을 내밀어 나의 얼굴을 쓰다듬자 나는 얼음처럼 굳어 버렸다. 얼음장 같은 그의 손에서 전해져 오는 한기가 내 뼛속까지 스며드는 것 같았다. 나는 복잡한 심경이 뒤섞인 눈빛으로 연성을 바라보다가 이윽고 미소를 지으며 말했다.

"정말 고맙다면 지금 바로 음식을 좀 드세요. 지금 당신이 얼마나 초췌한지 알고 계세요?"

그는 곧바로 고개를 끄덕이며 나의 말에 따랐다.

"그대가 내 곁에 있어 주기만 한다면 무엇이든 당신 뜻대로 하겠소."

그의 손을 내려놓고 나는 곧장 기쁜 마음으로 서재의 문을 열고, 난란과 유초에게는 방 안 정리를 맡기고 다른 시녀들에게는 먹을 것을 준비해 오라 명했다.

나는 대야 가득 따뜻한 물을 담아 와서 직접 연성의 얼굴을 씻겨 주고 머리를 빗겨 주었다. 멍하니 있는 연성의 모습을 바라보며 내가 소리내어 웃음을 터뜨리자 그는 영문을 알 수 없어 하며 흔들리는 눈빛으로 나를 바라보았다. 그러자 그가 더욱 귀여워 보였다. 맙소사, 초췌하기 짝이 없는 그의 모습을 보고 나는 어떻게 귀엽다고 생각하는 것일까?

결국 그가 참지 못하고 내게 물었다.

"도대체 왜 웃는 것이오?"

"아무것도 아니에요. 음식이 왔으니 어서 드세요."

나는 그의 눈빛을 피하였고, 시녀 한 명이 음식을 들고 들어오는 것을 보고 급히 음식을 받아 들고 그를 단향목 탁자로 이끌었다. 먼저 허기를 채울 수 있도록 나는 그에게 국 한 그릇을 담아 주었다.

국그릇을 든 채 마시지는 않고 한참 동안 바라만 보고 있던 그가 내게 물었다.

"언제나 내 곁에 있어 주겠소?"

말없이 그를 바라보며 나는 망설였다. 기나라로 돌아가 기우의 곁에 있고 싶다 한들 그에게 그렇게 말할 수는 없었다.

"그럴게요. 언제나 당신 곁에 있겠어요."

지금의 연성에게 진실을 말할 수는 없었다. 게다가 나는 그의 곁을 지켜야만 했다. 이것은 내가 그에게 진 빚이었다.

자시가 되어서야 연성은 겨우 편안히 잠이 들었다. 이번 일을 겪으며 나와 그의 관계는 한층 더 가까워진 듯했고, 서로간의 경계심 역시 많이 사라져 있었다. 어쩌면 사람이란 생사의 시련을 함께 겪어 낸 후에야 서로를 진정으로 신뢰하게 되는지도 모른다. 침대 위에서 편안히 잠들어 있는 그를 바라보며 나는 안심하고 그의 손을 놓고, 그 손을 조심스레 따뜻한 이불 속으로 밀어넣었다.

"주무세요. 일어나면 모든 일이 지나가 있을 테니……."

나는 탁자 위의 촛불을 끄고 조용히 서재를 나선 후 문을 닫았다. 힘들게 든 잠이 혹여 시끄러운 소리에 깰까 봐 나는 움직임에 매우 조심하여 신중을 기했다.

차가운 바람에 흔들리던 나무는 부러졌고, 백난초 위에는 된서리가 가득 서려 있었다. 밝은 달은 층층이 쌓인 눈을 비추었고, 거센 북풍은 애잔한 바람소리를 내고 있었다. 언제나 내 옆을 지키던 난란과 유초까지 일찌감치 돌려보내어 문밖에는 아무도 없었다. 얼음장같이 차갑고 매서운 겨울바람이 몸속으로 파고드는데 갸날프고 연약한 그녀들이 계속해서 문밖을 지키며 어찌 견뎌 낼 수 있겠는가?

북풍이 무정하게 몰아쳐 나는 조금이라도 추위를 막아 볼 요량으로 걸치고 있던 옷을 단단히 여미고 고개를 아래로 향한 채 청우각을 향해 달렸다. 마음속으로는 탄식이 끝없이 이어졌다. 정월의 밤이 이토록 추운 줄 알았다면, 서재 안에서 밤을 보내는 것이 나았을 텐데…….

"이렇게 늦은 시간에도 아가씨께서는 겁도 없이 승상부를 뛰어다니시는군요."

어둠과 추위에 휩싸인 회랑에 갑자기 귀신같이 소름 돋는 목소리가 울렸다. 나는 발걸음을 멈추고 뻣뻣하게 굳은 몸으로 어느새 내 앞에 서 있는 남자를 바라보았다. 연윤이었다. 심장이 제멋대로 뛰었으나 나는 억지 웃음을 지어 보였다.

"저는……, 청우각으로 돌아가는 길이었습니다."

연윤은 입꼬리를 슬쩍 올리고 알 수 없는 미소를 지으며 말했다.

"제가 아가씨를 바래다 드리지요."

거절은 받아들이지 않겠다는 듯한 그의 말투가 나의 마음을 더욱 어둡게 하였다. 그저 고개를 끄덕여 승낙할 수밖에 없었다. 길을 걸으며 내가 단 한 마디도 꺼내지 않자 그가 먼저 입을 열었다.

"아가씨는 참으로 여장부시더군요. 홀로 기나라 군영으로 걸어 들어가셔서 기나라의 총사령관과 담판하여 형님을 구해 내시다니요."

"과찬이십니다. 저는 그저 기나라 총사령관에게 한마디 말을 남겼을 뿐입니다."

말을 마친 나는 고개를 돌려 싱긋 웃어 보였다. 최대한 자연스러워 보이려 노력했으나 그는 의혹이 가득한 눈빛으로 나를 바라보았다. 나는 침착함을 유지하며 해명하는 말을 덧붙였다.

"패하고 후퇴하는 적은 뒤쫓지 말고, 적을 포위하여 공격할 때에도 도망칠 수 있는 길을 남겨 두어야 한다."

그는 놀란 듯했으나 곧 미소를 지으며 말했다.

"《손자병법》을 공부하셨습니까?"

"그저 조금 알고 있을 뿐입니다."

본래는 나도 남자들이나 좋아하는 《손자병법》 따위에는 조금도 관심이 없었다. 하지만 부황과 모후가 비참하게 죽음을 맞이하신 후 《손자병법》을 연구하기 시작했다. 나라를 되찾는 일에 도움이 되리라 여겼기 때문이다. 그러나 이제 와서 보니 그것은 사람을 구하는 데에도 큰 도움이 되었다.

우리 둘은 띄엄띄엄 몇 마디를 주고받으며 청우각에 도착하였다. 드디어 도착했다는 생각에 안도감이 밀려왔다. 조금 전의 그 길은 내 평생 걸어왔던 모든 길 가운데 가장 멀게 느껴지는 길이었다. 그에게 데려다 주어 감사하다는 말을 하려는데 그가 먼저 입을 떼었다.

"매화가 곱게 피었습니까?"

두 손이 덜덜 떨렸으나 나는 침착함을 유지한 채 싱긋 미소를 지으며 말했다.

"거의 다 시들어 버려서 그 모습을 곱다고 할 수는 없을 듯합니다."

나는 인사치레로 그를 향해 살짝 몸을 굽히고는 재빨리 안으로 들어갔다.

나는 연윤이란 자가 소름이 끼치도록 두려웠다. 그를 처음 본 날, 내가 왜 나도 모르게 창문 뒤로 숨었었는지 이제야 이해가 되었다. 그것은 그의 눈빛 속에 서려 있는 살기 때문이었다. 무슨 일이 있어도 이런 사람과는 절대로 가까이하면 안 된다. 그렇지 않으면 해를 입게 되는 건 바로 내가 될 것이 분명했다.

황금잔이 비추는 차가운……, 빛

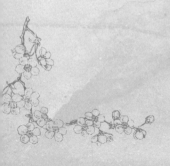

황금 옷 입은 제왕으로 서다

눈 깜짝할 사이에 두 해라는 시간이 흘렀다. 나는 여전히 청우각에 머무르며 밖으로는 한 발짝도 내딛지 않았다. 노마님은 더 이상 청우각에 발걸음하지도, 나를 괴롭히지도 않았다. 아마도 두 해 전, 내가 연성의 목숨을 구한 일 때문일 것이다. 어머니로서 내게 감사의 마음을 갖고 있을 테니 말이다. 난란과 유초는 여전히 내 곁에서 시중을 들었는데 나에 대한 그녀들의 깊은 애정과 보살핌은 마치 예전의 운주와 다를 바가 없었다. 천진난만하게 웃는 그녀들의 얼굴을 보고 있으면 따스했던 과거의 기억이 되살아나며, 수년간의 상처가 어루만져지는 듯했다.

연성은 하루도 빠짐없이 청우각에 찾아와 나와 이야기를 나누었고, 가끔은 나와 바둑을 두며 병법을 논했다. 신기하게도 나와 그의 생각은 매우 닮아 있었다.

우리 두 사람은 모두 '결코 패할 리 없는 위치를 선점하고, 적의 빈틈을 놓치지 않고 승리를 거둔다.'라는 말을《손자병법》의 최고의 한마디로 여기고 있었다. 며칠간의 깊은 논의를 통해 우리는《손자병법》을 '정政'이라는 한 글자로 압축할 수 있음에 의견의 일치를 보았다.

정권이 안정되고 투명하다면 '당 태종의 충언'[42]을 받아들일 수 있을 것이며, 인재를 발굴할 수 있을 것이다. 또한 국가가 번성하고 백성들이 안정되고 즐거운 생활을 누리면 모두가 세금을 낼 형편이 되고 군대는 견고해질 것이다. 이렇듯 사리판단이 분명하고 개인의 욕심을 채우지 않는 황제가 주군의 자리에 오르면 적재적소에 훌륭한 인재가 등용될 것이며, 심리전만으로도 상대의 투지와 의지를 꺾어 적을 물리칠 수 있는 최상의 병법을 구사할 수 있게 될 것이다.

그와 나는 이 결론에 이르기까지 같은 생각을 하고 있었고, 이 사실이 나는 무척 놀라웠다. 예전에 나는 부황에게도 나의 의견을 제시했었지만 부황은 아녀자의 견해일 뿐이라고 일축하시며 군대를 지휘함에 있어 가장 중요한 것은 '변變'이라고 하셨다. 부황은《손자병법》의 구절을 인용하여 '전쟁에는 일반

---

42 당 태종은 신하들의 말에 귀를 기울이는 황제로 유명했다. 그는 신하들의 충언이 비록 듣기 좋지 않아도 그들을 함부로 해하거나 모욕하지 않았다. 그 대표적인 신하로는 위징(魏徵)이 있다. 즉, 여기에서 말하는 것은 신하들을 스승 삼고, 많은 이들의 직언을 귀담아 들으라는 당 태종의 충언이다.

적인 전술과 특수한 전술이 있는데 이 두 가지가 어우러지면 수없이 많은 전술이 만들어진다. 이 두 가지 전술이 어우러져 만들어 내는 변화는 계속 순환하는 원과 같이 그 끝이 없다.'라는 말로 나의 말을 막았고, 그 이후 나는 더 이상 부황에게 병법에 관한 나의 견해를 피력하지 않았다.

그런데 연성은 나의 견해가 옳다고 여기고 있는 것이다. 나를 알아주는 사람이 있다는 사실이 나는 실로 감격스러웠고, 그와 병법에 대한 의견을 나누는 매일 그 시간만큼은 머릿속을 가득 채우고 있던 걱정과 번뇌도 모두 사라지고 언제나 즐거웠다. 이따금 나는 생각했다. 만약 연성이 황제가 된다면 분명 청렴하고 올바른 성군이 될 것이라고…….

그런데 그런 그가 지난 두 달 동안 청우각에 발걸음을 하지 않았다. 승상이라는 자리에 있으니 매우 바쁠 테지만, 그렇다고 두 달이나 들를 수 없을 정도는 아니지 않겠는가? 혹시 무슨 큰일이라도 생긴 것일까?

유초가 나를 살짝 흔들며 말했다.

"아씨, 무슨 생각을 그리 깊이 하시느라 몇 번을 불러도 모르셔요?"

나는 갑자기 정신이 퍼뜩 들어 유초를 바라보았다.

"무슨 일이니?"

"주인님께서 한동안 발걸음하지 않으셔서 그리워하고 계신 건가요?"

그녀가 의미심장한 눈빛으로 나를 바라보았다. 나는 가볍게 미소 지으며 침묵을 지켰다.

지난 두 해 동안 나는 수양하는 태도로 지내 왔고, 전보다 마음이 여유롭고 평안했다. 그 때문인지 깊은 생각에 빠져 넋을 놓고 있는 건 이미 자연스러운 나의 하루 일과가 되어 있었다. 이런 나를 보며 유초와 난란은 내가 변했다며, 전보다 어두워지고 더 딱딱해지고 차가워져 가까이하기 어려워졌다고 했다. 정말 내가 변한 걸까?

"아씨, 제 생각에는 아씨께서도 몇 가지 일을 아셔야 할 듯합니다."

침묵을 지키고 있는 나를 향해 돌연 입을 연 난란의 표정이 한없이 무거웠다. 나는 가만히 그녀를 바라보며 이어질 말을 기다렸다.

"사실 지난 반년 동안 승상께서는 기나라와 계속 왕래를 하고 계셨습니다. 대사를 계획하고 계신 것 같습니다."

난란의 목소리는 높지도 낮지도 않았으나 그 내용은 나에게 충격을 안겨 주기에 충분했다.

"아마도……, 요 며칠이 될 듯합니다."

"네 말은 연성이 황위를 찬탈하려 한다는 것이냐!"

두려움 때문에 나의 목소리는 상당히 높았다.

설마 그가 기나라와 결탁하여 황좌를 얻으려 한단 말인가? 기나라는 도대체 왜 그를 돕는 것일까? 두 해 전, '기나라와 하나라가 피로써 빚을 갚도록 하겠다.'던 그의 말이 여전히 귓가에 생생한데 그가 어찌?

긴장으로 딱딱하게 굳었던 몸은 천천히 풀어졌으나, 나는 마음속으로 탄식을 잇고 있었다.

연성 역시 야심이 넘치는 남자였던 것이다. 난란이 이 일을 내게 말한 것은 분명 그가 승리할 거라는 확신이 있기 때문일 것이다. 현재의 황궁은 완전히 그의 통제 아래에 있으니 충분히 가능한 일이었다. 그러나 공주가 그의 아내이지 않은가? 그런데 그는 어찌 감히 천하의 이치를 거스르려 한단 말인가?

결국 인간은 권력이라는 욕망과 마주하면 고개를 숙일 수밖에 없는가? 황위에 오르는 것이 정말 그토록 중요하단 말인가?

승천承天 십이년 칠월 초, 변나라 황제 영오비靈傲飛는 영락궁永樂宮에서 죽음을 맞이했고, 성대한 장례식을 치른 뒤 황릉에 묻혔다.

승천 십이년 팔월 중순, 변나라의 승상이 왕과 제후들의 천거를 받아 봉궐전鳳闕殿에서 황제로 등극하고, 국명을 '욱昱', 연호를 '정원貞元'이라 하고 전국적으로 대사면을 실시하였다.

연성……, 아니 이제는 황제라고 불러야 하는 그는 나를 위해 소양궁昭陽宮을 준비해 주었고, 내가 이곳에서 지낸 지도 어언 석 달이 지나고 있었다. 그의 명으로 청우각의 매화 숲 역시 이곳으로 옮겨졌다. 안타까운 것은 그토록 아름답던 매화가 황궁으로 자리를 옮기자 그 고운 빛깔과 생기를 잃어 한없이 쓸쓸해 보인다는 것이었다. 참으로 처량한 일이었다.

"저 멀리 보이는 적막한 슬픈 강산, 고독하고 쓸쓸한 가을날의 정경, 모진 마음으로 찬찬히 바라본다."

탁자 앞에 앉아 날카로운 소리로 현금을 뜯자 고요하던 소양궁에 소리가 울려 퍼져 난란과 유초를 놀래고 말았다.

"아씨, 무슨 일이세요?"

주위를 둘러보며 묻는 난란의 목소리에 걱정스러움이 묻어났다.

지난 며칠간 나는 기분이 좋지 않았다. 수차례 유초를 연성에게 보내어 소양궁을 찾아 달라 부탁하였으나 그는 매번 바쁘다는 핑계로 지금까지 발걸음을 하지 않고 있었다. 예전에는 아무리 바빠도 어떻게든 시간을 내어 청우각에서 아주 잠시라도 앉아 있다 가고는 했던 그가 지금 소양궁에 오지 않는다는 것은 오직 하나의 이유밖에 없었다. 그는 나를 피하고 있었다. 꼬박 두 달이라는 시간 동안 그는 나를 피해 온 것이다.

나는 그동안 바깥으로 한 발짝도 나가지 않기에 연성이 어떻게 황위에 오르게 되었는지 전혀 알 수 없었지만, 감히 확신할 수 있었다. 그는 황위를 훔친 것이다. 그렇지 않고서야 그저 군신君臣의 관계일 뿐인 그에게 황위가 넘어올 리 없었다.

세상 사람들의 시선과 수군거림을 그는 어떻게 감당하려는 것일까? 그리고 영수의 공주, 그녀를 무슨 낯으로 보려는 것일까?

"연……, 폐하께서는 아직도 바쁘시냐?"

갑자기 그를 폐하라고 부르려니 아직은 어색했다.

유초가 웃으며 대답했다.

"폐하께서 황위에 오르신 지 겨우 두 달이 흘렀을 뿐이니, 당연히 몹시 바쁘시지요. 아씨께서 조금만 더 기다리시면 폐하께서 자연히 찾아오셔서 아씨를 만나실 겁니다."

나는 다시 현금을 뜯으며 잠시 생각을 가다듬은 후에 말했다.

"봉궐전으로 가자."

당신이 나를 만나지 못하겠다면 내가 당신을 찾아가면 되지요. 세상에는 피할 수 없는 일이라는 것도 있는 법이니까요.

봉궐전 밖을 지키고 있던 몇몇 시위들이 내 앞을 막아섰다. 난란은 돌아가자고 말하였으나 나는 완강한 태도로 물러서지 않았다. 나는 오늘 밤 무슨 일이 있어도 그를 만나리라 굳게 결심했다. 나는 그에게 꼭 할 말이 있었고, 그와 분명하게 이야기를 해야 했다.

봉궐전 앞에서 한참을 서성거려도 그 누구도 나를 신경 쓰지 않았다. 순간 나는 머리끝까지 화가 나서 문을 지키고 서 있는 시위들을 지나쳐 안을 향해 힘껏 달리기 시작했다. 그러나 그들이 역시 나를 막아섰다.

"이것 놓아라! 나는 안으로 들어갈 것이다!"

나는 내 두 팔을 붙잡고 있는 시위들의 손을 거세게 뿌리치며 안을 향해 고함을 지르기 시작했다.

"이 미친 계집을 어서 끌어내라!"

내가 황제 앞에서 큰 소동을 피울까 봐 걱정스러웠는지 한 환관이 시위들에게 다급히 명하였다. 나는 온 힘을 다해 발버둥쳤고, 이 모습을 본 난란과 유초가 한걸음에 달려와 나를 붙잡고 있는 시위들을 떼어 내려 하였다.

"연성! 지금 당장 나오지 않으면 제가 당신 시위 손에 죽을지도 몰라요!"

나는 여자로서의 조신함 따위는 조금도 신경 쓰지 않은 채 안을 향해 큰 소리로 고함을 질렀다. 그가 귀를 틀어막고 있지 않는 한 들리지 않을 수 없도록 고래고래 소리를 질러 댔다.

"미친 계집! 감히 폐하의 존함을 제멋대로 부르다니, 네가 정녕 살고 싶지 않은 게로구나!"

화를 참지 못한 환관이 난꽃을 든 손으로 나를 손가락질하며 온몸을 부들부들 떨었다.

"그녀를 놓아주어라!"

드디어 연성이 봉궐전 밖으로 모습을 드러냈다. 그의 얼굴빛은 어두웠고, 말투에는 노기가 서려 있었다.

나를 붙잡고 있던 시위는 격노한 그의 모습을 보고 얼이 빠져 나를 놓아줄 생각도 못하고 얼음처럼 굳어 버렸다. 연성이 앞으로 나와 그들을 밀어 버리고서야 나의 팔은 자유로워졌다.

연성은 아무 말 없이 내 손을 붙잡고 봉궐전 안으로 들어섰다. 빠른 걸음으로 걷는 그를 따라가기 위해 나 역시 잰걸음을 걸어야만 했다. 그리고 잠시 후, 휘황찬란한 대전 중앙에 들어선 후에야 그는 내 팔을 풀어주었다.

"마침, 나 역시 그대를 찾아가려던 참이었소."

나는 코웃음을 치며 차갑게 웃었다.

"제가 이렇게 찾아오지 않았다면 당신은 절대로 저를 찾아오지 않으셨을 것입니다."

순간적으로 그의 얼굴에 난처한 기색이 스치고 지나갔다. 그는 자조하며 웃었으나 아무 말도 하지 않았다.

"저를 피하실 필요 없습니다. 저는 당신이 어떻게 황위에 오르게 되었는지 캐묻지 않을 것이고, 당신을 무시하지도 않을 것입니다. 게다가 지금은 황후를 책봉해야 할 때입니다. 영수의를 황후로 세우십시오."

나는 차가운 미소를 거두고, 온화한 목소리로 웃음까지 곁들여 말을 이었다.

"황위에 오른 지 얼마 되지 않은 지금, 많은 이들이 당신을 따르지 않는 것은 어찌 보면 당연한 일입니다. 그러나 선황의 여동생이었던 영수의 공주를 황후로 봉한다면 당신이 천하를 다스림에 있어 분명한 명분이 생기는 것이니 세상 사람들의 조롱과 수군거림도 자연스레 잦아들 것입니다. 그러니 더 이상 주저하지 마십시오."

"그러나 나는……."

그가 급히 무슨 말을 하려는 것을 내가 단호하게 잘라 버렸다. 무슨 일이 있어도 이 이야기는 분명하게 해야 했다.

"당신은 저를 황후로 책봉하고 싶으신 거죠?"

나를 한참 동안 바라보던 그가 결국 고개를 끄덕였다. 그의 얼굴은 다소 창백해져 있었다.

"그러나 당신의 이성은 말하고 있겠죠, 천하를 안정시키기 위해서는 영수의를 황후로 봉해야 한다고. 하지만 그녀를 황후로 봉하면 제가 마음 상할까 봐 지금까지 계속 저를 피해 오셨을 테고요."

나는 어찌할 바를 모르고 있는 그의 눈동자를 응시하며, 나의 추측이 맞았다는 걸 확신했다.

"저는 황후의 자리를 원치 않습니다. 더욱이 당신의 후궁이 되는 일은 결코 없을 것입니다."

연성이 갑자기 나의 두 어깨를 움켜쥐었다.

"언제나 내 곁에 있어 주겠다고 하지 않았소!"

연성의 눈빛은 갈피를 잡지 못한 채 흔들리고 있었다.

"제가 그렇게 말했었지요. 그러나 그것은 연성에게 한 말이지, 지금의 폐하에게 한 말이 아니었습니다."

어깨의 통증이 마음속 깊은 곳까지 퍼져 나가는 것을 느끼며 나는 침착하게 이야기를 이어나갔다.

"변나라의 주군이 된 지금의 당신은 세상 최고의 권세를 얻으셨지요. 그러나 그것은 양심을 버리고 얻은 것입니다."

나의 어깨를 힘껏 붙잡고 있던 그의 두 손이 갑자기 힘을 잃고 아래로 무력하게 떨어져 내렸다.

"이 모든 것은 그대를 위해서였소."

그의 말은 그저 우스울 뿐, 나의 마음을 조금도 움직이지 못했다. 결국 나의 입에서 웃음소리가 터져 나왔다.

"다시는 저를 위해서라고 말하지 마십시오! 연성, 저는 우리가 좋은 벗이라고 생각했습니다. 진심을 나눌 수 있는 그런 벗이오. 그러나 지금 당신은 저와 최소한의 진실조차 나누려 하지 않는군요. 당신이 저지른 잘못을 모두 저를 위한 것이었다고 하다니요. 가슴에 손을 얹고 스스로에게 물어보십시오. 그것이 정녕 저를 위해서였습니까, 아니면 연성 당신의 사사로운 욕심, 욕망, 야심 때문이었습니까?"

나의 목소리가 날카로운 칼이 되어 그를 아프게 했다. 그의 얼굴은 더욱더 창백해졌고 눈빛은 초점을 잃어 갔다. 텅 빈 대전 안에서 메아리 치며 떠다니던 나의 목소리가 사라진 후에야 그가 겨우 입을 열었다.

"나는 지금 당장이라도 이 황위를 포기할 수 있소."

"어리석게 굴지 마세요. 이제는 되돌아갈 수 없습니다."

나는 차가운 공기를 깊이 들이마시고 말을 이었다.

"일이 이렇게 된 이상 훌륭한 황제가 되십시오. 예전에 치국의 길에 대해 저와 나누었던 말을 잊지 마세요. 분명히 잘 해내실 수 있을 거예요."

"복아."

그가 갑자기 나를 부서질 듯 안으며 말했다.

"그대는 나를 떠나지 않을 것이오. 그렇지 않소?"

나는 그의 품에서 빠져나오기 위해 온 힘을 다해 몸부림쳤고, 냉담한 눈빛으로 그를 바라보았다.

"미안해요. 나는 더 이상 당신 곁에 있을 수 없어요."

"어째서? 내가 황위를 찬탈했기 때문이오?"

그가 차갑게 얼어붙은 목소리로 입술조차 거의 움직이지 않은 채 말을 뱉어 냈다.

"푸른 풀은 실처럼 질기고 바위는 결코 움직이지 않는다."

나는 이 짧은 말로 나의 마음을 대신했다. 내 마음속에는 오직 한 사람만이 자리하고 있었다.

기우!

설사 그와 내가 세상의 양 끝에 떨어져 있다 한들 나는 결코 우리의 사랑을 배반하지 않을 것이다. 그렇기에 나는 결코 연성의 비가 될 수 없다.

한때는 순진하게도 연성과 내가 청우각에서 평생을 함께 보낼 수도 있을 것이라고 생각했었다. 마음을 터놓고 이야기를 나누고, 술잔을 기울이며 즐거운 시간을 보내면서 말이다. 그의 마음속 응어리를 풀어 주기 위해 마음을 다해 그의 곁을 지키려고 했었다. 그러나 내가 틀렸다. 그는 황제다. 황제에게 진실한 마음을 나눌 수 있는 벗이란 있을 수 없다. 남자라면 그의 신하가, 여자라면 그의 비가 될 뿐이다.

"푸른 풀은 실처럼 질기고 바위는 결코 움직이지 않는다니……. 그렇다면 잘 들으시오. 짐은 그대를 절대로 놓아주지 않을 것이오."

그의 목소리는 매우 높고 감정에 휩싸여 흔들리고 있었다.

그가 내 앞에서 자신을 '짐'이라 칭하는 순간, 나는 깨달았다. 두 해가 넘도록 이어온 그와의 우정이 한순간 깨어진 것을……. 서로에 대한 지금까지의 신뢰 역시 마찬가지였다. 앞으로 나는 또다시 새장에 갇힌 금사작金絲雀[43]과 다를 바 없는 처지가 될 것이고, 난란과 유초는 예전처럼 나를 감시하는 도구로 전락하게 될 것이다. 아무도 나를 진심으로 대하지 않을 것이며, 그 누구도 내 근심을 들어 주지 않을 것이다.

"그럼 소인은 물러가겠사옵니다."

내가 돌연 무릎을 꿇으며 예를 갖추자 그가 몇 발짝이나 뒷걸음질을 쳤다. 그는 실망이 가득한 눈으로 나를 바라볼 뿐 아무 말도 하지 않았다.

내가 봉궐전을 나오는 것을 보고 난란과 유초가 급히 달려왔으나 봉궐전 안에서 침착한 목소리가 들려왔다.

"난란과 유초는 안으로 들어오너라."

그녀들은 서로의 눈을 마주보고 마치 약속이라도 한 듯 곧이어 나에게 시선을 고정하였다가 결국 조용히 대전 안으로 들어갔다. 연성이 그녀들을 불러들인 것은 지난번같이 내가 도망가는 일이 발생하지 않도록 그녀들에게 각별히 주의시키려는 것임을, 굳이 추측하지 않아도 알 수 있었다. 나와 연성의 관계는 정말 다시 원점으로 돌아간 것인가?

"폐하를 만났느냐?"

보랏빛 솜옷을 입고 봉황 무늬의 비단천으로 장식을 한 영수의가 어느새 내 앞에 나타나 있었다. 그녀의 얼굴은 창백했고, 빛을 잃은 그녀의 눈빛에는 약간의 긴장이 담겨 있었다.

---

43 금사조(金絲鳥)라고도 하며, 현대에서는 일반적으로 카나리아(canaria)라고 일컫는 새이다. 되샛과의 새로서 우는 소리가 아름다워 관상용으로 많이 기른다.

내가 고개를 끄덕이자 그녀의 얼굴이 더욱 창백해지고 눈빛이 제멋대로 흔들리기 시작했다. 그녀가 다급히 나의 손을 붙잡고 물었다.

"너와 폐하는……, 무, 무슨 이야기를 나누었느냐?"

놀랍게도 그녀의 손 역시 나처럼 얼음장같이 차가웠다.

"황후 책봉에 대해서였습니다."

"황후 책봉?"

그녀의 얼굴에는 약간 혈색이 돌았으나 그녀의 손은 여전히 떨리고 있었고 무척 경직되어 있었다.

"당연히 공주님께서 황후가 되셔야지요."

나는 붙잡혀 있는 손을 티 나지 않게 빼내어 어깨 위로 내려온 머리카락을 뒤로 넘기는 척하면서 그녀의 시선을 피했다.

"공주님께서는 천하의 어머니인 황후마마가 되실 것입니다. 후궁의 주인이 되실 터이니 앞으로는 언행을 더욱 신중히 하셔서 황실에 누가 되지 않도록 하셔야 할 것입니다."

"그게 무슨 말이냐?"

그녀의 눈빛이 차가워졌고, 목소리는 더욱 딱딱해졌다.

"그저 조언을 드리는 것뿐이니 긴장하지 마십시오."

나는 따스하게 웃으며 하늘에 떠 있는 휘영청 밝은 달을 바라보았다.

"공주님, 그를 미워하십니까?"

그녀는 한참 동안 침묵을 지키다가 고개를 들어 나와 함께 하늘의 달을 바라보았다. 가을바람에 우리 두 사람의 옷이 춤을 추듯 나부꼈다.

"미워한다!"

단호하게 내뱉은 한마디, 그녀는 곧바로 한마디를 덧붙였다.

"그러나 깊이 사랑한다."

나는 깊이 숨을 들이마셨다가 다시 내뱉으며 말했다.

"그렇다면 그를 계속 사랑해 주십시오. 그는 결코 겉으로 보이는 것처럼 강하지 않습니다."

"그가 원하는 이는 오직 너뿐이다."

그 말 속에는 질투, 원한, 절망이 복잡하게 뒤섞여 있었다. 공주라는 신분에도 불구하고 황위를 찬탈한 연성에 대한 미움을 버릴 수 있었던 것은 바로 이 복잡한 감정 때문이었을 것이다. 그러나 여전히 이러한 모순 속에서 힘겨워하고 있는 그녀의 모습이 보였다.

나와 그녀는 어깨를 나란히 하고 서서 길고 긴 시간 동안 아무 말도 하지 않았다.

드디어 봉궐전에서 난란과 유초가 걸어 나왔다. 그녀들의 얼굴에는 난처함이 드리워져 있었다. 연성이 무언가 그녀들에게 난처할 만한 일을 분부한 것일까?

봉황 문양이 새겨진 홍색과 청색의 비단으로 만든 주름치마 옷에는 열두 개의 황금빛 용뇌향과 스물아홉 개의 작은 진주가 둘려져 있었다. 허리춤에는 황금빛 산호가 꽂혀 있었고, 소매

입구에는 홍색과 청색의 보석이 교차되어 있었다. 이 의복과 장신구는 연성이 아랫사람들을 시켜 소양궁으로 보내 온 것이 었다. 이 물건들을 보낸 이유는 분명했다. 오늘 있을 황후 책봉식에 이 값진 옷과 장신구로 꾸미고 참석하라는 의미였다.

그러나 나는 절대로 이 옷을 입지 않을 것이다. 이 옷이 오늘 황후로 봉해질 영수의가 입게 될 황후의 대례복보다 더 화려할 것이 분명했기 때문이다. 이런 규범조차 따르지 않는다면 공개적으로 황후에게 도전하는 것이나 마찬가지였다. 그렇게 되면 앞으로 후궁에서의 내 처지 역시 어찌될지 불을 보듯 뻔했다.

결국 나는 자잘한 꽃봉오리 위에 나비 한 마리가 앉아 있는 문양의 비교적 수수한 푸른색 옷을 입고, 머리에 금빛 솔방울의 비녀를 꽂아 단아하고 청아한 분위기를 자아냈다.

난란과 유초는 나의 선택에 반대했다. 아마도 황제의 명령을 받들지 않았다가 그의 노여움을 사게 될까 봐 두려웠기 때문일 것이다.

"걱정하지 말아라, 내가 모두 책임질 터이니."

조용히 그녀들을 안심시킨 후 나는 고개를 들어 창밖의 하늘을 바라보았다. 어느덧 어둠이 깔려 있는 것으로 보아 유시에 가까워진 듯했다. 이제 바삐 봉궐전으로 향해야 했다. 늦게 도착해서 사람들의 주목을 받고 싶지는 않았다.

나는 서둘러 난란, 유초와 함께 봉궐전에 도착했다. 내 눈앞에 펼쳐진 봉궐전은 며칠 전과는 완전히 다른 모습이었다. 대들보에는 녹색 수정이 둘려져 있고, 네 벽에는 두 마리의 용이 구슬을 가지고 노는 그림이 그려져 있었는데 최상품의 값비싼 진주가 박혀 있었다. 중앙에서부터 정면으로 이어지는 계단 아래까지는 흥함과 길함을 상징하는 붉은색 융단이 길게 깔려 있었고, 총 아홉 층의 황금 계단 위에는 황금으로 뒤덮인 황좌가 번쩍이는 빛을 발하고 있었다. 황좌의 팔걸이에 새겨진 꼬리가 긴 황금빛 꿩이 황좌의 본래의 화려함에 찬란한 빛을 더하고 있었다. 붉은 융단의 양쪽에는 좌우 각각 세 줄씩 자단목 탁자가 준비되어 있었는데 그곳에는 황족들과 귀족들이 이미 자리를 잡고 앉아 있었다.

나는 봉궐전에 발을 들여놓자마자 얼이 빠져 있다가 곧바로 넓은 옷소매로 얼굴을 가리고 좌측 맨 끝자리를 향해 발걸음을 옮기려 하였다. 그러나 난란이 내 손을 꽉 붙들고 좌측 첫 번째 열의 첫 번째 좌석을 가리키며 말했다.

"아씨, 아씨의 자리는 저기예요."

나는 어쩔 수 없이 그녀가 가리키는 곳을 향해 걸어갔다. 감히 주변을 둘러볼 엄두도 못 내고 고개를 푹 숙인 채 발걸음만 옮겼음에도 여전히 내 뒤를 좇고 있는 좌우의 수많은 시선들이 느껴졌다.

긴장하며 자리에 앉아 고개를 들자 정면에 앉은 이의 차가운 두 눈이 보였다. 나는 어색하게 목을 가다듬으며 부자연스러운 모습을 애써 숨겨 보려 했다.

어찌 생각조차 못 했을까? 연성이 황위에 오르는 데에는 기나라가 분명 큰 도움을 주었을 테니, 이번 황후 책봉식에 기나라에서 사신을 보내어 축하의 뜻을 전하는 것은 당연한 일이었다. 나는 기나라에서 온 사신이 한명임을 다행으로 여겨야 하는 것일까?

"황제 폐하께서 납십니다!"

높고 날카로운 소리가 크게 울리자 모든 이들이 자리에서 일어나 그를 향해 절을 올렸다.

"황제 폐하 만세, 만세, 만만세!"

사람들의 목소리가 온 대전을 가득 채우며 오랫동안 이어졌다.

"모두 일어나라."

용포를 입은 오늘의 연성은 평소보다 더 고상하고 위엄이 넘치는 모습이었다. 몸을 일으키던 나는 연성의 온기 없는 눈빛을 마주하고 흐릿한 미소를 지어 보였다. 아마 이곳에 있는 사람들 가운데 그의 명에 거역할 수 있는 사람은 오직 나뿐일 것이다.

환관 하나가 성지를 들고 그 내용을 읽기 시작했다.

"천명을 받들어 나 세종世宗 황제가 명하노니, 영수의는 하늘이 맺어 준 짐의 처로서 세 해가 넘는 시간을 함께하는 동안 부모님에 대한 효성이 지극하였고, 언제나 신중하고 마음이 어질고 정숙하였으며, 너그럽고 친절하게 만인을 대하였으니, 이는 천하의 어머니의 좋은 모범이라 하기에 충분하다. 이에 영수의를 욱나라의 단근端謹 황후로 봉하여 금인자수를 하사하고 천하의 어머니로서 후궁 전체를 책임지고 총괄하도록 하노라."

환관이 성지를 다 읽자, 홍색과 자색이 어우러진 비단옷을 입고 다섯 마리의 봉황이 태양을 향해 날아오르는 모양의 머리 장식을 한 영수의가 병풍 뒤에서 유유히 걸어 나왔다. 사뿐사뿐한 걸음걸이, 우아한 자태, 달콤하고 고운 미소의 그녀는 마치 하늘에서 내려온 선녀 같았다. 황후는 연성의 앞에 무릎을 꿇고 그가 건네주는 지극히 높은 지위를 상징하는 금인자수를 받들었다.

이런 연회는 무료하기 짝이 없다. 분위기는 무겁고, 큰 소리를 내도 안 되고, 술을 마음껏 마셔도 안 된다. 그저 황제의 길고도 긴 성지를 듣고 있을 수밖에 없다. 그러나 내 귀에는 그 어떤 말도 들어오지 않았다. 나는 남몰래 중얼거리며 탁자 위에 놓인 마치 연꽃과도 같은 고운 떡을 바라보았다. 군침이 절로 돌았다. 나는 떡을 하나 집어 입에 넣고 달콤하고 부드러운 그 맛을 음미하였다.

"아씨……."

내 뒤에 자리하고 있던 난란이 탁자 아래로 내 소매를 잡아끌며, 작은 목소리로 나를 불렀다.

"왜 그러니?"

나는 그녀를 바라보기 위해 고개를 돌리다가 당황스러워하는 연성의 눈빛과 마주치자 도발하듯 남아 있던 반 조각의 떡마저 입속으로 모두 집어넣어 버렸다.

그때 앞쪽에서 웃음소리가 들려왔다. 웃음소리가 난 쪽으로 시선을 돌린 나는 아연실색하고 말았다. 대전에 자리한 모든 관원들의 시선이 모두 내 얼굴에 집중되어 있었던 것이다. 그들은 믿을 수 없다는 표정으로 나를 바라보고 있었고, 심지어 지금까지 언제나 무표정으로 일관해 오던 한명마저 옅은 미소를 짓고 있었다.

입안에 있는 떡을 삼킬 수도, 뱉어 낼 수도 없게 된 나는 한참 후에야 힘겹게 삼키다가 떡이 목에 제대로 걸려 버리고 말았다. 나는 얼굴이 새빨개져서 작은 소리로 계속 기침을 하였고, 유난히 고요한 대전 안에 내 기침 소리만이 또렷하게 울려 퍼졌다. 더욱더 많은 사람들이 계속해서 나를 곁눈질하였고, 심지어는 금인자수를 든 연성과 여전히 무릎을 꿇은 채 그것을 받으려던 영수의까지도 고개를 돌려 나를 바라보았다.

이 순간, 나는 이곳을 벗어나고 싶다는 생각밖에 들지 않았다. 이보다 더 창피할 수는 없었다. 내가 앉은 자리가 사람들의 시선이 쉬이 집중될 만한 위치라는 걸 어떻게 생각조차 하지 못했을까? 심지어 이곳이 책봉식이 한창 진행 중인 대전이라는 것조차 잊다니!

유초가 곧바로 내가 목에 걸린 떡을 넘길 수 있게 술을 따라 주었고 나는 연이어 세 잔을 마신 후에야 겨우 기침을 멈출 수 있었다. 입안에 가득했던 떡은 온전히 다 삼켰지만 나는 차마 더 이상 고개를 들고 사람들의 눈빛을 마주할 수가 없었다.

그때, 한명의 목소리가 대전 안에 울려 퍼져 나는 천천히 고개를 들고 그를 바라보았다. 그는 한나라 때부터 전해 내려온 최고급 진주가 박힌 둥근 옥을 들고 매우 침착한 목소리로 말했다.

"신은 기나라의 사신인 한명이라 하옵니다. 기나라 황제 폐하의 명을 받들어, 욱나라 황제 폐하의 즉위와 황후마마의 책봉을 감축드리기 위해 이 선물을 준비했습니다. 천추만대에 변치 않을 양국간의 연맹을 상징하는 것입니다."

"짐은 기나라의 황제께 감사하는 바이오. 오늘부로 욱나라는 신하의 예로써 기나라를 받들 것이오."

연성이 가볍게 웃었다. 어쩌면 아무도 알아차리지 못했을지 모르나 나만큼은 그의 웃음소리에 담긴 냉담함과 도도함을 알아차릴 수 있었다.

기나라가 연성의 황제 즉위를 도우면서 내건 조건은 욱나라가 하나라처럼 기나라의 통치를 받고 기나라의 신하국이 되는 것이었던 모양이다. 기나라가 천하를 통일할 날이 머지않은 듯했다. 또한 두 나라의 지지가 있으니 기나라의 황제가 태자를 폐하는 일도 식은 죽 먹기일 것이다. 이제 정당한 명분만 있으면 되었다.

나는 아주 늦은 시간이 되어서야 난란과 유초의 부축을 받으며 봉궐전을 빠져나왔다. 나는 술에 취해 거의 정신을 잃어 제대로 걷지도 못했다. 그녀들은 잔뜩 취한 나를 처소까지 부축해 와 침대에 눕혀 주었고, 조심스레 얼굴을 닦아 준 후 조용히 물러갔다.

두 눈을 감자 수많은 기억이 몰려오기 시작했다. 부황의 품에 기대어 듣던 천하의 형세, 세상을 떠들썩하게 했던 위대한 인물들, 내가 원하기만 하면 세상의 절반을 뚝 떼어 내가 더 즐겁게 놀 수 있도록 해 주시겠다던 부황의 말씀, 그 모든 것을 나는 여전히 기억하고 있었다. 그러나 내게 천하의 절반 따위는 필요 없었다. 그저 부황께서 여전히 살아 계시기를 바랄 뿐이다.

세상 사람들이 말하길, 술에 기대어 마음의 근심을 털어내려 하나 오히려 근심이 더 짙어질 뿐이라고 하지 않던가. 나 역시 오늘 그 진리를 처절하게 깨닫고 있었다. 옛일들이 쉼 없이 머릿속을 헤집고 다녔고, 덕분에 머리가 깨질 듯이 아파 왔다. 깨어나고 싶어도 점점 꿈속으로 깊이 빨려 들어갈 뿐이었다.

날카로운 칼들이 아바마마를 참혹하게 베며 날아다니고, 피와 살이 튀는 장면은 차마 바라볼 수가 없을 지경이었다. 귓가에 어마마마의 유언이 맴돌았다.

"복아야, 만약 무사히 이곳을 벗어나면⋯⋯, 부황과 모후, 그리고 이곳에서 피 흘리며 죽어간 수많은 이들의 망혼을 반드시 기억해야 한다."

차가운 눈물이 뺨을 타고 내려와 베개를 적셨다.

아바마마, 어마마마, 복아는 불효녀입니다. 오랫동안 부모님의 깊은 사랑을 헛되이 하였습니다. 그렇지만 소녀, 나라 수복의 염원을 이루어 낼 힘도 없고, 차마 제 영혼과 사랑을 맞바꿀 수도 없습니다.

"무슨 생각을 하고 있기에 그리 슬피 눈물 흘리는 것이오?"

텅 빈 침궁에 유령과도 같은 목소리가 전해져 왔다. 여전히 술기운이 남아 있었지만 나는 자리에서 일어나 칠흑 같은 어두움에 싸인 침궁을 둘러보며 목소리의 주인을 찾기 시작했다.

"명의후이십니까?"

나는 확신 없는 목소리로 그를 불렀다. 이토록 냉정한 목소리는 오직 그의 입을 통해야만 자연스럽게 느껴지지 않던가.

"몇 년이 흘렀는데도 반옥 아가씨께서 여전히 내 목소리를 기억하실 줄은 몰랐소."

가볍게 탄식하는 그는 이미 내 침대의 끝자리에 앉아 있었다. 깜깜한 어둠 속에서는 나를 바라보는 그의 어슴푸레한 눈빛만이 보일 뿐이었다. 나는 얼굴 위로 흘러내린 눈물자국을 닦아 내며 물었다.

"이곳에는 어인 일이신지요? 이곳이 얼마나 위험한 곳인지 아시지 않습니까? 모든 곳에 연성의 눈길이 닿아 있습니다."

"깊은 밤 동궁에도 침입했던 나요. 그런 내가 이 작은 소양궁에 오는 걸 두려워할 것 같소?"

그가 차갑게 웃으며 말을 이었다.

"보아하니, 당신도 여기서 잘 지내고 있는 것 같군."

나는 아무 말도 하지 않았고, 그는 내 얼굴에 고정했던 시선을 거두었다. 그렇게 반 시진이 흐르고, 결국 참지 못한 내가 먼저 입을 열었다.

"태자는 어떠합니까?"

"매우 위험하오."

"기성은 어떠합니까?"

"매우 조급해하고 있소."

"기운은 어떠합니까?"

"안분지족安分知足하고 있소."

그리고 또다시 긴 침묵이 이어졌고, 공기가 차가운 기운에 물들어 갔다.

"다른 사람에 대해서는 다 물으면서 어찌 기우의 안부는 묻지 않는 것이오?"

기우의 이름을 듣자 쓸쓸한 미소만이 흘러나왔다.

그의 상황을 내가 굳이 물어 무엇하겠는가? 지혜롭고 영명한 황제가 기우를 위해 모든 것을 준비하고 있을 터, 나는 그를 위해 그 무엇도 걱정할 필요가 없었다.

"지난 몇 년간 황제의 병세가 악화되었고, 그 때문에 동궁의 불순 세력들이 난동을 부리기 시작하였소. 머지않아 태자 폐위가 곧 진행될 듯싶소."

한명이 침착하게 이어 가는 한 마디 한 마디가 모두 나의 마음을 때리고 있었다.

"일 년 전, 한 소의는 기우와 손을 잡고 계약을 맺었소. 한 소의가 온 힘을 다해 그가 황위에 오를 수 있게 해 주는 대신 기우가 황제의 자리에 오른 후 한 소의를 태후로 봉하기로 말이오."

나는 그의 말을 듣고 기분 좋은 웃음을 지었다.

한명은 내가 기나라를 떠날 때 그에게 했던 말을 믿고 기우를 찾아간 것이다. 그러나 그는 기우와 한 소의가 일 년 전에 계약을 맺었다고 했다. 그 말은 한명이 일 년이라는 시간 동안 기우를 관찰하고 조사한 후에야 안심하고 그와 손을 잡았다는 뜻이었다. 한명, 그는 역시 대단한 사람이었다. 모든 일을 처리함에 있어 철두철미할 뿐만 아니라 매우 자세히, 그리고 제대로 관찰하고 분석한다. 황제가 그를 그토록 신임하여 삼십만 금위군의 수장 자리를 맡긴 것이 이해가 되었다.

"그래요?"

나는 최대한 차분하게 대답하고, 침대에서 일어나 침궁의 창가를 향해 비틀거리며 걸어갔다. 가을밤의 차가운 바람이 뜨거운 얼굴 위로 불어오자 상쾌함과 청량함이 몰려왔고, 취기 역시 모두 사라졌다.

"그렇다면 한 소의가 왜 그토록 황후를 증오하는지 알려 주실 수 있으신가요?"

"한 소의가 아이를 낳을 수 없는 것은 알고 있소?"

한명은 정신이 번쩍 들 만한 이야기를 시작했다. 그의 목소리에는 세상 끝나는 날까지 결코 줄어들지 않을 것 같은 깊은 아픔이 담겨 있었다.

"두 황후가 한 짓이오. 황후는 한 소의가 황자를 낳아 태자의 자리를 위협하게 될 것을 두려워했소. 결국 그녀는 한 소의 주변의 시녀들을 모두 매수하여, 한 소의가 매일 마시는 차에 독약을 조금씩 뿌려 넣었소. 한 소의는 아무것도 모르고 그 차를 반년이나 마셨지. 그러던 중 궁녀 하나가 이 사실을 한 소의에게 밝혔소. 한 소의는 분노에 치를 떨며 그 궁녀를 이끌고 황제에게 찾아가 두 황후의 죄를 폭로하려 하였으나, 황제를 만나러 가는 길에 그 궁녀가 누군가에게 살해당하고 말았소. 결국 그 일은 그렇게 흐지부지 끝나고 말았지."

나는 고개를 숙이고 한명의 말 한 마디 한 마디를 되새기고 있었다.

내가 입을 열어 또 다른 질문을 하려는데, 그가 낮은 목소리로 내게 물었다.

"나와 함께 기나라로 돌아가지 않겠소?"

"만약 제가 기나라로 돌아간다면, 당신들의 계획은 결국 누군가에게 들키고 말 것입니다. 게다가……, 연성이 결코 저를 보내 주지 않을 거예요."

가을바람이 바닥을 휩쓸자 먼지 냄새가 진하게 풍겨 왔다. 나는 창문을 닫고 자조 섞인 미소를 지으며 말했다.

"가십시오."

다시 긴 침묵, 너무나 고요하여 마치 이곳에 나 홀로 있는 듯한 착각이 들 정도였다. 무겁고 엄숙한 분위기가 나의 가슴을 짓눌렀다.

"혹시 저를 걱정하고 계신지요? 제가 기나라 황궁을 떠날 수 있도록 도와주신 그날 이후, 당신은 제게 아무것도 빚진 것이 없습니다. 그러니 더 이상 저를 염려하지 않으셔도 됩니다."

들릴 듯 말 듯한 옅은 탄식 소리가 들려왔다. 그의 입에서 흘러나온 것이었다.

"그럼……, 부디 몸조심하시오."

그의 한마디, 그 의미심장한 마지막 말의 의미는 누구라도 알 수 있었다.

그 어느 곳보다 피비린내가 진동하는 잔혹한 곳, 내게 누군가와 암투를 벌이거나 대립할 마음이 없다 하여도 다른 이가 보이지 않는 방법으로 나를 해할 것이 틀림없는 곳, 나는 이 후궁에서 살아남을 수 있을까?

위험은 예고 없이 찾아오고

황금 사자 형상의 향로에서 풍겨 나오는 단향목 향기가 코 끝을 찌르고, 침궁 안에는 묘한 분위기가 흐르고 있었다. 황후 책봉식이 끝난 지 나흘째 되는 오늘, 영수의가 소양궁으로 나를 찾아왔다. 그녀는 자신이 거느리고 온 궁녀들까지 모두 물러가게 한 뒤 나와 단둘이 침궁 안의 백옥 탁자를 사이에 두고 마주앉았다.

한참 동안 나를 바라만 보던 그녀가 드디어 입을 열었다.

"축하하네. 사흘 후에 정식으로 귀비貴妃에 봉해진다 들었네."

그 말에 나는 손을 부들부들 떨다가 결국 탁자 위에 차를 쏟고 말았다. 찻잔이 바닥으로 떨어지며 둔탁한 소리가 울려 퍼졌고, 문밖을 지키던 난란과 유초가 급히 안으로 달려 들어와 경계의 시선으로 영수의를 바라보았다.

"누가 들어오라 하였느냐? 나가라."

내가 나지막이 말하자 그녀들은 무슨 생각에라도 잠긴 듯 서로 눈빛을 교환한 후 다시 밖으로 나갔다. 나는 다시 차가운 눈빛으로 영수의를 바라보았다.

"그 일을 어찌 저는 모르고 있는지요?"

"어제 폐하께서 성지를 내리셔서 내게 금인자수를 찍도록 하셨네. 그리 큰일을 어찌 자네가 모를 수 있단 말인가?"

영수의는 내 말을 믿지 못하겠다는 듯 순식간에 얼굴빛이 변해서 말했다.

탁자 위에 올려 둔 손에 나도 모르게 힘이 잔뜩 들어가 주먹이 쥐어지고 가슴속부터 머리끝까지 분노가 차올랐다.

연성, 당신이 나를 이렇게 농락하다니! 당신에게 나의 뜻을 분명히 전했는데, 나를 당신의 후궁으로 봉하려는 마음을 접지 못하다니요? 당신이 결국 나를 궁지로 몰아넣는군요.

나는 의자에서 몸을 일으켰다. 하지만 나의 손은 영수의에게 단단히 붙잡혀 있었다. 나를 바라보는 그녀의 눈빛을 보니 이제는 그녀도 내가 지금까지 이 사실을 전혀 몰랐음을 믿고 있다는 걸 알 수 있었다.

"그를 만나야 합니다."

나는 그녀에게 붙잡힌 손을 빼내었다. 이미 봇물처럼 터져 버린 나의 분노는 나조차 주체할 수 없었다.

"폐하께서 일부러 네게 아무 말도 하지 않으셨다면 그것은 무슨 일이 있어도 너를 책봉하시겠다는 뜻이다. 지금 너는 폐하를 만날 수 없다.”

나를 조용히 일깨우는 그녀의 눈빛 사이로 나를 향한 애잔한 마음이 스쳐 갔다.

“너는 어찌하여 그렇게 폐하의 여인이 되길 원치 않는 것이냐? 나는 네가 기뻐할 줄 알았는데…….”

“저는 폐하를 그저 벗으로 여기고 있을 뿐입니다. 마음을 나눌 수 있는 좋은 벗으로 말입니다. 저는 그가 저의 생각을 존중해 주는 벗이라 여겼건만, 그가 어찌…….”

나는 힘껏 쥐고 있던 주먹에서 힘을 풀었으나 마음속은 제멋대로 흐트러지고 있었다. 영수의의 얼굴 위로 옅은 미소가 번져 갔다.

“만약 네가 그토록 원치 않는다면 내 다시 한 번 네가 이곳을 떠날 수 있도록 도와주겠다.”

그녀의 말에 그제야 나는 그녀의 입가에 걸린 한 가닥 냉소를 발견했다.

나의 입가에도 냉소가 번졌다. 나는 그녀에게 다른 의중이 있음을 똑똑히 알고 있었다. 그녀가 내게 진심으로 호의를 베푼다고? 나는 그녀를 믿지 않았다.

“왜지요? 황후마마를 향할 폐하의 책망과 그 죄가 두렵지 않으십니까?”

“나는 선황의 동생이다. 폐하께서도 감히 나를 어찌하실 수는 없다.”

그녀의 눈빛에 자신만만함이 넘쳐흘렀다.

"내가 이번에 너를 도우려는 이유는 지난번과 다르지 않다. 바로 너를 미워하기 때문이다. 나는 폐하의 마음과 사랑을 다 가져가 버린 네가 밉다. 네가 나타난 그 순간부터 폐하의 눈에는 오직 너밖에 보이지 않으셨지. 나의 존재 따위는 신경조차 쓰지 않으셨어."

그녀의 눈에서 눈물이 흘렀다. 흐릿한 눈빛 사이로 한없는 비애와 비탄의 기운이 배어 나왔다. 만약 내가 남자였다면 그녀의 눈물에 마음이 흔들렸을 것이다. 그러나 나는 남자가 아니었다.

"네가 폐하를 사랑하지 않는다면, 내 이리 부탁할 테니 이곳을 떠나거라. 폐하는 내가 돌봐 드리겠다."

그녀가 두 손으로 내 손을 움켜쥐었고, 그녀의 뜨거운 눈물이 내 손등으로 하염없이 흘러내렸다. 얼마 지나지 않아 그녀의 눈물은 차갑게 식어 눈물방울이 되었다. 그러나 나는 여전히 입을 굳게 다문 채 그녀를 가만히 바라볼 뿐이었다.

침묵을 지키고 있는 나를 바라보던 그녀가 갑자기 내 앞에 무릎을 꿇고 애절하게 말했다.

"내 이렇게 빌겠다. 욱나라의 황후로서, 변나라의 공주로서 네게 이곳을 떠나 달라고 이렇게 간절히 빌겠다."

나는 흐려진 눈빛으로 한없이 투명한 그녀의 두 눈을 바라보았다. 한참을 깊게 생각한 끝에 나는 그녀에게 말했다.

"알겠습니다. 약속 드리겠습니다."

나의 말이 떨어지자마자 그녀의 얼굴 위에 미세한 웃음이 번졌다. 나는 곧바로 한마디 말을 덧붙였다.

"그 전에, 황후께서 반드시 연성이 가지고 있는 제 물건 하나를 되찾아 주셔야 겠습니다. 그 물건을 되돌려 받지 못한다면 저는 결코 이곳을 떠나지 않을 것입니다."

다음 날 축시丑時[44], 영수의는 검은 자객 옷을 입고 창문을 넘어 나의 침궁으로 들어왔다. 그 모습을 보고 나는 그녀가 무공에 능하다는 걸 깨달았다. 생각지도 못한 일이었다. 이리도 가냘프고 고운 공주가 이런 대단한 무공을 갖추고 있다니…….

그녀는 황금 빛깔의, 그러나 시간의 흐름 탓에 조금 색이 바랜 듯한 상소문을 내게 건네주었다.

"한번 보아라. 네가 원하던 것이 맞느냐?"

나는 그것을 받아 들고 펼쳐 보았다. 그 안에는 여전히 '반옥은 소자가 마음 깊이 사랑하는 사람입니다.'라는 글자가 아름답게 쓰여 있었다. 나는 고개를 끄덕이며 그것을 품 안에 집어넣었다.

영수의는 탁자 앞으로 걸어가 내가 그녀를 위해 따라 놓은 벽라춘碧螺春[45]을 단숨에 들이켰다.

"내가 네게 원하는 걸 주었으니 너도 내게 한 약속을 반드시 지켜라."

그녀가 품 안에서 종이 한 장을 꺼내어 건네며 말했다.

"이것은 황궁 안의 길을 그려 놓은 지도다. 자세히 봐 두도

---

44 지금의 새벽 1시~3시 사이.
45 녹차의 일종으로 강소성(江蘇省)에서 주로 생산된다.

록 해라. 황궁의 서문 북쪽에 위치한 옥화문玉華門이 수비가 가장 느슨한 곳이다. 매일 인시寅時[46]에 이곳을 통해 입궁한 자들이, 온 황궁의 크고 작은 궁에 피워 두었던 향을 거두어 간다. 내 이미 그들 가운데 두 명을 매수해 두었으니 너는 아무도 모르게 그들과 바꿔치기하여 이곳을 조용히 떠나면 된다. 옥화문을 나선 후에는 큰길로 이어지는 길로 가지 말고 변경 북부 외곽으로 이어지는 다른 길로 가거라. 내 이미 사람을 보내어 그곳에서 너를 기다리라 일러두었다. 그가 너를 안전한 곳으로 데려다 줄 것이다. 북부 외곽만 지나면 안전할 것이다."

그녀는 내가 지도를 잘 읽지 못할까 걱정이라도 된 듯 매우 상세하게 노선을 설명해 주었다. 실로 흠잡을 데 없는 계획이었다. 그녀는 난란과 유초의 정신을 잠시 동안 잃게 할 미향과 도망칠 때 내가 입을 남자 머슴의 옷을 건네주며 당부하였다.

"내일 인시다. 꼭 기억해라. 이때를 놓치면 너는 앞으로 절대 이곳을 떠날 수 없게 될 것이다."

지도를 잘 챙겨 넣은 나는 진지한 표정으로 고개를 끄덕였다.

"감사합니다."

나의 눈은 잠시도 그녀의 얼굴 위에서 떠나지 않았다. 그녀의 아주 작은 표정 하나도 놓치지 않기 위해서였다.

"내가 말하지 않았더냐? 너를 도우려는 것이 아니라 나 자

---

46 지금의 새벽 3시~5시.

신을 위해서 하는 일이다."

도도한 그녀의 표정 사이로 모든 것이 드러났다. 만족스러움이었다.

나는 탁자 앞에 앉아 영수의가 나간 창문만 넋을 놓고 바라보고 있었다. 바람에 창문이 계속해서 요동치고 있었고, 나의 마음 역시 흔들리고 있었다.

나는 정말 이곳을 떠나야 할까? 만약 이곳에 남는다면 연성은 분명 나를 그의 비로 봉할 것이다. 하지만 이 모든 것이 영수의의 음모일 수도 있었다.

두 해 전, 나는 결코 알아서는 안 될 비밀을 알아 버렸다.

청우각의 서재에서 《시경》을 읽고 있던 그날, 문득 창밖을 바라본 나는 별원의 커다란 바위 뒤에서 두 남녀가 뒤엉켜 농염한 입맞춤을 나누고 있는 모습을 보고 말았다. 다름 아닌 영수의와 연윤이었다. 그 순간 나는 깨달았다. 나를 처음 만났을 때 연윤의 눈빛 가득 서려 있던 살기의 의미를. 그와 눈이 마주치자마자 나는 어처구니없게도 숨어 버리고 말았다. 그는 그 순간부터 나를 죽이고 싶어 했으리라.

그들의 비밀스러운 모습을 목격하고 나는 곧바로 사람을 불러 그 창문을 막아 버렸으나 위기감은 언제나 내 주위를 맴돌고 있었다. 나는 일을 크게 만들고 싶지 않았다. 그렇기에 연성과 함께 있을 때면 목까지 올라오는 말을 매번 다시 삼키곤 했었다. 그런데 오늘 영수의가 갑자기 나를 찾아와 이곳을 떠나 달라고 간청을 한 것이다.

어쩌면 그녀는 내가 지나가게 될 길에 나의 목숨을 앗아갈 자객을 심어 놓았을지도 모른다. 내가 숲 한가운데에서 처참하게 죽임을 당한다 한들 그 누구도 그녀를 의심하지 않을 것이 분명하지 않은가. 그러나 만약 이번에 떠나지 않는다면 내가 이곳을 떠날 수 있는 기회는 두 번 다시 찾아오지 않을 것이다.

손바닥이 새하얗게 변하도록 옥 잔을 힘껏 움켜쥐자 손 끝이 조금씩 아파 오기 시작했다. 나는 떠나야만 한다. 그것도 바로 오늘!

오동나무는 늦은 밤 내리는 비를 맞고 있고, 푸른 소나무는 안개 가운데 꼿꼿하게 서 있었다. 연기가 여명과 안개 사이를 지나 몽실몽실 피어오르고 있었다.

영수의가 알려 준 대로 하니 아주 쉽게 황궁을 벗어날 수 있었다. 그저 나는 그녀와 약속했던 날보다 하루 일찍 황궁을 떠났을 뿐이다. 나는 그녀가 나의 돌발 행동을 전혀 예상치 못했기를 바랐다. 그렇지 않으면 나는 목숨을 부지하기 힘들 것이 분명했다.

나무들로 **빽빽한** 숲은 처량한 분위기를 내뿜고 있었다. 가시덤불이 무성하고 산세는 가파르고 산길은 험하였다. 확실히 매우 비밀스러운 곳이 틀림없었다. 만약 그녀가 여기에서 나의 목숨을 거두려고 마음먹었다면 목숨을 구할 수 있는 방법은 전혀 없을 듯했다.

그나저나 이곳을 벗어난다 한들 나는 어디로 가야 한단 말인가? 욱나라에서는 더 이상 머물기 어려울 것이다. 그렇다면 하나라로 가야 할까?

"연윤, 당신의 추측이 맞았어요. 정말 하루 전날 떠났네요."

나와 멀지 않은 곳에서 나타난 몇몇 사람 가운데 여전히 자객 옷을 입고 있는 영수의가 말했다. 그녀의 옆에는 어두운 미소를 짓고 있는 연윤이 서 있었고, 그 뒤에는 장검을 든 네 명의 덩치 좋은 사내들이 나를 날카로운 눈으로 노려보고 있었다.

영수의가 나를 향해 다가오자 나는 계속해서 뒷걸음질을 쳤다.

"이미 이렇게 떠나왔는데 어째서 저를 놓아 주지 않는 것입니까?"

"너는 보았다."

그녀가 얼음장같이 차가운 눈빛으로 나를 노려보았고, 그녀의 온몸을 덮은 살기가 점점 더 짙어졌다. 이런 모습의 그녀는 처음이었다. 아니, 어쩌면 이 모습이야말로 진정한 영수의의 모습일지도 모른다.

"만약 내게 말할 생각이 있었다면, 연성이 벌써 그대를 내쳤을 것입니다."

나의 말이 비수가 되었는지 그녀는 순간 넋이 나간 듯했다. 나는 기회를 놓치지 않고 재빨리 도망치기 시작했다. 그러나 이 형세라면 나는 도망칠 수 없을 것이 분명했다. 나는 이렇게 생을 마치게 되는 것일까?

순식간에 검은 그림자가 내 머리 위를 나는 듯 스쳐 지나갔다. 내가 그 얼굴을 제대로 확인하기도 전에 목이 점점 조여들었고 숨을 쉬기도 점점 힘들어졌다. 마치 세상의 모든 공기를 누군가가 빨아들이고 있는 것만 같았다. 고통에 잠긴 절망스러운 눈빛으로 그녀의 잔뜩 일그러진 얼굴을 바라보며 나는 더 이상 제어할 수 없게 되어 버린 두 손으로 그저 주먹을 쥐고 있을 뿐이었다.

"참으로 알 수가 없구나. 연성은 도대체 왜 너를 그토록 사랑한단 말이냐? 경국지색이라는 그 얼굴 때문인가?"

그녀가 번쩍이는 단도를 들어 나의 얼굴을 쭉 그어 내렸다. 견딜 수 없는 고통 사이로 짙은 피비린내가 풍겨 구역질이 올라왔다.

"너의 얼굴이 이렇게 망가져도 연성은 여전히 너를 사랑할까?"

그녀가 또다시 칼을 들어 내 얼굴을 그어 내렸다. 나는 죽을 힘을 다해 입술을 깨물며 비명을 참았고, 그녀의 단도는 멈추지 않고 내 얼굴을 그어 댔다.

"거울을 가져와 지금 네 몰골을 네게 보여 주고 싶구나. 얼마나 역겹고 공포스러운지 말이다."

나의 피가 칼을 타고 흘러 내려 그녀의 손목 위로 떨어졌다. 실로 끔찍한 광경이었다.

"악!"

나는 마지막 남아 있던 힘을 그러모아 소리를 질렀고, 어디서 생겼는지 알 수 없는 힘으로 나를 단단히 붙잡고 있던 영수의를 밀쳐 냈다. 내가 갑자기 자신을 공격할 것을 생각지 못한 그녀는 중심을 잃고 바닥에 쓰러졌고, 나 역시 뒤쪽으로 넘어지고 말았다. 그러나 예상했던 것과 달리 나는 바닥에 넘어지는 대신 온몸이 허공에 뜨는가 싶더니 험준한 산비탈 아래로 굴러 떨어지기 시작했다.

나는 죽는 것인가? 인적 없는 이 황량한 숲에서? 만약 이렇게 한 많은 세상을 떠나게 된다면 나는 더 이상 엉망진창인 이 세상에서 방황하지 않아도 되고, 나 자신을 잃지 않아도 될 것이다.

새카만 어두움이 무정하게 나를 삼키고 있었고, 고통이 나의 모든 생각과 이성을 잠식하고 있었다.

악몽은 미인을 떠나지 않는다

꽃술을 흩날리며 창 안으로 들어온 복숭아꽃을 손을 들어 잡으니 그 향기가 옷으로 스며들었다. 머리 위에 떨어진 나뭇잎과 꽃잎이 물 위로 떨어져, 흐르는 물과 함께 멀어져 갔다.

나는 집 앞의 복숭아나무 숲에 서서 산들바람에 흩날리고 있는 복숭아 꽃잎을 바라보고 있었다. 난계진蘭溪鎭에서 지낸 지도 어느덧 일 년하고도 두 달이 지났다. 바닥에 떨어진 꽃잎을 밟으며 오솔길로 접어들자 향긋한 꽃 향기가 코끝을 찔렀다.

나는 두 손을 모아 떨어지는 복숭아꽃을 받았다. 참으로 오랫동안 이토록 가슴 벅찬 시간을 가지지 못했었다.

"지난해 오늘 이 문 사이로, 고운 소녀의 얼굴과 복숭아꽃 서로의 아름다움을 더하였지."

나는 고개를 숙인 채 조용히 시를 읊조렸고, 손안의 보드랍고 고운 하얀 꽃잎을 바라보며 한참 동안 넋을 놓고 있었다. 정신을 차렸을 때는 지금까지 무슨 생각을 하고 있었는지조차 떠오르지 않았다.

"고운 소녀 간 곳 알 수 없으나, 복숭아꽃 여전히 봄바람 맞으며 만개했구나."[47]

나지막한 목소리는 여전히 얼음장같이 차가웠으나, 세상의 풍파에 좀 더 지친 듯했다. 고개를 돌리자 마치 춤을 추듯 바람에 흩날리는 검은 비단옷을 입은 한명이 보였다. 틀림없이 내 눈빛에 놀라움의 기색이 드러났을 것이다. 한 달에 한 번씩 찾아오는 그가 이번 달에는 두 번씩이나 찾아온 것이다.

내 앞에 서서 그가 복숭아꽃이 핀 나뭇가지를 꺾어 나의 옆 머리에 꽂아 주며 말했다.

"보시오. 여전히 아름답다오."

그의 입꼬리가 둥글게 올라갔다. 그에게 있어 이것은 분명 미소일 것이다. 그러나 나는 노여움만 느낄 뿐이었다. 나는 내 머리에 꽂힌 복숭아꽃을 빼내어 두 손 안에 힘껏 움켜쥐었다.

"저를 놀리러 오신 건가요?"

나의 말투에는 어색함과 난처함이 배어 있었다.

"진심으로 한 말이오. 참으로 아름답소."

그는 진지하게 나를 바라보며 고개를 끄덕였다. 그는 진지

---

47 당나라 시인 최호(崔護)가 지은 〈제도성남장(題都城南庄)〉으로 사랑하는 사람을 다시 만나지 못하게 된 심정을 노래하였다.

한 눈빛으로 자신이 거짓말을 하고 있지 않음을 증명하려는 듯 했으나 나는 고개를 돌려 더 이상 그를 바라보지 않았다. 그저 먼 하늘 끝자락을 바라볼 뿐이었다.

"말해 보세요. 오늘은 무슨 일로 오신 건가요?"

"내가 곧 혼례를 올리게 되었소."

그의 말에는 한 가닥 자조가 숨겨져 있었다.

"폐하께서 하사하신 혼인이지. 상대는 영월 공주요."

"폐하……."

나는 '폐하'라는 두 글자를 낮은 목소리로 읊조리며 옅은 미소를 지었다. 지금의 황제는 반년 전에 즉위한 기 선제宣帝 납란기우였다. 그는 어느새 황제가 되어 있었다.

"혼인은 좋은 일이지요."

갑자기 뒤쪽에서 나뭇가지 꺾이는 소리가 들려왔다. 나는 고개를 돌려 한명의 손에 들려 있는 나뭇가지를 바라보았다. 그는 화가 나 있었다. 나는 가볍게 웃었다.

"영월 공주의 성질이 다소 포악하긴 해도 다른 점은 다 괜찮잖아요."

그는 꺾은 나뭇가지를 손바닥이 새하얘질 정도로 힘껏 움켜쥐고 있었다. 설마 그녀를 아내로 맞이하는 것이 그에게 그토록 고통스러운 일이란 말인가?

"그렇소. 그녀는 훌륭하오. 그저 내가 그녀를 좋아하지 않을 뿐이지."

한참이 지나서야 그는 힘껏 움켜쥐고 있던 나뭇가지를 천천히 바닥에 내려놓았다.

"그렇다면 좋아하는 분이 따로 있으신 건가요?"

내가 장난스럽게 웃으며 알쏭달쏭한 눈빛으로 그를 바라보자 그는 곧 시선을 거두어들였다.

"함부로 이야기하지 마시오."

그가 책망하듯 한마디를 뱉어 냈으나 그 표정은 어색하기 짝이 없었다. 그의 이런 모습은 지금까지 단 한 번도 본 적이 없었기에 나는 장난기가 발동하여 다시 한 번 그에게 물었다.

"긴장하고 계신 건가요?"

"그렇지 않다고 말했소!"

한명의 목소리가 크고 높아, 깜짝 놀란 나는 말을 멈추고 그를 어색하게 바라보았다.

그답지 않았다. 이제까지는 내가 어떤 농담을 해도 그는 절대로 화를 내지 않았다. 그런데 오늘만큼은 기분이 매우 좋지 않은 듯했다.

한명이 나를 바라보며 목을 가다듬었다.

"미안하오."

나는 살짝 고개를 가로저으며 괜찮다는 뜻을 표했고, 그의 얼굴 위에 서려 있던 노기도 자취를 감추었다. 그의 목소리 역시 냉정함을 되찾았다.

"다음 달이 혼례라 아마 그 준비로 많이 바쁠 듯하오. 넉 달 정도 그대를 보러 오지 못할 것 같소."

"저는 잘 지내고 있을 테니 안심하시고 혼례를 치르세요."

말을 마친 나는 한참 동안 깊은 생각에 잠겼다.

"당신이 혼인을 하는데 저는 아무것도 줄 것이 없군요. 대신 당신을 위해 〈염노교念奴嬌〉를 불러 드릴게요."

나는 목을 가다듬었으나 다소 긴장이 되었다. 오랫동안 노래를 부르지 않았기에 노래를 잘 부를 수 있을까 걱정스러웠다. 그래서 나는 그를 등진 채 끝없이 흩날리는 복숭아꽃을 바라보며 작은 목소리로 노래를 부르기 시작했다.

버드나무의 길고 가는 허리, 봄바람 속에서 빼어난 자태 뽐낸다.

분명 청제青帝[48]가 편애하여, 이 아름다운 때를 그대에게만 주었으리.

꽃은 달맞이 누각을 에워싸고, 진주 주렴 드리워져 있으며,

난간은 화려하게 장식되어 있는데, 곁의 버드나무 황금 비단실처럼 늘어져 있구나.

비가 그치고 나니, 아름다운 자태 더 오롯이 드러난다.[49]

내 목소리는 처음보다 커지고 편안해져 있었다. 하지만 내 미간은 약간 찌푸려져 있었다. 내 마음속의 슬픔은 어쩔 수 없었기 때문이다.

둑 근처 다리, 늦봄 찾아오면 지천에 향기로운 버들솜 가득하다 들었다.

---

48 중국 고대 전설 속에 등장하는 5대 천제 중 하나로서, 봄을 맡고 있는 동쪽 신이다.
49 주유의 아내 절세미인 소교를 노래한 시. 소식의 〈염노교〉가 유명하다. 본문의 〈염노교〉는 북송의 문인 진관(秦觀)이 지은 것이다.

저녁 무렵의 버드나무 서로에게 기대어 있으니, 견디기 힘든 이별의 슬픔 넘쳐난다.

황궁 정원에 따스한 바람 불어오고, 아름답게 장식된 낮의 창 고요하니,

새 지저귀는 소리만 남았구나.

이 애잔한 봄에 말라만 가니, 난간에 한참을 기대어 있는다.

한명은 노을이 산 아래로 넘어가고 끝없이 펼쳐진 구름이 지는 해에 빨갛게 물들었다가 종적을 감춘 후에야 난계진을 떠났다. 나는 그를 동네 입구까지 배웅한 후 도원거桃源居로 돌아왔다. 이 도원거는 한명이 특별히 나를 위해 사람들을 시켜 지은 곳으로, 고요하고 인적이 드문 곳이었다. 평온하고 한가한 나날을 보내기에는 더할 나위 없이 좋은 곳이었다.

방문을 열고 화장대 앞에 앉은 나는 구리거울에 비친 내 얼굴을 찬찬히 바라보았다. 수수하나 단정한 모습, 피부는 종이처럼 희고 깨끗해 가벼운 병색을 감추고 있는 듯했고 두 눈은 여전히 깊고 맑게 빛나고 있었다. 시선을 마주하며 웃을 때마다 드러나는 고운 보조개는 여전히 사람의 마음을 움직일 만큼 사랑스러웠다.

산비탈에서 굴러 떨어진 나를 구해 준 것은 한명이었다. 그는 나를 기나라의 난계진으로 데리고 와 머물게 해 주었다. 그가 나를 어떻게 찾아낸 것인지는 지금까지도 알지 못하지만 굳이 물어보고 싶지도 않았다. 나는 그 일을 두 번 다시 떠올리고 싶지 않았다.

나는 영수의가 내 얼굴에 다섯 가닥의 끔찍한 상처를 낸 것을 똑똑히 기억하고 있다. 그러나 내가 진실로 마음 쓰였던 것은 나의 외모가 아닌 내 품에 간직하고 있던 상소문이었다. 나는 한명에게 그 상소문을 보지 못했느냐고 미친 듯이 다그쳐 물었지만 그는 아무것도 보지 못했다고 했다. 결국 나는 그 자리에서 엉엉 울어 버리고 말았다. 내가 가지고 있던 것이라고는 나를 향한 기우의 사랑뿐이었는데, 이제는 유일하게 나를 위로해 주던 물건마저 사라지고 만 것이다. 나는 절망할 수밖에 없었다.

그 후, 나는 방 안에 틀어박혀 꼼짝도 하지 않았다. 이토록 망가진 얼굴로 어찌 사람을 본단 말인가? 한명은 조금도 개의치 않고 옆에서 쉼 없이 나를 위로해 주었다. 아마도 그날은 그의 평생 동안 가장 말을 많이 한 날이었을 것이다.

닷새가 지난 후에야 나는 조금씩 마음을 가라앉히고 극단적인 생각도 그만두었다. 얼굴이란 그저 한 장의 피부가 아닌가.

한명이 나를 위해 천하의 으뜸이라 칭함에 전혀 부족함이 없을 신의神醫를 데려왔다. 내 용모를 되찾아 주기 위함이었다. 그러나 나는 거절했다.

"아씨께서는 어떠한 얼굴을 원하시는지요?"

"평범한 얼굴이면 됩니다."

"그리고요?"

"그저 평범한 얼굴이면 됩니다."

그날, 나와 대화를 마치고 아무 말 없이 한명만 바라보던 신의의 모습을 생각하면 지금도 웃음이 났다. 그는 아마도 온 세상 모든 여인들이 아름다운 외모를 원한다고 생각했을 것이다. 그런데 나는 원치 않았다. 나는 또다시 누군가에 의해 내 모습이 망가지는 걸 원치 않았고, 더군다나 원 부인과 똑같은 얼굴은 결코 갖고 싶지 않았다. 나는 두 번 다시 누군가에게 이용당하지 않을 것이다. 그렇기에 나는 소박하지만 단정한 용모와 평범하나 평화로운 이 생활을 선택한 것이다.

고맙다고 말하는 나에게 한명은 자신의 목숨을 구해 준 은혜를 갚은 것뿐이라고 했다. 나는 그저 씁쓸한 미소를 지을 뿐이었다. 그날의 결정이 정확했던 것을 나는 축하라도 해야 하는 걸까? 만약 그날 그를 구하지 않았다면 나는 그 깊은 산속에서 목숨을 잃었을 테고, 이 세상에서 복아라는 사람은 영원히 사라지고 말았을 것이다.

그러나 나는 그리웠다. 기우가 정말 그리웠다. 하지만 영원히 그를 만나지 못한다 해도 매달 한명이 내게 전해 주는 그의 소식만으로도 나는 만족할 수 있었다.

일 년 전, 황제의 병세가 악화되었다던 그날, 동궁에서는 반정을 일으켜 황제를 퇴위시키려는 계획을 세우고 있었다. 그토록 영명한 황제가 이런 일이 발생할 것이라는 걸 모를 리 없었고, 그는 기우가 이 일을 처리할 수 있도록 암암리에 모든 것을 준비해 두었다. 결국 동궁에서 반정을 일으키려던 바로 그날, 수많은 군사가 갑자기 들이쳐 그들을 모두 잡아들였다. 태자는 모든 이들의 지탄을 받았고, 분노한 황제는 그를 폐위시키고 황궁에서 영원히 쫓아내 버렸다. 이로써 지금까지의 황후의 노력은 모두 물거품이 되었고, 그녀는 냉궁에서 영원히 나오지 못하게 되었다. 덕분에 적자嫡子의 신분인 납란기우가 정당한 명분하에 태자의 자리에 등극할 수 있었다. 반년 후 황제가 지병으로 양심전에서 세상을 떠나자 태자인 납란기우가 기나라의 선제로 즉위하였고, 구빈의 수장인 한 소의가 황태후가되었으며, 조강지처인 두완이 황후로 책봉되었다.

두 달이 흘러 복숭아꽃이 모두 지고, 어느덧 복숭아나무 숲에 곱고 탐스러운 복숭아가 주렁주렁 달리기 시작했다. 담벼락아래로 드리워진 몇 개의 복숭아는 작은 정원에 늘어져 있었다. 나는 정원에 가만히 서서 바깥에서 들려오는 낭랑한 소리에 귀를 기울이고 있었다. 자세히 들어 보니 분명 아이들이 무엇을 먹고 있는 소리였다. 그 소리를 들으니 나 역시 담벼락 아래로 드리워진 복숭아를 따 먹고 싶은 마음이 간절하였다. 갑자기 동심이 불쑥 고개를 든 나는 문을 열고 밖으로 나섰으나몇몇 아이들은 내가 나오는 것을 보자마자 도망치기 시작했다.

나는 침착하게 그들에게 큰 소리로 말하였다.

"복숭아 먹고 싶은 사람은 나를 따라 들어와!"

아이들은 영문을 알 수 없다는 듯한 표정으로 나를 바라보았고, 믿어야 할지 말아야 할지 주저하며 그 자리에서 꼼짝도하지 않고 서 있었다.

"들어오라니까!"

내가 아이들을 향해 손을 흔들자 아이들이 나를 향해 달려 왔다. 나는 아이들의 작은 손을 붙잡고 정원으로 들어왔다.

나는 아이들을 참 좋아한다. 오직 아이들의 눈만이 꾸밈 없고 때 묻지 않았기 때문이다. 또한 오직 그들의 눈을 통해서만 나 역시 오랫동안 잊고 있던 진정한 순수함과 깨끗함을 바라볼 수 있기 때문이다. 나의 순수함과 깨끗함은 이미 세월의 풍파에 모두 닳아 없어지고 말았다. 그저 이 아이들이라도 영원토록 이렇게 천진난만하고 순진무구할 수 있기를 바랄 뿐이다.

나는 나무에서 큼지막하고 붉은 복숭아 하나를 따서는 웃으며 그들을 바라보았다.

"복숭아가 먹고 싶으면 누나의 시 뒷부분을 이어 보렴. 만약 시의 뒷부분을 맞힌다면 이 복숭아를 먹을 수 있단다. 해 보지 않을래?"

몇몇 아이가 고개를 힘껏 끄덕였고, 나는 눈웃음을 지었다.

"버들가지 나긋나긋 고우며, 석류 열매 소담스럽다. 석류 껍질 얇고 투명하며, 열매는 참으로 달콤하구나. ― 이 시의 다음 구절을 아는 사람?"

그들은 서로를 바라보기만 할 뿐 어떻게 시를 이어 가야 할지 알지 못했다. 나는 그제야 정신이 번쩍 들었다. 이들은 모두 어린아이들이 아닌가? 한데 어찌 이 시를 이을 수 있겠는가?

생각을 바꾸어 쉬운 시로 바꾸려던 그때, 약 열두 살 정도 되어 보이는 남자아이가 손을 번쩍 들며 말했다.

"누나, 제가 알아요! 이 시는 당나라 시인인 이상은李商隱의

〈석류〉지요? 그다음 구절은 이거예요. ― 그럼에도 왕모 선경에 심어진 복숭아나무 탐이 난다. 천년의 시간 변함없이 탐스러운 꽃과 열매 맺고 있지 않은가."

아이는 조금의 머뭇거림도 없이 시를 술술 읊었고, 나의 눈은 반짝였다. 이 작은 마을에 이런 대단한 아이가 있다니! 나는 조금 전의 복숭아를 그의 손에 건네주며 물었다.

"이름이 무엇이니?"

"제 이름은 전모천展慕天이라고 해요. 아버지께서 제 이름을 모천이라 지으신 것은, 제가 언젠가 조정에서 벼슬을 하고 황제 폐하를 직접 알현할 수 있게 되기를 간절히 바라시는 마음에서랍니다."

그는 내게서 받은 복숭아를 깨끗하게 닦은 후 참으로 먹음직스럽게 한 입 크게 베어 물었다. 나는 그의 이마를 가볍게 어루만졌다. 황제의 모습을 직접 알현하길 바란다는 그의 말을 들으니 쓴웃음이 배어 나왔다.

백성들은 조정을 위해 일하는 관리가 되기만을 꿈꿀 뿐, 자신이 조정에서 그 어떤 세력도 갖지 못하게 될 것에 대해서, 또한 궁 안에서 어떻게 자신의 세력과 위치를 다질 수 있는지에 대해서는 생각하지 않는다. 권세가들의 뒤를 좇거나 당파에 빌붙어야만 살아남지, 그렇지 않으면 조정에서의 위치를 견고히 할 수 없다는 것은 모른다.

그렇게 깊은 생각에 빠져 있을 때, 수십 명의 관병들이 우리 집 문을 부수고 쳐들어와서 매우 험상궂은 표정으로 나를 향

해 걸어왔다. 아이들은 모두 놀라 내 뒤로 숨었으나 전모천만
은 여전히 그 자리를 지키고 서서 나를 향해 걸어오는 관병들
을 응시하고 있었다.

"너의 이름을 적어라!"

우두머리인 듯한 거친 남자가 내게 작은 수첩과 붓을 주며
으르렁거렸다.

"왜 적어야 합니까?"

나는 그들이 어린아이들을 해칠까 걱정스러워 내 뒤쪽에 아
이들을 잘 보호하며 물었다. 그는 귀찮다는 듯 나를 노려보았
고, 매우 불쾌한 어조로 말하였다.

"폐하께서 새로 즉위하신 관계로 후궁의 궁녀가 매우 부족
하다. 민간에서 여자들을 찾아 입궁시키라는 폐하의 어명이 있
으셨다."

"이것은 사람을 강제로 끌고 가는 것입니다."

놀랍게도 전모천이 나보다 먼저 나섰고, 그 단호한 어조는
전혀 열두 살의 아이 같지 않았다. 거기에는 오히려 제왕과도
같은 기세가 담겨 있었다

"이놈아, 네가 입을 놀릴 자리가 아니다. 너는 저쪽으로 꺼
져 있어라."

그가 팔을 들어올려 전모천을 때리려 하자 전모천이 그의
팔을 힘껏 움켜쥐고는 온 힘을 다해 그의 팔을 물었다. 다른 병
사들이 이 모습을 보고 한걸음에 달려와 그를 끌고 갔으나, 그
들도 꽤나 큰 힘을 들여야만 했다.

"이 꼬마 녀석, 네가 정녕 살고 싶지 않은 게냐!"

전모천에게 팔을 물린 우두머리는 몹시 고통스러운 듯 자신의 팔을 움켜쥐었고, 얼굴은 시뻘겋다 못해 흉하게 일그러져 있었다. 조금 전 전모천이 얼마나 호되게 그의 팔을 물어뜯었는지 알 수 있었다.

한 병사가 전모천의 뺨을 후려갈기려는 것을 보고 나는 분노하여 그 앞을 가로막고는 전모천을 향해 날아오던 팔을 막아냈다.

"어린아이가 잘 몰라서 그런 것이니 어르신께서는 부디 너무 개의치 마십시오. 제가 입궁을 하겠습니다."

아름다운 빛깔로 채색되고 장식된 궁전과 옥석 계단, 궁전 정원을 가득 채운 희귀하고 진귀한 꽃과 나무, 찬란한 빛깔로 뒤덮인 구룡벽화와 시간의 흐름을 드러내는 퇴색한 붉은 대문. 운 좋게 황궁을 방문하는 소수의 사람들은 이곳의 화려함과 눈부신 경치에 정신을 빼앗긴다.

나는 다시 기나라 황궁으로 돌아왔다. 황궁은 여전히 기품이 넘치는 웅장함을 자랑하고 있었다. 나와 함께 민간에서 소집된 천 명의 여자들은 모두 관릉전關陵殿으로 이끌려 갔다. 그곳에서 한 환관이 작은 책자 하나를 들고 우리의 이름을 한 명씩 불렀다.

"진수수陳綉綉, 장란張蘭, 왕빙봉王冰鳳, 이정李靜. 등 부인鄧夫人의 봉음궁鳳吟宮으로 배정."

"마향馬香, 소옥小玉, 조대운趙黛雲, 상관림上官琳. 연 귀인妍貴人의 우미헌雨薇軒으로 배정."

"정정아鄭晶兒, 백자도白紫陶, 진염陳豔, 만흔흔萬欣欣. 화 미인華美人의 자아거紫雅居로 배정."

고개를 숙인 채 그가 부르는 이름들을 듣고 있다 보니 내 마음속에 가득 차 있던 씁쓸함마저도 점차 옅어지는 듯했다. 입궁 전에는 궁에 들어와 기우의 모습을 한 번이라도 볼 수 있으면 좋겠다고 생각하곤 했었다.

나는 잊고 있었던 것이다, 그에게는 이미 삼천 명이 넘는 아름다운 후궁의 여인들이 있다는 것을. 그를 만난다 한들 무엇이 달라지겠는가, 그저 마음만 더 아플 뿐.

"설해雪海는 오지 않았느냐?"

환관이 노하여 호통쳤고, 나는 그제야 정신을 차리고 곧바로 대답했다.

"설해, 여기 있사옵니다."

"설해, 정몽림程夢琳, 소천小茜, 남월南月. 수 귀빈綉貴嬪의 편무각翩舞閣으로 배정."

나와 다른 세 여자들은 편무각으로 함께 들어섰다. 세 사람은 이토록 휘황찬란한 궁을 처음 보는 듯 계속해서 두리번거리며 호기심 어린 눈으로 사방을 둘러보고 있었다.

하얀 금수교金水橋와 아름다운 영수궁甯壽宮에는 꾀꼬리가 울고 제비가 춤추었으며, 꽃봉오리가 미소 짓고 있었다. 높은 산에서 흘러 내려오는 물소리가 들려오는 이곳의 경관은 편무각이라는 이름에 조금도 손색이 없었다.

수 귀빈은 어떤 사람일까? 선녀와 같이 아름다운 외모를 지니고 있을까, 아니면 고결하고 고매한 품성을 지니고 있을까?

"나는 여기까지만 너희를 데려다 줄 터이니, 이 앞으로는 너희들끼리 들어가서 수 귀빈마마를 찾아뵙도록 해라."

우리를 데려다 준 환관은 우리를 그렇게 버려둔 채 옷소매를 털며 유유히 떠나갔다. 그가 멀리 사라지자 여인들과 나는 서로 눈빛을 교환하고 다 같이 어두운 자단목 문을 열고 안으로 들어갔다.

천천히 방 안의 모습을 살펴보고 있자니 이런 글귀가 떠올랐다.

'동쪽 난간에 만발한 하얀 배꽃 바라보니 비애에 잠기도다. 사람이 살아가며 몇 번의 청명을 맞이할 수 있겠는가?'

절반 정도 열린 침궁의 창문 사이로 산들바람이 불어왔고, 그 틈으로 살구 꽃잎이 날아와 바닥에 떨어지고 있었다. 꽃잎은 바람이 불어오면 다시 춤을 추고, 바람이 사라지면 다시 조용히 바닥으로 떨어지고는 했다.

"너희들은 누구냐?"

조용한 발걸음 소리가 들려왔다. 우리는 주인님이 오셨다는 것을 깨닫고 곧바로 무릎을 꿇고 예를 갖춰 절을 올렸다.

"수 귀빈마마께 인사 올립니다. 저희는 마마의 새로운 시녀들입니다."

남월의 부드럽고 고운 목소리와 침착한 어조를 듣고 있자니 그녀가 똑똑한 여인이라는 것을 알 수 있었다.

"일어나라."

조용히 한마디를 남긴 수 귀빈이 기침을 하기 시작했다. 감기에 걸린 듯한데 어찌 어의를 부르지 않는 것일까?

나는 호기심이 일어 고개를 들고 곁눈질로 몰래 그녀를 살펴보았다. 그 순간, 나는 머리가 멍해지고 온몸이 제어할 수 없을 만큼 떨려 오기 시작했다.

수 귀빈, 놀랍게도 그녀는 운주였다! 그래서 기우가 그녀에게 繡 자를 하사했구나! 그는 운주의 본명이 심수주라는 것을 알고 있을 테니.

분칠도 하지 않고 연지도 바르지 않은 운주의 종잇장 같은 얼굴에는 핏기가 전혀 없었다. 나를 더욱 놀라게 한 것은 그녀의 왼쪽 뺨이었다. 주먹만 한 검붉은 상처가 그녀의 뺨 위에 자리하고 있었던 것이다. 꽃처럼 곱던 그녀의 미모를 이 상처가 앗아가 버렸다.

"제일 먼저 불을 발견한 사람이 그녀였다. 널 구하기 위해 불길 속으로 뛰어 들어갔고, 그 때문에 얼굴의 절반이 타 버리고 말았지."

기성의 말이 머릿속을 헤집어 나는 두 주먹을 불끈 쥐었다. 손톱이 손바닥을 짓눌렀다. 입술을 꼭 깨문 내 두 눈에 눈물이 그렁그렁 맺혔다. 나 때문에 운주는 그 곱던 얼굴을 잃었다. 이미 많은 것을 잃은 그녀에게서 어찌 하늘은 그녀의 얼굴까지 앗아 갔단 말인가?

"왜 그러느냐? 나를 보고 놀랐느냐?"

눈썹을 찡그린 운주는 그녀의 얼굴에서 눈을 떼지 못한 채 정신을 놓고 있는 나를 바라보며 묻고는 이어 씁쓸한 웃음소리를 냈다. 나는 곧바로 고개를 저으며 눈물을 닦아 냈지만 눈물방울이 바닥으로 떨어지고 있었다.

그녀는 영문을 알 수 없어 하며, 소리 없이 눈물을 흘리고 있는 나를 한참 동안 바라보았다.

"내 얼굴이 놀라서 울 정도로 추하단 말이냐?"

돌연 그녀의 목소리가 엄해졌지만 그 안에는 한 가닥 부끄러움이 섞여 있었다. 결국 그녀는 그곳을 떠나 버렸다.

편무각에서 이틀을 보내면서 나는 운주의 처지와 형편을 제대로 이해할 수 있었다.

기우는 황후를 봉한 다음 날로 운주를 구빈九嬪 가운데 다섯 번째 지위인 귀빈貴嬪에 봉하고, '수綉' 자를 하사하였다고 한다. 사람들은 기우가 어찌 추하고 낮은 신분의 그녀를 귀빈으로 봉하였는지 이해할 수 없어 했다고 한다. 그런데 더욱 이상한 점은 그녀를 귀빈으로 봉한 이래 황제가 단 한 번도 그녀와 동침하지 아니하였고, 심지어 이 편무각에 한 발짝도 들이지 않았다는 점이었다. 나 역시 이해할 수가 없었다. 운주를 좋아한 것이 아니라면 기우는 왜 굳이 그녀를 귀빈으로 봉하였을까? 차라리 그녀를 시녀의 신분으로 자신의 곁에 두고 있는 게 더 낫지 않았을까?

"마마, 저녁을 드실 시간입니다."

나는 침궁 안쪽의 문턱에 공손하게 선 채 화장대 앞에 가만히 앉아 자신의 모습을 찬찬히 바라보고 있는 운주를 조용히 불렀다.

갑자기 고개를 돌린 그녀가 묘한 눈빛으로 나의 얼굴을 바라보았다. 한참 후 처음의 놀라움으로 반짝이던 눈빛이 점차 사라지고, 운주는 다시 몸을 돌려 거울 속의 자신의 모습을 바라보기 시작했다. 나는 거울 속에 비친 그녀의 씁쓸한 미소를 보았다.

"마마, 무슨 일이신지요?"

나는 그녀를 향해 걸어가며 조심스레 물었다.

"네 목소리를 얼핏 듣고 나는 혹시나……."

운주는 말을 잇지 않았고, 그녀의 말은 그녀의 움직이는 입술 사이로 숨어 버렸다. 다시 마른기침 소리가 들려왔다. 하지만 나는 알고 있다. 그녀가 하려던 말은 반옥, 복아였을 것이다.

나는 그녀에게 나의 정체를 말하고 싶은 마음을 꾹꾹 눌러 참았다. 나는 그 무엇도 말해서는 안 된다.

"마마의 옥체가 좋지 않으신 듯하니, 소인이 가서 어의를 불러오겠습니다."

나는 걱정이 되어 견딜 수가 없었다. 그녀는 언제라도 쓰러져 다시는 일어나지 못할 것만 같았다.

운주가 고개를 저으며 탄식했다.

"오래된 병이다. 괜찮다."

그녀가 화장대의 상아 빗을 집으려 해서 내가 먼저 그 빗을 집어 들고는 말했다.

"소인이 마마를 단장해 드리겠습니다."

"내가 무섭지 않은 게냐? 어젯밤 나의 모습을 보고 깜짝 놀라던 너의 모습을 내 똑똑히 기억하고 있거늘."

그녀가 옅은 미소를 지었다. 내 눈에 비친 그녀의 모습은 여전히 곱고 아름다웠다.

조심스레 그녀의 어깨 위로 늘어진 머리를 매만지자 부드럽고 매끈한 촉감이 손안에 가득 퍼졌다. 나는 그녀의 머리를 천천히 빗어 내리기 시작했다.

"소인은 단 한 번도 마마가 추하다고 생각하지 않았습니다."

나의 진지한 한마디 말에 그녀의 몸이 경직되었다.

나는 말을 이었다.

"사람의 얼굴이란 그저 껍질에 불과하지요. 중요한 것은 마음입니다. 저는 마마의 마음이 분명 연꽃같이 고결하시리라 생각합니다."

"정말 그리 생각하느냐?"

그녀가 다소 흥분된 목소리로 갑자기 뒤를 돌아보았고, 깜짝 놀란 나는 손에 들고 있던 상아 빗을 바닥에 떨어뜨리고 말았다. 상아 빗이 두 조각이 났고, 급히 몸을 숙여 부러진 상아 빗을 주우며 나는 쉴 새 없이 중얼거렸다.

"죽여 주시옵소서."

"괜찮다."

바닥에 웅크리고 앉아 있는 나를 일으켜 세우기 위해 그녀가 손을 뻗자 그 차가운 기운이 온몸으로 퍼져 나갔다. 그녀의 손은 너무나 차가웠다.

"그렇다면 폐하께서는 왜 나에게 마음을 주시지 않는 것일까?"

그녀가 기우 이야기를 꺼내자 내 가슴이 저릿해졌다. 운주는 참으로 애절할 만큼 기우를 사랑하고 있었다.

"마마, 그럼 제가 폐하께서 마마께 마음을 주실 만한 방법을 생각해 보겠습니다."

운주가 자조 섞인 미소를 지으며 말했다.

"폐하께서는 나에게 눈길조차 주지 않으시는데 어찌 마음을 얻을 수 있겠느냐?"

그녀의 손이 맥없이 풀렸고, 나를 놓아준 그녀는 다시 몸을 돌려 자신의 모습을 하염없이 바라보았다. 그녀는 여전히 자신의 얼굴이 신경 쓰이는 것이리라.

"게다가 폐하의 눈에는 오직 정 부인靜夫人뿐이다."

"정……, 부인."

나의 목소리가 떨려 나왔다.

기우, 그에게……, 또 다른 사랑이 생긴 것인가?

운주가 차갑게 코웃음 치며 말했다.

"정 부인을 향한 폐하의 총애는 그녀에게 우리 아씨의 그림자가 남아 있기 때문이다. 그렇지 않았다면 어찌 그녀가 폐하의 총애를 독차지할 수 있었겠느냐?"

이 말을 하는 그녀의 목소리에는 후련함과 분함이 뒤섞여 있었다. 나의 심장이 빠르게 뛰었다.

숨을 깊게 들이마신 운주가 의자에서 몸을 일으키며 말했다.

"가서 저녁 식사를 하자꾸나."

정당에 도착하니 탁자 위에 산해진미가 가득 준비되어 있었다. 나와 남월은 탁자 앞에 서서 식사 시중을 들었고, 정몽림과 소천은 두 환관과 함께 문밖을 지키고 있었다. 한 줄기 달빛이 비추어 들어오자 바닥에 마치 하얀 서리가 흩뿌려진 듯했다. 나와 그녀들의 그림자가 겹쳐 길고도 긴 그림자가 되었다.

"참, 너희들의 이름은 무엇이지?"

운주가 문득 떠오른 듯 조용히 우리들의 이름을 물으며 비단 손수건으로 입 주변을 닦아 냈다.

"마마께 아뢰옵니다. 소인은 남월이라고 하옵니다."

"마마께 아뢰옵니다. 소인은 설해라고 하옵니다."

그녀가 넋을 잃은 듯 나를 다시 찬찬히 바라보며 작은 소리로 읊조렸다.

"'길 끝까지 감춰져 있던 그윽한 향기, 설경에서 춤추고 있는 듯한 매화 꽃잎이었구나.' 참으로 고운 이름이구나."

"마마, 과찬이시옵니다."

혹여 운주가 눈치챌까 봐 걱정되어 나는 그녀의 눈을 피했다.

"소인, 마마께 한 가지 여쭈어 봐도 괜찮겠습니까?"

남월이 갑자기 불쑥 끼어들었고, 운주가 고개를 끄덕이자 남월이 입을 열었다.

"마마의 얼굴은 어찌 그리 되신 것이옵니까?"

나는 남월의 대담함에 깜짝 놀라고 말았다. 감히 주인에게 그런 것을 묻다니, 멍청한 것인지 아니면 그저 눈치가 없는 것인지 알 수가 없었다. 순간 운주의 눈빛이 어두워졌으나 한참이 지난 후 운주가 찡그렸던 눈썹을 펴며 입을 열었다.

"나의 생에서 가장 중요한 사람을 구하기 위해 불길에 뛰어들었기 때문이다. 안타깝게도 헛수고였지."

그녀는 차가운 말투로 우리를 모두 물린 후 홀로 탁자 앞에 앉아 있었다. 무슨 생각을 그리 깊이 하느라 저리 넋을 놓고 있는지 알 수 없었다.

운주가 침소에 들기 전에 운주의 세숫물을 긷기 위해, 나와 남월은 반짝이는 구리 대야를 들고 추림원秋琳院의 우물로 향하였다.

마침 다들 침소에 들 시간이어서 우물가에는 수많은 궁녀들이 물을 긷기 위해 줄을 길게 서 있었다. 결국 들고 있던 초가 다 탈 때까지 한참을 기다린 후에야 우리의 차례가 되었다. 그런데 그때, 두 궁녀가 갑자기 우리 앞으로 끼어드는 게 아닌가! 화가 단단히 난 남월이 그녀들을 밀치며 말했다.

"뒤로 가서 줄을 서!"

"네가 감히 우리를 밀어?"

남월이 밀쳐 바닥으로 넘어질 뻔한 궁녀가 노기등등해서는 두 손을 허리에 얹고 소리를 질러 대기 시작했다.

"그러지 못할 이유가 없지!"

화가 단단히 난 그 궁녀의 모습을 본 남월도 질세라 양손을 허리에 대고는 더욱 기세등등하게 그녀의 말을 맞받아쳤다. 남월의 기세에 기가 눌린 궁녀가 순간 겁을 먹은 듯 물었다.

"너희들은 어느 궁에 있는데?"

"편무각!"

남월이 큰 소리로 이 세 글자를 뱉어 내자 두 궁녀가 눈빛을 주고받으며 멸시의 미소를 지었다. 그녀들의 두 눈에는 조롱과 업신여김이 담겨 있었다.

"알고 보니 그 추한 귀빈의 시녀들이었군."

"지금 뭐라고 했어?"

내 앞에 서서 노여움을 발산하려던 남월을 밀쳐내고 내가 분노에 찬 차가운 눈빛으로 두 궁녀들을 날카롭게 쏘아보며 외쳤다. 그러나 그녀들은 가소롭다는 듯 웃으며 방자한 말을 서슴없이 뱉어 냈다.

"내가 틀린 말이라도 했어? 너희 주인은 끔찍하도록 추하잖아. 그러니 폐하께서도 눈길 한 번 주시지 않는 거지."

그녀의 말이 끝나는 순간, 나는 노기가 머리끝까지 솟구쳐 그녀의 어깨 아래로 늘어뜨려진 머리카락을 양손 가득 쥐고는 잡아 뜯기 시작했다. 고통으로 몸부림치는 그녀의 비명 소리가 썰렁한 안뜰을 가득 채웠고, 그녀도 질세라 나의 팔을 붙잡고 온 힘을 다해 꼬집기 시작했다. 나는 아랑곳하지 않고 양손으로 그녀의 머리카락을 힘껏 잡아 뜯었다. 그녀는 고통으로 일그러진 얼굴로 온 힘을 짜내어 내 팔을 더욱 세게 꼬집었다.

"네가 감히……! 우리는 정 부인의 시녀란 말이다!"

그녀와 함께 있던 궁녀가 날카롭게 소리 지르며 우리를 떼어 놓으려 하였으나 헛수고였다.

그 누구라도 운주에게 모욕을 주는 건 절대로 용납할 수 없다. 그녀는 나의 가족이다. 게다가 그녀의 얼굴은 나 때문이 아닌가.

"아직도 그 손을 놓지 않는 것이냐!"

갑자기 노여움이 담긴 호통 소리가 들려왔고, 그제야 우리는 손을 내려놓았다. 이어서 '찌이익' 소리가 들려왔다. 고요한 가운데 갑자기 들려온 그 소리가 유난히도 귓가를 자극했다. 나의 옷소매가 그 궁녀에 의해 절반이나 흉하게 뜯겨 나갔고, 찢긴 소매 사이로 군데군데 드러나 보이는 하얀 피부가 보는 이들을 놀라게 하기에 충분했다. 그러나 나는 이런 난처함 따위는 조금도 신경 쓰지 않은 채 정원 입구에 서 있는 남자를 바라보았다.

누가 먼저 입을 열었는지 "혁 대인!"이라는 소리가 여기저기서 들려왔고, 모든 이들이 급히 바닥에 엎드려 그를 향해 절을 올렸다. 오직 나만이 여전히 가만히 서서 차가운 얼굴에 노여움의 기색을 띠고 있는 혁빙을 바라보고 있었다.

그는 우리를 향해 걸어오며 우리를 훑어보았다. 마지막으로 그의 시선이 나의 얼굴에 머물렀다가 결국에는 거두어졌다. 내가 예를 지키지 않고 서 있는 것에는 조금도 신경 쓰지 않는 듯 그가 말을 이었다.

"겁도 없구나! 감히 후궁 안에서 싸움질을 하다니!"

"저쪽에서 먼저 시작하였습니다."

조금 전의 궁녀가 나를 가리키며 모든 책임을 나에게 덮어씌우려고 하였다.

"저쪽이 먼저 저희 마마를 모욕하였습니다."

남월이 질 수 없다는 듯 맞받아쳤다. 혁빙의 미간이 찌푸려졌고, 그의 눈빛 사이로 귀찮은 기색이 스쳐 지나갔다.

"너희가 모시는 마마가 누구시냐?"

"수 귀빈마마이십니다."

나의 침착한 대답에 그가 다시 나를 주목했다. 그는 나의 머리끝부터 발끝까지 꼼꼼히 살펴본 후 입을 열었다.

"너는 누구냐?"

그 짧은 물음이 나를 바짝 긴장하게 만들었다.

나를 알아본 것인가? 그럴 리 없다. 나는 이미 예전의 그 얼굴이 아니다. 그 누구도 나를 알아볼 리 없다. 이 목소리라면 모를까.

"저는 설해라고 합니다."

잠시 후, 소동은 혁빙의 "물러가라."라는 한마디에 끝이 났고, 편무각으로 돌아온 나는 일찍부터 이곳에 머무르던 두 환관, 소복자와 소선자에게 혁빙에 대해 물어보았다.

그들의 입을 통해 나는 지금 혁빙이 정일품 호위대장이며, 황제의 신임을 독차지하고 있어 조정의 모든 관리들이 그를 향해 끝없는 아부와 아첨을 하고 있다는 걸 알게 되었다.

혁빙, 그는 이러한 사치스러운 생활에 익숙해진 것일까? 그는 복아 공주를 잊은 것일까? 나를 도와 하나라를 되찾겠다던 약속을 잊은 것일까? 그것도 나쁘지 않으리라.

혁빙, 자신의 삶을 살아가거라. 나라 수복의 꿈, 어차피 기나라 황궁을 떠날 때 포기해 버렸으니…….

다음 날 진시辰時[50], 나와 소천은 운주의 몸단장을 위해 약속한 시간에 침궁으로 들어섰고, 남월과 정몽림은 밖에서 아침 식사를 준비하고 있었다.

"마마, 소인이 몸단장을 해 드리겠습니다."

나는 운주를 금빛 봉황으로 장식된 화장대 앞에 앉게 한 후 화려한 박달나무 화장함을 열었다. 그 안에 가득한 아름답고 진귀한 장신구들의 화려함은 눈이 어지러울 정도였다.

"대충 하거라."

운주가 무표정하게 던진 한마디에 나는 그녀가 더 이상 몸치장에 흥미를 갖고 있지 않음을 알아차렸다. 필경 얼굴의 상처 때문이리라.

나는 아무 말 없이 그녀의 머리를 전체적으로 둥글게 말아

---

50 지금의 오전 7시~9시.

올린 후 머리 양쪽에 고리 모양으로 머리를 둥글게 세웠다. 머리 꼭대기에는 다섯 마리의 봉황 장식과 진주 장식을 올렸고, 난꽃 향기가 풍기는 석영 동곳을 비스듬히 꽂았다. 또한 귀에는 녹두색의 가는 귀걸이를, 목에는 정교하게 장식된 금빛의 장미 목걸이를 걸었다. 눈썹을 버들가지같이 곱게 그리고, 양 뺨에 진주 가루를 살짝 뿌려 상처를 덮은 후 장미 연지를 두 뺨에 살짝 바르니 그녀의 새하얀 두 뺨 위에 고운 붉은 빛이 스며들었다.

"다 되었습니다."

운주가 거울 속의 자신의 모습을 바라볼 수 있도록 나는 기쁜 마음으로 한 발짝 뒤로 물러섰다. 운주가 자신의 눈을 믿을 수 없다는 듯 두 눈을 껌뻑였다.

그녀 얼굴의 큰 상처는 분과 연지에 가려 아주 자세히 들여다보지 않으면 거의 찾아볼 수 없었고, 화려한 보석과 정교한 장신구는 그녀가 본래부터 지니고 있던 고운 자태와 어우러져 그 아름다움의 깊이를 더해 주고 있었다. 그녀는 전혀 다른 사람이 되어 있었다.

"설해야, 어떻게 한 것이니?"

운주가 고개를 돌려 내게 물었다. 나는 기쁜 마음에 웃는 얼굴로 운주의 모습을 바라보며 말했다.

"마마, 이제부터는 설해가 늘 마마 곁에 있겠사오니 아무것도 걱정하지 마십시오."

나의 말을 들은 운주는 처음에는 영문을 알 수 없다는 눈빛을 띠더니 곧 먹먹함을, 그리고 마지막에는 감동한 눈빛을 띠었다. 반짝이는 눈물이 운주의 눈가에 맺혔다.

"마마……."

당황하며 뛰어 들어온 남월이 걱정과 조급함이 가득한 기색으로 말하였다.

"백앵궁百鶯宮의 정 부인마마께서 귀빈마마를 모셔 오라 하셨답니다."

"정 부인이?"

운주는 영문을 알 수 없어 했으나 나는 무슨 일인지 단번에 알 수 있었다. 골치 아픈 일이 벌어진 것이다. 분명 어젯밤에 그 두 궁녀와 다툰 일 때문일 것이다. 마침 나도 그 정 부인이라는 여자를 만나 보고 싶던 터였다.

새벽빛이 비쳐 오자 궁전의 당당한 기세가 드러나고, 궁궐 벽의 밝은 빛깔이 시선을 사로잡았다. 새싹이 푸른 옥같이 돋고, 버들가지가 비단 끈같이 드리웠다. 나막신 발자국이 푸른 이끼 위에 그 흔적을 남겼다.

운주와 함께 백앵궁의 측전側殿에 도착하자 도도하고 오만한 여인이 우리를 기다리고 있었다. 그녀는 손에 들고 있는 찻잔을 만지작거리며 마치 깊은 생각에 빠져 있는 듯했다.

우리가 그녀를 향해 예를 갖춰 인사를 올리고 몸을 일으키는데 목소리가 들려왔다.

"마마, 바로 저 계집입니다."

누군가가 나를 쏘아보고 있었다. 그러나 나는 가만히 정 부인이라는 이만을 바라보았다.

흑단 같은 검은 머리, 희고 보드라운 피부, 버들가지같이 고운 눈썹, 가늘고 깊은 두 눈, 그리고 아름다운 외모에 어울리는 은은한 향기. 그녀는 마치 모든 이들의 탄복을 자아내는 한 폭의 미인도 같았다.

나는 믿을 수가 없었다. 기우의 총애를 한 몸에 받고 있다는 정 부인은 나와 배 위에서 시화를 가지고 이야기꽃을 피우던 여인, 바로 온정야였다. 참으로 꿈에도 생각지 못한 일이었다.

"정 부인께서 어떤 가르침을 주시려고 저를 친히 부르셨는지요?"

운주가 눈을 살짝 흘기었으나 이내 온화한 기색으로 그녀에게 물었다. 그러나 말투에는 가벼운 조롱의 기운이 맴돌고 있었다. 정 부인은 다소 놀란 눈빛으로 운주의 얼굴을 바라보았으나 곧 마음을 가다듬고는 말했다.

"수 귀빈의 시녀는 참으로 대단하더군. 감히 내 시녀인 지청 芷清을 때리다니 말이네."

그녀의 시선이 나에게 고정되었다. 운주도 자연스레 나를 바라보았으나 그 표정에는 미소가 숨겨져 있었다.

"이미 때린 것을 대체 부인께서는 어찌 하시자는 것인지요?"

정 부인의 얼굴이 굳어졌다. 분명 운주의 도전적인 한마디 때문이었다.

"그 말은 저 계집을 보호하겠다는 뜻인가?"

"부인마마께서는 마마의 시녀 지청에게 먼저 물어보시지요. 제가 때리기 전에 그녀가 무슨 말을 하였는지요."

정 부인의 신분이나 위엄 따위는 조금도 신경 쓰지 않고 나는 그녀의 눈을 똑바로 바라보며 말했다.

"너, 어젯밤 우리에게 했던 말을 부인마마와 귀빈마마 앞에서 다시 해 보아라."

나는 얼굴이 이미 파랗게 질린 지청을 가리켰다. 그녀는 매우 난처한 기색으로 정 부인을 바라보고 다시 두려워하며 운주를 바라볼 뿐 한마디도 하지 못했다.

"말해라."

정 부인이 엄하게 호통치자 지청은 온몸을 떨었다.

"소인, 감히 말씀드릴 수 없사옵니다."

"저 계집은 귀빈마마의 외모가 추하셔서 폐하께서 혐오하신다고 하였습니다."

남월이 적절한 때에 말을 이었고, 정 부인과 운주의 안색이 굳어졌다.

"부인의 시녀가 저토록 방자한 말을 하였는데 때리지 말았어야 했단 말입니까?"

무거워진 운주의 목소리에는 심지어 작은 떨림까지 담겨 있었다. 정 부인의 얼굴이 잠시 새파래졌다.

"아무리 맞을 짓을 했다 한들 저 계집이 내 시녀를 때릴 수는 없지."

손을 뻗어 나를 가리키던 정 부인이 간드러지게 웃더니 운주를 바라보며 말했다.

"게다가, 지청이 거짓을 말한 것은 아니지 않은가?"

나는 순간 멍해졌다.

이런 말이 온정야의 입에서 나오다니! 그때의 그녀는 자신의 모습을 감쪽같이 감추고 있었던 것인가? 그게 아니라면 내가 그녀의 아름다운 용모에 속은 것인가? 그녀가 이런 여자일 줄은 꿈에도 생각지 못했다.

"정, 부, 인!"

운주가 이를 악물고 그녀를 노려보았다. 정 부인이 여전히 꽃같이 곱게 웃으며 말을 이었다.

"자네가 아무리 분과 연지로 그 추한 상처를 잘 덮는다 한들 자네가 추하다는 사실까지 덮을 수는 없네."

운주는 두 주먹을 불끈 쥐었다. 지금 당장이라도 그녀에게 달려가 주먹을 날리고 싶은 듯하였다. 그러나 귀빈인 그녀가 그런 행동을 한다면 하극상이었다. 나는 성큼성큼 앞으로 걸어 나가 정 부인의 뺨을 힘껏 후려갈겼다. 맑은 소리와 함께 정 부인이 바닥으로 나가떨어졌고 모든 이들이 깜짝 놀라 숨을 멈추었다.

"무엄하다!"

그때, 노여움이 섞인 엄한 목소리가 들려와 나는 몸을 굳혔다. 나는 마치 그대로 얼어 버린 듯 금빛 용포를 입은 남자가 나를 향해 걸어오는 것을 바라보고만 있었다.

그는 나를 차갑게 한 번 흘겨보고는 바닥에 쓰러져 있는 정 부인을 부축해 일으키며 다정하게 괜찮은지 물었다.

그는 나를 알아보지 못했다.

"여봐라, 이 방자한 계집을 끌어내 곤장 예순 대를 쳐라!"

차갑고 무정한 목소리가 귓가에 맴돌았다. 웃음이 흘러나왔다.

사 년 동안 그토록 애절하게 그려 왔던 기우, 그가 나를 치라 하는구나!

기우를 따라온 몇몇 시위들이 나를 끌어내려 하자 운주가 나를 단단히 껴안으며 간청하였다.

"폐하, 자비를 베푸소서! 폐하, 자비를 베푸소서!"

그러나 기우는 아무 말 없이 정 부인의 붉어진 뺨만 어루만질 뿐이었다. 다정한 그의 눈빛으로 보아 그의 눈에는 오직 그녀만 보이는 듯했다.

"폐하, 이리 가냘픈 소녀가 어찌 예순 대의 형장을 견딜 수 있겠습니까? 죽고 말 것입니다."

운주는 나를 부둥켜안은 채 그에게 계속해서 간청하고 있었고, 나는 시종 기우에게 시선을 고정하고만 있었다. 가슴이 너무 아팠다.

"끌어내라."

그는 귀찮다는 듯 다시 명령을 내렸다. 그는 나를 용서할 생각이 없었고, 운주의 말도 더 이상 들을 생각이 없었다.

운주가 갑자기 나를 놓고는 그의 발 앞에 엎드리며 말했다.

"폐하, 아씨를 구하기 위해……, 신첩이 죽음을 불사하고 불길 속으로 뛰어들었던 일을 봐서라도, 제발 그녀의 불경을 용서하여 주시옵소서."

운주가 오열하며 온몸을 떨었다.

그녀의 말을 들은 기우의 눈빛이 흔들렸고, 바닥에 엎드려 있는 운주를 내려다보며 한참 동안 깊은 생각에 빠진 듯하더니 결국 나를 용서해 주었다. 그러고는 자신에게 바짝 기댄 정 부인을 안은 채 그렇게 떠나갔다.

죽음과 같은 고요에 싸인 측전에서 녹초가 된 운주는 힘없이 차가운 바닥 위에 엎드려 있었다. 나 역시 얼어붙은 채 차가운 미소를 짓고 있었다.

그렇다. 방금 전의 그야말로 내가 알고 있던 기우다. 무정하고 냉혹하며 자신에게 가치 없는 것에는 조금도 마음을 쓰지 않지 않던 그가 아닌가. 그런 그가 나와 함께하기 위해 오랜 시간 동안 좇아온 목표를 포기하려 했었다. 그런 결정을 하기까지 얼마나 큰 용기를 필요로 했을까? 하지만 지금의 그는 그때의 충동적인 결정을 이미 후회하고 있지 않을까? 지금, 그의 마음속에서 나는 어떤 위치에 있을까?

"폐하께서 나를 왜 귀빈으로 봉하셨는지 궁금하지 않느냐?"

운주는 여전히 바닥에 엎드려 있었고 그 어조는 절망에 가까웠다.

"은혜에 보답하기 위함이었다. 아가씨를 구하기 위해 불길 속으로 뛰어든 나는 얼굴을 잃었지. 폐하께서는 나에게 고마워하셨고 또한 나를 불쌍히 여기셨다. 그래서 나를 귀빈에 봉하셨지. 모르셨던 게야. 죽는 날까지 폐하에게 이런 냉대를 받느니 차라리 평생 곁에서 시중을 들며 사는 것이 내게는 행복이라는 사실을."

나는 운주의 곁에 꿇어앉아 부들부들 떨며 그녀를 끌어안았다. 그녀가 이리도 무정하고 매정한 후궁에 들어온 것은 나 때문이었다. 내가 운주를 망쳐 놓았다. 바로 내가⋯⋯.

"마마, 더 이상 침묵하지 마십시오. 마마께서는 폐하의 마음을 빼앗아 오셔야 합니다."

"빼앗아?"

고개를 든 그녀의 얼굴에는 눈물 자국이 가득하였다. 운주는 이해할 수 없다는 듯 나의 눈을 바라보았다.

"소인이⋯⋯, 마마를 도울 것입니다."

이것은 약속이었다. 지난 몇 해 동안 운주가 나를 위해 겪어야 했던 고통과 희생에 보답하기 위해 나는 반드시 그녀를 도울 것이다.

반딧불이는 춤을 추고

지난번, 백앵궁에서 정 부인의 미움을 산 그날부터 석 달이 지났지만 편무각의 궁녀들은 다른 후궁의 궁녀들에게 홀대를 받았고, 그 누구도 우리와 가까이하지 않으려 했다.

편무각은 실로 적막하고 쓸쓸하여 처량하기 짝이 없었다. 어느새 가을이 깊었고 떨어진 꽃잎은 세상을 붉게 물들였다. 나뭇잎도 시들어 떨어졌고 오동나무도 우수에 젖어 있었다.

나는 어렵사리 한 환관에게서 중궁中宮 서쪽에 위치한 벽옥호碧玉湖라는 호수에 대해 알아냈다. 중궁 서쪽에 위치한 그곳은 매우 음산하여 이름 모를 수많은 여인들의 시체가 호수 위로 떠올랐다고 한다. 그리고 오랜 시간이 흐른 지금은 아무도 찾지도, 묻지도 않는 곳이 되었다고 한다. 그러나 오늘 밤, 나는 꼭 그곳에 가야만 한다.

둥글고 큰 달이 서리 같은 빛을 발하며 어둡고 서글픈 하늘 위에 고요히 걸려 있었다. 잔잔한 호수 위로 달빛이 비쳤고, 호수 근처에는 가시덤불과 들풀이 무성하여 마치 초목이 빽빽하게 들어선 깊은 숲 속 같았다. 들고 온 자루를 움켜쥐고 잠시 고민하던 나는 마침내 차가운 숨을 내뱉으며 내 몸 전체를 삼켜 버릴 듯한 풀숲 안으로 걸어 들어갔다.

가시덤불이 쉴 새 없이 어깨를 쳐 댔다. 그리고 돌연 녹색 불빛이 스쳐 지나가는가 싶더니 푸른 별 같은 수많은 불빛이 내 주위를 맴돌며 춤을 추기 시작했다. 그러나 나는 멈추지 않고 가시덤불 사이를 헤쳐 나갔다. 바람이 머리를 엉망으로 만들었고, 술 장식은 바람에 헝클어졌으며, 손바닥에는 찌릿한 아픔이 전해졌다.

녹색 불빛은 춤을 추듯 날았고, 시원한 바람이 천천히 불어오자 바람결에 흔들리고 뒤얽히며 아름다운 모습을 연출해 냈다. 그것은 마치 꿈결에서나 볼 법한 자연의 아름다움이었다. 그러나 이 순간, 내게는 눈앞에 펼쳐진 이 가슴 뛰는 풍경을 감상할 여유가 없었다. 오직 반딧불이를 많이 모아야 한다는 생각뿐이었다.

나를 구해 준 기우는 나와 혁빙이 한 객잔에 머무를 수 있게 해 주었고, 나는 그제야 편안히 잠을 잘 수 있었다. 그러나 꿈속에서는 부황과 모후가 참혹히 죽음을 맞이하던 모습이 끝없이 반복되고 있었다. 침대에서 벌떡 일어난 나의 온몸은 식은 땀으로 젖어 있었다. 마음속을 짓누르고 있는 어두움을 몰아내기 위해 나는 객잔 뒤뜰로 나갔다.

끝없이 펼쳐진 풀숲을 바라보자 마음속 깊은 곳에서부터 서러운 마음이 솟구쳤다. 그때, 녹색 불빛이 수풀 사이를 날아다니고 있는 것이 얼핏 보였다. 풀숲으로 걸어 들어가니 반딧불이가 홀연 그 모습을 드러내고 내 주위를 에워싸기 시작했다. 나는 손을 들어 천천히 날고 있는 반딧불이를 만져 보았고, 내 얼굴에는 쓸쓸한 미소가 번져 갔다. 옛 생각이 떠올랐다.

언제 왔는지 기우가 서 있었다.

"복아 공주, 그대는 참으로 무정하구려!"

그가 갑자기 큰 소리를 내어 고요함을 깨뜨리고 내 순간의 즐거움을 방해했다. 손을 내려놓은 나는 그의 눈빛 속에 담겨 있는 한 줄기 경계의 마음을 읽어 냈다.

그가 나를 향해 걸어오자 반딧불이들이 놀라 흩어졌다.

"나라가 사라지고 부모가 세상을 떠났거늘 그대에게는 어찌 반딧불이를 즐길 마음이 남아 있단 말이오? 그토록 행복한 미소까지 짓다니."

준수한 용모와 우아한 모습으로 의기양양하여 말하는 그를 바라보자 나의 미소도 자연스레 사라지고 말았다.

"제가 미소를 짓고 있다 하여 망국의 고통을 느끼지 못하는 것은 아닙니다."

옆으로 고개를 돌려 하늘 위에 가득 퍼진 녹색 불빛을 멍하니 바라보자 눈앞이 아득해져 왔다.

"여기에 있는 반딧불이 한 마리, 한 마리는 모두 저의 소망을 대변하고 있습니다. 부황과 모후께서 하늘에서 편안히 지내시길 바라는 소망을 말입니다."

"너무 순진한 생각이군."

그가 손을 뻗어 반딧불이 한 마리를 잡아 매정하게 눌러 죽였다.

"반딧불이가 소망을 대변한다고? 그렇다면 반딧불이에게 나라 수복의 소망을 비시오!"

나는 내 얼굴에서 핏기가 사라지는 것을 느꼈다. 입술을 움직였으나 한 마디의 말도 튀어나오지 않았다. 그의 수려하고 온화한 얼굴 위에 오만함이 드러났다. 그는 무서울 만큼 차갑게 웃고 있었다.

"나도 전에는 소망이라는 게 있었소. 그러나 그게 얼마나 어리석은 것이었는지 알게 되었지. 만약 그대의 부황과 모후가 하늘에서 편히 쉴 수 있기를 바란다면 차라리 용기를 더 내어 그들을 위해 복수하시오."

옛 생각에 절로 씁쓸한 웃음이 흘러나왔다. 내 마음속의 증오는 어쩌면 기우가 불러일으킨 것일지도 모른다.

"반옥?"

놀라움 섞인 목소리가 뒤편 풀숲에서 들려왔다. 크지도 작지도 않은 그 목소리가 고요 속에 한참 동안 메아리쳤다. 나는 깜짝 놀라 그 자리에 얼어붙은 채 고개조차 돌리지 못하고 그저 풀숲을 가르며 걸어오는 발소리를 듣고만 있었다. 요동치는 마음으로 고개를 돌려 나는 갑자기 발걸음을 멈춘 눈앞의 진남왕 기성을 바라보았다. 그의 얼굴 위에 번지던 감격 어린 미소가 돌연 사라지고 당황하고 실망한 표정이 떠올랐다.

"너는 누구냐?"

"소인은 설해입니다."

나는 고개를 숙이고 최대한 목소리를 낮추어 대답했다.

"어찌 목소리마저 이토록 비슷할 수 있단 말이냐? 너는 반옥이다."

그의 농담 반 진담 반과 같은 말투는 나를 놀래기에 충분했다. 내가 알던 기성은 이렇게 총명하지 않았는데, 설마 지난 사 년 동안의 단련과 연마가 그를 이토록 성숙하게 만들었단 말인가?

"소인은 무슨 말씀이신지 모르겠사옵니다."

기성이 가볍게 웃었다. 눈썹을 찌푸리며 웃고 있는 그를 바라보는 나의 마음속에 한기가 채워지고 있었다. 그는 왜 웃는 것일까?

"여기서 무엇을 하고 있었느냐?"

그가 갑자기 화제를 바꾸었다.

"반딧불이를 잡고 있었습니다."

그가 더 이상 캐묻지 않자 나의 마음도 천천히 평정심을 되찾았다. 기성이 고개를 들어 춤추듯 날고 있는 반딧불이를 바라보며 조용히 탄식하듯 말했다.

"내가 돕겠다."

나는 깜짝 놀라 그를 바라보았다.

왕야의 신분인 그가 언제부터 꼬마 아이들의 놀이를 좋아하게 된 걸까? 이제껏 어린아이의 천진난만함을 숨기고 있었던 걸까? 내가 넋을 놓고 있는 사이, 그가 내 손에서 자루를 낚아채 갔다.

"어서 잡지 않고 뭐 하고 있느냐?"

그의 말에 정신을 차린 나는 빙그레 웃으며 녹색 빛을 발하고 있는 반딧불이를 잡기 시작했다.

나는 경계심을 완전히 풀었다. 아마도 그가 나의 유일한 벗이기 때문일 것이다. 혹은 그가 언제나 내게 자신의 가장 솔직하고 진실한 마음을 보여 주었기 때문일지도 모른다. 나의 외모가 예전과 달라도 그는 내 이름을 불러 주었다. 그러나 기우는 그러지 못했다. 이것이 사랑하는 이와 벗의 차이인 것일까?

나는 미소를 지으며 한 손 가득 잡은 반딧불이를 가지고 그의 곁으로 걸어가서 그가 쥐고 있는 자루를 바라보았다. 그런데 어쩐 일인지 그는 전혀 반응이 없었다. 나는 팔로 그를 툭툭 치며 말했다.

"무슨 생각을 하십니까? 어서 자루를 여세요."

그제야 기성이 난처한 듯 웃으며 자루를 살짝 연 후, 곧바로 그 입구를 세게 움켜잡았다. 그의 목소리가 다시 들려왔다.

"반딧불이를 왜 이렇게 많이 잡느냐? 단순히 재미로 잡는 건 아닌 것 같은데?"

"그저 재미로 잡는 것뿐입니다."

나는 고개도 돌리지 않고 대답하였으나 또다시 들려온 낮은 탄식 소리에 움직임을 멈추었다. 이상하게 여긴 나는 그를 바라보았다.

"어찌 탄식하시는지요?"

기성이 씁쓸하게 웃으며 잡초로 우거진 바닥에 앉았다. 그는 왕야가 아닌가? 그런데도 잡초 위가 더럽다고 여기지 않는 것인가? 그의 시선은 멍하니 날고 있는 반딧불이의 움직임만을 좇고 있었다.

"어릴 적에는 나 역시 형님, 아우와 함께 자주 반딧불이를 잡았지. 그러나 이후 어마마마께서 그들과 함께 노는 것을 허락지 않으셨다. 어마마마께서는 내게 이 궁궐에서 친어미인 자신을 제외하고는 그 누구도 믿어서는 안 된다고 말씀하셨지. 평소에 내게 아무리 잘하는 사람이라도 언제든 내 등에 칼을 꽂을 수 있다셨다."

달빛 아래에서 그의 눈 안에 서려 있는 깊은 고독과 슬픔이 드러났다. 이미 태비太妃가 된 명 귀인은 여전히 기성을 황위에 앉힐 생각을 버리지 못하고 있는 것인가?

"사실 명 태비마마께서 하신 말씀에도 일리가 있지 않습니까? 만약 태자 전하와 기……."

내 목소리는 점점 작아졌고, 결국 나는 입을 꼭 다물어 버렸다.

"나는 너에게 내 신분을 말한 적이 없다."

그의 의미심장한 말에 나는 조금 전의 말실수를 어찌 설명해야 할지 조급히 머리를 굴렸다. 그러나 그가 먼저 입을 열었다.

"데려다 주겠다."

나는 고개를 끄덕였다. 더 이상 해명하고 싶은 생각도 들지 않았다. 기성이 무엇을 보고 무엇을 알아냈는지는 모르겠으나 그는 더 이상 이 이야기를 꺼내지 않았고, 나는 그것에 감사했다. 그보다 더욱 감사한 것은 나를 이렇게나 이해해 주는 좋은 벗이 나에게 있다는 사실이었다.

밤은 길고, 창에서 흘러나온 밝은 빛이 숲 속의 고독한 그림자를 비추고 있었다. 꽃향기가 은은히 풍겨 왔고, 밤새 꽃송이가 정원 가득 떨어졌다.

기성이 후궁 안으로 들어오는 건 적절치 않은 일이었기에 그는 나를 중궁까지만 데려다 주었다. 나는 조심스레 방으로 돌아와 조용히 문을 열었고, 같은 방을 쓰고 있는 남월의 잠을 방해하지 않기 위해 최대한 소리를 내지 않으며 문을 닫았다.

"요 며칠, 자주 늦게 들어오네."

뒤편에서 홀연히 남월의 소리가 들려오는 바람에 나는 깜짝 놀라고 말았다.

"해야 할 일이 좀 있어서……."

탁자 옆을 지나가면서 그 위에 놓여 있는 초에 불을 붙이자 은은한 촛불이 온 방을 환하게 밝혔다.

"해야 할 일? 귀빈마마께서 분부하신 거야?"

침대에서 일어난 남월이 겉옷 하나를 대충 걸치고는 나를 향해 걸어왔다. 나는 아무 말 없이 이미 차갑게 식어 버린 차를 따라 마른 목을 축였다. 내 정면에 서서 남월도 차를 한 잔 따 랐으나 그저 찻잔을 손에 들고 있을 뿐이었다.

"나는 너를 정말로 이해하지 못하겠어. 냉대받고 있는 마마 를 위해 감히 정 부인에게 손찌검을 하고 지금도 마마를 위해 이토록 뛰어다니니…… 그래 봤자 다 소용없는 일이야."

"시녀라면 주인님을 위해 일하는 것이 당연한 도리지."

나는 들고 있던 도자기 찻잔을 소리가 나도록 탁자 위에 내 려놓았다. 남월은 가볍게 조소하며 내 귓가에 대고 작은 목소 리로 말하였다.

"지금의 수 귀빈마마 상황은 앞으로도 절대 변할 리 없어. 우리도 어서 기댈 만한 다른 주인을 구해야 살길을 찾을 수 있 다고."

"지금 네가 무슨 말을 하고 있는지 알기나 하는 거야?"

나는 그녀의 불경한 말을 잘라 버렸다.

"이 후궁 안에서 권세와 권력에 기대지 않고는 비참한 나 날을 보내게 될 뿐이야. 그날, 백앵궁에서 정 부인이 수 귀빈 을 그토록 조롱하고 비웃었어도 수 귀빈은 한마디도 되받지 못하셨어. 너같이 아무것도 모르는 애나 수 귀빈을 위해 정 부인의 미움을 살 엄두를 내는 거야. 황제 폐하께서도 누가 옳고 그른지 묻지조차 않으시고 너를 끌어내어 치라 하지 않 으셨니? 수 귀빈이 목숨을 걸고 너를 지켰기에 지금 네 목숨이 붙어 있는 거야. 이것만 봐도 후궁 안에서의 편무각의 지위를 알 수 있지."

남월이 잠시 말을 멈추고는 진지한 눈빛으로 나를 바라보며 말을 이었다.

"만약 우리에게도 정 부인 같은 힘 있는 주인이 있다면……."

"그만해!"

거친 나의 고함 소리에 남월은 꽤나 놀란 듯 아무 말도 잇지 못하고 이성을 잃은 듯한 나를 바라보고만 있었다. 나 역시 지나쳤다는 걸 깨닫고는 마음을 가라앉히며, 남 몰래 두 주먹만 불끈 쥐었다.

"네가 말한 것처럼 그날 귀빈마마께서는 나같이 천한 시녀를 위해서 바닥에 엎드려 폐하께 나의 죄를 용서해 달라고 간청하셨어. 이렇게 좋은 주인이 있는데 내가 어찌 마마를 버리고 다른 주인을 찾는단 말이니?"

"어리석기는!"

남월이 온 힘을 다해 들고 있던 찻잔을 내려놓자 찻잔 속의 차가 사방으로 튀어 나의 얼굴은 물론 그녀의 소맷자락에도 적지 않은 얼룩을 남겼다.

다음 날 술시戌時[51], 나는 반딧불이를 잡으러 다시 중궁의 벽옥호로 향하였다. 그런데 놀랍게도 기성이 그곳에서 나를 기다

---

51 지금의 저녁 7시에서 9시 사이.

리고 있었다.

그는 오늘 내가 이곳을 다시 찾아올 것을 어찌 알았을까? 비록 의혹이 가득 일었으나 나는 자세히 묻지 않았다. 그저 그와 함께 반짝이며 흔들리는 반딧불이를 잡을 뿐이었다.

비밀스러운 만남, 몇 번이나 더 있겠는가? 가을 달빛은 어쩐지 근심이 있는 듯하고, 약한 바람은 한 줄기의 한기를 머금고 있는데, 희미한 향기가 어슴푸레 풍겨 오고 있었다.

닷새 동안 기성은 나를 도와 지칠 때까지 반딧불이를 잡았고, 자루가 가득 채워지면 나를 중궁까지 데려다 주었다. 그런데 오늘 밤에는 예전에 그가 머물던 금승전으로 나를 데려가더니 아랫사람들에게 술상을 준비하라 명하였다.

고운 꽃 문양의 주전자 가득 채워진 술 향기가 코끝을 찔러 왔고, 그 향기를 맡는 것만으로도 취기가 더해져 마음이 스르르 풀리는 것만 같았다. 돼지고기와 함께 튀겨 낸 가지 요리, 얼음설탕과 차가운 물로 끓여 낸 흰목이버섯 요리, 닭고기를 편으로 썰어 볶은 요리, 계란을 입혀 튀겨 낸 두부 요리 같은 일반 가정에서 먹을 법한 네 가지 요리가 상 위에 올라왔다. 향긋한 음식 냄새가 술 향기와 어우러지자 참을 수 없을 만큼 배가 고파 오기 시작했다. 이 황궁 안에서 이런 민간에서 먹을 법한 요리를 접하기란 참으로 쉽지 않은 일이었기에 나는 기성의 특별한 마음 씀씀이에 감동했다.

"어서 먹어라. 내 앞에서 무슨 예의를 차리느냐?"

젓가락을 들지 못하고 있는 나를 바라보며 기성이 재촉하였다.

"그럼 예의 차리지 않고 잘 먹겠습니다!"

놓여 있는 숟가락을 들어 음식을 가득 떠서 입으로 가져가자 맛 좋은 음식의 풍미가 입안 가득 퍼져 나갔다. 한참을 아주 맛있게 먹고 있다가 나는 기성이 젓가락도 건드리지 않은 채 내가 먹는 모습을 가만히 바라보고만 있다는 걸 깨달았다. 나는 부끄러움이 일어 어서 함께 먹자며 그를 재촉했다.

"네가 먹는 모습을 바라보는 건 참으로 즐겁구나."

그가 다정한 미소를 지었다. 맑은 물과 같이 투명한 미소였다.

나는 입술 사이에 젓가락을 댄 채 잠시 얼이 빠져 있다가 이내 살짝 미소를 지으며 말했다.

"왕야의 말을 듣는 것 역시 참으로 즐거운 일입니다."

그 순간, 우리는 말없이 서로를 바라보며 옅은 미소를 지었고, 동시에 술잔을 들어 서로의 잔에 부딪쳤다. 부딪힌 술잔에서 낭랑한 소리가 울려 퍼져 나의 마음을 두드렸다.

한 잔을 단숨에 비우니 목 안이 뜨겁게 달아올라 나는 곧바로 닭고기 몇 점을 입안으로 급히 집어 넣었다. 고개를 옆으로 살짝 돌려 창밖의 밤하늘을 바라보니 쓸쓸하고 처량한 둥근 달이 하늘에서 세상을 내려다보고 있었다. 나도 모르게 시 한 구절이 흘러나왔다.

"술을 마주하고 노래하니, 인생은 얼마나 되겠는가?"[52]

---

52 조조가 적벽대전을 앞두고 지은 〈단가행(短歌行)〉의 첫 구절.

나는 기성과 함께 몇 잔의 술을 더 비웠다. 참으로 오랫동안 이토록 즐겁게 술을 마신 적이 없었다.

"마음이 통하는 막역한 벗과 남녀의 벽을 뛰어넘어 우의를 나눌 수 있으니, 저의 복입니다."

나는 다소 취했으나 정신만큼은 더할 나위 없이 또렷했다.

"네 말은 나를 너의 막역한 벗으로 여기고 있다는 뜻일 테니, 내가 지금 묻는 말에 솔직히 대답해 주었으면 한다."

기성이 나를 한참 동안 바라본 후 큰 결심이라도 한 듯 입을 열었다.

"너는 반옥이다."

"그렇습니다."

조금의 머뭇거림도 없이 말을 뱉어 낸 나는 기성의 표정을 살폈다. 평온해 보이는 그의 모습은 이미 내가 누구인지 확신하고 있었던 듯했다. 나 역시 미소를 지으며 물었다.

"제가 이렇게 솔직히 말하였으니, 제게도 사실을 말씀해 주십시오. 황위, 여전히 바라고 계십니까?"

"그렇다. 한순간도 포기한 적 없다."

기성은 군 장막에서 그랬던 것처럼 조금도 숨김없이 분명하게 답해 주었다.

"황제……, 납란기우, 그가 네 사랑이냐?"

그의 이번 물음은 나의 미소를 모조리 거두어 갔다.

그가……, 어찌 나와 기우의 일을 알고 있단 말인가?

나는 긴 침묵을 지키며 술 한 잔을 따라 단숨에 들이켰다.

그러나 성에 차지 않아 다시 또 한 잔을 따르고 마셨다. 내가
연속으로 다섯 잔을 마시자 기성이 술 주전자에 올린 나의 손
을 붙잡아 더 이상 마시지 못하게 하였다.

"원치 않는다면 억지로 대답하지 않아도 된다."

나는 고개를 숙인 채 손에 쥐고 있는 술잔만 바라보았다. 술
잔은 이미 바닥이 드러나 있었다. 씁쓸한 웃음이 흘러나왔다.

"그래요. 저는 그를 사랑하고 있습니다."

내가 다시 정신이 들었을 때는 이미 다음 날 정오가 되어 있
었다. 해는 중천에 떠 있었고, 태양은 작열하고 있었다. 어지러
운 관자놀이를 누르며 겨우 눈을 뜬 나는 걱정스러운 눈빛으로
나를 바라보고 있는 두 눈과 마주쳤다. 그녀는 여전히 몽롱한
상태인 나를 조심스럽게 일으켜 베개에 기대게 해 주었다.

"드디어 깼구나."

"마마, 어찌 이곳에?"

목이 말라 버려서 내 목소리에는 유난히 기운이 없었다.

"오늘 아침 네가 시중을 들러 오지 않기에 어찌 된 일인지
남월에게 물어보니 네가 숙취로 아직 일어나지 못하였다고 하
더구나. 그래서 너를 보러 왔단다."

그녀의 온화하고 따스한 목소리에 무겁던 나의 마음이 조금
씩 가벼워졌다. 나는 다시 고개를 돌려 운주 뒤에 서 있는 남월
을 향해 의아해하며 물었다.

"어젯밤에 내가 어떻게 이곳에 돌아왔니?"

"진남왕의 병사가 너를 데리고 왔어."

이 말을 하는 그녀의 표정은 매우 기묘했다. 내 마음속의 걱정도 더 짙어졌다.

혹여 내가 실수라도 한 것일까? 어젯밤의 일을 생각해 내려 노력해 보았으나 아무것도 떠오르지 않았다. 혹여 내가 하지 말아야 할 말을 하지는 않았을까? 그게 아니라면 술주정이라도 부리지 않았을까?

"설해야, 진남왕과 아는 사이니?"

운주의 눈빛에도 한 가닥 의혹이 드러났다.

"아닙니다. 길에서 우연히 만나게 되어……, 같이 술 몇 잔을 했을 뿐입니다."

나조차도 믿지 않을 이야기였다. 이것이 바로 과음의 대가다. 앞으로는 절대 이렇게 많이 마시지 않으리라.

"참! 마마, 오늘 아침 약은 드셨는지요?"

나는 급히 화제를 돌렸다.

"한 시진 전에 이미 먹었단다. 네가 준 그 약방문은 참으로 효과가 좋더구나. 두 달을 먹고 나니 비록 얼굴의 상처는 여전히 남아 있으나 통증은 많이 사라졌단다. 예전만큼 그리 흉측하지도 않고 말이다."

운주가 기뻐하며 자신의 왼쪽 뺨에 남아 있는 커다란 상처를 어루만졌다.

"그 약을 계속 드신다면 작은 통증까지 모두 사라지게 될 것입니다."

이 약방문은 나의 얼굴이 망가졌을 때, 신의가 내게 적어 준 것이었다. 비록 나는 새 얼굴을 갖게 되었으나 얼굴 아래의 상처는 여전히 통증을 불러일으켰고, 그것은 온몸이 갈기갈기 찢어지는 듯한 고통이었다. 신의가 고안해 낸 그 약을 나는 반년 동안 복용하였고, 결국 모든 고통이 말끔히 사라졌었다. 운주의 상처는 생긴 지 이미 몇 년이나 지난 것이지만 어쩌면 이 약방문이 운주에게도 효과가 있을지도 모를 일이어서 나는 과감하게 시도해 보기로 했었는데 정말로 운주의 통증이 사라지고 있을 뿐만 아니라 검붉은 상처의 색도 옅어지고 있는 것이다. 역시 천하 제일이라는 신의의 약방문다웠다.

"그럼 내 얼굴의 상처도……?"

운주가 기대하는 눈빛으로 나를 바라보았으나 나는 가볍게 고개를 가로저었다. 만약 이 약으로 상처까지도 완전히 제거할 수 있었다면 당초 신의가 내게 다른 얼굴을 만들어 주지도 않았을 것이다.

운주는 다소 실망한 듯 어깨를 축 늘어뜨렸다. 그러나 이내 평소의 모습을 되찾고는 내게 미소 지으며 물었다.

"너의 일은 잘되어 가고 있느냐?"

나는 아무 말도 하지 않은 채 여전히 운주의 뒤에 서 있는 남월을 바라보았다. 나와 눈이 마주치자 그녀가 눈치 있게 몸을 피하며 말하였다.

"소인은 마마의 점심 식사를 준비하러 가겠습니다."

남월이 물러가는 걸 확인하고 나서야 나는 경계심을 풀었고, 운주의 귓가에 대고 작은 목소리로 말하였다.

"열흘 후, 중추절[53] 밤에⋯⋯."

칠 일 후, 나는 또다시 중궁의 벽옥호를 찾았고 이번에도 기성과 마주칠 수 있기를 바랐다. 매우 중요한 일을 부탁해야 하기 때문이었다.

가을이 깊어졌다. 이제 반딧불이의 수가 많이 줄어들어 가시덤불이 흔들릴 때마다 두세 마리의 반딧불이가 그 안에서 날아오를 뿐이었으나, 곳곳의 반짝임은 고요하고 황량한 이곳을 더욱 아름답게 만들었다.

수풀 사이를 가로질러 호숫가에 앉아서 나는 두 발을 하늘을 향해 살짝 들어올렸다. 평온한 호수에는 때때로 둥근 물결이 넘실거리고 있었다.

지난번, 금승전에서 술에 잔뜩 취했던 그날 이후 나는 이곳을 찾지 않았다. 혹여 술에 취한 내가 기성 앞에서 하지 말아야 할 말을 하지 않았을까 하는 우려 때문이었다. 술을 거나하게 마신 그 이후의 일을 전혀 기억하지 못하고 있으니 말이다.

칠흑같이 어두운 밤하늘을 바라보았으나 달은 찾아볼 수 없었다. 며칠 후면 추석이건만 달빛은 이 고독하고 무정한 황궁에 모습을 비추지 않으려는 것인가?

"나는 네가 나를 피하고 있는 줄 알았다."

---

53 우리나라의 추석에 해당하는 명절. 중국의 4대 명절 중 하나이다.

짓궂은 기성의 목소리에 나는 깜짝 놀랐다. 사실 나는 정말 그를 만날 수 있으리라는 기대를 하고 있지는 않았다. 지존하신 왕야께서 어찌 그리 시간이 많아 이 황량한 곳까지 또 찾아오겠는가?

고개를 돌려 나와 어깨를 나란히 하고 앉는 기성을 바라보며 나는 난처한 기색을 드러냈다.

"그날 밤……, 제가 혹시 실수를 하지는 않았는지요?"

고개를 숙인 채 호수를 응시하고 있던 그가 살짝 미소 지으며 말했다.

"또 다른 너를 알게 되었지."

그의 말에 담긴 진정한 의미를 곰곰이 생각하고 있을 때 기성이 다시 말을 이었다.

"말해 보아라, 무슨 일로 나를 찾은 건지."

웃음이 났다. 그는 참으로 나를 잘 알고 있구나. 내가 이곳에 온 이유가 그에게 부탁할 일이 있어서라는 것까지 예상하고 있다니……. 이렇게 된 이상 나는 말을 돌리지 않고 단도진입적으로 말하기로 결심했다. 나는 이미 여러 번을 접어 작은 네모 모양이 된 편지를 소매에서 꺼내어 그에게 건네주었다.

"중추절에, 이 편지를 폐하께 전해 주셨으면 합니다."

기성은 편지를 펼쳐 찬찬히 살펴보았다. 달빛이 없었으므로 그는 편지를 아주 가까이 대고서야 그 내용을 읽을 수 있었다.

"낙화의 행복한 향기 멀리 퍼져 갔으나 흔적 없이 사라졌고, 아름다운 그대가 미천전으로 돌아오길 꿈에서도 그리노라."

그는 나지막이 시를 읊은 후 그 편지를 품에 잘 챙겨 넣고는 시원스레 대답했다.

"그러지!"

그는 사 년 전처럼 내가 하는 일에 대해 자세히 캐묻지 않았다. 갑자기 몇 방울의 비가 얼굴 위로 떨어져 나는 하늘을 올려다보았다.

"비가 내리네!"

이래서 오늘 밤 달빛이 구름에 가리고 공기가 무겁게 내려앉아 있었던 것이로구나. 이 모든 것이 큰비가 내리기 전의 징조였다.

우리는 비를 피하기 위해 곧바로 벽옥호를 떠나 회랑으로 달려갔다. 다행히 아주 큰비는 아니어서 제때에 도착할 수 있었다. 그저 이마 아래의 술 장식만이 조금 젖었을 뿐이었다. 빗방울은 점점 더 굵어져 그칠 것 같지 않아 보였다.

나뭇가지에 걸려 있던 마른 나뭇잎은 가을비에 모두 떨어졌고, 정원 가득 떨어진 낙엽 냄새도 점점 사라져 갔다. 회랑 끝에서 어깨를 나란히 하고 서서 우리는 아무 말도 하지 않은 채 내리는 비가 진흙을 때리는 모습을 함께 바라보고 있었다. 진흙이 사방으로 튀어 우리 옷자락을 더럽혔다.

"오라버니? 조금 전 어마마마께 문안을 갔을 때 오라버니는 일찍 돌아갔다고 하시던데, 어찌 여기에 계세요?"

영월 공주였다. 그녀는 자색 비단을 재단해 만든 주름치마에 봉황이 수 놓인 옷을 입고, 초승달 모양으로 머리를 올리고,

진주와 비취 장신구로 치장하고 있었다. 그리고 그녀의 뒤에는 몇 개월간 보지 못했던 내 생명의 은인이 검은 도포를 입고, 새까만 머리카락을 금빛 비단 끈으로 하나로 묶은 채 서 있었다. 참으로 기품 있어 보이는 모습이었다.

나를 본 한명은 깜짝 놀란 듯하였으나 함께 있는 이들 탓에 소리 내어 묻지 못하고 조용히 서 있었다.

나는 침착하게 그들을 향해 예를 갖춰 인사를 올렸다.

"오라버니, 언제부터 이런 궁녀한테 관심이 생기신 거예요?"

영월의 시선이 잠시 내 얼굴 위에서 맴돌았다.

"예쁘장하게 생기긴 했는데 정말로……, 오라버니 취향인 거예요?"

그녀의 말에는 장난기가 가득했다.

"영월아, 소동 피우지 말아라."

기성의 말투는 매서웠다. 그러나 그녀는 위축되기는커녕 오히려 나를 향해 계속 질문을 이어 갔다.

"네 이름은 무엇이냐? 어느 궁의 시녀이냐? 네 주인에게 너를 나에게 달라고 하면 어떨까?"

"그녀는 설해라고 한다. 편무각 수 귀빈의 시녀지."

영월에게 나의 신분을 알려 주는 기성의 말투에 이상하게도 경고의 기색이 묻어 있었다. 영월의 안색도 순식간에 변해 버렸다.

"수 귀빈?"

그녀의 목소리에는 불편한 기색이 어려 있었다.

왜일까? 설마 운주가 온 후궁의 표적이라도 된 것일까?

"영월아, 그만하거라."

기성의 말이 떨어지자 회랑은 깊은 고요함에 빠져들었다. 모두들 각자의 근심을 품고 있는 듯 분위기가 몹시 기이하게 변해 버렸다.

운주를 언급한 이후 영월은 입을 굳게 다물었다. 분명 이유가 있을 것이다. 나는 후궁에서 운주를 안전하게 지키기 위해 그 이유를 반드시 알아내야만 했다. 그러나 지금 현재 가장 중요한 일은 황제가 운주를 총애하도록 하는 것이었다. 그것만이 운주가 최소한의 안위라도 보장받을 수 있게 하는 길이었다.

중추절, 가을 하늘은 높고 맑았으며 바람은 따사로웠다. 황제는 오늘 밤 정 부인과 함께 보낼 것이고, 그 어떤 소란도 용납지 않겠다고 말했다. 그럼에도 불구하고 나와 운주는 일찌감치 미천전의 정원에 도착하여 황제가 오기를 기다리고 있었다. 긴장한 운주는 두 손을 핏기가 가셔 새하얗게 되도록 맞잡고 있었다. 이런 모습의 그녀는 본 적이 없었다. 도대체 언제부터 그녀의 마음속에 기우가 이토록 깊이 자리하고 있었던 것일까?

굳게 닫힌 뒷문을 바라보자 옛 기억이 머릿속을 맴돌기 시작했다.

바로 저 문 안에서 그는 내게 말했었다, 나를 누구나 인정하는 자신의 아내로 삼겠다고. 그러나 나와 그의 사랑이란 그저 지키지 못할 공허한 약속일 뿐이었다. 오늘 내가 준비한 모든 것은 운주를 위해서이기도 하지만, 그보다는 복아가 그의 마음 속에서 어떤 위치에 있는지 확인하기 위함이었다.

어둠이 내려앉았다. 대나무 울타리와 이끼가 가득 낀 계단 에서는 귀뚜라미가 낭랑하게 울고 있었고, 하늘에 걸린 새하 얀 달은 천하 만물을 내려다보고 있었다. 나는 피로함을 느끼 고 쓸쓸히 회랑 앞에 앉아 달을 바라보았다. 그림자는 길어지 고 추위는 더해졌으며 옷소매가 바람에 흩날렸다.

운주는 정원 중앙에 가만히 서서 먼 곳을 응시하고 있었다. 그녀의 눈빛에는 기대 대신 옅은 실망이 담겨 있었으나 그녀는 여전히 멍하니 먼 곳만을 바라보고 있었다.

기우는 정말 오지 않는 걸까? 혹은 기성이 그 시를 적은 편 지를 그에게 전해 주지 못한 걸까? 설마 기우가 그 뜻을 읽어 내지 못한 걸까?

"설해야, 우리……."

운주가 먼 곳을 향하던 시선을 거두고 나를 바라보았다. 그 녀는 이미 포기한 듯했다.

"황제 폐하 납시오!"

우렁찬 목소리가 애상에 젖은 분위기를 단숨에 깨뜨렸고, 나와 운주는 무릎을 꿇고 예를 갖추었다. 기우는 무심히 우리 를 훑어본 후 손을 내저어 일어나라는 손짓을 했다.

"낙화의 행복한 향기 멀리 퍼져 갔으나 흔적 없이 사라졌고, 아름다운 그대가 미천전으로 돌아오길 꿈에서도 그리노라."

그가 편지에 적힌 글귀를 읽어 내려갔다.

"이런 수고까지 해 가며 짐을 이곳으로 부른 것은 대체 무엇 때문이냐?"

"폐하, 마마와 방으로 드셔서 말씀을 나누시옵소서."

내가 재빨리 끼어들었다. 지금은 운주가 아무리 많은 말을 한다 한들 모두 헛수고였다. 방으로 들어간 후에야 진짜 이야기를 이어 나갈 수 있을 터였다.

기우가 불현듯 고개를 돌려 날카로운 눈빛으로 나를 한참 동안 바라보다가 결국에는 시선을 거두고 깊이 실망한 눈빛으로 다시 운주를 바라보았다.

"할 말이 있거든 여기에서 하라. 정 부인이 짐을 기다리고 있다."

"폐하, 날씨가 차니 안으로 들어가시지요."

운주가 가느다란 목소리로 애원하듯 말하였다. 깊은 숨을 들이마신 기우가 잠시 생각하는 듯하더니 이윽고 방 쪽으로 걸음을 옮겼다. 종종걸음으로 앞으로 달려간 내가 문을 열자 끼익 하는 소리가 적막한 이곳을 가득 채웠다.

방 안에는 수많은 녹색 불빛이 아른거리고 있었다. 어둠 속을 맴돌며 날아다니는 반딧불이의 반짝이는 불빛이 깜빡이며 그 빛을 발하고 있었다.

기우는 깜짝 놀라며 문지방을 넘어섰고, 눈 한 번 깜빡이지 않은 채 멍하니 사방을 둘러보았다. 그가 지금 이 순간 무슨 생각을 하고 있는지는 알 수 없었다. 운주 역시 그의 뒤에 바짝

붙어 방 안으로 들어갔다. 이 때 몇 마리의 반딧불이가 열린 문을 통해 밖으로 날아가 버렸다. 마치 자유를 찾았다는 듯이, 춤을 추듯 하늘 위로 날아오르며 저 먼 곳으로 사라져 갔다.

"폐하, 이 방 안을 가득 채운 반딧불이는 마마께서 며칠 동안 온 힘을 다하여 정성껏 잡으신 것으로, 한 마리 한 마리마다 마마의 염원이 담겨 있사옵니다. 바로 마마의 언니께서 하늘에서 행복하고 즐겁게 지내시길 바라는 소망입니다."

나의 목소리가 작지만 힘 있게 울렸다.

"언니……?"

기우가 놀라움에 사로잡힌 눈빛을 거두고 고개를 돌려 그 깊은 눈으로 나를 바라보았고, 곧 그 시선을 운주에게로 옮겼다. 나는 처음에 그의 눈빛을 가득 채우고 있던 무관심이 완전히 사라진 것을 똑똑히 알 수 있었다.

운주가 고개를 힘껏 끄덕였다.

"신첩에게 아씨는 친언니와 다름이 없습니다. 오늘은 한 가족이 모이는 추석날 밤입니다. 언니께서 홀로 고독하지 않으실까 걱정이 되어 폐하께 이곳으로 발걸음해 달라 부탁드린 것이옵니다. 신첩은 그저 언니와 폐하께서 이 밤을 함께 보내시어 누군가는 여전히 언니를 그리워하고, 결코 잊은 적이 없다는 것을 언니께 알려 드리고 싶었사옵니다."

목멘 소리로 말을 잇는 운주는 흐느끼고 있었다. 놀란 기우의 눈빛이 점차 비탄에 젖어 가는 걸 바라보며 나는 작은 보폭으로 뒤로 물러나 조용히 문을 닫고 그곳을 빠져나왔다. 그들만의 조용한 공간을 마련해 주어야 했다.

문이 완전히 닫히자 나와 기우 사이도 가로막히고 말았다. 나는 두 손으로 문을 힘껏 짓누르고 있었다.

도대체 왜 나의 마음이 이리도 아프단 말인가? 저 안에 있는 이는 나의 동생인데 어찌 이리도 마음이 아플 수 있단 말인가? 이것은 내가 그녀에게 빚을 갚는 것이다. 빚을 졌으니 반드시 갚아야만 하는 것이다.

주먹을 쥐고 있던 두 손에서 힘을 빼고 몸을 돌려 떠나려 할 때, 안에서 운주의 목소리가 희미하게 들려왔다.

"폐하, 언니를 대신하여 신첩이 폐하를 사랑할 수 있게 해 주시옵소서."

나는 미소 지었으나 씁쓸한 눈물이 눈가로 흘러내렸다.

그래요. 저 대신 그녀가 그대를 사랑하게 해 줘요. 그녀는 분명 저보다 그대에게 더 잘할 거예요. 이제 그대를 포기할게요. 납란기우, 이제 그대를 완전히 내려놓겠어요.

호수 위에는 안개가 자욱하고, 거센 바람이 칼날처럼 꽃잎을 가르고 지나갔다. 차가운 가을바람이 불어오자 시들어 떨어진 화초가 정원을 가득 채웠다.

나는 미천궁 밖에 있는 차가운 돌계단에 기대어 앉아 있었다. 혹여 한순간이라도 마음을 제어하지 못하고 궁 안으로 뛰어 들어갈까 두려워 더 이상 정원에 있을 수 없었던 것이다. 두 주먹을 불끈 쥐자 손톱이 손바닥을 깊게 찔렀으나 통증은 조금도 느껴지지 않았다. 나는 내가 신경 쓰지 않을 수 있으리라 생각했다. 그들이 달콤하게 부부의 정을 나누는 걸 바라보며 대범하게 웃을 수 있을 줄 알았다. 그러나 내가 틀렸다. 한심할 정도로 틀리고 말았다.

오늘 나는 한 가지 사실을 확인했다. 기우는 여전히 나를 사랑하고 있으며, 그의 사랑은 한순간도 변한 적이 없었다. 나는 기뻐해야 했지만 조금도 기쁘지 않았다.

세상에서 가장 가슴 찢어지는 아픔은 사랑하는 두 사람 중 하나가 세상을 떠나는 것도 아니고, 아득히 먼 세상의 끝에 각각 떨어져 있는 것도 아니다. 바로 눈앞에 있는데도 상대방을 알아보지 못하는 것이다.

"세상에 묻노니 정이란 무엇이건데……"[54]

이 한마디에 나는 정신을 차렸고, 담벼락에 기대어 아련한 눈빛으로 나를 바라보고 있는 한명을 보았다.

"당신도 그런 비속한 시를 읊는군요."

나는 코웃음을 곁들여 가볍게 웃으며 독한 말을 내뱉었다.

"그럼 내가 뭐라고 이야기해야 하오? 이 세상에서 오직 달빛만이 고결하다고?"

고개를 들어 밝은 달을 바라보며 한명이 가볍게 웃으며 말하였다. 다시 만난 그의 얼굴에는 세상의 풍파가 그전보다 더 깊게 새겨져 있었다. 지난 몇 개월 동안 그는 그토록 힘든 나날

---

54 금(金)나라 사람 원호문(元好問)의 시 〈매피당(邁陂塘)〉중 〈안구사(雁丘詞)〉의 첫 구절.

을 보낸 것인가?

　나는 그를 하염없이 바라볼 뿐 아무 말도 하지 않았다. 한명은 나를 살짝 바라보더니 이내 나의 두 눈을 똑똑히 마주하며 입을 열었다.

　"근처의 아이들에게서 그대가 관병에게 잡혀 입궁했다는 말을 들었을 때, 나는 그대를 찾을 생각이 없었소. 그대 정도의 지혜라면 그 정도의 난관은 쉽게 피할 수 있을 거라 생각했기 때문이지. 그런데 그대는 정말로 입궁을 했더군. 그대가 원했기 때문이겠지. 그를 포기할 수 없었기 때문이겠지."

　한명의 눈빛은 마치 나를 꿰뚫고 있는 듯하였다.

　"그러나 오늘, 그대는 이 세상에서 가장 사랑하는 이를 수 귀빈 곁으로 밀어 보내더군. 이것이 그대가 입궁한 진짜 이유였던 것이오?"

　나는 여전히 입을 열지 않은 채 그를 담담히 바라보고만 있었다. 그러나 나의 마음속은 그의 말로 인해 완전히 무너져 버리고 말았다. 만약 그럴 수만 있다면 나는 소리 내어 엉엉 울고 싶은 심정이었다. 그러나 나는 그럴 수 없었다. 견딜 수 없을 만큼 아프고 고통스러워도 나는 결코 소리 내어 울지 않았다. 나는 울 수 없었다.

　"그대는 두려운 거요. 그래서 그를 마주하지 않는 것이지. 그가 그대의 그 얼굴을 마음에 들어 하지 않을까 봐 두렵기라도 한 것이오?"

　그의 한 마디 한 마디가 나의 상처를 후벼 팠다.

"아니에요!"

나는 큰 소리로 부정했다. 한명이 갑자기 나를 향해 달려오 더니 내 손목을 붙잡았다.

"좋소. 그럼 내가 그대를 데리고 가 그를 만나게 해 주지. 가 서 직접 말하시오. 그대가 바로 반옥이라고."

"안 됩니다……."

나는 그의 손을 뿌리치려 했으나 그럴수록 한명은 내 손목 을 더 단단히 붙잡았다. 나는 도저히 그의 손에서 벗어날 수 없 었다. 나는 있는 힘을 다해 몸부림을 쳤고, 팔목이 빠져 버릴 듯 아파 왔다.

그는 내가 미친 듯이 발버둥치는 모습을 보고서야 내 손을 풀어 주었고, 나는 바닥 위로 나가떨어졌다. 두 손으로 바닥을 짚고 나는 소리 없이 눈물을 흘렸다. 눈물이 손등 위로, 바닥 위로 떨어졌다.

"그래요. 저는 나약해요. 어리석어요. 하지만 이게 바로 저 예요. 그런 걸 어쩌란 말인가요?"

한명이 몸을 숙여 내 얼굴 위로 흐르는 눈물을 닦아 주며 말 했다.

"미안하오."

"그의 마음속에서 저는 이미 죽은 사람이에요. 제가 죽었다 고 여기고 있는 그의 앞에 제가 굳이 다시 모습을 드러내야 할 필요가 있는 건가요? 제가 다시 나타난다 한들 뭐가 달라지나 요? 저의 이 얼굴, 이렇게나 추한데……, 한 나라의 군주인 그가 어찌 나와 같은 이를 비妃로……, 게다가…….”

　게다가 나는 하나라에서 도망쳐 나온 공주다. 만약 나의 정체가 세상에 밝혀지기라도 하면 당초 기우가 태자를 음해하려 했던 모든 일이 세상에 낱낱이 밝혀지고 말 것이다.

　한명이 갑자기 나를 힘껏 끌어안는 바람에 나는 깜짝 놀라 그를 바라보았다. 그의 품에서 벗어나려 했으나 그는 더 강한 힘으로 나를 끌어안으며 차분한 어조로 말했다.

　“결코 미모가 여인의 전부는 아니오. 내 마음속에서 그대는 세상에서 가장 아름다운 사람이오.”

청아한 향기만이 남아 있다

다음 날, 양심전의 일을 도맡아 하는 총관태감總管太監 서 태감[徐公公]이 수 귀빈綉貴嬪을 수 소용綉昭容으로 책봉한다는 황제의 성지를 들고 편무각을 찾았다. 그의 뒤를 따른 이십여 명의 환관과 궁녀는 온갖 보석과 비단을 들고 서 있었다.

"폐하께서 하사하셨사오니, 스물다섯 개의 최고급 진주, 내무광內無光 일곱 알, 작은 진주 백스무 개, 내오랍內烏拉의 진주 두 개가 박혀 있는 황금 봉황이옵니다."

"폐하께서 하사하셨사오니, 최고급 진주 두 개가 박힌 황금 꽃 두 송이가 꽂혀 있는 모자이옵니다."

"폐하께서 하사하셨사오니, 이등급 진주 다섯 개와 오등급 진주 두 개가 박힌 산호가 에둘러진 황금 목걸이이옵니다."

"폐하께서 하사하셨사오니······."

겨우 하룻밤 사이에 수 귀빈은 세 등급이 높은 소용에 봉해졌다. 이는 황후와 삼부인을 제외한 후궁 가운데 가장 높은 신분이었다. 미천한 출신, 추한 외모의 그녀가 이처럼 황제의 총애를 받게 되었다는 사실을 모두들 믿을 수 없어 했고, 궁녀들 사이에서도 이에 관해 의견이 분분하였다. 그저 추석날 밤, 황제가 가장 총애하던 정 부인을 홀로 남겨 둔 채 미천전에서 못생긴 수 귀빈과 함께 밤을 보냈다는 것만 알고 있을 뿐, 그 누구도 그 안에 숨겨진 진정한 이유를 알지 못했다.

내리 닷새를 황제는 친히 편무각으로 발걸음하여 수 소용과 밤을 보냈고, 심지어 조회가 끝나자마자 바로 편무각으로 향하여 그녀와 이야기를 나누고 바둑을 두고 차를 마셨다. 덕분에 매일 편무각을 찾아오는, 간택을 기다리는 규수들과 비빈들의 행렬은 끝이 없었다. 지금 이 순간, 수 소용의 권세와 세력은 정 부인의 뒤를 바짝 뒤좇고 있었다.

지금의 편무각은 예전의 편무각이 아니었다. 그러나 나는 걱정스러웠다. 모든 이들의 시선이 이곳으로 향하고 있는 지금, 사방에서 적들이 호시탐탐 이곳을 음해하려 할 것이 분명했기 때문이다. 게다가 이 궁중에는 운주를 지켜 줄 만한 든든한 배경이 없지 않은가. 매우 위험했다.

"정말 궁금해서 물어보는 건데, 너는 어떻게 하룻밤 사이에 수 소용이 폐하의 총애를 받게 한 거니?"

궁금증을 이기지 못한 남월이 내 침대 옆으로 바짝 다가와서는 호기심 가득한 얼굴로 물었다. 빙그레 웃은 나는 허리 부근에 있던 이불을 위쪽으로 끌어올리며 말했다.

"마마께서는 본래부터 타고난 아름다움을 갖추셨으니, 하루 아침에 폐하의 총애를 받게 되셨다 해도 그건 당연한 일 같은데?"

남월이 나를 노려보며 말했다.

"너는 늘 그렇게 대충 얼버무리더라. 그럴 줄 알면서도 물은 내가 바보지."

그녀는 자신의 자리로 돌아갔다가 다시 내 곁으로 가까이 와서는 작은 목소리로 물었다.

"너는 도대체 수 소용과 무슨 관계니? 도대체 왜 목숨도 아끼지 않고 그녀를 돕는 거야? 친척? 언니?"

나는 그녀의 표정을 찬찬히 살피며 그녀의 의중을 파악하려 하였다.

"쓸데없는 생각을 너무 많이 하는 것 같구나. 주인이 총애를 받으면 종에게도 떡고물이 떨어지는 게 당연하잖아."

남월이 가볍게 고개를 가로저으며 말했다.

"너는 수 소용의 총애가 얼마나 갈 거라고 생각하니? 한 달? 반년? 이 후궁에는 삼천 명이 넘는 아름다운 여인들이 있고, 그중 절세미인이라 할 만한 이들도 수두룩한데 세상을 놀라게 할 미모도 없고, 받쳐 줄 배경도 없는 수 소용은 결국 폐하에게 잊히고 말 거야."

"너는 참 많은 걸 알고 있구나."

나는 남월의 총명함에 새삼 놀라고 있었다.

그녀는 도대체 누구일까? 편무각에는 무슨 목적으로 온 걸까?

"잠이나 자자."

그녀가 내 침대 위에 엎드렸다. 그 순간 나는 남월의 눈빛 사이로 스쳐 지나간 알 수 없는 기묘한 기색을 읽어 냈고, 나의 의혹은 점점 짙어져만 갔다.

마치 이 모든 일이 운주를 표적으로 삼고 있는 것만 같았다. 그렇다면 운주는 무슨 일 때문에 이런 상황에 처하게 된 것일까? 설마 그녀가 알면 안 되는 비밀이라도 알고 있는 것일까? 그 안에 숨겨진 복잡하게 얽힌 관계에 대해 나는 전혀 갈피를 잡을 수가 없었다.

기우의 지혜와 기지로 기성의 야심을 알아차리지 못할 리가 없었다. 그렇다면 지금의 기성은 벼랑 끝에 서 있는 것이다. 기우가 마음만 먹으면 기성은 절대 되돌아올 수 없는 길을 걷게 될 수도 있었다. 그러나 지난 한 해 동안 기우는 자신에게 큰 위협이 되는 자신의 형을 처치하기는커녕 기성의 동복동생인 영월 공주와 한명을 혼인시켰다. 그는 한명이 기성을 도와 반란을 일으킬 것이 두렵지 않은 것인가? 도대체 기우는 무슨 생각을 하고 있는 것일까? 그리고 운주와 이 황궁 안의 암투 사이에는 또 무슨 관련이 있는 것일까?

편무각 내의 단향목 향기가 코를 찔렀고, 황금 사자 향로에서 흘러나오는 연기가 사방으로 천천히 퍼져 가자 따뜻한 기운이 자연스레 이곳을 덮었다. 조회를 마치고 또다시 편무각을 찾은 황제는 갑자기 무슨 바람이 불었는지 운주와 바둑 대국을 하기 시작했고, 곁에 서서 시중을 들고 있던 나 역시 바둑판에 눈을 고정하고 있었다. 운주는 이미 연속으로 세 번을 졌으나 네 번째 대국 역시 참패를 할 것 같았다. 황제는 상대편을 유인하여 함정에 빠지게 했고, 운주의 흰 바둑돌은 결국 사지에 몰리게 되었다.

"또 지다니……. 이제 그만 두겠사옵니다."

운주가 들고 있던 바둑알을 바둑함에 집어 넣자 바둑알끼리 부딪히는 낭랑한 소리가 들려왔다. 기우가 빙그레 웃으며 말했다.

"네 바둑 실력은 완숙한 경지라 일컫기에는 여전히 모자람이 있구나."

그는 옆에 놓여 있던 옥 찻잔을 들고 향긋한 차를 한 모금 들이켰다. 그들의 다정하고 달콤한 모습을 바라보며 나는 씁쓸함보다 기쁨의 감정을 더 크게 느끼고 있었다. 지금 그들의 모습은 사 년 전의 그때와 참으로 닮아 있었다. 그때 운주가 했던 그 말은 지금까지 내 기억 속에 생생히 남아 있었다.

"이번 생에서 아씨와 주인님 같은 분들을 곁에서 모실 수 있으니, 저는 더 이상 바랄 것이 없습니다."

지금 우리 셋은 이렇게 재회하여 함께하고 있다. 비록 그들은 나를 알아보지 못하나, 나는 저들 곁에 머무를 수 있다는 것만으로 이 생에 더 이상 바랄 것이 없었다. 이제 기우와 운주, 그들이 나의 주인이다.

"만약 폐하께서 설해마저도 이기신다면 그때는 신첩, 패배를 인정하겠습니다."

운주가 갑자기 몸을 일으켜 내 손을 잡아 끌더니 기우의 앞쪽으로 살짝 밀었다. 기우는 생각에 잠긴 듯 나를 바라보며 물었다.

"지난번에 감히 정 부인을 함부로 대한 바로 그 시녀가 아니냐?"

날카로운 눈빛이 내 몸 위를 맴돌자 당황한 나는 고개를 숙여 그의 시선을 피할 수밖에 없었다.

"소인이 바로 그 시녀이옵니다."

"참으로 겁도 없구나."

그의 목소리는 늘 그렇듯 고상하고 청아했고, 감정을 읽어낼 수 없었다. 그의 이런 점이야말로 그의 가장 두려운 부분이었다.

"폐하, 사실 그날 정 부인께서 먼저……."

나는 그날의 상황을 설명하려 하였다. 운주는 결코 자신을 위해 황제에게 해명을 하지 않을 거라는 걸 똑똑히 알고 있었기 때문이다.

"됐다. 후궁에서의 소소한 일은 알고 싶지 않구나."

그의 목소리에 다소 귀찮은 기색이 묻어났다. 그 역시 비빈들 사이의 암투와 권모술수에 대해 잘 알고 있는 듯했다. 그저 귀를 막고 들으려 하지 않는 것뿐이었다.

"짐과 바둑 한 판 두자꾸나."

나는 어색하게 자리에 앉아 의자 위에서 몸을 조금씩 움직여 자리를 잡았다. 이렇게 그와 마주 앉아 바둑을 둘 수 있으리라고는 생각도 못했기에 떨리는 손으로 바둑함에서 흰색 바둑알 하나를 집어 들어 바둑판 위에 살짝 내려놓았다.

한 시진이 지나서야 겨우 판이 끝났고, 나는 그에게 열 집 차이로 지고 말았다.

"폐하의 바둑 솜씨는 참으로 뛰어나십니다. 소녀, 하찮은 실력을 보이고 말았습니다."

나는 곧바로 의자에서 몸을 일으켰다. 의자에 반쯤 기대어 앉아 있던 기우가 똑바로 앉아 나를 찬찬히 훑어보았다. 그 눈빛이 매우 뜨거워 나의 손바닥과 이마에 식은땀이 맺혔다. 그는 대체 무엇을 보고 있는 걸까?

운주 역시 기이한 분위기를 감지한 듯 분위기를 전환하려 했다.

"폐하, 이 아이의 바둑 솜씨도 훌륭하지요?"

"확실히 훌륭하오. 그러나 그건 기술이 아닌 심계였소."

기우의 날카로운 눈빛은 나의 얼굴에 머물러 있었다.

"짐의 공략을 어찌 막아 내야 할지 고민함과 동시에 어찌 흔적을 남기지 않고 짐에게 질 수 있을까를 고민하고 있었지."

나는 아무 말도 할 수 없었다. 묵인이었다. 그의 바둑 실력이 아무리 대단하다고 한들 만약 내가 이기고자 하였다면 그가 반드시 이기리란 보장은 할 수 없었을 것이다. 그러나 그는 존귀한 제왕이 아닌가? 만약 내가 온갖 노력 끝에 그를 이긴다

하더라도 순식간에 안색을 바꾼 그가 나를 끌어내어 형장 예순 대를 치라 할 수도 있었다. 나는 황제의 권위에 도전할 만한 배짱 따위는 갖고 있지 않았다.

"짐에게 사詞 하나 지어 보아라."

그는 갑자기 흥이 난 것 같기도, 혹은 일부러 나를 난처하게 하려는 것 같기도 한 문제를 냈다. 어찌해야 할지 알 수 없어서 나는 고개를 돌려 운주를 바라보았다. 그녀는 잔잔한 미소를 지으며 고개를 살짝 끄덕여 사를 지어 보라는 뜻을 드러냈다.

나는 시선을 거두고 가만히 두 눈을 감았다. 그 순간 내 머릿속에 떠오른 것은 바로 그 중추절이었다. 정원에 서서 하염없이 임을 기다리던 운주의 고독한 뒷모습…… 천천히 두 눈을 뜬 나는 사를 읊기 시작했다.

하늘에서 춤추는 낙화, 비단옷 스쳐 가는 차가운 달빛.
문에 기대어 먼 곳 바라보니, 깊은 생각에 절로 빠져들고,
애상과 비애에 젖은 마음 얼굴 위로 떠오른다.
서글픈 마음에 고개 돌리니, 배는 떠나고 강물만이 흐르고 있구나.
기러기 쓸쓸히 날아갔고, 눈물의 흔적은 사라져 버렸으나,
그대 그리는 슬프고 처량한 그리움만 남았구나.

나의 목소리가 끊기자 편무각은 순식간에 침묵에 휩싸였다. 그때 기우가 돌연 몸을 일으켰다.

"너의 사는 아직 끝나지 않았다."

이 말을 들은 운주는 놀란 듯했고, 나 역시 놀랐다. 우리는 그저 감정이 동요된 듯한 그의 모습을 멍하니 바라볼 뿐이었다.

"폐하, 이미 끝났사옵니다."

평온함을 되찾은 나는 곱게 미소 지으며 태연함을 가장했다. 기우가 매서운 눈빛으로 나를 노려보며 다시 입을 열려는 순간, 그의 목소리보다 더 빠른 소리가 밖에서 들려왔다.

"폐하, 정 부인께서 어화원御花園에서 쓰러지셨습니다!"

황제는 결국 정 부인의 시녀인 지청과 함께 황급히 편무각을 떠나갔고, 나는 그저 씁쓸한 미소를 지을 뿐이었다. 비록 정신을 잃었다는 흔해 빠진 핑계였으나 그래도 기우는 그곳으로 향했다. 선택권은 기우에게 있지 않은가? 그것은 그가 그녀를 아끼기 때문일 것이다. 거짓이라는 걸 알면서도 그는 그곳에 가는 것을 선택했다. 그러나 운주는 그가 그렇게 떠나가도 크게 개의치 않았다. 아마도 자신이 입은 황제의 총애가 충분하다고 여기기 때문일 것이다. 그녀는 참으로 쉽게 만족했다.

운주는 차가운 숨을 내쉬고는 담비 털이 덮인 비단 의자에 살짝 기대었다. 피곤한 듯했다. 나는 그녀의 곁으로 다가가 그녀의 양어깨를 주무르기 시작했다.

"너의 그 사, 끝나지 않았지?"

나지막한 그녀의 목소리는 마치 이 세상의 것이 아닌 것만 같았다.

"만약 폐하의 앞이라 읊기 힘들었다면 내 앞에서는 어떠니?"

움직이던 손을 멈추고 나는 고개를 돌려 창밖을 하염없이 바라보았다. 쓸쓸한 마음이 솟아났으나 나는 여전히 미소를 짓고 있었다.

"뒷부분은 그저 비루한 내용입니다."

깊은 숨을 들이마신 후 나는 다시 사를 읊기 시작했다.

사랑으로 상처받은 마음,

눈물은 바람에 흩날리는 얇은 천처럼 자취를 감추었고,

사랑으로 지친 마음,

슬프고 쓸쓸한 가을비 하늘 위를 날며 고독한 성벽 위에 머문다.

복숭아꽃과 같이 아름다운 이,

처량하고 애처롭게 궁중의 외로움을 견뎌 낸다.

궁전의 붉은 성벽과 문은 세상을 가로막아,

깊고 깊은 황궁 안에 가두었다.

쓸쓸한 궁중에 갇혀 있는 이의 고운 자태 무슨 소용이란 말인가.

쓰라린 마음이 눈언저리로 전해져 눈가에 눈물이 맺혔다. 사의 앞부분에는 운주의 애달픈 사랑이, 뒷부분에는 그 순간 나의 가장 진실한 마음이 담겨 있었다. 창밖으로 고정했던 시선을 거두어 오니 운주가 고개를 돌린 채 하염없이 나를 바라보고 있었고, 그런 그녀의 눈가에는 눈물이 맺혀 있었다.

"설해야, 어쩌면 좋니? 나는 네가 점점 더 궁금해지는구나."

그녀는 미소 짓고 있었으나 그 웃는 얼굴 뒤에 숨겨진 고달

품을 나는 느낄 수 있었다.

"너는 비록 평범한 외모를 갖고 있지만 모든 이들이 너의 존재를 의식하게 하는구나. 너에게서 배어 나오는 그 고귀한 기품은 나는 말할 것도 없고 심지어 정 부인조차 따르지 못할 정도란다. 언행은 고아하고, 문예의 재기가 출중하며, 시사에도 탁월한, 너처럼 특별한 여인이 왜 입궁을 하게 된 거니? 그리고 왜 나를 돕고 있는 거니? 내게 늘 냉정하기만 하셨던 폐하의 마음을 너는 어떻게 움직일 수 있었던 거니? 왜……, 나는 너와 원래 알던 사이처럼 느껴지는 거니?"

그녀는 나지막이 마치 혼잣말을 하는 것 같기도, 내게 묻는 것 같기도 한 말투로 말했다.

"마마께서 하문하셔도 소인, 어떤 대답을 드려야 할지 알지 못하옵니다."

나는 서글픈 한숨을 내쉬었고, 마음은 점점 답답하고 조급해져 갔다. 황궁이란 곳이 나를 이렇게 만든 것일까? 마치 엄청난 무게의 바위가 내 가슴을 짓누르고 있는 것만 같았다.

운주는 천천히 바른 자세로 앉았다가 다시 천천히 의자에 몸을 파묻었다. 두 눈을 무겁게 감은 그녀는 아무런 말도 하지 않았고, 나는 그녀가 무슨 생각을 하고 있는지 알 수 없었다.

"소인, 마마께 여쭈고 싶은 것이 있습니다."

그녀는 대답하지 않았으나 나는 운주가 내 말을 듣고 있다는 걸 알기에 계속해서 말을 이었다.

"폐하께서는 정말 마마께서 그 아씨를 구하셨다는 이유 하나만으로 마마를 책봉하신 것이옵니까?"

운주는 여전히 두 눈을 감은 채 한마디도 하지 않았다. 그러나 제멋대로 오르락내리락하는 그녀의 가슴이 내게 답을 주었다. 운주, 그녀는 참으로 단순한 아이였다. 속이는 것조차 하지 못하다니 말이다.

그날 밤, 나는 소식 하나를 듣게 되었다. 정 부인이 회임한지 두 달째 되었다는 것이었다. 정 부인이 가진 아이는 황제의 첫 번째 자식인 만큼 황제는 매우 기뻐하며 양심전에서 연회를 준비했고, 모든 비빈들은 축하를 하기 위해 양심전으로 향했다. 예로부터 '세 가지 큰 불효 가운데 가장 큰 불효는 대를 잇지 못하는 것'이라 하지 않았던가. 대를 이을 자식이 생겼으니 황실의 기반도 더 단단해질 터였다.

나는 본래 오늘 밤의 연회를 위해 운주를 매우 화려하게 꾸며 주려 하였으나 그녀는 이를 거절했다. 운주는 그저 분으로 자신의 상처만 가릴 수 있을 정도면 족하다 말하였다. 나는 그녀의 의중을 짐작할 수 있었다. 그녀는 그곳에 자리한 비빈들과 아름다움을 겨루고 싶지 않았던 것이다. 후궁에서 운주만큼 욕심도, 계략도, 속셈도 없는 여인을 찾아보기란 참으로 힘들 것이다.

나와 남월의 수행을 받으며 운주는 양심전에 도착했다. 안에는 이미 스무 명이 넘는 비빈들이 자리하고 있었고, 그들은 서로의 미모를 한껏 겨루고 있었다.

황제의 좌측에 앉아 있는 이는 예전의 한 소의, 지금의 한 태후였다. 이미 서른이 넘은 그녀는 여전히 녹슬지 않은 미모와 고운 피부를 지니고 있었으나 당시의 고혹함과 교태 넘치는 모습은 줄어들고 반면 성숙함과 신중함 그리고 엄숙함이 한층 더해져 있었다.

황제의 오른쪽에는 황후인 두완이 자리하고 있었다. 줄곧 온화하고 부드러운 미소를 짓고 있는 그녀는 여유롭고 편안한 모습이었다. 황후가 된 그녀는 달라져 있었다. 지난 몇 년간 두완 역시 침착함과 자제심을 배워 많이 신중해졌으리라. 두완의 아래 자리에는 매우 피곤해 보였으나 여전히 오만한 기세의 온 정야가 앉아 있었다.

정 부인靜夫人은 맑고 투명한 피부에 옥으로 조각한 듯한 미모를 가지고 있었고 비취 같은 은은한 풍격에 도도한 매력이 있었다.

등 부인鄧夫人은 허리가 가늘고 몸매가 날씬했으며 미소 짓는 듯한 눈썹과 꽃과 같은 입술, 가지런한 치아가 매력적이었다.

육 소의陸昭儀는 맑은 눈과 하얀 치아, 아침놀 같은 흰 피부를 가지고 있었고 나긋나긋한 자태에 화려한 장신구가 그녀의 미모에 빛을 더하고 있었다.

연 귀인姸貴人은 피부가 부드럽고 고왔으며, 걸음걸이는 춤추며 내리는 눈꽃 같아 우아하고 고귀한 기품이 흘러넘쳤다.

화 미인華美人은 옅게 그린 눈썹에 맑고 고운 눈매를 가지고 있었고 난초와 같은 아름다움과 매끈하고 향긋한 피부가 매력적이었다.

혜 재인惠才人은 초승달 모양의 눈썹과 반짝이는 두 눈에 아름다운 자태를 뽐내고 있었는데 화려한 차림에 수려하고 고혹적인 미모가 돋보였다.

이들 모두가 기우의 후궁들이었다. 하나같이 경국지색이라 불리기에 조금도 부족함이 없었고, 단 한 번을 보아도 결코 잊을 수 없는 미모를 지니고 있었다.

그러나 나는 황좌에 앉아 있는 기우에게서 눈을 뗄 수가 없었다. 출중하고 수려한 용모, 당당한 풍채, 새하얀 치아와 붉은 입술, 깊은 호수와 같은 두 눈, 준수하고 기품이 넘치는 표정, 온몸에서 뿜어져 나오는 제왕의 위엄, 그의 모습은 아무리 먼 곳에 있는 사람이라 해도 그 기백과 기세를 고스란히 느낄 수 있을 정도였다.

한 태후와 나지막하게 이야기를 나누고 있던 그가 고개를 돌려 내가 있는 쪽을 바라보았다. 그의 시선은 다른 사람이 아닌 바로 나에게 멈춰 있었다. 어쩌면 깊은 호수와 같은 그의 두 눈에 매료되었는지도 모르겠다. 나는 눈을 피해야 한다는 것도 잊은 채 그렇게 가만히 그와 눈을 마주하고 있었다.

"설해야, 이 가운데 내가 가장 추하지 않니?"

운주의 낮은 목소리에 정신이 번쩍 든 나는 황제를 바라보던 눈을 급히 거두며 다소 어색하게 그녀의 말에 답하였다.

"마마, 자신감을 가지셔야 합니다."

나는 소매 안에 감추어진 손을 천천히 주먹 쥐었다. 조금 전의 슬픔과 비애를 나는 절실하게 느끼고 있었다. 참으로 오랫동안 억눌려 있던 이미 죽은 마음이 그의 눈빛으로 다시금 그 생명을 되찾은 것이다. 오래전의 흔들림, 그것을 행복, 달콤함이라 부를 수 있을까? 그 순간, 내가 가질 수 있는 것은 오직 그의 짧은 시선뿐이었지만…….

연회는 평온하고 화기애애한 분위기 가운데 끝이 났다. 황제는 정 부인을 백앵궁까지 친히 데려다 주었고, 그 외의 다른 비빈들 역시 각자 자신들의 궁으로 돌아갔다. 그때, 한 태후가 운주를 불러 세워 자신과 함께 태후전으로 가자고 말하였다.

태후전으로 향하는 내내 그녀는 운주에게 간단한 안부를 물었을 뿐 그다지 특별한 이야기를 꺼내지 않았다. 그러나 나는 알고 있었다, 결코 안부 몇 마디로 끝날 대화가 아니라는 것을.

오동나무 가지를 흔들며 차갑게 불어오는 밤바람에 나는 옷자락을 여며 한기를 막았다. 태후를 따라 휘황찬란하고 장엄한 태후전에 도착하자 한명이 마중 나와 있었다. 그를 보자마자 나는 곧바로 고개를 푹 숙이고 그의 눈빛을 피했다.

추석날 그가 내게 했던 말이 떠올랐다.

"그대가 원하기만 한다면 내 지금 당장 폐하께 그대를 내게 달라 하겠소. 그러면 그대는 더 이상 이러한 고통에 시달리지 않아도 되오."

그 순간 나는 정말 흔들렸고, 입을 열어 그렇게 하겠노라 말하고 싶었다. 그러나 나의 마음이 허락하지 않았다. 나는 마음속에 기우와 한명을 함께 담을 수 없었고, 그 어디에도 기댈 곳

없는 운주를 두고 떠날 수도 없었다. 그래서 나는 거절했다. 아주 독하게 거절했다.

"그럴 수는 없습니다. 제 마음은 하나뿐인데, 이미 한 사람에게 그 전부를 주었습니다. 바로 납란기우에게 말입니다."

내 말을 들은 한명은 웃었다. 서글픔을 담은 아주 큰 소리의 웃음이었다. 그런 그의 모습을 나는 본 적이 없었다.

"태후와 명의후, 그리고 마마께서 안에서 무슨 이야기를 하고 계실 것 같니?"

남월이 내 곁으로 바짝 다가와 물었다. 나는 다소 짜증스러워하며 묘하게 웃고 있는 그녀를 바라보았다.

"굉장히 궁금한가 보구나?"

그녀는 곧바로 고개를 끄덕이며 자신의 호기심을 드러냈다.

"만약 대수로운 일이 아니라면 우리를 전 밖으로 내보내지 않으셨을 거야. 분명 절대 알려져서는 안 되는 비밀이 숨겨져 있을 거야."

"종이면 자신의 분수를 잘 지켜야 하는 법이야."

질책을 담은 경고를 하면서도 나 역시 의혹을 느끼고 있었다. 운주가 어찌 한 태후와 얽혀 있는 걸까?

운주가 창백해진 얼굴로 태후전에서 걸어 나왔다. 눈빛이 흐려져 있는 그녀는 걸음까지 비틀거렸다. 걱정스러운 마음에 내가 손을 내밀어 그녀를 부축하려 했으나 그녀는 나의 손을 뿌리쳤다. 나는 깜짝 놀라며 감정이 요동치고 있는 운주를 바라보았고, 나의 추측이 맞았음을 확신했다.

운주는 분명 그 누구도 알아서는 안 되는 비밀을 알게 된 것이다. 한 태후, 한명, 명 태비, 기성, 영월, 심지어 기우까지도 연루되어 있는 비밀을……. 도대체 그 비밀이 무엇이기에 이리도 대단한 인물들이 얽혀 있단 말인가?

여전히 의문에 깊이 빠져 있는데 갑자기 운주가 바닥에 쓰러지고 말았다. 차가운 바람이 불고 안개는 자욱했으며, 어두운 먼지가 흩날리고 있었다.

운주의 기절 소식에 본래 백앵궁에서 침소에 들려 했던 황제가 자욱하게 낀 안개에도 불구하고 한걸음에 편무각으로 달려왔다. 나는 운주를 바라보는 그의 눈빛을 응시하고 있었다. 그것은 안타까움, 자책, 그리고 미안함이었다.

푹신한 침대에 누워 있는 운주는 쉬지 않고 기침을 하고 있었다. 이 증상은 내가 편무각으로 온 첫날부터 보였던 것인데 내가 그동안 수도 없이 어의를 부르자고 설득했으나 어찌 된 일인지 그녀가 원치 않았다. 그저 잔병이라고 말할 뿐이었다.

"폐하, 어서 어의를 부르셔서 마마를 살펴보게 해 주시옵소서!"

"절대……, 어의를……, 부르지……, 마십시오……."

운주가 다급하게 내 말을 막았으나 그녀는 이미 말을 제대로 이을 수조차 없었다. 그녀의 손을 꼭 붙잡고 있는 기우는 마치 수천 마디의 말을 하고 싶은 듯하였으나 그의 입에서는 단 한 마디도 말이 되어 나오지 않았다.

"주인님……."

운주가 갑자기 그를 주인님이라 불렀다.

"운주는 죽는 것이 두렵지 않사옵니다. 그저 주인님과 이별하는 것이……, 안타까울 따름입니다……. 한평생 고독하게 지내신 주인님을……, 이리 두고 운주……, 차마 떠날 수가 없사옵니다……."

그녀의 미간이 고통으로 깊게 패었고, 눈빛에는 아쉬움이 그대로 묻어나고 있었다. 기우는 여전히 침묵을 지키고 있었으나 나의 마음은 갈기갈기 찢어지는 것만 같았다. 불길한 예감이 들기 시작했다.

설마……, 설마…….

나는 차마 믿을 수 없어서 고개를 저었다. 그는 정말 그녀를 사지로 몰아넣으려는 것인가?

"안 됩니다……. 돌아가시면 안 됩니다!"

나는 절규하며 운주의 침대 앞으로 달려가 무릎을 꿇고 그녀를 단단히 부둥켜안았다. 마치 내가 손을 놓으면 그녀가 영원히 눈을 감기라도 한다는 듯이…….

"마마께서는 그저 가벼운 감기에 걸리신 것뿐입니다. 약 몇 번만 드시면 곧 좋아지실 텐데, 이리 가시면 아니 되옵니다!"

"짐의 성지를 전하라."

기우가 갑자기 운주의 손을 내려놓고는 침대에서 몸을 일으켜 칠흑같이 어두운 창밖을 바라보았다.

"수 소용은 성정이 곱고 온화하며 슬기롭고 지혜로워 짐의 마음을 깊게 얻은 고로 수 소용을 정일품 수 부인으로 봉한다."

그의 성지를 들은 나는 손에서 힘이 풀려 버렸고, 바닥에 주
저앉아 차갑게 웃었다. 그는 운주가 신분 상승을 원하고 있다
고 여기는 것인가? 이해할 수 없는 이 상황에 증오가 솟구쳐
올랐다.

모든 것이 기우의 탓이었다. 그는 어찌 운주를 위해 어의를
부르지 않는가? 그는 어찌 운주에게 따뜻한 말 한마디도 해 주
지 않는 것인가? 그는 어찌……, 운주를 밀어내려 하는가? 자
신의 여인조차 지키지 못하면서, 그토록 애를 써서 황위에 오
른 것이 도대체 무슨 의미가 있단 말인가?

그날 밤, 황제와 나는 잠시도 눈을 붙이지 않고 잠이 든 운
주의 침대 곁을 지켰다. 깊은 잠에 빠진 운주는 참으로 평안해
보였으나 이따금 이어지는 그녀의 기침 소리는 고요한 침궁 안
에 유난히 크게 울렸다.

"폐하, 돌아가셔도 됩니다. 이곳은 제가 잘 지키겠습니다."

기우가 갑자기 내 팔목을 단단히 움켜쥐고는 매서울 만큼
차가운 눈빛으로 나를 노려보았다.

"너는 누구냐?"

온몸이 딱딱하게 굳어서 나는 손을 빼낼 엄두조차 내지 못
한 채 의심으로 가득한 그의 눈빛을 힘없이 마주할 수밖에 없
었다. 입을 열었으나 나는 한 마디도 토해 낼 수 없었다.

그가 나를 알아본 것일까? 마음속에 작은 기대심이 일었다.

그러나 그는 나의 손을 더욱 세게 붙잡고 말했다.

"너와 기성은 무슨 관계냐? 도대체 왜 그가 너를 위해 편지를 전한 것이냐!"

자조의 웃음이 흘러나왔으나 나는 고개를 푹 숙인 채 여전히 아무 말도 하지 않았다.

헛된 기대였다. 그가 나를 어찌 알아본단 말인가? 그의 마음 속에서 나는 이미 죽어 버렸는데……

"그가 너를 편무각으로 보내어 운주를 감시하라고 하였느냐?"

나는 힘을 잔뜩 주어 팔을 빼내려 했으나 기우의 손에서 벗어날 수는 없었다.

"소인은 폐하께서 무슨 말씀을 하시는지 알지 못하겠사옵니다."

"그래?"

기우가 갑자기 내 손을 놓는 바람에 나는 바닥으로 나가떨어졌다. 통증이 둔부에서 온몸으로 퍼져 나갔다. 나는 한 가닥 조롱이 담긴 미소를 지으며 그를 바라보았다.

"수 부인마마의 목숨이 실로 위태로운 이 순간, 폐하께서는 첩자를 찾아내려는 마음이 나시는지요?"

그의 눈빛 사이로 한 줄기 당황스러움이 스쳤다.

"너……."

기우가 손을 내밀어 바닥으로 나가떨어진 나를 일으키려 하였으나 나는 그의 손을 뿌리쳤다.

"그날 기성이 짐에게 말했지, 네가 바로 반옥이라고. 그는 그녀의 목소리, 뒷모습, 그리고 분위기가 비슷한 여인을 찾아 내 곁에 심어 놓으면 자신의 계획이 실현될 거라고 믿는 듯하더군."

기우는 웃었으나 나는 가슴이 쿵 내려앉았다.

기성……, 기성?

금승전에서의 그날의 모습이 내 머릿속에서 주마등처럼 스쳐 지나가기 시작했다.

나는 고개를 숙인 채 손에 쥐고 있는 술잔만을 바라보고 있었다. 빈 술잔을 보자 쓸쓸한 웃음이 흘러나왔다.

"그래요. 저는 그를 사랑하고 있습니다."

"도대체 운주는 누구냐?"

기성이 술 한 잔을 따라 한입에 들이켰다.

"운주는……, 심순의 딸이에요. 그녀의 삶은 참으로 불행하니, 당신도 도울 수 있다면 그녀를 좀 도와주세요."

나는 또다시 술을 따라 마셨다.

"심순? 그렇다면 황제는……."

그가 갑자기 조용히 웃었고, 술잔을 내려놓고는 나를 응시했다. 그의 눈빛에는 뭔가를 알아챈 기색이 역력했으나 나는 그 눈빛의 의미를 이해할 수 없었다. 그때 나는 이미 정상적인 사고를 이어 나갈 수 없는 상태였다. 결국 곧이어 탁자에 엎어져서 아주 깊은 잠에 빠져들었다.

고개를 푹 숙이자 눈가에 맺혀 있던 눈물이 차가운 바닥으로 떨어졌고, 눈물의 흔적이 바닥에 점점 넓게 번져 갔다. 내가 흘리는 눈물은 기우가 나를 알아보지 못해서가 아니었다. 기성 때문이었다.

그 역시 나를 이용하고 있었다. 그는 일부러 나를 술에 잔뜩 취하게 하여 내가 입을 열게끔 만든 것이다.

"마음이 통하는 막역한 벗과 남녀의 벽을 뛰어넘어 우의를 나눌 수 있으니, 저의 복입니다."

이 얼마나 지독한 농담이란 말인가? 나는 생각지도 못했다. 운주를 이 지경으로 몰아넣은 사람이 바로 나였다니, 놀랍게도 바로 나였다니…….

아무 말도 하지 않는 나를 바라보며 기우는 그것을 묵인이라 여겼다. 그의 낮은 한숨 소리가 들려왔고, 그는 마치 실망한 듯했다.

"너는 지금 당장 편무각을 떠나거라. 운주의 곁을 떠나거라. 짐을 대신해 기성에게 내 말을 전해라. 자중하라고, 짐의 용인도 이제 한계에 도달했다고."

바닥에서 기어 일어난 나는 기우를 멍하니 바라본 후 침궁을 뛰쳐나왔다. 그런데 밖에 서 있던 남월이 나를 막아섰다. 그녀는 기이한 눈빛으로 활짝 열려 있는 궁문을 바라보더니 다시 내게 시선을 고정하였다.

"어디로 가는 거니?"

"비켜!"

나는 혼란스러웠고, 말투는 차갑기만 했다.

"진상을 알고 싶으면 따라와."

남월이 입가에 미소를 지으며 곱게 웃었고 나 역시 웃었다.

역시 내 추측이 틀리지 않았구나! 그녀가 진짜 첩자였다. 기성이 보낸 첩자겠지? 그렇다면 그녀가 나를 데리고 가서 이 비밀을 밝히게 하자.

내가 다시 금승전에 발을 들여놓았을 때, 기성은 이번에도 방 중앙의 작은 탁자 위에 네 가지 가정식 요리와 술 주전자 하나를 준비해 놓고 있었다. 내가 남월의 뒤를 따라 기성을 향해 걸어가자 그는 술 한 잔을 가득 따라 나를 향해 받쳐 들었다. 나는 곧바로 손을 들어 쳐냈고, 술잔은 그의 손을 떠나 허공으로 날아갔다. 술이 사방으로 흩뿌려졌고 옥 잔은 한참 동안 바닥을 뒹군 후에야 겨우 멈춰 섰다.

"도대체 왜?"

이 순간 내 마음속에는 오직 이 한마디밖에 남아 있지 않았다.

"다 알아 버렸군."

기성은 냉정한 가운데 씁쓸한 표정을 짓고 있었다.

"왜 그랬냐고 묻잖아요!"

나는 격정을 더 이상 제어하지 못하고 그를 향해 소리를 질렀다.

그가 어찌 나까지 이용한단 말인가? 황위라는 것이 정녕 사람의 이성을 잃게 하고, 영혼마저 팔게 만드는 것이란 말인가?

기성의 냉담하던 눈빛이 곧 슬픔으로, 마지막에는 분노로 변하였다.

"그가 부황을 시해했기 때문이다!"

그가 두 손을 휘둘러 탁자 위의 모든 음식을 엎어 버리자 그릇이 바닥에 떨어지며 와장창 깨지는 소리가 들려왔다.

나는 차갑게 웃었다. 참으로 억지스러운 변명이 아닌가? 선황은 기우의 친아버지이며 그는 기우에게 황위를 물려주겠노라 약속했었다. 그러니 기우가 선황을 해할 이유가 없었다. 게다가 세상 사람들 모두가 알고 있듯, 선황은 쌓인 피로가 병이 되어 세상을 떠나지 않았던가?

"네가 믿지 않으리라는 걸 알고 있다. 그러나 믿어야만 한다, 납란기우가 부황의 목숨을 거두어 갔다는 것을."

기성은 매서운 눈빛으로 나를 노려보며 검지를 뻗어 나를 가리켰다.

"모든 일의 시작은 바로 너, 반옥 때문이다! 아니, 복아 공주!"

"도대체 무슨 말씀을 하시는 건지 모르겠습니다."

나는 힘없이 몇 발짝 뒷걸음질 쳤고, 얼마 남지 않은 온 힘을 다해 몸을 꼿꼿이 세웠다.

그가……, 어찌 알고 있단 말인가?

"내가 너와 기우의 관계를 어찌 알고 있는지 궁금하겠지? 그리고 너의 정체를 어찌 알고 있는지도? 그리고 부황께서 어찌 너로 인해 돌아가시게 되었는지도?"

기성이 가볍게 웃으며 조금 전의 격한 감정을 추슬렀다.

"남월루에서 아무 이유 없이 큰불이 났던 그날, 반옥은 그 안에서 뜨거운 화염에 휩싸여 목숨을 잃었다. 그리고 그곳에 도착했을 때, 나는 언제나 냉정하고 침착하던 기우가 분노하며 이미 새카맣게 타 버린 시체를 바라보면서 눈물 흘리고 있는 모습을 똑똑히 보았지. 그가 왜 울고 있을까? 너 때문일까? 그렇다면 너는 그에게 어떤 존재였을까? 도대체 너희 둘은 어떤 관계였단 말인가? 하지만 나는 더 이상 그것에 대해 깊이 생각하지 않았다. 그런데 음산 전투 때, 네가 멀쩡한 모습으로 내 앞에 나타났지, 변나라의 승상을 구해 달라면서. 그렇다면 너와 연성은 또 무슨 사이일까? 너는 왜 기우를 피하며 감히 그를 만나지 못하는 것일까? 그리고 남월루의 화재는 어찌 된 일이었을까? 그것은 누구의 걸작품이었단 말인가?"

그는 이 모든 문제를 내 앞에서 똑똑히 분석해 내고 있었다.

"그렇다면 그 답은 어찌 알게 된 것입니까?"

나는 굳은 목소리로 물었다. 지금까지 나는 기성이 나를 잘 알고 이해하기에 내게 그 무엇도 묻지 않는 것이라고 생각했었다. 알고 보니 내가 틀렸다. 그는 묻지 않은 것이 아니라 모든 의혹을 가슴속에 담아 둔 채 더 자세히 알아보고 있었던 것이다. 그런데도 나는 어리석게도 그를 나의 벗이라고 여기고 있었다. 이 얼마나 우스운 일인가.

"당연히 너의 겁 많고 돈독 오른 부친 반인에게서 알아냈지."

기성이 가슴팍에서 비단 손수건을 꺼내어 조금 전 음식이 담긴 그릇을 엎을 때 손에 묻은 기름 자국을 닦아 냈다.

"나는 조금도 부녀 사이 같지 않은 너와 반인의 관계가 늘 이상하다고 여기고 있었다. 결국 나는 그날 밤 당장 소주로 사람을 보내어 그의 부인과 딸까지 붙잡아 와 그들에게 너의 정체를 밝히라고 다그쳤다. 겁에 질린 그는 모든 사실을 토해 냈고, 나는 너와 기우의 관계를 알게 되었지. 그렇다면 너는 또 누구란 말인가? 나는 너의 초상화를 쥐어 주고 다시 사람을 보내어 각지를 돌아다니며 너에 대해 수소문하게 했다. 결국 하나라의 한 관원의 입을 통해 알게 되었지, 네가 바로 하나라의 공주였던 복아 공주라는 사실을. 그렇다면 네가 기나라에 온 목적은 나라를 되찾기 위함일 테고, 그것으로 너와 연성의 관계도 자연스레 알 수 있었다."

"그렇습니다. 그대가 한 말은 조금도 틀림이 없습니다."

나는 기성의 지혜에 매우 감탄했다. 나는 그를 얕보고 있었다. 나는 그가 전쟁만 잘할 뿐 황실의 복잡한 암투와 음해는 조금도 알지 못한다고 여기고 있었던 것이다. 그가 잘 숨기고 있었던 것일까, 내가 그를 너무 믿었던 것일까?

기성이 기름을 닦아 낸 비단 손수건을 바닥에 던지며 말했다.

"나는 일곱째를 너무 만만하게 여겼다. 나는 그가 온화하고 욕심이 없으며 세상일에 무관심한 사람이라고만 생각했었다. 그가 그 누구보다 큰 야심을 숨기고 있으리라고는 생각지도 못했지. 그 후 부황께서 그를 신임하기 시작하시고 천천히 병권을 그에게 넘겨주실 무렵, 나는 남월루의 화재를 떠올렸다. 순식간에 남월루를 화염에 휩싸이게 할 수 있는 힘을 갖고 있는, 게다가 세상 사람들에게 반옥이 죽었다고 여기게 할 만한 사람은 오직 부황뿐이었다. 모든 정황이 부황께서 황위를 기우에게 넘겨주시려 한다고 말하고 있었고, 부황의 그 노력은 나조차 질투 나게 할 정도였지. 그때 이후 나는 황위를 차지하려던 마음을 포기했다."

이 말을 하는 그의 모습에는 애처로움이, 말투에는 분함이 담겨 있었다.

"두 해 전, 건강하시던 부황께서 갑자기 폐병에 걸리셔서 몸이 안 좋아지셨다. 매일 끝없이 기침을 하셨고, 상태는 악화되시기만 할 뿐이었지. 어의들은 하나같이 피로가 쌓여 병이 된 것이라고 하였다. 그리고 일 년 후, 부황은 양심전에서 세상을 떠나셨지. 한데 그날, 그동안 부황의 병을 주로 봐 오던 유 어의劉御醫가 갑자기 사라졌고, 의혹이 다시 고개를 들었다. 나는 지난 몇 년간 부황의 거처에서 그의 시중을 들던 운주를 주목하기 시작했지. 어찌 그녀가 갑자기 귀빈이 된 것일까? 그래서 남월을 그녀의 곁에 심어 두었던 것이다."

이때 남월이 앞으로 한 발짝 얌전하게 걸어 나오더니 나를 향해 가볍게 웃으며 말했다.

"수 소용의 증상을 왕야께 알리니 놀랍게도 선황 폐하의 병세와 똑같다고 하셨습니다. 그저 병세가 좀 더 가벼울 뿐이라고요. 그래서 수 소용이 그토록 어의를 부르지 않겠다고 한 겁니다. 사람들의 의심을 살까 봐 두려웠던 거지요. 이제 왜 그 병이 그녀에게 생겼는지 아시겠습니까? 폐하께서 드시는 모든 음식은 독이 있는지 없는지 확인하기 위해 궁녀들이 먼저 먹어 보도록 되어 있지요. 그녀 역시 매일 선황 폐하의 수라를 맛보았고, 결국 그 병을 얻게 된 것입니다. 그리고 그 독은 바로 수 소용 자신이 매일 조금씩 넣어 둔 것이었지요."

"나는 그녀의 용기에 참으로 탄복하였다. 일곱째를 위해 자신의 목숨마저 아끼지 않다니……."

기성이 한숨을 내쉬었다.

"그날, 나는 운주의 진짜 신분을 알아내기 위해 일부러 너를 취하게 하였다. 놀랍게도 너는 내게 모든 걸 털어놓더군. 너는 어찌 너를 이용하여 지금의 황제를 몰아내려는 이를 믿은 것이냐?"

나는 웃으며 고개를 끄덕였다. 내가 너무 어리석었다.

"왜 제가 누구인지 기우에게 알려 주셨지요?"

"틀렸다. 나는 기우에게 네가 반옥이라고 알려 주지 않았다. 나는 그저 수 소용 옆에 있는 시녀가 반옥을 닮지 않았느냐, 어쩌면 반옥일지도 모른다고 했을 뿐이다. 너도 알다시피 이 말 한마디로 너는 단번에 그의 의심의 대상이 되었지. 이미 남월이 의심을 받고 있는 상황이어서 너를 그의 앞으로 들이미는 수밖에 없었다. 나는 남월의 정체가 탄로 나게 놔둘 수 없었다."

나는 앞으로 걸어나가 그의 뺨을 후려갈겼다.

"납란기성, 제가 당신을 잘못 보았군요!"

그는 피하지 않고 내 손찌검을 그대로 받아 냈다. 그리고 웃었다.

"역시 대단하구나. 그렇지 않았다면 기우도 너를 위해 부황을 죽이지는 않았겠지."

"나를 위해서라니?"

말도 안 되는 농담을 들은 것 같아 나는 미친 듯이 웃기 시작했다.

"남월루의 화재가 부황의 계획이라는 것을 기우가 알아 버렸기 때문이다. 걷잡을 수 없는 분노에 사로잡혀 살의를 느꼈겠지."

"무슨 근거로 그리 말하는 것인가요?"

"그렇지 않다면 그가 부황을 시해할 이유가 없지 않느냐? 어차피 황위는 그의 것이었는데 기우가 무엇을 위해 그토록 어마어마한 모험을 했겠느냐? 만약 성공하지 못한다면 그는 되돌아올 수 없는 길을 걷게 될 텐데 말이다. 지금 나는 오직 단하나의 문제만을 해결하지 못하고 있다. 부황께서 어찌 너를 죽이지 않고 산 채로 떠나게 했는지 말이다."

나는 한마디도 하지 않고 금승전을 나왔다. 하지만 기성의 말은 내 마음속에서 크게 메아리치고 있었다.

그럴 리가 없다. 기우가 어떻게 나를 위해……? 그가 어찌 나를 위해 선황을 죽였단 말인가? 설마 모든 것이 다 내 잘못이란 말인가? 애초에 그렇게 황궁을 떠나지 말았어야 했다. 처음부터 기우와 운명을 함께해야 했다. 모든 게 기우를 위해서라며 그렇게 나약하게 물러서지 말았어야 했다. 기우의 마음속에서 나는 정말 그의 부황보다 중요했던 것인가?

운주야, 너는 정말……, 어리석구나! 참으로 어리석어!

발걸음을 멈추고 눈을 들어 보니 나는 어느새 장생전의 궁문 밖에 서 있었다. 선황이 작고한 이래 처량하게 변한 장생전에는 심지어 시위 한 명조차 없었다. 나는 안으로 들어갈지 말지 주저하며 궁문을 바라보고만 있었다.

혹시……?

갑자기 슬픔이 찾아왔고, 통제를 벗어난 다리가 안으로 향했다. 나는 붉은 궁문을 힘껏 밀어 궁 안으로 들어갔다.

지금의 장생전에서 예전의 모습은 찾아볼 수 없었다. 향설해가 안타까웠다. 이제 그 누구도 아끼지 않는 것인가? 천천히 설해림雪海林 안으로 걸어 들어가자 그 안에 누군가가 있었다. 초청왕 기운이 아니면 또 누구겠는가?

생각지도 못했다. 사 년 전 이곳에서 처음 만났던 그를 사년이 흐른 후 이곳에서 다시 만나게 될 줄은. 참으로 신기한 일이었다.

"역참 밖 끊어진 다리 옆, 외로이 피어 있는 주인 없는 꽃, 황혼 무렵 근심은 짙어만 가는데, 비바람은 그치지 않는구나."

그는 나지막이 육유陸游[55]의 〈영매咏梅〉를 읊고 있었다. 나는

---

55 남송(南宋) 시대의 시인.

그를 향해 걸어가며 뒷부분을 이어 읊었다.

"봄꽃과 아름다움 겨룰 필요 있는가, 수많은 꽃들의 질투도 모르는 체한다. 시들어 떨어진 매화 흙먼지 되었으나, 청아한 향기 여전히 풍겨 오는구나."

나의 목소리를 들은 기운이 급히 고개를 돌리며 입을 열었다.

"반……."

그의 소리가 멈췄고, 그가 난처한 듯 나를 바라보았다. 나 역시 미소를 지으며 그를 바라보았다.

"사람은 떠났으나 향기는 남았구나! 참 좋은 말입니다."

"네 목소리는……, 내……, 벗 하나와 참 비슷하구나."

내가 혹여 오해라도 할까 걱정스러운 듯 그가 내게 해명을 했다.

"그 벗이라는 분은……?"

나는 생각에 잠긴 채 기운에게 물었다. 그는 여전히 나의 목소리를 기억하고 있었다.

"그 벗은 예상치 못한 사고로 세상을 떠나고 말았다. 그녀는 나의 모친과 참 많이 닮았었지. 정말 닮았었다……."

그의 목소리는 점점 작아졌고, 곧 아무 소리도 들려오지 않았다.

나는 빙긋 웃어 보였다. 기운은 여전히 모친의 죽음으로 인한 고통에서 헤어 나오지 못하고 있었다.

"모친께서는 분명 매화와 같이 아름다우시고 품성 역시 고결하셨을 듯합니다."

"그렇다. 참으로 아름다우셨지. 그러나 그 아름다움 때문에 다른 이에게 해코지를 당하셨지."

그의 목소리에 한 줄기 증오가 드러났고 그의 말은 나를 놀라게 하였다. 원 부인 역시 누군가에 의해 해코지를 당한 것이었던가? 난산으로 세상을 떠난 것이 아니었단 말인가?

나는 침착하게 물었다.

"누가 해하였는지요?"

"두지희杜芷希!"

기운은 이를 악문 채 세 글자를 토해 냈다.

두지희? 기우의 모후?

나는 자세한 내용을 묻고 싶었으나 입을 굳게 다물었다. 더 이상 물을 수는 없었다. 더 자세히 묻다가는 그의 의심을 사게 될 것이 분명했다. 진상은 나 스스로 밝혀낼 수밖에 없었다.

한참이 흘러서야 기운은 겨우 평정심을 되찾았다.

"내가 어찌 너에게 이리도 많은 이야기를 하고 있는지 모르겠구나. 어쩌면 네 목소리가 그녀와 무척 닮아서인지도……. 너의 이름은 무엇이냐?"

"설해입니다."

"향설해?"

기운의 눈빛이 반짝이는가 싶더니 갑자기 두 손으로 내 양어깨를 힘껏 붙잡았다. 약한 고통이 느껴져 내가 미간을 찌푸리자 그는 그제야 자신의 실수를 깨닫고는 어색하게 웃으며 말했다.

"내가 너무 흥분했구나."

"그럼 그대의 이름은 무엇인가요?"

지금의 나는 설해다. 나와 그는 처음 만난 사이일 뿐이다.

고개를 기울이고 한참을 생각하던 기운이 입을 열었다.

"운殞, 나를 운이라고 불러라."

나는 고개를 끄덕였다. 그는 자신의 신분을 밝히고 싶지 않은 것이리라. 그렇다면 나 역시 모르는 척하면 되는 것이다.

"어찌 운이라는 이름을 가지게 되신 겁니까?"

"내가 태어나던 날, 모친께서 세상을 떠나셨다. 부……친께서는 내 모친을 기리시고자 내 이름을 운이라고 지으셨지."[56]

웃음이 섞인 목소리가 매화 숲에 천천히 흩어져 끝없이 퍼져 갔다.

---

56 죽을 운(殞) 자로 '죽다', '운명하다'의 뜻이 담겨 있다.

편무각의 비극

두 시진이나 이야기를 나눈 후에야 기운은 그곳을 떠났다. 그와 편안하게 이야기를 나누고 나자 혼란스럽고 긴장되던 마음이 평안해졌고, 내 앞에 펼쳐진 모든 문제들을 제대로 정리할 수 있었다.

나는 정원에서 향기가 코를 찌르는 계수나무의 꽃 한 송이를 꺾어 그것으로 장난을 치며 깊은 생각에 빠져들었다.

내가 알고 있는 기우는 나를 위해 자신의 부황을 죽일 리 없다. 절대 그럴 리가 없다! 그 말인즉 알려져서는 안 될 또 다른 비밀이 숨겨져 있다는 뜻이었다.

기성이 했던 말이 떠올랐다.

"지금 나는 오직 단 하나의 문제만을 해결하지 못하고 있다. 부황께서 어찌 너를 죽이지 않고 산 채로 떠나도록 하셨는지 말이다."

그 말이 나의 주의를 환기시켰다. 선황은 왜 나를 살려 준 것일까? 여기에도 비밀이 숨겨져 있는 것일까?

지금 당장 운주에게 달려가 이 모든 사실을 물어봐야 하는 걸까? 내가 누구인지 그녀에게 알려야 하는 걸까? 그렇게 해야만 운주는 모든 사실을 내게 솔직히 털어놓을 것이다. 그녀에게 가는 게 옳은 건가? 내가 이렇게 하는 게 그녀에게 좋은 일인가, 아니면 나쁜 일인가?

나는 편무각 밖에서 끝없이 배회하며 안으로 들어가야 할지 말아야 할지 고민하고 있었다. 결국 나는 근처의 작은 오동나무 아래에 기대어 앉아 곧 밝아 올 하늘을 바라보며 오늘밤 일어난 일들을 정리해 보기 시작했다.

정말 남월이 말한 대로 선황이 운주가 탄 독 때문에 죽었다면 운주의 병도 거의 한 해를 끌어온 셈이다. 그리고 지금 그녀는 생의 끝자락에 자리하고 있다. 나는 이제 한 태후가 태후전에서 운주에게 한 말이 무엇이었을지 어렴풋이 짐작할 수 있었다. 기성이 이 모든 사실을 알아차린 것을 깨닫고 그들은 자신들을 지키기 위해서 운주를 밀어내려 한 것이다. 운주 한 사람에게 모든 책임을 지우려 한 것이 분명했다. 그렇다면 선황의 죽음에는 한 태후와 한명 역시 책임이 있다는 것인가? 그들은 왜 선황을 죽이기 위해 손을 잡았던 것일까? 한 태후가 증오하던 사람은 이미 냉궁에 갇혀 있는 두 황후가 아니던가?

이 일의 진상은 반드시 운주의 입을 통해야만 알 수 있었다.

마음을 결정하고 나니 갑자기 졸음이 밀려왔다. 나는 마음속으로 두 시진만 눈을 붙이고 일어나서, 운주가 깨어나면 내가 반옥이라는 사실을 밝히리라 다짐했다. 생각을 정리한 후 나는 편안하게 두 눈을 감았다.

얼마나 잤는지 알 수 없으나 나는 소란한 소리에 잠에서 깨었다. 몽롱한 상태로 두 눈을 뜨니 작열하는 태양이 얼굴 위로 비치고 있었고, 조금 전보다 더 커진 소리가 편무각 안에서 들려오고 있었다.

설마 운주에게 무슨 일이 생긴 것인가?

잠기운이 완전히 가신 나는 바닥에서 벌떡 일어나 옷매무시를 정리하지도 않은 채 곧바로 편무각을 향해 달려갔다. 편무각 안에서 펼쳐진 광경에 나는 넋이 나갔다. 황후, 정 부인, 등 부인, 육 소의, 이렇게 네 사람이 의자에 앉아 있었고, 운주는 맥없이 바닥에 꿇어앉아 있었다.

문밖을 지키고 있던 남월이 내가 안으로 달려 들어가려 하자 곧바로 나를 막아섰다.

"당신이 간섭할 일이 아닙니다."

"도대체 무슨 일이 벌어진 거냐?"

왜 황후까지 이곳에 와 있는가? 트집을 잡기 위해서?

"어젯밤, 누군가 정 부인에게 익명의 편지를 보냈답니다. 그 편지에 수 소용이 역적이라는 내용이 담겨 있었고요."

남월은 나를 막고 있는 손을 내려놓지 않은 채 침착하게 말을 이었다.

나는 그녀를 차갑게 노려보았다. 오직 기성만이 운주의 정체를 알고 있으니 그 편지는 그가 보낸 것이 분명했다.

"폐하는?"

"폐하께 헛된 희망을 품지 마세요. 폐하께서 수 소용을 처리할 권한을 이미 황후마마께 주셨습니다. 아마 수 소용은 오늘을 넘기기 힘들 겁니다."

그녀가 조롱이 담긴 웃음을 지었다. 건방진 웃음이었다.

"폐하께서도 참 무정하시지. 자신을 지키기 위해 수 소용 홀로 이 모든 것을 견디게 하시다니……."

그녀의 말을 들으면서도 내 시선은 바닥에 꿇어앉은 채 한마디도 하지 않고 있는 운주에게 고정되어 있었다. 그녀의 가냘픈 뒷모습이 한없이 쓸쓸해 보였다.

이제야 나는 어젯밤 기우가 운주를 부인으로 봉하는 성지를 내린 이유를 알 수 있었다. 그의 목적은 후궁의 비빈들의 불만과 질투를 불러일으켜 그들이 더욱 빨리 운주를 제거하도록 하기 위함이었다. 그렇기에 지금의 이 광경이 펼쳐질 수 있는 것이다.

"사실대로 고하는 게 좋을 것이다. 네가 입궁한 목적은 무엇이며, 누가 너를 황궁으로 보낸 것이냐?"

침착하고 엄숙한 두완의 목소리에도 운주는 고개를 숙인 채 조용히 바닥만 응시하고 있었다. 그러자 의자에서 몸을 일으킨 정 부인이 그녀의 곁으로 걸어가 운주의 턱을 힘껏 움켜쥐고 거칠게 그녀의 고개를 들었다. 그 눈빛이 매서웠다.

"네가 입을 열지 않는다고 우리에게 방법이 없을 것 같으냐?"

그녀가 고개를 돌려 두완을 바라보았다.

"황후마마, 어떻게 처리할까요?"

두완이 곰곰이 생각한 후 입을 열었다.

"정 부인, 그녀를 처벌한 권리를 그대에게 주겠네."

정 부인이 기묘한 눈빛으로 운주를 바라보며 잠시 동안 침묵하였다.

"여봐라, 저 계집을 쳐라. 말을 할 때까지 쳐라!"

정 부인의 말이 떨어지자마자 몇몇 시위들이 몽둥이를 들고 달려왔다. 보아하니 이미 준비가 되어 있었던 듯했다. 나는 온 힘을 다해 남월의 손을 뿌리치려 하였으나 그녀는 나를 붙잡고 죽어도 놓지 않으려 했다.

"왕야의 분부가 있으셨습니다. 절대로 안으로 들여보내지 말라셨어요."

"내가 기필코 들어가겠다면?"

나는 운주에게 고정하고 있던 시선을 남월에게 옮기고는 죽일 듯이 그녀를 노려보았다. 그러나 그녀는 오히려 더 세게 내 팔을 움켜쥐며 말했다.

"그렇다면 지금 당장 당신의 정체를 밝혀……."

"상관없다!"

지금 이 순간, 내 머릿속에는 단 하나의 생각뿐이었다.

당장 운주의 곁으로 가야 한다!

지금의 몸 상태로 그녀는 몇 번의 몽둥이질도 버티지 못할 것이 분명했다. 생명이 다해 가는 그녀가 이런 잔혹한 형벌까지 받게 할 수는 없었다.

"당신의 정체가 밝혀져서 폐하의 지위가 위태로워질 것이 두렵지 않은 건가요? 폐하께서는 심순의 딸도 숨기셨고, 하나라 공주도 숨기셨으니⋯⋯."

그녀의 낮은 목소리가 내 마음속에서 활활 타오르던 분노의 불꽃에 차가운 물을 뿌렸다. 나는 그저 그녀를 매섭게 노려볼 뿐, 아무것도 할 수 없었다.

"왕야께서도 다 당신을 위해서 그러시는 겁니다. 그분도 사실⋯⋯."

나는 그녀가 기성을 위해 몇 마디 말을 하려는 것을 잘라 버렸다.

"그렇고말고! 그가 내게 얼마나 잘해 주느냐? 나를 이용해서 운주를 해하고, 나를 이용해서 기우를 공격하고, 나를 이용해서 황위에 오르려고 하지. 나에 대한 호의, 나는 평생 잊지 않을 것이다. 그리고 너, 남월도!"

그녀가 씁쓸하게 웃으며 말했다.

"저를 기억해 주시겠다니 고맙습니다."

나의 눈빛이 시위에 의해 바닥에 엎드려 있는 운주에게로 향했다. 정 부인은 어쩔 수 없다는 표정으로 그녀를 내려다보며 말했다.

"너에게 마지막 기회를 주겠다."

"저는⋯⋯, 할 말이 없습니다."

힘없는 운주의 목소리에는 단호함이 서려 있었다. 나는 두 주먹을 단단히 쥐었다.

기우를 향한 그녀의 마음은 이토록 한결같고 절절했다. 그녀에게 후회는 없는 것인가? 기우가 그녀에게 준 것이 무엇이란 말인가? 저버림이었다. 운주는 어찌 조금도 자신을 생각하지 않는 것인가? 사 년 전, 그녀는 나와 그가 맺어지기를 바라며 기우를 향한 사랑을 포기했었다. 사 년이 지나서야 참으로 힘들게 그의 총애를 얻게 되었는데 지금 또다시 그를 위해 모든 책임을 홀로 지려 하다니…….

"쳐라!"

정 부인의 말이 떨어지자마자 두 시위가 긴 몽둥이로 운주의 둔부, 등, 다리를 마구 치기 시작했다. 그 잔인한 광경을 차마 볼 수 없어서 나는 두 눈을 감아 버렸다. 하지만 힘겹게 참아 내고 있는 운주의 목소리가 귓가에 들려와 꼭 감은 두 눈에서 얼음같이 차가운 눈물이 흘러내렸다. 텅 비어 버린 내 머릿속에 갑자기 운주와 함께했던 옛 시간들이 스쳐 지나갔다.

'이번 생에서 아씨와 주인님 같은 분들을 곁에서 모실 수 있으니, 저는 더 이상 바랄 것이 없습니다.'

너의 소망은 이렇게나 작은데 이루어질 수가 없구나.

'나의 생에서 가장 중요한 사람을 구하기 위해 불길로 뛰어들었기 때문이다. 안타깝게도 헛수고였지.'

그 큰불이 언제라도 네 생명을 앗아갈 수 있다는 걸 뻔히 알면서도 나를 구하기 위해 화염 속으로 뛰어 들어가다니! 내가 너의 소중한 사람이라는 이유만으로!

'폐하, 아씨를 구하기 위해 신첩, 죽음을 불사하고 불길 속으로 뛰어들었던 일을 봐서라도, 제발 그녀의 불경을 용서하여 주십시오.'

시녀 하나를 구하기 위해 지난 보은의 정까지 언급하며 기우에게 간절히 애원하다니, 도대체 너는 어떤 여인이란 말이냐? 단 한 번도 자신을 생각하지는 않는 것이냐?

나는 천천히 두 눈을 뜨고 남월의 손을 재빨리 뿌리쳤다. 남월은 내가 갑자기 자신을 밀어 버릴 거라고는 예상치 못하고 있던 터라 나는 그녀를 쉽사리 밀치고 방 안으로 뛰어 들어갔다. 운주의 곁으로 급히 달려간 나는 온몸으로 그녀를 단단히 붙들어 안았다.

누군가가 갑자기 운주의 앞으로 달려들 것이라고는 아무도 생각지 못했기에 두 개의 방망이가 멈출 새도 없이 내 등을 호되게 내리쳤다. 그러나 나는 아프지 않았다. 나는 오직 운주를 지켜줘야 한다는 생각뿐이었다.

이 광경을 본 시위는 동작을 멈추고, 어쩔 줄 모르며 우리를 바라보았다. 나는 운주의 잿빛 얼굴을 바라보았다. 그녀의 입에서 천천히 피가 쏟아져 바닥을 붉게 물들였고, 점점 넓게 퍼져 갔다. 나는 부들부들 떨리는 손으로 숨이 끊어질 듯한 그녀를 어루만졌다.

"수주야……."

나는 작은 목소리로 그녀를 불렀다. 두 눈을 번쩍 뜬 운주가 믿을 수 없다는 눈빛으로 나를 바라보았다.

"당신……, 당신은……."

그녀는 웅얼웅얼하였으나 결국 아무 말도 뱉어 내지 못했다. 그녀가 마지막으로 온 힘을 다해 내게 정신을 집중하고 있다는 걸, 그녀가 내게 무슨 말을 하려는 것인지를 나는 알고 있었다. 나는 고개를 힘껏 끄떡이고는 그녀의 귓가에 그녀만이 들을 수 있는 작은 소리로 말했다.

"수주야, 잘 들어. 내가 바로 반옥이야. 나는 죽지 않았어. 이렇게 계속 너의 곁에 있었어."

그녀의 눈빛이 점점 밝아졌고, 잿빛 얼굴에 희미한 미소가 번져 갔다. 그리고 죽을 힘을 다해 버티며 내게 한마디의 말을 남겼다.

"미안해요."

나의 정체를 알게 된 후 그녀가 내게 할 말이 사과이리라고는 나는 꿈에도 생각지 못했다. 놀랍게도 그녀는 내게 미안하다고 했다. 기우의 여자가 되었다 하여 내가 자신을 탓할까 걱정하는 마음은 이해할 수 있으나, 내가 어찌 그녀를 탓할 수 있겠는가? 내가 어찌…….

"참으로 절절한 주인과 종의 정이로구나."

정 부인이 경멸하듯 코웃음 쳤고, 탁자 위에 놓인 찻잔을 우아하게 들고는 차 한 모금을 들이켰다.

"저년을 끌어내고, 계속 쳐라."

차가운 얼굴을 한 연 귀인이었다.

그녀의 말을 듣자마자 나는 곧바로 바닥에 머리를 조아리고 꿇어앉아 빌기 시작했다.

"마마님들, 주인님을 더 이상 힘들게 하지 말아 주십시오. 주인님의 목숨이 경각에 달리셨으니 제발 주인님께서 편안히 가실 수 있도록 해 주세요⋯⋯. 제발 부탁입니다!"

"네까짓 게 무어라고 감히 우리 앞에서 저 계집을 위해 부탁을 한단 말이냐?"

등 부인이 의자에서 몸을 일으키며 노여움이 담긴 말을 뱉어 냈다. 나의 간청은 그녀의 마음을 조금도 움직이지 못했다.

나는 넋을 잃고 멍하니 그녀들의 입에서 흘러나오는 무정한 말과 잔혹한 눈빛을 주시할 뿐이었다. 지금의 그들의 모습은 그저 '세태염량世態炎涼[57]'이라는 네 글자로밖에 형용할 방법이 없었다. 운주는 이미 저 지경에 이르렀는데, 그녀들은 여전히 운주를 놓아주려 하지 않는 것인가?

"후궁을 다스리는 것은 황후인 나의 책임으로 나는 반역자의 딸이 폐하를 기만하고, 후궁을 혼란에 빠뜨린 것을 절대로 용납할 수 없다. 게다가 금인자수를 지닌 본 황후는 후궁의 삼천 명 여인들의 생사여탈권을 가지고 있다. 수 소용은 옳지 못한 일을 하였으니, 그에 응당한 벌을 받아 마땅하다."

지금껏 침묵을 지키고 있던 두완이 입을 열었다. 참으로 그럴듯하고 위엄이 넘치는 말이었다.

---

57 염량세태(炎凉世態)와 같은 말로서. 세력이 있을 때는 아첨하여 따르고, 세력이 없어지면 푸대접하는 세상 인심을 비유적으로 이르는 말.

나는 차갑게 웃었다. 그녀들이 운주를 이렇게 대하는 것은 결국 그녀를 향한 황제의 총애가 나날이 깊어 가는 것이 두렵고, 이에 자신들의 지위가 흔들릴 것이 걱정되어 그녀를 제거하고 싶은 것이 아닌가. 결국 모든 것은 그들의 사심 때문이었다. 그녀들 중 단 한 명이라도 진심으로 이 황실을 걱정하고, 기우를 위해 마음 쓰는 이가 있단 말인가? 나는 가만히 두완, 온정야, 등 부인, 육 소의를 바라보았다. 오늘 발생한 이 일을 내 평생토록 똑똑히 기억하리라.

그날, 태양이 아름답게 빛났고, 단풍잎은 사방으로 춤추며 흩어졌으며, 나의 마음은 하늘을 나는 새와 함께 먼 곳으로 모습을 감추었다. 시위는 나를 끌어냈고, 운주는 두 대의 매를 더 맞은 후 숨을 거두었다. 눈물이 눈가에서 계속 흔들리고 있었으나 나는 그 눈물을 붙잡고, 오만한 모습으로 떠나가는 네 여자를 똑똑히 바라보았다. 그녀들은 여전히 중얼거림을 멈추지 않고 있었다.

"겨우 삼십여 대를 맞았을 뿐인데 죽어 버리다니……."

"참으로 잘 죽었지요. 반역자의 딸이 감히 총애를 바라고, 후궁을 다스리려 하다니 말입니다."

"정 부인이 저 천한 계집의 신분을 빨리 밝혀 내어 참으로 다행이오."

주먹을 꽉 쥐어 손톱이 손바닥 깊이 파고들었고, 아랫입술을 힘껏 깨물자 피비린내가 입속에 번졌다. 사람들이 떠나자 나는 그제야 눈물을 흘려 보냈다.

쓸쓸한 방 안, 얼음장같이 차가운 바닥에 운주는 가만히 엎드려 있었다. 나는 그녀의 앞에 꿇어앉아 그녀의 얼굴에 떠올라 있는 달콤한 미소를 바라보았다. 마치 잠을 자고 있는 듯, 참으로 편안해 보였다. 그 모습을 바라보며 나 역시 엷은 미소를 지었다.

"정 부인이 받은 그 익명의 편지를 왕야께서 보내신 것이 아니라고 한다면, 믿으시겠습니까?"

남월 역시 운주 앞에 꿇어앉았다. 그 어조는 매우 침착하고 차가웠으며 진지함과 엄숙함이 서려 있었다.

"왕야께는 이리 하실 이유가 없⋯⋯."

"그만해. 운주가 이리 가 버렸는데, 이제 와서 그런 이야기가 무슨 소용이냐?"

나는 그녀의 말에 힘없이 답하였다. 지금 내게는 너무나도 복잡한 황궁 내의 암투를 분석할 만한 기력이 남아 있지 않았다. 그저 운주와 조용히 함께 있고픈 마음뿐이었다.

"제가 말하고 싶어서 이런 말을 한다고 생각하세요? 왕야께서는 당신 때문에 모든 걸 포기하실 뻔하셨는데, 당신은 이렇게 그분을 오해하시니⋯⋯."

흥분한 그녀가 내 옷소매를 잡아당기며 소리쳤다. 그녀의 눈빛 속에는 내가 이해할 수 없는 감정이 뒤섞여 있었다.

나는 가볍게 웃으며 코웃음을 쳤다.

"그래도 그가 나를 배신한 건 변함이 없지. 그는 나의 신뢰를 철저히 짓밟았어. 안 그래?"

남월은 힘없이 손을 놓고 왜인지 울기 시작하더니 결국 밖으로 뛰쳐나갔다.

나는 그녀에 대해서는 더 이상 깊이 생각하지 않고 그저 운주의 곁을 지켰다. 얼마나 지났는지 알 수 없으나 몇 명의 환관들이 운주를 넣을 포대를 들고 들어왔다. 죄를 지어 죽은 궁녀나 후궁의 시신은 황궁 밖으로 내보내어 화장을 하고, 서쪽 외곽의 황람호荒藍湖에 그 백분을 뿌리게 되어 있었다. 절대로 그녀들의 시체를 남기지 않는 것이 바로 황궁의 법규였다.

나는 눈을 크게 뜨고 그들이 운주를 들쳐 업고 방 안을, 그리고 편무각을 떠나는 모습을 바라보았다. 나는 그들을 붙잡지도, 그 뒤를 쫓아 그녀를 배웅하지도 않았다. 그저 그들의 모습이 보이지 않을 때까지, 점점 멀어지는 그 뒷모습을 하염없이 바라볼 뿐이었다.

나는 품에서 비단 손수건을 꺼내어 바닥에 고여 있는 운주의 피를 닦아 내기 시작했다. 오래지 않아 손수건 전체가 그녀의 피로 물들었다. 나는 운주의 피로 물든 손수건을 힘껏 손에 쥐었다.

이것은 수주의 피다. 내 동생의 피다.

재앙은 내부에서 시작되고

늦가을의 안개비가 냉궁을 적셨고, 초목은 마르고 시들었다. 연기가 하늘을 향해 피어 오르고, 귀뚜라미는 구슬프게 울며 소란스레 서로를 부르고 있었다.

나는 바람에 흔들리고 있는 초롱을 손에 들고 벽지궁碧遲宮으로 들어섰다. 선대 황후였던 두지희가 갇혀 있는 곳이었다.

반쯤 열려 있던 붉은 문을 열자 날카로운 소리가 귀를 찔렀고, 한기가 온몸을 덮쳤다. 나는 희미한 초롱불에 의지해 칠흑같이 어두운 내전을 바라보았다. 내전은 참으로 보잘것없었다. 나무로 만든 작은 원형 탁자 하나와 몇 개의 의자가 어지러이 놓여 있고, 전방에 침대가 있을 뿐이었다. 침대 위에는 이불이 마구 구겨져 있었고 휘장이 바람결에 춤을 추고 있었다.

이곳이 냉궁인가? 한때는 막강한 권력을 손에 쥐고 흔들던 두 황후의 최후가 이렇게나 처량하다니! 죽을 힘을 다하여 권세와 권력을 얻은들 대체 무슨 소용이란 말인가? 부귀며 권세며 모두 이토록 부질없는 것이거늘.

"여기에는 왜 왔느냐?"

갑자기 뒤편에서 구슬프고 처량한 목소리가 들려오는 바람에 아무런 경계도 하지 않고 있던 나는 깜짝 놀라 손에 들고 있던 초롱을 떨어뜨리고 말았다. 너무 놀란 탓에 등에서 식은땀이 배어 나왔다. 귀신 같은 흰 그림자가 내 앞에 나타나더니 엄숙한 눈빛으로 나를 매섭게 노려보았다. 나는 공포로부터 마음을 진정시키기 위해 애쓰며 작은 목소리로 그녀를 불렀다.

"황후마마……."

그 순간, 그녀는 경계하는 듯했으나 눈빛은 더욱 망연해졌다. 나는 들고 온 찬합을 먼지가 두껍게 앉은 탁자 위에 내려놓고 바닥에 떨어진 초롱을 다시 집어 들었다.

"폐하께서 마마를 찾아뵈라며 저를 보내셨사옵니다."

"폐하……, 싫다……. 나는 그를 만나고 싶지 않다."

얼굴이 새파랗게 질린 두 황후가 양손을 다급히 내저었다. 마치 귀신보다 더 두려운 것을 보기라도 한 듯한 모습이었다. 나는 속으로 놀라움을 금치 못했다. 도대체 무엇이 언제나 침착하던 그녀를 이토록 당황하게 만든 걸일까?

"마마, 선황 폐하가 아닙니다. 마마의 아드님이신 기우, 그분께서 지금의 폐하이십니다."

나는 그녀의 양손을 붙잡으며 그녀를 진정시키려 했다. 내 말을 들은 그녀는 조금씩 안정을 되찾았고, 멍한 눈빛으로 나를 응시하였다. 이윽고 그녀의 눈가에 수정 같은 눈물방울이 맺히기 시작했다.

"기우가 황제가 되었다고?"

나는 고개를 끄덕인 후 두 황후를 부축해 침대에 앉게 하였다. 그녀는 내 손을 단단히 붙잡고 있었는데 그 때문에 얼음장 같은 한기가 내 손바닥에까지 전해졌다.

그녀가 멍한 얼굴로 웃음을 터뜨렸다.

"그렇다면 기우도 인간이 견디기 힘든 큰 고통을 견뎌야 했겠구나. 얼마나 고독할까!"

말을 마친 두 황후의 눈에서 갑자기 눈물이 흘러내렸다.

"정말로 기우가 나를 찾아가 보라고 너를 보냈느냐?"

이런 지경에 이른 그녀를 속이고 싶지는 않았으나 모든 일의 진상을 알아내기 위해서는 어쩔 수 없었다. 어쩌면 그녀에게 작은 희망을 주는 것도 좋으리라. 비록 그녀가 기우를 단 한 번도 자신의 친자식으로 대하지 않았다 해도 말이다.

"그렇습니다, 마마."

두 황후가 자조 섞인 미소를 지으며 내 손을 놓았다.

"아직도 이 어미를 기억하고 있다니……. 자신을 그리도 모질게 대한 이 어미를……."

그녀의 태도는 수년 전의 모습과 천지 차이였다. 도대체 무엇이 그녀를 이렇게 변하게 한 것일까?

"마마, 폐하께서 마마께 여쭤 보라고 하신 것이 하나 있습니다. 스물다섯 해 동안 가슴속에 묻어 두고 감히 입 밖에 내지 못했던 일이라셨습니다."

"기우가 무엇을 알고 싶어 하는지 나도 알고 있다."

모든 걸 알고 있다는 듯 가볍게 웃으며 고개를 끄덕이는 중에도 그녀는 쉴 새 없이 눈물을 흘리고 있었다. 흐르는 그녀의 눈물이 참으로 처량해 보였다.

"내가 왜 기호만을 바라보고 그에게만 사랑을 쏟아부었는지, 어째서 자신에게는 인색하게 사랑을 조금도 나누어 주지 않았는지 알고 싶은 거겠지. 모두 내 탓이다. 나에게는 기우의 어미가 될 자격이 없다."

"마마의 아드님은 지금 이 나라의 주군이십니다. 그러니 더 이상 염려하실 것 없이 사실을 밝히실 수 있지 않으십니까?"

그녀에게도 말할 수 없는 고충이 있었다는 것이 은연중에 느껴졌다. 고개를 숙이고 시선을 내린 두 황후는 한참 동안 자신의 두 손만을 응시하고 있었다. 그녀가 사실을 말하고 싶지 않은 것이라고 여기고 다시 한 번 그녀를 설득해 보려는데 그녀가 입을 열었다.

"기우에게 사랑을 주지 않으려던 것이 아니었다. 감히 줄 수 없었던 것이지."

눈물을 거둔 그녀는 멍하니 창문 밖의 밝은 달을 바라보며 처량한 모습으로 탄식했다.

"권세라는 건 참으로 무서운 것이란다. 나 역시 한 번의 실수로 모든 것을 잃게 되었지……."

나는 술시가 되어서야 벽지궁을 나섰다. 오동나무 위로 달빛이 쏟아지자 슬픔과 비애가 끝없이 밀려왔고, 대나무 숲에서 한 가닥의 냉기가 스며들었다. 휘청거리며 걸으니 흙먼지가 일고, 걸음을 내딛을 때마다 바스락바스락 낙엽 밟는 소리가 들려왔다. 나는 고요한 편무각에서 한참을 배회했다. 이 시각, 이곳에는 그 누구도 남아 있지 않았다.

운주야, 황천길은 잘 걷고 있니? 이 언니가 너를 위해서 복수할 거야. 괜찮지? 너를 해한 모든 이들을 철저하게 응징할 거야. 괜찮지?

매서운 기세로 버드나무 가지를 꺾은 나는 그 가지를 다시 반으로 꺾어 바닥에 힘껏 내던졌다.

남월이 말한 것처럼 기성에게는 그 편지를 보낼 이유가 없었다. 기우를 향한 운주의 일편단심을 기성이 모를 리 없으니 죽인다 위협해도 운주가 단 한 마디도 내뱉지 않을 것이라는 건 그도 이미 알고 있었을 것이다. 그러니 그가 운주를 이용해 기우를 넘어뜨리려 한다는 건 애초부터 불가능한 일이었다. 그렇다면 그 편지는 대체 누가 쓴 것이란 말인가? 설마……, 기우가?

조금 전 두 황후가 한 말이 내 귓가에 여전히 맴돌고 있었다.

"이십오 년 전, 나는 참으로 큰 잘못을 저지르고 말았다. 바로 출산이 임박한 원 부인을 해한 것이지. 나는 그녀가 황자를 낳으면 나의 황후 자리와 기호의 태자 자리를 빼앗길까 두려웠다. 그래서 궁녀를 시켜 몰래 원 부인의 차에 홍화紅花를 넣었

424

지. 뱃속에 있는 아기만 유산시킬 생각이었어. 그런데 그것이 생각지도 못하게 그녀의 출산을 앞당겼다. 출산이 임박하자 시녀들이 산파를 불러 아기를 받게 했지. 원 부인은 마지막 남은 힘까지 모두 써서 아기를 낳았고, 결국 체력을 모두 소진하여 그렇게 세상을 떠났다. 사람들은 원 부인이 난산으로 세상을 떠난 것으로 알고 있지만 사실 그녀는 내가 몰래 먹인 홍화 때문에 죽은 것이야.”

“그날 이후, 나는 양심의 가책에 시달렸고 끝없이 자책했다. 화근을 없애려는 욕심에 잠시 이성을 잃었던 게지. 애초에 그렇게 그녀를 해하면 안 되는 것이었어. 그 후, 황제는 원 부인의 죽음에 의문을 품고 자세한 조사를 명했다. 나는 겁에 질려서 약을 탄 궁녀를 죽여 버렸고, 그로써 모든 일이 마무리된 줄 알았지. 그런데 나를 대하는 황제의 태도가 점점 냉담해졌고, 눈빛에 혐오감이 스치기 시작했다. 그때 알았지, 황제가 모든 걸 알고 있다는 걸. 그저 증거가 없어 나를 처벌하지 못했던 거지.”

“나는 나 자신을 지키기 위해 세력을 모으고 당파를 만들었다. 그리고 오직 기호의 태자 지위를 견고히 할 생각만 했다. 기호가 황위에 오르는 것만이 우리가 살아남을 수 있는 유일한 방법이었으니까. 만약 기호가 순조롭게 황위에 오르지 못한다면 나와 그는 되돌아올 수 없는 끔찍한 길을 걷게 될 테고, 그 결과는 충분히 예상할 수 있었다. 나는 기우만큼은 이러한 암투에 휘말리게 하고 싶지 않았다. 그래서 나는 기우를 최대한 멀리했지. 만약의 경우 황제가 그에게만은 일말의 온정이라도 베풀어 주기를 바랐다."

"세상의 어떤 어미가 자기 자식을 아끼지 않겠느냐? 매번 그를 냉정하게 대할 때마다 나는 가슴이 갈기갈기 찢어지는 듯 아팠다. 얼마나 자주 그를 보기 위해 미천전으로 숨어 들었던지, 그를 내 품에 안고 싶은 마음을 얼마나 참기 어려웠던지……. 기우에게 얼마나 말하고 싶었는지 모른다, 사실 이 어미는 너를 사랑하고 있다고. 그러나 나는 그럴 수 없었다! 이미 아들 하나를 위험천만한 곳으로 끌고 들어왔는데, 남은 아들마저 벼랑 끝으로 밀어 넣을 수는 없었다."

"황제와의 다툼으로 몸도 마음도 이미 지칠 대로 지쳐, 결국 나는 지고 말았다. 황제가 아니라 그토록 지켜주려던 나의 아들에게 말이다. 황제는 참으로 무서운 사람이다."

황후의 말을 듣고 나는 깨달았다. 기우가 자신의 부황을 죽인 이유는 그가 선황의 음모를 알아챘기 때문일 것이다. 그렇다면 선황의 음모는 무엇이었을까? 설마 선황은 동궁의 세력을 무너뜨리기 위해 처음부터 끝까지 기우를 이용한 것일까?

"그렇다면 기우도 인간이 견딜 수 없을 만큼 큰 고통을 견뎌야 했겠구나. 얼마나 고독할까!"

나는 두 황후의 이 말의 의미를 이해할 수 있었다. 기우가 견뎌야 했던 고통, 그것은 자신의 모후를 냉궁으로 몰아넣어야 했던 것이리라. 자신의 손으로 친형제를 사지로 몰아넣어야 했던 것이리라. 자신의 손으로 부황을 죽여야만 했던 것이리라.

그 고통은 나로서는 상상할 수도 없는 것이었다.

어릴 적부터 모후의 사랑을 갈구해 왔으나 단 한 순간도 얻을 수 없었던 그에게 부황은 희망을 주었다. 그러나 그 부황이 그에게 남은 마지막 희망마저 앗아가 버리고 만 것이다. 모후의 냉대, 부황의 이용, 그는 어찌 이리도 가엾단 말인가!

가만히 두 눈을 감고, 시종 후회의 빛이라고는 조금도 없던 운주의 눈빛을 떠올렸다. 그리고 그 순간 불현듯 모든 것이 이해되었다. 익명의 편지는 운주가 직접 보낸 것이리라. 그리고 그렇게 하도록 주도한 이는 운주와 오랫동안 비밀스러운 이야기를 나누었던 한 태후일 것이다. 모든 것이 기우를 향한 운주의 지극한 사랑 때문이었다. 그녀는 언제나 대가를 바라지 않는 사랑을 했다. 참으로 대단한 사람이다, 나와는 비교조차 할 수 없을 만큼.

"내일 편무각의 궁녀들을 각 궁으로 보낸다고 하던데, 그대는 어느 곳으로 가려고 하오?"

기척도 없이 나타난 한명이 어느새 내 곁에서 진지함을 담은 복잡한 눈빛으로 나를 쳐다보고 있었다. 이렇게 그를 다시 보니 지난날의 난처함은 온데간데없이 사라지고 평온한 마음으로 그를 마주할 수 있었다.

나는 미소를 지으며 그에게 물었다.

"당신 생각에는 제가 어디로 가야 할 것 같나요?"

"다시 한 번 말하겠소. 만약 그대가 이 황궁을 떠나고 싶다면 내, 폐하게 그대를 달라 청하겠소."

비록 차가운 말투였으나 그 속에는 다정함이 담겨 있었다. 나는 이번에도 고개를 내저었다.

"황제는 이미 저를 기성의 사람으로 여기고 있으니 저를 결코 놓아주지 않을 것입니다. 저의……, 정체를 밝히지 않는 한 말입니다. 하지만 제가 누구인지 밝힌다면 더욱 이곳을 떠나지 못하게 되겠지요. 이 황궁 안으로 걸어 들어온 이상, 저의 남은 세월 역시 이 황궁 안에서 끝없는 견제와 암투를 견뎌 내며 살아야 할 것입니다. 이곳을 빠져나갈 방법은 더 이상 없습니다."

그는 한참 동안 침묵한 후 더 높아진 그리고 더 깊은 걱정을 담은 목소리로 물었다.

"그럼 그러한 고통을 견디겠다는 말이오?"

"아무리 고되고, 아무리 피곤하고, 아무리 아파도 저는 이렇게 견뎌 왔습니다. 더 이상 그 무엇이 저를 막을 수 있겠습니까?"

이 순간 나는 활짝 웃고 있었으나 한명의 눈빛은 흐릿해졌다.

"이제 이 세상에서 제가 믿을 수 있는 사람은 아무도 없습니다."

기성의 배신은 나의 마음속에 사라지지 않을 어두운 그림자를 남겼다.

"그대 곁에 머물며, 그대를 지킬 수 있게 해 주지 않겠소?"

오랫동안 참아 왔던 말을 힘겹게 토해 내는 듯 그의 목소리는 떨리고 있었다. 그러나 나는 고개를 가로저었다. 더 이상 그 누구도 끌어들일 수 없었다. 이건 나의 일이다. 그러니 나 홀로 완성해야만 한다.

애처롭게 웃는 한명의 얼굴 위로 수많은 표정이 스쳐 갔다.

"누구나 지켜 주고픈 한 사람이 있기 마련이오. 만약 그대가 지켜 주고 싶은 이가 기우라면, 그대는 이 한명이 지킬 수 있도록 해 주오."

거절을 허락하지 않겠다는 그의 결연함이 나를 멍하게 했다. 그는 자신이 지금 무슨 말을 하고 있는지 알고는 있는 건가?

"한명!"

온 정원을 가로지르는 날카로운 소리에 고요함이 깨졌다. 나와 한명은 동시에 고개를 돌려 우리를 향해 성큼성큼 걸어오고 있는 영월 공주를 바라보았다. 그녀의 얼굴에는 분노, 그리고 그보다 더 깊은 슬픔이 드리워져 있었다. 나는 서글픈 탄식을 금할 수 없었다. 이런 골치 아픈 일이 영원히 나를 따라다닐 것만 같았다.

"당신의 아내가 된 후 저는 분수를 지키며, 당신과 어마마마 그리고 기성 오라버니 사이의 원한에도 개입하지 않았고, 심지어 언제나 당신을 편들다가 어마마마와의 관계도 어긋날 뻔하였어요. 그런데 당신은 어찌 제게 조금의 관심과 애정도 보이지 않으시는 건가요? 게다가 지금은 이 계집에게 모든 관심을 쏟은 것도 모자라서 이 계집을 지켜 주고 싶다고요? 그럼 저는 뭔가요?"

그녀의 애절하고 가슴 아픈 물음이 메아리 쳤고, 그 슬픔이 그녀의 온몸을, 그리고 우리 셋 사이를 뒤덮었다.

한명은 그녀를 바라보기만 할 뿐 아무 말도 하지 않았다. 영월의 얼굴이 노여움으로 점점 일그러졌다. 영월이 분노 가득한 눈으로 나를 바라보며 손가락질했다.

"너 이 천한 계집! 기성 오라버니를 꼬인 것도 모자라 감히 내 남편을 꼬이다니 도대체 무슨 속셈인 게냐!"

"닥치시오!"

한명의 차가운 한마디에는 짙은 분노가 서려 있었다.

"지금 저에게 닥치라고 하셨나요? 정말 이해할 수가 없군요, 저 계집이 도대체 나보다 나은 게 무엇인지! 한명, 말씀해 보세요. 저 계집이 나보다 나은 게 무엇인가요?"

말을 할수록 감정이 점점 격해지는지 영월이 한명의 가슴팍 옷섶을 거칠게 잡아당겼다. 한명은 저항하지 않았고 그녀가 자신의 옷을 잡아당기도록 내버려 둔 채로 침착한 목소리로 말했다.

"그녀는 분명 공주와 비할 바가 못 되오. 뛰어난 미모를 가진 것도 아니고, 고귀한 신분도 아니지. 게다가 그녀는 공주처럼 내게 진실한 사랑을 품고 있지도 않소."

"그럼 도대체 왜……?"

흐트러진 한명의 옷을 여전히 단단히 붙잡은 채로 영월 공주가 처량하고 애처롭게 물었다.

"그녀가 값진 사람이기 때문이오. 그녀는 내가 평생 지켜 줄 가치가 있는 사람이오."

한명의 말에 나와 영월은 얼이 빠져 버렸다. 영월 공주는 허탈한 듯 힘없이 손을 내려놓았다. 나는 그녀의 표정을 보고 싶었지만 그녀가 나를 등지고 있어서 나는 그녀의 표정을 볼 수 없었다.

"그럼 저는요? 저는 그대의 사랑을 받을 가치가 없나요?"

한명은 슬픈 눈빛을 영월의 뒤에 서 있는 내게 옮겼고, 입가에 희미한 미소를 지은 채 말했다.

"그녀를 처음 본 순간, 나는 내 마음을 모두 그녀에게 주었소. 그 누구도 다시 내 마음에 담을 수는 없소."

그의 말이 끝나자마자 영월이 그의 뺨을 힘껏 올려붙였다. 고요함 속에 오직 우리의 숨소리만이 들려왔다. 나는 한명의 엄숙하고 진지한 눈빛을 바라보았다.

그 어떤 말로도 지금 이 순간의 내 마음을 형용할 수 없었다. 그가 내 앞에서 이렇게 거리낌없이 자신의 마음을 드러낸 것은 처음이었다. 나는 지금껏 나를 향한 그의 감정이 그저 자신의 목숨을 구해 준 은혜 때문이라고 여겼을 뿐, 그의 마음속에 내가 이토록 깊이 자리하고 있을 줄은 생각지도 못했다.

어느덧 한 해의 마지막 날, 섣달그믐을 앞두고 있었다. 이맘때면 하얀 눈이 온 세상을 덮고는 했는데 올해는 새하얀 겨울의 흔적을 전혀 느낄 수 없었다. 불어오는 북풍에 나뭇잎들은 모두 흔적 없이 사라져 버렸고, 몰아치는 바람에 옷깃을 단단히 여밀 뿐이었다. 나는 우물가에서 두꺼운 옷들을 빨고 있었다. 양손은 이미 얼어 새빨갛게 변했고 허리도 똑바로 세울 수 없었으나 나는 여전히 쉬지 않고 옷을 주물렀다. 이 옷들은 모두 태후의 것이었다. 만약 깨끗하게 빨지 못한다면 봉변을 당할 것이 분명했다. 저녁밥도 먹지 못하리라.

운주가 죽은 후 편무각의 궁녀들은 뿔뿔이 흩어졌고, 나는 태후전에서 태후마마를 모시게 되었다. 듣기로는 정 부인 역시 나를 백앵궁으로 데려가 자신의 궁녀로 삼으려고 했다고 한다. 그러나 태후가 그녀보다 한발 빨랐고, 정 부인 역시 감히 태후와 맞설 수는 없었기에 나를 포기했다.

나는 태후가 왜 나를 데려가겠다고 했는지 알고 있었다. 분명 한명이 그녀에게 부탁했을 것이다. 만약 그렇지 않았다면 지금쯤 나는 정 부인 수하에서 온갖 수모를 겪으며 고생하고 있었을 터였다. 나는 지난번 내가 백앵궁에서 그녀의 뺨을 호되게 때린 것을 기억하고 있었고, 그녀는 더욱 잊지 못하고 있을 것이다.

이유는 알 수 없으나 태후는 나를 처음 본 그 순간부터 나를 괴롭히기 시작했다. 내가 운주의 시녀였기에 유난히 경계심을 품고 있는 걸까?

"혹시 들었니? 정월 초하루에 욱나라와 하나라의 황제가 기나라에 와서 폐하를 알현한대."

나와 함께 옷을 빨던 궁녀 담월淡月이 갑자기 입을 열었다.

"그래?"

나는 하던 일을 멈추지 않고 계속해서 빨래를 주무르며 대꾸했다.

"그때 굉장히 성대한 연회가 열린대. 나도 가서 구경할 수 있으면 얼마나 좋을까?"

그녀는 진심으로 바라는 듯 탄식했다.

나는 그녀의 말에 하던 일을 멈추고 급히 고개를 돌려 물었다.

"무슨 연회?"

"몰랐어? 욱나라 황후인 영수의와 하나라 황후인 진영봉陳纓鳳이 연회에서 춤을 출 예정이래. 우리 기나라에서는 두 황후, 정 부인, 등 부인이 모두 춤을 출 예정이고……. 제일 기대되는 건 정 부인의 춤이야. 정 부인의 춤은 낙수의 여신 같고, 날아오르는 새처럼 아름답대. 그녀의 춤을 한 번이라도 본 사람은 평생 동안 잊지 못할 만큼 말이야. 그 아름다운 회전춤으로 정 부인이 황제의 마음을 얻어 부인으로 봉해졌고 지극한 총애를 받고 있잖아."

그녀가 그 뒤에 무슨 말을 했는지는 내 귀에 전혀 들리지 않았다. 내 머릿속에는 그저 이 연회가 내게 매우 중요하다는 생각뿐이었다. 손에 잔뜩 묻어 있는 물기를 힘껏 털어 내고 나는 태후전을 향해 급히 달려갔다. 담월은 놀란 눈으로 그런 나를 멍하니 바라볼 뿐이었다.

숨을 헐떡이며 태후전에 도착했을 때, 한 태후는 한명과 한창 이야기를 나누고 있었다. 내가 버릇없이 태후전으로 급히 뛰어 들어오자 한 태후의 표정이 순식간에 굳었다.

"태후전이 너 같은 궁녀가 함부로 뛰어 들어와도 되는 곳이더냐?"

"태후마마, 정월 초하루의 연회에 대해……, 저는…….."

"안 된다!"

놀랍게도 나의 말을 자른 이는 한 태후가 아닌 한명이었다. 이해가 되지 않았다. 그는 왜 나를 저지하는 걸까? 나는 놀라서 한명을 한참 동안 바라보았으나 그는 아무 말도 하지 않았다. 나는 다시 한 태후에게로 시선을 옮겼다.

"그날 있을 연회에서…….."

"안 된다!"

나의 말은 또다시 한명의 한마디에 막혀 버렸다. 나는 분노하며 그를 노려보았으나 그는 마치 나의 눈빛을 보지 못한 듯이 한 태후에게 가볍게 예를 올렸다.

"이 버릇 없는 계집은 제가 끌고 나가겠습니다."

"기다리게."

태후가 그를 막고는 우아하고 당당하게 나를 향해 걸어온 후 나를 위아래로 훑어보았다.

"계속 말해 보아라."

"소인은 연회에서 세 나라의 황제 폐하들을 위해 춤을 바치고 싶사옵니다."

나는 한 태후의 눈빛을 마주 보았다. 두려움은 조금도 없었다. 아니, 그보다는 자신감이 더욱 컸다.

나는 알고 있었다. 이 순간, 그녀의 기세에 눌리면 그녀는 나의 계획을 단칼에 거절해 버릴 것이다.

"너로 되겠느냐?"

그녀는 마치 충분히 보지 못했다는 듯 내 주변을 돌며 나를 살펴보았고, 나는 가벼운 미소를 지으며 그녀의 경시하는 눈빛을 마주했다.

"마마, 저의 춤을 보신 후에 결정하셔도 늦지 않을 것입니다."

하늘도 놀라게 한 봉무구천

정월 초하루, 새하얀 눈으로 뒤덮인 이곳에 매화만이 홀로 고독하게 피어 있었다.

정수리로 모아 올린 새까만 머리를 몇 가닥으로 나누어 여러 개의 고리 모양으로 만드는 머리형은 남송南宋에서 매우 유행했다는 비천계飛天髻이다. 머리 꼭대기에 봉황 금관을 쓰니 달걀형의 내 얼굴형과 잘 어울려 아름답고 우아한 분위기를 자아냈다. 얼굴에는 분칠도 하지 않고 연지도 바르지 않았다. 그저 눈썹먹으로 정교하게 맑은 눈매를 다듬으니 더 또렷하고, 날렵해 보이는 눈매가 되었다. 수많은 봉황이 태양을 향해 날아가는 문양의 빨간 비단옷을 걸치자 피부에 살짝 닿은 비단의 차가운 기운에 한기가 느껴졌다.

한 태후는 처음부터 끝까지 직접 나를 단장해 주었다. 영광

스럽기 그지없는 일이었지만 나는 잘 알고 있다. 이 단장의 대가로 태후는 내게 몇 배로 많은 것을 요구할 것이다. 이것은 빚이었다.

사흘 전 이미 자신들의 황후를 데리고 기나라에 도착한 하나라와 욱나라의 주군들은 중궁의 금상전金翔殿에 머물고 있었다. 오늘은 바로 그들을 위한 연회가 있는 날이었다.

하나라와 욱나라가 일찍이 기나라의 신하국이 된 것은 천하의 모든 이들이 똑똑히 알고 있는 일이다. 이번에 그들이 기나라에 온 것은 진귀한 보물과 영토를 바치기 위함이었다. 그리고 춤을 바치는 것은 연회를 더욱 흥겹게 하고 기나라의 태평성대를 찬미하기 위함이었다.

"태후마마, 지금 양심전으로 출발하지 않으시면 늦으실 것입니다."

한참 동안 참고 있던 담월이 결국 입을 열었다. 그녀는 언제나 이렇듯 조급했다.

한 태후는 살짝 웃었다. 그녀의 손가락 끝이 내 머리카락을 매만진 후 내 뺨으로 옮겨 갔다. 따스한 손가락 끝이 내 얼굴 곳곳을 스쳐 갔다.

"이번 연회에서 나는 오직 설해의 춤만을 기대하고 있단다."

나는 가만히 화장대 앞에 앉아 구리거울에 비친 태후의 만족스러운 미소를 바라보았다. 은밀하고 속내를 알 수 없는 얼굴이었다. 갑자기 그녀의 손이 내 아래턱을 힘껏 움켜쥐었고, 나는 억지로 고개가 들린 채 그녀의 차가운 목소리를 들어야 했다.

"이번 연회로 네가 황제의 총애를 받게 된다면 절대 잊지 말아라, 바로 내가 이 대단한 기회를 주었다는 것을."

"소인……, 마음속에 깊이 새기겠습니다!"

한 태후의 강한 손아귀 힘에 고통스러워 나는 말조차 제대로 할 수가 없었다. 그녀는 만족스럽다는 듯 미소 짓고는 내 턱을 움켜쥐고 있던 손을 천천히 내려놓았다. 곧 본래의 온화한 기색을 되찾은 그녀가 고개를 돌려 담월에게 명하였다.

"양심전으로 갈 가마를 준비해라."

우리가 양심전에 도착했을 때 연회는 이미 시작된 후였고, 태후는 사람들을 놀래지 않으려고 조용히 자신의 자리에 앉았다. 그녀가 기우의 귓가에 대고 무슨 말을 하자 그는 곰곰이 생각하는 듯하더니 이윽고 고개를 살짝 끄덕였다. 태후가 밖에서 바라보고 있던 나를 향해 고개를 끄덕여 내가 춤을 추는 것을 황제가 윤허했음을 알렸다.

법도에 따른다면 나같이 천한 궁녀가 이렇게 큰 연회에서 독무를 추는 것은 결코 있을 수 없는 일이었다. 그러나 태후는 놀랍게도 내게 이 어려운 기회를 만들어 주었다. 나는 몹시 궁금했다. 도대체 그녀는 기우에게 무슨 말을 했을까?

나의 눈은 나도 모르게 황제의 우측 아래에 있는 연성에게로 향했다. 그의 눈빛은 흔들리고 있었으나 여전히 맑고 그윽했으며, 우아하고 기품 있는 미소를 짓고 있었다. 그는 옥 술잔을 들고 쉬지 않고 술을 들이켜고 있었고, 그의 곁에는 영수의가 단정하게 앉아 있었다. 화려하고 눈부시게 단장한 그녀는 여전히 고아하고 품격 있는 모습이었다. 그녀의 아름다움은 그녀를 본 것이 물고기라면 물속으로 숨어 버리고, 새라면 하늘 위로 높이 날아가 버리고, 사슴이라면 바람처럼 도망가 버릴 만큼 눈부셨다.

내가 아무리 내 미모를 앗아 간 이가 그녀라고 말한들 그 누가 나를 믿어 주겠는가? 한나라의 황후인 그녀는 여전히 연윤과 그런 관계를 유지하고 있을까?

나는 다시 고개를 살짝 돌려 황제의 좌측 아래에 앉아 있는 하나라 황제를 바라보았다. 나의 둘째 숙부, 불혹의 나이인 그는 양쪽 귀밑머리가 희끗해져 있었고, 이마에는 약간의 주름이 패어 있었다. 그는 내전의 중앙에서 나는 듯이 춤추고 있는 정부인을 뚫어져라 쳐다보며 장단에 맞추어 쉴 새 없이 박수를 치고 있었는데 몹시 즐거워 보였다.

"설해야, 조금 있으면 네가 독무를 출 차례야. 긴장되지 않아?"

담월이 나의 옷을 살짝 잡아당기며 물었다.

"긴장될 게 뭐 있어? 그냥 평소처럼 추면 되는데."

그녀는 나보다 더 긴장하여 몸까지 살짝 떨고 있었다.

"그래도 너는 독무잖아!"

그녀가 내 팔을 힘껏 흔들어 내 주의를 환기시켰다.

"안심해."

나는 내 팔을 단단히 붙잡은 그녀의 손을 가볍게 쳤다. 그러나 나의 시선은 내전 중앙에서 수많은 궁녀에게 에워싸여 있는, 눈부실 만큼 화려하게 치장한 정 부인에게 향해 있었다.

그녀의 양손은 부드럽게 원을 그리며 회전하고 있었고, 몸짓은 우아하고 맵시 있었다. 가느다란 허리는 곱게 흔들리고 있었고, 길고 가는 다리를 가볍게 들어올리는 그녀의 동작은 완벽에 가까웠다. 그녀는 자신의 아름다운 자태를 온전히 드러냈고, 그녀의 춤은 물 흐르듯 이어지고 있었다. 회임한 지 두 달이 되어 가는데도 불구하고 자신만의 독특한 매력을 유감없이 발산하며 아름다운 춤을 추는 그녀를 보며 나는 그저 감탄할 뿐이었다.

드디어 그녀의 비장의 무기라고 하는 네 번의 감미롭고 아름다운 회전 춤이 끝나자 그녀는 장내에 있는 모든 이들의 우레와 같은 갈채를 받았다. 오랫동안 이어진 갈채에 만족한 듯한 얼굴로 모든 이들을 향해 인사를 올리고 정 부인은 자신의 자리로 돌아갔다.

"하나라와 욱나라의 주군들은 짐의 총비의 공연을 어찌 보셨소?"

기우가 잔잔한 미소를 지으며 양측에 자리한 황제들에게 묻고는 곧 정 부인에게로 시선을 향했다. 그 눈빛이 참으로 따스했다.

"제 평생 이토록 놀랍고 아름다운 춤은 처음 보았습니다. 미모와 재기를 겸비한 비를 맞이하신 폐하께서는 참으로 복이 많으십니다."

하나라 황제가 칭찬을 늘어놓았다. 그에 비해 연성은 냉담한 한마디만을 남겼다.

"좋군요."

"욱나라의 주군께서는 큰 감동을 받지 못하신 것 같으니, 이번에는 본 태후가 매우 높이 평가하는 여인의 춤을 청해 보도록 하지요."

태후는 목을 가다듬으며 봉황 의자에서 몸을 일으켰고, 그녀의 청아한 목소리가 사방을 가득 채웠다.

"조비연趙飛燕[58]은 손바닥 위에서 춤을 추었다고 하지요. 그러나 이 여인의 춤은 마치 하늘 위에서 추는 춤과 같답니다. 그녀는 본 태후가 본 독무자 가운데 가장 빼어난 춤 솜씨를 가진 여인입니다. 오늘 밤, 그녀가 양국의 군주들을 위해 봉무구천鳳舞九天을 선사하겠답니다."

나는 소매 안에 숨겨 놓았던 붉은 비단 손수건을 꺼내어 천천히 펼친 후 얼굴의 절반을 가렸다. 담월은 그 모습을 기이하게 바라보며 내게 그 이유를 묻고 싶은 듯했으나 나는 태후가 나를 정전正殿으로 부르는 소리를 듣고 급히 그 자리를 떠났다. 얼음같이 차가운 지면에 한참 동안 서 있었던 터라 한기가 발끝에서부터 온몸으로 전해지고 있었다.

정전 중앙에 서서 춤을 시작할 자세를 갖추고 악기 소리가

---

58 한(漢)나라 성제(成帝)의 후궁을 거쳐 황후(皇后)가 되었다가 평민 신분으로 강등되어 자살한 인물로서, 가무(歌舞)에 능하고 몸이 가벼운 정도가 제비와도 같다 하여 비연이라 불렸다. 황제의 손 위에서 춤을 추었다는 일화가 유명하다.

울리기를 기다리고 있을 때, 술잔 떨어지는 소리가 들려왔다. 놀라서 바라보니 그 뜻을 읽어 낼 수 없는 연성의 눈빛과 마주하게 되었다. 그 눈빛은 격정적이었고 의혹으로 가득했다. 나는 황급히 그에게서 시선을 거두었다.

음악 소리가 울려 퍼지자 나는 재빨리 두 팔을 활짝 펼쳤고, 양쪽의 긴 옷소매가 휘날리기 시작했다. 나는 가벼운 발걸음으로 날아오르는 듯 공중으로 뛰어올라 불어오는 바람결에 흩날리는 것 같은 춤사위를 펼치기 시작했다. 발이 가볍게 지면에 닿자 순간적으로 발끝에 힘을 모아 몸을 힘껏 돌리며 다시 도약하여 공중에서 세 번의 회전을 마친 후 안정적으로 지면으로 내려왔다. 사뿐히 하늘 위로 도약한 내 두 다리는 한 선을 이루고 있었고, 춤은 정확한 순서로 이어졌다. 실로 우아하고 고상하며 부드러운 춤의 자태가 이어졌다. 발이 부드럽게 지면에 닿을 때 나의 눈이 다시 연성의 눈과 마주쳤다. 나는 마음이 흔들렸고 몸도 다소 흔들렸으나 다행히 제때 정신을 차려 춤을 망치지는 않았다.

음악이 절정에 이르자 나는 허공을 향해 옷자락을 흔들며 고개를 들었다. 춤을 추는 발동작이 격해지자 얼굴을 감싸고 있던 붉은 비단천이 흘러내렸고 나는 대전의 정중앙에 위치한 대들보에 비단천을 던져 걸었다. 두 천이 교차되며 휘감겼고 나는 두 손으로 천을 단단히 붙잡고 온 힘을 아랫배에 모은 후 공중으로 힘껏 날아올랐다. 허리를 흔들며 몸을 돌려 회전하자 몸이 가볍게 돌아갔다. 나의 모습은 마치 기러기가 날아오르는 모습 같기도, 구름 위를 한가로이 걷는 모습 같기도, 날렵하고 민첩한 제비 같기도 했다. 바람에 휘날리는 치마도 춤을 추고 있는 듯하였다. 이 세상을 떠나 하늘 위로 날아오르는 듯한 기세가 한창이던 그 순간, 갑자기 악기 소리가 멈추었다. 공중에서 붉은 천을 한쪽 손에 세 번, 한쪽 다리에 네 번 감은 나는 멈춘 악기 소리의 진동이 하늘 끝에 도착할 무렵 몸을 옆으로 기울여 빠른 속도로 회전하기 시작하였다. 연속으로 아홉 번을 공중에서 돈 나의 자태는 세찬 바람과 같이 정전 전체를 사로잡았다. 이것이 봉무구천의 정수라고 할 수 있는 아홉 번 연속의 회전춤이었다.

온 힘을 다하고 지면으로 내려온 나는 봉황이 날개를 펼친 듯한 자태로 춤을 마무리 지었다. 주위는 침묵에 휩싸였다. 얼이 빠진 모습으로 나를 멍하니 바라보고 있던 사람들이 주변을 살짝 바라본 후, 정면의 가장 높은 곳에 앉아 있는 기우를 바라보았다. 그는 이미 자리에서 일어나 있었고, 매우 놀란 눈빛으로 나를 하염없이 바라보고 있었다. 그 눈빛에는 알 수 없는 쓰라린 아픔이 담겨 있었다. 그의 눈빛을 마주하고 있는 나의 눈도 촉촉히 젖어 들었다.

기우가 갑자기 나를 향해 발걸음을 내디뎠다. 그러나 그보다 먼저 나를 향해 걸어오는 이가 있었다. 순식간에 내 앞에 선 그가 내 얼굴을 가린 천을 벗겨 냈다. 연성이었다.

격정적이던 연성의 모습은 어두워졌고, 기우의 눈에 서려 있던 쓰라린 아픔의 기색도 사라졌다. 기우는 미간을 찡그리고는 담담한 얼굴로 나를 바라보았다.

"폐하, 무리한 부탁을 드리고자 합니다."

연성이 갑자기 내 손을 붙잡더니 몸을 돌려 기우를 바라보았다.

"이 여인을 제게 주십시오."

기우는 희미한 웃음을 보였다.

"짐의 여인을 달라는 것인가?"

황금 계단을 여유롭게 내려온 그가 내 곁에 서서 나를 자신의 품으로 이끌었다. 그 순간, 연성은 단단히 쥐고 있던 내 손을 놓아 주었다.

기우의 품에 안긴 나의 몸은 단단히 굳어 있었다. 참으로 익숙한 느낌이 온몸으로 퍼져 갔다. 그의 단단하고 따뜻한 팔 안에 머물 수 있기를 얼마나 오랫동안 그려 왔던가.

"그녀가 폐하의 후궁입니까?"

미간을 찌푸린 연성의 얼굴에 묘한 기색이 스쳐 지나갔다.

"당연하지. 이 여인은 짐의 설 첩여婕妤[59]라네."

기우는 나를 더욱 힘껏 끌어안으며 소유권을 확실히 드러냈다. 결연함이 서려 있는 그의 눈빛에는 조금의 의심도 용서치 않겠다는 의도가 담겨 있었다.

연성은 나를 그윽한 시선으로 바라보며 쓸쓸한 미소를 지었고, 다소 부드러워진 표정으로 입을 열었다.

---

59 중국 전근대의 후궁 등급 가운데 비교적 낮은 계급.

"제 당돌함을 용서해 주십시오."

기우는 점잖은 얼굴 위로 옅은 미소를 짓고 있었으나, 나는 그의 눈동자에 숨겨져 있는 냉혹함과 쓸쓸함을 읽어 낼 수 있었다.

"짐이 아끼는 후궁의 춤이 이토록 뛰어나니 언제나 냉정함을 잃지 않던 욱나라 주군의 마음이 흔들리는 것도 어쩔 수 없지."

곁눈질로 나를 힐끔 쳐다본 그의 눈빛이 순식간에 차갑게 얼어붙었다. 그 눈빛에 나는 손바닥에 식은땀이 배어 나왔다. 그가 무슨 생각을 하는지 짐작조차 할 수 없어서 나는 미동조차 하지 못하고 있었다.

"피곤하구나. 먼저 침궁으로 돌아갈 터이니 너희들은 계속 즐기도록 하라."

돌연 엄숙한 표정을 거둔 기우가 여유롭게 웃으며 말했다. 그리고는 자리한 이들의 반응을 기다리지도 않고 모든 사람들의 시선을 받으며 내 손을 꼭 붙잡은 채 양심전을 나섰다.

바깥에는 겨울 눈이 여전히 녹지 않은 채 궁의 담을, 누각을, 나뭇가지를, 돌계단을 새하얗게 물들이고 있었다. 나의 얇은 옷이 차가운 바람에 춤추듯 흩날렸으나 나는 조금도 춥지 않았다. 기우의 단단하고 따뜻한 손이 내 손을 꼭 잡고 있었기 때문이다. 미소 짓고 있는 내 얼굴 뒤에 얼마나 큰 슬픔이 숨겨져 있는지는 오직 나만이 알고 있으리라.

"눈 밟은 곳 흔적 없고, 붉은 옷 입은 이는 맨발이구나."

나지막한 목소리에 생각에서 벗어난 나는, 발걸음을 멈추고 고개를 돌려 나를 바라보고 있는 기우와 시선을 마주했다. 나는 그제야 내가 눈밭에 맨발로 서 있다는 걸 깨달았다. 갑자기 한기가 온몸으로 퍼지고 차가운 추위가 느껴져 나는 오들오들 떨기 시작했다.

기우가 천천히 나의 손을 놓자 짙은 실망감이 몰려왔다. 그런데 바로 그때, 몸을 숙인 그가 나를 안아 올렸고 나의 몸이 공중에 떠올랐다. 어쩔 수 없이 나는 그의 목에 팔을 감고 놀란 눈으로 그를 바라보았다. 어찌해야 할지 알 수가 없었다.

침착한 모습의 그는 마치 생각에 잠긴 듯했다.

"어떻게……, 이렇게 닮았단 말인가?"

담담한 그의 목소리가 유난히 길게 늘어졌다. 무척 곤혹스러운 듯했다.

나는 어리둥절해서 그 말에 담긴 의미를 찾고 있었다. 그러나 수없이 많은 감정들이 교차하여 그 뜻을 쉬이 알아낼 수가 없었다. 그저 몸을 둥글게 말고 그의 품에 안긴 채 이 순간만큼은 나에게만 허락된 따스함을 느끼고 싶었다. 눈물이 소리 없이 흘러내렸다.

기우가 고개를 숙여 나의 눈을 바라보았다.

"왜 눈물을 흘리느냐?"

나는 아무 말도 하지 않은 채 두 눈을 천천히 감았다. 그때 머리 위에서 그의 낮은 목소리가 들려왔다.

"네가 누구의 사람이었건 상관없다. 지금 이 순간부터 너는 짐의 여인이다."

그의 목소리에는 인내와 경고가 담겨 있었다. 그가 나를 여전히 기성의 첩자로 여기고 있다는 걸, 그래서 나를 향한 경계를 늦추지 않고 있다는 걸 나 역시 알고 있었다.

"기우……."

내가 작은 소리를 내자 갑자기 그의 발걸음이 그 자리에 멈추었고, 그의 몸은 경직되어 얼어붙었다. 그러나 그는 이내 다시 앞을 향해 걷기 시작했다.

그에게 알리고 싶었다. 내가 바로 복아라고, 당신의 품에 안겨 있는 사람이 바로 당신의 복아라고!

내 마음속에서 슬픔이 고개를 들었고, 그것이 처절하게 나의 마음을 아프게 했다. 힘차게 뛰는 그의 심장 박동 소리를 들으며 나의 머릿속은 텅 비어 갔다.

다시 깨어났을 때, 나는 내가 황제의 침대 위에 누워 있는 것을 깨달았다. 정신이 번뜩 들어 나는 급히 몸을 일으켜 세웠고, 오른쪽에 있는 책상에 앉아 상소문을 검토하고 있던 기우의 알 수 없는 눈과 눈이 마주쳤다.

그가 웃으며 말했다.

"일어났구나."

나는 난감해하며 침대에서 내려오려 했으나 그가 나를 향해 걸어와서 두 손으로 나를 붙잡았다. 나는 마른침을 꼴깍 삼키고는 긴장하며 침대 끝자락에 앉아 그를 바라보았다.

"폐하, 저는……."

"앞으로는 짐의 곁에 있는 게 어떠냐?"

그가 손을 뻗어 내 이마 위로 흘러내린 머리를 쓸어 주었다. 그 눈빛은 참으로 따스하게 반짝였다. 그러나 나는 알고 있었다, 그가 이 순간 바라보고 있는 이는 내가 아닌 복아라는 걸.

얼마나 우스운가? 복아는 내가 아닌가? 씁쓸한 마음이 가득 차올랐고, 이 순간 사실을 말하고픈 마음이 물 밀듯 밀려와 나는 입을 열었다.

"폐하, 사실은 제가 바로……."

"알고 있다. 나는 모든 걸 알고 있다."

그는 내가 더 이상 말을 잇지 못하도록 나의 말을 가로챘다.

"무엇을 알고 계시다는 것입니까?"

나는 너무 놀라 기우를 똑바로 응시했다. 그는 차가운 공기를 깊이 들이마셨다가 천천히 숨을 뱉으며 낮은 목소리로 말했다.

"네가 기성의 사람이라는 것, 나는 신경 쓰지 않는다. 지금 이 순간부터 짐을 진심으로 대하기만 한다면 짐은 지금까지의 일을 마음에 두지 않을 것이다."

나는 씁쓸한 미소를 지으며 내 왼손 위에 올려 둔 그의 손을 살짝 쥐었다. 그가 경미하게 떨고 있는 것이 느껴졌다.

"폐하, 앞으로는 소인이 늘 폐하를 모시겠습니다. 소인은 다시는 폐하께서 고독하지 않도록 할 것입니다."

기우는 깜짝 놀라며 나를 바라보았고, 영문을 알 수 없다는 표정을 지었으나 이윽고 고개를 힘껏 끄덕였다. 그는 마치 상처받은 아이처럼 내 다리에 머리를 기대었고, 나는 날카로운 그의 옆얼굴을 천천히 쓰다듬었다. 참으로 오랫동안 이토록 진실한 기우를 느끼지 못했었다. 어쩌면, 그가 나를 복아로 여기도록 해도 좋으리라. 그럴 필요가 있지 않는 한, 그에게 나의 정체를 절대로 밝히지 않을 것이다.

우리는 계속 그렇게 가만히 그 순간의 고요함을 만끽하였고, 나의 머릿속에는 천진난만한 생각이 샘솟았다. 이 순간처럼 영원히 그와 어깨를 나란히 하고 누워 있을 수 있다면 얼마나 행복할까? 그러나 나는 알고 있다. 그것이 사치라는 것을. 설령 그가 자신의 눈앞에 있는 이가 복아라는 걸 알게 된다 한들 이제 그는 나만의 기우가 아니다. 그는 한 나라의 군주이며, 제왕이다. 그가 어찌 나 한 사람에게 속할 수 있겠는가?

여전히 내 다리에 기대어 있는 기우를 바라보니 그는 이미 잠이 든 것 같았다. 참으로 편안해 보였다. 다리가 저렸으나 깊이 잠든 그를 깨우고 싶지 않아 나는 감히 움직일 수가 없었다. 이미 어둠이 내리깔려 있었고, 굳게 닫힌 붉은 문이 거세게 부는 북풍을 단단히 막아 주고 있었다. 살짝 열려 있는 자단목 창문 밖으로 보이는 풍경이 눈에 들어왔다. 눈이 내리고 있는 듯했다. 돌연 시를 읊고 싶은 마음이 솟아나 나는 조용히 읊조렸다.

"깊은 밤 많은 눈 내린 걸 알 수 있는 건, 이따금 들려오는 대나무 꺾이는 소리."[60]

---

60 당나라 시인 백거이(白居易)의 시 〈야설(夜雪)〉의 한 구절.

"황후마마, 들어가시면 아니 되옵니다."

밖에서 총관태감 서 환관이 목소리를 낮춰 말하는 소리에 나는 굳어 버렸다. 어처구니없게도 나는 오늘 내가 다른 이들의 이목을 과하게 끌었다는 걸 잊고 있었던 것이다. 황후가 황제의 침궁에 있는 나를 발견하기라도 하면 나는 앞으로 더욱 힘든 나날을 보내게 될 것이 분명했다.

기우가 갑자기 두 눈을 번쩍 떠서 나는 무척이나 놀랐다.

그는 밖에서 들려오는 소리에 깬 것일까, 아니면 애초에 잠이 든 적이 없었던 것일까? 그는 나의 다리 위에서 천천히 고개를 들었고, 굳게 닫힌 붉은 문을 가만히 바라본 후 귀찮다는 듯 말하였다.

"들여보내라!"

그의 윤허가 떨어지자마자 나는 침대에서 몸을 일으켰다. 두 다리에 천천히 찌릿찌릿한 아픔이 번지기 시작하여 매우 고통스러웠다. 게다가 나는 여전히 맨발이었다.

붉은 문이 열리자 화려한 보석으로 치장한 두완이 문지방을 넘어왔다. 그녀의 머리카락에는 눈송이가 앉아 있었다. 기우는 곧 제왕의 풍모를 되찾았고, 침대 위에 꼿꼿이 앉은 채 두완을 노려보았다.

"폐하, 어찌 이리 천한 자를 양심전에 들이셨사옵니까!"

다소 격앙된 목소리로 그녀가 한쪽에서 굳게 입을 다물고 있는 나를 가리키며 말했다.

"짐이 말하지 않았소, 그녀는 짐의 설 첩여라고."

기우는 날카롭게 두완을 쏘아본 후 미소가 담긴 눈빛으로 나를 바라보았다.

두완은 기우의 말에 아무 말도 하지 못하고 그저 분노에 찬 눈빛으로 나를 한참 동안 노려볼 뿐이었다. 오르락내리락하는 가슴만이 그녀의 분노를 드러내고 있었다. 고개를 숙인 채 나는 감히 입을 열 수도, 말을 하고 싶지도 않았다. 무슨 말을 하건 나를 향한 그녀의 증오를 더 깊게 만들 뿐이라는 걸 알고 있었기 때문이다.

"황후는 무슨 일로 짐을 찾은 것이오?"

기우가 조금 전 내 곁에 누워 있을 때 흐트러진 용포龍袍의 매무새를 가다듬으며 물었다. 그 어조가 매우 냉담하였다.

황후는 아무런 말도 하지 않고 나를 살짝 바라보며 내게 물러가라는 뜻을 보냈다. 기묘한 분위기를 파악한 나는 이만 물러가겠다는 인사를 올렸고, 기우 역시 아무 말도 하지 않았다. 보아하니 그와 두완 사이에도 수많은 비밀이 숨어 있는 듯했다.

나는 맨발로 얼음장같이 차가운 회랑을 걸으며 하늘에서 춤을 추듯 내려오는 눈을 바라보았다.

연성은 정전에서 이미 나를 알아본 것일까? 나의 '봉무구천'을 본 사람은 오직 그뿐이지 않은가? 그는 정말 그 춤만으로 나를 알아보았을까? 만약 나를 알아보았다 해도 그가 어쩌겠는가? 그저 단념하고 나를 기우에게 보내주는 수밖에…… . 아니면 나의 정체를 밝혀 세상 사람들이 모두 기우가 하나라를 도망친 망국의 공주와 함께 있다는 걸 알게 할 것인가? 그렇게 되면 천하가 기우의 음모와 야심을 알게 될 것이다. 기우는 이를 어찌 처리할 것인가?

너무 깊은 생각에 빠져 있었던 걸까? 나는 단단한 담장에 부딪쳐 고통에 짧은 비명을 지르고 말았다. 다시 고개를 드니 누군가 나를 향해 걸어오는 것이 보였고 나의 안색은 어두워졌다.

"봉무구천의 설 첩여가 아닌가!"

나는 조용히 웃었다. 둘째 숙부의 의미심장한 한마디에 심장이 떨렸으나 나는 가볍게 숨을 내쉬고는 원래의 모습을 되찾았다.

"양국의 군주들께 인사 올립니다."

나는 깊은 생각에 빠진 듯한 연성의 눈빛을 최대한 피하며 인사를 올렸다. 갑자기 둘째 숙부가 큰 소리로 웃기 시작했고, 거만한 그의 웃음소리가 회랑에 끝없이 울려 퍼졌다. 참으로 거슬리는 소리였다. 나는 긴장했다. 설마 눈치 챈 것인가?

"정말 생각지도 못했다. 평범하기 그지없는 이런 여인이 그토록 대단한 춤을 추다니, 드문 일이야, 드문 일!"

둘째 숙부가 고개를 돌려 미묘한 표정의 연성을 바라보았다.

"그러니 욱나라의 주군께서 그런 실례를 하셨겠지."

나는 안도의 한숨을 내쉬었다. 그 일 때문이었구나. 그러나 복잡해 보이는 연성의 표정에는 숨길 수 없는 고통이 드러나 있었고, 그의 시선은 나에게 고정되어 있었다.

"기나라 황제는 참으로 대단한 복을 누리고 있구려."

그의 말에는 깊은 의미가 담겨 있었다. 속으로 연성의 말에 담긴 진정한 의미를 생각하는 사이 그가 나를 스쳐 지나갔고, 둘째 숙부 역시 조롱이 담긴 미소를 지으며 그 뒤를 따랐다. 내 어깨를 스치고 지나갈 때 나는 그의 차가운 콧방귀 소리를 들었고, 그 자리에 얼어붙은 채 기성이 나타나기 전까지 한참 동안 고개조차 돌리지 못하고 있었다.

어둠 속에서 기성의 옆모습을 바라보며, 나는 입을 열 수도 없었다.

"함께 술 한잔하자."

기성의 목소리는 침착했고, 감정의 기복은 드러나지 않았다. 나는 빙긋 웃었다.

"그러지요."

다시 금승전, 그리고 또 민간의 음식들, 우리는 또다시 마주 보고 앉아 있었다. 그러나 술잔을 기울이며 나누던 솔직한 이야기는 더 이상 존재하지 않았다. 기성은 연이어 술 석 잔을 따라 마신 후 빈 술잔을 응시하며 시종 아무 말도 하지 않았다. 나도 가만히 앉아 이 기묘한 분위기 속에 빠져들었고, 역시 아무 말도 하지 않았다.

"계집애……."

돌연 나를 향해 술잔을 든 그가 입을 열었다.

"미안하다. 나에 대한 너의 신뢰를 이용했다."

한입에 술잔을 비운 그가 다시 술잔을 채웠고, 또다시 나를 향해 술잔을 들었다.

"미안하다. 내가 운주를 해하였다."

나는 그를 바라보며 소리 내어 웃었고, 그 웃음소리에는 가시가 돋아 있었다. 등에 칼을 꽂아 놓고 몇 마디 미안하다는 말로 그는 자신이 한 짓을 용서받을 수 있다고 생각하는 건가?

나도 내 잔에 술 한 잔을 따랐다.

"나쁜 놈……."

나는 천천히 술잔을 들었다.

모든 것이 변해 버렸다.

"고마워요, 음산에서 연성을 놓아주어서."

한입에 술잔을 비우자 불꽃같이 뜨거운 얼얼함이 뱃속으로 번져 갔다. 나는 또다시 술잔을 채웠다.

"고마워요, 제게 이토록 깊은 상처를 주어서."

한입에 술을 들이켜고 탁자 위에 술잔을 힘껏 내려놓자 그 소리가 사방으로 울려 퍼졌다. 나는 천천히 몸을 일으켜 떠나려 하였다. 몇 발짝 채 떼지 못했을 때 기성이 나를 불러 세웠다.

"반옥, 이제 우리는 서로에게 아무것도 빚진 것이 없다."

나는 곧바로 몸을 돌려 상냥한 미소를 지어 보였다.

"그렇다면 저도 안심이에요."

기성의 두 눈을 마주하자 마음이 얼어붙었다. 나는 얼굴에 지은 미소를 최대한 유지하려고 노력하다가 결국에는 몸을 돌려 금승전을 떠났다. 조금의 미련도 없이…….

정처 없이 걷다 보니 나는 내가 지금 어디에 있는지조차 알 수 없었다. 그저 더 이상 걸을 힘이 남아 있지 않다는 것만은 분명했다. 결국 나는 쪼그려 앉았고, 눈 쌓인 땅 위에 두 손을 가져다 댔다. 두 손이 점점 얼어붙어 갔다.

양손 위로 눈이 쌓여 갔고, 나는 그 모습을 한참 동안 바라보았다.

"매화 닮은 눈꽃송이, 눈꽃송이 닮은 매화, 서로를 닮았건 아니건 그 정경 여전히 아름답기만 하다."[61]

나는 나지막이 시를 읊조리고는 미소 지었다. 눈과 매화, 원래는 닮아서도 안 되고, 칭송을 해서는 더욱 안 되건만…….

"반옥!"

한명이 부르는 소리에 나는 정신이 번쩍 들었다. 다른 사람이 들으면 어쩌려고 이리도 큰 소리로 나를 부른단 말인가!

"어찌 이곳에 홀로 있소? 태후가 그대를 기다리고 있다오."

그의 눈빛에는 조급함이 담겨 있었고, 지금은 목소리를 낮추고 있었다.

나는 큰 소리로 웃었고, 그는 내 웃음에 영문을 알 수 없어 했다. 나는 잠긴 목소리로 말하였다.

"돌아가는 길을 모릅니다."

한명은 놀란 눈빛으로 나를 한참 동안 바라본 후 달라진 표

---

61 남송 시인 여본중(呂本中)의 〈답사행(踏莎行)〉의 한 구절.

정으로 조용히 웃었다. 그러고는 나를 등진 채 몸을 숙였다.

"그대는 돌아가는 길을 모르는 것이 아니라 이 길 끝까지 걸을 수가 없는 것이오."

나는 웃음을 거두고, 몸을 숙이고 있는 그의 넓고 탄탄한 등을 바라보았다. 수만 가지 생각이 지나갔다.

그가 다시 입을 열었다.

"이 길이 그렇게 걷기 힘들다면 내가 그대를 업고 걷겠소."

입술을 살짝 깨물고 잠시 주저하던 나는 결국 그의 등에 업혔고, 그는 나를 업고 길고 긴 길을 걷기 시작했다. 이 길은 정말로 걷기에 쉽지 않은 길일 뿐만 아니라 나는 여전히 맨발이었기에 나 혼자서는 정말 감당하기 어려웠다. 어쩌면 이 순간, 나는 너무 이기적인지도 모른다. 그러나 나는 한 번이라도 이기적이고 싶었다. 누군가가 나와 함께 이 길을 걷기를 원했다. 지칠 때는 부축해 주고 아플 때는 나를 위로해 줄 누군가가…….

"한명……."

나는 조용히 그를 불렀다.

"저를 믿을 수 있나요?"

기성의 배신은 이미 낙인처럼 내 마음속에 지울 수 없는 상처를 남겼다. 누군가 또다시 나의 등에 칼을 꽂는다면 아마 그때는 나 역시 더 이상 견뎌 내지 못하리라.

그는 나의 말에 대답하지 않고 그저 나를 업은 채 앞을 향해 한 걸음 한 걸음 나아갈 뿐이었다. 나는 고개를 돌려 흩날리고 있는 고운 눈을 바라보며 작은 목소리로 물었다.

"왜 눈은 아무 색깔이 없을까요?"

슬픈 미소가 흘러나왔다.

"예전에 누군가에게 들었는데, 눈에는 원래 색깔이 있었다고 해요. 그저 슬프게도 자신의 원래 색을 잊어버렸대요"

바보 같았다. 나조차 헛웃음이 나오는 참으로 바보 같은 자문자답이었다.

"한명, 제 이름은 복아라고 해요."

내가 마지막으로 선택한 믿음이었다. 그렇기에 나는 그에게 나의 진짜 신분을 밝혔다. 어쩌면 그 역시 기성처럼 나의 신뢰를 매정하게 저버릴지도 모른다. 그러나 나 자신에게 하나의 희망은 주어야 했다. 이토록 냉혹한 황궁 안에도 진정으로 믿을 수 있는 사람이 있다는 희망……. 이 세상에 진심으로 믿을 수 있는 사람이 한 사람도 없다는 것은 얼마나 비참한 일인가?

권력과 사랑을 위한 끝없는 암투

다음 날, 양심전에서 시중을 들고 있는 총관태감인 서 환관이 찾아와 수십 명의 첩여들이 함께 묵고 있는 힐방원擷芳院으로 나를 이끌었다.

그의 뒤를 따르며 나는 어지러움을 느끼고 있었다. 아마도 어젯밤의 한기가 오늘의 몸 상태에 영향을 미친 것 같았다.

꽃들은 모두 지고 앙상한 나뭇가지만이 남아 있었다. 바람은 거세고 구름은 희미하였으며 쌓여 있는 눈은 녹고 있었다. 하늘과 땅은 하나의 색이 되었고, 창문을 통해 들어온 햇빛에 비친 비단옷이 반짝이며 빛나고 있었다.

별채 밖에서 서성이던 청순하고 가냘픈 모습의 나이 어린 아가씨들 중 몇몇의 시선이 나의 움직임을 좇고 있었다.

"아가씨들, 이분은 새로 오신 설 첩여라고 합니다."

서 환관은 그녀들에게 간단하게 내 소개를 하고는 나를 동쪽 끝에 있는 바깥채로 안내했다. 문을 열자마자 묵은 먼지 냄새가 매캐하게 코끝을 찔러 왔다. 서 환관은 눈앞에 날리는 먼지를 손으로 휘저으며 입을 열었다.

"여기에서 며칠 견디시다가 폐하께서 침궁으로 불러 비빈으로 삼으실 날을 기다리십시오."

묵은 먼지 냄새에 기침을 터뜨리며 나는 비취색 옥팔찌를 서 환관에게 건네었다.

"앞으로 태감께 많은 도움을 받아야 할 듯합니다."

계속 거절하던 그도 이 말을 듣고는 살짝 미소를 지으며 옥팔찌를 받아 품 안에 몰래 집어넣었다.

"잠시 후에 일 잘하는 궁녀를 골라 보내도록 하지요."

미소를 지으며 서 환관을 배웅한 후, 나는 피곤한 몸을 나무 의자에 앉히고 탁자에 올려놓은 손으로 이마를 받친 채 휴식을 취했다.

너무 피곤했다. 녹초가 되어 당장이라도 침대에 누워 잠을 청하고 싶었으나 편안하게 잠을 이룰 수 있을 것 같지 않았다. 머릿속에는 지난 며칠간의 일들이 주마등처럼 지나가고 있었다.

기성의 기만, 운주의 죽음, 태후의 경고, 비밀스러운 선황의 음모, 그리고……, 한명을 향한 나의 죄책감…….

어제, 그에게 나를 업고 길을 걷도록 허락했을 때부터 나는 그를 이용하기 시작했다. 그와 태후와의 관계, 그와 황제와의 우정을 이용하기 시작했다. 그에게 나의 진짜 신분을 밝힌 것은 그가 나를 더욱 신뢰하도록 하기 위함이었다. 나는 그가 내 신분을 세상에 알리지 않을 것이라고 확신했다. 그에게는 그렇게 할 만한 이유가 없기 때문이다. 어쩌면……, 그보다는 그를 향한 나의 믿음이 더 크기 때문일지도…….

탄식이 터져 나왔고 두통은 더욱 심해졌다. 어쩌면……, 나는 정말 병에 걸린 것일지도 모르겠다.

갑자기 누군가 내 오른쪽 어깨를 세게 치는 바람에 멍하게 있던 나는 정신이 번쩍 들었다. 나는 경계심을 가득 품고, 내 앞에서 순진한 미소를 짓고 있는 두 여인을 바라보았다. 참 천진난만한 웃는 얼굴들이다. 그것은 내게는 더 이상 남아 있지 않은 것이었다. 날짜를 계산해 보니 석 달만 지나면 나도 만 스물이 되었다. 이제 나도 나이 든 여자가 된 것이다.

"당신이 바로 그 설 첩여군요!"

낭랑한 목소리가 마치 산속에서 지저귀는 꾀꼬리 같아 듣는 이의 마음까지 상쾌하게 하였다. 둥글고 고운 눈썹, 별처럼 반짝이는 눈동자를 가진 그녀는 참으로 아름다웠다. 아쉬운 것이라고는 너무 앳되다는 것 정도였다.

"그대들은?"

나는 힘없이 물었다. 내게는 더 이상 힘이 남아 있지 않았다.

"저는 소蘇 첩여이고, 이쪽은 양楊 첩여예요."

조금 전 내게 말을 건 아가씨가 대답하며 탁자 위에 올려 둔 내 손을 힘껏 움켜잡았다.

"어젯밤에 '봉무구천'이라는 대단한 춤을 추셨다고 들었어요. 사람들 사이에 소문이 대단해요. 저 역시 대체 어떤 사람이 춤에 그토록 자신만만하던, 오만한 정 부인의 코를 납작하게 만들었나 궁금했는데 막상 이렇게 보니……."

흥분과 기대에 차 있던 그녀의 목소리는 차차 실망으로 변하더니 차마 그 뒷말을 잇지 못했다.

양 첩여가 소 첩여의 옷을 살짝 잡아당기며 내게 따뜻한 미소를 지어 주었다.

"연회에 자리한 이들에게 그토록 큰 감동을 선사한 걸 보면 설 첩여에게는 분명 놀라운 모습이 있으실 거예요. 외모는 그다음이지요."

종달새와 같이 우아한 목소리가 사방을 따뜻하게 채웠다.

"게다가 폐하께서는 미모보다는 재기와 지혜를 더 높이 평가하시는 분이시잖아요."

"그걸 어찌 아세요?"

나는 그녀의 말에 놀라며 물었다. 그녀의 입에서 흘러나온 말은 열대여섯의 어린 소녀가 할 만한 말이 아니었다. 만약 그녀가 황제의 승은을 입는다면 분명 후궁에서 평온하게 지낼 수 있을 듯했다.

"궁녀들로부터 많이 들어 자연스레 알게 되었답니다."

귓가의 술 장식을 어루만지는 그녀의 모습은 온화한 아름다움과 세상에 물들지 않은 순수함을 드러내고 있었다.

"게다가, 정 부인이야말로 바로 그런 예가 아니겠습니까?

폐하께서 아끼시는 건 그녀의 춤과 시, 지혜지요.”

그녀의 말을 들으니 나는 명치 끝이 답답해져 숨을 쉬기가
힘들어졌다.

“정 부인……께서 어찌 황제의 총애를 얻게 되셨는지 아
세요?”

“그거라면 제가 알아요.”

소 첩여가 곧바로 이야기에 끼어들었다.

“정 부인은 어떤 선주船主의 딸이었는데 무슨 잘못을 했는지
당시 한성왕이었던 지금의 폐하께 붙잡혀 옥에 갇혔었대요. 그
녀의 부친은 원래부터 몸이 좋지 않았는데 자신의 딸이 붙잡혀
갔다는 이야기를 듣고는 그 병이 깊어져 결국 목숨을 잃었다고
하더군요. 옥중에서 부친이 세상을 떠났다는 이야기를 전해 들
은 그녀는 대성통곡을 하며 밤낮을 가리지 않고 무제武帝 사마
염司馬炎의 후궁인 좌분左棻[62]의 사詞를 끝없이 불렀다고 해요.
'피를 나눈 혈육, 황천길로 떠나니, 영원한 이별이로구나. 비통
한 마음 가득하고, 꿈에서라도 그대 계신 곳으로 가고 싶소. 그
리운 그대와 만나고 싶소. 잠에서 깨어 통곡하며 먼 곳 바라보
니, 쓸쓸함이 가슴을 채우는구나. 하염없이 떨어지는 눈물방
울.' 정 부인의 곡을 들은 이들은 모두 눈물을 흘렸다고 해요.
심지어 그녀를 감시하던 옥졸들까지도요. 폐하께서도 깊이 감

---

62 서진(西晋) 시기의 여성 문인으로서 뛰어난 시인이었다. 그녀의 재기를 높이 산 황제
에 의해 입궁하여 그의 후궁이 되었다. 못생긴 외모로 인해 여자로서는 황제의 총애
를 받지 못하였으나, 황제는 그녀를 자주 찾아 시와 사를 논하였다고 한다.

동하셔서 그 자리에서 그녀를 풀어 주고 후궁으로 봉하셨다고
해요."

"잠깐만요. 제가 듣기로는 '회전춤'으로 폐하의 총애를 입게
되었다고 하던데요?"

나는 일전에 담월이 내게 했던 말이 떠올라 어찌 된 일인지
영문을 알 수가 없었다.

양 첩여가 빙긋 웃자 입꼬리가 살짝 위로 향했다.

"제가 들은 얘기로는 정 부인이 폐하께서 가장 사랑하시던
여인과 매우 닮아 총애를 받게 되었다더군요. 누구의 말이 참
이고 누구의 말이 거짓인지는 알 수 없지만, 어쨌든 정 부인의
이야기는 후궁의 전설과도 같아요."

"맞아요. 게다가 회임한 지 두 달이 넘었으니, 앞으로 그녀
가 황자를 낳게 되면 태자로 봉해질 수도 있고……. 정말 부러
워요."

재잘재잘 끝없이 이야기를 이어가는 소 첩여의 목소리가 귓
가에만 맴돌고 전혀 들려오지 않았다. 나는 입술이 마르고, 눈
빛이 흐려졌으며, 머리가 어지럽고, 사지가 무력해졌다. 나는
깊은 암흑 속으로 조금씩 빠져 들어갔다.

나는 이틀 동안 침대에 누워 있었고, 소 첩여와 양 첩여는
그동안 몇 번이나 나를 찾아왔다. 나의 시중을 들라며 서 환관
이 보낸 심완心婉은 정성을 다해 나를 보살폈고 어의가 적어 준
약방대로 하루에 세 번씩 제시간에 맞춰 약을 달여 내게 먹여

주었다. 병세가 약간 호전되었을 무렵, 궁녀 한 명이 찾아와 오늘 밤 백앵궁에서 정 부인이 연회를 여는데 모든 첩여를 초대했다는 말을 전했다.

첩여들은 모두 매우 기뻐하며 자신의 숙소에서 단장을 하기 시작했다. 정 부인에게 조금이라도 좋은 인상을 남기면 그녀가 자신을 황제의 침실로 보내 줄지도 모른다는, 그래서 하루 아침에 신분이 크게 상승할지도 모른다는 희망 때문이었다.

"주인님, 주인님께서는 가지 않으시는 것이 좋을 듯합니다. 소인이 정 부인마마께 여쭈겠사옵니다."

심완이 걱정스러운 눈빛으로 나를 바라보았다.

"안 된다."

나는 침대에서 몸을 일으키고 자수가 놓인 신발을 신고 세숫대야를 향해 걸어갔다. 그리고 세숫대야에 담긴 따뜻한 물로 얼굴을 씻었다.

심완은 내가 얼굴의 물기를 닦을 수 있도록 수건을 건네주면서도 여전히 불안한 듯 입을 열었다.

"혹여 주인님께서 연회에서 실례가 될 만한……."

나는 미소 지으며 얼굴을 닦아 냈다.

"연회에 가지 않는 것이야말로 진짜 실례란다."

화장대로 걸어가 앉아 거울 속에 비친 초췌하고 핏기 없는 얼굴을 바라보자 한숨이 터져 나왔다. 내 추측이 틀리지 않았다면 정 부인은 나 때문에 이번 연회를 준비한 것이리라. 그런데 내가 연회에 가지 않는다면 그녀는 격노할 것이고 나를 오만 방자하다고 여길 것이 분명했다. 그러니 일부러 핑계를 대고 가지 않았다가는 이곳에서의 나의 생활은 더욱 힘들어질 것이다.

신시申時,[63] 나와 수십 명의 첩여들은 백앵궁에서 정 부인을 알현했고, 그녀는 모든 이들에게 나비 모양의 옥을 선사했다. 옥은 작고 정교했으며, 투명하게 반짝였다. 옥을 손에 쥐니 차가운 기운이 번지는 것이 아주 훌륭한 옥이었다. 역시 그녀는 사치스러웠다.

"그대들의 아름다운 자태와 고운 심성이 나의 마음에 흡족하구나. 분명 폐하께서도 좋아하실 것이다."

그녀는 자리한 모든 이들을 훑어보고는 마지막으로 나에게 시선을 고정하고 매우 의미심장하게 말했다.

"설 첩여가 이틀 전 양심전에서 춘 그 춤이 아직도 기억에 생생하여 지금까지도 여운이 남아 있구나."

그녀의 말에는 가시가 돋아 있었고 눈빛에는 미묘한 기색이 숨어 있었다. 그러나 나는 공손히 그녀에게 말했다.

"과찬이십니다."

정 부인은 고운 미소를 지으며 내게서 시선을 거두고 모든 이들을 바라보며 말했다.

"그대들이 나에게 충성을 다하기만 한다면 폐하의 승은을 입는 건 시간 문제이다. 그러나 만약 사념을 품고 이 후궁을 어

---

63 오후 3시~5시.

지럽히려 한다면 결코 용서치 않을 것이다."

정 부인이 다시 시선을 나에게 고정했다. 나는 경고가 담긴 그녀의 시선을 보지 못한 척하며 다른 첩여들을 따라 말했다.

"소인, 목숨을 걸고 정 부인마마께 충성을 다하겠습니다."

그녀가 위엄이 서린 눈빛을 거두고는 다시 온화한 미소를 지었다.

"좋다. 그럼 다 같이 복수각福壽閣에 가서 극을 보도록 하자."

뿌연 안개가 공기를 채웠고, 북풍이 거세게 불고 있었다. 나는 정 부인의 오른쪽 아래 네 번째 자리에 앉았기에 그녀와 약간 거리를 두고 있었다. 내 옆에는 양 첩여가 앉아 있었는데 그녀의 시선은 무대의 배우들이 연기하고 있는, 민간에서 크게 유행하고 있다는 《모란정牡丹亭》[64]에 고정되어 있었다.

나는 《모란정》을 어릴 적에 책으로 몰래 읽은 적이 있었다. 두려낭杜麗娘과 유몽매柳夢梅의 생사를 넘나드는 절절한 사랑을 담은 이야기인데, 나 역시 읽으며 참 많이 울었었다. 그 가운데 '언제 시작되었는지 알 수 없는 이 사랑, 나날이 깊어만 가는구나.'라는 구절은 내가 가장 좋아하는 구절로 지금까지도 가슴속에 깊은 감동으로 남아 있었다.

극이 절정에 달했을 때 황후마마가 납시었다는 소리가 들려왔고, 우리는 모두 자리에서 일어나 예를 갖춰 인사를 올렸다. 황후는 정 부인을 한참 동안 가만히 응시한 후 그녀를 향해 걸

---

64 명나라의 유명한 극작가이자 문학가인 탕현조(湯顯祖)의 대표적 작품으로, 청춘 남녀의 대담한 자유연애의 내용을 담고 있다.

어갔다. 입가에 거짓 미소를 짓고 있는 황후는 한 마리의 도도한 공작 같았다. 아마 이것이 후궁에서 살아남는 길이리라. 아무리 싫어하는 이가 눈앞에 있어도 그 마음을 결코 드러내서는 안 되며, 웃는 얼굴로 그를 대해야 하는 것이다.

"동생이 여러 첩여들을 초대해 복수각에서 극을 보고 있다는 말을 듣고 나도 구경을 왔는데, 내가 방해가 된 건 아니겠지?"

그녀의 목소리는 부드러웠으나 그 안에는 결코 거절을 허용치 않겠다는 위엄이 서려 있었다.

"그럴리가요."

정 부인이 한 걸음 물러서서 황후에게 상석을 내주었다.

"황후마마, 앉으시지요."

황후가 자리에 앉자 정 부인 역시 자리에 앉았다. 그녀의 두 눈에 싫은 기색이 스쳤으나 이내 자취를 감추었다.

황후는 몇 구절 듣지도 않고 고개를 돌려 정 부인에게 물었다.

"《모란정》? 동생은 어찌 이따위 극을 좋아하는가?"

"유원경몽遊園驚夢[65], 전세와 현세 그리고 내세로까지 이어지는 깊은 인연의 사랑이지요. 참으로 심금을 울리는 감동적인 극입니다."

그녀의 얼굴에 사람을 미혹시키는 옅은 미소가 떠올랐는데

---

65 《모란정》의 한 부분.

그 미소에는 슬픔이 숨겨져 있었다. 나는 놀라움을 금치 못했다. 그녀도 저런 감정을 가지고 있다니!

"하지만 《모란정》은 금서이니 당장 그만두게."

황후의 명이 떨어지자 몰입하여 노래를 부르고 있던 배우들이 동작을 멈추었다. 잠시 침묵이 흘렀고, 이윽고 황후가 다시 입을 열었다.

"《마외파馬嵬坡》로 바꾸어라!"

정 부인의 눈빛 사이로 불쾌함이 스쳤으나 그녀는 여전히 아무 말도 하지 않았다. 그저 입을 굳게 다문 채 벌써 다른 극을 연기하고 있는 배우들을 바라볼 뿐이었다. 감동적이고 아름다운 노랫소리는 양 귀비가 마외파에 오르며 죽는 장면에서 흘러나오고 있었다.

"동생, 이것 좀 보게. 저 양옥환楊玉環[66]도 한때는 황제의 총애를 한 몸에 받던 귀비가 아니었는가? 그러나 그녀의 인생은 저토록 처참하게 끝나지. 부귀와 영화가 눈앞에서 흩날리는 연기처럼 사라지니, 참으로 비참하구나!"

황후의 목소리는 장내에 있는 모든 사람들이 들을 수 있을 정도로 컸고, 그녀의 말이 정 부인을 겨누고 한 말이라는 것 역시 모든 이들이 알아챌 수 있었다.

"그러나 그녀와 당 현종玄宗의 사랑은 천고의 절창絶唱[67]이 되

---

66 양 귀비(楊貴妃)의 본명. 당 현종(玄宗)의 비(妃)로서 매우 아름답고 총명하여 현종의 총애를 한 몸에 받았으나, '안사의 난'을 피해 도망치다 살해당하였다.
67 뛰어나게 잘 지은 시.

지 않았는지요? '칠월 칠석 장생전, 그 누구도 소곤거리지 않
는 깊은 밤, 하늘에서는 비익조比翼鳥[68]가 되길, 땅에서는 연리
지連理枝[69]가 되길 바라노라.'"

침착하게, 그러나 감칠맛 나게 읊는 정 부인의 어조에는 더
할 수 없는 자신감이 드러나 있었다.

나는 손이 새하얗게 되도록 두 손을 힘껏 움켜쥐었다. 정 부
인과 기우의 감정은 내가 상상했던 것보다 훨씬 깊은 듯했다.

정말 그런 것일까? 그들의 사랑은 양 귀비와 당 현종의 사랑
처럼 결코 변치 않을 사랑인 걸까? 정 부인을 향한 기우의 감
정은 정말 그녀가 나를 닮아서일까? 나는 이미 기우를 의심하
고 있었다.

황후는 더 이상 아무 말도 하지 않았다. 그런데 내 아랫자리
에 앉아 있는 양 첩여가 한숨을 내쉬었다. 이상하게 여긴 나는
그녀를 바라보며 작은 목소리로 물었다.

"왜 한숨을 쉬나요?"

그녀가 미간을 살짝 찌푸리며 나보다 더 낮은 목소리로 말
했다.

"둥근 눈썹과 갸름한 얼굴을 지닌 풍만한 몸매의 미인, 목소
리는 청아하고 자태는 우아하며, 고운 외모와 더불어 총명함까

---

68 암컷과 수컷이 눈과 날개가 하나씩이어서 짝을 짓지 않으면 날지 못한다는 전설의
새.
69 뿌리는 다르지만 가지가 연결된 나무를 가리키며 비익조와 함께 진실한 사랑을 의미
한다.

지 지녔구나. 옷소매 흩날리고, 분칠한 얼굴에 눈썹은 곱게 그려져 있다. 수없이 이어진 후궁의 방 안에서 편안히 지내며 할 일은 아무것도 없구나. 오직 황제의 총애를 구하며 애교와 교태를 부릴 뿐이다. 비빈들과 아름다운 자태를 겨루며 황제의 마음만을 좇고 있구나."

그녀는 한유韓愈[70]의 짧은 몇 구절을 인용하여 후궁의 정경을 사실적으로 묘사해 냈다. 실로 대단했다.

내가 물었다.

"왜 그리 슬퍼하나요?"

그녀가 처량하게 웃었다.

"황궁의 궁문으로 들어서는 건 마치 깊은 바다에 발을 들여놓는 것과 같지요."

그녀는 말을 마치고 고개를 숙였다. 마치 자신의 슬픈 옛일을 떠올리고 있는 듯했다.

"사실 저는 입궁을 원치 않았습니다. 그러나 부모님께서 저를 이 고독한 궁 안으로 밀어 넣으셨지요. 부모님에 대한 미움은 여전하지만 그래도 여전히 그분들은 제 부모님이시지요."

"왠지 모르게 양심전에서 설 첩여가 춘 춤을 본 이후에는 다른 극을 보아도 아무런 감동이 느껴지지 않는구나!"

내가 여전히 작은 목소리로 말을 이어가는 양 첩여의 슬픈 옛이야기를 귀 기울여 듣고 있는데, 황후의 목소리가 들려왔

---

70 당나라의 시인이자 사상가로서 300수가 넘는 시를 남겼다. 당송팔대가(唐宋八大家)를 대표하는 인물 중 한 명이며, 유종원(柳宗元)과 함께 고문운동을 주도하였다.

다. 나는 그 소리를 따라 고개를 돌렸다.

"나에게 지금 그 춤을 다시 볼 수 있는 행운이 있을까?"

나는 의자에서 곧바로 몸을 일으켜 예를 갖추고는 무릎을 꿇었다.

"신첩의 몸상태가 좋지 않아 지금은 그 춤을 추기가 어렵사옵니다."

정 부인은 미소 지은 얼굴로 나에게 시선을 고정한 채 입을 열었다.

"황후마마께서 그 춤을 다시 보시기는 힘드실 듯하군요. 설첩여의 춤은 오직 폐하만을 위한 것 같으니 말입니다."

황후의 안색이 일순간 어두워졌다.

"나는 그 춤을 볼 자격이 없단 말이냐?"

경고가 담긴 목소리가 차가운 바람을 타고 내 귓가에 닿았다. 만약 내가 오늘 밤 춤을 추지 않는다면 그녀가 분명 나를 가만두지 않으리라는 생각이 스쳐갔다. 그러나 지금 나의 몸상태로 '봉무구천'을 추었다가는 어쩌면 앞으로 영원히 그 춤을 출 수 없게 될 수도 있었다.

정 부인은 무척 의아하다는 듯, 안타깝다는 듯 입을 열었다.

"황후마마, 모르고 계시옵니까? 폐하께서 직접 오늘 밤 설첩여에게 폐하의 침소에 들라 명하셨습니다."

그 말을 들은 나와 황후는 매우 당황했다. 어찌 나조차 그 소식을 모르고 있었단 말인가? 정 부인이 황후 앞에서 거짓을 말하고 있는 걸까, 아니면 애초부터 오늘 밤 내가 기우의 침소에 들지 못하게 하려던 걸까?

"그래서 그토록 오만 방자했던 것이구나. 황후라도 되고 싶은 것이냐?"

황후가 천천히 몸을 일으키고는 매서운 눈빛으로 나를 노려보았다.

"설 첩여, 잘 들어라. 내가 살아 있는 한, 네가 폐하의 침소에 드는 일은 결코 없을 것이다."

복수각에 있던 많은 이들이 모두 떠나도록 나는 여전히 바닥에 무릎을 꿇고 앉아 있었다. 무정한 북풍이 어깨를 때리고, 먼지가 흩날리고 있었다.

온정야, 참으로 대단한 계획이구나. 나와 황후를 이간질하고 너 홀로 그 사이를 유유히 빠져나가다니…….

쏟아진 물은 주워 담을 수 없다

그날 밤, 황제는 나를 침소로 부르지 않았고 그 어떠한 소식도 들려오지 않았다. 마음속에 한 줄기 의혹이 일었으나 나는 그저 웃을 뿐이었다.

나는 몰래 몇 가지 음식을 준비하여 이미 판단력을 잃은 두 황후를 만나기 위해 다시 벽지궁으로 향했다. 다른 뜻은 없었다. 그저 그녀의 입을 통해 기우를 좀 더 이해할 수 있기를 바랄 뿐이었다.

벽지궁 안으로 들어서자 차가운 공기가 내 몸을 휘감았고 손에 든 호롱불이 바람에 흔들렸다. 지난번 이곳을 찾았을 때보다 더 음산하게 느껴졌다. 옷을 단단히 여며도 옷깃을 파고드는 바람에 결국 나는 온몸을 떨며 조심스레 문을 열었다.

귓가를 자극하는 끼익 하는 소리가 울림과 동시에 갑자기 손에서 힘이 쑥 빠져 버리고 말았다. 찬합과 호롱불이 바닥에 떨어지자 문을 열 때보다 더 큰 소리가 울려 퍼졌다. 나는 두 눈을 동그랗게 뜨고 눈앞에 펼쳐진 광경을 바라보며 처량하고 황량한 궁 안을 가로지르는 날카로운 비명을 지르기 시작했다. 결국 나는 사지에서 힘이 풀려 바닥에 주저앉고 말았다.

초 하나가 다 탈 정도의 시간이 흐르자 벽지궁에 불빛이 비치더니 시위들이 황량한 냉궁을 단단히 포위하기 시작했다. 그들이 대들보에 목을 맨 채 죽어 있는 두 황후의 시체를 내리고 있을 때도 나는 여전히 바닥에 주저앉아 창백한 두 황후만 멍하니 바라보고 있었다. 정신은 한참 동안 돌아오지 않았다.

황제가 도착하였어도 나는 여전히 아무 말도 하지 못하고 그저 얼이 빠진 모습으로, 두 황후 앞에 서 있는 기우를 뚫어지게 바라보고만 있었다. 한참이 지나고, 우수에 젖은 얼굴로 기우가 두 주먹을 단단히 쥐었다.

"어찌 돌아가셨느냐?"

그 짧은 한마디에는 매우 위태로운 분위기와 그 어떤 감정도 느껴지지 않는 냉담함이 함께 담겨 있었다.

"목을 매어 스스로 목숨을 끊으신 것 같습니다."

옆에 있던 시위가 전전긍긍하며 대답했다. 그때, 바닥에 웅크리고 앉아 시체를 검사하던 이가 갑자기 큰 소리를 질렀다.

"마마께서는 살해당하셨습니다! 목을 에두른 이 원 모양의 흔적이 너무 또렷합니다. 범인이 마마의 목을 졸라 살해한 후 다시 대들보에 매단 것이 분명합니다."

기우가 돌연 시선을 내게 돌렸다. 그의 시선에는 매서움이 담겨 있었다.

"네가 어찌 여기에 있는 게냐?"

"소……, 소인은 마마께……, 음식을 전해 드리러 왔습니다."

목소리는 떨렸으나 나는 온 힘을 다해 마음을 다잡고 말했다.

"폐하, 마마의 손안에 이것이 쥐어 있습니다."

검시관이 괴성을 지르며 두 황후의 손안에 쥐어 있던 옥패를 기우에게 건네주었고, 그것을 살펴보던 기우의 안색이 순식간에 변했다. 옥패를 힘껏 움켜쥔 그가 시위를 향해 말하였다.

"지금 당장 진남왕을 모셔 와라!"

그의 '모셔 와라'라는 한마디가 유난히 매섭게 들렸다. 빛을 등지고 있어서 기우의 얼굴은 제대로 보이지 않았으나 나는 어렴풋이 알 수 있었다, 곧 엄청난 일이 벌어질 것임을.

나를 부축해 일으켜 주던 기우의 눈빛 사이로 묘한 기운이 스쳐 지나갔다. 한참을 그렇게 나를 바라보던 그가 결국 무거운 한숨을 내쉬며 입을 열었다.

"놀라지는 않았느냐?"

"폐하, 폐하의……, 모후……."

눈시울이 붉어진 내 눈가로 눈물이 하염없이 쏟아졌다. 그는 곧바로 손을 뻗어 떨어지는 내 눈물을 받아 내고, 다른 손으로는 눈물의 흔적을 닦아 주었다.

"혹시 의심스러운 이가 이곳을 드나드는 것을 보지 못하였느냐?"

내게 조용히 묻는 그의 목소리에는 슬픔이 담겨 있었다. 그렇지만 나는 그의 마음을 읽어 낼 수 없었다.

나는 곧바로 고개를 가로저었다.

"소인이 문을 열었을 때는 이미 마마께서 대들보에 목이 매여 계셨습니다."

기우는 내 손을 살짝 잡은 채 한참 동안 아무런 말을 잇지 못하였다. 기성이 몇몇 시위들에게 이끌려 '모셔 옴'을 당하였을 때까지 그는 여전히 내 손을 붙잡고 있었다. 그의 손에서 따뜻함이 전해지자 놀란 마음이 진정되었다.

"진남왕, 한 시진 전에 어디에서 무엇을 하고 있었느냐?"

기우가 담담하면서도 침착하게 물었다.

"이미 침소에 들어 있었습니다!"

기성 역시 사건의 심각함을 눈치챈 듯 매우 진중한 말투로 대답하였다.

"누가 증명할 수 있느냐?"

기우가 그의 숨통을 옥죄어 갔다. 기성의 목소리에 긴장감이 서렸다.

"없습니다!"

그의 목소리는 딱딱하게 굳어 있었다. 사건은 점점 핵심으로 발걸음을 옮기는 듯했다. 기우는 땀이 배어 나는 손으로 내 손을 힘껏 쥐었고, 그 느낌이 내 손으로 고스란히 전해졌다.

"이 옥패는 그대의 것이지?"

그가 손안에 단단히 쥐고 있던 옥패를 기성에게 자세히 보여 주었다. 옥패에는 '진瑨' 자가 또렷하게 새겨져 있었다.

옥패를 훑어본 기성은 나를 살짝 바라보고 다시 시선을 바닥에 눕혀져 있는 두 황후에게 옮기며 무겁게 고개를 끄덕였다. 단 한마디 변명도 없이⋯⋯.

"여봐라! 모후를 살해한 이 역적을 끌어내라!"

기우가 나의 손을 더욱 세게 움켜쥐었으나 아픔은 느껴지지 않았다. 나는 그저 시위에게 결박당한 기성의 두 손을 멍하니 바라볼 뿐이었다.

"폐하, 한마디만 하게 해 주십시오."

기성이 한참 동안 지켜 온 침묵을 깨고 드디어 천천히 입을 열었다. 그의 시선은 나를 향해 있었고, 얼굴에는 미소가 걸려 있었다. 참으로 처량한 미소였다.

"마음이 통하는 막역한 벗과 남녀의 벽을 뛰어넘어 우의를 나누었으니 나의 복이다. 지금 이 순간에도 나는 조금도 후회하지 않는다."

내 손이 가볍게 떨려 왔고, 입가가 움직였다. 나는 소리 없이 웃었다. 그 웃음에는 수많은 감정이 담겨 있었다. 씁쓸함, 안도감, 미안함, 기쁨⋯⋯. 그러나 결국 나는 아무 말도 하지 못한 채 기성이 시위에게 끌려 나가는 모습을 응시하고만 있었다. 그가 궁문 밖으로 나가 더 이상 보이지 않게 될 때까지, 나는 시선을 거두지 못한 채 그와의 수많은 기억을 더듬었다.

"아내와는 어떻게 지내고 계세요?"

나는 사방에 가득한 반딧불이를 잡으며 기성과 시시콜콜한 이야기를 나누었다. 그는 허허 웃었고, 어수룩해 보이는 그의 모습을 보고 나 역시 그를 따라 웃을 수밖에 없었다.

"그래서 잘 지내고 계시다는 거예요? 아기는 언제 낳으실 생각이세요?"

"우리는 이미 네 해째 다른 방에서 자고 있는데, 네 생각에는 어떨 것 같으냐?"

기성의 조용한 탄식에 나는 손을 멈추었다. 그리고 여전히 반딧불이를 열심히 잡고 있는 그를 멍하니 바라보며 되물었다.

"다른 방에서 잔다고요?"

"왕비는 안방에서, 나는 서재에서 잔다."

마치 매우 당연한 이야기라도 하는 듯 그의 시선에는 장난기마저 어려 있었다. 나는 그를 붙잡았다.

"어떻게 그럴 수가 있어요? 당신의 아내잖아요."

그의 눈빛 사이로 어쩔 수 없다는 듯한 기색이 스쳤다.

"그 이야기는 그만하고 우리 얘기나 하자."

갑자기 표정이 바뀐 기성의 모습을 알 수 없다는 눈빛으로 바라보다가 나는 곧 그의 시선을 피하였다.

"우리 얘기 할 게 뭐가 있다고 그러세요?"

"우리는 벗이 아니냐?"

그가 내 몸을 돌려세운 후 품에서 옥패 하나를 꺼내어 내게 건네주었다.

"벗 사이에도 증표가 필요하지. 이것을 네게 주겠다."

나는 기성이 내게 건네준 옥패에 새겨진 '진' 자를 한참 동안 바라보았다.

"저는 아무것도 드릴 게 없는데요."

그가 잠시 곰곰이 생각하더니 고개를 들어 하늘에 떠 있는 달을 바라보았다. 그러고는 가까이 오라는 듯 나를 향해 손가락을 까딱였다. 내가 영문도 모른 채 그에게 다가가자 기성이 무슨 말을 하려는 듯이 고개를 숙여 내 귓가에 얼굴을 가져다 댔다. 그러나 한참이 지나도 그의 입에서는 그 어떤 소리도 흘러나오지 않았다. 그에게 무슨 일인지 물어보려는 순간, 왼쪽 뺨에 따뜻한 기운이 느껴졌고, 나는 딱딱하게 굳어 버렸다. 나는 머릿속이 하얘져서 그를 바라보았다.

그가 내게……, 입맞춤을 하다니…….

일순간, 도대체 무슨 말을 해야 할지 알 수 없어 하는데 돌연 그가 웃기 시작했다. 마치 매우 재미있는 일이라도 발견한 듯 큰 소리로 신나게 웃었다.

"역시, 그대에게 하는 입맞춤은 다른 여자에게 하는 것과는 다르군."

그의 말에 정신을 차린 나는 그제야 기성이 장난을 쳤다는 걸 깨달았다. 나를 이렇게 긴장시키다니…….

"납란기성! 죽고 싶어요?"

나는 황제 침궁의 붉은 문에 가만히 기대어 검은 구름에 가려 희미해진 달을 바라보았다. 이 순간, 머릿속에는 이제는 돌이킬 수 없는 옛 기억만이 떠다니고 있었다.

기우는 황제의 서재에서 몇몇 대신들과 함께 기성을 어찌 처리해야 할지 상의하고 있었고, 나는 또다시 양심전으로 불려 왔다. 기우는 자신을 기다려 달라고 했다. 그는……, 내게 할 말이 있다고 하였다.

침궁 안에는 아무도 없었고, 문밖에서 환관 하나만이 이곳을 지키고 있었다. 방 안의 촛불이 타는 소리를 들으며 나는 다시 깊은 생각에 빠져들었다.

황제는 기성을 어찌 처리할 것인가? 지금은 기성의 세력이 조정에서 큰 영향력을 행사하고 있으니 그를 죽일 수는 없을 것이다. 그렇다면 그의 신분과 병권을 모조리 빼앗으려 할까? 그게 아니면 다시는 재기할 수 없도록 평생 그를 가두어 버릴까?

황제의 책상 앞으로 걸어가 촛불을 만지작거리자 손끝으로 따뜻한 기운이 전해졌다. 기나라에서 이토록 큰일이 벌어졌는데 욱나라와 하나라는 어떤 태도를 취할까? 특히 연성, 그는 적극적으로 이 일에 개입할까, 아니면 수수방관할까?

'마음이 통하는 막역한 벗과 남녀의 벽을 뛰어넘어 우의를 나누었으니 나의 복이다. 지금 이 순간에도 나는 조금도 후회하지 않는다.'

기성의 말이 다시금 머릿속을 헤집었다. 나는 나도 모르게 나지막이 읊조렸다.

"지금 이 순간에도 나는 조금도 후회하지 않는다……. 내가 당신에게 죄를 덮어씌운 걸 알면서도 조금도 후회하지 않는단 말입니까?"

집게손가락에 뜨거운 아픔이 전해져 나는 곧바로 촛불에서 손을 거두었다. 그러나 집게손가락은 이미 빨갛게 데어 그 고통이 내 손가락을 콕콕 찌르고 있었다. 그 순간의 고통이 내 정신을 자극한 듯 나는 성큼성큼 침궁을 나서기 시작했다.

나는……, 황제의 서재로 가야 한다. 나는 기성을 구해야 한다.

침궁을 나서서 몇 걸음도 채 떼지 못했을 때, 나는 이쪽으로 오고 있는 정 부인과 마주쳤다. 나는 그 자리에 멈추어 서서 그녀를 향해 예를 갖춰 인사를 올렸다. 내가 이곳에 있는 것에 매우 놀란 듯 그녀는 한참 동안이나 얼이 빠져 있었다.

"네가 어찌 이곳에 있느냐!"

그녀가 일어나라는 말을 하지 않아 나는 무릎을 꿇고 앉아 있을 수밖에 없었다. 무릎의 고통이 점점 번져 갔다.

"마마께 아뢰옵니다. 폐하께서 소인에게 여기에서 폐하를 기다리라 명하셨습니다."

"폐하께서?"

그녀는 나지막이 혼잣말을 하고는 한참이 지난 후에야 입을 열었다.

"너는 이제 그만 돌아가거라."

"폐하께서 소인에게 여기에서 폐하를 기다리라 명하셨습니다."

나는 같은 말을 반복하였고, 목소리는 더욱 높아졌다. 매우 도발적이었다. 정 부인의 안색이 일순간 바뀌었다.

"지금 내 말을 듣지 않겠다는 것이냐? 참으로 건방지구나."

그녀가 자신의 좌우에 서 있는 두 환관에게 명했다.

"뺨을 때려라."

"예!"

명이 떨어지자마자 그들이 내게 다가왔고, 상황이 좋지 않음을 깨달은 나는 곧바로 몸을 일으켜 몇 걸음을 뒷걸음치며 말했다.

"정 부인! 폐하께서 제게 여기에서 폐하를 기다리라 하셨거늘, 폐하의 명령을 거역하실 생각입니까?"

그녀가 고운 미소를 지으며 나를 향해 사뿐사뿐 걸어오더니 한 손으로 내 뺨을 가볍게 어루만졌다.

"이 천한 계집년, 너도 승은을 입고 싶나 보구나. 참으로 주제를 모르는군."

그녀를 노려보던 나의 눈에 이곳을 향해 걸어오는 이들의 그림자가 들어왔다. 나는 빙그레 웃으며 그녀의 귓가에 대고 조용히 말했다.

"뱃사공의 딸인 네 신분 역시 그리 고귀하지는 않잖느냐?"

그 말이 아픈 곳을 건드렸는지 그녀가 독기에 찬 얼굴로 손을 들어 내 뺨을 내리쳤다. 맑은 소리가 사방으로 울려 퍼졌다. 나의 얼굴은 한쪽 방향으로 돌아갔고, 입안에는 피비린내가 번졌으며, 오른쪽 뺨이 얼얼하게 아팠다.

"온정아!"

멀지 않은 곳에서 분노에 찬 목소리가 들려왔다. 그 차가운 목소리가 사방에서 메아리쳤다. 얼굴빛이 새파랗게 변한 정 부인이 경직된 모습으로 몸을 돌려 노기등등한 황제를 바라보았다.

"참으로 무엄하구나!"

성큼성큼 걸어온 황제는 처량하고 불쌍한 표정의 정 부인을 지나쳐 내 곁으로 다가오더니 내 얼굴의 상처를 살펴보았다.

"괜찮으냐?"

나는 옅은 미소를 지으며 고개를 끄덕였다.

"신첩은 괜찮사옵니다."

"폐하, 저는……."

갑자기 황제의 옷자락을 부여잡은 온정야가 부드러운 목소리로 조금 전의 일을 해명하려 했으나 그가 뿌리치며 말했다.

"짐은 두 번 다시 너를 보고 싶지 않다. 꺼져라!"

정 부인의 눈에서 눈물이 끝없이 흘러내렸고, 수치스러움이 얼굴 가득 드러났다. 그러나 기우의 눈빛에는 일말의 동정심조차 보이지 않았다. 그저 조용히 침궁을 향해 걸어갈 뿐이었다.

나는 그 자리에 얼어붙은 채 도도한 그의 뒷모습을 멍하니 바라보았다. 그때, 그가 갑자기 발걸음을 멈추고 고개를 돌려 나를 바라보았다.

"가자."

나는 여전히 시선을 고정한 채 그를 바라보고만 있었다.

"폐하……."

이상한 느낌이 들었다. 기우의 얼굴에서는 여전히 그 어떤 감정도 읽어 낼 수 없었다. 그는 여전히 옅은 미소를 짓고 있었지만 그의 눈에는 조금의 온기도 없었다. 나는 알고 있었다, 그가 자신의 모후의 죽음으로 가슴 아파하고 있다는 것을. 비록 그녀를 증오했으나, 그래도 피는 물보다 진하다. 그 누가 가족의 억울한 죽음을 아무렇지 않게 받아들일 수 있겠는가?

"너를 안고 들어가길 바라느냐?"

진지한 것 같기도, 농담인 것 같기도 한 한마디가 그의 입에서 흘러나왔다. 나는 순간 멍해졌으나 이내 곧 미소를 지었다.

"그렇사옵니다!"

그저 농담으로 한 말이었는데 그가 정말 길을 돌아왔고, 나를 옆으로 안아 올려 침궁을 향해 걷기 시작했다. 나는 다소 당황하였으나 표현하지는 않았다.

"폐하……, 진남왕의 일, 대신들은 어떤 의견을 내놓았는지요?"

"너는 짐이 이 일을 어찌 처리하길 바라느냐?"

기우가 고개를 숙여 나를 바라보았다. 나는 그의 의중을 깨달았다. 그는 나를 시험해 보고 싶은 것이다. 긴 한숨을 내쉬고 나는 그의 품에 살짝 기대며 말했다.

"이는 폐하의 집안일이오니 소인이 의견을 내는 것은 적절치 않습니다."

"적절치 않은 것이냐, 감히 말할 수 없는 것이냐?"

그가 나를 안고 침궁으로 들어서자 밖을 지키는 시위들이 침궁의 붉은 문을 조용히 닫아 주었다.

그는 나를 위협하고 있는가? 그렇다면 나는 어떻게 대답해야 할까?

"소인의 생각으로는 어찌 되었든 진남왕은 폐하의 형님이시니……, 비록……."

내가 작은 목소리로 기성을 위해 몇 마디 말을 하자 기우의 기묘한 웃음소리가 사라졌고, 나는 의아해하며 유난히 허무하게 웃고 있는 그의 모습을 바라보았다.

그가 나를 부드러운 침대 위에 내려 주고는 여전히 읽어 낼 수 없는 그 눈빛으로 나를 잠시 바라보았다.

"그에게 죄를 덮어씌운 이는 네가 아니냐? 그런데 어찌 그의 죄를 벗겨 주려 하느냐? 짐에게 말해 보아라. 너는 대체 어찌하고 싶은 것이냐?"

그의 말에 나는 가슴이 쿵 내려앉았고, 숨을 쉬는 것조차 힘이 들었다. 놀랍게도 그는 알고 있었던 것이다. 모든 진상을 알고 있었으면서 왜 나를 놓아준 것인가? 내 머릿속에 제일 먼저 떠오른 이는 바로 한명이었다. 두 황후를 죽인 이가 바로 한명이기 때문이다.

굳게 닫혀 있던 벽지궁의 붉은 문을 열었을 때 첫 번째로 내 눈에 들어온 것은 검은 옷을 입은 남자가 흰 끈으로 두 황후의 목을 단단히 조르고 있는 장면이었다. 그녀는 온몸으로 발버둥치고 있었으나 작은 소리조차 낼 수 없었다. 그녀가 문밖에 서 있는 나를 발견하고 두 손을 마구 흔들어 자신을 구해 달라 애걸하였으나, 나는 그 자리에 멍하니 서서 검은 옷을 입은 남자만 멍하니 바라볼 뿐이었다. 그는 바로 한명이었다. 나는 비명을 지르는 것조차 잊고 있었다.

모든 힘을 잃은 두 황후는 더 이상 발버둥칠 수조차 없게 되었고, 결국 얼음장같이 차가운 바닥에 쓰러졌다. 그러나 그녀는 여전히 나를 매섭게 노려보고 있었다. 마치……, 내가 자신을 죽였다는 듯이…….

문밖에 서 있는 나를 힐끔 바라본 한명의 눈에 복잡한 기색이 스쳐 지나갔다. 잠시 후 그는 아무 말 없이 옷소매에서 반짝이는 영패 하나를 꺼내어 이미 세상을 떠난 두 황후의 손에 쥐여 주려 했다. 어두운 달빛을 통해 영패에 새겨져 있는 '진' 자를 본 순간 나는 곧바로 이 모든 것이 진남왕에게 죄를 뒤집어씌우기 위한 것임을 깨달았다.

"잠깐만요."

나의 조급한 목소리가 다소 음산함을 띠고 허공을 떠다녔다. 나는 허리춤에서 투명하게 빛나는 옥을 하나 꺼내었다. 그것에는 '진' 자가 선명하게 새겨져 있었다.

"이 옥이라면 사람들을 더 쉽게 속일 수 있을 거예요."

아름다운 곡선을 그리며 날아간 옥패가 한명의 손 위에 떨어졌다. 그는 아무것도 묻지 않고 그 옥패를 두 황후의 손안에 쥐여 주고는 뒤쪽 창문을 통해 나는 듯 빠져나갔다.

잠시 후, 나는 칠흑같이 어두운 밤을 가를 만큼 날카로운 소리로 비명을 질러 댔다. 이성적으로 생각할 시간 따위는 없었다. 내 머릿속을 가득 채운 건 여전히 나를 노려보고 있는 두 황후의 두 눈이었다. 그것은 내 가슴속에 또렷하게 각인된 채 지워지지 않았다.

그때의 나는 한명이 도대체 무슨 일을 하고 있는 것인지, 누가 시켜서 그런 일을 한 것인지 제대로 생각할 여유가 없었다. 그의 목적이 기성에게 죄를 덮어씌우는 것이라는 것만 알 수 있을 뿐이었다. 운주의 죽음이 떠올랐다. 만약 기성이 황위를 탐내지만 않았어도, 그가 기우를 몰아내려고 하지만 않았어도……, 그들이 어찌 운주를 희생양으로 몰아갔겠는가? 여기에 생각이 미치자 나는 독한 마음을 품고 한명을 돕기로 결심한 것이다.

그리고 지금, 기우의 한마디가 나를 일깨웠고, 결코 사실이 될 수 없는 사실을 인정할 수밖에 없었다. 한명은 기우의 지시를 받았던 것이다! 기성을 제거하기 위해서라지만 어찌 자신의 모후까지 해한단 말인가? 그는 정말 이렇게까지 본성을 잃었단 말인가?

"운주가 죽기 전, 나는 그녀에게 한 가지 약속을 했다."

기우의 목소리가 조용히 들려와 나는 생각을 멈추었다.

"그녀를 대신해 억울하게 죽은 수십 명의 심씨 집안 사람들을 위해 복수해 주겠다고 말이다. 나는 한 나라의 주군이므로, 한 번 한 약속은 반드시 지켜야만 한다. 그래서 나는 모후를 죽일 수밖에 없었다. 비록 나를 자신의 자식으로 대하지 않았고 모친으로서의 책임도 다하지 않았으나, 그래도 나의 모후였다.

그러나 모후가 심씨 집안의 수십 명의 목숨을 앗아간 것 역시 사실이다. 이에 나는 일거삼득의 계획을 세우게 되었지. 운주를 위해 복수를 함과 동시에 야심만만한 기성을 제거하는 계획을 말이다."

자신의 감정을 억누르기 힘든 듯 기우의 목소리는 희미하게 떨리고 있었고 나를 붙잡은 손은 점점 힘을 잃어 가고 있었다.

"그럼 세 번째는요?"

나는 한 마디 한 마디를 힘겹게 내뱉었다.

말을 마친 그 순간 나는 깨달았다. 그가 '짐'이 아닌 '나'라는 단어를 사용하고 있다는 것을. 호흡이 가빠졌고, 마음 한구석에서 한기가 올라왔다.

기우가 손을 들어 내 목을 어루만졌다. 그 따뜻한 촉감이 입술로, 뺨으로, 눈으로 이어졌다.

"너를 영원히 내 곁에 두는 것이다."

그가 나의 어깨를 끌어안고 빙그레 미소를 지었으나, 그 속에 숨겨진 서글픈 고독이 그의 복잡한 눈빛 사이로 배어 나왔다.

"복아, 그대를 잃는 것은 사 년 전 한 번으로 충분하오. 이제는 결코 그대를 잃지 않을 것이오."

"언……, 언제부터 알고 계셨나요?"

나는 복받쳐 오르는 감정을 힘겹게 누르며 낮은 목소리로 물었다. 기우의 목소리는 더 무거워졌으나 한없이 다정했다.

"그대가 기성에게 부탁한 편지를 기억하오? '낙화의 행복한 향기 멀리 퍼져 갔으나 흔적 없이 사라졌고, 아름다운 그대가 미천전으로 돌아오길 꿈에서도 그리노라.' 사실 그 뜻은 '복아', 그 두 글자가 아니오.[71] 나도 처음에는 기성이 나를 시험하려는 것으로 알았소. 그러나 미천궁에서 그대를 본 순간⋯⋯."

"운주가 보낸 것이라고 생각하실 수도 있었잖아요."

"운주는 그대의 이름이 복아라는 걸 몰랐소. 그런데 운주가 어찌 그런 글을 쓴단 말이오? 게다가⋯⋯, 그대의 목소리, 그대의 눈, 그대의 글씨, 내가 어찌 그대를 알아보지 못한단 말이오? 게다가 방 안을 가득 채운 반딧불이, 오직 그대만이 준비할 수 있는 것이었소. 오직 그대만이 그토록 나의 마음을 헤아릴 수 있지."

이 짧은 몇 마디 말에 모든 것이 담겨 있었고, 그것이 마치 겨울에 불어온 따뜻한 바람과 같이 내 마음속의 모든 슬픔을 사라지게 해 주었다.

그는 이미 나를 알아보았던 것이다. 그런데도 나는 어리석게도 그가 아무것도 모른다고 여기고, 그와 운주를 맺어 주려 했었다. 생각지도 못했다. 지금까지 아무것도 모르고 있던 이는 바로 나였던 것이다.

"이제 와서야 그대에게 이 사실을 밝힌다고 탓하지 말아 주오. 만약 기성이 이렇게까지 나의 목을 죄어 오지 않고, 그대를 이용하여 나를 넘어뜨리려 하지 않았다면⋯⋯, 어쩌면 나는 어쩔 수 없이 계속 그대를 모르는 척했을 것이오. 그대를 내 품에

---

71 落香散盡復空眷, 夢斷姿雅覽未泉 : 시의 내용뿐 아니라 시구 속에 '복아(馥雅)'라는 한자를 숨겨 놓은 것을 말한다.

꼭 안고 싶은 충동을 내가 어떻게 견뎌 내야 했는지 그대는 모를 것이오!"

그의 입에서 쏟아지는 한 마디 한 마디에 절절함이 고스란히 드러났고 한 음절 한 음절마다 그의 진실한 감정이 느껴졌다. 그러나 나는 아무 말도 할 수 없었다.

구름 같기도, 연기 같기도 한 나의 반평생이 나부끼며 흩어졌고, 그것은 결국 나의 한숨으로, 눈물로 그 모습을 바꾸었다.

그날 밤, 침궁 안으로 서글픈 바람이 불어와 촛불을 꺼뜨렸고, 침대를 에두른 얇은 천은 내려졌다. 기우는 나를 꼭 끌어안고 잠이 들었다. 내 목 근처에 머리를 기댄 채 한 마디 말도 없이 그저 팔로 나를 단단히 감싸 안고 있었다.

그에게 묻고 싶은 말이 수없이 많았지만 결국 나는 입을 열지 못했다. 지금 이 순간 그에게 필요한 것은 고요함이라는 걸 알고 있었기 때문이다. 나는 그의 모후가 그를 차갑게 대할 수밖에 없었던 그 이유조차 그에게 말해 줄 수 없었다. 그것이 그의 죄책감과 회한을 더 깊게 할까 두려웠기 때문이다. 그는 이미 너무나도 무거운 짐을 지고 있었다. 나는 그저 그의 곁을 지키며 그가 지금까지 받은 상처와 아픔을 위로해 주고 싶었다. 그의 모후가 그를 단 한 번도 진심으로 대한 적이 없었던 것처럼……, 그가 그렇게 여기도록 놔둘 수밖에 없었다.

나는 그의 품에 기대어 서서히 잠이 들었다.

몽롱한 가운데 흐릿한 형상이 내 눈앞에서 흔들리고 있었다. 눈을 뜨고 싶지는 않으나 나를 바라보며 잔잔한 미소를 짓고 있는 기우의 모습이 보이기 시작했다. 그가 말했다.

"참으로 오랫동안, 그대가 이토록 편안히 자는 모습을 보지 못했소. 정말 아름답소."

나는 싱긋 웃었고, 그 순간 내 가슴은 벅차올랐다. 이 달콤한 사랑을 위해서라면 나는 그 어떤 어려움도 이겨 낼 수 있다.

그에게는 정말 나의 용모가 중요치 않은 것일까? 마음속에 조금씩 불안이 일기 시작했으나 그가 고개를 숙여 내게 입맞춤하는 순간 온몸이 짜릿해지며 나도 모르게 탄성이 흘러나왔다. 그와의 입맞춤은 나를 도취시켰고, 나는 부드러우면서도 격렬한 그의 모습에 길을 잃은 듯했다. 나는 가만히 두 눈을 감고 호흡 속에 섞인 그의 욕망을 느꼈다.

"폐하!"

문밖에서 분위기를 깨는 소리가 들려왔다.

"조회를 시작하실 시간이옵니다."

기우의 입술이 나의 입술을 천천히 놓아주었으나, 여전히 닿을 듯 말 듯 나의 입가를 배회하며 주저하고 있었다. 그를 살짝 밀어내고서 나는 그제야 날이 완전히 밝았다는 걸 깨달았다.

"조회를 하러 가셔야지요."

기우가 나의 머리카락을 매만지며 가볍게 탄식하였다.

"복아."

그가 나의 양손을 잡아 깍지를 단단히 끼었다.

"죽는 날까지 그대를 사랑할 것이오. 이번 생은 물론이고 다음 생에서도 그대와 함께함을 결코 후회하지 않을 것이오."

나는 그의 허리를 꼭 껴안으며 그의 품속으로 파고들었다. 그리고 빨라진 그의 심장 박동 소리를 들으며 빙그레 웃었다.

"저도 마찬가지예요!"

"폐하!"

문밖의 서 환관이 불안한 듯 그를 다시 재촉하자 기우가 노한 목소리로 대답했다.

"알겠다!"

나도 모르게 낮은 웃음소리가 흘러나왔다. 기우가 놀란 눈으로 나를 바라보더니 다소 어색하게 자신의 품에 안겨 있는 나를 내려놓고는 몸을 일으켜 침대에서 내려갔다.

나는 침대의 휘장 안에서 몸을 웅크린 채 궁녀들에게 둘러싸여 옷을 갈아입고 있는 그를 바라보았다. 그의 일거일동에서는 제왕의 기세가 뿜어져 나왔고, 바라만 보아도 몸이 바들바들 떨릴 정도로 위엄이 느껴졌다.

"폐하!"

갑자기 중요한 일이 떠올라 나는 다소 높은 목소리로 다급히 그를 불렀다.

"응?"

기우가 고개를 돌려 나를 바라보았다. 그가 갑자기 몸을 돌리자 궁녀들이 동작을 멈추었다가 조심스레 그의 움직임에 맞추어 자신들의 위치를 바꾼 후 계속해서 그에게 겹겹의 용포를 입혀 주었다.

"기성의 죄……, 폐하께서는 어찌……."

절반밖에 말하지 못했으나 나는 입을 다물었다. 그의 어둡고 무거워진 눈빛 때문이었다. 그의 달라진 모습을 보고 나는 남몰래 탄식할 뿐 감히 계속해서 말을 이을 수 없었다.

그는 나의 말에 답하지 않았고, 돌연 나에게서 몸을 돌리고 더 이상 나를 바라보지 않았다. 그저 궁녀들이 자신에게 옷을 입히도록 가만히 서 있을 뿐이었다. 침궁은 순식간에 공포스럽고 음산한 침묵에 휩싸였다.

"잠시 후 편지를 써 줄 테니 가서 기성을 만나 보시오."

나는 멍해졌다.

무슨 의미인가? 설마 그는 기성을 죽이려 하는가?

준비를 마친 기우가 침궁을 나서려는 순간에야 정신을 차린 나는 맨발로 침대에서 내려와 다급하게 그를 불렀다.

"폐하……, 폐하……."

그의 팔을 붙잡고 발걸음을 멈추게 하자 기우가 어쩔 수 없다는 눈빛으로 나를 바라보며 입을 열었다.

"짐은 이미 결정하였소!"

그의 차가운 한마디가 희망의 불씨를 모두 꺼뜨리고 말았다.

나는 그 자리에 얼어붙은 채 의연히 침궁을 나서는 기우의 뒷모습을 바라보고 있을 수밖에 없었다. 입술을 바들바들 떨며 나는 힘없이 그 자리에 주저앉고 말았다.

그는 정말 기성을 죽이려 하는가?

반 시진 후, 황제는 사람을 보내어 내가 옥에 갇혀 있는 기

성을 만날 수 있도록 친필 편지를 보내 주었다. 나는 옥문 밖에
서서 양손으로 편지를 꼭 쥔 채 그를 만나러 들어갈지 말지 주
저하고 있었다. 들어간들 그를 어찌 마주하고, 그에게 무슨 말
을 한단 말인가?

그때 마침 남월이 찬합을 들고 걸어왔다. 나를 노려보는 그
녀의 눈빛에는 원망이 가득했고 나의 마음은 죄책감으로 가득
찼다. 남월은 경멸의 눈빛으로 나를 바라보며 내 곁을 무심히
지나쳤다.

그러나 옥을 지키는 시위가 그녀를 막아선 채 들여보내 주
지 않았다. 남월이 반짝이는 황금을 몰래 쥐여 주며 기성을 한
번만 만나게 해 달라고 애원을 해도 시위는 호통을 칠 뿐이었
다. 남월의 얼굴에 조급함이 섞인 실망이 드러난 것을 보고 나
는 결국 그녀를 향해 발걸음을 옮겼다. 그리고 황제의 친필 편
지를 꺼내어 남월과 함께 옥 안으로 들어갔다.

옥 안은 칠흑 같은 어둠에 휩싸여 있었다. 겨우 몇 개의 등
불만이 어둠을 밝히고 있었고, 우리는 그 불빛에 의지해 겨우
앞으로 나아갈 수 있었다.

나는 계속 남월의 뒤를 따르고 있었으나 그녀는 내게 단 한
번도 시선을 주지 않은 채 오직 앞만 바라보고 걸어갔다. 나 역
시 아무 말 없이 조용히 그녀의 뒤를 따랐다. 갑자기 남월이 발
걸음을 멈추고 큰 소리로 외쳤다.

"왕야!"

나는 한구석에 숨었다. 감히 그의 앞에 모습을 드러낼 용기

가 없었기 때문이다. 나는……, 그를 만날 면목이 없었다. 나는 가만히 옥 안의 동정에 귀를 기울였다. 그러나 옥 안에 갇혀 있는 이는 아무 말도 하지 않았다.

남월이 들고 온 찬합을 내려놓으며 말했다.

"왕야, 남월이 왕야를 뵈러 왔습니다. 어서 음식 좀 드셔요."

찬합에 담긴 음식을 꺼내어 옥 안으로 밀어 넣어도 기성이 여전히 아무 말도 하지 않자 그녀는 무릎을 꿇고 대성통곡을 하기 시작했다.

"왜 해명하지 않으셨어요? 사실을 분명하게 해명하실 수 있으셨잖아요. 왕야께서는 한참 전부터 그 옥패를 지니고 계시지 않으셨잖아요."

그녀에 어조에는 인내와 흥분 그리고 질책이 섞여 있었다.

"그녀 때문인가요?"

남월이 고개를 홱 돌리더니 눈물 맺힌 눈으로 나를 노려보았다. 그 눈빛에는 매서운 질책이 담겨 있었다.

나는 천천히 앞으로 걸어 나와 옥 안에 있는 기성을 바라보았다. 그의 얼굴은 초췌하였고 머리카락은 엉망진창으로 흐트러져 있었다. 눈빛은 수렁에 빠진 듯했고 입술은 창백했다. 그는 나무침대에 앉아 볏짚더미에 몸을 기대고 있었다.

그 위풍당당하던 기성이 이런 모습이 되다니, 이 모두가 나의 탓이다! 내가 그 옥패를 한명에게 건네주지만 않았어도 그가 아무런 해명도 하지 않고 이렇게 가만히 있지는 않았을 것이다.

내가 낮은 목소리로 그를 불렀다.

"기성."

드디어 그가 몸을 움직였고, 고개를 들어 나를 바라보았다. 그러나 그는 쓸쓸한 미소를 지을 뿐 아무 말도 하지 않았다. 그러고는 곧 다시 고개를 숙이고 또다시 자신의 생각 속으로 깊이 빠져들었다.

"뭐라도 좀 먹어요."

나는 바닥에 웅크려 앉아 그가 다가와 먹기를 바라며 그릇 하나를 손에 올려놓았다. 그는 분명 하루 종일 아무것도 먹지 않았을 터였다.

그때, 남월이 내 손에 들려 있는 밥그릇을 뺏으며 나를 밀쳐냈고, 아무런 방비도 하지 않고 있던 나는 바닥으로 고꾸라지고 말았다.

"가증 떨지 마라! 내가 아무것도 모를 줄 아느냐! 왕야께 죄를 뒤집어씌운 것이 네가 아니면 누구란 말이냐! 나는 분명 왕야께서 네게 그 옥패를 주시는 모습을 직접 보았단 말이다!"

그녀의 한 마디 한 마디가 비수가 되어 내 가슴을 그어 내렸다.

"남월아, 그건 내가 원해서였다."

메마른 목소리, 그 목소리가 남월의 분노에 찬 격한 목소리를 단칼에 잘라 버렸다.

"만약 내가 해명을 하면……, 너 역시 이 옥에 갇히게 된다."

가만히 한숨을 내쉰 기성이 차가운 공기를 깊게 내뿜으며 나를 향해 걸어왔다.

"자책할 필요 없다. 네가 없었다 해도 납란기우는 무엇이든 더 대단한 이유를 들어 나를 이 옥으로 밀어 넣었을 것이다!"

그는 이 순간에도 나를 위로하고 있었다.

나에게 자책하지 말라고? 내가 어찌 자책하지 않을 수 있단 말인가?

"제가 모든 사실을 밝히겠어요. 그대를 해한 것이 저라는 것을……."

나의 목소리는 점점 힘을 잃어 가고 있었다. 나는 몸을 돌려 옥을 빠져나가려 하였으나 기성이 나의 팔을 붙잡았다. 나는 멍하니 그를 바라보았다.

"내가 졌다. 완벽하게 지고 말았다!"

그가 갑자기 고개를 들고 큰 소리로 웃기 시작했다. 나를 붙잡고 있던 그의 손도 힘을 잃었다.

"납란기우, 그는 정말 대단한 황제다. 나 납란기성, 그에게 진 것에 아쉬움은 없다."

그는 놀랍게도 감탄의 말을 내뱉고 있었고, 이해할 수 없는 그의 말에 나는 그를 바라보았다. 나는 그의 눈빛을 통해 그의 진심을 찾아내고 싶었다.

"하지만 그도 나보다 나을 게 없다. 여전히 너를 이용하고 있으니……."

그의 눈빛은 무거웠으나 나를 보는 그의 얼굴은 미소를 짓고 있었고 조금 전보다는 편안해 보였다.

"아쉬운 건 내가 너의 마음을 얻지 못했다는 것이다."

깜짝 놀란 나는 흔들리는 눈빛으로 그를 바라보았다.

"지금 무슨 말을 하고 있는 거예요!"

"그가 왜 너를 이곳으로 보내어 나를 만나게 했다고 생각하느냐? 조정에는 나의 세력이 여전히 굳건하게 자리잡고 있다. 그 역시 똑똑히 알고 있으니 그가 나를 죽이는 것은 불가능한 일이다. 그런데 그가 너를 이곳으로 보냈다. 그는 내게 경고한 것이다. 만약 내가 살고자 한다면 네가 죽어야 한다고 말이다."

기성이 껄껄 웃었으나 참으로 슬픈 웃음이었다.

"그는 나와 도박을 했다. 그가 이겼고, 내가 졌다."

옥 창살을 너무 단단히 움켜잡은 탓에 손에 아픔이 느껴졌다. 나는 그의 말을 믿을 수 없었다.

"말도 안 돼요. 그가 나를 이용하다니요!"

절대로 믿을 수 없었다. 기우가 기성을 죽이기 위해 나를 이용하다니!

"너는 너무 순진하구나. 만약 내가 죽지 않으면 죽어야 하는 이는 납란기우다."

그가 주먹으로 옥 창살을 힘껏 내리쳤고, 그의 손등으로 피가 흘러내렸다. 그 선홍빛 피가 나의 이성을 자극했고, 동시에 나는 진실을 받아들였다.

"계집애야!"

기성이 갑자기 나를 불렀다.

"이번에 내가 화를 피한다 해도 앞으로 수없이 많은 위험이 나를 기다리고 있을 것이다. 그러니 더 이상 나를 힘들게 하지 마라. 내가 해명을 하지 않은 것은 너를 지키기 위해서였다. 너는 아직도 모르겠느냐?"

"몰라요, 모른다고요! 저는 그저 당신이 죽지 않았으면 좋겠어요!"

나는 미친 듯이 소리를 질러 댔다. 내 목소리가 옥 안에 끝없이 메아리쳤고, 눈물이 쉼 없이 흘러내렸다. 기성에게 죄를 뒤집어씌울 때, 나는 어찌 한명에게 일을 지시한 이가 기우이고 그 목적이 기성을 제거하는 것임을 생각지 못했을까! 도대체 왜 나는 복수에 눈이 멀어 결코 돌이킬 수 없는 엄청난 실수를 저지르고 말았단 말인가!

그릇 깨지는 날카로운 소리에 나는 깜짝 놀라 기성을 바라보았다. 기성이 바닥에 있던 그릇을 깨뜨린 것이다.

그가 그릇을 깨뜨렸다……. 그는 무엇을 하려는 것인가!

그가 몸을 숙여 날카로운 접시 조각을 집어 들고는 모든 짐을 내려놓은 듯이 미소를 지으며 말했다.

"계집애야, 알고 있느냐? 나는 너를 언제나 진정한 벗으로 여겼다. 너를 이용했던 것은……, 나도 어쩔 수 없는 일이었다."

그의 손이 움직였고, 날카로운 조각이 그의 손목을 파고들자 눈 깜짝할 사이에 붉은 피가 넘쳐 흘렀다.

"네 죽음으로 내 목숨을 지키는 일 따위……, 나는 절대 할 수 없다!"

내가 넋을 놓고 있는 사이, 옆에서 날카로운 비명 소리가 터져 나왔다.

"아니 되옵니다……, 왕야!"

비명 소리에 정신을 차린 나는 옥 밖을 지키고 있는 시위들을 향해 크게 소리쳤다.

"여봐라……, 기성, 기성 왕야께서 자결하였다……. 여봐라!"

나는 고함을 지르며 미친 듯이 창살을 내리쳤다. 이 창살을 부수고 들어가고 싶었다. 그러나 창살은 꿈쩍도 하지 않았다.

한참이 지나서야 몇몇 시위들이 급히 달려와 허둥대며 옥문을 열었다. 나는 곧바로 안으로 달려 들어가 이미 바닥에 쓰러져 있는 기성을 안았다. 새빨간 피가 바닥을 물들였고, 내 옷도 붉게 물들였다.

"어서 어의를 불러라. 어서!"

기성이 나의 손을 단단히 쥐었다.

"계집애야, 너를 이용했던 것……, 참으로……, 참으로 미안하다."

"저는 이미 당신을 용서했어요. 더 이상 말하지 마세요!"

나는 피가 흘러내리는 그의 손목을 감싸 쥐었다. 하지만 피는 멈추지 않고 계속해서 샘물처럼 뿜어져 나와 내 손바닥을, 손등을 모두 붉게 물들였다. 차마 눈 뜨고 볼 수 없는 지경이었다.

"그렇다면……, 안심하고 떠날 수 있겠군."

기성의 얼굴은 창백했고, 눈빛은 흐릿했다. 나는 온 힘을 다해 그를 흔들며 말했다.

"안 돼요! 어의가 곧 올 거예요. 조금만 버텨요……. 버텨봐요!"

기성이 희미하게 탄식했다.

"부귀영화는 참으로……, 부질없는 것이구나. 일찌감치 네 말을 듣고 내 것이 아닌……, 그 지위를 포기했다면……. 계집 애야, 내게 약속해 다오. 이 피비린내 나는……, 후궁에 물들지 않겠다고……. 멀리 떠날 수 있다면 최대한 멀리 떠나라. 기우……, 그는 너의 안식처가 아니다. 너는……, 너는……."

그의 목소리가 점점 약해지고 무거워지고 작아지더니……, 결국 그는 더 이상 말을 잇지 못하였다. 온몸은 무력하게 늘어졌고, 내 손을 붙잡고 있는 손에는 이미 한 가닥의 힘도 남아 있지 않았다. 그의 손이 피로 물든 바닥으로 힘없이 떨어졌다.

"왕야!"

남월이 처절하게 울부짖으며 바닥에 머리를 힘껏 내리찧다가 힘없이 바닥에 쓰러져 대성통곡을 하였다.

멍하니 이 모든 장면을 바라보고 있던 나는 더 이상 아무 말도 할 수 없었다.

생각지도 못했다. 나의 방문이 그의 임종을 지키기 위한 것이 되다니!

쏟아진 물은 주워담을 수 없다는 말은 이런 경우를 두고 한 말인가? 나는 내 손으로 나의 가장 소중한 벗을 죽음으로 몰아넣고 말았다.

한없이 슬픈 향기로운 꽃

나는 옥에서 나오자마자 이성을 잃고 황제의 서재를 향해 달리기 시작했다. 지금 내 머릿속에는 오직 한 가지 생각밖에 없었다.

지금 당장 기우를 만나야만 한다! 그를 마주하고 분명히 물어봐야 한다. 그 전에는 나는 아무것도 믿지 않을 것이다.

"그대와의 이 사랑 생사를 함께할 것이며, 이번 생은 물론이고 다음 생에서도 그대와 함께함을 결코 후회하지 않을 것이오."

오늘 아침 그는 분명 내게 이렇게 말했다. 설마 그 모든 것이 거짓이었단 말인가? 결국 나는 그의 도구에 불과했단 말인가?

다급했던 발걸음이 점차 느려졌다. 얼마나 먼 길을 왔는지는 몰라도 체력이 거의 다 소진되었다는 건 알 수 있었다. 몸은 녹초가 되었고, 숨이 가빠 왔다. 더 이상 걸을 수 없게 되자 나는 연붉은색 담장에 힘없이 몸을 기대고 하늘에 떠다니는 구름을 바라보았다.

나는 이곳에 있어야 할 사람이 아니다.

갑자기 이곳을 떠나고 싶은 충동이 일었다. 어디에나 위험이 도사리고 있는, 이 사면초가의 담장 안에서 얼마나 많은 이들의 목숨이 소리 없이 사라졌던가? 운주와 기성의 죽음이 바로 그 예가 아니던가?

나는 더 이상 앞으로 나아가는 것을 포기했다. 그의 서재에 들어갈 수 없으리라는 사실은 둘째치고, 그곳에 들어간다 한들 어찌한단 말인가? 기우를 비난할까? 기성의 말이 맞다. 기성이 죽지 않으면 기우가 죽어야 하는 싸움이었다. 설마 죽어야 하는 이가 기우였기를 바란단 말인가?

씁쓸한 웃음이 터져 나왔다. 애초에 나는 왜 한명과 함께 떠나지 않겠다고 고집을 부렸을까? 만약 그를 따라 이곳을 떠났다면 지금의 지경에 이르지는 않았을 텐데…….

천천히 몸을 돌려 처량한 미소를 지으며 고개를 드니, 언제부터 그곳에 있었는지 연성이 내 앞에 서 있었다. 그가 긴 침묵 끝에 입을 열었다.

"그대에게 물어볼 게 있소."

그의 맑은 눈은 흔들리고 있었으나, 감탄이 절로 터져 나오는 그의 아름다운 외모는 여전했다.

"저는 답해 드릴 수 있는 것이 아무것도 없습니다."

이 순간 나의 마음은 불안과 절망으로 가득 차 있어, 그에게 지금까지의 일을 해명할 힘은 조금도 남아 있지 않았다.

"만약 대답하지 않겠다면 지금 당장 그대가 누구인지 밝히겠소."

그가 내게 조금씩 가까이 다가오며 말했다.

그의 날카로운 경고는 내게 우스울 뿐이었다. 어제였다면 나는 그의 말에 분명 두려워했으리라. 그러나 지금의 내게는 모든 일이 대수롭지 않게 여겨졌다.

"연성, 그대마저도 저를 이용하시려는 건가요?"

나는 여전히 미소를 짓고 있었다.

"지금이라도 가서 제가 누구인지 밝히도록 하세요. 가세요. 증거를 내놓으실 수만 있다면, 제가 복아 공주라는 걸 증명하실 수만 있다면, 그러면 그대가 이기는 거예요."

차가운 코웃음이 가벼운 웃음과 함께 흘러나왔다.

연성의 얼굴색이 변하더니 나를 바라보는 그의 얼굴에 곤혹스러움이 드리워지기 시작했다.

나는 내 얼굴을 쓰다듬으며 차갑지도, 그렇다고 따뜻하지도 않은 말투로 말하였다.

"지금의 이 얼굴은 예전의 경국지색이 아니에요. 그리고 당신, 양심을 걸고 자문해 보세요, 당신이 사랑한 게 그 얼굴이었는지 아니면 복아 공주 자체였는지."

연성은 얼굴색이 어두워진 채로 한마디도 하지 않았다. 입가의 차가운 미소와 함께 내 머릿속에 사악한 생각이 스쳤다.

"만약 어찌 된 일인지 알고 싶으시면 당신의 황후, 영수의에게 물어보세요. 분명 당신이 만족할 만한 답을 줄 테니 말이에요."

나는 연성을 홀로 남겨 둔 채 그를 지나쳐, 왔던 길을 되돌아갔다.

향긋함을 머금은 차가운 바람이 코끝을 찔렀고, 나는 그 공기를 힘껏 들이마셨다가 다시 천천히 내뱉었다. 정신이 점점 또렷해지고 있었다.

기성의 말이 맞다. 나는 여기를 떠나 의지할 수 있는 곳을 찾아야 한다. 이 세상을 내려놓고 산 속에서 은거하고 싶다. 기우는 나를 보내줄까?

생각에 빠져있다가 홀연 두 황후가 옥가마를 타고 거만한 태도로 나를 향해 다가오고 있는 것이 눈에 들어왔다. 나는 곧바로 고개를 돌리고 다른 쪽으로 걷기 시작했다. 이 순간 화를 참아내지 못하는 두 황후와 만나고 싶지는 않았다.

"설 첩여!"

두 황후가 먼 곳에서 나를 불러 세웠고, 나는 어쩔 수 없이 발걸음을 멈추고 무릎을 꿇은 채 황후의 옥가마를 맞이했다.

"어찌 본궁을 보고 숨는게냐?"

옥가마가 내 앞에서 멈췄고, 황후의 낭랑한 목소리가 내 머리 위로 전해져 왔다.

"저는 마마를 보지 못하였습니다."

나는 고개를 숙인 채 그녀를 보지 않았다. 그저 빨리 황후와의 대화가 끝나길 바랄 뿐이었다.

그녀는 요염하게 가볍게 웃었으나, 그 웃음 소리를 들은 나의 마음은 오싹해졌다.

"노비들에게 들으니 네가 어젯밤 승은을 입었다고 하더구나! 나는 네 수단에 꽤나 탄복했다."

그녀는 잠깐 말을 멈추었으나, 내가 아무 말도 하지 않는 것을 보고는 다시 입을 열었다.

"너도 승은을 입었는데 어찌 전하께서는 여전히 너를 책봉하지 않으실까?"

득의양양한 목소리는 어찌해도 숨겨지지가 않았으나, 나는 그녀의 조롱에 조금도 화가 나지 않았다. 이러한 암투에는 일찌감치 진저리가 나있었다.

"어찌 말을 하지 않느냐?"

그녀가 옥가마에서 내려와 고개를 숙여 나를 내려보았다. 그녀를 향한 나의 냉담함에 화가 나있었다.

"사람이라면 자기의 분수를 알아야 한다. 네 추한 주인을 따라하여 모든 이들의 공격의 대상이 되지는 말아라."

그녀가 운주를 언급하자마자 나는 곧바로 고개를 들어 그녀를 직시했다. 놀란 그녀는 멍해졌으나, 곧 도도한 자세를 되찾았다.

"네가 감히 그런 눈빛으로 나를 보는 것이냐?"

그녀는 한 손으로 내 턱을 세게 움켜쥐었다.

"똑똑히 알아둬라. 이 후궁은 나 두완의 천하다. 내가 살짝

506

명령만 내린다면 너 같이 천한 노비는 처참한 죽음을 맞게 될 것이다. 그 추한 계집을 배울 생각도 말고, 나와 총애를 겨룰 생각도 말아라. 그렇지 않으면 다음에 맞아 죽는 건 네가 될 것이다."

증오가 순식간에 온 몸으로 가득 퍼졌다. 망국의 한, 얼굴이 망가진 것에 대한 분노, 운주의 죽음, 기성의 말…… 모든 기억이 내 머릿속에 하나씩 떠올랐다. 나는 재빨리 고개를 뒤쪽으로 돌려 그녀의 손으로부터 턱을 빼냈으나, 뺨에는 그녀가 손톱으로 긁은 상처가 생겼다. 통증이 번져갔다.

다시 돌연 몸을 일으켜 매우 침착한 눈빛으로 두완을 노려본 후, 활짝 웃어 보였다.

"황후 마마, 이 후궁의 생사를 관장하는 이는 과연 누가 될 것인지 바로 제가 꼭 알게 해드리겠습니다."

내 말이 끝나자 처음에는 두완의 안색이 변하였으나, 곧 크게 웃고 있었다. 마치 세상에서 가장 웃긴 농담이라도 들은 듯했다.

"아니 네 까짓 것도 나와 겨루겠다는 것이냐?"

"그럼 황후 마마께서 제게 그걸 증명할 수 있는 기회를 주시겠습니까?"

나는 위험한 기운을 살짝 띤 채 그녀의 귓가에 대고 조용히 말했다.

"좋다. 너 같이 작은 첩여 따위가 무슨 능력으로 이 후궁을 좌지우지할 수 있을지 내 두고 보겠다."

힐방원에 도착하자 수많은 첩여들이 방에서 나와 회랑 근처에 선 채 몰골이 말이 아닌 모습으로 돌아온 나를 멍하니 바라보았다. 첩여들은 삼삼오오 모여 귓속말을 나누었으나 내게는 아무 말도 들리지 않았다. 그저 그녀들의 붉은 입술이 열렸다 닫혔다 하는 모습만 보일 뿐이었다. 참으로 우스운 모습이었다. 내가 나도 모르게 웃음을 터뜨리자 그곳에 있는 모든 이들이 당황했다.

"주인님, 어쩌다 이리 되신 것이옵니까?"

혹여 내가 바닥에 쓰러질까 걱정스러웠는지 심완이 나를 부축하며 물었다. 사실 나에게는 제대로 서 있을 힘조차 남아 있지 않았다.

"괜찮다!"

목이 칼칼하다고 생각했는데 목소리조차 제대로 나오지 않았다. 조금 전, 연성과의 언쟁으로 마지막 남은 기력까지 모두 소진해 버린 듯했다.

"세상에, 주인님 얼굴이!"

심완은 걱정스러워 어쩔 줄 모르는 눈빛으로 나의 아래턱을 바라보고 있었다. 조금 전, 두완이 손톱으로 긁어서 낸 상처였다.

천천히 쓰다듬자 그제야 고통이 느껴졌다. 두완은 예전과 다를 바 없이 한순간의 분노를 참아 내지 못했다. 어릴 적부터 몸에 자연스럽게 밴 교만함과 오만함은 결코 쉽게 떨쳐 낼 수 없으리라.

"설 첩여, 내게 연고가 있어요."

양 첩여가 내 곁으로 다가와 손에 들고 있던 작은 도자기 병을 건네주었다.

"제가 발라 줄게요. 효과가 참 좋답니다."

나는 고개를 끄덕이며 감사의 미소를 지어 보였다. 나와 함께 방으로 들어온 양 첩여가 투명한 연고를 집게손가락에 묻혀 내 상처에 고르게 발라 주었다. 처음에는 따끔한 고통이 느껴졌으나 이내 청량한 기운이 온몸으로 퍼졌고, 그 시원한 향이 몸과 마음을 편안하게 이완시켜 주었다.

"진남왕이 처벌이 두려워 옥 중에서 목숨을 끊었다고 합니다."

침착한 그 몇 마디의 말이 양 첩여의 입에서 흘러나오자 나의 얼굴빛이 단번에 변해 버렸다.

"처벌이 두려워 목숨을 끊었다니……."

나는 코웃음을 쳤고, 양 첩여는 나를 이상하다는 듯 바라보았다.

심완이 탄식하며 입을 열었다.

"명 태비께서는 그 소식을 들으시자마자 그 자리에 몸져누우셨고, 지금까지 일어나지 못하시고 계시답니다. 가엾기도 하시지요. 그나저나 저는 이해가 되지 않아요. 진남왕께서 어찌 냉궁에 계시던 두 황후를 죽이신 것일까요?"

"확실히……, 알 수 없는 일이지."

조용히 말을 마치고 고개를 들자 다급히 다가오는 서 환관이 눈에 들어왔다. 얼굴이 붉게 상기된 채 힘겹게 숨을 몰아쉬는 것이 그는 마치 이곳까지 쉬지 않고 총총걸음으로 달려온 듯했다.

"설 첩여, 폐하께서 양심전으로 오시라고 하십니다."

나는 침착하게 물었다.

"폐하께 무슨 일이 있으신 겁니까?"

"저는 알지 못하오나 폐하께서 설 첩여를 어서 모시고 오라고 하셨습니다."

그의 호흡은 점점 편안해졌으나 이마 위에서 송골송골 배어나온 식은땀은 여전히 바닥으로 뚝뚝 떨어지고 있었다.

양 첩여가 우아한 자태로 손에 들고 있던 약병을 내려놓으며 말했다.

"어서 가 보세요. 폐하께서 부르신 것은 분명 급한 일이 있으시기 때문일 겁니다."

나는 양 첩여를 바라본 후 다시 서 환관에게 시선을 옮기고 빙긋 웃었다.

"폐하께 아뢰세요. 제가 몸이 좋지 않아 갈 수 없다고."

놀라서 숨을 들이쉬는 소리와 함께 분위기가 차갑게 얼어붙었다. 불그스름했던 서 환관의 안색은 창백해졌고, 양 첩여의 눈빛에는 영문을 알 수 없어 하는 기색이 스쳤으며, 심완의 얼굴에는 두려움과 걱정이 떠올랐다.

저녁 식사를 마친 나는 심완을 내보냈다. 홀로 조용히 있고 싶었기 때문이다.

방 안을 환히 밝혀 주는 등불의 심지가 불어오는 바람에 사방으로 춤추듯 흔들렸지만 나는 창문을 닫지 않고 창가에 서 있었다. 내 그림자는 무척 길어져 있었다. 창밖에서 불어온 차가운 바람이 나의 양 뺨을 때렸고 머리카락과 옷자락을 어지러이 휘날렸다. 넘실거리는 초승달이 바닥을 하얗게 비추었고, 청아한 향기가 코를 찔렀다.

얼마나 오래 서 있었는지 알 수 없었다. 초 하나가 다 탈 정도의 시간이었던 것 같기도, 한 시진이 지난 것 같기도 했다. 많은 생각을 한 것 같기도, 아무것도 생각하지 않은 것 같기도 했다. 그저 불어오는 바람을 맞으며 서 있을 뿐이었다.

처음으로 복수를 향한 기세가 맹렬하게 나의 온몸을 덮고 있었다.

부황과 모후가 처참하게 죽음을 맞이했을 때도 나는 최대한 긍정적으로 세상을 마주하려 했고, 이 세상에는 여전히 진실함이 남아 있다고 믿고 있었다. 그러나 이토록 많은 일을 경험한 후에야 나는 깨달았다. 양보할수록 이용당할 뿐이라는 것을, 인내할수록 농락당할 뿐이라는 것을……

기성, 황궁을 떠나기 싫은 것이 아니에요. 떠날 수 없는 것뿐이에요. 나의 사명을 아직 다하지 않았는데 어떻게 떠날 수 있겠어요? 나는 더 이상 누군가를 위해 살지 않겠어요. 단 한 번만이라도 나 자신을 위해 살아 보고 싶어요. 나는 모후의 유언을 따르고 수주와의 약속을 지키겠어요. 바로 복수를!

"주인님!"

문밖을 지키던 심완이 갑자기 문을 열고 외쳤다. 그녀의 목소리는 떨리고 있었다.

"폐하……, 폐하께서 오셨습니다."

나는 조용히 하늘을 바라볼 뿐 아무 말도 하지 않았다. 그들의 눈에는 나의 모습이 매우 거만해 보일 것이다. 그러나 나는 기우 앞에서만큼은 나 자신을 속이고 싶지 않았다. 나는 나의 거짓된 모습이 그와 나 사이에 유일하게 남아 있는 순결한 사랑마저 퇴색시켜 버릴까 두려웠다. 그의 신분 때문에 그의 비위를 맞추며 나 자신을 힘들게 하고 싶지 않았다.

"물러가라."

기우의 조용한, 그러나 힘이 담긴 목소리가 조용한 방 안에 유난히 맑고 낭랑하게 울려 퍼졌다.

조심스레 문이 닫히는 소리가 들린 후 방 안은 다시 적막함으로 채워졌다. 마치 여전히 나 홀로 있는 것 같았다.

"복아."

나를 부르는 다정한 목소리가 들렸으나 다음 말은 이어지지 않았다. 나는 손가락 끝으로 창틀을 어루만지며 옅은 탄식을 내뱉었다.

"그토록 숱한 세상 풍파를 겪었는데도 저의 양보는 또다시 당신에게 이용될 뿐이군요."

"그대도 알지 않소. 기성은 너무 많은 걸 알고 있었소."

나를 향해 걸어오는 그의 발소리가 들려왔다.

"그래서 당신은 당신의 장애물을 제거하기 위해 나를 이용하는 것을, 당신의 황위를 더 견고히 하는 것을 선택하셨군요."

나는 최대한 침착한 목소리를 유지하도록, 과한 감정을 드러내지 않도록 안간힘을 쓰며 말했다.

"말씀해 주세요. 나와 기성의 관계를 어떻게 알게 되셨나요?"

"한명."

그 짧은 한 마디가 나의 추측에 확신을 더해 주었다. 오직 한명만이 두 황후의 손안에 쥐인 그 옥패가 기성이 준 것이라는 것을 알고 있었다. 그렇다면……, 한명이 나를 팔아 버린 셈인가?

기우가 이미 내 곁에 다가와 있는 것을, 향기로 알 수 있었다. 언제나 그에게서 풍겨 오던 청아한 향기가 지금은 나를 숨막히게 했다. 마음이 이상할 만큼 무거웠다. 나는 그를 어떻게 마주해야 하는 걸까?

"나는 기성에게 기회를 주었소. 심지어 그의 동복동생인 영월 공주와 한명을 짝지어 주기까지 했지. 그건 기성에게 자신의 분수를 지키고 안분지족하며 지내라는 뜻이었소. 그러나 내가 한 발짝 양보할 때마다 그는 한 발짝 더 다가와 나를 위협했지. 심지어 그대의 정체를 폭로하여 내 예전의 음모를 밝히려 했소."

기우의 목소리에는 씁쓸함이 가득했다.

"그렇다고 그렇게까지 하실 필요가 있었나요? 그 누구도 제 정체를 증명할 수 없었을 텐데요?"

나는 창틀을 힘껏 움켜쥐었다. 한명만 아니라면⋯⋯.

그때 기우가 돌연 나의 말을 막았다.

"얼마 전 기성은 그대의 얼굴을 바꿔 준 신의를 비밀리에 찾아갔소. 그 목적이 무엇이었을 것 같소?"

나는 천천히 몸을 돌렸다. 수백 개의 감정이 교차했다. 또다시 나만 모르고 있었다⋯⋯.

"그대는 총명한 사람이니 짐작할 수 있을 것이오."

기우의 표정이 유난히 엄숙해졌다.

"오늘 내가 그대를 기성에게 보낸 것은 그저 그대를 향한 그의 마음이 얼마나 깊은지 시험해 보려던 것이었소. 역시, 곧바로 답을 알게 되었지."

그가 나를 자신의 품에 안았고, 그 강한 힘에 나는 숨조차 제대로 쉴 수 없었다.

"그대를 이용한 건, 나 역시 어쩔 수 없는 일이었소."

"당신⋯⋯, 기성이 당신의 계획대로 하지 않을까 봐 걱정되지 않으셨나요? 저와 함께 죽으려 했을 수도 있었잖아요?"

나의 눈물이 조용히 흘러내려 그의 용포 위로 떨어졌고, 그 흔적이 점점 넓게 번져 갔다.

"확신이 없었다면 나는 결코 그대를 옥으로 보내지 않았을 거요."

결국 나는 울음을 터뜨렸고, 나의 목소리는 더욱 높아졌다.

"납란기우, 그대를 증오해요!"

내가 이 짧은 말을 내뱉은 순간 그의 몸이 딱딱하게 굳었다.

어쩔 줄 모르던 힘 빠진 그의 손이 이윽고 내 등을 토닥였다.

"미안하오. 다시는 그대를 이용하지 않겠소. 맹세하오."

그의 목소리에는 진실함이, 그 어조에는 위로가 가득 담겨 있었다.

나는 아무 말 없이 그의 품에 기대어 대성통곡을 하기 시작했다. 지난 몇 년간의 서러움과 고통을 모두 쏟아내고 싶었다. 나는 마음속으로 이번이 마지막으로 흘리는 눈물이라고 되뇌었다. 마지막이라고…….

그의 품에서 얼마나 울었는지 모르겠으나 정신을 차려 보니 눈물은 모두 말라 있었고, 오직 희미하게 흐느끼는 소리만이 남아 있었다.

기우가 옅은 탄식을 내뱉었다. 나를 안고 있는 손에는 힘이 빠져 있었고, 애초의 강경함은 온화함으로 변해 있었다.

"처음으로 그대가 내 앞에서 울었소."

그의 말에는 수많은 감정이 섞여 있는 듯했다. 복잡함, 기쁨, 공허함, 흥분……. 내가 그의 앞에서 울었다는 이유만으로?

"복아, 알고 있소? 지금까지 그대는 아무리 아파도 짧은 비명 한 번 지르지 않았소. 언제나 강하고 꿋꿋했으며, 희미한 미소로 아픔을 숨겼지. 그때마다 나는 스스로에게 말했었소. 그대를 평생 지키겠다고……."

기우의 단단한 손바닥이 계속해서 내 머리카락을 매만졌다.

"당신은 제왕이고 당신에게는 많은 아내가 있는데, 어떻게 나를 평생 지켜 주신다는 건가요?"

나는 눈물을 삼키며 겨우 말을 이었다. 그가 조용히 웃었다.

"그래서, 질투하는 것이오?"

그 목소리에는 흥분이 담겨 있었다.

"그래요, 질투하고 있어요."

차갑게 코웃음 치는 나의 목소리가 유난히 낯설게 느껴졌다. 애교가 넘쳤다.

기우가 나를 살짝 밀어내고는 호수같이 맑은 눈으로 나를 바라보았다. 그 눈빛에는 한없는 다정함이 담겨 있었다.

"후궁에는 삼천 명의 아름다운 여인들이 있으나 나는 오직 그대만을 사랑할 것이오. 이것은 그대를 향한 나의 약속이오."

그의 진지한 눈빛과 단호한 말투를 마음속에 새기며 나는 고개를 힘껏 끄덕였다.

"당신의 약속을 기억하겠어요. 만약 약속을 지키지 않으면 영원히 당신을 마주하지 않겠어요."

그가 고개를 숙여 내 뺨에 가벼운 입맞춤을 하자 목 주변에 그의 따뜻한 숨결이 느껴졌다. 그의 눈빛에는 번민이 담겨 있었으나 그는 조용한 목소리로 말했다.

"내가 했던 말 기억하오? 그대에게 반드시 나 납란기우의 아내라는 신분을 주겠소."

"아내……."

작은 목소리로 읊조리자 마음 한구석이 씁쓸해져 왔다. 이 얼마나 허무한 단어인가.

나는 알고 있다, 그가 황후를 폐위하지 않는 이상 나는 영원히 그의 아내가 될 수 없다는 것을. 그렇지만 그가 황제라는 자리를 포기하지 않는 한 그는 결코 황후를 폐위할 수 없을 것이다. 그가 황위에 오르기까지 두완의 부친이 큰 힘을 보탰기 때문이다.

"열흘 후, 그대를 세상에서 가장 행복한 신부로 만들어 주겠소."

머릿속이 멍해졌고, 입가에는 미소가 번졌으며, 무한한 달콤함이 마음속을 가득 채웠다. 나는 두 눈을 감고 그 느낌에 깊이 도취되었다.

그를 향한 감정이 언제부터 이렇게 포기할 수 없을 만큼 깊어진 것일까? 그가 나를 이용했다는 것을 알고서도 나는 여전히 그의 다정함에 빠져 있었다. 이런 나 자신이, 참으로 싫었다.

"기우……, 말씀해 주세요. 왜 선황을 시해하신 건가요?"

불현듯 해답을 찾을 수 없던 일이 떠올라 나는 곧바로 고개를 들고 그에게 물었다.

그는 나의 갑작스러운 질문에 잠시 멍해 있다가 이윽고 입을 열었다.

"도대체 누가 그대에게 그런 말도 안 되는 말을 한 것이오!"

그의 말투에는 분노가 섞여 있었다.

"기성이오?"

그는 뭔가 깨달았다는 듯 입을 열었고, 그 눈빛은 번뜩이고 있었다. 그 순간, 그의 분노에 나는 진심으로 두려움을 느꼈으나 그래도 나는 계속해서 물었다.

"솔직히 말씀해 주실 수 있나요?"

기우는 깊은 생각에 빠진 듯 아무 말도 하지 않았고, 그와 나 사이에 팽팽한 긴장감이 흘렀다. 나는 조용히 탄식하며 제멋대로의 추측을 말했다.

"선황이 황위를 넘겨주고자 했던 이가 사실은 기운이었기 때문인가요?"

나의 말이 떨어지자마자 기우의 시선이 내게 고정되었다. 공포스러운 분위기에 나는 질식해 버릴 것 같았다. 향로의 옅은 향기가 공기 중을 떠돌았다. 깊고 고요한 밤의 방 안, 우리 둘은 서로를 하염없이 바라보고 있었다. 기우의 눈빛 사이로 푸른 별빛이 스쳐 지나갔고, 꼭 쥐고 있는 나의 손에서는 식은 땀이 배어 나왔다.

길고 긴 침묵이 이미 내가 알고 싶었던 문제의 해답을 알려 주고 있었다. 나의 추측이 맞았던 것이다.

마침내 기우가 경직되었던 몸을 풀며 깊은 한숨을 내쉬었다.

"역시 그대는 속일 수 없구려. 그날 밤, 남월루의 큰불은 참으로 갑작스러웠고 이상했소. 나는 운주에게 캐물어 선황이 며칠 전 그대를 승헌전으로 불러들인 것을 알게 되었소. 나는 그 화재가 부황의 계략이었다는 걸 깨달았지. 부황에게 직접 물으니 부정하지 않으시더군. 그 순간, 내 마음속에서 완벽했던 부황의 모습이 순식간에 무너져 내렸소. 그러나 그는 여전히 나의 부황이셨고, 그 불 역시 나를 위해 지른 것이었기에 부황을 미워할 수는 없었소. 부황을 도와 동궁의 세력을 제거해 나가던 중 나는 은연중에 계획이 조금씩 변하고 있음을 깨달았소. 부황은 남몰래 나를 경계했고, 깊은 밤이면 기운을 몰래 자신의 궁으로 불러들였지. 만약 내가 일찌감치 혁빙을 부황 곁에 심어 놓지 않았더라면 나는 부황의 계획 안에 숨겨져 있던 음모를 결코 알아챌 수 없었을 것이오. 내가 그토록 존경하던 부황은 나를 그저 동궁 세력을 제거할 미끼 정도로밖에 여기지 않았소. 그의 약속이 마치 냉수처럼 나를 일깨워 주었소. 그대의 죽음, 비수와 같은 부황의 이용, 그것들이 나를 증오에 타오르게 했소."

왠지 모르게 갑자기 가슴에 깊은 통증이 느껴지더니 눈물 한 방울이 흘러내렸다.

"기우, 당신……."

선황이 그에게 황위를 물려줄 생각이 없었다는 것은 나도 이미 예상했던 바였다. 그러나 이렇게 그의 입을 통해 직접 들으니 더욱 충격적이었다. 가슴속에 절절한 슬픔이 한없이 번졌다. 무슨 말이라도 해보려 했으나, 결국 나는 아무 말도 할 수 없었다.

『경세황비』 2권에서 계속

경세황비 1

ⓒ 오정옥 2014

초판1쇄 인쇄	2014년 3월 25일
초판1쇄 발행	2014년 4월 1일

지은이	오정옥(吳靜玉)
옮긴이	문은주

펴낸이	박대일
편집	이문영 · 임유리 · 신지연
교정	문정
마케팅	송재진
표지디자인	김은희

펴낸곳	새파란상상(파란미디어)
출판등록	2004년 9월 14일 제313-2004-00214호

주소	121-886 서울시 마포구 성지1길 32-36 (합정동)
전화	02. 3141. 5589(영업부) 070. 4616. 2012(편집부)
팩스	02. 3141. 5590
전자우편	paranbook@gmail.com
카페	http://cafe.naver.com/paranmedia
트위터	@paranmedia

ISBN 978-89-6371-142-3(04820)
          978-89-6371-141-6(전3권)